Eddie Helms

Nora Roberts
Dunkle Herzen

Das Buch
Ein Alptraum läßt die erfolgreiche, junge Bildhauerin Clare Kimball nicht los: Männer in Kutten und Tiermasken zelebrieren des Nachts auf einer einsamen Waldlichtung in der Nähe ihres Geburtsortes Emmitsboro eine »Messe noire«, bei der ein Tieropfer dargebracht und eine Frau orgiastisch mißbraucht wird. Clare weiß nicht, was sie von dem immer wiederkehrenden Traum halten soll. Hat sie die schrecklichen Vorgänge als kleines Mädchen real erlebt, oder steckt dahinter ein Ödipuskomplex, wie ihr Psychotherapeut vermutet? Clare will endlich Gewißheit haben und entschließt sich, in ihre Heimatstadt in Maryland zurückzuziehen. Sie erhofft sich davon auch neue Aufschlüsse über den grauenvollen und nie ganz geklärten Tod ihres Vaters. Clares Rückkehr in ihr Elternhaus beschwört in Emmitsboro dunkle Machenschaften herauf, die das düstere Geheimnis dieser Stadt vertuschen sollen. Der attraktive Cameron Rafferty, der neue Sheriff der Stadt, steht auf Clares Seite. Doch auch er kann sie nicht vor gräßlichen Erlebnissen schützen, die offenkundig das Werk von Satanisten sind. Und er kann nicht ahnen, daß Clares Leben ernsthaft gefährdet ist ...

Die Autorin
Nora Roberts führt mit ihren modernen Gesellschaftsromanen und Thrillern in den USA seit Jahren die Bestsellerlisten an. Sie lebt mit ihrer Familie in Maryland.

Nora Roberts

Dunkle Herzen

Roman

Aus dem Amerikanischen von
Nina Bader

Bechtermünz Verlag

Titel der Originalausgabe
Divine Evil

Von Nora Roberts sind im Bechtermünz Verlag
außerdem erschienen:

Sehnsucht der Unschuldigen
Schatten über den Weiden
Gefährliche Verstrickung

Genehmigte Lizenzausgabe
für Weltbild Verlag GmbH, Augsburg 2000
Copyright © 1992 by Nora Roberts
Published by arrangement with author
Copyright © 1997 der deutschen Ausgabe
by Wilhelm Heyne Verlag GmbH & Co. KG, München
Aus dem Amerikanischen von Nina Bader
Umschlaggestaltung: Init GmbH-Büro für Gestaltung, Bielefeld
Umschlagmotiv: Tony Stone Bilderwelten, Hamburg
Gesamtherstellung: Clausen & Bosse, Leck
Printed in Germany
ISBN 3-8289-6751-5

Für meine Söhne

ERSTER TEIL

Dann wären Menschen Engel, und Engel wären Götter
– Alexander Pope –

Vergangenes ist nur Prolog
– Shakespeare –

Erstes Kapitel

Das Ritual begann eine Stunde nach Sonnenuntergang. Lange zuvor war der Kreis – exakt neun Fuß im Durchmesser – vorbereitet worden, man hatte Büsche und Schößlinge gerodet und geweihte Erde über den Boden verstreut.

Dunkle Wolken tanzten geheimnisvoll über die fahle Scheibe des Mondes.

Innerhalb des schützenden Kreises standen dreizehn in schwarze, kuttenähnliche Kapuzenmäntel gehüllte Gestalten. Draußen im Wald stimmte eine einsame Eule ihr Klagelied an. Als der Gong ertönte, verstummte auch sie. Einen Augenblick lang war nur das Flüstern des Windes in den jungen Frühlingsblättern zu hören.

In einer kleinen Grube zur linken Seite des Kreises flakkerte bereits das Feuer. Bald würden die Flammen hoch aufzüngeln, angefacht vom Abendwind – oder von anderen Kräften.

Man schrieb den Vorabend des ersten Mai, die Walpurgisnacht, jene Nacht, in der man den Göttern opferte, sie pries und um eine reichhaltige Ernte und den Fortbestand der Familie bat.

Zwei in rote Gewänder gekleidete Frauen traten in den Kreis. In ihren unverhüllten, leichenblassen Gesichtern leuchteten nur die Lippen scharlachrot. Sie wirkten wie Vampire, die sich gerade am Blut ihrer Opfer gelabt hatten.

Eine von ihnen ließ gemäß den genauen Anweisungen, die man ihr erteilt hatte, ihr Gewand fallen und stand einen Augenblick lang nackt im Licht des Dutzends schwarzer Kerzen, ehe sie sich auf dem hohen, polierten Holzklotz in Positur legte.

Heute nacht würde sie ihnen als lebender Altar dienen, die Jungfrau darstellen, die sie anbeteten. Einige von ihnen störten sich allerdings an der Tatsache, daß es sich bei der Frau um eine Prostituierte handelte, für die Keuschheit ein

Fremdwort war. Andere genossen einfach den Anblick ihrer üppigen Rundungen und weit gespreizten Schenkel.

Der Hohepriester, der seine Maske Baphomet, dem Bock von Mendes, gewidmet hatte, stimmte einen monotonen Gesang in verfälschtem Latein an. Als er geendet hatte, hob er die Arme zu dem umgekehrten Pentagramm über dem Altar empor. Dann wurde, um die Luft zu reinigen, eine Glocke geläutet.

Von ihrem Versteck im Gebüsch aus beobachtete ein kleines Mädchen mit großen, neugierigen Augen die Szene. Von der Feuerstelle, wo die Flammen prasselten und Funken in die Luft stoben, zog ein unangenehmer Geruch herüber, und in die Bäume, die den magischen Kreis umgaben, waren seltsame alte Zeichen eingeritzt.

Das Mädchen fragte sich, wo sein Vater wohl war. Es hatte sich, vor Freude über den gelungenen Streich in sich hineinkichernd, auf dem Rücksitz seines Wagens versteckt. Und als es ihm durch den Wald gefolgt war, hatte es gar keine Angst gehabt. Nicht ein bißchen. Es hatte sich im Gebüsch verborgen und wartete auf einen geeigneten Moment, um sich in seine Arme zu werfen.

Doch er hatte, wie alle anderen, einen langen, dunklen Mantel übergestreift, und nun wußte es nicht mehr genau, wer aus der Gruppe nun eigentlich sein Daddy war. Die nackte Frau machte es verlegen und faszinierte es zugleich, doch das, was die Erwachsenen da taten, kam ihm nicht länger wie ein Spiel vor.

Das Herz pochte ihm bis zum Hals, als der Mann mit der Maske wieder zu singen begann.

»Wir rufen dich, Amon, Gott des Lebens und der Fortpflanzung. Und dich, Pan, Gott der Fleischeslust.«

Jeder Name wurde von den anderen wiederholt. Die Liste war lang.

Die Gruppe begann, sich rhythmisch hin- und herzuwiegen und zu summen, als der Hohepriester einen silbernen Kelch ergriff, trank und den Kelch zwischen die Brüste des Altars setzte.

Dann nahm er ein Schwert auf und wies damit gen Süden, Osten, Norden und Westen, wobei er die vier Höllenfürsten beschwor:

Satan, Herr des Feuers,
Luzifer, der Lichtbringer,
Belial, der keinen Gebieter kennt,
Leviathan, Schlange der Tiefe –

Das kleine Mädchen im Gebüsch erschauerte vor Angst.
»Ave, Satan!«
»Ich rufe dich, Meister, Fürst der Finsternis, Herrscher der Nacht! Öffne die Pforten der Hölle und höre uns an!« Die weithin hallenden Worte des Hohenpriesters ähnelten weniger einer Bitte als vielmehr einem Befehl. Während er seine Stimme erhob, hielt er ein Stück Pergament empor, das im Licht der gierigen Flammen blutrot aufleuchtete. »Auf daß unsere Felder reiche Frucht tragen und unser Vieh sich vermehre. Vernichte unsere Feinde und schlage die, die uns übelwollen, mit Unheil. Schenke uns, deinen getreuen Anhängern, Reichtum und Macht.« Er legte eine Hand auf die Brust des Altars. »In deinem Namen, Herr der Fliegen, nehmen wir, was wir begehren. In deinem Namen sprechen wir: Tod dem Schwachen, Sieg dem Starken. Laß unser Blut heiß durch die Adern fließen und unsere Ruten sich heben! Laß unsere Frauen für uns entbrennen und uns lustvoll empfangen!« Seine Hand glitt den Körper des Altars hinunter bis zu der Stelle zwischen den Schenkeln. Die gut geschulte Prostituierte begann zu stöhnen und sich unter seiner Hand zu winden.

Mit schallender Stimme fuhr der Hohepriester fort, seine Forderungen zu stellen, stach dann mit der Spitze des Schwertes durch das Pergament und hielt es über die Flamme einer schwarzen Kerze, bis nichts davon übrigblieb außer einem leichten Brandgeruch.

Auf ein Zeichen hin zerrten zwei der maskierten Gestalten einen jungen Ziegenbock, der vor Furcht mit den Augen rollte, in den Kreis. Der Gesang steigerte sich zu einem schrillen Crescendo. Athamas, das zeremonielle Messer, dessen frisch geschliffene Klinge im Mondlicht glitzerte, wurde gezückt.

Als die Klinge die Kehle des weißen Ziegenbocks durchtrennte, versuchte das Mädchen zu schreien, aber kein Laut kam über seine Lippen. Es wollte davonlaufen, doch seine Beine schienen bleischwer und fesselten es an den Boden. So barg es schluchzend das Gesicht in den Händen und wünschte, es könnte nach seinem Vater rufen.

Als es endlich wieder hinzuschauen wagte, war der Boden blutgetränkt. Blut tropfte auch über den Rand einer flachen Silberschale. Die Stimmen der Männer verschwammen in seinem Kopf zu einem dröhnenden Summton, als es sah, wie der enthauptete Kadaver des Ziegenbocks ins Feuer geworfen wurde.

Nun hing der übelkeiterregende Geruch verbrannten Fleisches in der Luft.

Aufheulend riß sich der Mann mit der Bocksmaske seine Kutte vom Leib. Darunter war er nackt, und trotz der kühlen Nachtluft schimmerten feine Schweißperlen auf seiner schneeweißen Haut. Auf seiner Brust glitzerte ein silbernes Amulett mit fremdartigen eingravierten Symbolen.

Er setzte sich rittlings auf den Altar und zwängte sich grob zwischen ihre Schenkel. Mit einem keuchenden Schrei warf sich ein zweiter Mann auf die andere Frau und riß sie zu Boden, während die übrigen ihre Kutten abwarfen, um nackt um die Feuerstelle zu tanzen.

Das Mädchen sah, wie sein Vater, sein eigener Vater, die Hände in das Opferblut tauchte. Es tropfte von seinen Fingern, als er sich den Tanzenden anschloß ...

Clare erwachte von ihrem eigenen Schrei.

Schweratmend und schweißüberströmt kuschelte sie sich enger unter die Bettdecke und tastete mit zitternden Fingern nach dem Schalter der Nachttischlampe. Da ihr das schwache Licht, das diese verbreitete, noch nicht ausreichte, stand sie auf und knipste weitere Lampen an, bis der kleine Raum hell erleuchtet war. Ihre Hände bebten noch immer, als sie eine Zigarette aus der Packung zupfte und ein Streichholz daranhielt.

Eine Weile blieb sie rauchend auf der Bettkante sitzen.

Warum war der Traum gerade jetzt wiedergekommen?

Ihr Therapeut würde behaupten, es handle sich um eine unbewußte Reaktion auf die erneute Heirat ihrer Mutter – Unterbewußtsein wertete das als Verrat an ihrem Vater.

Unsinn!

Ärgerlich stieß Clare den Rauch aus. Ihre Mutter war seit über zwölf Jahren Witwe. Jede geistig gesunde, liebevolle Tochter würde sich wünschen, daß die Mutter glücklich ist. Und sie war eine liebevolle Tochter. Nur was die geistige Gesundheit anging, da war sie nicht so sicher.

Sie erinnerte sich noch gut an das erste Mal, als sie diesen Traum gehabt hatte. Sechs Jahre war sie alt gewesen und schreiend in ihrem Bett erwacht, genau wie heute. Doch dann kamen ihre Eltern ins Zimmer gestürzt, um sie zu beruhigen und zu trösten. Sogar ihr Bruder Blair kam mit weit aufgerissenen Augen und leise wimmernd hinterhergetapst. Die Mutter hatte ihn dann hinausgebracht, während der Vater bei ihr blieb, ihr mit seiner ruhigen, tiefen Stimme vorsang und ihr wieder und wieder versicherte, alles sei nur ein böser Traum gewesen, den sie bald vergessen würde.

Was auch der Fall gewesen war, eine lange Zeit jedenfalls. Doch dann kehrte der Traum wie ein im Dunkel lauerndes Monster dann und wann zurück, gewöhnlich immer dann, wenn sie angespannt, erschöpft oder besonders verletzlich war.

Clare drückte die Zigarette aus und preßte die Finger gegen die Augen. Im Moment stand sie allerdings unter Spannung. In weniger als einer Woche wurde ihre Ausstellung eröffnet, und obwohl sie höchstpersönlich jede einzelne Skulptur, die gezeigt werden sollte, ausgewählt hatte, wurde sie von Zweifeln geplagt.

Vielleicht lag es daran, daß die Kritiker ihre erste Ausstellung vor zwei Jahren so begeistert aufgenommen hatten. Jetzt sonnte sie sich im Ruhm und hatte demzufolge viel mehr zu verlieren. Und sie wußte, daß die Werke, die ausgestellt wurden, ihre Glanzstücke waren. Wenn diese für mittelmäßig befunden wurden, dann war sie selbst als Künstlerin mittelmäßig.

Konnte es ein vernichtenderes Urteil geben?

Besser, sie machte sich um greifbarere Dinge Sorgen. Sie stand auf und öffnete die Vorhänge. Die Sonne ging gerade auf und überzog die Straßen von Manhattan mit einem rosigen Glanz. Als Clare das Fenster aufstieß, fröstelte sie in der Kühle des Frühlingsmorgens.

Draußen war noch alles ruhig. Von fern drang das Rumpeln eines Müllwagens auf seiner morgendlichen Tour herüber, und an der Ecke Canal und Green sah sie eine Stadtstreicherin, die einen Einkaufswagen mit all ihren weltlichen Besitztümern vor sich herschob. Das Quietschen der Räder hallte hohl von den Hauswänden wider.

In der Bäckerei gegenüber brannte Licht. Clare hörte leise Klänge aus *Rigoletto* und schnupperte den köstlichen Duft frischgebackenen Brotes. Ein Taxi ratterte mit klappernden Ventilen vorbei, dann herrschte wieder Stille. Sie hätte mutterseelenallein in der Stadt sein können.

War es das, was sie wollte, fragte sie sich. Allein leben, sich ein ruhiges Plätzchen suchen und in der Einsamkeit vergraben? Manchmal kam es ihr so vor, als schwebe sie haltlos im leeren Raum, unfähig, echte Bindungen einzugehen.

Lag hier der Grund für das Scheitern ihrer Ehe? Sie hatte Rob geliebt, ja, sich jedoch nie an ihn gebunden gefühlt. Und als alles vorüber war, empfand sie zwar Bedauern, aber keine Reue.

Vielleicht hatte Dr. Janowski doch recht, und sie verdrängte die Reue nur, so, wie sie seit dem Tod ihres Vaters jeglichen Kummer in sich hineinfraß. Emotionen konnte sie lediglich durch ihre Kunst ausdrücken.

Und was war daran so schlimm? Clare wollte gerade die Hände in die Taschen ihres Bademantels schieben, als ihr aufging, daß sie ihn gar nicht anhatte. Eine Frau, die in Soho nur mit einem dünnen T-Shirt bekleidet am offenen Fenster stand, mußte verrückt sein. Ach, was soll's, dachte sie und lehnte sich noch weiter hinaus. Vielleicht war sie ja verrückt.

So stand sie da, das hellrote Haar noch vom Schlaf zerzaust, das Gesicht blaß und abgespannt, sah zu, wie der Tag anbrach, und lauschte dem Lärm, mit dem die Stadt erwachte.

Dann wandte sie sich ab, bereit, mit ihrer Arbeit zu beginnen.

Es war schon nach zwei Uhr, als Clare den Summer hörte. Das surrende Geräusch ging im Zischen des Schweißbrenners und der aus der Stereoanlage dröhnenden Mozartklänge beinahe unter. Flüchtig erwog sie, es zu ignorieren, aber da die Arbeit an ihrer neuen Skulptur nicht so recht voranging, bot die Unterbrechung eine willkommene Entschuldigung, vorläufig aufzuhören. Sie stellte den Schweißbrenner ab, zog die Schutzhandschuhe aus und durchquerte ihr Studio. Als sie die Gegensprechanlage betätigte, trug sie immer noch Schutzbrille, Helm und Arbeitsschürze.

»Ja bitte?«
»Clare? Angie hier.«
»Komm hoch.« Clare tippte den Sicherheitscode ein, um den Fahrstuhl freizugeben. Nachdem sie Helm und Brille abgenommen hatte, ging sie nachdenklich um die halbfertige Skulptur herum.

Sie stand auf dem Schweißtisch im hinteren Teil des Lofts, umgeben von Clares Werkzeugen – Zangen, Hämmer, Meißel, Schweißbrenneraufsätze und dem robusten Stahlwagen, der ihre Acetylen- und Sauerstoffflaschen enthielt. Ein darunter ausgelegtes riesiges quadratisches Blech schützte den Fußboden vor Funkenflug und herabtropfendem heißen Metall.

Clares Arbeit beherrschte das ganze Loft. Überall lagen Granitbrocken, Kirschholzblöcke, Asche, Stahlrohre und Metallklötze herum, Stemmeisen, Schmirgelpapier, Schweißutensilien und Lötkolben waren im ganzen Raum verstreut. Seit jeher lebte Clare gern mit ihrer Arbeit auf Tuchfühlung.

Mit zusammengekniffenen Augen und vorgeschobener Unterlippe musterte sie ihr jüngstes Projekt. Ihr hatte etwas anderes vorgeschwebt. Als sich die Fahrstuhltür öffnete, machte sie sich nicht die Mühe, sich umzudrehen.

»Hab ich's mir doch gedacht.« Angie LeBeau warf ihre schwarze Lockenmähne zurück und tappte mit einem Fuß, der in einem scharlachroten italienischen Pump steckte, ungeduldig auf den Boden. »Seit über einer Stunde versuche ich, dich zu erreichen.«

»Ich hab' das Telefon abgestellt, aber der Anrufbeantworter läuft. Was hältst du hiervon, Angie?«

Angie holte tief Atem und betrachtete die Skulptur auf dem Arbeitstisch. »Ziemlich chaotisch.«

»Genau.« Mit einem zustimmenden Nicken beugte sich Clare tiefer über ihre Arbeit. »Ja, du hast recht. Ich hab' die Sache falsch angefangen.«

»Wage es ja nicht, diesen Schweißbrenner zur Hand zu nehmen!« Des Schreiens müde, stapfte Angie durch den Raum und schaltete die Stereoanlage aus. »Verdammt, Clare, wir waren um halb eins im *Russian Tea Room* zum Essen verabredet.«

Clare richtete sich auf und sah ihre Freundin zum ersten Mal voll an. Wie immer bot Angie ein Bild der Eleganz. Das marineblaue Kostüm von Adolfo und die überdimensionale Perlenkette betonten ihre milchkaffeefarbene Haut und die exotischen Gesichtszüge.

Die scharlachrote Lederhandtasche paßte genau zu ihren Pumps. Angie legte Wert darauf, Kleidung und Accessoires farblich aufeinander abzustimmen, und hielt ihre Sachen mustergültig in Ordnung. Ihre Schuhe bewahrte sie in durchsichtigen Plastikbehältern auf, die Blusen hingen nach Farbe und Material geordnet im Schrank, und ihre Handtaschen – die Sammlung war schon fast legendär zu nennen – ruhten in den Fächern eines eigens zu diesem Zweck angefertigten Regals.

Was Clare betraf, so konnte sie froh sein, wenn sie in dem schwarzen Loch ihres Schrankes zwei zusammengehörige Schuhe herauskramen konnte. *Ihre* Handtaschensammlung bestand aus einer guten schwarzen Abendtasche und einem großen Leinensack. Nicht zum ersten Mal wunderte sich Clare, wie sie und Angie sich jemals hatten anfreunden – und Freundinnen bleiben können.

Im Moment allerdings stand die Freundschaft etwas auf der Kippe, stellte sie fest. Angies dunkle Augen sprühten Feuer, und sie trommelte mit den langen, scharlachrot lackierten Fingernägeln wütend auf ihrer Tasche herum.

»Bleib so stehen, genau so.« Clare schoß durch den Raum, um den unordentlichen Haufen auf ihrem Sofa nach einem Skizzenblock zu durchwühlen. Achtlos warf sie ein Sweatshirt, eine Seidenbluse, ungeöffnete Briefe, einen leeren Fritos-Karton, einige Taschenbücher sowie eine Wasserpistole beiseite.

»Herrgott noch mal, Clare ...«

»Nicht bewegen!« Den Block in der einen Hand, schob sie mit der anderen ein Kissen zur Seite und fand ein Stück Zeichenkohle. »Wenn du sauer bist, siehst du besonders gut aus«, grinste sie.

»Hexe«, knurrte Angie, verbiß sich aber dabei ein Lachen.

»Das ist es! Wunderbar!« Clares Stift flog über das Papier. »Himmel, diese Wangenknochen! Wer hätte gedacht, daß die Mischung von afrikanischen, französischen und Cherokee-Erbanlagen so umwerfende Gesichtszüge ergibt. Fletsch doch bitte mal kurz die Zähne, ja?«

»Leg endlich den dämlichen Block weg! Schmeicheln hilft dir auch nichts mehr. Ich habe eine geschlagene Stunde im *Russian Tea Room* gesessen, Perrier getrunken und vor Langeweile am Tischtuch geknabbert.«

»Tut mir leid, ich hab's total vergessen.«

»Was gibt's sonst Neues?«

Clare legte die Skizze fort, wohl wissend, daß sich Angie daraufstürzen würde, sobald sie ihr den Rücken zukehrte. »Möchtest du was essen?«

»Ich hab' mir im Taxi einen Hot Dog einverleibt.«

»Gut, ich hol' mir eben was, und du erzählst mir, worüber wir uns eigentlich unterhalten wollten.«

»Über die Show, du Trotteltier.« Angie begutachtete die

Skizze und unterdrückte ein Lächeln. Clare hatte sie mit aus den Ohren lodernden Flammen dargestellt. Ohne ihre Belustigung zu zeigen, sah sie sich nach einer Sitzgelegenheit um und ließ sich schließlich auf der Sofalehne nieder. Wer wußte schon, was sich sonst noch alles unter diesen Kissen verbarg. »Hast du vor, in absehbarer Zeit jemanden zu engagieren, der hier mal gründlich ausmistet?«

»Nein. Mir gefällt es, wie es ist.« Clare ging in die winzige Küche, kaum größer als ein Alkoven, in der Ecke des Studios. »Das beflügelt meine schöpferische Fantasie.«

»Den Quatsch von wegen künstlerischem Temperament kannst du deiner Großmutter erzählen, Clare. Ich weiß zufällig, daß du bloß ein Riesenfaulpelz bist.«

»Wo du recht hast, hast du recht.« Clare kehrte mit einer Riesenschüssel Schokoladeneis und einem Teelöffel bewaffnet aus der Küche zurück. »Möchtest du was abhaben?«

»Nein, danke.« Für Angie war es eine Quelle ständigen Ärgernisses, daß Clare sich mit Junkfood vollstopfen konnte, wann immer sie wollte – und das kam häufig vor –, ohne daß ihrer gertenschlanken Figur etwas anzumerken war.

Heutzutage war Clare zwar nicht mehr so klapperdürr wie in ihrer Kinderzeit, aber immer noch so schmal, daß sie nicht – wie Angie – jeden Morgen einen besorgten Blick auf die Waage werfen mußte. Angie sah zu, wie Clare in ihrer Latzhose und der Lederschürze darüber dastand und Kalorien in sich hineinschaufelte. Wahrscheinlich trug sie unter der Hose mal wieder nichts als nackte Haut.

Clare hatte keinerlei Make-up aufgelegt. Ihre Haut war mit zartgoldenen Sommersprossen übersät, die dunkelgolden schimmernden Augen wirkten riesig in dem dreieckigen Gesichtchen mit dem weichen, großzügigen Mund und der kleinen, geraden Nase. Trotz des zerzausten, feurigen Haarschopfes, der gerade lang genug war, um zu einem stoppeligen Pferdeschwanz zusammengefaßt zu werden, und ihrer ungewöhnlichen Größe umgab Clare eine Aura von Zerbrechlichkeit, die in Angie, die mit ihren zweiunddreißig Jahren nur zwei Jahre älter als sie war, Muttergefühle weckte.

»Mädchen, wann lernst du endlich, dich hinzusetzen und in Ruhe zu essen? Und zwar eine ordentliche Mahlzeit.«

Grinsend tauchte Clare den Löffel in das Eis. »Da du dir wieder Sorgen um mich machst, nehme ich an, daß du mir verziehen hast.« Sie ließ sich auf einen Stuhl fallen und stützte einen stiefelbekleideten Fuß auf den unteren Holm. »Das mit der Verabredung tut mir wirklich leid.«

»Das tut es dir hinterher immer. Schon mal daran gedacht, dir Notizen zu machen?«

»Ich schreib's mir ja meistens auf. Bloß dann vergesse ich, wo ich die Zettel hingetan habe.«

Mit dem tropfenden Löffel deutete sie auf die Unordnung in dem riesigen Raum. Das Sofa, auf dem Angie saß, gehörte zu den wenigen Möbelstücken darin. Dazu besaß sie noch einen Tisch, der unter Bergen von Zeitungen und leeren Limonadenflaschen beinahe verschwand, und einen weiteren Stuhl, der achtlos in eine Ecke geschoben worden war, wo er als Sockel für eine schwarze Marmorbüste diente. Die Wände waren mit Bildern übersät, und Skulpturen in verschiedenen Stadien der Fertigstellung vereinnahmten jedes freie Fleckchen. Eine schmiedeeiserne Treppe führte zu dem ehemaligen Speicher, den Clare zum Schlafzimmer umgewandelt hatte. Doch der Rest der ungeheuren Wohnfläche des Lofts, in dem sie seit fünf Jahren lebte, gehörte ihrer Kunst.

Während ihrer ersten achtzehn Lebensjahre hatte sich Clare stets bemüht, den hohen Ansprüchen ihrer Mutter hinsichtlich Ordnung und Sauberkeit gerecht zu werden. Doch nachdem sie nur drei Wochen auf eigenen Füßen gestanden hatte, war sie bereits zu der Erkenntnis gelangt, daß das Chaos ihre natürliche Lebensform war.

Sie grinste Angie verschmitzt an. »Wie soll ich denn in diesem Durcheinander etwas wiederfinden?«

»Manchmal wundere ich mich, daß du überhaupt daran denkst, morgens aufzustehen.«

»Du machst dir ja nur Sorgen wegen der Ausstellung.« Clare stellte die halb geleerte Schüssel auf dem Boden ab, wo, wie Angie vermutete, das Eis still vor sich hinschmelzen würde. Clare griff nach ihrer Zigarettenpackung und fand wie durch ein Wunder auch noch Streichhölzer. »Sinnlos, sich darüber Gedanken zu machen. Entweder kommen meine Arbeiten gut an oder fallen durch.«

»Wie wahr. Und warum siehst du dann so aus, als hättest du höchstens vier Stunden Schlaf abgekriegt?«

»Fünf«, berichtigte Clare, doch sie mochte nicht auf den Traum zu sprechen kommen. »Ich bin zugegebenermaßen ein bißchen unruhig, aber nicht besorgt. Du und dein Göttergatte, ihr sorgt euch schon für mich mit.«

»Jean-Paul ist nur noch ein Wrack«, gab Angie zu. Seit zwei Jahren war sie nun schon mit dem Galeriebesitzer verheiratet und von seinem Verstand, seiner Leidenschaft für Kunst und seinem herrlichen Körper noch immer so bezaubert wie am ersten Tag. »Schließlich ist es die erste große Ausstellung in der neuen Galerie. Es geht nicht nur um deinen Kopf.«

»Ich weiß.« Clare schloß kurz die Augen, als sie daran dachte, wieviel Geld, Zeit und Hoffnungen die LeBeaus in ihre neue, vergrößerte Galerie investiert hatten. »Ich lasse euch nicht hängen.«

Angie bemerkte, daß Clare trotz gegenteiliger Beteuerungen genauso nervös war wie sie alle. »Das wissen wir«, sagte sie, wobei sie absichtlich einen leichten Tonfall anschlug. »Wir rechnen damit, nach deiner Ausstellung als die führende Galerie der West Side zu gelten. In der Zwischenzeit möchte ich dich daran erinnern, daß du morgen früh um zehn ein Interview für das *New York Magazine* und mittags eins für die *Times* geben mußt.«

»Ach, Angie.«

»Diesmal gibt es kein Entrinnen.« Angie schlug ihre wohlgeformten Beine übereinander. »Du triffst den Journalisten vom *New York Magazine* in unserem Penthouse. Mir graut bei der Vorstellung, daß du Pressevertreter hier empfängst.«

»Du willst doch bloß ein Auge auf mich haben.«

»So ist es. Mittagessen um punkt eins im *Le Cirque*.«

»Ich wollte mir eigentlich mal kurz die Galerie ansehen.«

»Dafür bleibt noch genug Zeit. Ich bin um neun Uhr hier und überzeuge mich persönlich, daß du aufgestanden und angezogen bist.«

»Ich hasse Interviews«, brummte Clare.

»Sei tapfer.« Angie faßte sie bei der Schulter und küßte sie auf beide Wangen. »Und nun ruh dich ein bißchen aus. Du siehst wirklich mitgenommen aus.«

Clare stützte die Ellbogen auf die Knie. »Willst du mir nicht auch noch die Sachen rauslegen, die ich morgen anziehen soll?« fragte sie, als Angie zum Fahrstuhl ging.

»Ich denk' drüber nach.«

Wieder sich selbst überlassen, blieb Clare ein paar Minuten grübelnd sitzen. Sie verabscheute Interviews; all diese hochtrabenden und allzu persönlichen Fragen. Man wurde gemustert, abgeschätzt und dann in seine Einzelteile zerlegt. Ihr graute jetzt schon davor, also tat sie, was sie immer machte, wenn sich unangenehme Dinge nicht vermeiden ließen: sich zwingen, nicht mehr daran zu denken.

Sie fühlte sich ausgelaugt und viel zu müde, um sich wieder auf ihre Arbeit zu konzentrieren. Außerdem war ihr nichts, was sie in den letzten Wochen in Angriff genommen hatte, so richtig gelungen. Aber sie war innerlich viel zu aufgewühlt, um ein Schläfchen zu halten oder sich der Länge nach auf dem Boden auszustrecken und das Tagesprogramm im Fernsehen zu verfolgen.

Kurzentschlossen erhob sie sich und ging zu einem mächtigen Schrankkoffer, der ihr als Sitzgelegenheit, Tisch und Behältnis für allen möglichen Krimskrams diente, hinüber. Sie klappte den Deckel hoch und wühlte sich durch ein altes Ballkleid, die Kappe, die sie zum Schulabschluß erhalten hatte, ihren Brautschleier, der ihr drei Reaktionen zugleich entlockte – Überraschung, Belustigung und Bedauern – und ein Paar Tennisschuhe, die sie schon abgeschrieben hatte, bis sie endlich auf ein Fotoalbum stieß.

Doch, sie war einsam, gestand Clare sich ein, als sie das Album zum Sessel am Fenster mitnahm. Sie vermißte ihre

21

Familie. Und wenn sie alle schon so weit von ihr entfernt waren, dann konnte sie sich wenigstens mit Fotos trösten.

Der erste Schnappschuß entlockte ihr ein Lächeln. Ein verblaßtes Schwarzweißfoto von ihr und ihrem Zwillingsbruder Blair als Kleinkinder. Blair und Clare, dachte sie seufzend. Wie oft hatten sie und ihr Zwilling über die Entscheidung ihrer Eltern, ihnen beiden sich reimende Namen zu geben, geschimpft. Das Foto war ziemlich verschwommen, ein Werk ihres Vaters, der in seinem ganzen Leben kein gestochen scharfes Foto zustande gebracht hatte.

»Ich habe zwei linke Hände«, pflegte er zu sagen. »Technische Geräte nehmen in meinen Händen ein böswilliges Eigenleben an. Aber gebt mir eine Handvoll Samen und etwas Erde, und ich ziehe euch die schönsten Blumen im ganzen Land.«

Was nicht übertrieben war, dachte Clare. Ihre Mutter war handwerklich ausgesprochen begabt, konnte Toaster reparieren und verstopfte Abflußrohre reinigen, während Jack Kimball mit Hacke, Spaten und Heckenschere ihren Garten an der Ecke Oak Leaf und Mountain View in Emmitsboro, Maryland, in ein Schmuckstück verwandelte.

Den Beweis dafür hielt sie gerade in den Händen; ein Foto, das ihre Mutter aufgenommen hatte, exakt belichtet und mit perfekter Bildaufteilung. Die kleinen Kimball-Zwillinge tummelten sich auf einer auf dem sorgfältig getrimmten Rasen ausgebreiteten Decke. Dahinter blühten üppige Frühlingsblumen: Akelei, Flammende Herzen, Maiglöckchen und Springkraut, alle sauber angepflanzt, ohne jedoch in Beete gezwängt zu werden.

Da war auch ein Foto von ihrer Mutter. Clare zuckte zusammen, als ihr aufging, daß sie auf eine Frau blickte, die jünger war als sie selbst. Rosemary Kimballs Haar schimmerte wie dunkelgoldener Honig und war im Stil der frühen sechziger Jahre frisiert, und sie lachte strahlend in die Kamera, ein Baby auf jeder Hüfte.

Bildhübsch war die Mutter damals gewesen, dachte Clare, trotz der schrecklichen Frisur und dem übertriebenen Make-up der damaligen Zeit. Auch heute noch galt Rosemary Kimball mit ihrem blonden Haar, den blauen Augen, der ausgezeichneten Figur und den feinen, ebenmäßigen Gesichtszügen als eine ausgesprochen gutaussehende Frau.

Ein Foto von Clares Vater in Shorts, mit Gartenerde an den knochigen Knien, der sich auf seine Hacke lehnte und selbstsicher in die Kamera grinste. Sein rotes Haar war zu einem Bürstenschnitt gestutzt, und seine blasse Haut zeigte erste Anzeichen eines Sonnenbrandes. Jack Kimball schien nur aus Beinen und Ellenbogen zu bestehen, eine linkische menschliche Vogelscheuche, die Blumen über alles geliebt hatte.

Tränen traten Clare in die Augen, als sie weiterblätterte. Weihnachtsfotos, sie und Blair vor einem schiefen Weihnachtsbaum. Beide saßen auf glänzenden roten Dreirädern. Obwohl sie Zwillinge waren, bestand keine große Ähnlichkeit. Blair ähnelte äußerlich eher der Mutter, Clare dem Vater, so, als ob sich die Babys bereits im Mutterleib jeder für eine Seite entschieden hätten. Blair sah vom Kopf bis zu den Spitzen seiner roten Kniestrümpfe wie ein kleiner Engel aus. Clares Haarband hatte sich gelöst, und die weißen Strumpfhosen unter ihrem gestärkten Organdykleid schlugen Falten. Sie war nun mal das häßliche Entlein der Familie, das es nie ganz geschafft hatte, sich zu einem schönen Schwan zu mausern.

Die folgenden Fotos dokumentierten das Leben einer Familie mit heranwachsenden Kindern. Geburtstage, Picknicks, Urlaub, Freizeit. Ab und an tauchten Bilder von Freunden oder Verwandten auf. Blair, der bei der Memorial-Day-Parade in seiner schmucken Uniform die Main Street entlangmarschierte. Clare, den Arm um Pudge, den fetten Beagle, gelegt, der mehr als zehn Jahre lang ihr Haustier gewesen war. Die Zwillinge zusammen in einem Zelt, das die Mutter hinten im Hof aufgestellt hatte. Die Eltern im Sonntagsausgehstaat vor der Kirche, an einem Ostersonntag. Damals war der Vater reumütig in den Schoß der katholischen Kirche zurückgekehrt.

Auch eine Sammlung von Zeitungsausschnitten über Jack Kimball war dabei. Einmal hatte ihm der Bürgermeister von Emmitsboro in Anerkennung seiner Verdienste um die Gemeinde eine Ehrenmedaille verliehen. Ein anderer Bericht handelte von ihrem Vater und *Kimball Realty*; die Ein-Mann-Firma, die zu einem florierenden Großunternehmen mit vier Niederlassungen angewachsen war, wurde als Musterbeispiel für die Verwirklichung des amerikanischen Traums beschrieben.

Jack Kimballs größter Coup war der Verkauf einer hundertfünfzig Morgen großen Farm an eine Baugesellschaft, die sich auf die Planung und Konstruktion von Einkaufszentren spezialisiert hatte, gewesen. Einige Einwohner beklagten damals zwar, daß die ruhige Abgeschiedenheit von Emmitsboro einem Achtzig-Betten-Motel, Fastfoodläden und Warenhäusern zum Opfer fallen sollte, aber die Mehrheit war der Ansicht, Fortschritt tue dringend not. Das Einkaufszentrum würde Arbeitsplätze schaffen und den Lebensstandard verbessern.

Clares Vater gehörte zu denjenigen Vertretern der städtischen Prominenz, die beim ersten Spatenstich anwesend waren.

Danach hatte er zu trinken begonnen.

Anfangs noch in Maßen, so daß kaum jemand etwas bemerkte. Zwar schien er stets von einer Whiskeydunstwolke umgeben, doch ging er weiterhin seiner Arbeit nach und kümmerte sich um den Garten.

Je mehr sich das Einkaufszentrum der Fertigstellung näherte, desto mehr trank er.

Zwei Tage nach der prunkvollen Eröffnungsfeier an einem schwülheißen Augustabend leerte er eine ganze Flasche und stürzte oder sprang danach aus dem Fenster im dritten Stock.

Niemand hielt sich zu der Zeit im Haus auf. Ihre Mutter war bei dem monatlich stattfindenden Treffen mit ihren Freundinnen, wo gegessen, gelacht und geklatscht wurde, Blair zeltete mit Freunden im Wald östlich der Stadt. Und Clare selbst sprudelte vor Freude und Erregung über ihr erstes Rendezvous geradezu über.

Mit geschlossenen Augen, das Album fest an sich gepreßt, schlüpfte Clare wieder in die Hülle des fünfzehnjährigen, für sein Alter hoch aufgeschossenen Mädchens, dessen riesige Augen vor Aufregung funkelten. Sie hatte den Abend auf der ländlichen Kirmes verbracht.

Im Arm hielt sie den kleinen Stoffelefanten, der Bobby Meese sieben Dollar fünfzig gekostet hatte, bis er ihn endlich an der Schießbude gewann. Im Riesenrad hatte Bobby sie dann geküßt und ihre Hand gehalten.

Die Ereignisse standen ihr wieder so klar und deutlich vor Augen, daß sie den Verkehrslärm von Manhattan nicht mehr zur Kenntnis nahm und statt dessen die leisen Geräusche eines Sommers auf dem Land zu hören glaubte.

Sie war sicher gewesen, daß ihr Vater auf sie warten würde. Als sie Arm in Arm mit Bobby fortgegangen war, hatte sich ein Schleier über seine Augen gelegt. Clare hoffte, daß sie später wieder mit ihrem Vater auf dem alten Gartentor beisammensitzen und sich unterhalten konnte, wie sie es oft taten, während Nachtfalter gegen die gelben Lampen prallten und die Grillen im Gras zirpten. Schließlich wollte sie ihm von ihrem Abenteuer berichten.

Ihre Turnschuhe verursachten nicht das geringste Geräusch auf dem schimmernden Holz, als sie die Treppe hinaufstieg. Sogar heute noch, Jahre später, erinnerte sie sich an die kribbelnde Erregung, die sie verspürt hatte. Die Schlafzimmertür stand offen, und sie spähte hinein und rief seinen Namen.

»Daddy?«

Im Schein des Mondlichts konnte sie erkennen, daß das Bett ihrer Eltern noch unberührt war, also drehte sie sich um und ging in den dritten Stock. Oft arbeitete der Vater noch spät abends in seinem Büro. Oder er trank spät abends in seinem Büro. Rasch verdrängte Clare diesen Gedanken. Wenn er getrunken hatte, würde sie ihn überreden, mit hinunterzukommen, ihm einen Kaffee machen und ihm gut zureden, bis der gehetzte Ausdruck, der seit einiger Zeit ständig in seinen Augen stand, verschwand. Bald würde er wieder lachen und den Arm um ihre Schulter legen.

Unter seiner Bürotür schimmerte noch Licht. Zuerst klopfte sie an, eine festverwurzelte Gewohnheit, denn obwohl sich die Familienmitglieder so nahestanden, respektierten sie dennoch die Privatsphäre des einzelnen.

»Daddy? Ich bin wieder da!«

Daß die erwartete Antwort ausblieb, irritierte sie. Zögernd blieb sie stehen, und aus irgendeinem unerklärlichen Grund spürte sie das dringende Bedürfnis, sich umzudrehen und wegzulaufen. Sie hatte einen kupferartigen Geschmack im Mund; ein Zeichen von Angst, das sie jedoch nicht zu deuten wußte. Sie trat sogar einen Schritt zurück, ehe sie das Unbehagen abschüttelte und nach der Türklinke griff.

»Dad?« Sie konnte nur beten, daß sie ihn nicht betrunken schnarchend hinter seinem Schreibtisch zusammengesunken vorfinden würde. Die Vorstellung ließ sie die Klinke fester packen; Ärger stieg in ihr hoch, da sie fürchtete, er würde ihr den schönsten Abend ihres Lebens durch seinen Whiskeykonsum verderben. Er war ihr Vater, und als solcher hatte er für sie da zu sein und sie nicht zu enttäuschen. Entschlossen stieß sie die Tür auf.

Zuerst war sie ein bißchen verwirrt. Obwohl das Licht in dem umgebauten Dachgeschoß brannte und der große tragbare Ventilator die heiße Luft durcheinanderwirbelte, war der Raum leer. Als sie den strengen, säuerlichen Whiskeygeruch wahrnahm, rümpfte sie angewidert die Nase. Glassplitter knirschten unter den Sohlen ihrer Turnschuhe. Vorsichtig stieg sie über die Überreste einer Flasche *Irish Mist* hinweg.

War er weggegangen? Hatte er die Flasche geleert, sie beiseite geworfen und war dann aus dem Haus getorkelt?

Ihre erste Reaktion war ein heftiges Schamgefühl; von der Art, wie es nur Teenager empfinden können. Wenn ihn nun jemand in diesem Zustand sah, einer von ihren Freunden oder dessen Eltern! In einer Kleinstadt wie Emmitsboro kannte jeder jeden. Nicht auszudenken, wenn jemand mitbekam, wie ihr Vater betrunken die Straße entlangschwankte!

Den kostbaren Elefanten – ihr erstes Geschenk von einem Verehrer – fest an sich gepreßt, stand sie mitten im Raum unter der Dachschräge und fragte sich verzweifelt, was sie nun tun sollte.

Wenn doch nur die Mutter zu Hause gewesen wäre, dachte sie mit aufkeimendem Zorn. Wäre die Mutter zu Hause gewesen, dann wäre der Vater nicht allein fortgegangen. Sie hätte ihn beruhigt, zur Vernunft gebracht und dann ins Bett gesteckt. Und Blair war mit seinen albernen Freunden zum Zelten gegangen, hockte jetzt vermutlich am Lagerfeuer, trank Budweiser und las Playboyhefte.

Auch sie selbst war ausgegangen und hatte ihn allein gelassen, dachte sie, ob ihrer Unschlüssigkeit den Tränen nah. Sollte sie hierbleiben und warten, oder sollte sie ihn suchen gehen?

Ihn suchen gehen. Ihr Entschluß stand fest. Sie ging zum Schreibtisch hinüber, um die Lampe auszuschalten, dabei knirschte wieder Glas unter ihren Füßen. Komisch, überlegte sie. Wenn er die Flasche in Türnähe zerbrochen hatte, wie kam dann soviel Glas hinter den Schreibtisch? Und unter das Fenster?

Langsam hob sie den Blick von den langen, gezackten Scherben zu dem schmalen, hohen Fenster hinter dem Schreibtisch ihres Vaters. Das Fenster war nicht offen, sondern kaputt. Tückische spitze Glasscherben hingen immer noch am Rahmen. Mit weichen Knien schlich sie vorsichtig vorwärts, immer näher. Und blickte hinunter auf die gefliese Terrasse, wo ihr Vater rücklings auf den Steinplatten lag, von einem der Pfähle, die er am selben Nachmittag noch eingeschlagen hatte, buchstäblich aufgespießt.

Clare erinnerte sich, daß sie kopflos losgerannt war, auf den Stufen stolperte, sich wieder fing, durch die langezogene Halle rannte, dann der Schwingtür zur Küche einen Tritt versetzte und die hintere Glastür, die ins Freie führte, aufriß.

Er lag da wie eine zerbrochene Puppe, blutend, den Mund weit geöffnet, so, als wolle er etwas sagen. Oder schreien. Die scharfe, blutverkrustete Spitze des Pfahls ragte aus seiner Brust.

Aus weit aufgerissenen, blicklosen Augen starrte er sie an. Clare schüttelte ihn, schrie ihn an, versuchte, den leblosen Körper hochzuzerren, dann verlegte sie sich auf Betteln und Flehen, doch er regte sich nicht mehr. Der Geruch von Blut, seinem Blut, stieg ihr in die Nase und vermischte sich mit dem schweren Duft der Sommerrosen, die er so geliebt hatte.

Da begann sie zu schreien. Sie schrie und schrie, bis die Nachbarn sie beide fanden.

Zweites Kapitel

Cameron Rafferty haßte Friedhöfe. Nicht etwa, weil er abergläubisch war – er gehörte nicht zu der Sorte Mensch, die schwarzen Katzen aus dem Weg ging oder vorsorglich auf Holz klopfte –, sondern weil er die Konfrontation mit der eigenen Sterblichkeit scheute. Er wußte, daß er nicht ewig leben würde, und er war sich bewußt, daß gerade er als Cop sich häufiger als andere Menschen in Lebensgefahr begab. Doch das war sein Job, so wie das ganze Leben ein Job war und der Tod den endgültigen Ruhestand bedeutete.

Aber der Teufel sollte ihn holen, wenn er sich gerne von marmornen Gedenksteinen und verwelkten Blumenarrangements daran erinnern ließ.

Wie dem auch sei, er war gekommen, um einen Blick auf ein Grab zu werfen, und Gräber traten für gewöhnlich in Rudeln auf und vereinigten sich zu Friedhöfen. Dieser hier gehörte zu der katholischen Marienkirche und lag auf einem verwilderten Stück Land im Schatten des alten Glockenturms. Die kleine, stabile Steinkirche hatte Wetter und Sünde seit einhundertdreiundzwanzig Jahren erfolgreich getrotzt, und die letzte Ruhestätte für die in die Ewigkeit eingegangenen Katholiken war mit Stacheldraht eingezäunt. Die meisten der rostigen Dornen fehlten, doch niemand störte sich groß daran.

Heutzutage bekannten sich die meisten Einwohner von Emmitsboro entweder zu der methodistischen Kirche an der Main Street oder der lutherischen Kirche Ecke Poplar. Auch die Baptisten im Süden der Stadt und die Katholiken hatten ihre kleine Gemeinde – wobei die Baptisten einen leichten Vorteil verzeichnen konnten.

Seit den siebziger Jahren hatte die Anzahl der Kirchenaustritte immer mehr zugenommen, so daß in der Marienkirche nur noch die Sonntagsmesse abgehalten wurde. Die Priester der Sankt-Anna-Kirche in Hagerstown wechselten sich dabei untereinander mit dem Religionsunterricht und der darauf folgenden Neun-Uhr-Messe ab. Ansonsten wurde die Marienkirche nicht mehr viel genutzt, außer um die Oster- und Weihnachtszeit. Und natürlich zu Hochzeiten und Beerdigungen. Egal, wohin sich die Schäfchen auch verirrt haben mochten, am Ende kehrten sie zur Marienkirche zurück, um dort zur letzten Ruhe gebettet zu werden.

Diese Vorstellung war nicht dazu angetan, Cam, der dort am Taufbecken, direkt vor der großen, strengblickenden Marienstatue getauft worden war, zu beruhigen.

Es war eine wundervolle Nacht, etwas kühl und windig zwar, aber dafür leuchtete der Himmel sternenklar. Viel lieber hätte er jetzt mit einer kalten Flasche *Rolling Rock* auf seiner Veranda gesessen und durch sein Teleskop die Sterne betrachtet. Tatsächlich hätte er es sogar vorgezogen, einen ausgerasteten Junkie durch dunkle Straßen zu jagen. Dem möglichen Tod mit der Waffe in der Hand gegenüberzutreten ließ den Adrenalinspiegel hochschnellen und hielt einen davon ab, allzusehr über die unausweichlichen Tatsachen des Lebens nachzugrübeln. Aber auf diesem Knochenacker über modernde Gebeine hinwegzustapfen, das führte einem die Vergänglichkeit des Seins viel zu deutlich vor Augen.

Der hohle Schrei einer Eule ließ Deputy Bud Hewitt, der neben Cam ging, zusammenzucken. Der Deputy grinste einfältig und räusperte sich.

»Gruseliges Fleckchen, was, Sheriff?«

Cam gab ein unverbindliches Grunzen von sich. Mit seinen dreißig Jahren war er nur drei Jahre älter als Bud und in derselben Ecke der Dog Run Road aufgewachsen. Während seines letzten Jahres an der Emmitsboro High School war er drei wilde Monate lang mit dessen Schwester Sarah ausgegangen und hatte persönlich Buds erste Erfahrungen mit Alkohol überwacht. Doch er wußte, daß Bud es als seine Pflicht betrachtete, ihn mit ›Sheriff‹ zu titulieren.

»Tagsüber ist's ja nur halb so schlimm«, fuhr Bud fort. Er hatte ein unscheinbares, rosiges Kindergesicht und strohfarbenes Haar, das ihm stets wirr vom Kopf abstand, egal wie oft er es mit einem nassen Kamm zu bändigen suchte. »Aber nachts denkt man unwillkürlich an all diese Vampirfilme.«

»Hier gibt es keine Untoten, sondern schlicht und einfach nur Dahingeschiedene.«

»Ja, ja.« Trotzdem wünschte Bud, er hätte Silberkugeln statt der üblichen Munition in seinem Dienstrevolver.

»Da drüben ist es, Sheriff.«

Die beiden Teenager, die sich ausgerechnet den Friedhof als Liebestreff auserkoren hatten, wiesen ihm den Weg. Sie waren vollkommen verstört gewesen, als sie zu ihm gerannt kamen und an seine Tür hämmerten, doch nun schienen sie die Aufregung zu genießen.

»Genau hier.« Der siebzehnjährige Junge in der verschossenen Jeansjacke deutete mit dem Finger auf die Stelle. Im linken Ohr trug er einen kleinen goldenen Ohrstekker, was in einer Stadt wie Emmitsboro entweder ein Zeichen von Mut oder von Dummheit war. Das Mädchen an seiner Seite, ein schnuckeliger Cheerleadertyp, schüttelte sich leicht. Beiden war klar, daß sie am kommenden Montag die Stars der Emmitsboro High sein würden.

Cam richtete den Strahl seiner Taschenlampe auf den umgeworfenen Grabstein, der besagte, daß hier John Robert Hardy ruhte; ein Kleinkind, das nur ein kurzes Jahr gelebt hatte und seit über hundert Jahren hier lag. Neben dem umgestürzten Grabstein gähnte ein dunkles, leeres Loch.

»Sehen Sie? Genau, wie wir gesagt haben.« Der Junge

schluckte vernehmlich. Im schummrigen Licht schimmerten seine Augäpfel weiß. »Jemand hat das Grab geöffnet.«

»Das sehe ich selber, Josh.« Cam bückte sich und leuchtete direkt in das Loch. Außer Erde und einem modrigen Geruch war nichts da.

»Glauben Sie, daß es Grabräuber waren, Sheriff?« Joshs Stimme klang aufgeregt. Er schämte sich, daß er hakenschlagend wie ein Hase geflüchtet war, nachdem Sally und er beinahe in das offene Grab gekugelt wären, als sie sich engumschlungen auf dem Rasen wälzten. Lieber erinnerte er sich daran, wie seine Hand unter ihr T-Shirt geglitten war. Und damit sie das auch nicht vergaß, gab er sich nun betont männlich. »Ich habe gelesen, daß sie Gräber ausheben, um nach Schmuck und Leichenteilen zu suchen. Die verkaufen sie dann zu Forschungszwecken und so.«

»Ich glaube nicht, daß sie hier viel gefunden haben.« Cam richtete sich auf. Obwohl er sich als einen vernünftigen Menschen betrachtete, war es ihm beim Blick in das klaffende Grab kalt den Rücken heruntergelaufen. »Du bringst Sally jetzt am besten nach Hause. Wir kümmern uns um die Angelegenheit.«

Sally sah ihn aus großen Augen an. Insgeheim schwärmte sie für Sheriff Rafferty. Einmal hatte sie gehört, wie sich ihre Mutter mit einer Nachbarin über dessen wilde Teenagerjahre in Emmitsboro unterhielt, als er eine Lederjacke getragen, ein Motorrad gefahren und im Streit um ein Mädchen *Clydes Taverne* kurz und klein geschlagen hatte.

Das Motorrad besaß er immer noch, und er wirkte auf sie, als könne er es auch heute noch ziemlich wüst treiben, wenn er wollte. Cam war groß, drahtig und kräftig und trug keine langweilige Khakiuniform wie Bud Hewitt, sondern enge Jeans und ein Baumwollhemd mit hochgekrempelten Ärmeln. Das schwarze Haar fiel in Locken über seine Ohren bis auf den Hemdkragen, und gerade jetzt fiel das Mondlicht auf sein schmales Gesicht und betonte seine hohen Wangenknochen. Ihr siebzehnjähriges Herz hüpfte. Nach Sallys Meinung hatte er unwahrscheinlich sexy wirkende blaue Augen – dunkel, geheimnisvoll und unergründlich.

»Werden Sie das FBI hinzuziehen?« fragte sie ihn.

»Wir denken drüber nach.« Himmel, noch einmal siebzehn sein, dachte er, und im selben Atemzug: alles, nur das nicht. »Danke für eure Hilfe. Wenn ihr das nächste Mal einen Platz zum Schmusen sucht, geht woanders hin.«

Sally errötete. Der Wind wehte ihr Haar über ihr argloses Gesicht. »Wir haben nur miteinander geredet, Sheriff.«

Und Schweine reiten auf Besenstielen. »Wie dem auch sei. Ihr zwei geht jetzt jedenfalls nach Hause.«

Cam sah ihnen nach, als sie zwischen den Grabsteinen hindurch davongingen, über Stücke weichen Erdreichs und Flecken wilden Grases hinweg. Sie flüsterten bereits aufgeregt miteinander, Sally quiekte auf und kicherte, dann blickte sie über ihre Schulter zurück, um einen letzten Blick auf Cam zu erhaschen. Diese Kinder, dachte er kopfschüttelnd, als ein loser Dachziegel der alten Kirche im Wind schepperte. Kein Gespür für Atmosphäre.

»Ich brauche ein paar Fotos hiervon, Bud, und zwar heute noch. Und wir sperren die Stelle besser ab und stellen ein oder zwei Warnschilder auf. Morgen früh weiß die ganze Stadt Bescheid.«

»Kann mir nicht vorstellen, daß es in Emmitsboro Grabräuber gibt.« Bud kniff die Augen zusammen und setzte eine amtliche Miene auf. Zugegeben, der Friedhof war ihm unheimlich, aber andererseits hatten sie, seitdem Billy Reardon den Pickup seines Vaters kurzgeschlossen und mit diesem vollbusigen Gladhill-Mädchen und einem Sechserpack Miller's eine Spritztour unternommen hatte, keinen nur annähernd so aufregenden Fall mehr gehabt. »Vandalismus, schätz' ich. Eine Horde Kids mit seltsamem Humor.«

»Vermutlich«, murmelte Cam, doch als Bud zum Auto ging, um die Kamera zu holen, beugte er sich tiefer über das Grab. Das sah nicht nach Vandalismus aus. Keine Graffiti, keine sinnlose Zerstörungswut.

Das Grab war fein säuberlich – systematisch, dachte er – ausgehoben worden, die umliegenden Grabsteine blieben unberührt. Lediglich dieses eine kleine Grab war von Interesse gewesen.

Und wo zum Teufel war die Erde geblieben? Um das Loch herum hatten keine Erdhäufchen gelegen. Was bedeutete, daß die Erde fortgeschafft worden war. Aber was in aller Welt konnte jemand mit ein paar Schubkarrenladungen Erde von einem alten Grab anfangen?

Wieder schrie die Eule, dann breitete sie ihre Schwingen aus und schwebte über den Friedhof. Als der Schatten über seinen Rücken glitt, erschauerte Cam.

Da der nächste Tag ein Samstag war, fuhr Cam morgens in die Stadt und parkte vor *Martha's*, einem Speiselokal, das schon seit ewigen Zeiten einen beliebten Treffpunkt in Emmitsboro bildete. Seitdem er als Sheriff in seine Heimatstadt zurückgekehrt war, hatte er es sich zur Gewohnheit gemacht, dort jeden Samstagmorgen bei Kaffee und Pfannkuchen zu verbringen.

Seine Arbeit hinderte ihn nur selten daran. Meistens konnte er sich samstags zwischen acht und zehn loseisen, um sich bei *Martha's* zwei oder drei Tassen Kaffee zu genehmigen, mit den Kellnerinnen und den Stammgästen zu plaudern und, während die Musikbox Platten von Loretta Lynn oder Randy Travis spielte, die Schlagzeilen der *Herald Mail* zu überfliegen, ehe er sich in den Sportteil vertiefte. Die leise brutzelnden Würstchen und Schinkenstreifen verbreiteten einen würzigen Duft, und das Tellerklappern und das unterschwellige Gemurmel einiger alter Männer, die an der Theke standen und über Baseball oder die Wirtschaftslage diskutierten, wirkte beruhigend.

In Emmitsboro, Maryland, plätscherte das Leben ruhig und friedlich vor sich hin. Deswegen war er zurückgekommen.

Die Stadt war seit seiner Jugend ziemlich gewachsen. Emmitsboro zählte mittlerweile über zweitausend Einwohner – die umliegenden Farmen und Berghütten mitgerechnet – und verfügte über eine eigene Grundschule; vor fünf Jahren waren die altgedienten Faulbehälter sogar durch eine moderne Kläranlage ersetzt worden. Derlei Dinge gaben in Emmitsboro Gesprächsstoff für mehrere Wochen ab.

Es war eine ruhige, ordentliche kleine Stadt, die Samuel Q. Emmit im Jahre 1782 gegründet hatte. Sie lag in einem Tal, umgeben von Bergen und hügeligem Farmland, und stieß nach drei Seiten an Luzerne-, Mais-, und Futterheufelder. Zur vierten Seite grenzte sie an das Waldgebiet Dopper's Woods, so benannt, weil es direkt neben der Dopper-Farm lag. Der dichte Wald erstreckte sich über eine Fläche von mehr als zweihundert Morgen. An einem kühlen Novembermorgen des Jahres 1958 hatte Jerome Doppers ältester Sohn Junior die Schule geschwänzt und war mit einer Flinte über der Schulter in den Wald marschiert, wo er einen kapitalen Sechsender zu erlegen hoffte.

Am nächsten Morgen hatte man ihn am schlüpfrigen Ufer des Flüßchens gefunden, mit halb weggeblasenem Schädel. Es sah so aus, als hätte Junior die elementaren Vorsichtsmaßnahmen mißachtet, sei auf dem glitschigen Boden ausgerutscht und habe an Stelle des Hirsches sich selbst in die Ewigen Jagdgründe befördert.

Seitdem war es bei den Kindern des Ortes ein beliebter Sport, sich am Lagerfeuer gegenseitig mit Geschichten von Junior Doppers kopflosem Geist, der auf ewig in Dopper's Woods jagte, zu erschrecken.

Der Antietam Creek verlief quer durch die südliche Weide der Doppers, floß durch den Wald, in dem Junior sich selbst das Lebenslicht ausgeblasen hatte, und schlängelte sich in die Stadt hinein. Nach ausgiebigen Regenfällen plätscherte er geräuschvoll unter der Brücke Gopper Hole Lane hindurch.

Etwa eine halbe Meile außerhalb der Stadt wurde er breiter und wand sich zwischen Felsen und Bäumen hindurch. Dort floß das Wasser träge dahin, und die Sonnenstrahlen, die durch die Baumkronen fielen, malten tanzende Kringel auf die Oberfläche. Hier konnte ein Mann sich einen bequemen Stein suchen, um seine Angel auszuwerfen, und wenn er nicht gerade zu betrunken oder zu ungeschickt war, brachte er zum Abendessen eine frische Forelle mit nach Hause.

Jenseits des Angelplatzes ragten zerklüftete Felsen steil empor. Dort gab es einen Kalksteinbruch, in dem sich Cam zwei Sommer lang abgeschuftet hatte. In warmen Nächten kamen gewöhnlich die Jugendlichen hierher, konsumierten Bier oder Pot und sprangen dann von den Felsen in das tiefe, unbewegliche Wasser. Nachdem 1987 drei Kids ertrunken waren, hatte man das Gelände eingezäunt und Warnschilder aufgestellt. Die Jugendlichen kamen in warmen Sommernächten aber immer noch in den Steinbruch, nur kletterten sie jetzt zuerst über den Zaun.

Emmitsboro lag zu weit abseits der Interstate, um ein hohes Verkehrsaufkommen zu haben, und da man nach Washington, D.C., mit dem Auto zwei Stunden unterwegs war, bestand auch nicht die Gefahr, daß sich Scharen von Pendlern hier niederließen. Veränderungen gab es nur selten in Emmitsboro – was den Einwohnern nur recht war.

Das Städtchen nannte eine Eisenwarenhandlung, vier Kirchen, eine Vertretung der American Legion, des amerikanischen Frontkämpferverbandes, und eine Reihe von Antiquitätenläden sein eigen. Ferner gab es einen Supermarkt, der seit vier Generationen von ein und derselben Familie betrieben wurde, und eine Tankstelle, die häufiger den Pächter gewechselt hatte, als Cam zählen konnte. Die Zweigstelle der Kreisbücherei war zweimal wöchentlich nachmittags und samstagmorgens geöffnet. Emmitsboro hatte einen eigenen Sheriff, zwei Deputys, einen Bürgermeister und einen Gemeinderat.

Im Sommer standen die Bäume in dichtem Laub, und wenn man sich in ihrem Schatten ausstreckte, roch man frisch gemähtes Gras anstelle von Abgasen. Die Menschen waren stolz auf ihr gepflegtes Heim, und sogar in den kleinsten Vorgärten blühten Blumen und wuchsen Küchenkräuter.

Wenn der Herbst kam, explodierten die umliegenden Bäume in einem Farbenmeer, und der Geruch nach Kartoffelfeuern und nassem Laub zog durch die Straßen.

Im Winter glich die tief verschneite Stadt mit ihrer prächtigen Weihnachtsbeleuchtung einer Postkartenidylle und erinnerte an eine Szene aus *Ist das Leben nicht schön?*

Als Cop schob man hier eine ruhige Kugel. Gelegentliche Fälle von Sachbeschädigung – Jugendliche, die Fenster beschmierten oder einwarfen –, Verkehrsverstöße, die üblichen Schlägereien zwischen Betrunkenen und häusliche Dispute. In den Jahren seit seiner Rückkehr hatte Cam es einmal mit schwerer Körperverletzung, einigen Kleindiebstählen, grobem Unfug, gelegentlichen Kneipenprügeleien und einer Handvoll Rauschgiftdelikten zu tun gehabt.

In Washington, D.C., wo er über sieben Jahre lang als Cop tätig gewesen war, hätte ihn all das zusammen eine einzige Nacht lang beschäftigt.

Als er sich entschloß, sich von D.C. nach Emmitsboro versetzen zu lassen, hatten ihm seine Kollegen prophezeit, daß er nach spätestens sechs Monaten reumütig und halbtot vor Langeweile zurückkehren würde. Er stand in dem Ruf, der geborene Streifenpolizist zu sein, mal gelassen, mal aufbrausend, daran gewöhnt, sich mit Junkies und Dealern auseinanderzusetzen.

Und er hatte seinen Beruf gerne ausgeübt, den Nervenkitzel genossen, nachts durch die dunklen Straßen zu streifen und menschlichen Abfall aufzuklauben. Sein heimlicher Traum, den er hegte, seitdem er zur Polizei gestoßen war, war der Rang eines Detectives. Den Streifendienst versah er, weil er sich auf der Straße zuhause fühlte, weil er dorthin gehörte.

Doch eines verregneten Sommertages verfolgten er und sein Partner einen durchgeknallten Kleindealer und seine kreischende Geisel bis in ein Abbruchhaus in South East.

Seitdem war alles anders.

»Cameron?« Eine Hand legte sich auf Cams Schulter und riß ihn aus seinen Tagträumen. Er blickte hoch und sah den Bürgermeister von Emmitsboro vor sich stehen.

»Mr. Atherton.«

»Darf ich mich dazusetzen?« Lächelnd machte James Atherton es sich auf dem Kunststoffsitz gegenüber von

Cam bequem. Er war ein hochgewachsener, magerer Mann, der nur aus Ecken und Kanten zu bestehen schien, hatte ein knochiges, melancholisches Gesicht und blaßblaue Augen – ein fleischgewordener Ichabod Crane*. Seine sommmersprossige blasse Haut, das sandfarbene Haar, der lange Hals und die nicht enden wollenden Gliedmaßen vervollständigten diesen Eindruck.

Aus der Brusttasche seines Sportsakkos ragten ein Kugelschreiber und eine stahlgefaßte Lesebrille heraus. Er trug stets Sportsakkos und glänzende schwarze Schnürschuhe. Cam konnte sich nicht erinnern, Atherton jemals in Tennisschuhen, Jeans oder Shorts gesehen zu haben. Er war zweiundfünfzig und sah genau so aus, wie man sich einen Hochschullehrer und Staatsdiener vorstellte – was er auch war. Seit Cams Teenagerjahren bekleidete Atherton schon das Amt des Bürgermeisters von Emmitsboro; eine Übereinkunft, die sowohl ihn als auch die Bürger des Städtchens vollkommen zufriedenstellte.

»Kaffee?« fragte Cam und winkte automatisch nach der Kellnerin, obwohl diese schon mit der Kaffeekanne in der Hand auf sie zukam.

»Danke, Alice«, sagte Atherton, als sie ihm einschenkte.

»Möchten Sie Frühstück, Herr Bürgermeister?«

»Danke, ich habe schon gefrühstückt.« Trotzdem warf er einen verlangenden Blick auf die Kuchenplatte auf der Theke. »Sind die Doughnuts frisch?«

»Von heute morgen.«

Seufzend gab Atherton Sahne und zwei gehäufte Löffel Zucker in seinen Kaffee. »Vermutlich sind keine mit Apfelfüllung und Zimtguß mehr übrig?«

»Ich hab' Ihnen extra einen zurückgelegt.« Alice zwinkerte ihm zu und entfernte sich, um den Doughnut zu holen.

»Ich habe einfach keine Selbstdisziplin«, gestand Atherton nach dem ersten Schluck Kaffee. »Mal unter uns Pasto-

---

* Ichabod Crane: Figur aus der Erzählung »The Legend of Sleepy Hollow« von Washington Irving

rentöchtern: Meine Frau ist stocksauer, daß ich essen kann wie ein Scheunendrescher, ohne auch nur ein Gramm zuzunehmen.«

»Wie geht es Mrs. Atherton?«

»Min ist wohlauf. Sie leitet heute morgen den Kuchenverkauf an der Hauptschule. Hoffentlich kommt genug Geld zusammen, um neue Uniformen für die Schulband anschaffen zu können.« Atherton nahm Messer und Gabel zur Hand, als Alice den Doughnut vor ihn hinstellte. Die Serviette hatte er sich sorgsam über den Schoß gebreitet.

Unwillkürlich lächelte Cam. Nie würde der Bürgermeister das Risiko eingehen, in einen gefüllten Doughnut zu beißen und hinterher klebrige Apfelstückchen am Kinn haften zu haben. Athertons Hang zu Ordnung und Sauberkeit war stadtbekannt.

»Wie ich hörte, gab es letzte Nacht einen unerquicklichen Zwischenfall?«

»Eine häßliche Geschichte.« Cam sah das dunkel klaffende Grab immer noch vor sich. Er griff nach seiner Kaffeetasse. »Gestern abend haben wir ein paar Fotos gemacht und das Gebiet abgesperrt. Ich bin heute früh noch einmal hingefahren. Der Boden war trocken und fest, keine Fußspuren zu erkennen. Sah alles aus wie geleckt.«

»Vielleicht ein paar Kinder, die Halloween vorverlegt haben?«

»Das war auch mein erster Gedanke", gab Cam zu. »Aber irgend etwas stimmt da nicht. Kinder sind normalerweise alles andere als ordentlich.«

»Ein unangenehmer und unerfreulicher Vorfall.« Atherton nahm kleine Bissen von seinem Doughnut, kaute bedächtig und schluckte, bevor er sprach. »In einer Stadt wie dieser wird derartiger Unfug nicht gern gesehen. Zum Glück handelt es sich um ein altes Grab, da fallen wenigstens die Scherereien mit den Angehörigen weg.« Er legte die Gabel beiseite, wischte sich die Finger an der Serviette ab und hob seine Tasse. »In ein paar Tagen wird nicht mehr davon geredet, und dann kräht kein Hahn mehr nach der Angelegenheit. Aber ich würde es gar nicht gern sehen, wenn sich ein solches Ereignis wiederholt.« Atherton setzte das Lächeln auf, mit dem er normalerweise durchschnittliche Schüler, die überraschend eine gute Note erzielt hatten, bedachte. »Ich verlasse mich darauf, daß Sie mit der nötigen Diskretion vorgehen, Cameron. Wenn ich irgendwie helfen kann, lassen Sie es mich wissen.«

»Das werde ich tun.«

Atherton zückte seine Brieftasche, entnahm ihr zwei funkelnagelneue Dollarscheine und legte diese unter seinen leeren Teller. »Ich muß los. Muß mich beim Kuchenverkauf sehen lassen.«

Cam sah ihm nach, als er das Lokal verließ, einigen Fußgängern zuwinkte und die Main Street hinabschlenderte.

Den Rest des Tages verbrachte er mit der Bewältigung von Papierkram und Routinepatrouillen. Doch ehe die Sonne unterging, fuhr er noch einmal zum Friedhof. Fast eine halbe Stunde lang starrte er dumpf vor sich hinbrütend in das kleine, leere Grab.

Carly Jamison war fünfzehn Jahre alt und haßte die ganze Welt. Der größte Teil dieses Hasses richtete sich gegen ihre Eltern, die einfach nicht verstanden, was es hieß, jung zu sein. Da hockten sie nun in ihrem spießigen Haus in diesem öden Kaff Harrisburg, Pennsylvania, und hatten die Langeweile auf ihre Fahne geschrieben. Die gute alte Marge und der gute alte Fred, dachte sie mit einem geringschätzigen Schnauben, verlagerte das Gewicht ihres Rucksacks ein wenig und ging zur Abwechslung rückwärts, immer an der Route 15 South entlang, wobei sie auffordernd den Daumen hochhielt.

Warum trägst du keine hübschen Kleider, so wie deine Schwester?

Warum strengst du dich nicht mehr an und bekommst gute Noten, so wie deine Schwester?

Warum kannst du dein Zimmer nicht in Ordnung halten, so wie deine Schwester?

Verdammt, verdammt, verdammt!

Ihre Schwester haßte sie gleichfalls, die hyperperfekte Jennifer, die sich immer päpstlicher als der Papst gab und stets wie aus dem Ei gepellt aussah. Jennifer, die Einserschülerin, die ein ätzendes Stipendium gewinnen und auf die ätzende Harvard-Universität gehen würde, um dort ein ätzendes Medizinstudium aufzunehmen.

Ihre roten Hightops knirschten auf dem Schotter, während vor ihrem geistigen Auge das Bild einer Puppe mit hellblonden Haaren, die in perfekten Locken um ein herzförmiges Gesicht fielen, entstand. Die babyblauen Augen blickten leer, und um den lieblichen Mund lag ein überhebliches Lächeln.

Hi, mein Name ist Jennifer, würde die Puppe sagen, wenn man auf einen Knopf drückte. *Ich bin absolut perfekt. Ich tue alles, was man mir sagt, und ich mache immer alles richtig.*

Dann stellte Carly sich vor, wie sie die Puppe von einem Hochhaus fallen ließ und zusah, wie das perfekte Gesicht auf dem Beton zerschellte.

Scheiße, auf keinen Fall wollte sie so sein wie Jennifer. Mühsam langte sie in die Tasche ihrer knallengen Jeans und förderte eine zerknautschte Zigarettenpackung zutage. Nur noch eine einzige Marlboro, dachte sie angewidert. Na ja, sie hatte hundertfünfzig Dollar bei sich, und irgendwann mußte sie ja mal auf ein Geschäft stoßen.

Carly zündete die Zigarette mit einem feuerroten Einwegfeuerzeug – Rot war ihre erklärte Lieblingsfarbe – an, stopfte das Feuerzeug wieder in die Tasche und warf die leere Packung achtlos fort, wobei sie die vorüberfahrenden Wagen halbherzig verwünschte. Bislang hatte sie beim Trampen Glück gehabt, und da der Tag wolkenlos und angenehm kühl war, machte ihr ein Fußmarsch nichts aus.

Sie würde eben bis Florida, bis Fort Lauderdale per Anhalter fahren. Dort wollte sie unbedingt ihre Ferien verbringen, doch ihre Eltern hatten es nicht gestattet. Angeblich war sie zu jung. Immer war sie entweder zu jung oder zu alt, je nachdem, was ihren Eltern besser in den Kram paßte, wenn sie ihr etwas verbieten wollten.

Himmel, die hatten ja keine Ahnung, dachte sie und

warf aufgebracht den Kopf zurück, so daß ihr stacheliger purpurroter Haarschopf um ihr Gesicht flog. Die drei Ohrringe in ihrem linken Ohr tanzten wild auf und ab.

Carly trug eine mit Buttons und Pins übersäte Jeansjacke und ein T-Shirt mit Bon-Jovi-Aufdruck. Ihre engen Jeans hatte sie absichtlich über dem Knie zerrissen, und an einem Handgelenk baumelte ein Dutzend schmaler Armbänder; zwei Swatch-Uhren zierten das andere.

Einsfünfundsechzig war sie groß und wog hundertzehn Pfund. Carly war sehr stolz auf ihren Körper, der erst im letzten Jahr begonnen hatte, sich zu entwickeln. Sie stellte sich – sehr zum Verdruß ihrer Eltern – gerne in engen Sachen zur Schau, was ihr eine tiefe innere Befriedigung verschaffte, besonders da Jennifer mager und flachbrüstig war. Carly betrachtete es als persönlichen Triumph, ihre Schwester ausgestochen zu haben, auch wenn es sich nur um etwas so Banales wie die Körbchengröße handelte.

Ihre Eltern nahmen an, sie sei schon sexuell aktiv, vorzugsweise mit Justin Marks, und bewachten sie daher wie zwei Zerberusse. Die warten echt nur darauf, daß ich ins Zimmer platze und verkünde, hey Leute, ich bin schwanger, dachte Carly grollend. Sexuell aktiv! Diesen Ausdruck gebrauchten sie mit Vorliebe, um zu beweisen, daß sie up to date waren.

Sie hatte Justin jedenfalls noch nicht rangelassen – nicht, daß er das nicht gewollt hätte. Aber sie war für das große Ereignis einfach noch nicht bereit. Vielleicht würde sie in Florida ihre Meinung ändern.

Sie drehte sich um, um eine Weile vorwärts zu gehen, und schob ihre getönte Brille höher auf die Nase. Sie haßte ihre Kurzsichtigkeit und hatte sich erst kürzlich geweigert, eine Brille ohne phototrope Gläser zu tragen. Da sie schon zwei Paar Kontaktlinsen verloren hatte, lehnten ihre Eltern es ab, ihr neue zu kaufen.

Dann würde sie sich eben selbst welche besorgen, dachte Carly. Sie würde in Florida einen Job finden und niemals in das beschissene Pennsylvania zurückkehren. Sie würde sich ein Paar von diesen neuartigen Durasoft-Linsen zulegen und damit ihre langweiligen haselnußbraunen Augen in strahlendblaue verwandeln.

Ob man wohl schon nach ihr suchte? Vermutlich nicht. Was sollte ihre Eltern ihr Verschwinden auch groß kümmern? Sie hatten ja Jennifer die Einzigartige. Tränen stiegen ihr in die Augen, und sie klimperte wütend mit den Lidern. Was ging sie das noch an? Zur Hölle mit ihnen allen!

Verdammt, verdammt, verdammt!

Bestimmt glaubten sie, sie sei in der Schule und langweile sich bei amerikanischer Geschichte zu Tode. *Ihr* war es doch scheißegal, welcher alte Furz denn nun die Unabhängigkeitserklärung unterzeichnet hatte. Heute ging es um ihre Freiheit. Nie wieder würde sie in einem Klassenzimmer schmoren oder den Vorhaltungen ihrer Mutter lauschen müssen, wenn diese ihr predigte, ihr Zimmer aufzuräumen, die Musik leiser zu stellen oder sich nicht so stark zu schminken.

Was ist nur mit dir los, Carly? pflegte die Mutter zu jammern. *Warum benimmst du dich so? Ich verstehe dich einfach nicht.*

Wie wahr, wie wahr. Ihre Mutter verstand nichts. Keiner verstand sie.

Carly wandte sich um und winkte wieder mit dem Daumen. Doch mittlerweile hatte ihre Hochstimmung merklich nachgelassen. Seit vier Stunden befand sie sich nun schon auf der Straße, und ihr Trotz schlug rasch in Selbstmitleid um. Als ein Sattelschlepper an ihr vorbeirauschte und ihr den Straßenstaub ins Gesicht trieb, dachte sie flüchtig daran, einfach umzukehren und nach Hause zurückzugehen.

Nur über ihre Leiche! Carly straffte sich entschlossen. Sie würde nicht zurückgehen. Sollten sie doch nach ihr suchen! Sie wünschte sich sehnlich, daß die Eltern nach ihr suchen würden.

Leise seufzend verließ sie den Schotterstreifen und ließ sich auf einer Grasnarbe im Schatten einiger Bäume nieder, neben einem rostigen Stacheldrahtzaun, hinter dem Kühe friedlich grasten. In ihrem Rucksack befand sich neben ihrem Bikini, ihrer Geldbörse, pinkfarbenen Hotpants und T-Shirts zum Wechseln auch eine Doppelpackung Hostess Cup-Kuchen. Sie aß beide Kuchen auf und leckte sich dann die Schokolade von den Fingern, während sie die Kühe beobachtete.

Hätte sie doch nur daran gedacht, ein paar Dosen Cola einzustecken! Im nächstbesten Provinznest würde sie etwas zu trinken sowie einen Vorrat an Zigaretten kaufen. Ein Blick auf ihre beiden Uhren sagte ihr, daß es kurz nach Mittag war. Die Schulcafeteria würde jetzt überfüllt sein. Carly fragte sich, was die anderen wohl sagen würden, wenn sie erfuhren, daß sie, Carly Jamison, bis nach Florida getrampt war. O Mann, die würden platzen vor Neid! Das war vermutlich das Coolste, was sie je gemacht hatte. Jetzt würde man ihr Aufmerksamkeit schenken. Alle würden sie ihr Aufmerksamkeit schenken.

Erschöpft döste sie ein und erwachte benommen und mit verkrampften Gliedern. Nachdem sie ihren Rucksack geschultert hatte, trottete sie zur Straße zurück und streckte den Daumen hoch.

O Gott, sie kam um vor Durst! Kuchenkrümel kratzten sie im Hals und schienen dort auf die Größe von Kieselsteinen anzuwachsen. Und sie brauchte dringend eine Zigarette. Ihre Stimmung hob sich, als sie an einem Schild vorbeikam.

Emmitsboro   8 Meilen

Klang wie Hicksboro, aber solange sie Coca-Cola und Marlboro verkauften, sollte es ihr recht sein.

Hocherfreut bemerkte sie knapp zehn Minuten später, daß ein Pickup seine Fahrt verlangsamte und seitlich heranfuhr. Mit baumelnden Ohrringen und Armbändern rannte sie auf die Beifahrertür zu. Der Typ am Steuer sah aus wie ein Farmer, hatte riesige Pratzen mit dicken Fingern und trug eine Art Baseballkappe, auf deren Schirm die Reklame eines Futtermittelhändlers prangte. Der Laster roch angenehm nach Heu und Tieren.

»Danke, Mister.« Carly krabbelte auf den Beifahrersitz.

»Wo willst du denn hin?«

»Richtung Süden«, antwortete sie. »Nach Florida.«

»Das is' 'ne lange Reise.« Sein Blick glitt über ihren Rucksack, ehe er wieder auf die Straße bog.

»Ja.« Sie zuckte mit den Achseln. »Kann sein.«

»Willst du Verwandte besuchen?«

»Nee, einfach nur dahin.« Sie warf ihm einen aufmüpfigen Blick zu, doch er lächelte.

»Ich weiß, wie das ist. Ich kann dich bis Seventy mitnehmen, aber vorher muß ich noch mal kurz anhalten.«

»Hey, prima.« Zufrieden lehnte Carly sich zurück.

Tief im Wald klang das klare, kalte Läuten einer Glocke durch die Nacht. Als der Mond hoch am tiefschwarzen Himmel stand, stimmte der Zirkel der Dreizehn ein Lied an. Ein Lied des Todes.

Der Altar wand sich und bäumte sich auf. Ihre Sicht war getrübt, da man ihr die Brille fortgenommen und ihr eine Spritze verabreicht hatte, ehe sie gefesselt wurde. Sie schwebte irgendwo im Niemandsland zwischen Benommenheit und Bewußtlosigkeit, doch in ihrem Inneren breitete sich eiskalte Angst aus.

Sie wußte, daß sie nackt und mit weit gespreizten Armen und Beinen an etwas festgebunden war, doch sie konnte nicht sagen, wo sie sich befand, und ihr benebelter Verstand konnte nicht zurückverfolgen, wie sie dorthin gelangt war.

Der Mann in dem Laster, fiel es ihr ein. Er hatte sie mitgenommen, war ein Farmer gewesen, oder nicht? An seiner Farm hatten sie gehalten, dessen war sie sicher. Dann war er auf sie losgegangen. Sie hatte sich zur Wehr gesetzt, doch er war stark gewesen, viel, viel stärker als sie. Dann hatte er sie geschlagen.

Der Rest lag im Nebel verborgen. Man hatte sie, an Händen und Füßen gefesselt, an einem dunklen Ort gefangengehalten. Aber wie lange? Eine Stunde, einen Tag? Männer kamen und sprachen flüsternd miteinander. Eine Nadel stach in ihren Arm.

Nun befand sie sich wieder unter freiem Himmel, sie konnte den Mond und die Sterne erkennen, und sie roch Rauch. Der silberne Klang einer Glocke hallte in ihrem Kopf wider. Dann dieser seltsame Gesang. Sie konnte die Worte keiner ihr bekannten Sprache zuordnen. Sie ergaben keinen Sinn.

Leise schluchzend lag sie da und sehnte sich verzweifelt nach ihrer Mutter.

Dann drehte sie mühsam den Kopf ein wenig zur Seite und erblickte die schwarz verhüllten Gestalten. Sie hatten Tierköpfe, wie in einem Horrorfilm. Oder in einem Traum. Sicherlich träumte sie, redete sie sich ein, während heiße Tränen aus ihren Augen quollen. Bald würde sie aufwachen. Jeden Augenblick würde ihre Mutter hereinkommen und sie wecken, weil es Zeit für die Schule war, und der Schrecken hätte ein Ende.

Es konnte einfach nur ein Traum sein. Sie wußte ganz genau, daß Kreaturen mit Menschenleibern und Tierköpfen nicht existierten. Monster gab es nur in diesen Filmen, die sie und Sharie Murray sich in der Videothek ausliehen, wenn sie eine Nacht durchmachen wollten.

Das Ding mit dem Ziegenkopf setzte einen Silberkelch zwischen ihre Brüste. Sogar in ihrem mit Drogen vollgepumpten Zustand wunderte sie sich, daß sie tatsächlich die Kälte des Metalls auf ihrer Haut fühlte. Funktionierten diese Sinne auch im Traum?

Das Monster hob seine Arme hoch empor. Seine Stimme hämmerte in ihrem Kopf. Dann befestigte es eine Kerze zwischen ihren Schenkeln.

Jetzt begann sie krampfhaft zu weinen, da sie fürchtete, der Traum könnte Wirklichkeit sein. Immer noch nahm sie ihre Umgebung nur unscharf wahr, und die Geräusche drangen wie durch Watte an ihr Ohr. Sie hörte Schreie, Stöhnen und Jammern, alles nur allzu menschlich klingende Laute, die nicht zu diesen entsetzlichen Tierköpfen paßten.

Der Maskierte neigte den Kelch und goß die darin enthaltene Flüssigkeit langsam über ihren Körper. Es roch wie Blut. Sie wimmerte. Er berührte sie, zeichnete mit der roten

Flüssigkeit seltsame Symbole auf ihren nackten Körper. Unter der Ziegenmaske glühten seine Augen wie Höllenfeuer, als er begann, mit seinen Menschenhänden jene Dinge mit ihr zu tun, vor denen ihre Mutter sie immer gewarnt hatte. Die Dinge, die einem zustießen, wenn man per Anhalter fuhr oder sich aufreizend kleidete.

Trotz ihrer Angst stieg glühendheiße Scham in ihr hoch.

Dann waren sie nackt. Unter den Kutten und den Ziegen-, Wolfs- und Reptilienköpfen verbargen sich ganz normale Männer. Wie trunken tanzten diese Männer um den Altar, während sie nacheinander die hilflose junge Frau mißbrauchten. Kein Funken von Mitleid regte sich in ihnen, als die Schreie des Opfers zu einem haltlosen Schluchzen abebbten und in ein klägliches Wimmern übergingen.

Sie versank in einem Meer von Qualen, und dort, tief in ihrem Innern, fand sie endlich jenen verborgenen Ort, an dem Schmerz und Angst sie nicht mehr erreichen konnten. Das Messer nahm sie gar nicht mehr wahr.

Drittes Kapitel

Eine Stunde nach der Eröffnung von Clares Ausstellung war die Galerie gerammelt voll. Die Besucher schlenderten geruhsam durch die weitläufigen, über drei Stockwerke verteilten Räume. Nicht einfach Leute, sinnierte Clare, an ihrem Champagner nippend, sondern die Richtigen Leute. Mit großem R. Die Sorte, die Angies Herzschlag auf Überschallgeschwindigkeit beschleunigen würde. Die Kunst- und Geschäftswelt war ebenso vertreten wie Theater und Intellekt. Sie alle kamen, um sich umzuschauen, mehr oder weniger sachverständige Kommentare abzugeben und offensichtlich auch, um zu kaufen.

Die zahlreich erschienenen Reporter drängelten sich durch die Menge und taten sich an französischem Champagner und Kanapes gütlich. Eine Abordnung von *Enter-*

tainment Tonight scharte sich gerade um Clares überdimensionale Bronze- und Eisenskulptur, die den Titel *Rückkehr der Macht* trug und drei nackte, mit Lanze, Bogen und Speer bewaffnete Frauen, die einen knieenden Mann einkreisten, darstellte. Aufgrund des offenkundigen sexuellen Tenors und des feministischen Touchs galt diese Arbeit als äußerst umstritten.

Clare hingegen betrachtete sie schlichtweg als Symbol ihrer eigenen Gefühle kurz nach der Scheidung.

Die Vertreter von *Museums and Art* diskutierten weithin hörbar über eine kleine Kupferstatue, wobei ständig Begriffe wie ›esoterisch‹ und ›vielschichtig‹ fielen.

Höher konnte man auf der Erfolgsleiter kaum noch klettern.

Warum war sie dann nur so niedergeschlagen?

Oh, sie spielte ihre Rolle vortrefflich, betrieb lächelnd Smalltalk, bis sie meinte, ihr Gesicht müsse zerspringen. Sie trug sogar die Sachen, die Angie ihr ausgesucht hatte, ein enganliegendes, glänzendes schwarzes Kleid mit v-förmigem Rückenausschnitt, dessen Rock so eng war, daß sie darin nur trippeln konnte und sich wie eine dieser armen Chinesinnen jener Epoche, als gebundene Füße noch in Mode waren, vorkam. Das Haar hatte sie sich streng aus dem Gesicht gekämmt, und sie hatte den auffälligen Kupferschmuck, den sie selbst aus einer Laune heraus entworfen hatte, angelegt.

Der Gesamteindruck war sexy und ein wenig exzentrisch, das wußte sie. Doch der Schein trog. Im Moment fühlte sie sich ziemlich elend.

Genauer gesagt, fühlte sie sich kleinbürgerlich und ziemlich fehl am Platze, erkannte Clare. So oder ähnlich mußte sich Dorothy vorgekommen sein, als ihr Farmhaus mitten im Munchkinland vom Himmel plumpste. Und genau wie Dorothy verspürte sie den unstillbaren Drang, nach Hause zurückzukehren, egal wie weit der Weg sein mochte.

Energisch schüttelte Clare diese seltsamen Gedanken ab, schlürfte ihren Champagner und ermahnte sich, daß diese

Ausstellung die Erfüllung eines lebenslangen Traumes bedeutete. Und sie hatte weiß Gott hart dafür gearbeitet – genau wie Angie und Jean-Paul hart gearbeitet hatten, um eine stilgerechte Atmosphäre zu schaffen, in der Kunstwerke gewürdigt und zu astronomischen Preisen erworben werden konnten.

Die geschmackvoll eingerichtete Galerie gab den perfekten Hintergrund für die Ausstellungsstücke und die elegant gekleideten Besucher ab. Sie war vornehmlich in Weiß gehalten und erstreckte sich über drei offene Stockwerke, die durch geschwungene Treppenaufgänge miteinander verbunden wurden. Von der hohen Decke hingen zwei mächtige moderne Kristalleuchter herab, und zusätzlich wurde jedes Ausstellungsstück einzeln angestrahlt. Dazwischen stellten die Leute ihre Designerjeans und Diamanten zur Schau.

Der Duft erlesener Parfüms hing in den Räumen, lagerte sich schichtweise übereinander und verschmolz schließlich zu einer einzigen exklusiven Duftnote: Wohlstand.

»Clare, meine Liebe.« Tina Yongers, eine Kunstkritikerin, die Clare kannte und die sie nicht ausstehen konnte, schlängelte sich zu ihr durch. Sie war eine kleine, feenhafte Frau mit dünnen blonden Haaren und scharfen grünen Augen, die, obwohl sie die Fünfzig bereits überschritten hatte, das Kunststück fertigbrachte, mit Hilfe verschiedener chirurgischer Eingriffe als Mittvierzigerin durchzugehen.

Sie trug einen wallenden, mit Blumen bedruckten Kaftan, der ihr bis auf die Knöchel fiel, und hatte sich verschwenderisch mit Diors *Poison* parfümiert. Der Duft paßte zu ihr, mokierte sich Clare insgeheim. Tinas Rezensionen waren oft ausgesprochen giftig. Allein durch ein Heben ihrer sorgfältig gezupften Augenbrauen konnte sie das Ego eines Künstlers zerquetschen wie eine Laus, und es war kein Geheimnis, daß sie das gelegentlich auch tat – aus purer Lust an dem Machtgefühl, das ihr eine solche Hinrichtung verlieh.

Sie hauchte einen angedeuteten Kuß auf Clares Wange, dann packte sie sie leidenschaftlich bei den Oberarmen.

»Sie haben sich wirklich selbst übertroffen, meine Liebe!«

Clare lächelte und schalt sich im stillen eine zynische Heuchlerin. »Tatsächlich?«

»Keine falsche Bescheidenheit, das langweilt mich. Jedem hier im Saal ist mittlerweile klar, daß Sie *der* Künstler der Neunziger – oder vielmehr *die* Künstler*in* sind.« Tina warf den Kopf zurück und lachte glockenhell auf. »Ich freue mich, sagen zu dürfen, daß ich eine der ersten war, die Ihr Talent erkannt haben.«

Und zum Dank für die positive Besprechung von Clares erster Ausstellung hatte Tina zahllose Gefälligkeiten erwartet. So funktionierte das Spiel nun einmal. Fast meinte Clare, Angies Stimme in ihrem Ohr zu hören. *Eine Hand wäscht die andere.*

»Ich weiß Ihre Unterstützung zu schätzen, Tina.«

»Keine Ursache. Meine Unterstützung gebührt nur den Besten. Und wenn eine Arbeit zweitklassig ist, dann bin ich die erste, die das offen ausspricht.« Tina lächelte, wobei sie spitze kleine Mausezähnchen zeigte. »Nehmen wir zum Beispiel die Ausstellung des armen Craig letzten Monat. Lauter dilettantische, schlecht ausgeführte Werke ohne einen Funken Originalität. Wogegen dies hier ...« Mit einer ringgeschmückten Hand deutete sie auf eine weiße Marmorskulptur. Ein Wolfskopf, mitten im Heulen auf ewig erstarrt, mit scharfen, glänzenden Fängen. Die nur angedeuteten Schultern gehörten unzweifelhaft zu einem Menschen. » ... die reine, unverfälschte Kraft verkörpert.«

Clare musterte die Figur. Sie gehörte zu ihren Alptraumarbeiten, zu denen sie sich von ihren entsetzlichen Träumen hatte inspirieren lassen. Fröstelnd kehrte sie ihr den Rücken zu. Spiel weiter, befahl sie sich und leerte ihr Glas, ehe sie es abstellte.

Warum um alles in der Welt verursachten der Wein und die Komplimente bei ihr nur eine dermaßen nervöse Spannung? »Danke, Tina. Angie wird bedeutend ruhiger schlafen, wenn ich ihr Ihre Meinung weitergebe.«

»Oh, das besorge ich schon selber, keine Angst.« Tina tippte mit einem Finger auf Clares Handgelenk. »Ich würde gerne einmal unter vier Augen mit Ihnen reden. Wären Sie eventuell bereit, vor meiner Kunststudentengruppe einen Vortrag zu halten?«

»Natürlich«, erwiderte Clare, obwohl sie öffentliche Auftritte noch mehr verabscheute als Interviews. »Rufen Sie mich doch einfach mal an.« Vielleicht kann ich vorher meine Nummer ändern lassen.

»Worauf Sie sich verlassen können. Gratuliere, Clare.«

Clare nickte, trat, da sie beabsichtigte, sich für ein paar ungestörte Minuten in Angies Büro zurückzuziehen, einen Schritt zurück und stieß heftig mit jemandem hinter ihr zusammen.

»Bitte entschuldigen Sie«, bat sie, während sie sich umdrehte. »Es ist so furchtbar eng, daß – Blair!« Zum ersten Mal an diesem Abend zeigte sie eine von Herzen kommende Gefühlsregung, als sie ihrem Bruder die Arme um den Hals warf. »Da bist du ja! Ich hatte schon Angst, du würdest es nicht mehr schaffen.«

»Was, ich soll die Nobelfete meiner einzigen Schwester versäumen?«

»Es handelt sich um eine Kunstausstellung.«

»Ach ja, richtig.« Blair ließ den Blick müßig durch den Raum schweifen. »Wem sagst du das?«

»Gott sei Dank, daß du hier bist.« Clare ergriff seinen Arm. »Komm mit. Und was du auch tust, sieh dich nicht um.«

»Hey«, protestierte ihr Bruder, als sie ihn nach draußen bugsiert hatte, »drinnen wartet der Champagner auf mich.«

»Ich spendier' dir eine ganze Kiste voll.« Ohne auf die ihr zur Verfügung gestellte Limousine zu achten, schleifte Clare ihn die Straße entlang. Vier Blöcke weiter betrat sie einen Feinkostladen und schnupperte genüßlich den Duft nach Corned Beef, Knoblauch und Gewürzgurken.

»Lieber Gott, ich danke dir«, murmelte sie, als sie zur Theke ging, um die Auswahl an Kartoffelsalat, Soleiern, geräuchertem Stör und Ziegenkäse in Augenschein zu nehmen.

Zehn Minuten später saßen sie an einem verkratzten Linoleumtisch und verspeisten dicke, mit Pastrami und Schweizer Käse belegte Scheiben Pumpernickel.

»Ich hab' mir doch nicht extra einen neuen Anzug zugelegt, um dann in diesem Schuppen zu sitzen und Schwarzbrot mit kaltem Fleisch zu futtern!«

»Wenn du willst, können wir gleich zurückgehen«, tröstete Clare ihn mit vollem Mund. »Ich mußte nur ein paar Minuten da raus.«

»Es ist deine Ausstellung«, erinnerte er sie.

»Das schon. Ich frage mich bloß, ob meine Arbeit oder meine Person auf dem Präsentierteller steht.«

»Okay, Kid.« Blair lehnte sich, knirschend seine Kartoffelchips kauend, in seinem Stuhl zurück. »Was steht wirklich an?«

Nachdenklich schwieg Clare einen Augenblick. Ihr war gar nicht bewußt geworden, wie übermächtig das Verlangen, die Ausstellung zu verlassen, gewesen war – bis sie Blair sah; ein solider Fels in der Brandung der Menge.

Er war nur unwesentlich größer als sie selbst, und sein Haar, das er aus dem Gesicht gekämmt trug, war im Laufe der Jahre zu einem satten Rötlichblond nachgedunkelt. Viele Frauen verglichen ihn mit dem jungen Robert Redford, was ihn ständig in Verlegenheit brachte. Als Mensch, der bar jeder Eitelkeit durchs Leben geht, konnte Blair gut nachempfinden, wie sich schöne Frauen fühlen mußten, wenn sie beharrlich als hirnlose Sexobjekte abgestempelt wurden.

Obwohl er fünf Jahre jünger wirkte und einen harmlosen, naiven Eindruck machte, hatte er bereits eine beachtliche journalistische Karriere hinter sich; er arbeitete als politischer Reporter für die *Washington Post*.

Blair war, wie Clare wußte, ein vernünftiger, logisch denkender Mensch, der mit beiden Beinen fest auf dem Boden stand, also das genaue Gegenteil zu ihrer komplizierten Persönlichkeit. Trotzdem kannte sie niemanden, mit dem sie lieber ihre geheimsten Gedanken teilen würde.

»Wie geht es Mom?«

Blair nahm einen Schluck von seinem Soda. Er kannte seine Zwillingsschwester gut genug, um zu wissen, daß sie um jedes Problem, wie auch immer es geartet sein mochte, so lange herumredete, bis sie bereit war, sich mit ihm auseinanderzusetzen. »Ihr geht's prima. Gestern hab' ich eine Postkarte aus Madrid bekommen. Du nicht?«

»Doch.« Clare knabberte an ihrem Sandwich. »Sie und Jerry scheinen sich ja blendend zu amüsieren.«

»Hochzeitsreisen sind im allgemeinen dazu da, um Spaß zu machen.« Er beugte sich vor und streichelte ihre Hand. »Sie braucht Jerry, Clare. Sie liebt ihn, und sie verdient ein bißchen Glück.«

»Ich weiß, ich weiß.« Über sich selbst verärgert, schob Clare ihren Teller ungeduldig beiseite und griff nach einer Zigarette. In der letzten Zeit schwankte ihr Appetit ebenso sehr wie ihre Laune. »Mein Verstand sagt mir, daß du recht hast. Sie hat so hart gearbeitet, nachdem Daddy – nachdem er starb; sie hat die Familie zusammengehalten und die Firma vor dem Ruin bewahrt. Wahrscheinlich mußte sie das tun, um nicht den Verstand zu verlieren. Ich weiß das alles«, wiederholte sie, sich die Schläfen reibend. »Ich weiß es.«

»Aber?«

Clare schüttelte den Kopf. »Jerry ist in Ordnung. Ich mag ihn, ganz ehrlich. Er ist witzig, er hat Köpfchen, und er ist verrückt nach Mom. Es ist ja nicht so, als ob wir noch Kinder wären, die es ihm übelnehmen, daß er Daddys Platz einnimmt.«

»Aber?«

»Aber ich werde das Gefühl nicht los, daß er wirklich Daddys Platz einnimmt.« Sie lachte nervös und inhalierte einmal tief. »Das ist es zwar nicht allein, aber zumindest ein Teil des Problems. Himmel, Blair, es ist nur so, daß unsere Familie so – so auseinandergerissen wurde. Mom wochenlang auf Hochzeitsreise in Europa, du in D.C., ich hier. Ich muß immer daran denken, wie es war, ehe wir Daddy verloren.«

»Das ist lange her.«

»Ich weiß. O Gott, ich weiß.« Mit der freien Hand begann sie, ihre Serviette zu zerknüllen. Sie war sich nicht sicher, ob sie die richtigen Worte finden würde. Oft war es leichter, Emotionen in Stahl und Marmor auszudrücken. »Es ist nur so, daß ... na ja, sogar nachdem ... als wir nur noch zu dritt waren.« Sie schloß kurz die Augen. »Es war hart. Erst der Schock nach dem Unfall, dann das ganze Theater wegen Schmiergeldern, Vetternwirtschaft und unseriösen Geschäften bei dem Einkaufszentrum. Eben noch sind wir eine heile, glückliche Familie, und im nächsten Moment ist Dad tot, und wir haben einen Skandal am Hals. Aber wir haben zusammengehalten, vielleicht zu sehr, und dann ist mit einem Schlag plötzlich alles anders.«

»Du kannst mich doch jederzeit anrufen, Clare. Ich bin nur eine Flugstunde entfernt.«

»Ich weiß gar nicht, was mit mir los ist, Blair. Alles lief wunderbar. Ich liebe meine Arbeit, und ich liebe mein Leben so, wie es ist. Und dann ... ich hatte wieder diesen Traum.«

»Oh.« Wieder ergriff er ihre Hand, doch diesmal hielt er sie fest. »Das tut mir leid. Möchtest du darüber reden?«

»Über den Traum?« Mit ruckartigen Bewegungen drückte sie die Zigarette in einem billigen Metallaschenbecher aus. Noch nie hatte sie mit jemandem über die Einzelheiten gesprochen, auch nicht mit ihm. Nur über die Angst. »Es ist immer dasselbe. Zum Glück läßt der Schrecken bald nach. Nur, daß ich diesmal nicht zur Tagesordnung übergehen konnte. Ich hab' zwar gearbeitet, war aber nicht mit dem Herzen dabei, und das macht sich bemerkbar. Ich muß immer an Dad denken, und an das Haus, ja, sogar an Mrs. Negleys kleinen schwarzen Pudel. Arme Ritter bei *Martha's*, nach der Sonntagsmesse.« Sie holte tief Atem. »Blair, ich glaube, ich will zurück nach Hause.«

»Nach Hause? Nach Emmitsboro?«

»Genau. Hör zu, du hast mir doch erzählt, daß du gerade mit Leuten verhandelst, die das Haus mieten wollen. Kannst du das nicht noch etwas hinauszögern? Mom hätte sicher nichts dagegen.«

»Nein, natürlich nicht.« Blair registrierte die nervöse Anspannung seiner Schwester. Ihre Hand in der seinen zuckte leicht. »Clare, von New York nach Emmitsboro ist es ein langer Weg, und ich spreche jetzt nicht nur von der Anzahl der Meilen.«

»Ich bin diesen Weg schon einmal gegangen.«

»Von dort nach hier. Zurückgehen, das ist eine ganz andere Sache. Du warst seit ... wie vielen Jahren nicht mehr dort?«

»Seit neun Jahren«, informierte sie ihn. »Fast zehn. Vermutlich war es einfacher, sich ganz von dort zu lösen, nachdem wir mit dem College angefangen hatten. Und als Mom sich dann entschloß, nach Virginia zu ziehen, gab es erst recht keinen Grund, nach Emmitsboro zurückzukehren.« Obwohl sie nicht mehr hungrig war, brach sie ein Stück von ihrem Sandwich ab und steckte es in den Mund. »Wenigstens hat sie das Haus behalten.«

»Eine gute Investition. Niedrige Steuern, keine Hypothekenbelastung. Die Mieteinnahmen betragen ...«

»Glaubst du wirklich, daß sie das Haus nur aus diesem Grund behalten hat? Wegen der Mieteinnahmen?«

Blair sah auf ihre ineinander verschlungenen Hände hinab. Er wünschte, er brächte es fertig, diese Frage einfach zu bejahen, damit seine Schwester ihren Seelenfrieden wiederfinden und sich auf die Zukunft konzentrieren könnte, statt die Vergangenheit wieder aufleben zu lassen. Seine eigenen Wunden waren weitgehend vernarbt, doch sie konnten durchaus unverhofft wieder aufbrechen und die Erinnerung an seines Vaters Unehrlichkeit und seine eigene schmerzliche Ernüchterung zurückbringen.

»Nein. In dem Haus stecken zu viele Erinnerungen, und zwar hauptsächlich frohe. Ich denke, wir alle verspüren eine gewisse Bindung daran.«

»Du auch?« erkundigte sie sich ruhig.

Ihre Augen trafen sich. In den seinen las sie Verständnis und die letzten Spuren von Schmerz. »Ich habe ihn auch nicht vergessen, wenn du das meinst.«

»Oder ihm vergeben?«

»Ich habe gelernt, damit zu leben«, entgegnete er knapp. »Wie wir alle.«

»Ich möchte zurückgehen, Blair. Ich weiß zwar nicht, warum, aber ich muß zurückgehen.«

Blair zögerte einen Augenblick; hoffte, sie umzustimmen. Dann gab er achselzuckend nach. »Das Haus steht leer. Du kannst also schon morgen einziehen, wenn du möchtest, obwohl ich es für keine gute Idee halte, in der Vergangenheit zu wühlen, wenn man ohnehin schon an einem Tiefpunkt angelangt ist.«

»Wie du schon sagtest: Die meisten Erinnerungen sind positiver Natur. Vielleicht ist es an der Zeit, sich den negativen zu stellen.«

»Du konsultierst immer noch diesen Seelenklempner, nicht wahr?«

Clare lächelte leise. »Ab und zu. Aber meine eigentliche Therapie ist meine Arbeit, und hier kann ich einfach nicht mehr arbeiten. Ich will nach Hause, Blair. Das ist das einzige, was ich ganz genau weiß.«

»Wann hast du das letzte Mal hinter dem Steuer gesessen?« wollte Angie wissen.

Clare verstaute den letzten Koffer im Kofferraum ihres funkelnagelneuen Toyota, schlug die Heckklappe zu und trat zurück. Auf seine Art war dieses Auto auch ein Kunstwerk. »Wie bitte?« fragte sie abwesend, als sie bemerkte, daß Angie mit dem Fuß auf den Boden tappte. Diesmal trug sie stahlblaue Schlangenlederpumps.

»Ich fragte, wann du das letzte Mal ein Auto von der Stelle bewegt hast.«

»Ach, das ist schon ein paar Jahre her. Eine richtige Schönheit, findest du nicht?« Liebevoll streichelte Clare den schimmernden roten Kotflügel.

»Sicher, sicher, ein richtiges Prachtstück. Mit Fünfgangschaltung, wie ich sehe. Und der Tacho geht bis hundertsechzig Meilen. Du hast seit mindestens zwei Jahren nicht mehr am Steuer gesessen, und dann gehst du hin und kaufst dir gleich einen Rennwagen?«

»Ich nehme an, dir wäre es lieber, wenn ich mir eine lahme alte Gurke von Kombi zugelegt hätte.«

»Mir wäre es lieber, wenn du dieses Monster entladen und wieder nach oben gehen würdest, wo du hingehörst.«

»Angie, wir haben dieses Thema jetzt eine Woche lang durchgekaut.«

»Trotzdem ergibt das Ganze keinen Sinn.« Erregt lief Angie auf dem Bürgersteig auf und ab, wobei sie peinlich darauf achtete, mit dem Absatz ihrer Zweihundert-Dollar-Schuhe nicht in eine Ritze zu geraten. »Mädel, du bist kaum imstande, alleine deine Schuhe zu binden, und dann willst du mit dieser Rakete bis nach Maryland düsen?«

»Hab' ich den serienmäßig eingebauten Autopiloten nicht erwähnt?« Da Angie die Bemerkung offensichtlich nicht besonders witzig fand, packte Clare sie bei den Schultern und schüttelte sie. »Hör doch bitte auf, dir dauernd Sorgen zu machen. Ich bin schon ein großes Mädchen, und ich will lediglich die nächsten sechs Monate oder so in einer ruhigen Kleinstadt verbringen, wo es nur zwei Ampeln gibt und das größte Verbrechen darin besteht, Äpfel aus Nachbars Garten zu klauen.«

»Und was zum Teufel hast du an so einem Ort verloren?«

»Ich will dort arbeiten.«

»Du kannst hier arbeiten. Gütiger Himmel, Clare, nach dieser Ausstellung fressen die Kritiker dir aus der Hand! Du bestimmst die Preise. Wenn du urlaubsreif bist, dann mach eine Kreuzfahrt oder flieg für ein paar Wochen nach Cancun oder Monte Carlo. Was um alles in der Welt zieht dich nach Emmitsburg?«

»*Boro*. Emmitsboro. Ruhe und Frieden zum Beispiel.« Keine von beiden zuckte mit der Wimper, als ein Taxifahrer aus seinem Wagen sprang und einen anderen Fahrer mit einem Schwall von Obszönitäten überschüttete. »Ich brauch' Tapetenwechsel, Angie. Alle Arbeiten, die ich im Laufe des letzten Monats in Angriff genommen habe, sind gründlich danebengegangen.«

»So ein Quatsch!«

»Angie, du bist meine Freundin, und eine gute dazu, aber du bist auch Kunsthändlerin. Also sei ehrlich.«

Angie öffnete den Mund, doch als Clare sie eindringlich ansah, stieß sie nur ein ungeduldiges Zischen aus.

»Nun, das war ehrlich genug«, murmelte Clare.

»Wenn du in den letzten Wochen nicht unbedingt Glanzleistungen zustande gebracht hast, dann nur deshalb, weil du dich zu sehr unter Druck setzt. Alles, was du zu der Ausstellung gegeben hast, war fabelhaft. Du mußt einfach mal abschalten, das ist alles.«

»Kann sein. Aber glaub mir, es ist nahezu unmöglich, sich in Emmitsboro irgendwie unter Druck zu setzen. Außerdem«, fügte sie hinzu und hob eine Hand, als Angie Einwände erheben wollte, »fährt man nur fünf Stunden bis dorthin. Du und Jean-Paul, ihr könnt also jederzeit vorbeikommen und euch persönlich davon überzeugen, daß ich noch lebe.«

Angie gab auf. Sie wußte nur zu gut, daß Clare von einem einmal gefaßten Entschluß nicht mehr abzubringen war. »Aber du rufst an, ja?«

»Ich rufe an, ich schreibe dir, und wenn es sein muß, sende ich sogar Rauchzeichen. Jetzt sag schon ›Auf Wiedersehen‹.«

Angie durchforstete ihr Hirn nach einem letzten schlagkräftigen Argument, doch ihr wollte nichts einfallen. Und Clare stand einfach nur da, in ihren ausgebeulten Jeans, den schreiendgrünen Leinenschuhen und dem violetten Sweatshirt mit einem riesigen gelben Fragezeichen auf der Brust, und lächelte sie entwaffnend an. Heiße Tränen brannten in Angies Augen, als sie die Arme ausbreitete.

»O verflixt, ich werde dich vermissen.«

»Ich weiß. Ich dich auch.« Clare umarmte die Freundin fest. Der Duft von Chanel, seit ihren gemeinsamen Tagen an der Kunstakademie Angies Markenzeichen, stieg ihr in die Nase. »Nun tu doch nicht so, als ob ich in die Fremdenlegion eintreten würde.« Sie ging auf ihr Auto zu, blieb dann stehen und fluchte leise. »Jetzt hab' ich doch glatt meine Handtasche vergessen. Die muß oben liegen. Sag jetzt nichts Falsches«, warnte sie, als sie zum Haus zurückrannte.

»Dieses Mädchen wird bestimmt irgendwo falsch abbiegen und dann in Idaho landen«, brummte Angie in sich hinein.

Fünf Stunden später hatte Clare sich tatsächlich verfahren. Die Schilder verrieten ihr, daß sie sich im Staat Pennsylvania befand, doch wie sie dorthin gelangt war, wo sie eigentlich durch Delaware hätte hindurchfahren sollen, das war ihr schleierhaft. So entschloß sie sich, das Beste aus der Situation zu machen, hielt bei einem McDonald's und stärkte sich mit einem Viertelpfünder, einer großen Portion Pommes frites und einer Cola, während sie die Karte studierte.

Sie fand schnell heraus, wo genau sie sich aufhielt, aber wie sie es geschafft hatte, sich dermaßen zu verfranzen, blieb ihr ein Rätsel. Nun, daran ließ sich jetzt nichts mehr ändern. An einem mit Ketchup vollgesogenen Pommesstäbchen knabbernd, plante sie ihre Fahrtroute. Sie mußte lediglich auf diese verschnörkelte blaue Linie gelangen, darauf bleiben, bis sie eine rote Linie kreuzte, rechts abbiegen und immer geradeaus weiterfahren. Sicher, die Fahrt würde sich um Stunden verlängern, aber sie stand schließlich nicht unter Zeitdruck. Ihre gesamte Ausrüstung würde erst morgen in Emmitsboro eintreffen, und wenn alles schiefging, konnte sie sich immer noch ein nettes Motel suchen und dort übernachten.

Neunzig Minuten später geriet sie durch puren Zufall auf die nach Süden führende Interstate 81. Diese Strecke war sie schon mehrmals gefahren; einmal mit ihrem Vater, als dieser sich ein Grundstück an der pennsylvanischen Grenze ansehen wollte, und einmal mit der gesamten Familie, als sie ein Wochenende bei Verwandten in Allentown verbracht hatten. Früher oder später würde sie auf dieser Strecke Hagerstown erreichen, und von dort aus konnte sogar sie mit ihrem schlechten Orientierungssinn den Weg nach Emmitsboro finden.

Es tat gut, wieder hinter dem Steuer zu sitzen, obwohl der Wagen in der Tat über ein Eigenleben zu verfügen schien. Clare genoß es, den Toyota die kurvenreiche Straße entlangzujagen. Nun, da sie selbst wieder ein Auto besaß, fragte sie sich, wie sie es nur so lange ohne das befriedigende Gefühl, der Kapitän ihres eigenen Schiffes zu sein, hatte aushalten können.

Eine ausgezeichnete Umschreibung für Ehe und Scheidung. Nein! Energisch schüttelte sie den Kopf und holte tief Atem. Daran wollte sie jetzt nicht denken.

Der Wagen verfügte über eine erstklassige Stereoanlage, die sie voll aufgedreht hatte. Zwar war es noch zu kühl, um das Verdeck aufzuklappen – ihr Gepäck nahm ohnehin den gesamten Raum ein –, aber sie fuhr mit heruntergekurbelten Fenstern, so daß die Klänge eines alten Hits der Pointer Sisters ins Freie drangen. Im Rhythmus der Musik tappte sie mit dem linken Fuß neben der Kupplung auf den Boden.

Schon jetzt fühlte sie sich besser, mehr im Einklang mit sich selbst. Daß die Sonne schwächer und die Schatten länger wurden, betrübte sie nicht sonderlich. Die Luft roch nach Frühling, Narzissen und Hartriegel standen in voller Blüte, und sie war auf dem Weg nach Hause.

Auf halber Strecke zwischen Carlisle und Shippensburg begann der Motor zu klopfen und zu stottern, dann starb er ab.

»Was zum Henker ist denn jetzt los?« Verblüfft blieb Clare sitzen und hörte einen Moment der dröhnenden Musik zu. Ihre Augen wurden schmal, als sie auf das Armaturenbrett blickte und feststellte, daß die Benzinkontrolleuchte hämisch aufblinkte. »Scheiße!«

Kurz nach Mitternacht bog sie auf die Straße nach Emmitsboro ein. Die Horde von Teenagern, die ihr geholfen hatten, den Sportwagen an den Straßenrand zu schieben, waren von dem Auto so beeindruckt gewesen, daß sie sie förmlich um die Ehre, ihr mit ein paar Gallonen Benzin aushelfen zu dürfen, angefleht hatten.

Natürlich hatte sich Clare anschließend verpflichtet gefühlt, mit ihnen eine Weile über Autos im allgemeinen und ihres im besonderen zu diskutieren, sie hinter dem Steuer sitzen und den schimmernden Lack streicheln zu lassen. Ob sich die Halbwüchsigen genauso hilfsbereit gezeigt hätten, wenn sie ein häßlicher alter Mann in einem schäbigen, verbeulten Ford gewesen wäre? Irgendwie zweifelte sie daran.

Jedenfalls hatte die normalerweise fünf Stunden dauernde Fahrt doppelt soviel Zeit in Anspruch genommen, und sie war fix und fertig. »Gleich haben wir's geschafft, Baby«, flüsterte sie dem Auto zu. »Dann krabbele ich in meinen Schlafsack und bin erst mal acht Stunden tot für die Welt.«

Die Scheinwerfer des Toyota bildeten die einzigen Lichtquellen auf der stockfinsteren Landstraße. Da kein weiteres Fahrzeug in Sicht war, betätigte Clare das Fernlicht. Zu beiden Seiten der Straße lagen Felder. Auf dem Aluminiumdach einer Scheune spiegelte sich das Mondlicht wider, und sie konnte den Umriß eines Silos erkennen. Grillen und Frösche stimmten ihr nächtliches Konzert an. Clare lauschte eine Weile. Nachdem sie eine halbe Ewigkeit in New York verbracht hatte, kamen ihr die Geräusche einer Nacht auf dem Lande unheimlich vor.

Ein Schauer lief ihr über den Rücken, doch dann mußte sie über sich selbst lachen. ›Friedvoll‹ war wohl der zutreffendere Ausdruck. Trotzdem drehte sie das Radio ein wenig lauter.

Auf einmal sah sie das Schild, dasselbe alte Ortsschild, das, solange sie denken konnte, an der rechten Seite der zweispurigen Landstraße stand.

WILLKOMMEN IN EMMITSBORO
Gegründet 1782

Von freudiger Erregung erfüllt, bog sie links ab, rumpelte über die steinerne Brücke und folgte der sanft geschwungenen Straße, die in die Stadt führte.

Keine Straßenbeleuchtung, keine Neonreklame, keine Nachtschwärmer. Es war kaum Mitternacht, und doch lag fast ganz Emmitsboro bereits in tiefem Schlaf. Im Licht ihrer Scheinwerfer huschten dunkle Gebäude vorbei – der Supermarkt, dessen riesige Glasschaufenster genauso leer waren wie der Parkplatz davor, Millers Eisenwarenhandlung mit frisch lackiertem Geschäftsschild und heruntergelassenen Jalousien. Auf der gegenüberliegenden Seite stand das große Backsteinhaus, das, als sie ein junges Mädchen war, in drei Wohneinheiten unterteilt worden war. Im obersten Stock brannte noch Licht, fahlgelb schimmerte es durch die Vorhänge.

Die meisten Häuser waren alt und lagen etwas abseits der Straße, die Vorgärten wurden von niedrigen Hecken umsäumt. Danach kam eine Ansammlung verschiedener kleiner Geschäfte, dann wieder Apartmenthäuser mit hölzernen oder steinernen Veranden und flatternden Markisen darüber.

Der Park. Fast meinte sie, den Geist des Kindes, das sie einst gewesen war, zu den leeren, im leichten Wind sachte hin- und herschwingenden Schaukeln rennen zu sehen.

Weitere Häuser, die meisten dunkel und still. Nur hinter wenigen Fenstern brannte noch Licht. Ab und an spiegelte sich ein Fernsehschirm flackernd im Glas. Autos parkten am Bordstein. Vermutlich unverschlossen, dachte Clare, genau wie die Mehrzahl der Haustüren nicht abgeschlossen sein würde.

Da war Martha's Lokal, die Bank und das Büro des Sheriffs, vor dem Sheriff Parker immer gesessen, Camel geraucht und über Recht und Ordnung gewacht hatte. Ob er das wohl heute noch tat? fragte sie sich. Und ob Maude Poffenburger immer noch hinter dem Schalter des Postamtes saß und gleichzeitig mit Briefmarken auch gute Ratschläge verteilte? Spielten die alten Männer im Park immer noch Schach, und liefen die Kinder immer noch zu Abbot's Gemischtwarenhandlung hinüber, um Eis am Stiel oder Milky Way zu kaufen?

Oder hatte sich alles geändert?

Würde sie morgen früh aufwachen, nur um festzustellen, daß nichts mehr so war wie früher? Clare verdrängte diesen unerquicklichen Gedanken rasch und fuhr langsam weiter, wobei sie Erinnerungen in sich aufsog wie kühlen, klaren Wein.

Vorbei an gepflegten Vorgärten, in denen die Narzissen blühten und die Azaleen die ersten Knospen zeigten. Sie bog links in die Oak Leaf Lane ein. Hier gab es keine Geschäfte, sondern nur stille, friedliche Reihenhäuser. Gelegentlich klang Hundegebell durch die Nacht. An der Ecke Mountain View lenkte Clare den Wagen die leicht ansteigende Auffahrt hoch, deren Belag ihr Vater alle drei Jahre erneuert hatte.

Sie war fast durch die ganze Stadt gefahren, ohne einem anderen Auto zu begegnen.

Langsam, jeden Moment auskostend, stieg sie aus dem Wagen. Das Garagentor mußte noch von Hand geöffnet werden, es hob sich mit einem lauten, metallischen Quietschen. Niemand hatte sich je die Mühe gemacht, eines dieser ferngesteuerten Automatiktore zu installieren.

Zumindest würde sich hier kein Mensch an dem Krach stören, tröstete sich Clare. Die nächsten Nachbarn wohnten ein Stück weiter auf der anderen Straßenseite und hatten ihr Grundstück mit einer dichten Lorbeerhecke umgeben. Sie ging zu ihrem Wagen zurück, der mit laufendem Motor in der Auffahrt stand, um ihn in die Garage zu setzen.

Von dort aus hätte sie eigentlich direkt ins Haus gelangen können, durch die Tür zur Waschküche und dann in die Küche, doch wollte sie das Betreten des Hauses zu einem etwas dramatischeren Ereignis hochstilisieren.

So trat sie wieder ins Freie, zog das Garagentor zu und schlenderte langsam die Auffahrt entlang, um in aller Ruhe einen Blick auf das Haus zu werfen.

Ihren Schlafsack und das Gepäck hatte sie im Auto vergessen und sich an ihre Handtasche nur deshalb erinnert, weil diese die Schlüssel zur Vorder- und Hintertür enthielt. Ihre Erinnerungen überfluteten sie mit Macht, als sie die Stufen von der Auffahrt zur vorderen Terrasse emporstieg. Die Hyazinthen blühten bereits, und der süße, zarte Duft hing in der Luft.

Clare blieb stehen und sah das Haus ihrer Jugend lange an. Ein dreistöckiges, aus Holz und Stein errichtetes Gebäude, dessen Holzteile früher immer weiß, mit blau abgesetzt, gestrichen worden waren. Die großzügig angelegte, überdachte Veranda umgab ein schmiedeeiserner Gitterzaun, elegant geschwungene, schlanke Säulen trugen das Dach. Auch das alte Tor, auf dem sie so viele Sommerabende verträumt hatte, war noch da. Ihr Vater hatte stets Zuckererbsen daneben angepflanzt, deren würziger Duft sie einlullte, wenn sie auf dem Tor schaukelte.

Die widersprüchlichsten Gefühle stiegen in ihr auf, als sie den Schlüssel in das alte Messingschloß steckte. Knarrend und stöhnend ging die schwere Holztür auf.

Sie fürchtete sich nicht vor Geistern. Sollten hier welche hausen, dann konnten sie ihr nur wohlgesonnen sein. Wie um sie willkommen zu heißen, blieb Clare eine volle Minute lang im Dunkeln stehen.

Dann schaltete sie das Licht in der Halle ein, das auf die frisch geweißten Wände fiel und den gebohnerten Eichenholzfußboden warm schimmern ließ. Blair hatte bereits veranlagt, daß das Haus für die neuen Mieter hergerichtet wurde, ohne zu ahnen, daß seine Schwester der neue Mieter sein würde.

Es kam ihr seltsam, irgendwie unrichtig vor, das Haus leer vorzufinden. Irgendwie hatte sie gehofft, daß es sich überhaupt nicht verändert haben würde; daß sie einfach hineingehen und sich wieder daheim fühlen könnte, so, als käme sie gerade aus der Schule statt von einer sehr langen Reise zurück. Inzwischen war sie erwachsen geworden.

Einen kurzen Augenblick lang sah sie alles wieder so vor sich, wie es früher gewesen war: der schöne alte Ausziehtisch an der Wand, auf dem stets eine mit Veilchen gefüllte grüne Glasvase gestanden hatte, darüber ein antiker Spiegel mit glänzendem Messingrahmen. Der vielarmige Kleiderständer in der Ecke, der lange, schmale Läufer auf den blanken Dielen. Der kleine Setzkasten, in dem ihre Mutter ihre Fingerhutsammlung aufbewahrte.

Doch als sie einmal zwinkerte, war die Halle wieder leer,

nur eine einsame Spinne webte in einer Ecke sachte ihr Netz.

Ihre Handtasche fest an sich gepreßt, ging sie durch die Räume; das große vordere Wohnzimmer, das Arbeitszimmer, die Küche.

Die Elektrogeräte waren neu, bemerkte sie. Elfenbeinfarben schimmernd hoben sie sich von den dunkelblauen Keramikfliesen und dem hellblauen Boden ab. Doch anstatt auf die Terrasse hinauszugehen – für den Anblick fühlte sie sich noch nicht gewappnet –, wandte sie sich ab und lief durch die Halle zur Treppe hinüber.

Ihre Mutter hatte Pfosten und Geländer gewöhnlich auf Hochglanz poliert. Das alte Mahagoniholz fühlte sich so glatt und sanft wie Seide an. Unzählige Hände und kindliche Hinterteile waren darüber hinweggeglitten.

Oben fand sie als erstes ihr altes Zimmer wieder, das erste auf der rechten Seite, wo sie den Träumen ihrer Kindheit und Jugend nachgehangen hatte. Dort hatte sie sich für die Schule angekleidet, mit ihren Freundinnen Geheimnisse ausgetauscht, Luftschlösser gebaut und sich ihren Kummer von der Seele geweint.

Wie hätte sie denn ahnen sollen, daß es so schmerzlich sein würde, die Tür zu öffnen und in einen verlassenen, leeren Raum zu blicken? Ihr war, als wäre alles, was sie je innerhalb dieser vier Wände getan hatte, auf immer ausgelöscht. Seufzend knipste sie das Licht aus, ließ jedoch die Tür offen.

Direkt gegenüber lag Blairs altes Zimmer, dessen Wände er mit Postern seiner Helden, von Supermann über Brooks Robinson bis hin zu John Lennon, geschmückt hatte. Daneben das Gästezimmer, das ihre Mutter mit Spitzendecken und Satinkissen ausgestattet hatte. Hier pflegte Granny, ihre Großmutter väterlicherseits, zu schlafen, wenn sie – wie jedes Jahr – eine Woche bei ihnen verbrachte, ehe sie einem Schlaganfall erlag.

Und hier war das Badezimmer mit dem hohen Waschbecken und den im Schachbrettmuster angeordneten grünen und weißen Bodenfliesen. Während ihrer gesamten

Jugend hatten sie und Blair um den Besitz dieses Raumes gekämpft wie zwei Hunde um einen saftigen Knochen.

Langsam ging Clare durch die Halle zurück in das große Schlafzimmer, in dem ihre Eltern Nacht für Nacht geredet, sich geliebt und geschlafen hatten. Sie erinnerte sich noch genau daran, wie sie auf dem pink- und lavendelfarbenen Teppich gesessen und ihrer Mutter zugesehen hatte, sobald diese mit all den faszinierenden Fläschchen und Tiegeln auf ihrer Frisierkommode hantierte, wenn sie sich zurechtmachte. Wie oft hatte ihr Vater vor dem Spiegel mit seiner Krawatte gekämpft! Der Raum war immer vom Duft nach Old Spice und Glyzinien erfüllt gewesen. Fast meinte Clare, diesen vertrauten Duft auch jetzt noch wahrzunehmen.

Der Kummer trieb ihr die Tränen in die Augen. Halb blind stolperte sie ins Badezimmer, drehte den Hahn auf und spritzte sich kaltes Wasser ins Gesicht. Vielleicht hätte sie sich mit der Rückeroberung des Hauses mehr Zeit lassen und sich nur einen Raum pro Tag vornehmen sollen. Die Hände auf das Waschbecken gestützt, blickte sie hoch und betrachtete sich im Spiegel.

Viel zu blaß, stellte sie fest. Dunkle Schatten lagen unter ihren Augen, ihr Haar war ein einziger unordentlicher Wust. Was wiederum eher die Regel als die Ausnahme bildete, da sie zu faul war, um regelmäßig zum Friseur zu gehen, und statt dessen selber daran herumschnippelte. Irgendwo mußte sie einen Ohrring verloren haben. Oder sie hatte vergessen, ihn überhaupt erst anzustecken.

Sie war gerade im Begriff, sich das Gesicht mit dem Jakkenärmel abzutrocknen, als ihr einfiel, daß Wildlederjakken eine solche Zweckentfremdung übelnahmen. In ihrer Handtasche steckten Papiertaschentücher, doch die Tasche hatte sie während ihres Rundganges irgendwo abgestellt.

»So weit, so gut«, murmelte sie ihrem Spiegelbild zu und schrak zusammen, als ihre Stimme in dem leeren Haus widerhallte. »Genau hier wollte ich hin«, sagte sie in einem etwas bestimmteren Tonfall. »Hier gehöre ich hin. Ich fürchte nur, es wird schwerer, als ich dachte.«

Entschlossen wischte sie sich die Wassertropfen mit bloßen Händen aus dem Gesicht und wandte sich vom Spiegel ab. Jetzt würde sie hinuntergehen, ihren Schlafsack holen und sich erst einmal gründlich ausschlafen. Sie war erschöpft und daher überempfindlich. Und morgen früh würde sie noch einmal durch das Haus gehen und überprüfen, was sie besorgen mußte, um ihren Aufenthalt so angenehm wie möglich zu gestalten.

Gerade als sie ins Schlafzimmer ihrer Eltern zurückging, hörte sie die Vordertür knarren.

Ihre erste Reaktion war blinde Panik. Ihre allzu lebhafte Fantasie gaukelte ihr Bilder einer Horde von Sträflingen vor, die gerade aus dem nur zwanzig Meilen entfernten Staatsgefängnis ausgebrochen waren. Und sie hielt sich mutterseelenallein in einem leerstehenden Haus auf! Zwar hatte sie zwei Jahre zuvor mit Angie zusammen einen Selbstverteidigungskurs besucht, doch alles, was sie dort gelernt hatte, schien wie weggeblasen.

Clare preßte beide Hände fest auf ihr Herz und mahnte sich zur Ruhe. Schließlich befand sie sich in Emmitsboro. Entsprungene Sträflinge pflegten für gewöhnlich nicht die Straßen kleiner ländlicher Gemeinden unsicher zu machen. Sie trat einen Schritt vor – und hörte die Stufen knarren.

O doch, dachte sie grimmig. Jeder, der einmal einen alten Hollywoodfilm gesehen hatte, wußte, daß Psychopathen und entflohene Sträflinge sich mit Vorliebe gottverlassene Nester aussuchten, um dort ihr Unwesen zu treiben.

Verzweifelt suchte sie den leeren Raum nach einer geeigneten Waffe ab. Nichts Brauchbares zu sehen. Mit wild klopfendem Herzen durchsuchte sie ihre Jackentaschen und stieß auf drei einzelne Pennies, eine halbe Rolle Lifesavers, einen zerbrochenen Kamm und ihre Schlüssel.

Fast so gut wie ein Schlagring. Clare erinnerte sich, daß man sie gelehrt hatte, wie ein Schlüsselbund am wirkungsvollsten einzusetzen war: Man nahm die Schlüssel einzeln zwischen die Finger der zur Faust geballten Hand, und zwar so, daß die spitzen Enden nach außen zeigten. Außerdem war Angriff die beste Verteidigung, sagte sie sich und sprang mit einem Satz auf die Tür zu, wobei sie einen gellenden Schrei ausstieß.

»Jesus!« Cameron Rafferty taumelte einen Schritt zurück, griff mit einer Hand nach seiner Waffe und packte mit der anderen die Taschenlampe wie einen Schlagstock. Sein Blick fiel auf eine Frau mit wildem roten Haar und giftgrüner Lederjacke, die im Begriff war, auf ihn loszugehen. Rasch wich er ihrem Schlag aus, packte sie um die Taille und brachte sie mit seinem Gewicht zu Fall. Beide plumpsten krachend auf den Holzfußboden.

»Bruno!« brüllte Clare aus einer Eingebung heraus. »Es ist jemand im Haus! Hol' die Flinte!« Dabei versuchte sie, ihrem Angreifer das Knie zwischen die Beine zu stoßen, was ihr auch beinahe gelungen wäre.

Atemlos kämpfte Cam darum, sie sich vom Leibe zu halten. »Hören Sie auf!« Fluchend wehrte er sie ab, als sie ihm die Zähne ins Fleisch schlagen wollte. »So hören Sie schon auf! Ich bin von der Polizei! Ich sagte, ich bin von der gottverdammten Polizei!«

Die Worte drangen schließlich zu ihr durch, und sie beruhigte sich soweit, daß sie ihm ins Gesicht blicken konnte. Sie sah dunkle, gewellte, ein wenig zu lange Haare und Bartstoppeln auf sonnengebräunter Haut, die sich über ausgeprägten Wangenknochen spannte. Gut geformter Mund, registrierte Clare, Künstlerin bis zuletzt. Schöne Augen, obwohl sie in dem schwachen Licht deren Farbe nicht erkennen konnte. Ein leichter, nicht unangenehmer Schweißgeruch ging von ihm aus, und sein Körper, der sich, um sie ruhig zu halten, eng an den ihren preßte, fühlte sich schlank und muskulös an.

Eigentlich wirkte er weder wie ein Psychopath noch wie ein Schwerverbrecher. Aber ...

Während sie noch nach Atem rang, musterte sie ihn kritisch. »Polizei?«

»Korrekt.«

Obwohl sie selbst flach auf dem Rücken lag, verschaffte es ihr eine gewisse Befriedigung, ihn keuchen zu hören. »Ich will Ihr Dienstabzeichen sehen.«

Cam blieb weiterhin auf der Hut. Obwohl sie die gefährlichen Schlüssel unter seinem eisernen Griff fallenlassen mußte, verfügte sie doch immer noch über Nägel und Zähne. »Ich habe es angesteckt. Mittlerweile dürfte es in Ihre Brust eingestanzt sein.«

Unter anderen Umständen hätte sie sich über den unterdrückten Zorn in seiner Stimme amüsiert. »Ich will es sehen.«

»Okay. Ich stehe jetzt ganz langsam auf.« Er hielt Wort. Seine Augen wichen nie von ihr, während er sich aufrichtete und mit einer Hand auf das Abzeichen, das an seinem Hemd steckte, deutete.

Clare warf dem Metallstern einen abfälligen Blick zu. »So ein Ding kann ich mir in jedem Kaufhaus besorgen.«

»Mein Dienstausweis ist in meiner Brieftasche. Okay?«

Sie nickte und behielt ihn ebenso wachsam im Auge wie er sie. Mit zwei Fingern langte er in seine Tasche, zog seine Brieftasche hervor und hielt sie ihr hin. Clare wich zurück, griff dann danach, klappte die Brieftasche auf und hielt sie ins Licht. Aufmerksam studierte sie den eingeschweißten Ausweis. Als sie Foto und Namen sah, runzelte sie leicht die Stirn.

»Cameron Rafferty?« Ins Dunkle blinzelnd blickte sie zu ihm auf. »*Sie* sind Cameron Rafferty?«

»Ganz recht. Ich bin hier der Sheriff.«

»Großer Gott!« Zu seiner Überraschung begann sie zu kichern. »Ich fasse es nicht!« Und dann brach sie in schallendes Gelächter aus, bis ihr die Tränen über die Wangen liefen. Verwirrt leuchtete ihr Cam voll ins Gesicht. »Sieh mich genau an«, forderte Clare ihn auf. »Komm schon, Rafferty. Sag bloß, du erkennst mich nicht mehr.«

Cam ließ den Lichtstrahl über ihr Gesicht wandern. Es waren ihre Augen, goldfarben und vor teuflischer Belustigung funkelnd, die eine Erinnerung in ihm wachriefen. »Clare? Clare Kimball?« Nun mußte er gleichfalls lachen. »Da soll mich doch der Teufel holen!«

»Nur zu.«

Er grinste sie an. »Na dann. Willkommen daheim, Slim.«

Viertes Kapitel

»Wie geht's dir denn so, Clare?«

Beide saßen auf den Stufen der Veranda und tranken lauwarmes Bier, das Clare während ihrer Irrfahrt durch Pennsylvania erstanden hatte. Entspannt rollte sie die Schultern und stellte ihre Flasche ab. Das Bier und die Kühle der Nacht lockerten ihre vom langen Fahren verkrampften Muskeln.

»Ach, mir geht's ganz gut.« Clare senkte den Blick zu dem Abzeichen an seiner Brust. »Sheriff.«

Cam streckte die Beine aus und schlug sie übereinander. »Ich nehme an, Blair hat vergessen zu erwähnen, daß ich Parkers alten Job übernommen habe.«

»Stimmt.« Wieder nippte sie an ihrem Bier und fuchtelte dann wild mit der Flasche herum. »Brüder erzählen ihren Schwestern nie den wirklich interessanten Klatsch. Das ist ein ungeschriebenes Gesetz.«

»Ich werd' s mir merken.«

»Und wo ist Parker geblieben? Dreht er sich jetzt ruhelos im Grab herum, weil es ihm das Herz gebrochen hat, dich auf seinem Stuhl sitzen zu sehen?«

»Florida.« Cam zog eine Packung Zigaretten hervor und bot ihr eine an. »Hat seinen Dienstausweis zurückgegeben, seine Sachen gepackt und ist Richtung Süden entschwunden.« Er ließ sein Feuerzeug aufflackern, und Clare beugte sich vor, um das Ende ihrer Zigarette an die Flamme zu halten. Im schwachen Lichtschein musterten sie sich gegenseitig aufmerksam.

»Einfach so?« erkundigte sich Clare, eine Rauchwolke ausstoßend.

»Einfach so. Ich hab' von der freien Stelle gehört und beschlossen, es mal zu versuchen.«

»Du hast damals in D.C. gelebt, richtig?«

»Stimmt.«

Clare lehnte sich gegen das Geländer. Ihre Augen blickten belustigt und abschätzend zugleich. »Du und ein Cop. Ich hätte angenommen, Blair wollte mich zum Narren halten, wenn er mir das erzählt hätte. Wer hätte gedacht, daß der unzähmbare Cameron Rafferty einmal auf seiten des Gesetzes stehen würde?«

»Ich habe noch nie getan, was man von mir erwartete.« Cams Augen hafteten auf ihrem Gesicht, als er seine Flasche hob und trank. »Du siehst gut aus, Slim. Wirklich gut.«

Bei der Erwähnung ihres alten Spitznamens rümpfte sie die Nase. Obgleich er weit weniger gehässig klang als andere – Bohnenstange, Klappergestell, dürre Hippe –, die ihr während ihrer gesamten Jugend angehaftet hatten, erinnerte er sie doch an jene Zeit, in der sie ihren Büstenhalter mit Taschentüchern ausgestopft und literweise Kraftdrinks konsumiert hatte.

»Du könntest ruhig etwas weniger überrascht klingen.«

»Wie alt warst du, als ich dich das letzte Mal gesehen habe? Fünfzehn? Sechzehn?«

Im Herbst nach dem Tod ihres Vaters, dachte sie. »So ungefähr.«

»Du hast dich ganz hübsch rausgemacht.« Während ihres kleinen Ringkampfes drinnen hatte er feststellen können, daß sie zwar immer noch eher dünn war, ihr Körper aber inzwischen an den richtigen Stellen erfreuliche Rundungen aufwies. Dennoch war und blieb sie Blair Kimballs Schwester, und Cam konnte nicht widerstehen, sie ein wenig zu necken. »Du malst oder so was in der Art, stimmt's?«

»Ich bin Bildhauerin.« Clare schnippte ihre Zigarette fort. Warum glaubten nur so viele Menschen, jeder Künstler sei ein Maler, grübelte sie verdrossen.

»Ach ja. Ich wußte doch, daß du da oben in New York irgendwas in der Art machst. Blair hat's mir erzählt. Also produzierst du steinerne Vogeltränken und so'n Zeug?«

Beleidigt sah sie in sein lächelndes Gesicht. »Ich sagte doch bereits, ich bin Künstlerin.«

»Richtig.« Er nippte, ganz personifizierte Unschuld, an seinem Bier, während um sie herum die Grillen zirpten. »Ich kannte da mal einen Typen, der hat tolle Vogeltränken gemacht; mit einem Fisch am Rand – einem Karpfen, glaube ich –, und das Wasser floß aus dem Maul des Karpfens in das Becken.«

»Aha, ich verstehe. Künstlerisch hochwertige Arbeiten.«

»Worauf du dich verlassen kannst. Er hat die Dinger dutzendweise abgesetzt.«

»Wie schön für ihn. Ich arbeite aber nicht viel mit Stein.« Clare konnte sich nicht helfen – es verstimmte sie, daß er noch nie von ihr gehört oder eine ihrer Arbeiten gesehen zu haben schien. »Vermutlich kriegt ihr Banausen hier unten Zeitschriften wie *People* oder *Newsweek* nicht zu sehen.«

»Dafür aber *Soldier of Fortune*«, antwortete er. »Ist hier sehr beliebt.« Er sah ihr zu, wie sie einen weiteren Schluck Bier nahm. O doch, sie hatte sich ganz schön herausgemacht. Wer hätte gedacht, daß sich die schüchterne, magere Clare Kimball in eine Frau mit solch umwerfender erotischer Ausstrahlung verwandeln würde. »Hab' gehört, du warst verheiratet?«

»Eine Weile.« Clare tat die Erinnerung achselzuckend ab. »Hat nicht funktioniert. Wie steht' s mit dir?«

»Bis zum Altar hab' ich's nie geschafft. Einmal war ich nah dran.« Mit einer Spur von Bedauern dachte er flüchtig an Mary Ellen. »Manche von uns kommen allein besser zurecht.« Er leerte seine Flasche und stellte sie auf der Stufe zwischen ihnen ab.

»Willst du noch eine?«

»Nein, danke. Stell dir vor, einer meiner eigenen Deputys erwischt mich unter Alkoholeinfluß am Steuer. Wie geht es denn deiner Mutter?«

»Sie hat wieder geheiratet«, erwiderte Clare tonlos.

»Ehrlich? Wann denn?«

»Vor ein paar Monaten.« Unruhig rutschte sie ein Stück beiseite und starrte auf die dunkle, leere Straße. »Haben deine Eltern eigentlich immer noch diese Farm?«

»Den größten Teil davon.« Sogar nach all diesen Jahren konnte Cam an seinen Stiefvater nicht als an ein Elternteil denken. Biff Stokey würde nie den Vater ersetzen, den Cam im zarten Alter von zehn Jahren verloren hatte. »Sie mußten ein paar harte Jahre überstehen und ein paar Morgen

Land verkaufen, aber es hätte sie schlimmer treffen können, so wie den alten Hawbaker. Der mußte seine gesamte Farm abgeben.«

Clare blickte nachdenklich vor sich hin. »Komisch, als ich durch die Stadt gefahren bin, habe ich gedacht, nichts hätte sich geändert. Wahrscheinlich habe ich nur nicht genau genug hingeschaut.«

»*Martha's* gibt es noch, den Markt und Dopper's Woods auch, und natürlich unsere verrückte Annie.«

»Crazy Annie? Schleppt sie immer noch einen Jutesack mit sich herum und sucht die Straßengräben nach Trödel ab?«

»Jeden Tag. Sie muß jetzt ungefähr sechzig sein und ist immer noch kräftig wie ein Pferd, auch wenn bei ihr ein paar Schrauben locker sind.«

»Die Kinder haben sie immer gehänselt.«

»Das tun sie auch heute noch.«

»Du hast sie auf deinem Motorrad mitgenommen.«

»Ich konnte sie gut leiden.« Cam räkelte sich einmal kurz, stand dann auf und blickte auf sie hinunter. Wie sie so vor dem dunklen, verlassenen Haus saß, erschien sie ihm einsam und ein wenig traurig. »Ich muß los. Kommst du hier klar?«

»Sicher, warum nicht?« Sie wußte, er dachte an das bewußte Dachgeschoß, wo ihr Vater seinen letzten Drink genommen und dann in den Tod gestürzt war. »Ich habe einen Schlafsack, ein bißchen Obst und den Rest eines Sechserpacks Bier. Das wird reichen, bis ich mir ein paar Tische, Lampen und ein Bett angeschafft habe.«

Seine Augen wurden schmal. »Du willst hier bleiben?«

Was da in seiner Stimme mitschwang, klang nicht gerade wie ein Willkommensgruß. Clare richtete sich auf und blieb auf den Stufen stehen, wo sie ihn um Haupteslänge überragte. »Das hatte ich eigentlich vor, zumindest für ein paar Monate. Gibt es da ein Problem, Sheriff?«

»Nein – für mich nicht.« Cam tappte mit der Schuhspitze auf den Boden und wunderte sich, daß sie so offensichtlich in Abwehrstellung ging. »Ich hatte nur angenommen, daß du eine kurze Stippvisite in Emmitsboro machst oder das Haus für neue Mieter herrichtest.«

»Du hast dich geirrt. Ich richte es für mich her.«

»Warum?«

Clare bückte sich und hob die beiden leeren Flaschen auf. »Ich hätte dir dieselbe Frage stellen können. Habe ich aber nicht.«

»Nein, das hast du nicht.« Cam musterte das Haus hinter ihr; so groß, so leer, so voller Erinnerungen. »Vermutlich hast du deine Gründe.« Aufmunternd lächelte er sie an. »Man sieht sich, Slim.«

Sie wartete, bis er in sein Auto gestiegen und weggefahren war. Und ob sie ihre Gründe hatte, dachte Clare. Sie war sich nur nicht ganz sicher, wie diese Gründe geartet waren. Seufzend wandte sie sich ab und trug die Flaschen in das leere Haus.

Spätestens gegen Mittag des darauffolgenden Tages wußte die ganze Stadt, daß Clare Kimball wieder da war. Sie war *das* Stadtgespräch, am Postschalter, im Supermarkt und bei *Martha's* redete man von nichts anderem. Die Rückkehr des Kimball-Mädchens, das auch noch seine Zelte ausgerechnet in dem Haus Ecke Oak Leaf Lane aufgeschlagen hatte, gab Anlaß zu immer neuen Gerüchten und Spekulationen über das Leben und den Tod von Jack Kimball.

»Er hat mir mein Haus verkauft«, meinte Oscar Roody, Bohnensuppe schlürfend. »Hat mir 'nen fairen Preis gemacht. Alice, wie wär's denn mit noch 'nem Täßchen Kaffee?«

»Die Frau von dem, die hatte vielleicht tolle Beine.« Less Gladhill grinste lüstern und lehnte sich zurück, um die von Alice genüßlich zu betrachten. »War 'ne echte Augenweide. Konnt' mir nie erklären, warum der Mann im Suff versunken ist, wo er so 'ne Klassefrau zu Hause hatte.«

»Ein Ire.« Oscar stieß sich mit der Faust gegen die Brust und gab ein grollendes Rülpsen von sich. »Die müssen einfach saufen, das liegt denen im Blut. Jacks Mädel ist so 'ne Art Künstlerin. Die säuft wahrscheinlich auch wie ein Ketzer und nimmt auch noch Drogen.« Kopfschüttelnd widmete er sich wieder seiner Suppe. Seiner Meinung nach waren es einzig und allein die Drogen, die das Land, für das er in Korea gekämpft hatte, in den Ruin trieben. Die Drogen und die Homosexuellen. »War mal 'n nettes Mädchen«, fügte er hinzu, womit er Clare indirekt bereits für ihre Berufswahl verurteilte. »War nur 'n Strich in der Landschaft, sah irgendwie ulkig aus, war aber 'n nettes kleines Ding. Sie hat Jack gefunden.«

»Muß ja 'n appetitlicher Anblick gewesen sein«, warf Less ein.

»Kann man wohl sagen.« Oscar nickte so wissend, als sei er damals persönlich am Ort des Geschehens gewesen. »Sein Kopf ist glatt aufgeplatzt wie ein Ei, und da, wo er sich aufgespießt hatte, war überall Blut. Der Pfahl ging durch wie geschmiert, sag ich dir. Der alte Jack zappelte daran wie 'ne Forelle am Haken.« Bohnensuppe tropfte an seinem mit grauen Bartstoppeln bedeckten Kinn herab. »Glaub' nicht, daß die je das ganze Blut von den Steinplatten runtergekriegt haben.«

»Habt ihr zwei eigentlich kein besseres Gesprächsthema?« Alice Crampton sah sie strafend an, während sie die Kaffeetassen nachfüllte.

»Du bist doch mit ihr zur Schule gegangen, stimmt's, Alice?« Less zog ein Paket *Drum* aus der Tasche und begann, sich mit seinen verfärbten, geschickten Mechanikerfingern eine Zigarette zu drehen. Ein paar Tabakkrümel fielen auf seine khakifarbenen Arbeitshosen, und sein Blick wanderte gierig über Alice' Brüste.

»Ja, ich bin mit Clare zur Schule gegangen. Und mit ihrem Bruder.« Ohne auf Less' unverschämte Augen zu achten, griff Alice nach einem feuchten Tuch und begann, die Theke abzuwischen. »Sie hatten alle beide genug Köpfchen, um dieser Stadt den Rücken zu kehren. Clare ist inzwischen ziemlich berühmt, und vermutlich auch reich.«

»Die Kimballs hatten schon immer Geld.« Oscar schob seine abgetragene alte Kappe in den Nacken. Ein paar der ihm noch verbliebenen grauen Haare lugten an den Seiten darunter hervor. »Die haben sich an dem verfluchten Einkaufszentrum 'ne goldene Nase verdient. Drum hat sich Jack auch umgebracht.«

»Laut Polizeibericht war es ein Unfall«, erinnerte ihn Alice. »Und das alles ist über zehn Jahre her. Man sollte die Sache langsam vergessen.«

»Keiner vergißt, wenn er beschissen worden ist«, meinte Less augenzwinkernd. »Besonders dann nicht, wenn er nach Strich und Faden beschissen worden ist.« Er streifte die Asche seiner Zigarette in dem dickwandigen Glasaschenbecher ab und stellte sich vor, wie es wäre, es der breithüftigen Alice gleich hier auf der Theke zu besorgen. »Der alte Jack hat da 'n dickes Ding gedreht mit dem Farmlanddeal, und dann hat er sich umgebracht.« Sein Mund hinterließ am Ende seiner Zigarette einen feuchten Ring, und er spie ein paar Krümel, die an seiner Zunge klebten, geräuschvoll aus. »Frag' mich bloß, wie sich das Mädchen so fühlt in dem Haus, in dem ihr Daddy seine Freifahrkarte zur Hölle gelocht hat. Hey, Bud.« Vergnügt winkte er Bud Hewitt, der gerade hereinkam, mit seiner Zigarette zu.

Alice griff automatisch nach einer sauberen Tasse und der Kaffeekanne.

»Danke, Alice, aber ich hab' keine Zeit.« Bud setzte eine dienstliche Miene auf und nickte den beiden Männern an der Theke zu. »Dieses Foto haben wir heute morgen erhalten.« Er öffnete einen Schnellhefter. »Carly Jamison, fünfzehnjährige Ausreißerin aus Harrisburg. Wird seit einer Woche vermißt. Ist das letzte Mal beim Trampen an der Route 15 gesehen worden, wollte nach Süden. Hat sie einer von euch hier in der Gegend gesehen?«

Oscar und Less beugten sich über das Foto, das ein junges Mädchen mit mürrischem Gesicht und dunklem, wuscheligen Haar zeigte. »Kann mich nicht erinnern, die jemals gesehen zu haben«, sagte Oscar schließlich und ließ einen weiteren vernehmlichen Rülpser ertönen. »Und ich wüßte es, wenn sie hier gewesen wäre. 'n neues Gesicht fällt auf in dieser Stadt.«

Bud drehte das Foto so, daß Alice einen Blick darauf

werfen konnte. »Während meiner Schicht war sie nicht hier. Aber ich werd' Molly und Reva fragen.«

»Danke.« Der Duft des Kaffees – und Alice' Parfüm waren verlockend, doch die Pflicht rief. »Ich werde das Foto weiter herumzeigen. Laßt es mich wissen, wenn ihr die Kleine seht.«

»Na klar.« Less drückte seine Zigarette aus. »Wie geht's denn deiner hübschen Schwester so, Bud?« Er spuckte einen Tabakkrümel aus, ehe er sich über die Lippen leckte. »Kannst du nicht mal ein gutes Wort für mich einlegen?«

»Wenn mir nur eins einfallen würde.«

Diese Antwort veranlaßte Oscar, sich unter schallendem Gelächter klatschend auf die Schenkel zu schlagen. Nachdem Bud gegangen war, wandte Less sich gutmütig grinsend wieder an Alice. »Gib mir noch 'n Stück von dem Zitronenkuchen, ja?« Der lüsterne Ausdruck kehrte in seine Augen zurück, als er sich in Gedanken wieder damit beschäftigte, es mit Alice mitten zwischen den Ketchup- und Senfflaschen zu treiben. »Ich hab' ihn gern frisch und saftig.«

Am anderen Ende der Stadt verputzte Clare gerade ihren Vorrat an Ring-Dings, während sie die riesige Garage in ein Studio umzuwandeln versuchte. Eifrig kauend packte sie die Schamottesteine für ihren Schweißtisch aus. Die Luftzufuhr würde ausreichen, stellte sie fest. Sogar wenn sie einmal die Garagentore schließen wollte, blieb ihr immer noch das hintere Fenster, das im Moment von einem dazwischengeklemmten Hammer offengehalten wurde.

In einer Ecke hatte sie Altmetall aufgeschichtet und unter Aufbietung all ihrer Kraft einen Arbeitstisch danebengeschoben. Da es sie vermutlich Wochen kosten würde, ihre Werkzeuge und Materialien auszupacken und zu ordnen, würde sie eben wieder inmitten ihres gewohnten Chaos arbeiten.

Dabei herrschte auch hier eine Art von Ordnung, ihre ganz persönliche Ordnung eben. Ton und Steine hortete sie auf der einen Seite der Garage, Holzblöcke auf der anderen. Da Metall ihr liebster Werkstoff war, nahm dieses den Löwenanteil des ihr zur Verfügung stehenden Raumes ein. Nun fehlte nur noch eine gute Stereoanlage mit ohrenbetäubendem Sound, dachte sie gutgelaunt. Und darum würde sie sich sofort kümmern.

Zufrieden mit sich und der Welt ging sie über den Betonfußboden zur Waschküchentür. Nur eine halbe Stunde von hier entfernt gab es ein Einkaufszentrum, das sicherlich eine Auswahl an Hi-Fi-Geräten führte und wo sie auch eine Telefonzelle finden würde. Sie wollte sich einen eigenen Telefonanschluß legen lassen und bei der Gelegenheit gleich Angie anrufen.

In diesem Augenblick bemerkte sie die kleine Gruppe von Frauen, die auf das Haus zukam. Sie marschierten wie die Soldaten im Gleichschritt, immer zwei nebeneinander, die Auffahrt entlang. Clare verspürte einen Anflug von Panik. Alle hielten sie Teller oder Schüsseln in der Hand. Mach dich nicht lächerlich, mahnte sie sich. Trotzdem mußte sie beim Gedanken an die Emmitsboroer Version eines Empfangskomitees heftig schlucken.

»Sieh mal einer an. Clare Kimball.« Wie ein Flaggschiff unter vollen Segeln rauschte eine große Blondine in einem geblümten Kleid, das von einem breiten lavendelfarbenen Plastikgürtel gehalten wurde, vor der Gruppe her. Ihre zahlreichen Speckröllchen wackelten bei jeder Bewegung. Sie hielt einen mit Alufolie abgedeckten Teller in den Händen. »Sie haben sich kein bißchen verändert.« Die hellblauen Augen in dem teigigen Gesicht zwinkerten. »Stimmt's nicht, Marilou?«

»Kaum.« Dieser Kommentar kam aus dem Mund einer mageren, knochigen Frau mit stahlgefaßter Brille und Haaren, die so silbern glänzten wie das Walzblech in der Garagenecke. Erleichtert erkannte Clare in ihr die Stadtbibliothekarin.

»Hallo, Mrs. Negley. Schön, Sie wiederzusehen.«

»Sie haben nie diese Ausgabe von *Rebecca* zurückgebracht.« Hinter ihren milchflaschendicken Brillengläsern blinzelte Mrs. Negley ihr zu. »Haben wohl gedacht, ich würde es vergessen. Erinnern Sie sich noch an Min Atherton, die Frau des Bürgermeisters?«

Clare konnte ihre Überraschung kaum verhehlen. Min Atherton hatte in den letzten zehn Jahren gut und gerne fünfzig Pfund zugenommen und war unter den wabbeligen Fettschichten kaum wiederzuerkennen. »Natürlich. Hi.« Unbehaglich rieb Clare ihre schmutzigen Hände an den noch schmutzigeren Jeans ab und hoffte, daß niemand ihr die Hand schütteln wollte.

»Wir haben Ihnen diesen Morgen Zeit gelassen, um sich häuslich einzurichten.« Min als Bürgermeisterfrau – und als Vorsitzende des Frauenvereins – betrachtete es als ihr gutes Recht, die Gesprächsführung an sich zu reißen.

»Sie kennen Gladys Finch, Lenore Barlow, Jessie Misner und Carolanne Gerheart doch noch?«

»Äh ...«

»Das Mädchen kann sich doch nicht von einer Sekunde auf die andere an jede von uns erinnern.« Gladys Finch trat vor und drückte Clare eine Tupperschüssel in die Hand. »Ich hab' Sie in der vierten Klasse unterrichtet – und ich kann mich sehr gut an Sie erinnern. Sehr saubere Handschrift.«

Eine Welle von Nostalgie überflutete Clare. »Sie haben uns immer bunte Sterne in die Hefte geklebt.«

»Nur wenn ihr sie verdient hattet. Wir haben genug Kuchen und Torte mitgebracht, um jeden einzelnen Zahn in Ihrem Mund kaputtzukriegen. Wo sollen wir die Sachen denn hinstellen?«

»Das ist sehr nett von Ihnen.« Clare warf der Waschküchentür einen hilflosen Blick zu und dachte an den Zustand ihrer Küche. »Wir können alles nach drinnen bringen, aber ich bin noch nicht dazu gekommen ...«

Doch sie brach mitten im Satz ab, da Min, die ihre Neugier kaum noch bezähmen konnte, bereits die Tür zur Waschküche geöffnet hatte.

»Was für hübsche Farben!« Ihre scharfen kleinen Augen erfaßten jede Einzelheit. Sie persönlich konnte sich allerdings nicht vorstellen, wie man dunkelblaue Oberflächen sauberhalten sollte. Da waren ihr ihre weißen, goldgesprenkelten Formicaschränke doch entschieden lieber. »Die letzten Mieter waren an einem guten Nachbarschaftsverhältnis nicht allzusehr interessiert – hielten sich lieber für sich –, und ich kann nicht behaupten, daß es mir leid getan hat, als sie auszogen. Na ja, Flachländer«, fügte Min mit einem geringschätzigen Schnauben, welches die abwesenden Vormieter auf ihren Platz verwies, hinzu. »Wir sind froh, wieder eine Kimball in diesem Haus wohnen zu sehen, nicht wahr, Mädels?«

Ein einstimmiges zustimmendes Murmeln ertönte, das Clare veranlagte, unruhig mit den Füßen zu scharren.

»Nun, ich weiß das wirklich zu schätzen ...«

»Ich hab' Ihnen Johannisbeergelee gemacht«, fuhr Min fort, nachdem sie einmal tief Atem geschöpft hatte. »Am besten stelle ich es gleich in den Kühlschrank.«

Bier, registrierte sie mit einem wissenden Nicken, als sie die Kühlschranktür öffnete. Bier, Soda und ein paar fertig gekaufte Sandwiches. Naja, was konnte man von einem Mädchen, das jahrelang in New York gelebt hatte, schon anderes erwarten.

Nachbarn! dachte Clare, während die Frauen um sie herum durcheinanderschwatzten. Seit Jahren hatte sie sich nicht mehr mit Nachbarn unterhalten, ja, sie kaum einmal grüßen müssen. Sie räusperte sich verlegen und setzte ein gequältes Lächeln auf. »Es tut mir leid, aber ich hatte noch keine Zeit zum Einkaufen. Ich hab' leider keinen Kaffee im Haus.« Oder Tassen oder Teller oder Löffel.

»Wir sind auch nicht zum Kaffeetrinken gekommen.« Mrs. Negley tätschelte ihr aufmunternd die Schulter. »Wir wollten Sie nur zu Hause willkommen heißen.«

»Wie lieb von Ihnen.« Clare hob die Hände und ließ sie dann hilflos wieder sinken. »Wirklich sehr freundlich. Und ich kann Ihnen noch nicht einmal einen Stuhl anbieten.«

»Sollen wir Ihnen beim Auspacken helfen?« Min schnüffelte bereits eifrig herum, doch zu ihrer großen Enttäuschung fand sie keinen einzigen Umzugskarton vor. »Nach diesem Monstrum von Möbelwagen zu urteilen, der heute morgen hier gehalten hat, müssen Sie ja allerhand um die Ohren haben.«

»Das war nur meine Ausrüstung. Möbel habe ich gar keine mitgebracht.« Unter Mins fest auf sie gerichtetem neugierigen Blick begann Clare, sich unbehaglich zu fühlen. »Ich dachte, ich könnte mir im Laufe der Zeit alles Notwendige besorgen.«

»Die Jugend von heute!« Min lachte schrill auf. »Leichtsinnig und unbeständig. Was würde Ihre Mama wohl sagen, wenn sie wüßte, daß Sie ohne einen einzigen Teelöffel hier sitzen?«

Clare lechzte nach einer Zigarette. »Vermutlich würde sie mir empfehlen, einkaufen zu gehen.«

»Dann wollen wir sie nicht länger aufhalten.« Mrs. Finch scheuchte die Damen so energisch aus dem Haus, wie sie es mit ihren neunjährigen Schülern zu tun pflegte. »Bringen Sie das Geschirr bei Gelegenheit zurück, Clare. Es steht überall der Name drauf.«

»Danke für Ihre Mühe.«

Nacheinander verließen die Frauen das Haus, den Duft von Schokoladenkuchen und blumigem Parfüm hinter sich lassend.

»Nicht ein Teller im Schrank«, flüsterte Min den anderen zu. »Nicht ein einziger Teller. Aber den Kühlschrank voller Bier. Wie der Vater, so die Tochter, sag' ich euch.«

»Ach, komm schon, Min«, erwiderte Gladys Finch gutmütig.

Crazy Annie sang für ihr Leben gern. Als Kind hatte sie im Kirchenchor der Lutheranerkirche den Sopran gesungen, und ihre hohe, süße Stimme hatte sich im Lauf des letzten halben Jahrhunderts nicht verändert, genausowenig wie ihr kindlicher, unkomplizierter Verstand.

Sie hegte eine Vorliebe für leuchtende Farben und glitzernde Gegenstände. Oft trug sie drei Blusen auf einmal, eine über der anderen, und vergaß die Unterwäsche. Sie behängte sich mit klimpernden Armbändern, vergaß aber zu baden. Seit dem Tod ihrer Mutter vor zwölf Jahren gab es niemanden mehr, der sich um sie kümmerte, ihr ihre Mahlzeiten zubereitete und dafür sorgte, daß sie sie auch aß.

Doch die Stadt ließ Menschen wie Annie nicht im Stich. Jeden Tag kam ein Mitglied des Frauenvereins oder des Gemeinderates bei ihrem schäbigen, bis unter das Dach vollgestopften Wohnwagen vorbei, brachte ihr etwas zu essen und bewunderte ihre neuesten Fundstücke.

Wie um sie für ihren verkümmerten Verstand zu entschädigen, war ihr Körper kräftig und robust, und obwohl ihr Haar inzwischen völlig ergraut war, hatte ihr Gesicht sich die jugendliche Frische bewahrt. Jeden Tag unternahm sie unabhängig vom Wetter meilenweite Spaziergänge, ihren Jutesack stets auf dem Rücken. Dann schaute sie bei *Martha's* auf ein Doughnut und ein Glas Kirschbrause herein, fragte bei der Post nach bunten Briefmarken oder stand vor den Schaufenstern und betrachtete die Auslage.

Singend und vor sich hinplappernd wanderte sie am Straßenrand entlang, wobei sie ständig den Boden nach irgendwelchen Schätzen absuchte, oder sie pirschte sich im Wald und auf den Feldern an die Tiere heran; geduldig genug, um eine Stunde reglos dazustehen und einem Nüsse knabbernden Eichhörnchen zuzuschauen.

Annie war glücklich. Doch hinter ihrem lächelnden Gesicht verbargen sich Dutzende von Geheimnissen, die sie nicht verstand.

Tief im Wald kannte sie einen Ort, eine kreisrunde Lichtung, wo seltsame Zeichen in die Bäume eingeschnitzt worden waren. Die kleine Grube daneben roch manchmal nach verbranntem Holz – oder nach verbranntem Fleisch. Wann immer sie sich an diesem Ort aufhielt, prickelte ihre Haut vor Unbehagen. Einmal war sie nachts dort gewesen, als ihre Mutter sie alleine gelassen hatte und Annie die umliegenden Wälder nach ihr absuchte. Sie hatte Dinge dort gesehen; Dinge, die ihr vor Entsetzen das Blut in den Adern gefrieren ließen, Dinge, die ihr noch Wochen später Alpträume verursachten. Bis die Erinnerung dann verblaßte.

Inzwischen entsann sie sich nur noch schwach an unheimliche Kreaturen mit Menschenleibern und Tierköpfen.

Sie sangen. Sie tanzten. Einige stießen gräßliche Schreie aus. Doch Annie mochte diese Erinnerungen nicht, deshalb sang sie nur noch lauter, um sie zu verdrängen.

Nie wieder würde sie nachts an diesen Ort zurückkehren. No, Sir, nie wieder nachts. Aber an manchen Tagen zog es sie unwiderstehlich dorthin zurück, und heute war einer dieser Tage. Wenn die Sonne schien, hatte Annie auch keine Angst.

»*It never rains in Califoor-nii-a.*« Ihre mädchenhafte Stimme klang jubelnd durch den Wald, während sie den Sack zum Rand des Kreises schleifte. Kichernd wie ein ungezogenes Kind tippte sie mit dem großen Zeh ins Innere des Kreises. Im Gebüsch raschelte etwas, und ihr blieb vor Schreck fast das Herz stehen. Doch dann kicherte sie erleichtert, als ein Hase aus dem Unterholz auftauchte und davonhoppelte.

»Hab' keine Angst«, rief sie ihm nach. »Niemand hier, nur Annie. Niemand hier, niemand hier«, sang sie vor sich hin und vollführte kleine, wiegende Tanzschritte. »*I never promised you a rosegarden.*«

Der Mr. Kimball, der hatte immer die schönsten Rosen im Garten, dachte sie. Ab und zu pflückte er ihr eine ab und ermahnte sie, auf die Dornen achtzugeben. Aber er war ja tot, fiel ihr ein. Tot und begraben. Wie Mama.

Einen Augenblick lang verspürte sie echten, scharfen Schmerz. Dann trat wieder der übliche leere Ausdruck auf ihr Gesicht, als sie einen Spatz über sich hinwegflattern sah. Mit einer für ihre Fülle erstaunlich anmutigen Bewegung ließ sie sich außerhalb des Kreises nieder. In ihrem Sack befand sich ein in Wachspapier eingewickeltes Sandwich, welches Alice ihr am Morgen mitgegeben hatte. Annie verzehrte es mit kleinen Bissen, sang dabei, redete mit sich selbst und streute ein paar Krumen für Gottes kleine Geschöpfe auf den Boden. Als sie aufgegessen hatte, faltete sie das Wachspapier säuberlich zusammen und verstaute es wieder in ihrem Sack.

»Keinen Abfall liegen lassen«, murmelte sie vor sich hin. »Kostet fünfzig Dollar Strafe. Spare in der Zeit, so hast du in der Not.« Gerade als sie aufstehen wollte, bemerkte sie im Gebüsch etwas Glitzerndes. »Oh!« Auf allen vieren kroch sie durch das Unterholz, schob Ranken und Blattwerk ungeduldig beiseite. »Hübsch«, flüsterte sie, das schmale Silberarmband mit dem Namensschild ins Sonnenlicht haltend. Ihr schlichtes Herz hüpfte vor Freude ob des funkelnden, glitzernden Fundes. »Hübsch!« In das silberne Schild war etwas eingraviert, das Annie zwar als Buchstaben identifizieren, jedoch nicht lesen konnte.

Carly

»Annie.« Sie nickte zufrieden. »A-N-N-I-E. Annie. Was man findet, darf man behalten. *She loves you, yeah, yeah, yeah.*« Fröhlich schob sie sich das Armband über ihr eigenes pummeliges Handgelenk.

»Kein Mensch hat sie gesehen, Sheriff.« Bud Hewitt legte Carly Jamisons Foto auf Cams Schreibtisch. »Ich hab' es in der ganzen Stadt rumgezeigt. Wenn sie hier vorbeigekommen ist, muß sie eine Tarnkappe getragen haben.«
»Okay, Bud.«
»Im Park hat's eine Schlägerei gegeben. Ich bin dazwischengegangen.«
»Ach ja?« Cam, der wußte, was von ihm erwartet wurde, blickte von seinem Schreibkram auf.
»Chip Lewis und Ken Barlow haben sich um irgendein Mädchen geprügelt. Ich hab' beiden die Ohren langgezogen und sie dann nach Hause geschickt.«
»Gut gemacht.«
»Aber dann bin ich der Frau vom Bürgermeister in die Arme gelaufen.«
Cam hob fragend eine Braue.
»Sie hat sich schon wieder über die Kids beschwert, die auf der Main Street Skateboard fahren. Und über den Jungen von den Knights, weil der sein Motorrad immer so aufdreht. Und ...!«
»Ich kann's mir lebhaft vorstellen, Bud.«

»Sie erzählte mir, daß Clare Kimball wieder da ist. Hat die Garage voller Müll und altem Krempel, dafür aber nicht einen einzigen Teller im Schrank.«

»Da ist Min ja ganz schön fleißig gewesen.«

»Ich hab' in *People* einen Artikel über sie gelesen. Über Clare, meine ich. Sie ist berühmt.«

»Tatsächlich?« Belustigt raschelte Cam mit seinen Papieren.

»O ja. Sie ist so 'ne Art Künstlerin. Macht Skulpturen und so was. Ich hab' mal ein Bild von einer gesehen, die muß glatt zehn Fuß hoch gewesen sein.« Buds angenehmes Gesicht verzog sich nachdenklich. »Bloß – ich konnte nicht erkennen, was sie eigentlich darstellen sollte. Ich bin übrigens mal mit Clare ausgegangen, wußtest du das?«

»Nein, wußte ich nicht.«

»Doch, wirklich. Ich hab' sie ins Kino eingeladen und all so was. Das muß in dem Jahr gewesen sein, in dem ihr Daddy gestorben ist. Verdammt unselige Angelegenheit war das.« Mit dem Ärmel wischte er einen Fleck von der Glastür des Waffenschrankes. »Meine Mom war mit ihrer befreundet. Sie waren sogar in der Nacht, als es passierte, zusammen aus. Na ja, ich dachte mir jedenfalls, ich könnte ja irgendwann mal bei dem Kimball-Haus vorbeischauen und sehen, wie es Clare geht.«

Noch ehe Cam sich dazu äußern konnte, klingelte das Telefon. »Büro des Sheriffs.« Einen Moment lang lauschte er den schrillen, aufgeregten Tönen, die aus dem Hörer drangen. »Ist jemand verletzt? Okay, ich bin gleich da.« Er hängte ein und erhob sich. »Cecil Fogarty hat sein Auto gegen die Eiche vor Mrs. Negleys Haus gesetzt.«

»Soll ich das übernehmen?«

»Nein, ich kümmere mich schon darum.« Mrs. Negleys Haus lag nur ein paar Schritte von Clares entfernt, überlegte er sich beim Hinausgehen. Es wäre doch eine geradezu sträfliche Vernachlässigung seiner nachbarschaftlichen Pflichten, wenn er nicht auf einen Sprung bei Clare vorbeikam.

Clare bog gerade in die Einfahrt ein, als Cam am Haus anlangte. Er nahm sich Zeit, sie zu beobachten, wie sie mit der Heckklappenverriegelung kämpfte, dann ging er, die Hände in die Hosentaschen gesteckt, auf sie zu. Sie mühte sich gerade mit den Taschen und Kartons ab, die sich auf dem Rücksitz häuften.

»Brauchst du Hilfe?«

Erschrocken fuhr sie hoch, stieß sich den Kopf an der Heckklappe und rieb sich fluchend die schmerzende Stelle. »Gehört es neuerdings zu deinem Job, dich an nichtsahnende Frauen heranzuschleichen?«

»Unter anderem.« Er wuchtete einen Karton aus dem Wagen. »Was um Himmels willen hast du da alles eingekauft?«

»Ach, alles mögliche. Mir ist klargeworden, daß man zum Überleben mehr als nur einen Schlafsack und ein Stück Seife braucht.« Sie packte zwei Taschen auf den Karton, den er trug, und sammelte den Rest selber zusammen.

»Du hast die Schlüssel steckenlassen.«

»Die hol' ich später.«

»Hol' sie jetzt.«

Mit einem gottergebenen Seufzer ging Clare um das Auto herum und hätte beinahe eine Tüte fallenlassen, als sie die Schlüssel aus dem Zündschloß zog. Sie betrat die geöffnete Garage und winkte Cam, ihr zu folgen.

Cams Blick wanderte über die Werkzeugsammlung, die seiner Schätzung nach mehrere hundert Dollar wert war. Die Stahlflaschen, die Holz- und Metallvorräte, die Steinblöcke. »Wenn du das ganze Zeug hier lagern willst, solltest du dir besser angewöhnen, das Garagentor zu schließen.«

»Der übereifrige Polizist, wie er im Buche steht.« Clare durchquerte rasch die Waschküche und riß die Küchentür auf.

»Kann schon sein.« Cam blickte auf die mit Schüsseln und Platten überladene Anrichte. »Wolltest du gerade ein bißchen aufräumen?«

»Tut mir leid.« Hastig schob sie einige Schüsseln beiseite. »Der hiesige Frauenverein stand heute mittag geschlossen bei mir vor der Tür.« Sie hob den Deckel einer Plastikschale an und schnupperte. »Möchtest du ein Schokoladentörtchen?«

»Gerne. Hast du auch einen Kaffee dazu?«

»Nö, aber im Kühlschrank findest du Bier und Pepsi. Und irgendwo in diesem Sammelsurium müßte auch eine Kaffeekanne sein.« Clare fing an, in einem Karton herumzuwühlen. Verschiedene in Zeitungspapier gewickelte Gegenstände wanderten auf den Fußboden. »Auf dem Weg ins Einkaufszentrum bin ich zufällig auf diesen fantastischen Flohmarkt gestoßen.« Triumphierend hielt sie eine leicht angeschlagene Kaffeemaschine hoch. »Die könnte sogar noch funktionieren.«

»Ich nehm' die Pepsi«, entschied Cam und bediente sich.

»Um so besser, ich fürchte nämlich, ich habe vergessen, Kaffee zu kaufen. Aber dafür besitze ich jetzt Teller, richtig schöne alte Porzellanteller. Und ich hab' ein paar von diesen herrlichen Limoglasern mit Bugs Bunny oder Daffy Duck drauf aufgetrieben.« Sie warf ihr Haar zurück, krempelte sich die Ärmel hoch und lächelte ihn an. »Und wie war dein Tag?«

»Cecil Fogarty ist mit seinem Plymouth vor Mrs. Negleys Eiche geknallt.«

»Wie aufregend.«

»Für Mrs. Negley bestimmt.« Cam reichte ihr die Pepsiflasche. »Du richtest dir in der Garage eine Art Atelier ein?«

»Mmh.« Clare nahm einen tiefen Schluck und gab ihm die Flasche zurück.

»Heißt das, daß du dich hier häuslich niederlassen willst, Slim?«

»Das heißt, daß ich arbeiten will, während ich hier bin.« Clare suchte sich selbst ein Törtchen aus und schwang sich auf den Spülenrand. Das Licht der Abendsonne ließ ihr Haar goldrot aufflammen. »Darf ich dir eine sehr persönliche Frage stellen? Gestern abend habe ich mich nicht getraut.«

»Nur zu.«

»Warum bist du zurückgekommen?«

»Ich brauchte Tapetenwechsel«, entgegnete er schlicht, obwohl das nicht ganz der Wahrheit entsprach.

»Wenn ich mich recht erinnere, konntest du dieser Stadt damals nicht schnell genug den Rücken kehren.«

Damals hatte Cam Emmitsboro kurzentschlossen verlassen. Er war gegangen, ohne auch nur ein einziges Mal zurückzuschauen, mit zweihundertsiebenundzwanzig Dollar in der Tasche, erfüllt von überschäumender Abenteuerlust. Er war dem Ruf der Freiheit gefolgt. »Ich war erst achtzehn. Warum bist du denn zurückgekommen?«

Stirnrunzelnd knabberte Clare an ihrem Törtchen. »Vielleicht hatte ich inzwischen genug Tapetenwechsel. In der letzten Zeit habe ich viel über diese Stadt nachgedacht, über dieses Haus, über die Leute hier. Und nun bin ich wieder da.« Sie lächelte kurz und wechselte abrupt das Thema. »Mit vierzehn war ich unsterblich in dich verliebt.«

Cam grinste sie an. »Ich weiß.«

»Unsinn.« Sie riß ihm die Pepsi aus der Hand. Als er fortfuhr, sie anzugrinsen, wurden ihre Augen schmal. »Blair hat gepetzt. Dieser hinterhältige Mistkerl.«

»Das brauchte er gar nicht.« Zu ihrer beider Überraschung trat er auf sie zu und stützte seine Hände neben ihren Hüften auf die Spüle. Ihr Kopf schwebte über ihm, so daß seine Augen auf einer Höhe mit ihrem Mund waren. »Du hast mich ständig beobachtet – und eine Menge Energie verschwendet, indem du vorgegeben hast, mich gar nicht zur Kenntnis zu nehmen. Außerdem bist du jedesmal rot geworden, wenn ich dich angesprochen habe. Ich fand das richtig niedlich.«

Argwöhnisch musterte sie ihn, ehe sie die Flasche leerte, und bemühte sich, ihrer Verlegenheit Herr zu werden. Schließlich war sie keine vierzehn mehr. »Mädchen in diesem Alter fliegen nun mal auf Rocker. Aber irgendwann werden sie erwachsen.«

»Das Motorrad hab' ich immer noch.«

Clare mußte lächeln. »Darauf möchte ich wetten.«

»Ich könnte am Sonntag mit dir eine Spritztour unternehmen.«

Sie überlegte, während sie ihr Törtchen vertilgte. »Dann tu's doch.«

Fünftes Kapitel

Bei Mondaufgang trat der Zirkel der Dreizehn zusammen. In der Ferne grollte leiser Donner. In Zweier- und Dreiergruppen standen sie zusammen, schwatzten, tauschten Neuigkeiten aus und rauchten Tabak oder Marihuana, bis die zeremoniellen Kerzen entzündet wurden. Schwarzes Wachs tropfte langsam zu Boden. In der Grube züngelte und prasselte bereits das heilige Feuer und verzehrte gierig die trockenen Scheite. Die unmaskierten Gesichter wurden lediglich von Hauben beschattet.

Die Glocke erklang. Sofort wurden die Stimmen gedämpft, die Zigaretten ausgetreten und der Kreis gebildet.

Der Hohepriester trat, angetan mit seiner Robe und der Bocksmaske, in die Mitte. Obwohl sie alle wußten, wer er war, zeigte er während eines Rituals niemals sein Gesicht. Niemand brachte den Mut auf, es von ihm zu verlangen.

Er hatte seinen Anhängern drei Prostituierte bereitgestellt, wohl wissend, daß er sie so bei Laune halten würde. Wurden ihre perversen sexuellen Wünsche erfüllt, würden sie gefügig bleiben – und schweigen.

Es war an der Zeit, dem Gebieter neue Jünger zuzuführen. Heute abend würden zwei Mitglieder, die sich als würdig erwiesen hatten, mit dem Zeichen Satans gebrandmarkt und so für immer gebunden werden.

Er hob die Arme, um mit der ersten Beschwörung zu beginnen. Der Wind trug seine Worte mit sich, und ein heißer Flammenstrahl der Macht durchdrang ihn. Der Glockenklang, das flackernde Feuer und der eintönige Gesang versetzten ihn in eine beinahe euphorische Stimmung. Der lebende Altar, eine vollbusige, üppige nackte Frau, war bereit.

»Unser Herr und Gebieter ist der einzig wahrhafte Herrscher. Wir führen unsere Brüder zu Ihm, auf daß Er sie in den Kreis aufnehme. Sein Name lebe in uns. Schaut auf zu den Mächten des Bösen:

Abaddon, dem Zerstörer,
Fenris, Sohn des Loki,
Euronymos, Fürst des Todes.«

Die Flammen züngelten höher. Der Glockenklang hallte in der Dunkelheit wider.

Die Augen des Priesters glitzerten hinter seiner Maske. Der Feuerschein ließ sie rötlich schimmern. »Ich bin der, der die Gebote verkündet. Diejenigen, die den Geboten von nun an Folge leisten wollen, mögen vortreten.«

Während grelle Blitze über den nachtschwarzen Himmel zuckten, lösten sich zwei Gestalten aus dem Kreis.

»Unsere Macht wirkt im verborgenen. So lautet das Gebot.«

Die anderen wiederholten die Worte, und die Glocke wurde geläutet.

»Wir vernichten nicht, was unser ist. So lautet das Gebot.«

Die Antwort erfolgte in einer Art Sprechgesang.

»Wir töten mit Vorsatz und List, nicht im Zorne. So lautet das Gebot.«

»Wir verehren den Einen.«
»Satan ist der Eine.«
»Sein ist der Palast der Hölle.«
»*Ave*, Satan.«
»Was sein ist, ist unser.«
»Heil Satan.«
»Er ist, was wir sind.«
»*Ave*, Satan.«
»Wir empfangen Seine Lehren. Sein Wissen ist unsere Macht. Kein Weg führt zurück.«
»Es lebe Satan.«

Die Fürsten der Hölle wurden angerufen. Rauchschwaden kräuselten sich gen Himmel. Weihrauch wurde entzündet, um die Luft zu vernebeln und zu verdunkeln. In einem phallusförmigen Gefäß wurde heiliges Wasser herumgereicht. Das monotone Summen schwoll zu einem ekstatischen Gesang an.

Wieder hob der Priester die Arme. Er weidete sich an der

bedingungslosen Unterwerfung seiner Anhänger. »Legt eure Gewänder ab und kniet vor mir nieder, denn ich bin euer Priester, und nur durch mich werdet ihr Ihn erreichen.«

Die beiden Kandidaten streiften ihre langen Gewänder ab und knieten nieder, mit hoch aufgerichtetem Geschlecht und glasigen Augen. Zwölf Monate hatten sie auf diese Nacht gewartet. Nun endlich würden sie in den magischen Zirkel aufgenommen werden. Der Altar rieb sich die Brüste und leckte sich über die vollen roten Lippen.

Der Priester griff nach der Kerze, die zwischen den Schenkeln des Altars befestigt worden war, umkreiste die beiden Männer und hielt die Kerze kurz vor ihre Augen, ihr Geschlecht und ihre Fußsohlen.

»Seht die Flamme Satans. Die Pforten der Hölle haben sich für euch geöffnet. Ihr sollt von nun an seine Kreaturen heißen. Das Feuer der Hölle wird euch reinigen und über die gewöhnlichen Sterblichen erheben. In Seinem Namen läuten wir die Glocke.«

Wieder klang der Glockenton durch die Nacht, das Echo gab ihn wieder und immer wieder, bis er verklungen war. Alle Geschöpfe der Nacht hielten sich im Dunkeln verborgen und schwiegen.

»Der Pfad ist euch nun vorgezeichnet, und ihr müßt der Flamme folgen oder untergehen. Das Blut derer, die versagt haben, soll euch den Weg weisen.«

Der Priester drehte sich um, griff in eine silberne Schale und entnahm ihr eine Handvoll Graberde, in der noch bis vor kurzem ein Kind ein ganzes Jahrhundert lang in Frieden geruht hatte. Er rieb die Erde auf die Fußsohlen der beiden Männer, streute sie über ihre Köpfe und legte jedem sachte ein Bröckchen auf die Zunge.

»Empfangt dies Zeichen Seines Wohlwollens und weicht nicht vom Wege ab. Schließt den Pakt mit all jenen, auf die Sein Licht herniederstrahlt. Befolgt die Gebote, und euch wird Seine Gunst zuteil werden.«

Er hob einen Glasflakon, der heiliges Wasser, gemischt mit Urin, enthielt. »Trinkt dies und löscht euren Durst. Trinkt, auf daß Er euch erfülle.«

Jeder der beiden setzte den Flakon an den Mund und nahm einen tiefen Schluck.

»Erhebt euch, Brüder, und empfangt Sein Zeichen.«

Die Männer richteten sich auf. Die restlichen Mitglieder des Zirkels traten vor, um Arme und Beine des ersten Kandidaten festzuhalten. Der voll aufgegangene Mond warf ein gespenstisches Licht auf das Zeremonienmesser.

»Ich zeichne euch im Namen Satans!«

Der Mann schrie kurz auf, als das Messer seinen linken Hoden ritzte, und begann leise zu schluchzen. Blut tröpfelte auf den Boden.

»Du bist Sein, von nun bis in alle Ewigkeit.«

»*Ave*, Satan«, sangen die anderen.

Der zweite Mann empfing das Zeichen. Beiden wurde mit Drogen versetzter Wein gereicht.

Ihr Blut klebte an der Schneide des Messers, welches der Priester nun gen Himmel schwang und dem Herrn der Finsternis seinen Dank aussprach. Der Donner grollte lauter, so daß sich seine Stimme zu einem Schrei steigerte.

»Hebt eure rechte Hand und leistet den Eid.«

Zitternd, mit tränenfeuchten Gesichtern, gehorchten die Männer.

»Ihr teilt Seine Lust und Seinen Schmerz. Durch Sein Zeichen seid ihr vom Tod ins Leben zurückgekehrt. Ihr seid in die Dienste Luzifers getreten. Diese eure Entscheidung erfolgte aus freiem Willen.«

»Aus freiem Willen«, wiederholten die Männer mit belegter Stimme.

Der Priester ergriff das Schwert und zeichnete direkt über dem Herzen jedes der neuen Mitglieder ein umgekehrtes Pentagramm in die Luft.

»Heil, Satan.«

Die Opfergabe, ein junger, schwarzer, noch nicht entwöhnter Ziegenbock, wurde in den Kreis gezerrt. Lüstern blickte der Priester auf den Altar, der mit weit gespreizten Beinen dalag und dessen Brüste weiß im Mondlicht schimmerten. In jeder Hand hielt die Frau eine schwarze Kerze; eine weitere klemmte zwischen ihren Schenkeln.

Da sie gut bezahlt und mit Drogen gefügig gemacht worden war, lächelte sie ihn an.

Die Gedanken des Priesters kreisten um sie, als er dem Ziegenbock mit dem Messer die Kehle durchschnitt.

Das Blut wurde mit Wein gemischt und dann getrunken. Der Priester streifte sein Gewand ab. Auf seiner schweißfeuchten Brust glitzerte das silberne Medaillon. Er selbst machte als erster von dem Altar Gebrauch. Gierig glitten seine blutverschmierten Hände über ihre Brüste und ihren Körper, während er sich vorstellte, seine Finger würden sich in Krallen verwandeln.

Als sich sein Samen in sie ergoß, träumte er davon, erneut zu töten.

Clare erwachte schweißgebadet, ihr Atem ging in heftigen Stößen, ihr Gesicht war tränenüberströmt. Als sie nach dem Lichtschalter tastete, griff ihre Hand ins Leere. Eine Sekunde lang breitete sich wilde Panik in ihr aus, dann fiel ihr wieder ein, wo sie sich befand. Etwas ruhiger krabbelte sie aus ihrem Schlafsack, zählte die Schritte bis zur Wand und knipste die Deckenbeleuchtung an. Langsam ließ das unkontrollierte Zittern nach.

Sie hätte damit rechnen sollen, daß der Traum wiederkehrte. Schließlich hatte sie ihn in genau diesem Zimmer zum erstenmal gehabt. Nur war es diesmal schlimmer gewesen als sonst, weil die Erinnerungen an jene Nacht, in der sie den zerschmetterten Leib ihres Vaters auf den Steinplatten der Terrasse gefunden hatte, in den Traum mit eingeflossen waren.

Clare preßte die Handballen gegen die Augen und lehnte sich gegen die Wand, bis die Bilder verblaßten. In der Ferne begrüßte ein Hahn lauthals krähend den neuen Morgen. Wie die Träume, so verschwanden auch die Ängste mit dem ersten Sonnenlicht. Als sie sich wieder beruhigt hatte, streifte Clare das Baseballtrikot, welches ihr als Nachthemd diente, ab und stellte sich unter die Dusche.

Während der nächsten Stunde ging sie mit mehr Energie und Leidenschaft an die Arbeit, als sie seit Wochen hatte aufbringen können. So entstand, geschaffen aus Kupfer und Stahl, das dreidimensionale Abbild ihres Alptraums. Ein künstlerischer Exorzismus.

Clare arbeitete konzentriert und sorgfältig, und während das Material unter ihren Händen langsam Gestalt annahm, konnte sie bereits die Aura machtvoller Kraft spüren, die die Statue ausstrahlte. Dennoch blieben ihre Hände ganz ruhig. Bei der Arbeit mußte sie sich selten zur Geduld und zur Vorsicht mahnen; es war ihr in Fleisch und Blut übergegangen, den Brenner kurz abzuschalten, wenn das Metall zu heiß wurde. Automatisch achtete sie auf Farbe und Konsistenz der Metalle, selbst wenn sie mit ihren Gedanken weit weg war.

Ihre Augen hinter der dunklen Schutzbrille blickten starr, wie hypnotisiert. Funken sprühten, als sich die Flamme zischend in das Metall fraß.

Gegen Mittag hatte sie sechs Stunden ununterbrochen gearbeitet und war körperlich wie geistig erschöpft. Nachdem sie die Flaschen zugedreht hatte, legte sie den Schweißbrenner beiseite. Schweiß rann ihr langsam den Rücken hinunter, doch sie achtete gar nicht darauf, sondern starrte, während sie die Handschuhe auszog und die Brille sowie die Schutzkappe abnahm, wie gebannt auf das, was sie erschaffen hatte.

Vorsichtig umkreiste sie die Statue und musterte sie kritisch von allen Seiten, aus jedem Blickwinkel. Sie maß drei Fuß und schimmerte in einem kalten, tödlichen Schwarz; eine Figur, die ihren tiefsten, verborgensten Ängsten entsprungen war, mit unverkennbar menschlichen Umrissen und einem alles andere als menschlichen Kopf. Der Stirn entsprossen Hörner, das Maul war höhnisch verzogen. Der Menschenkörper schien demütig gebeugt zu verharren, wohingegen der Kopf in wildem Triumph zurückgeworfen wurde.

Als Clare ihr Werk betrachtete, lief ihr ein kalter Schauer über den Rücken. Die Statue jagte ihr Angst ein, und doch war sie stolz auf ihre Arbeit.

Die Skulptur war gut, dachte sie, die Hand auf den

Mund gepreßt. Wirklich gut. Doch aus Gründen, die sie selbst nicht verstand, ließ sie sich auf den nackten Betonboden sinken und begann zu weinen.

Alice Crampton hatte ihr gesamtes Leben in Emmitsboro verbracht. Zweimal nur hatte sie die Grenzen des Staates Maryland überschritten: einmal war sie mit Marshall Wickers, kurz nachdem sich dieser bei der Navy verpflichtet hatte, für ein wildes Wochenende nach Virginia Beach gefahren, und einmal hatte sie ihre Cousine Sheila, die mit einem Augenarzt verheiratet war, in New Jersey besucht. Abgesehen davon hatte sie fast jeden Tag ihres Lebens in der Stadt, in der sie geboren war, zugebracht.

Manchmal empfand sie deswegen einen Anflug von Bedauern, doch meistens dachte sie gar nicht darüber nach. Sie träumte davon, genug Geld zusammenzusparen, um in irgendeine anonyme Großstadt zu ziehen, wo die Gäste für sie Fremde waren und reichlich Trinkgeld gaben. Bis es soweit war, servierte sie den Leuten, die sie schon ihr ganzes Leben lang kannte und die nur selten ein Trinkgeld auf dem Tisch liegenließen, Kaffee und Schinkensandwiches.

Alice war eine vollbusige, breithüftige Frau, die in ihrer rosaweißen Uniform oft die Aufmerksamkeit ihrer männlichen Gäste auf sich zog. Zwar bedachten sie manche von ihnen – wie zum Beispiel Less Gladhill – oft mit lüsternen Blicken, doch keiner wagte es, sie direkt zu belästigen. Alice pflegte jeden Sonntag in die Kirche zu gehen, um den Schutzwall ihrer Tugend, den Marshall Wickers einst eingerissen hatte, wieder aufzubauen.

Niemand mußte sie anweisen, die Theke zu wischen oder über den Scherz eines Gastes zu lachen. Sie war eine gute, umsichtige Kellnerin, blieb stets freundlich und gelassen und verfügte zudem über ein unfehlbares Gedächtnis. Wer einmal seinen Hamburger halb durchgebraten bestellt hatte, brauchte Alice bei seinem nächsten Besuch bei *Martha's* nicht noch einmal darauf hinzuweisen.

Alice Crampton betrachtete das Kellnern nicht als Sprungbrett zu einem anspruchsvolleren Job. Sie mochte ihre Arbeit, auch wenn sie manchmal wünschte, diese Arbeit woanders verrichten zu können.

Im Spiegelbild der großen silbernen Kaffeekanne ordnete sie ihre krausen blonden Haare und fragte sich, ob sie es wohl schaffen konnte, Betty's Schönheitssalon in der kommenden Woche einen Besuch abzustatten.

Die Bestellung für Tisch Vier kam aus der Küche. Alice griff nach ihrem Tablett und trug es zu den Klängen eines Tammy-Wynette-Songs quer durch den Raum.

Als Clare *Martha's* betrat, war das Lokal wie jeden Samstagnachmittag knüppelvoll. Der Duft von gebratenen Zwiebeln, Hamburgern, einem blumigen Parfüm und gutem, starkem Kaffee hing in der Luft.

Die Musikbox war immer noch dieselbe wie vor zehn Jahren, und als Tammy Wynette ihre Geschlechtsgenossinnen beschwor, ihren Männern zur Seite zu stehen, dachte Clare unwillkürlich, daß sich die Schallplattenauswahl im Laufe der Jahre auch nicht verändert hatte. Teller klapperten im Hintergrund, und niemand machte sich die Mühe, seine Stimme zu dämpfen. Eine Welle von Wohlbehagen stieg in Clare auf, als sie sich an die Theke setzte und die plastikgebundene Speisekarte aufschlug.

»Guten Tag, Ma'am. Was darf ich Ihnen bringen?«

Clare ließ die Speisekarte sinken. »Alice? Alice, ich bin's, Clare!«

Alice' zu einem höflichen Lächeln verzogener Mund öffnete sich zu einem runden, erstaunten *O*. »Clare Kimball! Ich hab' schon gehört, daß du wieder da bist. Gut siehst du aus! O Mann, wirklich großartig!«

»Tut das gut, dich zu sehen.« Clare nahm Alice' kräftige, harte Hände zwischen die ihren. »Wir müssen uns unbedingt mal treffen. Ich will wissen, wie es dir geht, was du so gemacht hast, ach, einfach alles.«

»Mir geht's gut, und das ist auch schon alles.« Lachend drückte Alice Clares Hand, ehe sie sie freigab. »Was kann ich dir Gutes tun? Möchtest du einen Kaffee? Aber dieses Espressozeugs, das ihr in New York trinkt, haben wir hier nicht.«

»Ich möchte einen Hamburger mit allem drum und dran, die größte Portion Fritten, die du auftreiben kannst, und dazu einen Schokoladenshake.«

»Dein kulinarischer Geschmack hat sich jedenfalls nicht geändert. Wart' mal einen Augenblick.« Sie gab Clares Bestellung weiter und nahm die nächste auf. »Wenn Frank damit fertig ist, das Fleisch zu verbrennen, mach' ich eine kleine Pause«, rief sie ihr zu und eilte davon.

Clare beobachtete sie, wie sie die Gäste bediente, Kaffee nachschenkte, Bestellungen notierte und kassierte. Eine Viertelstunde später stand das Essen vor ihr, und sie konnte Alice ihre Bewunderung nicht versagen.

»Du machst das prima.« Sie tränkte die Pommes frites in Ketchup, während Alice auf dem Stuhl neben ihr Platz nahm.

»Nun, jeder hat so seine Talente«, lächelte Alice, die insgeheim wünschte, sie hätte Zeit gefunden, ihr Make-up aufzufrischen und sich die Haare zu kämmen. »Ich hab' dich im Fernsehen gesehen, bei deiner New Yorker Ausstellung, zwischen all diesen Skulpturen. Du hast ausgesehen wie ein Filmstar.«

»Alles nur Tarnung.« Clare schnaubte verächtlich und leckte sich Ketchup vom Finger.

»Es hieß, du wärst *die* Künstlerin der neunziger Jahre. Wie haben sie deine Arbeiten doch gleich genannt? Kühn und verwegen. Ach ja, und jemand hat behauptet, du würdest neue Maßstäbe setzen.«

»Von neuen Maßstäben reden sie immer, wenn sie den Sinn nicht verstehen.« Clare biß in ihren Hamburger und schloß wonnevoll die Augen. »Köstlich. Das ist *mein* neuer Maßstab. Wetten, daß das eine echte Kalorienbombe ist? *Martha's* Hamburger.« Erneut biß sie kräftig hinein. »Ich hab' von *Martha's* Hamburgern geträumt. Und sie sind immer noch genauso gut wie früher.«

»Hier verändert sich eben nicht viel.«

»Ich bin zu Fuß hergelaufen, nur um mir alles genau anzusehen.« Clare blies sich ihre Ponyfransen aus dem Gesicht. »Es mag sich ja blöd anhören, aber ich wußte gar nicht, wie sehr ich alles hier vermißt habe, bis ich zurückgekommen bin. Mr. Roodys Laster stand draußen, Clyde's Tavern gibt es noch, und das Azaleenbeet vor der Bücherei ist auch noch da. Aber ich hab' doch wirklich und wahrhaftig eine Videothek entdeckt, und die Pizzeria hat jetzt einen Lieferservice. Und dann Bud Hewitt! Ich könnte schwören, daß Bud Hewitt in einem Streifenwagen an mir vorbeigefahren ist.«

Alice mußte lachen. »Zugegeben, ein paar Dinge haben sich schon verändert. Bud ist jetzt Deputy. Und Mitzi Hines – du erinnerst dich doch noch an sie, sie war in der Schule eine Klasse über uns – hat einen der Hawbaker-Jungs geheiratet und betreibt mit ihm zusammen diese Videothek. Läuft gut, soviel ich weiß, jedenfalls gut genug, daß sie sich ein Haus in der Sider's Alley und zwei Babys leisten können.«

»Was ist denn mit dir? Wie geht's deiner Familie?«

»Denen geht's gut. Die meiste Zeit treiben sie mich fast in den Wahnsinn. Lynette hat geheiratet und ist nach Williamsport gezogen. Pop redet ständig davon, sich zur Ruhe zu setzen, doch im Grunde genommen denkt er gar nicht daran.«

»Was wäre Emmitsboro auch ohne Doc Crampton?«

»Jeden Winter bekniet Mom ihn, doch mit ihr in den Süden zu ziehen, aber er läßt sich nicht erweichen.«

Alice nahm sich eins von Clares Pommes Frites und malte damit im Ketchup herum. Während ihrer Schulzeit hatten sie unzählige Male so zusammengesessen, Geheimnisse ausgetauscht und sich ihre kleinen Kümmernisse von der Seele geredet. Und natürlich hatten sie, wie alle Mädchen in diesem Alter, über Jungs diskutiert.

»Vermutlich weißt du schon, daß Cam Rafferty jetzt den Posten des Sheriffs bekleidet.«

Clare schüttelte ungläubig den Kopf. »Ich kann mir immer noch nicht vorstellen, wie er das geschafft hat.«

»Meine Mom meinte, da hätte man wohl den Bock zum Gärtner gemacht, und so dachten viele, die sich noch an seine wilde Zeit erinnerten. Aber er verfügte über ausgezeichnete Referenzen, und die Stadtverwaltung war ziemlich in

Zugzwang, als sich Sheriff Parker von heute auf morgen zur Ruhe gesetzt hatte. Natürlich klopfen sich die Leute jetzt, da sich alles zum Guten gewendet hat, alle selbst auf die Schulter.« Alice bedachte Clare mit einem wissenden Lächeln. »Er sieht sogar noch besser aus als früher.«

»Das ist mir auch schon aufgefallen.« Stirnrunzelnd nuckelte Clare an ihrem Strohhalm. »Was ist denn aus seinem Stiefvater geworden?«

»Der Typ verursacht mir immer noch eine Gänsehaut.« Schaudernd schob sich Alice ein paar Pommes Frites in den Mund. »Oft kommt er ja nicht in die Stadt, aber wenn er's tut, dann läßt ihn jeder hier weitgehend in Frieden. Das Gerücht will wissen, daß er so nach und nach die Farm versäuft – und außerdem soll er noch in Frederick herumhuren.«

»Lebt Cams Mutter immer noch mit ihm zusammen?«

»Entweder liebt sie den Kerl wirklich, oder sie hat eine Todesangst vor ihm.« Alice zuckte mit den Achseln. »Cam spricht nicht darüber. Er hat sich an der Quarry Road, ziemlich weit hinten im Wald, ein eigenes Haus gebaut. Ich hab' gehört, es hat Dachfenster und eine in den Boden eingelassene Badewanne.«

»Hört, hört. Wie ist er denn daran gekommen? Hat er eine Bank ausgeraubt?«

Alice lehnte sich näher zu ihrer Freundin. »Eine Erbschaft«, flüsterte sie vertraulich. »Die Mutter seines leiblichen Vaters hat ihm ein hübsches Sümmchen hinterlassen. Sein Stiefvater ist fast geplatzt vor Wut, das kannst du mir glauben.«

»Jede Wette.« Obwohl sich Clare darüber im klaren war, daß Klatschgeschichten zu *Martha's* gehörten wie die Zwiebeln zum Hamburger, bevorzugte sie zum Austausch von Neuigkeiten eine etwas privatere Atmosphäre. »Sag mal, Alice, wann hast du denn Feierabend?«

»Heute hab' ich die Schicht von acht bis halb fünf.«

»Hast du danach noch eine heiße Verabredung?«

»Ich hab' seit 1989 keine heiße Verabredung mehr gehabt.«

Kichernd zog Clare einige Banknoten aus der Tasche und legte sie auf die Theke. »Dann komm doch auf eine Pizza bei mir vorbei, wenn du hier fertig bist.«

Alice grinste zustimmend und registrierte ohne Verlegenheit, daß Clare die Rechnung um ein großzügiges Trinkgeld aufgestockt hatte. »Das ist doch mal ein Angebot!«

In einer Ecke des Lokals saßen zwei Männer, tranken Kaffee, rauchten und beobachteten das Geschehen. Einer von ihnen ließ seinen Blick zu Clare hinüberwandern und nickte vielsagend.

»Es wird wieder über Jack Kimball geredet, seit seine Tochter zurückgekehrt ist.«

»Die Leute können die Toten eben nicht ruhen lassen.« Doch auch der zweite Mann schaute hinüber und rutschte tiefer in seine Ecke, so daß er die beiden Frauen im Blickfeld hatte, ohne selbst gesehen zu werden. »Ich glaube nicht, daß wir uns Sorgen machen müssen. Sie war damals doch noch ein Kind. Sie erinnert sich garantiert an nichts mehr.«

»Und warum ist sie dann zurückgekommen?« Der erste Mann beugte sich vor und gestikulierte mit seiner qualmenden Marlboro. Er sprach so leise, daß die Stimme von k.d.lang seine Worte fast übertönte. »Wieso kommt so eine neureiche Künstlertype an einen Ort wie diesen zurück? Außerdem ist mir zugetragen worden, daß sie sich schon zweimal mit Rafferty unterhalten hat.«

Der andere wollte nicht über mögliche Probleme nachdenken, wollte sie noch nicht einmal in Erwägung ziehen. Sicher, einige Mitglieder des Zirkels lösten sich langsam von der Reinheit der Riten, wurden unvorsichtig und mehr als nur ein bißchen blutdürstig, doch das sah er als eine vorübergehende Phase an. Alles, was sie brauchten, war ein neuer Hohepriester, und obwohl er beileibe kein Held war, hatte er bereits zwei geheime Versammlungen besucht, die sich mit diesem speziellen Problem befaßten. Aufkeimende Panik unter den Mitgliedern hatte ihm gerade noch gefehlt. Und alles nur, weil Jack Kimballs Tochter wieder in der Stadt war!

»Wenn sie nichts weiß, kann sie dem Sheriff auch nichts sagen«, beharrte er und bereute heftig, jemals erwähnt zu haben, daß Jack im Vollrausch ausgeplaudert hatte, seine Tochter habe einmal ein Ritual mit angesehen. In einem verborgenen Winkel seines Herzens nistete seitdem die Furcht, Jack könnte deswegen und nicht nur wegen der Geschichte mit dem Einkaufszentrum den Tod gefunden haben.

»Vielleicht sollten wir herausfinden, was sie eigentlich weiß.« Der erste Mann drückte seine Zigarette aus und musterte Clare. Netter Käfer, dachte er bei sich, auch wenn ihr Hintern für seinen Geschmack etwas zu knochig war. »Wir werden die kleine Clare im Auge behalten«, meinte er grinsend. »O ja, wir werden sie im Auge behalten.«

Ernie Butts verbrachte den Großteil seiner Zeit damit, über den Tod nachzudenken. Er las darüber, träumte davon und gab sich wilden Fantasien über dieses Thema hin. Längst war er zu dem Schluß gekommen, daß mit dem irdischen Dasein jegliches Dasein endete. In Ernie Butts' Weltanschauung existierten weder Himmel noch Hölle, und das machte den Tod zum einzigen realen Phänomen und die siebzig Jahre Leben, die ein Mensch im Durchschnitt auf dieser Erde zu erwarten hatte, zu einem Spiel mit mehr oder weniger hohen Gewinnchancen.

Er hielt sich weder an die Spielregeln der Gesellschaft, noch glaubte er an das Sprichwort vom Lohn der guten Tat. Seine Bewunderung galt vielmehr Männern wie Charles Manson und David Berkowitz; Männern, die sich nahmen, wonach sie verlangten, die lebten, wie es ihnen beliebte, und die auf die gesellschaftlichen Normen pfiffen. Zugegeben, dieselbe Gesellschaft, deren Regeln sie verachteten, hatte sie schließlich hinter Schloß und Riegel gebracht, doch ehe sich die Gefängnistore hinter ihnen schlossen, hatten diese Männer eine unglaubliche Macht ausgeübt.

Ernie Butts war von dem Gedanken an Macht genauso besessen wie von dem Gedanken an den Tod.

Er hatte jedes Wort gelesen, das Anton LaVey, Lovecraft oder Aleister Crowley je geschrieben hatten, hatte Bücher über Volksglauben, Hexenkult und Teufelsanbetung verschlungen, sich von dieser Lektüre das zu eigen gemacht, was er verstand oder was zu seinen Gedankengängen paßte, und sich so sein eigenes verqueres Weltbild geschaffen.

Er sah keinen Sinn darin, als einfacher, bescheidener, demütiger Mensch durchs Leben zu gehen oder, wie seine Eltern, achtzehn Stunden am Tag zu schuften, sich krummzulegen, nur um irgendeinen verdammten Kredit zurückzahlen zu können.

Wenn man ohnehin irgendwann in die Grube fahren mußte, dann erschien es ihm nur vernünftig, sich das zu nehmen, was er bekommen konnte – ohne Rücksicht auf die Konsequenzen –, solange er noch die Gelegenheit dazu hatte.

Ernie hörte mit Vorliebe Musik von Mötley Crue, Slayer oder Metallica und pflegte die Texte stets so auszulegen, daß sie genau seinen Anschauungen entsprachen. Die Wände seines ehemals hellen und luftigen Dachgeschoßzimmers hatte er mit Postern seiner Helden tapeziert, deren Gesichter entweder zu einem gequälten Aufschrei oder zu einem teuflischen Grinsen erstarrt waren.

Er wußte sehr wohl, daß er mit seinem Verhalten seine Eltern zur Weißglut brachte, aber mit seinen siebzehn Jahren kümmerten ihn die Gefühle der beiden Menschen, die ihm das Leben geschenkt hatten, herzlich wenig. Er empfand kaum mehr als Mitleid für den Mann und die Frau, die Rocco's Pizzeria betrieben und ständig von Knoblauch- und Schweißdunst umgeben waren. Seine Weigerung, im Familienbetrieb mitzuarbeiten, hatte Anlaß für eine Reihe von Auseinandersetzungen gegeben, und dennoch hatte er einen Job als Tankwart an der Amoco-Tankstelle angenommen. Der Junge strebt nach Unabhängigkeit, hatte seine Mutter dem enttäuschten und verwirrten Vater erklärt und ihn so zu beschwichtigen versucht. Schließlich hatten sie ihm seinen Willen gelassen.

Manchmal stellte Ernie sich vor, wie es wäre, die Eltern zu töten, fühlte, wie ihr Blut von seinen Fingern tropfte, und spürte förmlich, wie ihre Lebensenergie im Moment des Todes aus ihnen entwich und in ihn hineinfuhr. Derartige Mordfantasien ängstigten und faszinierten ihn gleichermaßen.

Er war ein sehniger, drahtiger Bursche mit dunklem Haar und einem mürrischen Gesicht, das dennoch auf viele Schülerinnen der High School eine unwiderstehliche Anziehungskraft ausübte. Zwar genoß er die sexuellen Begegnungen, die zumeist auf dem Rücksitz seines alten Toyota stattfanden, doch insgeheim hielt er seine Altersgenossinnen größtenteils für dumm, zimperlich und langweilig. In den fünf Jahren, die er nun schon in Emmitsboro lebte, hatte er noch keine enge Freundschaft, weder mit einem Jungen noch mit einem Mädchen, geschlossen. Mit wem konnte er schon über die soziopathische Persönlichkeitsstruktur, die Bedeutung des *Necronomicon* oder den tieferen Sinn uralter Bräuche diskutieren?

Ernie betrachtete sich selbst als Außenseiter, für ihn eine durchaus nicht negative Stellung. Er erzielte gute Noten, da ihm das Lernen leichtfiel und er sich einiges auf seine Intelligenz einbildete. Doch Aktivitäten, die mit gesellschaftlichen Kontakten verbunden waren, wie etwa Sport- oder Tanzveranstaltungen, lehnte er ab, um zu vermeiden, daß engere Beziehungen zwischen ihm und den anderen Jugendlichen entstanden.

Lieber beschäftigte er sich mit den schwarzen Kerzen, den Pentagrammen und dem Ziegenblut, das er in seiner Schreibtischschublade unter Verschluß hielt. Während seine Eltern nichtsahnend in ihrem weichen Bett schliefen, betete er Gottheiten an, von deren Existenz sie nichts wußten.

Außerdem besaß er ein sehr leistungsfähiges Teleskop, durch das er von seinem Zimmer in luftiger Höhe aus das Geschehen in der Stadt beobachten konnte. Und er sah so manches.

Sein Elternhaus lag schräg gegenüber vom Haus der Kimballs. Ernie hatte Clare ankommen sehen und sie seither regelmäßig beobachtet. Er kannte die alten Geschichten. Seit Clare wieder da war, kochte die Stadt von Gerüchten geradezu über. Er hatte darauf gelauert, daß sie nach oben gehen, daß das Licht im Dachgeschoß des Kimball-Hauses angehen würde, doch bis heute war nichts dergleichen passiert.

Ernies Enttäuschung hielt sich in Grenzen. Schließlich konnte er immer noch das Glas auf ihr Schlafzimmerfenster richten, um sie beim An- und Ausziehen zu beobachten. Einmal hatte er bereits gesehen, wie sie ein Hemd über ihren schlanken, nackten Körper streifte und ihre schmalen Hüften in enge Jeans zwängte. Ihre Haut war sehr blaß, nur das Dreieck zwischen ihren Schenkeln leuchtete so flammendrot wie ihr Haar. Heimlich träumte er davon, sich durch die Hintertür ins Haus zu schleichen und leise die Treppe emporzusteigen. Er würde ihr den Mund mit seiner bloßen Hand verschließen, ehe sie schreien konnte, sie dann fesseln und, während sie sich hilflos wand und aufbäumte, Dinge mit ihr anstellen, die jenseits ihrer Vorstellungskraft lagen.

Wenn er mit ihr fertig war, würde sie ihn anflehen, noch einmal zurückzukommen.

Es mußte ein großartiges Gefühl sein, dachte er, eine Frau in einem Haus zu vergewaltigen, in dem jemand eines gewaltsamen Todes gestorben war.

Ein Laster ratterte die Straße entlang, und Ernie erkannte den Ford von Bob Meese, dem Antiquitätenhändler. Fauchend und Kohlenmonoxydwolken ausstoßend quälte er sich die Auffahrt zum Kimball-Haus hoch. Clare sprang aus dem Wagen, und obwohl Ernie kein Wort verstehen konnte, sah er, daß sie lachte und aufgeregt auf den korpulenten Meese, der seine Körperfülle gerade mühsam durch die Tür auf der Fahrerseite zwängte, einredete.

»Ich bin dir wirklich sehr dankbar, Bob.«

»Null Problemo.« Das war das mindeste, was er um der alten Zeiten willen tun konnte, sagte sich Bob – obwohl er nur ein einziges Mal mit Clare ausgegangen war. In der Nacht, in der ihr Vater starb. Außerdem gehörte es für ihn zum Service, einem Kunden, der fünfzehnhundert Dollar bar auf den Tisch des Hauses gelegt hatte, die Ware zu liefern. »Ich helf' dir, die Sachen reinzutragen.« Er zog die Hose über seinen Schmerbauch und hob einen ausziehbaren Tisch aus dem Wagen. »Ein wirklich schönes Stück hast du da ergattert. Wenn du ihn ein bißchen aufpolierst, wird dich jeder darum beneiden.«

»Mir gefällt er so, wie er ist.« Der Tisch war zerkratzt und angeschlagen und würde nur an Charakter verlieren, wenn sie ihn mit Politur behandelte. Clare hievte einen Stuhl mit leiterförmiger Rückenlehne, dessen binsengeflochtene Sitzfläche schon arg abgewetzt war, ins Freie. Ferner hatte sie noch ein passendes Gegenstück dazu, eine eiserne Stehlampe mit fransenbesetztem Schirm, einen Teppich mit ausgeblichenem Blumenmuster und ein riesiges Sofa erstanden.

Erst trugen sie die leichteren Gegenstände ins Haus, dann packten beide gemeinsam den Teppich und schleppten ihn hinein, wobei sie eifrig über alte Freunde schwatzten. Bob japste bereits nach Luft, als sie zum Auto zurückgingen, um das rote Brokatsofa in Augenschein zu nehmen.

»Ein tolles Ding. Ich liebe diese geschnitzten Schwäne in den Armlehnen.«

»Das wiegt bestimmt eine Tonne«, erwiderte Bob. Er wollte gerade wieder auf den Laster klettern, als er Ernie entdeckte, der auf der anderen Straßenseite herumlungerte. »Hey, Ernie Butts, was treibst du da?«

Ernie verzog grämlich den Mund und schob die Hände in die Hosentaschen. »Nichts.«

»Dann setz deinen Arsch in Bewegung und pack mit an. Der Kerl ist mir unsympathisch«, flüsterte Bob Clare zu, »aber er hat junge Muskeln.«

»Hi.« Clare lächelte Ernie gewinnend an, als er auf sie zuschlenderte. »Ich bin Clare.«

»Yeah.« Er konnte ihr Haar riechen, es duftete frisch, sauber und irgendwie erregend.

»Komm rauf und hilf mir, dieses Ding auszuladen«, befahl Bob, auf das Sofa deutend.

»Ich faß' mit an.« Mit einem Satz sprang Clare neben Ernie auf die Ladefläche.

»Nicht nötig.« Noch ehe sie zupacken konnte, hatte Ernie das Sofa schon an einem Ende hochgehoben. Die Muskeln an seinen dünnen Armen spannten sich unter der Haut, und sofort schwebte Clare das Abbild dieses Arms, aus dunklem Eichenholz geformt, vor. Sie sprang zur Seite, als Ernie und der keuchende, vor sich hinfluchende Bob das Sofa mit vereinten Kräften ins Haus verfrachteten, wobei Ernie rückwärts ging, die Augen stets auf seine Füße geheftet.

»Stellt es einfach mittendrin ab.« Clare lächelte, als das Möbelstück mit einem dumpfen Knall auf dem Boden landete.

Das war ein gutes Geräusch – es bedeutete, daß sie sich langsam ein Heim schuf. »Wunderbar, vielen Dank. Wollt ihr zwei jetzt einen kühlen Drink?«

»Aber nur einen auf die Schnelle«, meinte Bob. »Ich muß nach Hause.« Er nickte Clare freundlich zu. »Sonst wird Bonny Sue noch eifersüchtig.«

Clare grinste. Bobby Meese und Bonny Sue Wilson, dachte sie. Kaum zu glauben, daß die beiden seit sieben Jahren verheiratet waren und drei Kinder hatten.

»Ernie?«

Er hob die mageren Schultern. »Warum nicht?«

Sie lief rasch in die Küche und brachte drei eisgekühlte Flaschen Pepsi. »Wegen der Kommode sag' ich dir noch Bescheid, Bob.«

»Mach das.« Bob kippte seine Pepsi hinunter, ehe er sich zum Gehen wandte. »Wir haben morgen von zwölf bis fünf geöffnet.«

Clare brachte ihn hinaus, dann drehte sie sich zu Ernie um. »Tut mir leid, daß du in die Sache reingezogen worden bist.«

»Schon gut.« Er nahm einen tiefen Schluck und blickte sich dann im Zimmer um. »Mehr Möbel haben Sie nicht?«

»Im Moment noch nicht. Mir macht es Spaß, hier und da ein Stück aufzutreiben. Eigentlich könnten wir das Sofa ja mal ausprobieren.« Clare ließ sich in die Kissen sinken. »Herrlich weich«, seufzte sie. »Genau wie ich es mag. Sag mal, wohnst du schon lange hier?«

Anstatt sich zu setzen, strich Ernie ruhelos durch den Raum. Auf Clare wirkte er wie ein Kater, der sein Revier absteckt. »Seit ein paar Jahren.«

»Gehst du auf die Emmitsboro High?«

»Ich bin im letzten Jahr.«

Es juckte sie in den Fingern, ihren Skizzenblock zu zükken. Jede Faser im Körper des Jungen vibrierte förmlich vor Spannung – er strahlte eine trotzige, jugendliche Unruhe aus, die sie faszinierte. »Willst du danach aufs College?«

Er zuckte lediglich mit den Achseln. Diese Frage bildete einen weiteren Streitpunkt zwischen ihm und seinen Eltern. *Mit einer guten Ausbildung stehen dir alle Türen offen.* Scheiß drauf. Ihm standen auch so alle Türen offen. »Sobald ich genug Geld zusammen hab', gehe ich nach Kalifornien – nach Los Angeles.«

»Was hast du denn da vor?«

»Einen Haufen Geld zu verdienen.«

Sie lachte, doch das Lachen klang freundlich, nicht geringschätzig. Fast war er versucht zurückzulächeln. »Ein guter Vorsatz. Hättest du Lust, als Modell zu arbeiten?«

Mißtrauen flackerte in seinen Augen auf. Auffallend dunkle Augen, stellte Clare fest. So dunkel wie sein Haar. Und diese Augen blickten viel wissender, als es seinem Alter nach zu vermuten gewesen wäre.

»Für wen?«

»Für mich. Ich würde gerne deine Arme modellieren. Du könntest irgendwann mal nach der Schule vorbeikommen. Ich zahle nach Tarif.«

Ernie trank noch einen Schluck Pepsi und fragte sich, ob sie unter diesen hautengen Jeans wohl noch etwas anhatte. »Mal sehen.«

Auf dem Heimweg fingerte er an dem umgekehrten Pentagramm, das er unter seinem Black-Sabbath-T-Shirt trug, herum. Heute abend würde er ein privates Ritual zelebrieren. Für Sex.

Nach dem Abendessen schaute Cam bei *Clyde's Tavern* herein, wie so oft am Samstagabend. Dort gestattete er sich ein einziges Bier, spielte vielleicht eine Runde Billard und genoß die Gesellschaft. Außerdem konnte er so ein Auge auf diejenigen haben, die einen Drink nach dem anderen in sich hineingossen und dann nach ihren Autoschlüsseln griffen.

Laute Hallorufe und Winken begrüßten ihn, als er die dunkle, verräucherte Bar betrat. Clyde, der von Jahr zu Jahr breiter und grauer wurde, zapfte ihm ein Beck's vom Faß. Cam blieb an dem alten Mahagonitresen stehen, einen Fuß bequem auf die Messingtrittstange gestützt.

Aus dem hinteren Raum drangen Geräusche herüber; Musik, das Klackern der Billardkugeln, ab und zu ein saftiger Fluch und schallendes Gelächter. Ein Haufen Männer und ein paar vereinzelte Frauen saßen an den quadratischen, mit Biergläsern, überquellenden Aschenbechern und Bergen von Erdnußschalen übersäten Tischen. Dazwischen stolzierte Sarah Hewitt, Buds Schwester, in einem engen T-Shirt und noch engeren Jeans umher, servierte frische Getränke und sammelte Trinkgelder und mehr oder weniger deutliche Anträge ein.

Für Cam war es eine Art Ritual, samstags hierherzukommen, ein dunkles Bier zu trinken und eine Zigarette nach der anderen zu rauchen, immer dieselben Songs zu hören, denselben Stimmen zu lauschen und vertraute Gerüche aufzunehmen. Irgendwie empfand er es als beruhigend, daß Clyde immer hinter dem Tresen stehen und seine Gäste anschnauzen würde. Die Budweiseruhr hinter ihm an der Wand würde immer zehn Minuten nachgehen, und die Kartoffelchips würden immer fad schmecken.

Sarah tänzelte hüftschwenkend und mit funkelnden schwarzen Augen auf ihn zu. Sie roch, als hätte sie in billigem Parfüm gebadet. Als sie ihr Tablett auf dem Tresen abstellte, rieb sie ihre Schenkel leicht an den seinen. Ohne großes Interesse registrierte Cam, daß sie irgend etwas mit ihren Haaren angestellt hatte. Jetzt waren sie wasserstoffblond, und eine Strähne fiel ihr verführerisch ins Gesicht.

»Ich hab' mich schon gefragt, ob du heute abend noch vorbeikommst.«

Cam blickte zu ihr hinüber und erinnerte sich, daß es einmal eine Zeit gegeben hatte, da er barfuß über glühende Kohlen gegangen wäre, um sie für sich zu gewinnen. »Wie geht's denn so, Sarah?«

»Könnte schlimmer sein.« Sarah drehte sich so, daß ihr Busen Cams Arm streifte. »Bud sagt, du warst ziemlich beschäftigt.«

»Ich hatte einiges zu tun, stimmt.« Cam griff nach seinem Glas und brach so den einladenden Körperkontakt ab.

»Vielleicht möchtest du dich später ein bißchen ausruhen, so wie in alten Zeiten.«

»Ausgeruht haben wir uns eigentlich nie.«

Sarah stieß ein tiefes, heiseres Lachen aus. »Es freut mich ungemein, daß du dich wenigstens daran noch erinnerst.« Ärgerlich fuhr sie herum, als ihr jemand auf die Schulter tippte. Seit sich Cam wieder in der Stadt aufhielt, war sie darauf aus, ihre Hände auf seine Hose – und seine Brieftasche – zu legen. »Ich hab' um zwei Uhr Feierabend, dann könnte ich bei dir vorbeikommen.«

»Ich weiß das Angebot zu schätzen, Sarah, aber Erinnerungen sind mir lieber als Wiederholungen.«

»Wie du willst.« Achselzuckend nahm sie ihr Tablett wieder auf, doch die Zurückweisung ließ ihre Stimme schärfer klingen. »Aber ich bin besser als früher.«

Was jedermann bestätigen konnte, dachte Cam und zündete sich eine Zigarette an. Mit siebzehn war die gutentwickelte, aufreizende Sarah ein echter Fang gewesen. Sie hatte ihn fast um den Verstand gebracht. Und dann hatte sie plötzlich beschlossen, ihre Gunst auch jedem anderen verfügbaren männlichen Wesen zu gewähren.

»Sarah Hewitt ist zu haben« – dieser Satz wurde zum Schlachtruf an der Emmitsboro High School.

Damals hatte er sie geliebt, oder es zumindest geglaubt. Heute empfand er für sie nur noch Mitleid, was, wie er wußte, viel schlimmer war als Haß.

Die Stimmen im Hintergrund wurden immer lauter,

und die Flüche ließen an Deutlichkeit nichts zu wünschen übrig. Cam warf Clyde einen fragenden Blick zu.

»Laß man, Jungchen.« Clydes Stimme klang so heiser und kratzig, als habe ihm jemand mit einer Feile die Stimmbänder aufgerauht. Er öffnete zwei Flaschen Budweiser, wobei sich sein Gesicht zu einer Grimasse verzog, die sein Doppelkinn erzittern ließ. »Wir sind hier nich' im Kindergarten.«

»Es ist deine Bar«, erwiderte Cam, doch ihm war nicht entgangen, daß Clyde bereits mehrmals einen verstohlenen Blick in Richtung Hinterzimmer geworfen hatte.

»Stimmt haargenau, und es macht meine Gäste nervös, wenn das Auge des Gesetzes auf ihnen ruht. Was ist nun, willst du dein Bier trinken oder nur damit rumspielen?«

Cam hob sein Glas und nahm einen tiefen Schluck, dann zog er noch einmal an seiner Zigarette, ehe er sie ausdrückte. »Wer treibt sich denn da hinten so alles rum, Clyde?«

Clydes fleischiges Gesicht nahm einen verschlossenen Ausdruck an. »Die übliche Bande.« Doch unter Cams forschendem Blick wandte er sich ab, griff nach einem säuerlich riechenden Lappen und begann, die schmierige Theke abzuwischen. »Biff ist da, und ich will hier keine Schereien.«

Bei der Erwähnung seines Stiefvaters verfiel Cam in nachdenkliches Schweigen. Biff Stokey kam auf seinen Sauftouren nur selten in die Stadt, aber wenn er es tat, dann war der Ärger vorprogrammiert.

»Wie lange ist der denn schon da?«

Clyde hob die massigen Schultern, so daß die Fettwülste, die über seine fleckige Schürze quollen, in Bewegung gerieten. »Seh' ich so aus, als hätte ich mit der Stoppuhr danebengestanden?«

Ein schrilles, hohes Kreischen ertönte, gefolgt von dem Geräusch zersplitternden Holzes.

»Ich fürchte, er ist schon zu lange hier«, meinte Cam und begann, sich mit den Ellbogen einen Weg durch die Menge zu bahnen, wobei er einige Gaffer unsanft beiseite stieß. »Macht doch mal Platz! Platz da, verdammt noch mal!«

In dem Hinterzimmer, in dem sich normalerweise die Leute zu einer Partie Billard trafen oder den altmodischen Flipperautomaten mit Vierteldollarmünzen fütterten, kauerte eine Frau verängstigt in der Ecke, während Less Gladhill mit wutverzerrtem Gesicht um den Billardtisch herumtorkelte und drohend ein Queue schwang. Über sein Gesicht lief bereits Blut. Biff, der die Überreste eines Stuhls in der Hand hielt, stand ein paar Schritte von ihm entfernt. Er war ein großer, ungeschlachter Mann, mit Armen wie Dreschflegel und einem flächigen, von Alkohol geröteten Gesicht. In seinen Augen loderte nackter Haß, ein Ausdruck, den Cam seit seiner Kindheit kannte und verabscheute.

In sicherem Abstand zu den Streithähnen hüpfte Oscar Roody aufgeregt von einem Bein auf das andere, bemüht, Frieden zu stiften.

»Komm schon, Biff, das war ein faires Spiel.«

»Verpiß dich«, knurrte Biff.

Cam legte Oscar die Hand auf die Schulter und bedeutete ihm mit einer Kopfbewegung, beiseite zu treten. Dann wandte er sich an Less. »Geh eine Runde spazieren, Less, bis du wieder nüchtern bist«, sagte er freundlich, ohne jedoch den Blick von seinem Stiefvater zu wenden.

»Dieser Hurensohn hat mir mit dem Scheißstuhl eins übergebraten!« Less wischte sich behutsam das Blut aus dem Gesicht. »Außerdem schuldet er mir zwanzig Mäuse.«

»Mach einen Spaziergang«, wiederholte Cam. Seine Finger schlossen sich um das Billardqueue. Er mußte nur einmal kräftig daran ziehen, damit Less es losließ.

»Der Typ is 'n gemeingefährlicher Irrer. Er ist als erster auf mich losgegangen, dafür hab' ich Zeugen.«

Ein zustimmendes Brummen kam von den Zuschauern, doch keiner trat vor. »Gut, dann geh rüber zu meinem Büro. Und ruf Doc Crampton an, der soll dich untersuchen.« Cam ließ seinen Blick über die Menge wandern. »Ihr verzieht euch jetzt auch.«

Unter leisem Protestgemurmel wichen die Männer zurück, doch die meisten blieben in der Tür stehen. Sie wollten sich die Auseinandersetzung zwischen Cam und seinem Stiefvater nicht entgehen lassen.

»Spielst jetzt den starken Mann, wie?« Biffs rauhe Stimme lallte bereits, auf seinem Gesicht lag dasselbe höhnische Grinsen, das er immer aufgesetzt hatte, wenn er Cam eine Tracht Prügel verpassen wollte. »Kommst dir wohl unheimlich groß vor mit deiner Dienstmarke am Hemd und deinem Haufen Geld im Rücken, dabei bist und bleibst du nur ein kleiner Scheißer.«

Cams Finger krallten sich um das Queue. Er war bereit. Mehr als bereit. »Zeit, nach Hause zu gehen, Biff.«

»Hast du keine Augen im Kopf? Ich trinke! He, Clyde, du Arschloch, wo bleibt mein Whiskey?«

»Du kriegst hier nichts mehr«, sagte Cam mit unverminderter Ruhe. »Du hast zwei Möglichkeiten: Entweder gehst du freiwillig vorne raus, oder ich setze dich durch die Hintertür an die Luft.«

Biffs Grinsen wurde breiter. Er warf den zerbrochenen Stuhl beiseite und hob seine schinkenförmigen Fäuste. Eigentlich hatte er sich Less als Opfer auserkoren, aber so war es entschieden besser. Seit Jahren schon wollte er Cam wieder einmal eine Abreibung verpassen, und nun war offensichtlich der Zeitpunkt gekommen.

»Dann komm doch her und versuch's.«

Als Biff sich nach vorne warf, zögerte Cam nur einen Augenblick. Der Wunsch, das Queue mit aller Kraft gegen Biffs dicken Schädel zu schmettern, wurde schier übermächtig. Er konnte das befriedigende Geräusch, mit dem Holz auf Knochen traf, förmlich hören, doch in letzter Sekunde riß er sich zusammen und ließ das Queue fallen. Ein harter Schlag traf ihn in die Magengrube, so daß er zischend die Luft ausstieß. Dem nächsten, gegen seinen Unterkiefer gerichteten Hieb konnte er gerade noch ausweichen, die Faust traf seine Schläfe und ließ bunte Sterne vor seinen Augen tanzen. Die Menge hinter ihm feuerte die Kämpfer lauthals brüllend an, so wie einst die alten Römer ihre Gladiatoren bejubelt haben mochten.

Als seine blanke Faust das erstemal in Biffs Gesicht

krachte, durchzuckte ein scharfer Schmerz seinen Arm. Trotzdem erfüllte ihn eine tiefe Befriedigung; die Schläge, die weiter auf ihn niederprasselten, nahm er kaum wahr. Auf einmal wurde die Erinnerung an all die Prügel, die er schon von seinem Stiefvater bezogen hatte, wieder wach.

Damals war er ein kleiner Junge gewesen, schwach, mager und hilflos. Er hatte nur zwei Möglichkeiten gehabt – weglaufen und sich verstecken oder stehenbleiben und die Schläge über sich ergehen lassen. Aber die Dinge hatten sich geändert. Die heutige Nacht war längst überfällig gewesen. Cam fühlte einen wilden Triumph in sich aufsteigen, als er sah, wie seine eigene Faust Biffs hämisch verzogenen Mund zerschmetterte. Die Lippe platzte sofort auf. So mußten sich Soldaten fühlen, wenn zur Schlacht geblasen wurde, schoß es ihm durch den Kopf.

Der Geruch von Blut – seinem eigenen und dem von Biff – stieg ihm in die Nase. Glas zerschellte am Boden, und gleichzeitig schien seine eigene Selbstbeherrschung in tausend Stücke zu zerspringen. Wie ein Berserker stürzte er sich in den Kampf, drosch wieder und wieder auf den Mann ein, den er schon als Kind fürchten und hassen gelernt hatte.

Er wollte ihn vernichten. Zerstören. Auslöschen. Mit seinen zerschundenen, blutverschmierten Händen packte er Biff am Hemd und donnerte das verhaßte Gesicht immer wieder gegen die Wand.

»Um Gottes willen, Cam! Hör auf! Laß ihn los! O Gott!«

Flüssiges Feuer rann durch Cams Lungen. Wild schüttelte er die Hände, die nach seinen Schultern griffen, ab, fuhr herum – und hätte beinahe Bud eine schallende Ohrfeige versetzt.

Langsam löste sich der Nebel vor seinen Augen auf, und er sah das bleiche, entsetzte Gesicht seines Deputys vor sich. Die Zuschauer, die die Kämpfenden umringt hatten, starrten ihn aus großen, neugierigen Augen an. Mit dem Handrücken wischte er sich das Blut vom Mund. Dort lag Biff in seinem eigenen Erbrochenen bewußtlos am Boden, ein verkrümmtes, zerschlagenes, gebrochenes Häuflein Mensch.

»Clyde hat angerufen.« Buds Stimme zitterte leicht. »Er

hat gesagt, daß die Dinge hier außer Kontrolle geraten.« Er leckte sich über die Lippen und blickte sich in dem verwüsteten Billardzimmer um. »Was soll ich denn mit dem machen?«

»Ab ins Loch mit ihm.« Röchelnd wie ein alter Mann stieß Cam den Atem aus. »Sperr ihn nur ein.« Mit einer Hand stützte er sich haltsuchend am Billardtisch ab. Jetzt fühlte er auch langsam die Schmerzen, jeden einzelnen Schlag, und eine brennende, würgende Übelkeit stieg in ihm hoch. »Wegen Widerstandes gegen die Staatsgewalt, tätlichen Angriffs auf einen Beamten, Ruhestörung und Erregung öffentlichen Ärgernisses.«

Bud räusperte sich. »Ich kann ihn auch nach Hause bringen, wenn du willst. Weißt du ...«

»Einsperren, hab' ich gesagt.« Cam sah hoch und bemerkte, daß Sarah ihn beobachtete. In ihren dunklen Augen stand eine Art widerwilliger Bewunderung. »Nimm die Aussage von Less Gladhill und den anderen Zeugen auf.«

»Soll ich jemanden kommen lassen, der dich nach Hause fährt?«

»Nein.« Cam kickte ein zerbrochenes Glas beiseite und richtete den Blick dann auf die zusammengedrängte Menge. In seinen Augen leuchtete ein kaltes Licht, welches die Männer, die ihm eben noch applaudiert hatten, jäh verstummen ließ. »Der Spaß ist vorüber.«

Er wartete, bis sich der Raum geleert hatte, dann verließ er die Bar und fuhr zur Farm seiner Eltern, um seiner Mutter mitzuteilen, daß ihr Mann diese Nacht nicht nach Hause kommen würde.

Sechstes Kapitel

Es war kurz nach Mittag, als Cam mit seiner Harley in Clares Auffahrt einbog. Jeder Muskel seines Körpers schmerzte. Er hatte lange in seinem Whirlpool gelegen, Eispackungen aufgelegt und schließlich drei Nuprin geschluckt, doch die Schläge, die er hatte einstecken müssen, und die schlaflose Nacht forderten ihren Tribut.

Noch schlimmer war für ihn die Reaktion seiner Mutter gewesen. Sie hatte ihn nur mit ihren großen, traurigen, erschöpften Augen angeblickt und ihm – wie schon so oft – das Gefühl vermittelt, daß er irgendwie an der Trunksucht seines Stiefvaters und an der Schlägerei die Schuld trug.

Daß Biff mindestens bis Montag – bis der Richter eine Entscheidung gefällt hatte – seine Wunden im Gefängnis lecken mußte, war nur ein schwacher Trost.

Er stellte den Motor ab und lehnte sich gemütlich über den Lenker, um Clare bei der Arbeit zuzuschauen.

Das Garagentor stand weit offen. Auf einem großen mit Ziegelsteinen abgedeckten Arbeitstisch thronte eine hohe Metallstatue. Clare beugte sich gerade darüber, und während sie mit dem Schweißbrenner hantierte, ging ein Funkenregen über sie nieder.

Cams Reaktion erfolgte unverhofft und für ihn selbst verblüffend. Eine Welle glühenden Verlangens, so heiß wie die Flamme des Brenners, schoß durch seinen Körper.

Als er sich unter Schmerzen von dem Motorrad schwang, schalt er sich einen Narren. Eine Frau in Arbeitsstiefeln und einem weiten Overall wirkte alles andere als sexy. Ihr Gesicht wurde größtenteils von einer dunklen Schutzbrille verdeckt, und das Haar hatte sie unter eine lederne Kappe gestopft. Zwar sah Cam es gerne, wenn Frauen Lederkleidung trugen, aber Clares dicke Lederschürze ließ sich nun wahrlich nicht mit einem engen Minirock vergleichen.

Er legte seinen Helm auf den Sattel und ging in die Garage.

Clare ließ sich nicht stören. Aus einem neuen tragbaren Stereorekorder dröhnte Musik. Beethovens Neunte wetteiferte mit dem lauten Zischen des Brenners. Cam schlich hinüber und drehte die Musik leiser, da er das für den sichersten Weg hielt, sie auf sich aufmerksam zu machen.

Clare warf ihm einen flüchtigen Blick zu. »Eine Minute noch.«

Aus einer Minute wurden fünf, ehe sie sich aufrichtete,

den Brenner ausschaltete und mit einem geschickten Griff die Flasche zudrehte.

»Ich mußte ihr heute nur noch den letzten Schliff geben.« Clare atmete tief durch und schob ihre Schutzbrille hoch. Ihre Fingerspitzen vibrierten noch vor ungenutzter Energie. »Was sagst du dazu?«

Gemächlich schritt Cam um die Statue herum und betrachtete sie von allen Seiten. Eine furchterregende Arbeit, und doch irgendwie faszinierend. Sie wirkte menschlich ... und wieder nicht. Was mochte Clare nur bewogen haben, etwas dermaßen Beunruhigendes zu schaffen?

»Nun, ich möchte sie nicht in meinem Wohnzimmer stehen haben, dann hätte ich nämlich keine ruhige Minute mehr. Sie kommt mir vor wie ein metallgewordener Alptraum.«

Er hatte den Nagel auf den Kopf getroffen. Clare nickte zustimmend, während sie die Kappe abnahm. »Mein gelungenstes Werk seit sechs Monaten. Angie wird Freudentänze aufführen.«

»Angie?«

»Sie kümmert sich um den geschäftlichen Teil meiner Arbeit – sie und ihr Mann.« Mit gespreizten Fingern fuhr sich Clare durch ihr flachgedrücktes Haar. »So, und weshalb bist du – ach du lieber Gott!« Zum ersten Mal sah sie ihn voll an. Sein linkes Auge war halb zugeschwollen und schillerte in allen Regenbogenfarben, und über seine Wange verlief eine häßliche Schnittwunde. »Was zum Teufel ist denn mit dir passiert?«

»Samstagabend.«

Rasch streifte sie die Handschuhe ab, um mit einem Finger sacht über die Wunde zu streichen. »Ich dachte, aus so was wärst du inzwischen herausgewachsen. Warst du damit schon beim Arzt? Ich hol' dir erst mal ein bißchen Eis für dein Auge.«

»Alles halb so schlimm«, protestierte er, doch sie eilte bereits in die Küche.

»Und so was nennt sich nun Sheriff«, schimpfte sie, als sie nach einem Tuch suchte, um das Eis einzuwickeln. »Du solltest eigentlich der letzte sein, der öffentlich Rabatz macht. Setz dich hin. Vielleicht geht die Schwellung ja zurück. Rafferty, ich stelle fest, du bist immer noch ein Rabauke.«

»Vielen Dank für die Blumen.« Vorsichtig ließ er sich auf dem Stuhl mit der leiterförmigen Rückenlehne nieder, den sie in die Küche geschleppt hatte.

»Hier, drück das gegen dein Auge.« Clare setzte sich lässig auf den Tisch und faßte unter sein Kinn, um sein Gesicht zwecks genauerer Inspektion zum Licht zu drehen. »Wenn du Pech hast, verunziert bald eine Narbe dein hübsches Gesicht.«

Da sich das Eis himmlisch anfühlte, gab Cam nur einen vagen Grunzlaut von sich.

Clare mußte lächeln, doch der besorgte Ausdruck wich nicht aus ihren Augen. Sacht strich sie ihm das Haar aus der Stirn. Nur zu gut erinnerte sie sich an die vielen – viel zu vielen – Kämpfe, in die sich Blair während seiner letzten Jahre an der High School hatte verwickeln lassen.

Wenn ihr Gedächtnis sie nicht sehr trog, wollte ein Mann unter diesen Umständen verhätschelt und gelobt werden.

»Darf man fragen, wie der andere Typ aussieht?«

Cam schmunzelte. »Ich hab' ihm seine gottverdammte Nase gebrochen.«

»Ach, ich liebe dieses Machogehabe.« Mit einem Ende des Tuches tupfte sie seine Wunde ab. »Mit wem hast du dich eigentlich geprügelt?«

»Mit Biff.«

Die Hand auf seinem Gesicht verharrte mitten in der Bewegung. Voller Verständnis blickte Clare ihn an. »Tut mir leid. Offenbar liegt hier immer noch so einiges im argen.«

»Es war eine offizielle Angelegenheit. Er hat bei Clyde betrunken randaliert und …« Cam brach ab und lehnte sich zurück. »Scheiße.«

Die sanfte Hand strich erneut über sein Gesicht. »Hey, möchtest du ein Schokoladentörtchen?«

Er lächelte leicht. »Meine Großmutter hat mich immer mit Milch und Keksen getröstet, wenn Biff mich mal wieder grün und blau geschlagen hatte.«

Clares Magen krampfte sich zusammen, doch sie zwang sich zu einem Lächeln, als sie nach seiner Hand griff. »Dem Zustand deiner Hände nach zu urteilen ist Biff in entschieden schlechterer Verfassung als du.« Aus einem Impuls heraus hauchte sie einen Kuß auf seine zerschundenen Knöchel. Cam fand diese Geste unglaublich liebenswert.

»Hier tut's auch weh«, klagte er, mit dem Finger auf seine Lippen deutend.

»Du solltest dein Glück nicht herausfordern.« Sachlich entfernte sie den Eisbeutel und musterte sein Auge prüfend. »Ausgesprochen farbenprächtig. Ist deine Sicht getrübt?«

»Ich kann dich ganz klar erkennen. Du bist viel hübscher als früher.«

Sie legte den Kopf schief. »Da ich früher ausgesehen habe wie eine Vogelscheuche mit Überbiß, will das nicht viel heißen.«

»Laß das Schmerzmittel erst mal wirken, dann fällt mir garantiert noch was Besseres ein.«

»Okay, ich laß mich überraschen. Aber jetzt flitze ich mal eben zur Apotheke und besorge dir eine Salbe.«

»Dann nehme ich lieber das Schokoladentörtchen.«

Cam schloß für einen Moment die Augen und lauschte dem Rumoren in der Küche. Sie öffnete den Kühlschrank und goß offensichtlich etwas in ein Glas. Gedämpfte Musik klang aus der Garage herüber, und obwohl Cam noch nie ein großer Klassikfan gewesen war, empfand er die Musik heute als angenehm. Als Clare Teller und Gläser auf den Tisch stellte und ihm gegenüber Platz nahm, schlug er die Augen wieder auf. In ihrem Gesicht las er Verständnis, Geduld und das Angebot, sich bei ihr auszusprechen. Es war so leicht, seinem Herzen Luft zu machen.

»Slim, ich wollte ihn umbringen«, begann Cam ruhig, doch in seinen Augen leuchtete ein düsteres, gefährliches Feuer, das nicht so recht zu der beherrschten Stimme passen wollte. »Er war besoffen und bösartig und hat mich genauso angesehen wie früher, als ich zehn Jahre alt war und mich nicht wehren konnte. Und ich habe mir nichts sehnlicher gewünscht, als ihn zu töten. Was für ein Cop bin ich nur?«

»Ein menschlicher.« Sie zögerte, die Lippen fest zusammengepreßt. »Cam, ich habe oft mit angehört, wie sich meine Eltern über – nun, über eure häusliche Situation unterhalten haben. Warum hat nie jemand etwas unternommen?«

»Die Leute mischen sich eben nicht gern in die Angelegenheiten ihrer Mitmenschen, schon gar nicht, wenn es sich um familiäre Probleme handelt. Außerdem hat meine Mutter Biff immer den Rücken gestärkt. Sie hält ja auch heute noch zu ihm. Sobald seine Kaution festgesetzt ist, wird sie sie bezahlen und ihn mit nach Hause nehmen. Was immer er auch tut, nichts wird sie jemals zu der Einsicht bringen, daß er bloß ein wertloser Säufer ist. Wie oft habe ich mir schon gewünscht, daß er mal eine Flasche an den Hals setzt und anschließend krepiert.« Die Worte waren kaum heraus, da verwünschte sich Cam auch schon im stillen. Clares Vater fiel ihm ein, und an ihrem Gesichtsausdruck konnte er erkennen, daß auch sie an ihn dachte. »Tut mir leid.«

»Schon gut. Vermutlich haben wir beide am eigenen Leib erfahren, was Alkohol alles anrichten kann. Aber Dad – er hat nie jemanden verletzt, wenn er betrunken war. Nur sich selbst.« Energisch schüttelte sie die trüben Gedanken ab. »Du fühlst dich heute sicher ziemlich mies. Ich komm' später noch mal auf die versprochene Motorradtour zurück.«

»Ich fühle mich mies, das stimmt.« Er knetete seine steifen Hände. »Aber ich könnte Gesellschaft brauchen – wenn du mich ertragen kannst.«

Lächelnd sprang sie auf. »Ich hole eben meine Jacke.«

Als sie zurückkam, erinnerte Cam sie daran, das Radio auszuschalten, dann ermahnte er sie, das Garagentor zu schließen. Die Daumen in die Hosentaschen gehakt, stand Clare da und betrachtete das neben ihrem Auto abgestellte Motorrad; eine große, schwere Maschine, in schlichten Schwarz- und Silbertönen lackiert, ohne überflüssigen Zierat. Das war beileibe kein Spielzeug, dachte sie beifällig und ging einmal um die Maschine herum.

»Mein lieber Schwan!« Respektvoll strich sie mit der Hand über den Tank, dann schnalzte sie mit der Zunge, als sie seinen auf dem Sitz liegenden Helm entdeckte. »Rafferty, du bist ein Weichling geworden.«

Cam löste den Zweithelm aus seiner Halterung, streifte ihn ihr über den Kopf und zog die Riemen fest. Sie glitt hinter ihm in den Sattel und schlang die Arme bequem um seine Taille, als er den Motor anließ. Keiner von beiden bemerkte das Glitzern der Teleskoplinse im Dachfenster des gegenüberliegenden Hauses. Cam gab Gas und schwenkte in die Straße ein.

Clare hielt sich locker fest und warf übermütig den Kopf zurück. Vor Jahren hatte sie einmal Frühling und Sommer in Paris verbracht und eine harmlose Liebesbeziehung mit einem anderen Kunststudenten, einem liebenswürdigen Tagträumer, begonnen. Einmal hatten sie sich ein Motorrad gemietet und waren ein Wochenende lang durch die Gegend geknattert.

Bei dieser Erinnerung mußte sie plötzlich lachen. Die jetzige Situation ließ sich mit dem damaligen flüchtigen Zwischenspiel wohl kaum vergleichen. Der Körper ihres jungen Liebhabers war schmal und zerbrechlich gewesen, das genaue Gegenteil von der kräftigen, muskulösen Statur des Mannes, an den sie sich jetzt gerade preßte.

Als Cam die Maschine in eine Kurve legte, beschleunigte sich ihr Herzschlag. Sie konnte eine Reihe verschiedener Gerüche wahrnehmen: Abgase, frisch gemähtes Gras, Cams Lederjacke und den ureigenen Duft seiner Haut.

Cam genoß den Kontakt mit ihrem Körper, die kaum verhohlene Sexualität, die in der Art lag, wie sich ihre gespreizten Schenkel an die seinen schmiegten, das rhythmische Vibrieren des Motorrades unter ihnen. Ihre Hände lagen locker auf seinen Hüften, nur wenn er sich in die Kurven legte, schlang sie haltsuchend die Arme um seine Taille. Impulsiv verließ er den Highway an der nächsten Ausfahrt und gelangte auf eine schmale, kurvenreiche Straße. Mit tänzerischer Anmut schlängelte sich das Motorrad unter den Bäumen, die die Straße überdachten, hindurch. Das Spiel von Licht und Schatten malte aberwitzige Muster auf den Asphalt, und der kühle, würzige Duft des Frühlings lag in der Luft.

An einem kleinen Laden hielten sie an und versorgten sich mit kühlen Softdrinks, Sandwiches und Chips, verstauten ihr Picknick in der Satteltasche und fuhren weiter, tief in den Wald hinein, bis sie an eine Stelle gelangten, wo das gewundene Flüßchen sich plötzlich verbreiterte.

»Ist das herrlich hier!« Clare nahm den Helm ab, fuhr sich mit der Hand durch das Haar und wandte sich lachend zu Cam. »Ich habe keine Ahnung, wo wir hier sind.«

»Wir befinden uns nur zehn Meilen nördlich von der Stadt.«

»Aber wir waren doch stundenlang unterwegs.«

»Ich bin im Kreis gefahren.« Cam holte die Lunchtüten aus der Tasche und reichte ihr eine. »Du warst bloß so mit Singen beschäftigt, daß es dir nicht aufgefallen ist.«

»Der einzige Nachteil bei einem Motorrad ist, daß man kein Radio aufdrehen kann.« Clare schlenderte bis an das moosbewachsene Ufer des gurgelnden, rasch über die Steine und Kiesel dahinplätschernden Flüßchens. Die zarten Blätter über ihr leuchteten in jungem, frischen Grün, welches durch die weißen Farbtupfer der Kalmien und der wilden Hartriegel aufgelockert wurde.

»Hierhin hab' ich schon oft Mädchen abgeschleppt«, sagte Cam hinter ihr. »Ein ideales Plätzchen zum Schmusen.«

»Tatsächlich?« Lächelnd drehte sie sich zu ihm um, doch in ihren Augen lag ein lauernder Ausdruck. Er glich einem Boxer, der auf Distanz gegangen war, und obwohl sie kein Fan solcher blutigen Sportarten war, erschien ihr dieser Vergleich ausgesprochen passend. »Bist du diesem Standardverfahren bis heute treu geblieben?« Neugierig und herausfordernd zugleich beugte sie sich vor und sah ihn mit funkelnden Augen an. Plötzlich wurde ihr Blick starr.

»O Gott! Großer Gott, schau dir das an!« Sie warf ihm die Tüte mit den Sandwiches zu und rannte los.

Als er sie eingeholt hatte, stand sie vor einem mächtigen alten Baum, die Hände vor den Mund geschlagen, die Augen vor Verzückung geweitet. »Siehst du das?« flüsterte sie.

»Ich sehe nur, daß du mich gerade zehn Jahre meines Lebens gekostet hast.« Cam schnitt dem alten, knorrigen Baum eine Grimasse. »Was zum Teufel ist denn in dich gefahren?«

»Er ist wunderschön. Absolut perfekt. Ich muß ihn haben.«

»Was mußt du haben?«

»Den Auswuchs da.« Sie streckte sich und stellte sich auf die Zehenspitzen, doch ihre Finger reichten noch nicht an die halbkugelförmige Wucherung aus Holz und Rinde, die die alte Eiche verunstaltete, heran. »So was hab' ich schon immer gesucht und nie gefunden. Zum Schnitzen«, erklärte sie, als sie sich wieder auf die Fußsohlen sinken ließ. »So ein Auswuchs besteht quasi aus Narbengewebe. Wird ein Baum verletzt, dann bildet sich über der Wunde neues Gewebe, ähnlich wie beim Menschen.«

»Ich weiß, was das ist, Slim.«

»Aber das hier ist ein Prachtexemplar, dafür würde ich meine unsterbliche Seele hergeben.« Ein berechnender Ausdruck trat in ihre Augen; ein Ausdruck, der sich nur dann dort zeigte, wenn sie darauf aus war, Material zu ergattern. »Ich muß herausfinden, wem das Land hier gehört.«

»Dem Bürgermeister.«

»Mr. Atherton besitzt hier draußen Land?«

»Vor zehn, fünfzehn Jahren, als das Land noch billig war, hat er dieses Gebiet gekauft. Ich schätze, er besitzt hier im Umkreis so an die vierzig Morgen. Wenn du den Baum haben willst, mußt du ihm vermutlich nur versprechen, ihn wiederzuwählen. Das heißt, wenn du hierbleibst.«

»Ich würde ihm alles versprechen.« Clare umkreiste den Baum, den sie in Gedanken bereits als ihr Eigentum betrachtete. »Daß du mich hierhergebracht hast, muß eine Fügung des Schicksals gewesen sein.«

»Und dabei wollte ich dich eigentlich nur zum Schmusen herlocken.«

Sie lachte, dann fiel ihr Blick auf die Tüten, die er noch in der Hand hielt. »Laß uns essen.«

Nah am Fluß, von wo aus Clare einen guten Blick auf ihren Baum hatte, machten sie es sich im Gras bequem und wickelten ihre Sandwiches aus. Ab und an fuhr auf der Straße ein Auto vorüber, aber ansonsten herrschte tiefe, friedliche Stille.

»Das habe ich vermißt«, bemerkte Clare, nachdem sie sich an einen Felsbrocken gelehnt hatte. »Die Ruhe.«

»Bist du deshalb zurückgekommen?«

»Teilweise.« Sie sah ihm zu, wie er in der Tüte nach den Chips kramte. Ihr fiel auf, wie schön seine Hände waren, trotz der Kratzer und der aufgeschlagenen Knöchel. Sie würde sie in Bronze gießen, um den Griff eines Schwertes oder den Kolben eines Gewehrs gelegt. »Wie steht's denn mit dir? Wenn jemand den Staub von Emmitsboro von seinen Füßen schütteln wollte, dann du. Ich kann's immer noch nicht fassen, daß du zurückgekommen bist. Und dann auch noch als Stütze der Gemeinde.«

»Als Beamter im öffentlichen Dienst«, verbesserte er und biß in sein Thunfischsandwich. »Vielleicht ist mir letztendlich klargeworden, daß nicht Emmitsboro das Problem war, sondern meine eigene werte Person.« Das war zumindest die halbe Wahrheit, dachte er. Der Rest hing mit Schreien, die durch ein leeres Gebäude hallten, Gewehrfeuer, Blut und Tod zusammen.

»Du warst schon in Ordnung, Rafferty. Du hast nur das jugendliche Trotzverhalten ein bißchen übertrieben.« Verschmitzt grinste sie ihn an. »Jede Stadt braucht ihren bösen Buben.«

»Wohingegen du immer das brave Mädchen warst.« Er lachte, als er den Widerwillen bemerkte, der sich auf ihrem Gesicht abmalte. »Unser Vorzeigemädel. In der Schule der reinste Überflieger, Kandidatin für den Schülerrat und so weiter. Ich wette, du hältst immer noch den Rekord für die meisten auf dem Pfadfinderinnentreffen verkauften Lose.«

»Das reicht, Rafferty. Ich habe es nicht nötig, hier zu sitzen und mich beleidigen zu lassen.«

»Ich habe dich bewundert«, sagte er, doch seine Augen glitzerten spöttisch. »Doch, wirklich. Wenn du mir nicht gerade auf die Nerven gegangen bist. Möchtest du ein paar Chips?«

Sie langte in die Tüte. »Nur weil ich mich an die Spielregeln gehalten habe ...«

»Das hast du«, stimmte er trocken zu. »Das hast du allerdings.« Lässig spielte er mit dem Reißverschluß ihres Overalls. »Ich habe mich immer gefragt, ob du wohl jemals ausbrechen würdest.«

»Du hast dir doch nie über mich Gedanken gemacht.«

»O doch.« Erneut trafen sich ihre Blicke. In seinen Augen stand noch immer ein Lächeln, aber dahinter verbarg sich etwas, ein ruheloser Hunger, der sie warnte, auf der Hut zu sein.

Oh-oh. Dieser eine Gedanke schoß ihr durch den Kopf.

»Ich war selber erstaunt, wie oft meine Gedanken um dich kreisten. Schließlich warst du bloß ein Kind, das reinste Knochengestell noch dazu, du kamst aus einer angesehenen Familie und lebtest in geordneten Verhältnissen. Außerdem wußte jeder, daß es in der ganzen Stadt nicht einen einzigen Jungen gab, der bei dir landen konnte.« Er lächelte, als sie wütend seine Hand wegstieß. »Vermutlich hab' ich angefangen, mich mit dir zu beschäftigen, weil Blair und ich uns angefreundet hatten.«

»Das muß während Blairs Sturm- und Drangzeit gewesen sein.«

»Richtig.« Er war sich nicht darüber im klaren, wie sie es fertigbrachte, ihre kehlige Stimme so spröde klingen zu lassen, doch es gefiel ihm. »Bist du denn niemals ausgebrochen, Slim?«

»So langweilig war mein Leben nun auch wieder nicht.« Ärgerlich kaute Clare ihr Sandwich. »Ich bin nicht mehr die magere, wohlerzogene Landpomeranze von früher, weißt du? Die Leute sehen mich heute mit ganz anderen Augen.«

Wenn sie zornig wurde, gefiel sie ihm noch besser. »Was denken die Leute denn heute von dir, Slim?«

»Sie halten mich für eine erfolgreiche, begabte Künstlerin mit großem schöpferischen Potential. Bei meiner letzten Ausstellung waren die Kritiker einhellig der Meinung, daß ...« Clare brach ab und funkelte ihr Gegenüber böse an. »Du bringst mich wirklich dazu, wie ein Kleinstadtspießer zu reden!«

»Macht nichts. Du bist hier unter Freunden.« Er wischte ein paar Krümel von ihrem Kinn. »Betrachtest du dich in erster Linie als Künstlerin?«

»Betrachtest du dich nicht in erster Linie als Cop?«

»Doch«, erwiderte er nach einer kurzen Pause. »Ich denke schon.«

»Ist in Emmitsboro eigentlich viel los?«

»Ab und zu kommt schon mal was vor.« Da ihm der Vorfall auf dem Friedhof immer noch auf der Seele lag, erzählte er ihr davon.

»Gräßliche Geschichte.« Clare rieb sich die Arme, sie hatte bei Cams Bericht eine Gänsehaut bekommen. »Klingt absolut untypisch für Emmitsboro. Glaubst du, daß es Jugendliche waren?«

»Wir konnten nichts Gegenteiliges beweisen, aber nein, ich halte das für unwahrscheinlich. Es sah zu sehr nach einer gezielten Aktion aus.«

Nachdenklich blickte Clare sich um. Die friedvolle Stille wurde nur von dem melodischen Plätschern des Wassers unterbrochen. »Schrecklich.«

Cam bedauerte mittlerweile, das Thema überhaupt zur Sprache gebracht zu haben. Rasch begann er, über unverfänglichere Dinge zu plaudern.

An seine Verletzungen und Schrammen dachte er gar nicht mehr. Es war so leicht, vielleicht sogar zu leicht, sich ablenken zu lassen. Plötzlich wurde ihm bewußt, wie sehr er es genoß, sie anzusehen, zu beobachten, wie sich das Sonnenlicht in ihrem rotgoldenen wuscheligen Haarschopf fing. Warum hatte er eigentlich nicht schon vor zehn Jahren bemerkt, wie makellos samtig, ja, geradezu durchscheinend ihre Haut war? Doch an ihre Augen erinnerte er sich noch gut, und an die goldenen, koboldhaften Irrlichter, die darin tanzten.

Den ganzen Nachmittag lang redeten sie über Gott und die Welt, vertraten hitzig ihren jeweiligen Standpunkt und ließen die alten Zeiten wieder aufleben. So wurde eine Freundschaft wieder aufgefrischt und vertieft, die während ihrer Kindheit bestenfalls als zaghaft beschrieben werden konnte.

Im Hintergrund sang der Fluß leise sein Lied, die Baumkronen raschelten sachte im Wind, doch trotz dieser romantischen Szenerie spürte Cam, daß der Zeitpunkt für eine Beziehung, die über bloße Freundschaft hinausging, noch nicht gekommen war. Aber als sie sich wieder auf das Motorrad schwangen, gingen sie ungezwungener miteinander um als je zuvor.

Dann beging Cam den einzigen Fehler des Tages: Er kürzte den Rückweg ab, indem er durch die Stadt fuhr, und gab so Bud Hewitt Gelegenheit, ihn anzuhalten, als er das Büro des Sheriffs passierte.

»Hey, Sheriff.« Obwohl er Zivilkleidung trug, setzte Bud sein dienstliches Gesicht auf, als er Clare zunickte. »Schön, daß du wieder da bist.«

»Bud?« Lachend sprang Clare vom Motorrad, um ihm einen schallenden Kuß zu geben. »Alice und ich haben den gestrigen Abend damit verbracht, Pizza zu futtern und uns einen anzuzwitschern. Sie hat mir erzählt, daß du der städtische Deputy bist.«

»Einer davon.« Vor Freude darüber, daß sein Name gefallen war, lief Bud hochrot an. »Du siehst wirklich gut aus, Clare.« Tatsächlich hüpfte sein Adamsapfel ein wenig, als er sie ansah. Der Wind hatte ihre Wangen rosig überhaucht, und ihre Augen schimmerten tiefgolden. »Habt ihr zwei eine Spazierfahrt gemacht?«

»Ganz recht.« Zu seiner eigenen Verwunderung ärgerte sich Cam über die kindliche Bewunderung, die in Buds Augen leuchtete. »Liegt irgend etwas an?«

»Nun ja, ich dachte, das würde dich interessieren – und da du nicht zu Hause warst, als ich anrief, und ich dich dann zufällig hab' vorbeifahren sehen, da dachte ich mir, ich halte dich mal kurz an.«

Ungeduldig ließ Cam den Motor aufheulen. »Soviel habe ich auch schon mitbekommen, Bud.«

»Es geht um diese Ausreißerin. Das Mädchen aus Harrisburg.«

»Ist sie wieder aufgetaucht?"

»Nein, aber heute morgen ist bei der Staatspolizei ein Anruf eingegangen. Jemand will ein Mädchen, auf das die Beschreibung paßt, an der Route 15 gesehen haben, nur ein paar Meilen von der Stadt entfernt, und zwar am selben Tag, an dem sie abgehauen ist. Offenbar war sie Richtung Emmitsboro unterwegs. Ich dachte, das würde dich interessieren«, schloß er lahm.

»Hast du den Namen?«

»Den Namen und die Telefonnummer. Der Zettel liegt drinnen.«

»Ich bring' Clare nur schnell nach Hause.«

»Kann ich nicht warten?« Clare befestigte bereits ihren Helm auf dem Rücksitz. »Als ich dieses Büro das letzte Mal betreten habe, saß der alte Parker noch hinter seinem Schreibtisch und rülpste.«

»Diese farbige Note fehlt uns heute leider.« Cam schob sie durch die Tür.

In dem Mann hinter dem Schreibtisch erkannte sie Mick Morgan wieder. Zu Parkers Zeiten war er ein junger Deputy mit frischen Gesichtszügen gewesen, aber inzwischen hatte der Zahn der Zeit kräftig an ihm genagt. Er war fett und schwammig geworden, und sein strähniges braunes Haar lichtete sich bereits bedenklich. Als er sie eintreten sah, stand er auf und schob einen Priem Kautabak in die Backentasche.

»Hallo, Cam. Hab' nicht mehr mit dir gerechnet.« Sein Blick heftete sich auf Clare, und er verzog das Gesicht zu einer Grimasse, die gerade noch als Lächeln durchgehen konnte. An seinen Zähnen klebte Tabaksaft. »Hab' schon gehört, daß du wieder da bist.«

»Hi, Mr. Morgan.« Clare gab sich redlich Mühe, weder daran zu denken, daß er nach dem Tod ihres Vaters als erster zur Stelle gewesen war, noch ihn dafür zu verurteilen, daß er sie von dem Leichnam weggezerrt hatte.

»Bist ja inzwischen reich und berühmt geworden«, fing

Morgan an, wurde jedoch von einem Krachen und einem derben Fluch aus dem Hintergrund unterbrochen. Spöttisch hob er eine Augenbraue, ehe er gekonnt in den Messingeimer, der in der Ecke stand, spuckte. »Unser guter Biff macht schon den ganzen Tag Krawall. Hat wohl 'nen Mordskater.«

»Ich werde mich darum kümmern.« Cam drehte sich um, als ein neuerlicher Schwall von Obszönitäten ertönte. »Bud, sei so gut und bring Clare nach Hause.«

Clare war schon im Begriff, sich mit einer anmutigen Verbeugung zu verabschieden, entschied sich jedoch dagegen, als sie bemerkte, wie angespannt Cam auf einmal wirkte. »Nicht nötig.« Flüchtig die Achseln zuckend, begann sie, sich angelegentlich mit den an einer Pinnwand angehefteten Zetteln zu beschäftigen. »Ich warte hier. Laß dir ruhig Zeit.«

Morgan tätschelte seinen über den Gürtel quellenden Bauch. »Wenn du schon mal hier bist, Cam, kann ich ja kurz Pause machen.«

Mit einem knappen Kopfnicken wandte sich Cam ab und ging auf die schwere Tür zu, die die Zellen von dem Büroraum trennte. Auch als diese hinter ihm zufiel, dröhnten die Verwünschungen weiter.

»Ganz schön mutig«, bemerkte Morgan und spuckte erneut aus. »Komm schon, Bud, ich geb' dir bei *Martha's* 'nen Kaffee aus.«

»Äh ... bis dann mal, Clare.«

»Tschüs, Bud.«

Als die beiden zur Tür hinaus waren, schlenderte Clare zum Fenster. Still und friedlich lag die Stadt vor ihr. Ein paar Kinder fuhren mit ihren Fahrrädern die Main Street hinunter, eine Gruppe von Teenagern hockte auf der Motorhaube eines alten Buick, lachend und scherzend. Bestimmt ließen sich die Menschen im Inneren der Häuser gerade zum Sonntagsessen – Schmorbraten vielleicht, oder gekochter Schinken – nieder.

Im angrenzenden Raum konnte sie Biff toben und schreien hören. Er schien gerade seinen Stiefsohn in allen Tonlagen zu verfluchen und wüste Drohungen gegen ihn auszustoßen. Von Cam hingegen war kein Laut zu vernehmen, so daß sie sich fragte, ob er überhaupt sprach oder lediglich zuhörte.

Er sprach – mit leiser, beherrschter Stimme, die viel bedrohlicher wirkte als Biffs Gebrüll. Durch die trennenden Gitterstäbe hindurch betrachtete Cam den Mann, der ihm, solange er denken konnte, das Leben zur Hölle gemacht hatte. Zwar hatte Doc Crampton Biff einen Verband angelegt, doch ein Auge war fast völlig zugeschwollen und die Nase nur noch ein blutiger Brei.

Alt war er geworden, stellte Cam fest. Ein verbrauchter, pathetischer alter Mann.

»Du wirst hierbleiben, bis morgen deine Kaution festgelegt wird«, informierte er Biff.

»Auf der Stelle läßt du mich hier raus, oder es wird dir leid tun. Hast du mich verstanden, Junge?«

Cam blickte in das übel zugerichtete Gesicht. Kaum zu glauben, daß er selbst mit seinen eigenen Händen den Mann so erbarmungslos zusammengeschlagen hatte. Er konnte sich an die Einzelheiten nicht mehr klar erinnern, da jeder Schlag durch einen roten Nebel des Hasses hindurch erfolgt war. »Ich verstehe dich sehr gut. Komm ja nie wieder in meine Stadt, alter Mann.«

»Deine Stadt?« Biffs Wurstfinger schlossen sich krampfhaft um die Gitterstäbe. »Du elender kleiner Scheißer, was glaubst du eigentlich, wer du bist? Steckt sich ein beschissenes Abzeichen ans Hemd und meint, er kann große Töne spucken! Ein Taugenichts bist du, genau wie dein Vater einer war!«

Cams Hände schossen so blitzschnell durch die Gitterstäbe, daß Biff nicht mehr ausweichen konnte. Es gab ein knirschendes Geräusch, als Biffs Hemd unter Cams Griff zerriß. »Meinst du im Ernst, es würde irgendwen kümmern, wenn ich dir hier und jetzt den Hals umdrehe?« Er riß Biff nach vorne, so daß dieser mit dem Gesicht gegen das Gitter prallte. »Denk mal drüber nach, du miese Ratte, und halt dich in Zukunft von mir fern. Und sollte ich herausfinden, daß du deinen Frust an meiner Mutter ausgelassen hast, dann bringe ich dich um. Ist das klar?«

»Dazu fehlt dir doch der Mut.« Biff machte sich los und betastete seine Nase, die wieder zu bluten begonnen hatte. »Du hältst dich wohl für superschlau, was? Dabei weißt du nichts, gar nichts weißt du. Du wirst es noch bereuen, mich in diese Zelle gesteckt zu haben. Ich kenne Leute, die es dir heimzahlen werden.«

Angeekelt ging Cam zur Tür. »Achte auf deine Worte, wenn du etwas zu essen haben willst. Ich werde Mick Anweisung geben, dir dein Essen erst zu bringen, wenn du den Mund hältst.«

»Das wirst du mir büßen, Junge«, brüllte Biff ihm nach und ballte in ohnmächtiger Wut die Fäuste. »Ich mach' dich fertig, und wenn es das letzte ist, was ich tue.«

Allein in seiner Zelle wischte er sich über das Gesicht. Und stimmte einen monotonen Gesang an.

Clare wartete, bis die Tür ins Schloß fiel, ehe sie sich umdrehte. Als sie den Ausdruck auf Cams Gesicht bemerkte, flog ihr Herz ihm zu, doch sie zwang sich zu einem unverbindlichen Lächeln.

»Und ich dachte, du hättest einen langweiligen Job.«

Cam vermied es, in ihre Nähe zu kommen, als er zum Schreibtisch ging. Zwar sehnte er sich verzweifelt danach, sie zu berühren, sie in die Arme zu nehmen, aber nach der Szene mit Biff kam er sich irgendwie schmutzig vor. »Du hättest nach Hause gehen sollen.«

Clare ließ sich auf der Ecke seines Schreibtischs nieder. »Ich warte, bis du mich heimfährst.«

Er blickte auf einen in Buds ordentlicher Handschrift beschriebenen Zettel hinab. »Ich muß erst noch anrufen.«

»Ich hab's nicht eilig.«

Cam preßte Daumen und Zeigefinger gegen den Nasenrücken, dann griff er zum Telefon. Wenigstens gab Biff jetzt Ruhe, dachte er.

»Hier spricht Sheriff Rafferty aus Emmitsboro. Ich hätte gerne Mr. oder Mrs. Smithfield gesprochen. Wie? Ja, Mrs. Smithfield, es geht um Ihren Anruf bei der Staatspolizei betreffs Carly Jamison.« Er lauschte einen Augenblick, dann begann er, sich Notizen zu machen. »Wissen Sie noch, was sie anhatte? Ja, ja, ich weiß, wo das ist. Wieviel Uhr war es da? Nein, Ma'am, ich mache Ihnen keine Vorwürfe, weil Sie keine Anhalter mitnehmen. Ganz recht, das ist nicht ganz ungefährlich. Nein, Sie und Ihr Mann haben vollkommen richtig gehandelt. Danke für den Hinweis. Ja, wenn wir noch Fragen haben, melden wir uns.«

Nachdem er eingehängt hatte, neigte Clare lächelnd den Kopf. »Du kannst dich ja richtig diplomatisch ausdrücken, Cam.«

»Vielen Dank.« Cam erhob sich und nahm sie am Arm. »Laß uns machen, daß wir hier rauskommen.«

»Wie alt war sie denn, die Ausreißerin?« erkundigte sich Clare beiläufig, als sie auf den Soziussitz rutschte.

»Ungefähr fünfzehn. Sie kam aus Harrisburg, hatte einen roten Rucksack bei sich und war sauer auf die ganze Welt, weil ihre Eltern ihr nicht erlaubt hatten, die Ferien in Florida zu verbringen.«

»Wie lange wird sie schon vermißt?«

»Zu lange.« Cam gab Gas und brauste davon.

Die Sonne sank bereits, als Clare ihn dazu überredete, sich mit einem Glas Wein auf die Veranda zu setzen, um sich zu entspannen. Den zwanzig Dollar teuren französischen Chardonnay hatte sie in ihre neuen Limonadengläser gefüllt.

»An Abenden wie diesem haben mein Dad und ich oft zusammengesessen und darauf gewartet, daß die Grillen anfangen zu singen.« Seufzend streckte sie ihre langen Beine von sich. »Weißt du, Cam, nach Hause zurückzukommen heißt, zu einem ganzen Berg von Problemen zurückzukehren. Deswegen muß die Entscheidung aber noch lange nicht falsch gewesen sein.«

Cam trank einen Schluck und fragte sich, ob es an den Gläsern lag, daß der Wein so prickelnd schmeckte, oder an der Gesellschaft. »War das jetzt auf dich oder auf mich gemünzt?«

Sie warf ihm einen forschenden Blick zu. »Die meisten

Leute in der Stadt halten dich für einen verdammt guten Sheriff.«

»Da die meisten nur Parker als Vergleichsbasis hatten, ist das nicht unbedingt als Kompliment zu werten.« Er spielte mit einer Locke, die in ihrem Nacken tanzte. »Danke. Wenn ich direkt nach Hause gefahren wäre, dann hätte ich wohl mein gesamtes Geschirr an die Wand geschmissen oder so was Ähnliches.«

»Stets zu Diensten. Angeblich sollst du ja ein richtiges Traumhaus besitzen.« Sie sah ihm zu, wie er an seinem Wein nippte. »Allerdings hat mir noch niemand angeboten, es zu besichtigen.«

»Sieht so aus, als wäre ich dir einen Rundgang mit persönlicher Führung schuldig.«

»So sieht es aus.«

In kameradschaftlichem Schweigen saßen sie da, tranken, sahen einem vorüberfahrenden Auto nach und atmeten den Duft der Hyazinthen, die Clares Vater vor Jahren angepflanzt hatte.

Die Sonne ging langsam unter, und bizarre Schatten tanzten über den Rasen.

Es erschien ihm auf einmal ganz natürlich, eine Hand um ihr Kinn zu legen und ihr Gesicht zu dem seinen hinzudrehen. Vorsichtig tastend berührten seine Lippen lockend ihren Mund. Mit weit geöffneten Augen schmiegte sich Clare immer enger an ihn, und als sein Kuß leidenschaftlicher wurde, gab sie ein tiefes, kehliges Stöhnen von sich.

Ein Glas Wein sollte einem nicht gleich zu Kopf steigen, dachte Clare, eine Hand gegen Cams Brust gepreßt. Und ein einziger Kuß auch nicht, schon gar nicht, wenn er von einem Mann kam, den sie fast ihr ganzes Leben lang kannte.

Verwirrt machte sie sich los. »Cam, ich denke ...«

»Denk später«, murmelte er und zog sie wieder an sich.

Exotisch. Seltsam, daß das schüchterne, magere Mädchen seiner Kindertage ein so exotisches Flair ausstrahlte. Daß sie ihn in eine solche Erregung versetzte. Er wußte sehr wohl, daß er zu rasch vorging, aber er konnte seine Ungeduld einfach nicht zügeln. Wie hätte er denn auch ahnen sollen, daß eine einzige Berührung, ein einziger Kuß ein derart sengendes Verlangen auslösen würde?

Kaum war Clare wieder zu Atem gekommen, rückte sie ein Stück von ihm ab, damit sie ihm ins Gesicht sehen konnte. Die Begierde, die in seinen Augen brannte, ließ ihr Herz schneller schlagen.

»Oh«, keuchte sie schließlich, und er lächelte.

»Ist das nun gut oder schlecht?«

»Weder noch.« Die Hand, mit der sie ihr Glas zum Mund führte, zitterte leicht. Der Wein linderte die Glut ihres Körpers ein wenig. »Eigentlich bin ich ja zurückgekommen, weil ich Ruhe und Frieden suchte.«

»Der Abend ist nun wirklich ruhig und friedlich.«

»Klar.« Und wenn er sie noch einmal küßte, würde sie mit Sicherheit explodieren. »Cam, ich finde, an einem Ort wie diesem sollte man sich Zeit lassen. Viel Zeit.«

»Okay.« Wieder zog er sie an sich, um ihren Kopf an seine Schulter zu betten. Er hatte über zehn Jahre auf diesen Augenblick gewartet, dachte er, während er ihr Haar streichelte. Seiner Meinung nach hatte er sich genug Zeit gelassen.

Die Grillen begannen im hohen Gras zu zirpen. Keiner von beiden bemerkte das Glitzern der Teleskoplinse, die auf sie gerichtet war.

Siebtes Kapitel

Obwohl Ernie Butts die Schule bestenfalls als Zeitverschwendung betrachtete, besuchte er doch gerne den Chemiekurs für Fortgeschrittene. Die Bunsenbrenner, Reagenzröhrchen und Petrischalen übten eine gewisse Faszination auf ihn aus. Zwar fand er es stinklangweilig, das Periodensystem auswendig lernen zu müssen, aber die Versuchsreihen machten ihm Spaß. Es bereitete ihm auch keinerlei Probleme, die Unbekannten in einem Gemisch zu identifizieren. Alles Unbekannte interessierte ihn brennend.

Doch am besten gefiel ihm immer noch die Laborarbeit. In dem Hantieren mit Chemikalien und Austesten von Reaktionen lag eine gewisse Macht; es verlieh ihm das Gefühl, die Elemente zu beherrschen. Schon lange spielte Ernie mit dem Gedanken, eine Bombe zu basteln, allerdings nicht bloß eine lächerliche Stinkbombe wie die, die Denny Moyers zusammengemischt und während der Pause im Umkleideraum der Mädchen losgelassen hatte. Derartige Spielereien waren ihm viel zu kindisch. Nein, Ernie schwebte etwas vor, was eine gewaltige Explosion auslösen, Fensterscheiben zerbersten lassen und eine Welle der Hysterie hervorrufen würde.

Er war dazu imstande; die Schule sowie die Bücher, die ihm seine Eltern gekauft hatten, hatten ihm das nötige Wissen vermittelt. Er war überzeugt, die notwendigen Fähigkeiten zu besitzen, und wenn er sich entschloß, seinen Plan in die Tat umzusetzen, dann würde man ihn nicht so leicht erwischen wie diesen Schwachkopf Moyers. Die wahre Macht bestand darin, Taten sprechen zu lassen, nicht in nutzloser Prahlerei.

Geistesabwesend blätterte er in seinem Notizbuch herum und blickte erst hoch, als James Atherton seine Anweisungen wiederholte. In Ernies Augen war Atherton ein noch größeres Arschloch als die meisten Erwachsenen. Schon wie er da vor der Klasse stand, mit seiner ruhigen, oberlehrerhaften Stimme überflüssiges Zeug faselte, gelegentlich seinen langen, dünnen Hals verdrehte oder seine Brille polierte, brachte Ernie zur Weißglut.

Wie eine vieräugige Giraffe, dachte er gehässig.

Jeder wußte, daß Atherton mit Maklergeschäften ein kleines Vermögen verdient hatte und sein Lehramt längst hätte aufgeben können. Aber Semester für Semester tauchte er wieder an der Schule auf, immer in Anzug und Krawatte, und versuchte, seinen gelangweilten Schülern chemische Reaktionen einzupauken.

Die Leute bezeichneten ihn als fähigen, engagierten Mann. Ernie hielt ihn lediglich für einen Schleimer.

Die Tatsache, daß Atherton den Posten des Bürgermeisters von Emmitsboro innehatte, trug nur noch zu Ernies verächtlicher Belustigung bei. Was hatte der Bürgermeister eines solchen Provinznestes schon groß zu tun? Seine wichtigste Amtshandlung bestand vermutlich darin, zu entscheiden, in welcher Farbe die Parkbänke gestrichen werden sollten.

»Die Laborversuche werden zusammen ein Drittel Ihrer Gesamtnote ausmachen«, fuhr Atherton fort, wobei er innerlich seufzend die Gesichter seiner Schüler musterte. Nach dreißig Jahren Lehrertätigkeit bereitete es ihm keine Schwierigkeiten, das Endergebnis dieses Schuljahres vorherzusagen. Mindestens zehn Prozent aus dieser Klasse würden durchfallen, und viel zu viele würden noch gerade so eben durchrutschen.

»Miss Simmons, vielleicht hätten Sie die Güte, Ihre Puderdose kurz wegzulegen.«

Der Rest der Klasse kicherte vor Vergnügen, als Sally Simmons hastig ihre Puderdose in die Tasche stopfte.

»Sie werden in Gruppen arbeiten«, fuhr Atherton fort, während er säuberlich einen Stapel Papiere zusammenschob, ehe er die Bögen verteilte. »Die jeweilige Gruppenzusammenstellung ist auf diesem Arbeitspapier aufgelistet. Ich schlage vor, Sie machen sich zunächst mit den einzelnen Phasen des Experiments vertraut. Die schriftlichen Arbeiten müssen in zwei Wochen eingereicht werden.«

Während die Bögen weitergereicht wurden, summte es in der Klasse wie in einem Bienenkorb. Ernie registrierte ohne großes Interesse, daß Sally Simmons seine Laborpartnerin war.

»Ich überlasse es jedem Team, selber die Arbeit unter sich aufzuteilen«, übertönte Atherton den Geräuschpegel. Unbeteiligt betrachtete er die einzelnen Schüler. Er kannte seine Pappenheimer besser, als sie vielleicht vermutet hätten. »Vergessen Sie nicht, daß Sie Partner sind und daß somit Ihre Note, ob sie nun gut oder schlecht ausfällt, von Ihrer Zusammenarbeit abhängt. Sie können sich jetzt zu den Ihnen zugewiesenen Plätzen begeben und Ihr Konzept machen.« Er hob seinen knochigen Zeigefinger. »Aber leise.«

Atherton sah auf die Uhr und war genauso erleichtert wie seine Schüler, daß sich der Unterricht seinem Ende zuneigte.

»Schätze, wir sind Partner.« Sally setzte ein strahlendes Lächeln auf. Obwohl sie Ernie seit Jahren kannte, wenn auch nur flüchtig, wußte sie immer noch nicht, was sie von ihm zu halten hatte. Er gab sich abwechselnd aufmüpfig und zurückhaltend, und sie hegte eine Vorliebe für Rebellen.

»Yeah.« Ernie warf ihr einen langen Blick zu, der sie so verunsicherte, daß sie sich über die Lippen leckte.

»Weißt du, ich habe mir gedacht, wir könnten an ein paar Tagen nach der Schule zusammen lernen und die schriftliche Arbeit vorbereiten. Wir können uns bei mir treffen, wenn du willst.«

»Nach der Schule gehe ich arbeiten.«

»Ach so ... dann vielleicht, wenn du Feierabend hast. Ich kann auch zu dir kommen, wenn dir das lieber ist.«

Die Art, wie er sie anblickte, veranlaßte sie, nervös an ihrem Haar zu zupfen und dann an den Knöpfen ihrer Bluse zu spielen. Darunter trug sie einen schwarzen Spitzen-BH, den sie ihrer älteren Schwester stibitzt hatte. Ihr Herz klopfte vor freudiger Erwartung.

»Ich bin normalerweise gegen neun Uhr fertig«, teilte Ernie ihr mit. »Wir können zu mir gehen, da stört uns keiner.« Jetzt lächelte er und fuhr sich einladend mit der Zungenspitze über die Zähne. »Es sei denn, du hast Angst, daß Josh sauer wird.«

Sally grinste. Jetzt befand sie sich auf vertrautem Boden. »Wir sind so gut wie auseinander. Josh ist ein netter Kerl, aber manchmal geht er mir gewaltig auf die Nerven.«

»Ach ja? Ihr zwei habt aber in den letzten Wochen wie die Kletten aneinandergehangen.«

Sally warf ihre dichte, dunkle Mähne zurück. »Wir sind bloß ein paarmal zusammen weggegangen. Die Leute haben uns eine Beziehung angedichtet, nachdem wir das leere Grab gefunden haben. Wenn du willst, komme ich heute abend vorbei, dann können wir loslegen.«

Er lächelte leicht. »Yeah, dann laß uns mal loslegen.« Er fragte sich, ob sie wohl noch Jungfrau war.

Nach der Schule fuhr Ernie bei Clare vorbei. Er hatte zwar nichts dagegen, mit Sally zu schlafen, aber seine heißen, wollüstigen Träume konzentrierten sich auf seine neue Nachbarin. Wie es wohl wäre, sie beide gleichzeitig im Bett zu haben? So wie in dem Pornovideo, das er Less Gladhill an der Tankstelle geklaut hatte.

Beim Gedanken daran wurden seine Hände feucht. Ernie war besessen von der Idee, andere Menschen zu beherrschen. Er wollte die uneingeschränkte Macht. Zwei Frauen gleichzeitig zu besitzen, das würde etwas beweisen. Dann wäre er jemand, mit dem man rechnen mußte.

Er bog in Clares Einfahrt ein und stellte den Motor ab. Vom Wagen aus beobachtete er sie bei der Arbeit, wie sie mit Hammer und Blechschere hantierte. Es war ein warmer Tag, und sie trug enge, am Saum ausgefranste Shorts und ein überweites T-Shirt, das ihr ständig von der Schulter rutschte.

Am liebsten wäre er hineingegangen und hätte ihr das Shirt vom Leib gerissen, jetzt und hier, am hellichten Tag. Sie würde erschrocken die Augen aufreißen, ihre Pupillen würden sich vor Furcht und Entsetzen weiten, und er würde sie zu Boden stoßen und ihr angsterfülltes Wimmern genießen. Doch dann ... dann würde sie für ihn bereit sein.

Die Vorstellung, daß Sheriff Rafferty ein Auge auf sie geworfen hatte, behagte ihm zwar nicht sonderlich, bereitete ihm aber auch keine übermäßigen Kopfschmerzen. Ernie war überzeugt, daß er mit Rafferty fertig werden würde, wenn es sein mußte.

Er kletterte aus dem Wagen und ging auf sie zu.

Clare war so in ihre Arbeit versunken, daß sie ihn erst bemerkte, als er schon fast neben ihr stand. Sie richtete sich auf, preßte eine Hand auf den schmerzenden Rücken und lächelte ihm zu.

»Hi.«

Als sie sich dehnte und reckte, zeichneten sich ihre kleinen, festen Brüste unter dem Baumwollshirt deutlich ab. Einen BH trug sie nicht.

»Sie haben gesagt, ich könnte nach der Schule mal vorbeikommen.«

»Richtig.« Sie legte den Hammer beiseite. »Ich bin froh, daß du dich entschlossen hast, mir zu helfen.« Es dauerte einen Moment, bis sie sich gedanklich von ihrem momentanen Projekt lösen und ein neues in Angriff nehmen konnte. »In der Küche steht noch ein Stuhl. Hol' ihn dir doch einfach her. Du kannst dir auch eine Pepsi nehmen, wenn du möchtest.«

»Okay.«

Als er zurückkam, hatte sie eine Ecke ihres Arbeitstisches freigeräumt. »Stell den Stuhl am besten hierhin. Du wirst den Arm von Zeit zu Zeit auf den Tisch stützen müssen. Sag mir ruhig, wenn es dir zu anstrengend wird.« Clare setzte sich auf den Tisch, drehte die Stereoanlage leiser und bedeutete ihm, sich zu setzen. »Jetzt mache ich erst mal ein paar Zeichnungen. Ich glaube, es ist am besten, wenn du den Ellbogen aufstützt und die Faust ballst ... wunderbar.« Sie lächelte ihn an. »Und wie läuft's in der Schule?«

»Ganz gut.«

»Du hast doch nur noch ein paar Wochen bis zum Abschluß, oder?« Beim Sprechen flog ihr Kohlestift über den Block. Vielleicht legte er ja im Gespräch seine Hemmungen ab.

»Yeah.«

Kein Mann vieler Worte, dachte sie und nahm einen neuen Anlauf. »Bist du im Sportverein oder so was?«

»Nicht im Sportverein, nein.«

»Hast du eine Freundin?«

Sein Blick wanderte an ihren Beinen entlang. »Nichts Festes.«

»Aha, ein weiser Mann. Was machen denn deine Eltern?«

Automatisch verzog er das Gesicht. »Sie betreiben die Pizzeria.«

»Im Ernst?« Clare hielt inne. »Gestern abend hab' ich eine Pizza gegessen. Köstlich. Ich muß ehrlich zugeben, der Gedanke, auf die New Yorker Pizzas verzichten zu müssen, hat mir die Entscheidung, nach Emmitsboro zurückzugehen, gewaltig erschwert. Aber *Rocco's Pizzeria* steht denen in New York in nichts nach.«

Verlegen zuckte Ernie mit den Achseln. »Pizzabacken ist keine große Kunst.«

»Das sagt sich so leicht, wenn man's kann. Öffne bitte einmal die Faust und spreize die Finger. Mmm.« Stirnrunzelnd konzentrierte sie sich wieder auf ihre Zeichnung. »Wo hast du denn früher gelebt?«

»New Jersey.«

»Tatsächlich? Warum bist du denn nach Emmitsboro gezogen?«

Der mürrische Ausdruck trat wieder in seine Augen. »Ich bin gar nicht gefragt worden.«

Aufmunternd lächelte Clare ihn an. »So übel ist die Stadt gar nicht.«

»Absolut tote Hose. Ich hasse es hier. Die Leute sitzen rum und schauen zu, wie das Gras wächst.«

Drei Sätze am Stück, dachte Clare belustigt. Ein richtiger Gefühlsausbruch. »Du kannst dir heute vermutlich noch nicht vorstellen, daß einmal eine Zeit kommen wird, da du dankbar bist, wenn du zuschauen kannst, wie das Gras wächst.«

»Das sagt sich so leicht«, knurrte er, sie nachäffend. »Sie können jederzeit nach New York zurück.«

»Das stimmt allerdings.« Wohingegen Kinder, so hart sie auch um ihre Selbständigkeit kämpfen mochten, keine Wahl hatten. »Es dauert ja nicht mehr lange, bis du deine eigenen Entscheidungen treffen kannst. L.A., richtig?«

»Ja. Nichts wie weg hier.« Wieder beäugte er ihre Beine in den knappen Fransenshorts. »Waren Sie schon mal da?«

»Ja, ein- oder zweimal. Die Stadt liegt mir nicht so. Du mußt mir bei Gelegenheit mal erzählen, wie es dir dort gefällt. Mach bitte noch einmal eine Faust.« Kopfschüttelnd riß sie ein Blatt von ihrem Zeichenblock ab. »Weißt du, ich würde den Arm lieber von der Schulter ab skizzieren. Ziehst du mal dein Hemd aus? Es ist warm genug.«

Er blickte sie an. In seinen Augen brannte ein verborgenes Feuer, als er sein Hemd über den Kopf streifte. Sie wollte ihn. Er wußte es.

Clare sah jedoch nur einen schlanken, zornigen Jungen

auf der Schwelle zum Erwachsenwerden. Eine schwierige Phase, dachte sie. Doch vom künstlerischen Standpunkt aus betrachtet war sein schmaler, überraschend muskulöser Arm eine Augenweide. Er steckte voll ungenutzter Kraft.

»So wird es gehen.« Sie hüpfte vom Tisch herunter. »Ich zeig' dir jetzt die richtige Pose, aber keine Sorge, lange brauchst du den Arm nicht so zu halten, das wird zu unbequem.«

Sie nahm seinen Arm, schloß die Hand um seinen Ellbogen, hob ihn an und beugte ihn nach vorne, dann legte sie ihre Finger um die seinen, damit er wieder die Faust ballte.

»Wenn du den Arm in diesem Winkel halten könntest ... gut, jetzt die Muskeln leicht anspannen. Großartig. Du bist ein Naturtalent.« Als sie einen Schritt zurücktrat, bemerkte sie den Anhänger auf seiner Brust, ein silbernes, seltsam geformtes Amulett, das sie an ein Pentagramm erinnerte. Fragend sah sie ihn an. »Was ist denn das? Ein Talisman?«

Schützend legte er seine freie Hand über den Anhänger. »So was Ähnliches.«

Da sie fürchtete, ihn in Verlegenheit gebracht zu haben, griff sie wortlos nach ihrem Block und begann wieder zu zeichnen.

Sie arbeitete eine Stunde lang schweigend und konzentriert, ließ ihn aber zwischendurch immer wieder eine Pause machen, um den Arm auszuruhen. Ein- oder zweimal bemerkte sie, wie er sie nachdenklich betrachtete, mit einem seinem Alter gänzlich unangemessenen Funkeln in den Augen. Belustigt und leicht geschmeichelt nahm sie es hin. Vielleicht hatte sich der Junge ein bißchen in sie verguckt.

»Ausgezeichnet, Ernie. Ich würde gerne mit dem Tonmodell anfangen, sobald du wieder mal Zeit hast.«

»Okay.«

»Jetzt hole ich dir erst mal dein Geld.«

Sowie sie außer Sicht war, schlenderte Ernie durch die Garage, um sich genauer umzusehen. Sein Blick fiel auf die Skulptur in der Ecke, und er blieb wie angewurzelt stehen. Wieder schlossen sich seine Finger um das umgekehrte

Pentagramm, während er die Figur, halb Mensch, halb Monster, studierte, die aus Metall und Alpträumen geformt worden war.

Das war sein Zeichen, dachte er. Sein Atem ging rascher, und seine Finger zitterten leicht, als er die Statue ehrfürchtig berührte. Diese Frau war für ihn bestimmt. Seine Gebete waren erhört, seine Opfergaben angenommen worden. Der Herrscher der Finsternis hatte ihm diese Frau geschickt. Nun mußte er nur noch den richtigen Zeitpunkt abwarten, um sich zu nehmen, was ihm zustand.

»Was hältst du davon?«

Vorsichtig schlüpfte Ernie in sein Hemd, ehe er sich umdrehte. Clare stand, leicht nach Seife und Schweiß duftend, hinter ihm und starrte die Skulptur an.

»Sie strahlt Macht aus.«

Eine erstaunliche Analyse für einen Siebzehnjährigen. Neugierig musterte sie ihn. »Hast du schon mal daran gedacht, Kunstkritiker zu werden?«

»Warum haben Sie die gemacht?«

»Ich konnte nicht anders.«

Die Antwort paßte perfekt ins Bild. »Sie werden noch mehr davon machen.«

Clare warf dem Haufen Metall auf dem Schweißtisch einen Blick zu. »So sieht es aus.« Sie schüttelte sich kurz, dann hielt sie ihm ein paar Scheine hin. »Vielen Dank, daß du mir Modell gestanden hast.«

»Hab' ich gern getan. Ich kann Sie gut leiden.«

»Danke. Ich dich auch.« Das Telefon begann zu klingeln, und Clare drehte sich zur Küchentür. »Ich muß weg. Hoffentlich seh' ich dich bald wieder, Ernie.«

»Bestimmt.« Er wischte sich die feuchten Hände an seinen Jeans ab. »Ich komme wieder.«

Clare öffnete mit der einen Hand den Kühlschrank und hob mit der anderen den Hörer ab. »Hallo?«

Während sie einen Hot Dog, Senf, Gewürzgurken und eine Cola herausholte, drangen schwere, feuchte Atemzüge an ihr Ohr. Grinsend steckte sie den Hot Dog in die Mikrowelle und begann, ihrerseits schwer zu atmen, wobei sie gelegentlich noch heiser in den Hörer keuchte. »Ja, ja, o ja!« Nachdem sie die Zeitschaltuhr eingestellt hatte, öffnete sie die Flasche. »O Gott, bitte nicht aufhören!« Mit einem langgezogenen Stöhnen beendete sie ihre Vorstellung.

»War es gut für dich?« erkundigte sich eine tiefe Männerstimme.

»Wunderbar. Großartig. Nicht zu übertreffen.« Sie nahm einen tiefen Schluck Pepsi. »Jean-Paul, am Telefon bist du der Größte.« Sie holte den Hot Dog aus der Mikrowelle, legte ihn zwischen zwei Scheiben Wonderbread und verteilte großzügig Senf darüber. »Wenn Angie das erfährt ...«

»Ich hänge am Nebenanschluß, du Schafskopf!«

Glucksend verfeinerte Clare ihr Sandwich mit Gewürzgurkenscheibchen. »Verstehe. Alles ist entdeckt. Also, was steht an?«

»Nach diesem Gespräch«, meinte Jean-Paul, »steht etwas ganz anderes.«

»Benimm dich«, mahnte Angie nachsichtig. »Wir wollten hören, wie es dir geht.«

»Prima.« Zufrieden nahm Clare das tropfende Sandwich in die Hand und biß herzhaft hinein. »Wirklich prima«, murmelte sie mit vollem Mund. »Gerade hab' ich ein paar Skizzen von einem neuen Modell gemacht. Der Junge hat einen tollen Arm.«

»Ach, tatsächlich?«

Angies Tonfall besagte alles. Clare schüttelte den Kopf. »Der ›Junge‹ war wörtlich gemeint. Er ist so sechzehn oder siebzehn. Dann hab' ich noch eine Freundin von mir, eine Kellnerin, gezeichnet. Herrliche Bewegungsabläufe. Und außerdem habe ich fantastische Hände entdeckt.« Beim Gedanken an Cam wurde sie nachdenklich. »Das Gesicht ist auch gut. Eigentlich auch der ganze verdammte Körper.« Wie würde er wohl reagieren, wenn sie ihn bat, nackt zu posieren, fragte sie sich.

»Du klingst, als ob du sehr beschäftigt bist, *chérie*.« Jean-Paul spielte mit einem Stück Amethyst, das auf seinem Schreibtisch lag.

»Das bin ich auch. Angie, es wird dich freuen zu hören, daß ich jeden Tag gearbeitet habe. Wirklich gearbeitet«, fügte sie hinzu, erneut in ihren Hot Dog beißend. »Eine Skulptur ist schon fertig.«

»Und?« wollte Angie wissen.

»Besser, du schaust sie dir selber an. Ich bin befangen.«

Den Telefonhörer zwischen Ohr und Schulter geklemmt, ließ Jean-Paul den Stein von einer Hand zur anderen wandern. »Wie gefällt es dir denn in diesem Provinzkap?«

»Kaff«, korrigierte Clare. »Man sagt ›Provinzkaff‹, und ich fühle mich hier sehr wohl. Kommt doch vorbei und überzeugt euch selbst.«

»Wie wär's, Angie? Würdest du gern ein paar Tage auf dem Land verbringen? Wir könnten Kühe bewundern und uns im Heu wälzen.«

»Ich denk' drüber nach.«

»Es ist ja nicht so, als ob ihr eine Woche im Busch verbringen müßtet.« Clare, die sich langsam für die Idee erwärmte, verputzte den Rest des Hot Dogs. »Hier gibt es weder wilde Tiere noch irre Vergewaltiger.«

»*Je suis desolé*«, meinte Jean-Paul bedauernd. »Was hat Emmitsboro denn sonst anzubieten, *chérie*?«

»Ruhe und Frieden – sozusagen eine angenehme Art von Langeweile.« Ernies jugendliche Ruhelosigkeit und Unzufriedenheit kamen ihr in den Sinn. Langeweile war eben nicht jedermanns Sache. »Ich zeige euch alle Sehenswürdigkeiten, zum Beispiel *Martha's* oder *Clyde's Tavern*, und danach können wir auf der Veranda sitzen, Bier trinken und zuschauen, wie das Gras wächst.«

»Klingt aufregend«, brummte Angie.

»Wir werden ein paar Termine verschieben.« Jean-Paul war ein Mann schneller Entschlüsse. »*Clyde's Tavern* interessiert mich.«

»Prima.« Clare hob die Flasche und prostete dem Telefon zu. »Es wird euch hier gefallen. Bestimmt. Emmitsboro ist die perfekte amerikanische Kleinstadt. Hier passiert nie etwas.«

Ein leichter Frühlingsregen weichte die Erde im Inneren des Kreises langsam auf. Diesmal brannte kein Feuer in der Grube, nur die nasse Asche von Knochen und Holz zerfloß darin zu einem grauen Brei. Laternen ersetzten die Kerzen, und schwarze Wolken verdunkelten Mond und Sterne.

Die Entscheidung war gefallen, und der Beschluß würde umgehend ausgeführt werden. Heute hatten sich nur fünf vermummte Gestalten versammelt. Die alte Garde. Bis auf diese wenigen Auserwählten wußte niemand etwas von dem geheimen Treffen, dem geheimen Ritual.

»Mann, ist das ein Scheißwetter.« Biff Stokey hielt eine plumpe Hand über seine Zigarette, damit sie nicht naß wurde. Heute abend gab es keine Drogen, keine Kerzen, keine rituellen Gesänge und auch keine Prostituierte. In den zwanzig Jahren, die er nun schon Mitglied des Zirkels war, hatte er begonnen, das Ritual ebensosehr zu genießen wie die anderen Annehmlichkeiten.

Aber heute abend hatte er anstelle des lebenden Altars nur einen leeren Holzblock und ein umgekehrtes Kreuz vorgefunden. Heute abend verhielten sich seine Kameraden merkwürdig distanziert. Schweigend standen sie im Nieselregen, als würden sie auf etwas warten.

»Was zur Hölle soll das bedeuten?« fragte Biff ins Leere. »Es ist doch gar nicht unsere übliche Nacht.«

»Es gibt da eine Angelegenheit zu bereinigen.« Der Anführer löste sich aus der Gruppe, trat in den Kreis und drehte sich zu den anderen um. Die Augenschlitze seiner Maske gähnten so dunkel und leer wie zwei Höllenschlunde. Er hob die Arme, die langen Finger weit gespreizt. »Wir sind die Auserwählten. Wir sind die Ersten und die Einzigen. In unseren Händen liegt die Macht. Unser Gebieter hat uns die Gabe verliehen, auch andere in seinen Bann zu ziehen, um Seinen Ruhm zu verbreiten.«

Er beugte sich vor, warf den Kopf zurück und breitete die Arme aus. Unbeweglich wie eine Statue verharrte er in dieser Stellung, ein unheimliches lebendes Abbild von Clares alptraumhafter Skulptur. Seine Augen hinter der Maske leuchteten triumphierend. Wilde Vorfreude erfüllte ihn, das Wissen um die Macht, die er besaß und die die anderen nie verstehen würden.

Wie gutgezogene Hunde waren sie seinem Ruf gefolgt, und wie hirnlose Schafe würden sie seine Befehle befolgen. Und falls einer oder zwei noch über einen Rest dessen verfügte, was man gemeinhin als Gewissen bezeichnete – nun, der Machthunger würde sich als stärker erweisen.

»Unser Gebieter ist erzürnt. Er lechzt nach Vergeltung. Er spricht durch mich: Eines meiner Kinder, einer der Auserkorenen hat mich verleugnet. Vernichtet den, der meinen Namen besudelt hat. Die heutige Nacht soll im Zeichen des Todes stehen.«

Als er die Hände sinken ließ, zog eine der schwarzgewandeten Gestalten einen Baseballschläger unter ihrer Kutte hervor. Biff öffnete verwundert den Mund, und im selben Augenblick bekam er einen Schlag über den Kopf.

Als er das Bewußtsein wiedererlangte, bemerkte er entsetzt, daß man ihn nackt auf den Altar gebunden hatte. Der unaufhörlich fallende Regen weichte seine Haut auf und ließ ihn frösteln, aber das war unwichtig, verglichen mit der eiskalten Furcht, die ihn erfüllte.

Sie standen um ihn herum, einer am Kopf –, einer am Fußende und einer an jeder Seite der Hüften. Vier Männer, die er fast sein ganzes Leben lang kannte. Unbeteiligt wie Fremde blickten sie auf ihn herab. Und er wußte, für sie war er bereits tot.

Inzwischen war das Feuer entzündet worden, und der Regen, der auf die brennenden Scheite fiel, verursachte ein Geräusch, das an brutzelndes Fleisch erinnerte.

»Nein!« Biff begann zu kreischen und sich wild in seinen Fesseln zu winden. »Lieber Gott, nein!« In seiner Panik rief er denjenigen an, den er seit zwanzig Jahren schmähte. Der bittere, kupferartige Geschmack von Blut füllte seinen Mund. Er hatte sich selbst in die Zunge gebissen. »Das könnt ihr doch nicht tun! Ich habe den Eid geleistet!«

Der Anführer blickte auf die Narbe an Biffs linkem Hoden nieder. Das Zeichen würde man ... auslöschen müssen. »Du gehörst nicht länger zu den Auserwählten. Du hast deinen Schwur gebrochen. Du hast das Gebot übertreten.«

»Niemals. Ich habe niemals das Gebot übertreten.« Das Seil schnitt schmerzhaft in seine Handgelenke, als er sich verzweifelt aufbäumte. Die ersten Blutstropfen befleckten das Holz.

»Wir lassen uns nicht vom Zorn überwältigen. So lautet das Gebot.«

»So lautet das Gebot«, sangen die anderen.

»Ich war betrunken.« Biffs Brust hob und senkte sich rasch, als er zu schluchzen begann. Heiße Tränen der Angst quollen aus seinen Augen. Unter den Masken und Hauben verbargen sich Gesichter, die er kannte. Sein angsterfüllter Blick wanderte flehend von einem zum andern. »Verflucht, ich war betrunken.«

»Du hast das Gebot übertreten«, wiederholte der Anführer. Seine Stimme klang kalt und mitleidlos, obwohl tief in seinem Inneren eine schwarze, abgründige Leidenschaft brodelte. »Du hast bewiesen, daß du unfähig bist, dein Wort zu halten. Du bist schwach, und die Schwachen werden von den Starken beherrscht.« Die Glocke wurde geläutet, und der Anführer hob die Stimme, um Biffs Schluchzer und Verwünschungen zu übertönen.

»Herr des dunklen Feuers, gib uns Macht.«

»Deinen Ruhm werden wir preisen.«

»Hüter der Ewigkeit, gib uns Kraft.«

»Deine Gebote wollen wir befolgen.«

»*In nomine Dei nostri Satanas Luciferi excelsi!*«

»*Ave*, Satan.«

Der Priester hob einen silbernen Kelch. »Bitter ist der Wein der Verzweiflung. Ich trauere um unseren verlorenen Bruder.«

Er setzte den Kelch an den klaffenden Schlitz seiner Maske, hinter dem sich der Mund befand, und trank einen tiefen Schluck, dann setzte er den Kelch ab. Doch sein Durst war noch nicht gestillt. Er verlangte nach Blut.

»Er hat gefehlt, er hat die Gesetze der Bruderschaft mißachtet. Er ist verdammt!«

»Ich bringe euch um«, brüllte Biff, mit aller Gewalt an seinen Fesseln zerrend. »Ich bringe euch alle um! O Gott, tut das nicht!«

»Das Urteil lautet Tod. Der Fürst der Hölle kennt keine Gnade. In Seinem Namen rufe ich die dunklen Mächte an, auf daß sie mir die Macht verleihen, das Urteil zu vollstrekken.«

»So hört denn die Namen.«

»Baphomet, Loki, Hekate, Beelzebub.«

»Wir sind eure Diener.«

Obwohl ihn die Todesangst in der Kehle würgte, fuhr Biff fort, die anderen abwechselnd kreischend zu verfluchen, um Gnade zu betteln und wüste Drohungen auszustoßen. Der Priester schwieg einen Moment, um Biffs Entsetzen auszukosten, ehe er weitersprach.

»Die Stimme meines Zorns durchdringt die Stille. Hört meine Worte! Mein ist die Vergeltung, denn ich bin die höllische Gerichtsbarkeit. Meine Rache wird fürchterlich sein! Ich rufe nun die Kinder des Herrn der Finsternis auf, unseren gefallenen Bruder zu strafen. Er hat gefehlt, so sollen denn seine Todesschreie durch die Nacht gellen. Sein zerschmetterter Leib mag allen zur Warnung dienen, auf daß sie die Gebote nicht mißachten.«

Er legte eine Kunstpause ein und lächelte hinter seiner Maske.

»Brüder der Nacht, die ihr auf dem heißen Atem der Hölle reitet: Beginnt!«

Als der erste Schlag seine Kniescheibe zerschmetterte, hallte Biffs Schmerzensschrei durch die Luft. Methodisch droschen die anderen auf ihn ein, und wenn auch der eine oder andere Mitleid empfand, die Lust am Töten überwog.

Der Priester hielt sich im Hintergrund und sah der Hinrichtung mit hoch erhobenen Armen zu. Schon zweimal zuvor hatte er den Tod eines der Mitglieder der Bruderschaft befohlen, und zweimal zuvor hatte der kurze, gnadenlose Akt die Flammen des Aufruhrs im Keim erstickt. Er wußte sehr wohl, daß einige der Männer sich Sorgen machten, da sich der Zirkel immer mehr von den reinen

Grundgedanken löste, genau wie es einige gab, die es nach mehr Blut, mehr Sex und mehr Ausschweifung gelüstete.

Derlei Dinge waren früher schon vorgekommen. Er war darauf vorbereitet.

Aber er hatte dafür Sorge zu tragen, daß seine Kinder nicht von dem Weg, den er vorgezeichnet hatte, abwichen, und daß die, die es trotzdem taten, dafür büßen mußten.

Biff kreischte erneut auf, und der Priester wurde von einer Welle der Lust durchflutet.

Sie würden ihm keinen schnellen Tod gewähren, sondern ihn langsam und qualvoll sterben lassen. Das übelkeiterregende Krachen, mit dem Holz auf Knochen traf, brachte das Blut des Priesters zum Sieden. Unaufhörlich gellten die Schreie des Opfers durch die Nacht; hohe, schrille, kaum mehr menschliche Laute.

Welch ein Narr, dachte der Priester, dessen Lenden fast schmerzhaft pochten. Eigentlich war der Tod eines Narren reine Zeitverschwendung – wenn man von dem puren Vergnügen des Tötens einmal absah. Doch dieser Tod würde den anderen als Warnung dienen, seinen Zorn nicht herauszufordern. *Seinen* Zorn. Schon lange zuvor hatte der Priester begriffen, daß nicht Satan hier herrschte, sondern er selbst.

Sein war die Macht.

Er war der Herr über Leben und Tod.

Als die Schreie in ein ersterbendes, gurgelndes Wimmern übergingen, trat er vor, ergriff den vierten Schläger und beugte sich über Biff. Er sah, daß hinter dem milchigen Schleier des Schmerzes, der sich über die Augen des Opfers gelegt hatte, immer noch Angst lauerte. Besser noch, dahinter verbarg sich immer noch Hoffnung.

»Bitte.« Blut rann aus Biffs Mund. Er hustete qualvoll und versuchte, eine Hand zu heben, doch sein Körper gehorchte ihm nicht mehr. Schmerzen spürte er keine. Der Mensch kann nur ein gewisses Maß an Martern erdulden, und diese Grenze hatte Biff längst überschritten. »Bitte tötet mich nicht. Ich habe den Eid geleistet. Ich habe geschworen.«

Der Priester beobachtete ihn schweigend. Es ging zu Ende. »Er ist der Richter. Er ist das Gesetz. Wir, seine Kinder, handeln in Seinem Namen.« Seine Augen hefteten sich auf Biffs noch unversehrtes Gesicht. »Er, der heute den Tod erleidet, ist der ewigen Verdammnis gewiß. Der Schlund der Hölle wird sich für ihn öffnen.«

Biffs Blick trübte sich, und mit jedem rasselnden Atemzug tröpfelte Blut aus seinem Mund. Seine Schreie waren verstummt. Er wußte, daß er ein toter Mann war, und die Gebete, die durch sein gemartertes Hirn schossen, mischten sich mit wirren Beschwörungsformeln.

Er gab ein heftiges, bellendes Husten von sich und verlor beinahe das Bewußtsein.

»Ich seh' euch in der Hölle wieder«, stieß er hervor.

Der Priester beugte sich über ihn, so nah, daß nur Biff seine Worte verstehen konnte. »Die Hölle ist hier.« Er erschauerte vor lustvollem Entzücken, als er Biff den Todesstoß versetzte, und sein Samen spritzte heiß auf den Boden.

Während sie die Baseballschläger im heiligen Feuer verbrannten, rieselte das Blut ihres Opfers den Altar hinunter und sickerte in die schlammige Erde.

Achtes Kapitel

Cam stand an dem Zaun, der das östliche Ende von Matthew Doppers Maisfeld begrenzte. Dopper selbst saß auf seinem Traktor, die Kappe tief ins Gesicht gezogen, einen Priem Kautabak im Mund. Dank Matts ältestem Sohn, der das Herumbasteln an Maschinen der Feldarbeit bei weitem vorzog, ratterte der Motor des Traktors leise und gleichmäßig vor sich hin.

Obwohl es noch nicht einmal zehn Uhr morgens war, zeichneten sich auf Matts kariertem Hemd bereits große Schweißflecken ab. An der linken Hand fehlten ihm zwei Finger, das Ergebnis der mißglückten Reparatur eines Mähdreschers. Dieses Handicap beeinträchtigte jedoch weder seine Arbeit noch seine Leistungen beim allwöchentlichen Bowlingabend, hatte ihm allerdings einen Heidenrespekt vor jeglichem technischen Gerät eingeimpft.

Das Weiße seiner Augen schimmerte, da er seit über fünfzig Jahren Wind und Heustaub ausgesetzt war, ständig rötlich, und auf seinem wettergegerbten, harten Gesicht lag stets ein störrischer, verschlossener Ausdruck.

Er war auf dieser Farm geboren worden und hatte sie übernommen, als sein Vater das Zeitliche segnete. Da sein Bruder, der unglückliche Junior, in den umliegenden Wäldern auf so tragische Weise ums Leben gekommen war, hatte Matthew Dopper die gesamte Fünfundachtzig-Morgen-Farm geerbt, auf der er lebte, arbeitete und auch zu sterben gedachte. Und dann kam Cameron Rafferty daher, zückte seine Dienstmarke und wollte ihm Vorschriften machen!

»Matt, das ist diesen Monat schon die dritte Beschwerde.«

Zur Antwort spie Matt neben seinem Traktor kräftig aus. »Diese gottverdammten Flachländer kommen einfach hier an, bauen ihre verfluchten Häuser auf Hawbaker-Land und sind nur darauf aus, mich hier zu vertreiben. Nicht von der Stelle rühre ich mich! Das hier ist mein Land!«

Cam stützte einen Fuß auf den untersten Holm des Zaunes und betete um Geduld. Der beißende Gestank von Kunstdünger ließ seine Nasenflügel zittern. »Niemand will dich hier vertreiben, Matt. Du sollst doch bloß deine Hunde an die Kette legen.«

»Seit hundert Jahren gibt es auf dieser Farm Hunde.« Wieder spuckte Matt aus. »Noch nie mußten sie angekettet werden.«

»Die Zeiten ändern sich.« Cam schaute über die Felder. Aus der Entfernung wirkten die neu entstandenen Häuser wie Schuhkartons. Einst hatte es in dieser Gegend nur Felder, Wiesen und Weiden gegeben, und wenn man frühmorgens oder in der Abenddämmerung hierherkam, hatte man gute Chancen, grasendes Wild beobachten zu können.

Heute stellten sich die Leute Satellitenschüsseln auf das Dach und Keramikhirsche in den Vorgarten.

Kein Wunder, daß seine Sympathien ganz bei Matt lagen, dachte er. Aber Sympathie hin, Sympathie her, er hatte einen Job zu erledigen.

»Matt, das Problem ist, daß deine Hunde nicht auf der Farm bleiben.«

Matt grinste. »Sie haben seit jeher am liebsten auf Hawbaker-Land gekackt.«

Cam konnte sich nicht helfen, er mußte das Grinsen erwidern. Schon seit drei Generationen befehdeten sich die Doppers und die Hawbakers – zur beiderseitigen Zufriedenheit. Er zündete sich eine Zigarette an und lehnte sich freundschaftlich über den Zaun.

»Mir fehlt der Anblick des alten Hawbaker auf seinem Mähdrescher.«

Dopper schob die Unterlippe vor. Um nichts in der Welt hätte er zugegeben, daß auch er Hawbaker vermißte, sehr sogar. »Schätze, er hat getan, was er für richtig hielt. Hat ja 'n hübschen Profit rausgeschlagen.« Er zog ein schmieriges Tuch aus der Tasche und schneuzte sich kräftig die Nase. »Aber ich bleibe auf meiner Farm. Bis zum letzten Atemzug.«

»Früher hab' ich mich immer hierhergeschlichen, um dir ein paar Maiskolben zu klauen.«

»Ich weiß.« Bei dieser Erinnerung schwand etwas von Doppers Unmut. »Ich baue den besten Silver Queen in der ganzen Gegend an. Das habe ich schon immer getan, und das werde ich auch weiterhin tun.«

»Da kann ich dir nicht widersprechen. Wir haben immer drüben im Wald ein Lagerfeuer gemacht und die Kolben geröstet.« Cam grinste zu Matt hoch. Diesen herrlichen süßen Geschmack würde er nie vergessen. »Wir dachten, wir hätten dich überlistet.«

»Ich weiß, was auf meinem Land vor sich geht.« Matt rückte seine Kappe zurecht. Ein wachsamer Ausdruck trat in seine Augen, als sein Blick über das Waldgebiet schweifte. »Hätt' mir auch nichts draus gemacht, dir den Hosenboden strammzuziehen. Hier draußen nehmen wir die Dinge selbst in die Hand.«

»Ich werde dich kommenden Juli daran erinnern.« Cam seufzte leise. »Sieh mal, Matt, in der Siedlung gibt es Kinder. Viele Kinder. Deine drei Schäferhunde sind ziemlich große Biester.«

Dopper schob aufsässig das Kinn vor. »Die haben noch nie jemanden gebissen.«

»Noch nicht.« Cam holte tief Atem. Er hielt es für vergebliche Liebesmüh, die Vorschriften, wonach Hunde angeleint werden mußten, überhaupt erst zu erwähnen. Bei Matt Dopper hätte er sich den Mund fusselig reden können. Außerdem hielt sich kaum jemand daran. Doch so gut er Matt auch verstehen konnte, das Risiko, daß einer der Hunde ein Kind anfiel, wollte er nicht eingehen. »Matt, ich weiß, du willst nicht, daß irgend jemand Schaden nimmt.« Er hob abwehrend die Hand, ehe Matt protestieren konnte. »Ich weiß auch, daß deine Hunde lammfromm sind. Bei dir jedenfalls. Aber niemand kann vorhersehen, wie sie auf Fremde reagieren. Passiert doch einmal etwas, werden deine Hunde eingeschläfert und du hast einen Prozeß am Hals. Mach es uns allen doch ein bißchen leichter. Leg sie an die Kette, bau ihnen einen Zwinger oder sonst etwas.«

Dopper schielte zu Cam hin und spie auf den Boden. Nicht ohne Grund hielt er sich drei große Hunde. Schließlich mußte ein Mann sich und seine Familie schützen, vor … Sein Blick wanderte erneut zu den Wäldern hinüber, dann wieder zu Cam. Vor allem möglichen.

Er war kein Freund von Kompromissen, doch er wußte, wenn er nicht einlenkte, dann würde früher oder später so ein hochnäsiger Beamtenfurz auf der Matte stehen, um ihm Schwierigkeiten zu machen, oder irgendein verfluchter Flachländer würde ihn vor Gericht zerren. Er konnte sich keine astronomischen Anwaltsgebühren leisten.

»Ich werd' drüber nachdenken.«

Zu größeren Zugeständnissen konnte man Matt nicht bewegen. Cam wußte das, redete er doch schon seit sechs Wochen auf ihn ein. Schweigend rauchte er seine Zigarette und beobachtete den alten Mann auf seinem Traktor. Die Hunde würden an die Kette kommen, entschied er, da der alte Matt weder sie noch seine Farm aufs Spiel setzen wollte.

»Wie geht's denn deiner Familie?« erkundigte er sich, um der Unterhaltung eine freundliche Note zu geben.

»Ganz gut.« Dopper entspannte sich sichtlich. »Sue Ellen hat sich von diesem nichtsnutzigen Autoverkäufer, den sie unbedingt heiraten mußte, endlich scheiden lassen.« Er grinste Cam an. »Einmal hat sie dir ja schon einen Korb gegeben. Vielleicht überlegt sie sich's ja jetzt, wo du ein bißchen Geld und einen guten Job hast.«

Cam erwiderte das Grinsen, ohne beleidigt zu sein. »Wie viele Kinder hat sie denn inzwischen?«

»Vier. Dieser Mistbock brauchte nur seine Hose auszuziehen, und schon war sie schwanger. Sie hat aber jetzt 'nen Job. Sitzt in einem Supermarkt an der Kasse, drüben in dem verdammten Einkaufszentrum. Nancy paßt auf das Kleinste auf.« Er blickte zum Haus hinüber, wo seine Frau damit beschäftigt war, das jüngste Enkelkind zu hüten.

Ein paar Minuten erzählte er noch von seinem ältesten Sohn, der schon seit einer Stunde mit dem Füttern hätte fertig sein sollen, und von seinem jüngsten, der das College besuchte.

»Stell dir vor, der Junge meint, er müßte zur Schule gehen, um zu lernen, wie man eine Farm bewirtschaftet.« Nachdenklich spie Dopper einen Strahl Tabaksaft aus. »Schätze, die Zeiten ändern sich, ob man nun will oder nicht. Ich muß weitermachen.«

»Ketten bekommst du im Eisenwarengeschäft.« Cam trat seine Zigarette aus. »Bis später, Matt.«

Dopper sah ihm nach, wie er zu seinem Auto zurückging, dann blickte er zu der entfernten Siedlung hinüber. Gottverfluchte Flachländer, dachte er, seinen Traktor wieder in Bewegung setzend.

Cam wendete so scharf, daß Staub und Schotter hochwirbelten, und fuhr am Rand von Dopper's Woods entlang, vorbei an üppig belaubten Bäumen und leuchtendgrünem Farn. Seine Gedanken schweiften zu seiner Kindheit und Jugend zurück.

Er sah sich selbst als Halbwüchsigen, ausgerüstet mit einem Bündel von Doppers Maiskolben, einer Tüte voll leise klirrender Bierflaschen und einer Packung Marlboro nebst Streichhölzern. Manchmal verkroch er sich allein im Wald, um die Wunden zu lecken, die ihm sein Stiefvater ständig zufügte, manchmal waren Blair Kimball, Bud Hewitt, Jesse Hawbaker oder einer der anderen, mit denen er in jenen längst vergangenen Tagen ständig zusammengesteckt hatte, dabei.

Sie hatten am Feuer gesessen, den verführerischen Duft von geröstetem Mais und Hot Dogs geschnuppert, Bier getrunken und sich gegenseitig Lügen über ihre angeblichen Eroberungen aufgetischt oder die gruseligsten Geschichten über Junior Dopper wieder aufgewärmt.

Eigentlich seltsam, daß sie sich so oft getroffen hatten, obwohl sich ihnen vor unbestimmter Furcht die Nackenhaare kräuselten. Vielleicht gerade deshalb, vermutete Cam. Das war ihr ureigener Platz gewesen, verwunschen und unheimlich.

Und manchmal waren sie sich ganz sicher gewesen, daß irgend etwas sie auf ihren Erkundungstouren durch den tiefen, stillen Wald begleitete.

Unwillkürlich erschauerte Cam, dann mußte er kichern. Manches ändert sich eben doch nicht, dachte er grinsend. Junior Doppers gesichtsloser Geist war immer noch für eine Gänsehaut gut.

Kurzentschlossen verließ er die Straße und fuhr Richtung Siedlung, um dem verärgerten Anwohner zu versichern, daß Matt Doppers Hunde in Zukunft angekettet würden. Während der Fahrt mußte er an seinen Ausflug mit Clare denken.

Der hatte ihm Spaß gemacht, ihm unverhofft ein Stück Kindheit zurückgebracht. Und als er mit ihr am Wasser gesessen und sich mit ihr unterhalten hatte, war er sich vorgekommen, als wäre er nach Hause gekommen.

Sie zu küssen war eine völlig andere Erfahrung gewesen. In diesem Kuß hatte keinerlei Kameradschaft gelegen, sondern er hatte all die Leidenschaft ausgedrückt, die ihn in diesem Moment überwältigt hatte. Es hatte ihn getroffen wie der Blitz, und er fragte sich, wie um alles in der Welt er Clare Kimballs Reize damals hatte übersehen können. Aber diesmal würde er sein Glück beim Schopf packen.

Wenn er dies hier erledigt hatte, würde er bei ihr vorbeifahren – in der Hoffnung, daß er sie beim Schweißen antreffen würde – und sie fragen, ob sie Lust hatte, mit ihm nach Hagerstown zu fahren und dort ins Kino und anschließend essen zu gehen. Wenn ihm das Glück hold war und er ihre Reaktion auf seinen Kuß richtig einschätzte, dann konnte er sie vielleicht überreden, mit ihm in sein Haus zu kommen. Alles weitere würde sich schon finden.

Sie ließ sich nicht gern drängen, fiel ihm ein. Unglücklicherweise gehörte er nicht gerade zu der geduldigsten Sorte Mann.

Hinter der letzten Kurve entdeckte er ein paar Kinder auf Fahrrädern. Schulschwänzer, dachte er, doch insgeheim konnte er gut verstehen, daß an einem solch herrlichen Maimorgen ein Ausflug ins Grüne verlockender war, als in einem stickigen Klassenzimmer zu sitzen. Fast bedauernd lenkte er den Wagen an den Straßenrand, um ihnen die Leviten zu lesen, stieg aus und ging auf die Jungen zu.

Er kannte sie beide – Fluch oder Segen einer Kleinstadt. Der eine war Cy Abbot, der jüngere Bruder von Josh, der das offene Grab gemeldet hatte, der andere Min Athertons Neffe Brian Knight. Obwohl er ihnen eigentlich viel lieber zugewinkt und viel Spaß gewünscht hätte, setzte er eine strenge Miene auf. Beide waren ein wenig grün um die Nase, stellte er fest und fragte sich, ob das daran lag, daß ein Hüter des Gesetzes sie erwischt hatte oder daran, daß sie heimlich erste Erfahrungen mit dem Genuß von Kautabak gesammelt hatten.

»Also.« Cam legte die Hand auf den Lenker des Rades, welches der junge Abbot schob. »Für die Schule seid ihr heute morgen ein bißchen spät dran, was?«

Cy öffnete den Mund, brachte jedoch nur einen leisen Klagelaut heraus, ehe er sich noch etwas grünlicher verfärbte, über sein Fahrrad beugte und sich übergab.

»Ach du heilige Scheiße«, murmelte Cam und hielt das Rad mit beiden Händen fest. »Auf welchem Trip seid ihr zwei denn?« Die Frage war an Brian gerichtet, da Cy immer noch jämmerlich würgte.

»Wir haben uns nur ein bißchen die Zeit vertrieben. Und dann – dann ...« Er schlug die Hände vor den Mund, und Cam bemerkte, daß ihm Tränen in die Augen traten.

»Schon gut«, tröstete Cam in sanfterem Tonfall und legte dem zitternden Cy einen Arm um die Schulter. »Was ist passiert?«

»Dann haben wir's gefunden.« Brian schluckte heftig. Er hatte einen fauligen Geschmack im Mund. »Wir wollten die Räder abstellen und ein bißchen im Fluß planschen, das ist alles. Dann haben wir's gesehen.«

»Was habt ihr gesehen?«

»Das ... das tote Ding.« Mochte es auch demütigend sein, in aller Öffentlichkeit zu flennen wie ein Kleinkind, Cy konnte die Tränen nicht länger zurückhalten. »Es war schrecklich, Sheriff. Einfach schrecklich. Soviel Blut.«

»Okay, okay. Ihr Jungs setzt euch jetzt mal hinten ins Auto, und ich schau mir die Sache selber an. Na los, wir stecken eure Räder in den Kofferraum.« Er führte die beiden am ganzen Leibe zitternden Jungen zum Auto. Wahrscheinlich handelte es sich um einen Hirsch oder um einen Hund, redete er sich ein. Doch seine Hände waren plötzlich eiskalt – ein Symptom, das er nur zu gut kannte. »Beruhigt euch erst mal.« Er öffnete die hintere Autotür und mahnte scherzhaft, um die Stimmung etwas zu lockern: »Euch wird doch wohl nicht schlecht werden? Wär schade um die schönen Polster.«

Cy schluchzte weiter, doch Brian schüttelte den Kopf und stupste seinen Freund tröstend in die Rippen.

Direkt hinter dem schotterbedeckten Straßenrand fiel der Boden steil ab. Ein Teppich von modernden Blättern, Überresten des vergangenen Herbstes, überzog den Abhang. Nach einem letzten Blick auf die zwei bleichen Gesichter hinter der Heckscheibe kletterte Cam vorsichtig hinunter und wäre beinahe ausgerutscht, da der Boden nach den nächtlichen Regenschauern noch glitschig war.

Es roch nach feuchter Erde und feuchten Blättern. Tiefe Druckspuren kennzeichneten die Stellen, wo die Jungen hinuntergeschlittert und wo sie eilig wieder hinaufgekrabbelt waren. Cam sah dasselbe, was die beiden gesehen haben mußten: eine lange, schmierige Blutspur. Zudem hing ein untrüglicher Geruch in der Luft. Der Geruch des Todes.

Ein Tier, redete er sich ein, während er sich bemühte, das Gleichgewicht zu halten. Ein Tier, das von einem Auto angefahren worden und ein paar Meter fortgekrochen war, um hier zu sterben. Du lieber Himmel, war das eine Menge Blut! Er hielt einen Moment inne, um das Bild abzuschütteln, das vor seinem inneren Auge entstand. Die rotbespritzten Wände eines Wohnhauses. Der Gestank. Die nicht enden wollenden Schreie.

Cam begann, durch den Mund zu atmen und verfluchte sich selbst.

Das war aus und vorbei, ein für allemal. Das lag lange hinter ihm.

Im Gegensatz zu den zwei Jungen rebellierte sein Magen beim Anblick des Leichnams nicht, dazu hatte er in seinem Leben schon zu viele Tote gesehen. Seine erste Reaktion war nackte Wut, darüber, daß in *seiner* Stadt ein Mord geschehen konnte.

Doch der Zorn verrauchte so rasch, wie er gekommen war, und statt dessen stellten sich Ekel und Mitleid ein. Wer auch immer dieses zerschmetterte Bündel aus Fleisch und Knochen einst gewesen sein mochte, er hatte einen grauenhaften Tod erlitten. Cam bedauerte auch, daß ausgerechnet zwei Jungen, die einen warmen Frühlingsmorgen zum Schuleschwänzen genutzt hatten, über etwas stolpern mußten, was sie nicht verstehen konnten und nie vergessen würden.

Er selbst verstand ja auch nicht, wie Menschen so sinnlos

und grausam handeln konnten. In all den Jahren, die er nun schon bei der Polizei war, hatte er das nie begreifen können.

Behutsam, um ja keine Spuren zu vernichten, ließ er sich neben dem Leichnam nieder. Nasse Blätter klebten an dem nackten Fleisch. Der Körper lag verkrümmt da, die gebrochenen Arme und Beine entsetzlich verdreht, das Gesicht in Schmutz und nassen Blättern vergraben.

Während Cam die Leiche genauer betrachtete, wurden seine Augen schmal. Inmitten des Blutes und der gräßlichen Verletzungen hatte er eine Tätowierung entdeckt. Sein Mund wurde staubtrocken. Er wußte, wen er da vor sich hatte, noch ehe er vorsichtig den Kopf des Toten anhob und in das entstellte Gesicht blickte. Fluchend erhob er sich und blickte auf die sterblichen Überreste von Biff Stokey nieder.

»Um Gottes willen, Cam!« Bud fühlte, wie ihm der Mageninhalt in die Kehle stieg und schluckte heftig, ehe er auf den zu seinen Füßen liegenden Körper hinunterschaute. Der Schweiß brach ihm aus, rann ihm über das Gesicht und durchtränkte sein Hemd unter den Achselhöhlen. Mit dem Ärmel fuhr er sich über den Mund. »O Gott, o Gott«, meinte er kläglich, ehe er sich abwandte und zu einem Gebüsch taumelte, um sich heftig zu übergeben.

Cam blieb stehen, wo er war, und wartete, bis sich der Aufruhr in Buds Verdauungssystem gelegt hatte. Irgendwo auf der anderen Seite des Flusses begann eine Drossel zu trillern. Eichhörnchen flitzten in den Baumwipfeln umher.

»Entschuldige«, stieß Bud hervor und wischte sich mit einer feuchten Hand über das Gesicht. »Ich konnte nichts dagegen ... ich hab' so was noch nie gesehen.«

»Kein Grund, sich zu entschuldigen. Geht's dir jetzt besser?«

»Ja.« Doch Bud vermied es sorgfältig, zu dem hinzusehen, was da zwischen den Blättern lag. »Glaubst du, er ist angefahren worden? Ich glaube, er könnte von einem Auto erwischt worden und dann hier runtergerollt sein. Die Leute nehmen diese Kurve immer viel zu schnell.« Wieder wischte er sich über den Mund. »Verdammt viel zu schnell.«

»Ich glaube nicht, daß er überfahren worden ist. Ein Auto kann ihm nicht jeden Knochen im Leib brechen.« Mit zusammengekniffenen Augen fuhr Cam fort, laut zu denken. »Wo sind die Reifenspuren? Wie zum Teufel ist er hierhin gekommen? Wo ist sein Auto, und vor allem, wo sind seine Kleider?«

»Na ja, vielleicht ... vielleicht war er wieder mal voll wie 'ne Haubitze. Kann sein, daß wir sein Auto und seine Kleider ein Stück die Straße runter finden. Er ist besoffen hier langgetorkelt, dann kam ein Auto, und ...« Bud brach ab, da ihm bewußt wurde, welchen Unsinn er faselte.

Cam drehte sich um und sah Bud in die panikerfüllten Augen. »Ich vermute eher, jemand hat ihn zu Tode geprügelt.«

»Aber das ist Mord! Großer Gott, hier in der Gegend wird doch niemand ermordet.« Vor Entsetzen stieg Buds Stimme noch eine Oktave höher. »Seit T.R. Lewis durchgedreht ist und seinen Schwager erschossen hat, hat es in diesem Teil des Staates keinen Mord mehr gegeben, und damals war ich vielleicht fünf oder sechs Jahre alt. In Emmitsboro wird niemand ermordet.«

Dem Zittern in Buds Stimme nach zu urteilen, stand der Junge kurz vor einem Nervenzusammenbruch. Cam wußte, daß er die Dinge jetzt langsam angehen mußte, wenn er ihn nicht verlieren wollte. »Wir müssen auf den Coroner warten. In der Zwischenzeit werden wir damit anfangen, dieses Gebiet abzusperren und die Untersuchungen aufzunehmen.«

Das würde Bud eine Weile beschäftigen, dachte Cam. Er selbst war sich bereits sicher, daß Biff nicht hier gestorben war.

»Wir brauchen Fotos, Bud. Geh und hol' die Kamera.« Er bemerkte den Gesichtsausdruck seines Deputys und legte ihm sacht die Hand auf die Schulter. »Ich werde die Aufnahmen machen«, beruhigte er ihn. »Geh du nur zum Auto und bring mir die Kamera.«

»In Ordnung.« Bud wandte sich zum Gehen, drehte sich dann aber noch einmal um. »Sheriff, das ist eine böse Sache, nicht wahr?«

»Das kann man wohl sagen.«

Als Bud mit der Kamera zurückkam, schickte Cam ihn wieder zum Straßenrand, um auf den Coroner zu warten, ehe er seine gräßliche Aufgabe in Angriff nahm. Ihm fiel auf, daß Biffs Hand- und Fußgelenke bis auf die Knochen durchgescheuert, Rücken und Hinterteil jedoch völlig unversehrt geblieben waren.

Nachdem er das letzte Foto geschossen hatte, gierte er nach einer Zigarette, unterdrückte das Verlangen jedoch und griff statt dessen nach der Dose mit Sprühfarbe, die er aus dem Büro mitgebracht hatte. Er bückte sich, drückte auf den Zerstäuber und fluchte gotteslästerlich, als nur ein paar einzelne Farbtropfen auf den Boden fielen. Er schüttelte die Dose heftig und hörte, wie die kleinen Kugeln darin melodisch gegeneinanderklackerten.

Dieses Geräusch hatte er schon immer gemocht. Für ihn leitete es den Beginn seiner Ermittlungen ein. Jetzt allerdings würde er lange Zeit keinen gesteigerten Wert mehr darauf legen. Wieder richtete er die Dose auf den Boden und betätigte den Zerstäuber.

Mit grimmiger Belustigung stellte er fest, daß er eine Dose mit kanariengelber Farbe erwischt hatte. Nun, dann mußte er die Silhouette dieses Hurensohnes eben mit einer schönen, leuchtenden Farbe nachzeichnen. Verdient hatte er es nicht.

Cam fing bei den Füßen an und krümmte sich beinahe innerlich, so verletzlich wirkten die zerschlagenen, gebrochenen Zehen.

Dein Hinterteil hat öfter mit diesem Fuß Bekanntschaft gemacht, als du zählen kannst, mahnte er sich streng. Trotzdem zitterte seine Hand ein wenig, als er den Umriß des nackten linken Beines auf den Boden sprühte.

»Man hat dir deine verdammten Kniescheiben zerschmettert, nicht wahr?« knurrte er leise. »Ich habe immer gehofft, du würdest einmal jämmerlich verrecken. Sieht aus, als wäre mein Wunsch in Erfüllung gegangen.«

Mit zusammengebissenen Zähnen arbeitete er weiter. Erst als er sich wieder aufrichtete, bemerkte er, daß sein Kiefer schmerzte. Sorgfältig schob er die Kappe auf die Sprühdose und stellte sie weg, ehe er nach einer Zigarette griff.

Als er das letzte Mal so dagestanden und auf einen Toten hinabgeblickt hatte, hatte es sich um jemanden gehandelt, den er mochte, mit dem er lachen konnte, für den er sich verantwortlich fühlte. Um den er trauerte.

Cam schloß die Augen, aber nur einen kurzen Moment lang, da er sofort alles wieder glasklar vor sich sah. Jakes auf der dreckigen Treppe liegender Körper, aus dem das Blut so rasend schnell heraussprudelte, daß sie beide wußten, ihm konnte keiner mehr helfen. Er hatte keine Chance.

Mein Fehler, dachte er gequält, während ihm der Schweiß ausbrach und kalt den Rücken herabrieselte. Meine Schuld.

»Sheriff! Sheriff!« Bud mußte ihn an der Schulter rütteln, um ihn aus seiner Versunkenheit zu reißen. »Der Coroner ist da.«

Cam nickte, hob die Farbdose und die Kamera auf und reichte sie Bud. Neben dem Deputy stand der offizielle Leichenbeschauer, der eine schwarze Tasche in der Hand hielt. Er war ein kleiner, dürrer Mann mit auffallend blasser Haut und fast orientalisch anmutenden Augen; dunkel, leicht schräggestellt und üppig bewimpert. Sein von grauen Strähnen durchzogenes Haar war sorgfältig frisiert, und er trug einen beigefarbenen Maßanzug mit Fliege. Er mußte so um die fünfzig sein, wirkte zurückhaltend und sprach stets sehr leise. Die Gesellschaft seiner Leichen lag ihm mehr als die ihrer lebenden Gegenstücke.

»Dr. Loomis. Sie sind aber schnell da!«

»Sheriff.« Loomis streckte eine bleiche, zartknochige Hand aus. »Sieht aus, als hätten Sie ein bißchen Ärger.«

»Scheint so.« Bei dieser Untertreibung überkam Cam der lächerliche Wunsch, laut loszukichern. »Ein paar Kinder haben die Leiche vor ungefähr einer Stunde gefunden. Ich habe schon Fotos gemacht und die Konturen nachgezeichnet, Sie müssen also nicht darauf achten, am Tatort nichts zu verändern.«

»Ausgezeichnet.« Loomis blickte auf die Leiche hinunter. Seine einzige Reaktion bestand darin, die Lippen leicht zu verziehen. Mit berufsmäßiger Gewandtheit öffnete er seine Tasche und entnahm ihr ein Paar Chirurgenhandschuhe.

»Sie wollen doch wohl nicht ...« Bud trat zwei Schritte zurück. »Sie wollen doch wohl nicht sofort hier eine Autopsie oder so was vornehmen?«

»Keine Sorge.« Loomis gab ein glucksendes Lachen von sich. »Das heben wir uns für später auf.«

Cam griff wieder nach der Kamera. Sie würden sie noch brauchen. »Bud, geh hoch zur Straße und sorg dafür, daß sich da keine Gaffer versammeln.«

»Ja, Sir.« Erleichtert trollte Bud sich von dannen.

»Bißchen nervös, Ihr Deputy, was?«

»Er ist noch jung, und das ist sein erster Mordfall.«

»Natürlich, natürlich.« Wieder schürzte Loomis die Lippen. »Die Farbe ist noch feucht.«

»Tut mir leid. Ich hatte nichts anderes griffbereit.«

»Kein Problem. Ich werde sie schon nicht verwischen.«

Loomis holte einen kleinen Rekorder aus der Tasche und stellte ihn umständlich auf einem großen Stein ab. Während er die Leiche untersuchte, sprach er seine Ergebnisse langsam und deutlich auf Band.

»Wir müssen ihn umdrehen«, meinte er dann sachlich.

Wortlos legte Cam die Kamera weg, um dem Arzt beim Anheben und Umdrehen des Leichnams zu helfen.

Er verbiß sich einen Fluch, als er hörte, wie Knochen an Knochen schabte.

Vorher war es schon schlimm genug gewesen, aber nun starrten Biffs tote Augen ihn an, was Cam unerträglich fand. Im Gegensatz zum Rücken bot die Vorderpartie einen alptraumhaften Anblick. Wunden und Blutergüsse bedeckten den Körper, die mächtige Brust war eingedrückt worden und dort, wo sich einst Biffs Männlichkeit, auf die er so stolz gewesen war, befunden hatte, klaffte eine grausame Wunde.

Hinsichtlich der Kniescheiben hatte er recht gehabt, dachte Cam, atmete tief durch und hob die Kamera wieder auf. Während der Coroner sich in unverständlichem Medizinerkauderwelsch erging, schoß Cam noch eine Reihe von Fotos.

Ein Ambulanzwagen näherte sich unter Sirenengeheul, und beide blickten hoch.

»Blaulicht und Martinshorn sind hier nicht mehr nötig«, bemerkte Loomis und sah aus, als hätte er beinahe strafend mit der Zunge geschnalzt. »Wir bringen ihn zwecks genauerer Untersuchung ins Leichenschauhaus, Sheriff. Ich kann aber jetzt schon sagen, daß der Mann systematisch gefoltert worden ist. Todesursache war vermutlich ein schwerer Schlag auf den Kopf. Der Leichenstarre nach zu urteilen ist der Tod vor zehn bis fünfzehn Stunden eingetreten. Nach der Autopsie kann ich Ihnen Näheres sagen.«

»Wissen Sie ungefähr, wie lange das dauern wird?«

»Achtundvierzig Stunden, vielleicht auch länger. Brauchen Sie Zahnabdrücke?«

»Wie bitte?«

»Zahnabdrücke.« Loomis streifte seine Handschuhe ab, rollte sie zusammen und verstaute sie in seiner Tasche. »Da der Tote unbekleidet und sein Gesicht nicht mehr zu erkennen ist, werden Sie ihn nur anhand seines Gebisses identifizieren können.«

»Nicht nötig. Ich weiß, wer er ist.«

»Um so besser.« Loomis schaute auf, als die Sanitäter mit einem dicken Plastiksack und einer Bahre die Böschung herunterkletterten. Noch ehe er wieder das Wort ergreifen konnte, hörten sie alle, daß oben an der Straße ein Auto mit kreischenden Bremsen zum Stehen kam. Cam achtete nicht darauf, da er sich darauf verließ, daß Bud alle Schaulustigen zum Weiterfahren auffordern würde. Dann erkannte er die Stimme, die entsetzt aufschrie: »*Was soll das heißen, Cam ist da unten?*«

Clares Beine gaben beinahe unter ihr nach. Jeder Blutstropfen schien aus ihrem Gesicht zu weichen, als sie den Notarztwagen anstarrte. »Um Gottes willen, was ist denn passiert?« Sie wollte losstürmen, doch Bud packte sie bei den Armen und verstellte ihr den Weg.

»Du kannst da nicht runtergehen, Clare. Der Anblick würde dir auch nicht gefallen, glaub mir.«

»*Nein.*« Entsetzliche Visionen entstanden vor ihren Augen. Ihr Vater, wie er verkrümmt auf der Terrasse gelegen hatte. Und nun Cam. »Nein, nicht auch noch Cam! Ich will ihn sehen. Laß mich los, verdammt! Ich will ihn sehen. Sofort!« Mit einem Ruck riß sie sich los, stieß Bud unsanft beiseite und rutschte, von ihrem eigenen Schwung angetrieben, die Böschung herunter, direkt in Cams Arme.

»Was zum Teufel hast du hier zu suchen?«

»Du lebst.« Sie hob eine zitternde Hand und preßte sie an Cams Gesicht. Ihre Finger ertasteten verschorfte Schrammen, aber die waren schon älter. Er schien vollkommen unversehrt zu sein. »Ich dachte – bist du okay? Geht es dir gut?«

»Mir geht es bestens. Jetzt mach, daß du hier wegkommst.« Er drehte sie so, daß sie die Geschehnisse weiter unten nicht verfolgen konnte, dann schob er sie vor sich her zum Straßenrand. »Ich dachte, ich hätte dir gesagt, du sollst die Leute von hier fernhalten«, brüllte er Bud an.

»Es war nicht seine Schuld.« Clare preßte eine Hand vor den Mund und rang um Beherrschung. »Ich habe ihn einfach weggeschubst.«

»Trotzdem siehst du jetzt zu, daß du hier wegkommst. Setz dich in dein Auto und fahr nach Hause.«

»Aber ich ...«

Mit flammenden Augen blickte er sie an. »Das hier geht dich nichts an, und ich habe keine Zeit, um dir das Händchen zu halten.«

»Na wunderbar.« Clare wich wutentbrannt ein Stück zurück, doch ihre Kraft verließ sie plötzlich, und sie mußte sich haltsuchend gegen die Motorhaube ihres Wagens lehnen.

»Verdammt, Clare, ich habe dir doch gesagt, ich habe keine Zeit für so was.« Ihn beherrschte nur der Gedanke, sie loszuwerden, ehe der Leichnam hochgebracht wurde. Sacht nahm er sie am Arm, um sie zur Fahrertür zu bugsieren.

»Verpiß dich!« Wütend darüber, daß sie den Tränen nah war, riß Clare sich los.

»Hey.« Er hob ihren Kopf leicht an und runzelte die Stirn, als er ihre feuchtglänzenden Augen bemerkte. »Was ist denn los?«

»Ich dachte, du wärst es gewesen.« Nachdem sie seine Hand beiseite gestoßen hatte, tastete sie nach dem Türgriff. »Ich weiß zwar nicht, warum es mich interessieren sollte, ob du verletzt oder tot da unten liegst, aber aus irgendeinem idiotischen Grund *hat* es mich interessiert.«

Zischend stieß Cam den Atem aus. »Es tut mir leid. Entschuldige bitte, Clare. Komm mal her.« Er zog sie an sich, ohne auf ihre Gegenwehr zu achten. »Gib mir noch eine Chance, Slim. Ich hab' einen schweren Tag hinter mir.« Als er spürte, wie sie ein wenig nachgab, drückte er die Lippen in ihr Haar und atmete den sauberen, frischen Geruch tief ein, um so den widerlichen Gestank des Todes zu vergessen. »Tut mir wirklich leid.«

Abwehrend zuckte sie mit den Achseln. »Vergiß es.«

»Du hast um mich Angst gehabt.«

»Ein vorübergehender Zustand der Unzurechnungsfähigkeit. Ist schon vorbei.« Trotz der barschen Worte schlang sie die Arme um ihn und drückte ihn kurz. Über ihre Reaktion würde sie später nachdenken, schwor sie sich, ehe sie ihn freigab. »Was geht hier vor?«

»Später.« Über ihren Kopf hinweg beobachtete er, wie die Sanitäter mit ihrer grausigen Last die Böschung hochkamen. »Fahr bitte nach Hause, Clare.«

»Ich wollte meine Nase nicht in deine Dienstangelegenheiten stecken«, fing sie an, streckte die Hand nach dem Türgriff aus und drehte sich dann noch einmal um, um Bud eine Entschuldigung zuzurufen. In diesem Moment fiel ihr Blick auf den dicken schwarzen Plastiksack. »Wer ist es?« flüsterte sie.

»Biff.«

Langsam wandte sich Clare zu Cam um. »Was ist geschehen?«

Das Feuer in seinen Augen war erloschen. Jetzt blickten sie merkwürdig distanziert. »Die Ermittlungen laufen noch.«

Clare legte eine Hand über die seine. »Ich weiß nicht, was ich sagen soll. Was hast du jetzt vor?«

»Jetzt?« Er rieb sich das Gesicht. »Jetzt fahre ich raus auf die Farm, um meiner Mutter mitzuteilen, daß ihr Mann tot ist.«

»Ich werde dich begleiten.«

»Nein, ich will nicht, daß du …«

»Was du willst, ist momentan zweitrangig. Deine Mutter könnte die Hilfe einer anderen Frau brauchen.« Clare erinnerte sich daran, wie ihre eigene Mutter von einem vergnügten Abend mit Freunden nach Hause gekommen war und einen Notarztwagen in der Einfahrt, eine Horde von Leuten auf dem Rasen und ihren Mann in einem Plastiksack vorgefunden hatte. »Ich weiß, wie das ist, Cam.« Ohne auf seine Zustimmung zu warten, schlüpfte sie hinter das Steuer. »Fahr vor, ich folge dir.«

Neuntes Kapitel

Die Farm, auf der Cam aufgewachsen war, hatte sich im Lauf der vergangenen dreißig Jahre kaum verändert. Ein Hauch des Charmes, den es zu Lebzeiten von Cams Vater besessen hatte, lag immer noch über dem Haus. Immer noch grasten gescheckte Kühe auf der leicht abfallenden Weide zwischen Scheune und Melkhaus. Auf einem hügeligen Feld wuchs Futterheu, dessen Halme sich sanft in der leisen Frühlingsbrise wiegten. Hinter dem Hühnerzaun pickte und scharrte eine Anzahl Rhode Island Reds herum.

Das weitläufige Haus erstreckte sich über drei Stockwerke, verfügte über eine großzügige Veranda und hatte hohe, schmale Fenster. Doch die Farbe blätterte bereits an vielen Ecken ab, mehr als nur ein paar Fensterscheiben wiesen Sprünge auf, und eine Reihe von Dachziegeln fehlte. Biff hatte nur sehr ungern Geld für Dinge ausgegeben, die keinen Profit versprachen, es sei denn, es handelte sich um Huren und Bier.

Neben dem ausgefahrenen, schlammigen Feldweg, der zum Haus führte, wuchsen noch ein paar halbverblühte Narzissen. Cam erinnerte sich, daß er seiner Mutter vor zwei Monaten Geld für eine Ladung Schotter gegeben hatte. Vermutlich hatte sie den Scheck eingelöst und Biff das Geld ausgehändigt.

Ihr Küchengarten, den sie hinter dem Haus angelegt hatte, wurde offenbar sorgfältig gewässert und gejätet. Doch die Beete, mit denen sie sich früher soviel Mühe gegeben hatte, waren nicht bepflanzt worden. Unkraut wucherte darüber.

Cam mußte plötzlich an einen Tag in seiner Kindheit – er mußte damals fünf oder sechs gewesen sein – denken. Er hatte neben seiner Mutter auf dem Boden gesessen und ihr zugesehen, wie sie ein Beet umgrub, um Stiefmütterchen zu setzen. Bei der Arbeit hatte sie gesungen.

Wann hatte er sie zum letzten Mal singen gehört?

Er stellte den Wagen am Ende des Feldweges ab, neben dem betagten Buick seiner Mutter und dem verrosteten Pritschenwagen. Biffs brandneuer Caddy war nirgends zu sehen. Still wartete er auf Clare, die direkt neben ihm parkte. Sie stieg aus, ging zu ihm und drückte aufmunternd seinen Arm, ehe sie die ausgetretenen Stufen zur Veranda hochstiegen.

Zu ihrer Überraschung klopfte er an. Ob sie sich wohl auch verpflichtet fühlen würde, anzuklopfen, ehe sie das Haus, das ihre Mutter und Jerry nach ihrer Rückkehr aus Europa beziehen würden, betrat? Schnell schüttelte sie diesen schmerzlichen Gedanken ab.

Jane Stokey öffnete die Tür, wischte sich die feuchten Hände an ihrer Schürze ab und blinzelte gegen die Sonne. Während der letzten zehn Jahre hatte sie ziemlich zugenommen. Cam konnte ihre Figur beim besten Willen nur als matronenhaft bezeichnen. Ihr einst leuchtendblondes Haar war zu einer faden, undefinierbaren Farbe ausgeblichen. Zweimal im Jahr ließ sie sich bei Betty eine Dauerwelle legen, die sie von dem bezahlte, was sie heimlich vom Haushaltsgeld abzweigen konnte. Heute jedoch hatte sie ihr Haar einfach aus dem Gesicht gekämmt und mit zwei großen Haarklammern festgesteckt.

Früher einmal war sie bildhübsch gewesen. Cam wußte noch, wie stolz er als kleiner Junge auf sie gewesen war. Jedermann hatte sie als das hübscheste Mädchen im Staate Maryland bezeichnet. In dem Jahr, bevor sie Mike Rafferty heiratete, war sie sogar zur Farmkönigin gewählt worden. Irgendwo existierte noch ein Bild von ihr, in einem weißen Rüschenkleid, die Siegerschärpe quer über der Brust. Strahlend und siegessicher lächelte sie in die Kamera, ihr junges Gesicht leuchtete vor Triumph.

Nun war sie alt, dachte Cam, und diese Erkenntnis versetzte ihm einen Stich ins Herz. Alt, ausgelaugt und verbraucht. Daß Spuren der früheren Schönheit immer noch in diesem faltendurchzogenen, abgespannten Gesicht nisteten, machte die Sache irgendwie noch schlimmer.

Jane schminkte sich nie. Biff hatte ihr klargemacht, daß er es nicht dulden würde, wenn sich seine Frau wie eine Hure anmalte. Unter den einst strahlendblauen Augen lagen dunkle Schatten, und tiefe Linien hatten sich um den Mund, den vor fünfunddreißig Jahren jeder junge Bursche in Emmitsboro liebend gern geküßt hätte, eingegraben.

»Mom.«

»Cameron.« Die Furcht, die beim Anblick ihres Sohnes in ihr aufgestiegen war, ließ nach, als ihr einfiel, daß Biff nicht zuhause war. Ihr Blick fiel auf Clare, und mit jener typischen Bewegung, die bei Frauen Verlegenheit ausdrückt, zupfte sie an ihrem Haar. »Ich wußte nicht, daß du vorbeikommen und noch jemanden mitbringen wolltest.«

»Das ist Clare Kimball.«

»Ja, ich weiß.« Jane besann sich auf ihre Manieren und lächelte Clare an. »Ich erkenne Sie wieder – Jacks und Rosemarys Tochter. Und ich habe Ihr Bild mal in einer Zeitschrift gesehen. Kommen Sie doch herein.«

»Danke.«

Sie traten in das Wohnzimmer, welches mit verblichenen Polstermöbeln, gestärkten Zierdeckchen und einem riesigen, schimmernden Fernsehapparat ausgestattet war. Vor letzterem hatte Biff es sich mit einem Sechserpack Bier gerne bequem gemacht und sich Krimis oder Fußballspiele angeschaut.

»Setzt euch.« Erneut wischte sich Jane nervös die Hände an der Schürze ab. »Soll ich Eistee machen?«

»Laß nur, Mom.« Cam ergriff ihre unruhigen Hände und führte Jane zum Sofa. Die Polster rochen nach *ihm*, dachte er mit zusammengebissenen Zähnen.

»Das macht gar keine Umstände.« Jane schenkte Clare, die sich auf dem Stuhl gegenüber niedergelassen hatte, ein zaghaftes Lächeln. »Warm heute, nicht wahr? Und die Luftfeuchtigkeit ist unerträglich.«

»Mom.« Cam hielt immer noch ihre Hände fest und knetete sie sanft. »Ich muß mit dir reden.«

Jane biß sich auf die Lippe. »Was ist los? Irgendwas stimmt doch nicht. Du hast dich bestimmt wieder mit Biff angelegt. Es ist nicht richtig, daß du ihn immer provozierst, Cam. Du solltest Respekt vor ihm haben.«

»Ich habe mich nicht mit Biff gestritten, Mom.« Er mußte es ihr auf die harte Tour beibringen, dachte Cam. »Biff ist tot. Wir haben ihn heute morgen gefunden.«

»Tot?« Jane wiederholte das Wort, als ob sie es noch nie zuvor gehört hätte. »Tot?«

»Es muß irgendwann letzte Nacht passiert sein.« Cam suchte nach Worten des Mitgefühls. Sie wollten ihm nicht über die Lippen kommen. »Tut mir leid, dir das sagen zu müssen.«

Langsam, wie eine Marionette, entzog sie ihm ihre Hände und schlug sie vor den Mund. »Du – du hast ihn umgebracht. O Gott, o Gott! Du hast immer gedroht, du würdest ihn umbringen.«

»Mom.« Er streckte die Hand nach ihr aus, doch sie fuhr

zurück und begann, sich langsam hin- und herzuwiegen.
»Ich habe ihn nicht umgebracht«, sagte Cam tonlos.

»Du hast ihn gehaßt.« Jane wiegte sich nun rascher, vor und zurück, vor und zurück, die trüben Augen auf ihren Sohn gerichtet. »Immer schon hast du ihn gehaßt. Ich weiß, daß er streng mit dir umgegangen ist, aber das geschah doch nur zu deinem Besten. Nur zu deinem Besten.« Die Worte überstürzten sich förmlich. »Dein Daddy und ich, wir haben dich zu sehr verwöhnt. Biff hat das sofort erkannt. Er hat sich um uns gekümmert. Du weißt, daß er sich immer um uns gekümmert hat.«

»Mrs. Stokey.« Clare kam herüber und setzte sich auf die Sofalehne, um Cams Mutter in die Arme zu nehmen. »Cam ist hier, um Ihnen zu helfen. Wir wollen Ihnen beide helfen.«

Während sie Jane über das Haar strich und ihr Trostworte zuflüsterte, bemerkte sie, daß Cam aufstand und zum Fenster ging. »Ich werde Dr. Crampton rufen«, meinte er.

»Gute Idee. Wie wär's, wenn du Tee machen würdest?«

»Er haßte Biff«, schluchzte Jane Stokey an Clares Schulter. »Er hat ihn immer gehaßt, aber Biff hat doch für uns gesorgt. Was sollte ich nach Mikes Tod denn sonst tun? Ich konnte die Farm nicht alleine bewirtschaften, und ich konnte doch das Kind nicht allein großziehen. Ich brauchte jemanden, der für mich sorgte.«

»Ich weiß.« Die Augen fest auf Cam geheftet, fuhr Clare fort, Janes Haar zu streicheln. Als er den Raum verließ, empfand sie plötzlich tiefes Mitgefühl für ihn. »Ich weiß.«

»Er war kein schlechter Mann. Nein, das war er nicht. Ich weiß, wie die Leute über ihn geredet haben, wie sie über ihn dachten, aber er war nicht schlecht. Vielleicht hat er gerne mal zu tief ins Glas geguckt, aber ein Mann hat schließlich das Recht zu trinken.«

Nein, dachte Clare. Kein Mensch hatte das Recht, sich ständig zu betrinken und andere darunter leiden zu lassen, aber sie schwieg.

»Er ist tot? Wie kann er denn tot sein? Er war doch nicht krank.«

»Es war ein Unfall«, erklärte ihr Clare und hoffte insgeheim, daß das keine Lüge war.« »Cam wird Ihnen alles erzählen. Mrs. Stokey, gibt es jemanden, den ich für Sie anrufen soll?«

»Nein.« Tränen traten Jane in die Augen, während sie blicklos auf die Wand starrte. »Ich habe niemanden. Jetzt habe ich keine Menschenseele mehr.«

»Der Doktor ist schon unterwegs«, sagte Cam, der eine Tasse mit Untertasse auf den Tisch stellte. Sein Gesicht und seine Augen verrieten nichts von dem, was er dachte. »Ich muß dir ein paar Fragen stellen.«

»Cam, ich glaube nicht ...«

»Es muß sein«, wiederholte Cam, Clare das Wort abschneidend. Wenn er nicht als Sohn mit Jane reden konnte, dann würde er es eben als Cop tun. »Weißt du, wo Biff letzte Nacht hingegangen ist?«

»Er ist weggefahren.« Jane suchte in ihrer Schürzentasche nach einem Taschentuch. »Runter nach Frederick, glaube ich. Er hatte den ganzen Tag schwer gearbeitet und brauchte etwas Zerstreuung.«

»Wo genau in Frederick ist er gewesen?«

»Vielleicht im Kriegsveteranenverein.« Ihr kam plötzlich ein Gedanke, und sie biß sich wieder auf die Lippe. »Hat er einen Autounfall gehabt?«

»Nein.«

Clare schoß Cam ob seiner gefühllosen Fragen einen giftigen Blick zu. »Trinken Sie das, Mrs. Stokey. Es wird Ihnen helfen.« Behutsam setzte sie Jane die Tasse an die Lippen.

»Um wieviel Uhr hat er gestern abend das Haus verlassen?«

»Gegen neun, glaube ich.«

»War er alleine? Wollte er jemanden treffen?«

»Er war alleine. Ich weiß nicht, ob er sich mit irgendwem treffen wollte.«

»Er hat den Caddy genommen?«

»Ja, er ist mit seinem Auto gefahren. Er liebte sein Auto.« Jane schlug die Schürze vor das Gesicht und begann von neuem zu schluchzen.

»Cam, bitte.« Clare legte Jane den Arm um die Schulter.

Sie wußte, wie es war, mit Fragen bombardiert zu werden, nach dem gewaltsamen Tod eines geliebten Menschen zum Denken gezwungen zu sein. »Kann der Rest nicht warten?«

Cam bezweifelte, daß seine Mutter ihm noch irgend etwas Wichtiges mitteilen konnte. Achselzuckend wandte er sich wieder zum Fenster. Draußen pickten die Hühner unbekümmert auf dem Boden herum, strahlender Sonnenschein lag über dem Heufeld.

»Ich bleibe bei ihr, bis der Doktor kommt.« Clare wartete, bis Cam sich umdrehte. »Wenn du damit einverstanden bist. Ich weiß, daß du einiges zu ... erledigen hast.«

Mit einem zustimmenden Nicken trat Cam zu seiner Mutter. Es gab nichts, was er ihr sagen konnte, erkannte er. Sie würde ihm nicht zuhören. Er drehte sich um und verließ das Haus.

Als Clare drei Stunden später vor dem Sheriffbüro parkte, fühlte sie sich schlapp wie ein ausgewrungener Lappen. Doc Crampton war erschienen und hatte die trauernde Witwe mit berufsmäßiger Gewandtheit getröstet und ihr ein Beruhigungsmittel verabreicht. Er pflichtete Clare bei, daß Jane nicht alleine bleiben sollte, also hatte sich Clare, nachdem er gegangen war, im Wohnzimmer niedergelassen und versucht, sich die Zeit zu vertreiben.

Den Fernseher oder das Radio einzuschalten wagte sie nicht, aus Angst, das Geräusch würde Jane Stokey stören. Bücher waren nirgendwo zu sehen, also tigerte sie unruhig auf und ab, bis eine Kombination aus Sorge und Langeweile sie dazu trieb, nach oben zu schleichen, um nach Jane zu schauen.

Diese schlief tief und fest, das tränenüberströmte Gesicht in die Kissen gepreßt. Das Beruhigungsmittel hatte seinen Zweck erfüllt. Clare ließ sie alleine und wanderte durch das Haus.

Überall herrschte peinliche Sauberkeit. Sie konnte sich gut vorstellen, wie Jane Tag für Tag schrubbte, fegte und Staub wischte, sich Raum für Raum vornahm und, sobald sie oben fertig war, unten wieder von vorne anfing. Eine deprimierende Vorstellung. Vor Biffs Arbeitszimmer blieb sie zögernd stehen.

Du hast auch so deine Probleme mit dem Tod, was, Clare? dachte sie und zwang sich, über die Schwelle zu treten.

Ganz offensichtlich war es Jane nicht gestattet, sich hier mit Staubtuch und Besen auszutoben. An der Wand hing ein Hirschkopf, von dessen Geweih Spinnweben herabbaumelten. Ein glasäugiges Eichhörnchen hockte auf einem Baumstumpf, daneben breitete ein Fasan seine staubigen Schwingen aus. Einzig ein mit Flinten und Gewehren gutgefüllter Waffenständer blitzte makellos sauber. Clare verzog vor Abscheu das Gesicht.

Auf einem Tisch in der Ecke standen ein überquellender Aschenbecher und drei Dosen Budweiser. Daneben entdeckte sie eine mit einer Sammlung auf Hochglanz polierter Messer gefüllte Vitrine. Ein Hirschfänger, ein Jagdmesser, eines mit gebogener Klinge und seltsamerweise auch ein wunderschöner antiker Dolch mit emailliertem Griff.

Sie fand auch einen Stapel Pornohefte, die von der harten Sorte. Dem *Playboy* war der alte Biff offenbar längst entwachsen.

Überrascht bemerkte sie ein gutgefülltes Bücherregal an der Wand. Biff Stokey hatte auf sie nicht unbedingt wie eine Leseratte gewirkt. Dann erkannte sie an den Buchrücken und Schutzumschlägen, daß es sich ausschließlich um harte Pornographie und besonders grausame Mordgeschichten handelte. Hier und da stand ein vereinzelter Western dazwischen. Na, vielleicht würden ihr *Höllische Söldner* die nächste Stunde vertreiben. Als sie das Buch aus dem Regal zog, entdeckte sie ein weiteres dahinter.

Die Satanische Bibel. Netter Lesestoff, überlegte Clare. Biff Stokey war wirklich ein reizender Zeitgenosse gewesen.

Sie stellte beide Bücher ins Regal zurück und wischte sich die Finger an ihren Jeans ab. Erleichtert vernahm sie ein heftiges Klopfen unten an der Haustür.

Nun, da Mrs. Finch und Mrs. Negley sie abgelöst hatten, saß sie vor Cams Büro im Auto und fragte sich, was um aller Welt sie ihm sagen sollte.

Da ihr nichts einfiel, stieg sie aus dem Wagen und hoffte, daß sich die Dinge von selber regeln würden.

Sie fand Cam an seinem Schreibtisch, wo er mit rasender Geschwindigkeit im Zweifingersystem auf seine Schreibmaschine einhackte. Im Aschenbecher neben ihm qualmte eine Zigarette, und ein angeschlagener Keramikbecher sah aus, als könne er Kaffee enthalten.

An der verkrampften Haltung seiner Schultern konnte sie seine innere Anspannung ablesen. Wenn jener Kuß auf der Veranda nicht gewesen wäre, dann wäre es ihr nicht schwergefallen, sich hinter ihn zu stellen und ihm die verspannten Schultern zu massieren. Doch ein Kuß, besonders diese Art von Kuß, änderte die Lage. Ob zum Guten oder zum Schlechten, darüber mußte sie sich erst noch klarwerden.

Also ging sie zu ihm hinüber, setzte sich auf die Kante seines Schreibtischs und griff nach seiner vergessenen Zigarette. »Hi.«

Seine Finger hielten kurz inne, dann fuhr er mit Tippen fort. »Hi.« Schließlich unterbrach er seine Arbeit, um dem Drehstuhl einen Stoß zu geben, so daß er sie ansehen konnte. Sie verströmte eine Frische, die er gerade jetzt dringend brauchte. Doch in ihren Augen stand Erschöpfung und Mitgefühl geschrieben. »Es tut mir leid, daß ich dich in diese Angelegenheit mit reingezogen habe.«

»Das hast du doch gar nicht«, berichtigte sie, an seinem Kaffee nippend. Er war eiskalt. »Ich hab' mich eingemischt.«

»Wie geht es ihr?«

»Der Doc hat ihr ein Beruhigungsmittel gegeben, jetzt schläft sie. Mrs. Finch und Mrs. Negley sind vorbeigekommen. Sie bleiben bei ihr.«

»Gut.« Cam rieb sich den schmerzenden Nacken. Seufzend drückte Clare die Zigarette aus und ging um den Schreibtisch herum, um seine Schultern zu massieren.

Dankbar lehnte er sich gegen sie. »Ein Mann kann sich schnell an dich gewöhnen, Slim.«

»Das sagen sie alle.« Über seinen Kopf hinweg schielte sie auf den in der Schreibmaschine eingespannten Bogen

Papier. Ein Polizeibericht von brutaler Offenheit, ohne falsches Mitgefühl. Unwillkürlich schluckte sie hart, als sie las, in welchem Zustand sich die Leiche befunden hatte. Cam fühlte, wie ihre Finger erstarrten, und blickte hoch. Wortlos zog er das Blatt aus der Maschine und legte es mit der beschriebenen Seite zuunterst auf den Tisch.

»Du hast schon genug geleistet, Slim. Fahr doch nach Hause und wirf deinen Schweißbrenner an.«

Clare ließ die Hände sinken. »Er ist ermordet worden.«

»Für eine offizielle Bestätigung ist es noch zu früh.« Cam erhob sich und zwang sie so, einen Schritt zurückzutreten. »Und ich möchte nicht, daß sich in der ganzen Stadt Gerüchte ausbreiten.«

»Ich hatte eigentlich nicht vor, sofort zu *Martha's* zu rennen, um bei Hamburgern und Cola alles weiterzutratschen. Mein Gott, Cam, wenn jemand weiß, wie es ist, wenn die schmutzige Wäsche der Familie in aller Öffentlichkeit gewaschen wird, dann ich.«

»Schon gut.« Er packte ihre Hand, ehe sie wutentbrannt hinausstürmen konnte. »Du hast ja recht. Ich bin heute unleidlich, Clare, das weiß ich, und nach all dem, was du heute getan hast, bist du die letzte, an der ich meine schlechte Laune auslassen sollte.«

»Wahr und weise gesprochen«, fauchte sie, dann gab sie ein wenig nach. »Cam, deine Mutter hat das, was sie gesagt hat, bestimmt nicht so gemeint.«

»O doch.« Trostsuchend rieb Cam mit dem Handrücken über Clares Wange.

»Sie war außer sich vor Kummer, sie stand unter Schock. Manchmal sagt man dann Dinge, die ...«

»Seitdem ich zehn Jahre alt bin, macht sie mir Vorwürfe«, unterbrach er sie. »Sie wußte, wie sehr ich ihn haßte, vielleicht sogar sie selber haßte, weil sie ihn geheiratet hat. Ich brachte es nicht fertig, ihr zu sagen, daß ich seinen Tod bedaure, weil es nicht der Wahrheit entspricht. Ich bin mir noch nicht einmal sicher, ob es mir leid tut, daß er auf so grausame Weise ums Leben gekommen ist.«

»Das muß dir auch nicht leid tun.« Clare hob eine Hand

und legte sie über die seine. »Du erledigst deine Arbeit und wirst herausfinden, wer ihn umgebracht hat. Das reicht.«

»Es muß reichen.«

»Weißt du, du siehst aus, als könntest du eine Pause vertragen. Komm doch mit zu mir. Ich mach' dir was zu essen.«

Cam blickte auf die Uhr, dann auf die Papiere, die sich auf seinem Schreibtisch türmten. »Gib mir zehn Minuten. Wir treffen uns dann bei dir.«

»Zwanzig wären besser«, lächelte sie. »Ich fürchte nämlich, ich habe außer muffigen Plätzchen nichts im Haus.«

Auf einer Parkbank saßen drei Männer. Sie sahen, wie Clare in Cams Büro ging. Und sie sahen sie wieder herauskommen.

»Die Sache gefällt mir nicht.« Bedächtig führte Less Gladhill eine filterlose Zigarette an die Lippen. »Der Himmel weiß, was sie dem Sheriff alles erzählt, oder was Jane Stokey ihr verraten hat, als sie so lange mit ihr allein war.«

»Wegen Clare braucht ihr euch keine Sorgen zu machen«, erwiderte einer von Less' Begleitern ruhig. Er vertrat die Stimme der Vernunft. Im Park hinter ihnen tobten Kinder kreischend und vor Vergnügen quietschend auf den Schaukeln herum. »Oder wegen des Sheriffs, was das betrifft. Wir haben wichtigere und mit Sicherheit dringendere Probleme.« Er holte tief Atem, während er die beiden Männer neben ihm musterte. »Was letzte Nacht geschehen ist, hätte vermieden werden können.«

»Er hatte den Tod verdient.« Less hatte jeden einzelnen Schlag genossen.

»Vielleicht, vielleicht auch nicht.« Der dritte Mann zögerte, das Wort zu ergreifen. Wachsam beobachtete er den Verkehr; Autos wie Fußgänger. Wie schnell konnte es sich herumsprechen, daß sie drei sich getroffen hatten. »Was geschehen ist, ist geschehen. Ich persönlich lege keinen Wert darauf, die eigenen Leute zu töten.«

»Er hat das Gebot übertreten«, begann Less, doch die Stimme der Vernunft hob eine Hand.

»Eine Kneipenschlägerei ist dumm und überflüssig, aber kein Grund, um dafür zu sterben. Wir haben uns vor über zwanzig Jahren zusammengeschlossen, um dem Gebieter zu dienen, nicht, um unser eigenes Blut zu vergießen.«

Less war einzig und allein wegen der sexuellen Ausschweifungen beigetreten, doch er zuckte lediglich mit den Achseln. »Letzte Nacht hast du selbst eine Menge davon vergossen.«

»Der Beschluß erfolgte einstimmig. Ich habe getan, was getan werden mußte.« Doch ein Teil von ihm, tief in seinem Inneren, hatte sich an den Qualen des Opfers geweidet. Er kannte diese seine Schwäche und schämte sich dafür.

»Vielleicht kommt schon bald die Zeit für einen Machtwechsel.«

Der dritte Mann rückte kopfschüttelnd ein Stück von den anderen ab, gerade soviel, um sich symbolisch von ihnen zu distanzieren. »Ich sage es euch geradeheraus: Ich werde mich nicht gegen ihn stellen. Ich will nicht so enden wie Biff.« Beim Klang einer Hupe hob er grüßend die Hand. »Tut, was ihr für richtig haltet, sowohl was ihn angeht ...«, er nickte Less zu, » ... als auch, was die kleine Kimball betrifft. Ich will damit nichts zu tun haben. So, wie ich die Dinge sehe, ist alles in Ordnung.« Trotzdem saß ihm ein Kloß des Unbehagens in der Kehle. »Auf mich wartet noch Arbeit. Ich muß los.«

Grinsend klopfte Less dem zweiten Mann auf die Schulter. »Dann sieh du mal zu, ob du an die Spitze kommen kannst, Kumpel. Meine Unterstützung hast du.«

Er lächelte in sich hinein, als sie sich trennten. Less rechnete sich aus, daß, wenn zwischen den beiden wirklich ein Machtkampf entbrannte, beide auf der Strecke bleiben und den Weg für ihn freimachen würden. Als Hohepriester hatte er das Recht, sich als erster eine Hure auszuwählen.

Nachdem Clare dem Supermarkt einen kurzen Besuch abgestattet hatte, bog sie in ihre Einfahrt ein. Ernie saß auf der niedrigen Mauer neben der Garage. Clare winkte ihm zu und tastete nach dem Hebel, der den Kofferraum öffnete.

»Hi, Ernie.« Sie stieg aus und ging um den Wagen herum, um zwei Tüten mit Lebensmitteln auszuladen. Er schlenderte zu ihr hinüber und nahm ihr eine ab. »Danke.«

»Sie haben die Schlüssel steckenlassen.«

Clare blies sich das Haar aus den Augen. »Stimmt.« Nachdem sie durch das offene Fenster gegriffen und den Zündschlüssel abgezogen hatte, lächelte sie Ernie an. »Das passiert mir ständig.« Ernie ließ sie vorangehen, damit er in Ruhe das Schwingen ihrer Hüften genießen konnte.

»Sie haben gesagt, daß Sie noch mit Ton arbeiten wollten«, meinte er, während sie die Lebensmittel auspackte.

»Was? Ach so, ja. Richtig.« Clare öffnete eine Tüte Oreos und hielt sie ihm hin, doch er schüttelte den Kopf. »Hast du auf mich gewartet?«

»Ich dachte, ich komm' mal vorbei.«

»Das ist nett von dir, aber ich habe heute keine Zeit zum Arbeiten, ich bin verabredet. Möchtest du ein Soda?«

Ernie verbarg seinen Ärger hinter einem gleichgültigen Achselzucken, nahm die geöffnete Flasche, die sie ihm reichte, und sah zu, wie sie nach einem Topf suchte.

»Ich bin ganz sicher, daß ich einen gekauft habe. Ach, da ist er ja.« Sie setzte einen verbeulten Topf, auch eine Errungenschaft vom Flohmarkt, auf den Herd. »Arbeitest du heute nicht?«

»Erst um sechs.«

Clare hörte nur mit einem Ohr zu, während sie ein Glas Fertigsauce öffnete. Ihrer Meinung nach war das der beste Weg, Spaghetti Bolognese zuzubereiten. »Wird dir das auf Dauer nicht zuviel, Schule und Job?«

»Ich komm' schon klar.« Er rückte ein bißchen näher an sie heran und heftete seinen Blick auf ihre Brüste, die sich unter ihrem Sonnentop abzeichneten. »In ein paar Wochen hab' ich die Schule hinter mir.«

»Hmm.« Clare stellte den Herd auf kleine Flamme. »Dann rückt ja dein Abschlußball langsam näher.«

»Der Quatsch kann mir gestohlen bleiben.«

»Wieso das denn?« Das Haar fiel ihr ins Gesicht, als sie sich bückte und im Schrank nach einem zweiten Topf für die Nudeln kramte. »An meinen Abschlußball kann ich mich noch gut erinnern. Ich bin mit Robert Knight – du weißt doch, seine Familie betreibt den Supermarkt – hingegangen. Gerade eben hab' ich ihn wiedergesehen. Auf dem Kopf hat er inzwischen eine tellergroße kahle Stelle.« Kichernd ließ sie Wasser in den Topf laufen. »Ich muß zugeben, da bin ich mir alt vorgekommen.«

»Sie sind nicht alt.« Ernie hob eine Hand, um ihr Haar zu berühren, riß sie aber sofort weg, als sie sich umdrehte und ihn angrinste.

»Danke, danke.«

Er trat auf sie zu. Clare war mehr als überrascht, als sie den Ausdruck seiner Augen sah. War das wirklich derselbe Junge, den sie noch vor ein paar Minuten mürrisch an der Mauer hatte lehnen sehen? Sie wußte im Augenblick nicht, wie sie sich verhalten sollte; was sie sagen konnte, ohne sein Ego zu verletzen.

»Hey, Slim.« Cam kam in die Küche. Ihm war die letzte Szene nicht entgangen, und er wußte nicht, ob er lachen oder sich ärgern sollte.

»Cam.« Aufatmend griff Clare nach einem Paket Nudeln. »Pünktlich wie die Maurer.«

»Ich verspäte mich nicht gern, wenn mir ein kostenloses Essen winkt. Hi, äh, Ernie, nicht wahr?«

»Yeah.«

Das flüchtige Aufblitzen nackten Hasses in den Augen des Jungen verblüffte Cam genauso, wie der seinem Alter gänzlich unangemessene Anflug von Begierde Clare überrascht hatte. Dann verschwand dieser Ausdruck, und Ernie war wieder nichts als ein verdrossener Halbwüchsiger in einem verwaschenen T-Shirt und abgewetzten Jeans.

»Ich muß gehen«, murmelte er und eilte zur Tür.

»Ernie.« Clare, die sich inzwischen sicher war, einem Irrtum aufgesessen zu sein, rannte ihm nach. »Danke, daß du mir mit den Tüten geholfen hast.« Freundlich legte sie ihm eine Hand auf die Schulter. »Ich könnte morgen mit dem Tonmodell anfangen, wenn du Zeit und Lust hast.«

»Mal sehen.« Ernie blickte an ihr vorbei zu Cam, der gerade einen Löffel in den Saucentopf steckte. »Kochen Sie für ihn?«

»Mehr oder weniger. Ich werd' mich besser mal um das Essen kümmern, sonst brennt es mir an. Bis später.«

Ernie stolzierte davon, die Hände in den Hosentaschen zu Fäusten geballt. Er würde sich um Cameron Rafferty kümmern, schwor er sich. So oder so.

»Ich hoffe, ich habe euch nicht ... gestört«, bemerkte Cam, als Clare wieder in die Küche kam.

»Sehr witzig.« Sie holte einen Laib Brot aus der Tüte.

»Nein, komisch war das allerdings nicht. Man hat mir ja schon häufiger die Pest an den Hals gewünscht, aber nicht so ... so erbarmungslos.«

»Mach dich nicht lächerlich. Er ist doch bloß ein Junge.« Clare wühlte in einer Schublade herum. Irgendwo mußte sich doch ein Messer finden!

»Dieser Junge war drauf und dran, dich mit Haut und Haaren aufzufressen, als ich hereinkam.«

»Ach was.« Doch unwillkürlich zuckte sie zusammen. Genau so hatte dieser hungrige, beinahe räuberische Blick auf sie gewirkt. Du spinnst doch, schalt sie sich sofort. »Er ist bloß einsam. Ich glaube nicht, daß er hier Freunde oder auch nur jemanden zum Reden hat.«

»Nicht einsam. Ein Einzelgänger. Er steht in dem Ruf, sich am liebsten für sich zu halten. Außerdem kann er ziemlich jähzornig werden. Diesen Monat hat er schon zwei Strafzettel wegen Geschwindigkeitsübertretung kassiert. Bud hat ihn auch schon mehrfach erwischt, wie er in dem Kleintransporter, den er fährt, mit Mädchen rumgemacht hat.«

»Tatsächlich?« Mit ausdruckslosem Gesicht drehte sie sich um. »Warum erinnert mich diese Beschreibung nur an jemanden, den ich mal gekannt habe?«

Cam mußte grinsen. »Ich wüßte nicht, daß ich jemals darauf aus gewesen wäre, mit einer älteren Frau zu knutschen.«

»Sehr gewählt formuliert, Rafferty.« Kichernd säbelte Clare dicke Scheiben von dem Brotlaib ab. »Du hast deine persönliche Note nicht verloren.«

»Ich würde nur im Umgang mit Ernie etwas vorsichtiger sein.«

»Ich benutze ihn lediglich als Modell und habe nicht die Absicht, ihn zu verführen.«

»Sehr gut.« Er ging zu ihr hin, nahm sie bei den Schultern und drehte ihr Gesicht zu sich hin. »Mir ist es nämlich am liebsten, wenn ich der einzige bin, der mit dir knutscht.«

»Gott, wie romantisch.«

»Willst du Romantik? Dann leg das Messer weg.« Als Clare nur lachte, entwand er ihr das Messer selber und legte es beiseite. Langsam, die Augen immer auf sie gerichtet, fuhr er mit den Fingern durch ihr Haar. Ihr Lächeln erstarb plötzlich. »Ich will dich. Das solltest du besser von vornherein wissen.«

»Ich glaube, zu dieser Erkenntnis bin ich schon selbst gelangt.« Clare bemühte sich, einen oberflächlichen Tonfall anzuschlagen, erreichte aber nur, daß ihre Stimme atemlos klang. »Hör zu, Cam, meine Kenntnisse auf diesem Gebiet lassen sehr zu wünschen übrig. Ich ...« Sie brach ab, als er den Kopf senkte und an ihrem Hals knabberte. Kalte und heiße Schauer liefen ihr abwechselnd den Rücken entlang. »Ich möchte nicht noch einen Fehler machen.« Stöhnend schloß sie die Augen, als er ihr Ohrläppchen zwischen die Zähne nahm. »Ich war noch nie besonders gut darin, meine Gefühle zu analysieren, aber mein Seelenklempner sagt immer ... o Gott.« Seine Daumen kreisten langsam um ihre Brustwarzen.

»Welch tiefschürfende Äußerung«, murmelte Cam, dann begann er, mit der Zunge und den Lippen ihre Kinnlinie nachzuziehen.

»Nein, er sagt, daß ich mich hinter einem Schutzwall von flotten Sprüchen und ... oh, Sarkasmus verschanze und mich nur bei meiner Arbeit ganz öffne. Deswegen ist meine Ehe auch gescheitert, und die Beziehungen, die ich ... weißt du eigentlich, was du in meinem Inneren anrichtest?«

Zumindest wußte er, daß sich sein ganzer Körper in

Aufruhr befand, während sich seine Hände um ihre kleinen, festen Brüste schlossen und sein Mund über ihr Gesicht glitt. »Wie lange willst du denn noch weiterreden?«

»Ich glaube, ich bin fertig.« Ihre Finger gruben sich in seine Hüften. »Um Himmels willen, küß mich.«

»Ich dachte schon, du würdest nie fragen.«

Sein Mund bedeckte heiß den ihren. Die Berührung ihrer Lippen traf ihn wie ein Schlag, und er kostete dieses Gefühl einen Moment lang aus, ehe er sich hart gegen sie preßte.

Hungrig öffneten sich ihre Lippen, luden ihn ein, ihren Mund zu erforschen. Als sich ihre Zungen trafen, hallte sein lustvolles Stöhnen tief in ihr wider.

Es war schon so lange, viel zu lange her, seit ein Mann sie das letzte Mal so berührt, seit sie dieses verzehrende Verlangen, sich vollkommen in einen anderen Menschen zu verlieren, verspürt hatte. Aber diesmal kam noch ein anderes, weitaus gefährlicheres Gefühl hinzu, ein Bedürfnis, das weit über bloße körperliche Begierde hinausging. Sie wußte, wenn sie es zulassen würde, könnte sie ihn lieben.

»Cam ...«

»Noch nicht.« Er umschloß ihr Gesicht mit beiden Händen. Der innere Aufruhr, den sie in ihm auslöste, ließ ihn erzittern. Sein Körper, sein Herz und seine Seele waren erfüllt von ihr. Eine Sekunde lang starrte er sie an, suchte nach einem Grund, nach einer Antwort, dann riß er sie mit einem keuchenden Laut wieder an sich. Doch als ihm verschwommen bewußt wurde, daß er im Begriff war, die Grenze zu überschreiten, lockerte er die Umarmung und legte seinen Kopf gegen ihre Stirn.

»Vermutlich sollten wir froh sein, daß dies nicht zehn Jahre zuvor passiert ist.«

»Vermutlich«, stimmte sie ihm schwer atmend zu. »Cam, ich muß über all das nachdenken.«

Er nickte und trat ein Stück zurück. »Wenn du jetzt erwartest, daß ich dich auffordere, dir Zeit zu lassen, dann hast du dich geirrt.«

Clare fuhr sich mit der Hand durchs Haar. »Was ich da

eben über Fehler gesagt habe, war ernst gemeint. Ich habe schon zu viele gemacht.«

»Ich glaube, das haben wir beide getan.« Er strich ihr Haar hinter das Ohr zurück. »Und obwohl ich nicht glaube, daß dies hier ein Fehler war, machst du just in diesem Augenblick einen ganz anderen.«

»Wie bitte?«

»Das Wasser kocht über.«

Clare drehte sich gerade rechtzeitig um, um zu sehen, wie das Wasser über den Topfrand brodelte und zischend auf die Herdplatte tropfte. »O Scheiße!«

Buds Routinepatrouille führte ihn zum Steinbruch, wo er eine Weile ziellos umherfuhr, während er Fritos verzehrte. So sehr er sich auch bemühte, nicht mehr an das zu denken, was er an diesem Nachmittag gesehen hatte, seine Gedanken kehrten immer wieder dorthin zurück. Ständig stand ihm das Bild von Biffs zerschlagenem Leichnam vor Augen, so, als liefe in seinem Hirn ein privater Diaprojektor ab. Er schämte sich zutiefst, daß sich ihm der Magen umgedreht hatte, obwohl Cam ohne großes Theater darüber hinweggegangen war.

Bud war fest davon überzeugt, daß ein guter Cop – auch wenn es sich nur um den Deputy einer Kleinstadt handelte – über einen eisernen Willen, eiserne Integrität und einen eisernen Magen verfügen mußte. An letzterer Qualität schien es ihm allerdings zu mangeln.

Die Nachricht von Biffs Tod hatte sich wie ein Lauffeuer in der ganzen Stadt verbreitet. Alice, hübsch anzusehen in ihrer pinkfarbenen Uniform und von dem Duft nach Flieder umgeben, hatte ihn auf der Straße angehalten. Die Chance, mit unbeteiligtem Gesicht lässig einige Fakten aufzählen zu können, war genau das richtige für sein angeschlagenes Ego gewesen.

»Biff Stokeys Leiche wurde abseits der Gossard Creek Road in der Nähe des Gossard Creek aufgefunden. Die genaue Todesursache ist noch unklar.«

Alice hatte dann auch dementsprechend beeindruckt

ausgesehen, erinnerte sich Bud, und beinahe hätte er den Mut aufgebracht, sie ins Kino einzuladen. Doch ehe er dazu gekommen war, hatte sie sich schon wieder in Bewegung gesetzt und ihm zugerufen, sie würde zu spät zu ihrer Schicht kommen.

Nächstes Mal, schwor er sich, ein Frito kauend. Vielleicht würde er sogar, wenn sein Streifendienst vorüber war, auf eine Tasse Kaffee und ein Stück Kuchen bei *Martha's* vorbeischauen. Er könnte Alice anbieten, sie nach Hause zu begleiten, ihr den Arm um die Schulter legen und beiläufig erwähnen, daß der neue Film mit Sylvester Stallone im Kino angelaufen war.

Je länger er darüber nachdachte, um so besser gefiel ihm die Idee, also beschleunigte er sein Tempo um ein paar Meilen pro Stunde. Während er die Quarry Road hinunterfuhr, tappte er mit dem Fuß auf den Boden und dachte daran, wie schön es wäre, mit Alice an seiner Seite Stallone bei der Vernichtung seiner Gegner zuzuschauen. Außerdem war es im Kino dunkel ...

Als er um eine Kurve bog, sah er plötzlich Metall aufblitzen. Sofort nahm er Gas weg und blinzelte in die sinkende Sonne. Vermutlich ein Liebespaar im Auto, dachte er angewidert. Diese verdammten Kids warteten noch nicht einmal mehr, bis es dunkel wurde.

Er lenkte den Wagen an den Straßenrand und stieg aus. Nichts brachte ihn mehr in Verlegenheit, als wenn er die Nase gegen die Scheibe eines parkenden Autos pressen und die Insassen auffordern mußte, sich zu entfernen.

Erst letzte Woche hatte er Marci Gladhill ohne Bluse erwischt. Obwohl er rasch den Blick abgewandt hatte, fiel es ihm immer noch schwer, sich an den Gedanken zu gewöhnen, daß er Less Gladhills Tochter auf den gutentwickelten Busen geschaut hatte. Und sollte Less je davon Wind bekommen, würde er ihm nicht mehr ins Gesicht sehen können.

Resigniert zwängte er sich ins Gebüsch. Es war nicht das erste Mal, daß er Jugendliche beim Knutschen im Wald ertappt hatte, aber noch nie hatte er welche in einem Cadillac erwischt. Kopfschüttelnd ging er einen Schritt weiter und erstarrte.

Nicht in irgendeinem Caddy, stellte er fest, sondern in Biff Stokeys Caddy. Jeder in der Stadt kannte das schwarzglänzende Gefährt mit den leuchtendroten Polstern. Zweige knackten unter Buds Füßen, als er näher an den Wagen herantrat.

Er war zur Hälfte in ein wildes Brombeergebüsch geschoben worden, dessen Dornen häßliche, dünne Kratzer auf dem schimmernden schwarzen Lack hinterlassen hatten.

Biff hätte einen Herzinfarkt bekommen, dachte Bud und schauderte, als ihm einfiel, was Biff zugestoßen war.

Entschlossen verdrängte er diesen Gedanken und entfernte schimpfend eine Reihe von Dornen aus seiner Hose. Im letzten Moment erinnerte er sich daran, zum Öffnen der Tür ein Taschentuch zu benutzen.

Die Stereoanlage mit integriertem CD-Player, mit der Biff ständig geprahlt hatte, war verschwunden. Sorgfältig und geschickt ausgebaut worden, wie Bud registrierte. Das Handschuhfach stand offen. Es war leer. Jeder wußte, daß Biff dort eine 45er aufbewahrt hatte. Die Schlüssel des Caddys lagen auf dem Sitz, doch Bud rührte sie nicht an.

Sacht schloß er die Tür. Tiefer Stolz erfüllte ihn. Nur Stunden, nachdem die Leiche entdeckt worden war, konnte er schon einen wichtigen Hinweis liefern. Leichtfüßig lief er zu seinem Streifenwagen, um über Funk Mitteilung zu machen.

Zehntes Kapitel

Clare wußte nicht, was sie eigentlich geweckt hatte. Keine flüchtige Erinnerung an einen Alptraum plagte sie, keine Nachwirkungen, keine Angst, keine Panik. Und doch war sie aus dem Tiefschlaf hochgeschreckt und sofort hellwach gewesen. Jeder Muskel ihres Körpers schmerzte. In der Stille hörte sie nichts außer ihrem rasenden Herzschlag und dem Rauschen ihres Blutes.

Langsam schob sie das Oberteil des Schlafsacks weg. Trotz der Wärme, die sich im Inneren angestaut hatte, fühlten sich ihre Beine eiskalt an. Zitternd langte sie nach ihrer Jogginghose, die sie ausgezogen hatte, ehe sie in den Schlafsack gekrabbelt war.

Ihr fiel auf, daß sie im Schlaf die Zähne zusammengebissen und den Kopf zur Seite geneigt hatte. Lauschend. Doch auf was? Sie war in diesem Haus aufgewachsen und kannte die nächtlichen Geräusche, das Knarren und Stöhnen viel zu gut, um sich davon ins Bockshorn jagen zu lassen. Dennoch blieb die Gänsehaut auf ihren Armen, und sie spitzte unwillkürlich die Ohren.

Voller Unbehagen schlich sie zur Türschwelle und blickte in die dunkle Diele. Nichts. Natürlich war da nichts. Trotzdem knipste sie das Licht an, ehe sie sich heftig die Arme rieb.

Die Helligkeit, die den Raum hinter ihr durchflutete, brachte ihr erst recht zu Bewußtsein, daß es mitten in der Nacht war und sie sich hellwach und alleine in einem leeren Haus befand.

»Was ich brauche, ist ein richtiges Bett.« Sie sprach den Gedanken laut aus, um Trost im Klang ihrer eigenen Stimme zu suchen. Als sie die Diele betrat, massierte sie mit einer Hand ihren Brustkorb, wie um ihr heftig pochendes Herz zu beruhigen.

Eine Tasse Tee würde helfen, dachte sie. Sie würde hinuntergehen, sich einen Tee machen und sich dann auf dem Sofa zusammenrollen. Vielleicht bekam sie ja doch noch ein bißchen Schlaf, wenn sie sich einredete, nur ein Nickerchen halten zu wollen.

Außerdem würde sie die Heizung andrehen, das hatte sie vergessen, ehe sie zu Bett gegangen war. Die Frühlingsnächte waren kühl, deswegen fröstelte sie auch am ganzen Körper. Heizung, Radio und Licht, dann würde sie schlafen wie eine Tote.

Doch oben auf der Treppe blieb sie stehen und starrte

auf die schmalen Stufen, die zum Dachgeschoßzimmer führten, vierzehn ausgetretene Stufen, die vor einer verschlossenen Holztür endeten. Nur ein kurzer Gang, doch er lag immer noch vor ihr. So sehr sie auch versucht hatte, sich einzureden, daß sie sich diese Qual ersparen konnte, der Gedanke daran hatte sie, seitdem sie zum ersten Mal nach langer Zeit dieses Haus wieder betreten hatte, nicht mehr losgelassen.

Nein, gestand sie sich selbst ein, eigentlich hatte sie schon lange, ehe sie nach Emmitsboro in das Haus ihrer Kindheit zurückgekehrt war, mit diesem Gedanken gespielt.

Vorsichtig ein Bein vor das andere setzend wie eine Betrunkene, ging sie in ihr Schlafzimmer zurück, um die Schlüssel zu holen. Leise klirrten sie in ihrer zittrigen Hand, als sie auf die Treppe zuging, die Augen fest auf die Tür über ihr gerichtet.

In der Dunkelheit des ersten Stockwerks verborgen, beobachtete Ernie jeden ihrer Schritte. In seiner mageren Brust hämmerte das Herz wie ein Preßlufthammer gegen die Rippen. Sie kam zu ihm. Kam wegen ihm. Sie zögerte kurz, dann stieg sie ins Dachgeschoß empor, und Ernies Lippen krümmten sich leicht.

Sie wollte ihn. Sie wollte, daß er ihr in diesen Raum folgte, den Raum gewaltsamen Todes. Den Raum der Geheimnisse und der dunklen Schatten. Seine Hand hinterließ eine feuchte Schweißspur auf dem Geländer, als er ihr langsam hinterherschlich.

Ein scharfer, stechender Schmerz bohrte sich in Clares Eingeweide und schien mit jedem weiteren Schritt ein Stück aus ihrem Inneren zu reißen. Als sie an der Tür angelangt war, rang sie keuchend nach Atem, fummelte ungeschickt mit den Schlüsseln herum und mußte sich mit einer Hand haltsuchend an der Wand abstützen, als es ihr endlich gelungen war, den Schlüssel ins Schloß zu stecken.

»Sie müssen sich mit der Realität auseinandersetzen, Clare«, würde Dr. Janowski jetzt sagen. »Sie müssen Tatsachen als gegeben hinnehmen und gefühlsmäßig verarbeiten. Das Leben bringt oft Kummer und Schmerz mit sich, und der Tod ist nun einmal Teil des Lebens.«

»Leck mich«, flüsterte sie in die Dunkelheit. Was wußte dieser Mann schon von Kummer und Schmerz?

Mit metallisch quietschenden Scharnieren öffnete sich die Tür. Der Geruch nach kaltem Staub und schaler, abgestandener Luft schlug ihr entgegen. Irgendwo tief in ihrem Inneren hatte sie die Hoffnung gehegt, einen der typischen Düfte, die ihren Vater stets umgeben hatten, in diesem Zimmer wiederzufinden. Einen Hauch von English Leather vielleicht, das er jeden Morgen nach dem Rasieren benutzt hatte, oder eine Spur der Kirsch-Lifesavers, die er pausenlos gelutscht hatte. Ja, sie wäre sogar für den beißenden Whiskeygeruch dankbar gewesen, doch nichts von alledem war geblieben. Die Zeit hatte ihre Erinnerungen mit einem Teppich aus Staub zugedeckt. Und das war die furchtbarste Tatsache von allen. Sie knipste das Licht an.

Trostlose Leere herrschte in dem Raum. Der Fußboden war von einer dicken, grauen Staubschicht bedeckt, die sich im Laufe der Jahre angesammelt hatte. Clare wußte, daß ihre Mutter die Büromöbel schon vor Jahren fortgegeben hatte, und sie hatte recht daran getan. Trotzdem wünschte sich Clare verzweifelt, noch einmal mit der Hand über die verkratzte Oberfläche des Schreibtisches ihres Vaters fahren zu können oder einmal, nur ein einziges Mal noch in seinem abgewetzten, durchgesessenen Bürostuhl zu sitzen.

An einer Wand reihten sich sorgsam mit Klebeband verschlossene Kartons aneinander. Staubflocken hefteten sich an Clares nackte, eiskalte Füße, als sie langsam darauf zuging, mit einem der Schlüssel, die sie immer noch fest umklammert hielt, das Klebeband durchtrennte und den Deckel eines Kartons hob.

Und in diesem Karton fand sie ihren Vater wieder.

Mit einem unartikulierten Laut, halb Freude, halb Verzweiflung, griff sie hinein und zog ein Arbeitshemd hervor, das ihr Vater immer im Garten getragen hatte. Obwohl es gewaschen und sorgfältig zusammengelegt worden war, waren Gras- und Schmutzflecke in dem Stoff zurückgeblieben. Plötzlich stand das Bild ihres Vaters in ausgeblichenen Jeans, die um seinen mageren Körper schlotterten, während er durch die Zähne pfeifend, seine Blumen hegte und pflegte, kristallklar vor ihren Augen.

»Sieh dir nur diesen Rittersporn an, Clare.« Er hatte ihr zugelächelt und mit seinem knochigen, erdverkrusteten Finger so zart über die tiefblauen Blüten gestrichen, als habe er ein Neugeborenes vor sich. »Er wird noch schöner als im vorigen Jahr. Ich sag's ja immer, es geht doch nichts über ein paar Hornspäne. Die Blumen danken es einem.«

Clare vergrub ihr Gesicht in dem Hemd und sog den Duft in sich auf. Fast meinte sie, ihren Vater neben sich zu spüren.

»Warum mußtest du mich nur allein lassen?« Das Hemd fest an sich gedrückt, wiegte sie sich hin und her, als könne sie auf diese Weise das, was ihr von ihm geblieben war, in sich aufnehmen. Dann kam der Zorn; heiße Fäuste der Wut, die sich um die würgende Trauer legten. »Du hattest kein Recht, mich gerade dann allein zu lassen, als ich dich am nötigsten brauchte, Daddy. Ach, Daddy, warum nur?«

Sie sank auf dem Boden zusammen und ließ ihren Tränen freien Lauf.

Ernie beobachtete sie. Die Vorfreude, vermischt mit dunkler Erregung, die ihn erfüllt hatte, ebbte ab, und unerwartet überflutete ihn eine heiße, unerwünschte Welle der Scham. Sein Gesicht und Nacken begannen zu glühen, als ihre abgehackten, würgenden Schluchzer durch den Raum klangen. Leise schlich er davon, doch die Jammerlaute verfolgten ihn, bis er zu rennen begann, um ihnen zu entgehen.

Dr. Loomis hatte auf dem Stuhl gegenüber von Cam Platz genommen; die Hände hatte er über seiner Aktentasche gefaltet.

»Als ich erfuhr, daß es sich bei dem Dahingeschiedenen um Ihren Vater handelt ...«

»Stiefvater«, berichtigte Cam.

»Richtig.« Loomis räusperte sich. »Als ich erfuhr, daß er Ihr Stiefvater ist, dachte ich, es sei das beste, Ihnen meinen Bericht persönlich vorbeizubringen.«

»Ich weiß Ihre Mühe zu schätzen.« Cam fuhr fort, den Autopsiebericht Wort für Wort zu studieren. »Ihre Untersuchungsergebnisse bestätigen also, daß wir es hier mit einem Mord zu tun haben.«

»Es besteht kein Zweifel, daß er ermordet wurde.« Loomis löste seine Hände voneinander, knetete kurz die Finger und faltete sie wieder. »Die Autopsie hat ergeben, daß meine ursprüngliche Vermutung richtig war. Der Mann wurde zu Tode geprügelt. Anhand der Knochenstückchen und Holzsplitter, die wir gefunden haben, würde ich sagen, daß wenigstens zwei Knüppel benutzt wurden, einer aus natürlichem Kiefernholz und einer, der schwarz gefärbt worden ist.«

»Das bedeutet, daß wir es mit mindestens zwei verschiedenen Mördern zu tun haben.«

»Das halte ich für möglich. Darf ich mal?« Loomis nahm die Fotos, die Cam am Tatort gemacht hatte, in die Hand, schob sie sorgfältig zusammen und hielt sie Cam hin, als wolle er ihm ein paar Schnappschüsse von seiner Familie zeigen. »Sehen Sie, dieser Schlag hat den hinteren Schädelbereich getroffen, übrigens die einzige Verletzung am rückwärtigen Teil des Körpers. Die Quetschung sowie die Verfärbungen lassen darauf schließen, daß der Schlag vor Eintritt des Todes erfolgte. Er war hart genug, um zur Bewußtlosigkeit zu führen. Dann achten Sie bitte auf die Hand- und Fußgelenke.«

»Jemand hat ihn von hinten niedergeschlagen, und zwar so fest, daß er das Bewußtsein verlor. Dann wurde er gefesselt.« Cam griff nach seiner Zigarettenpackung. »Er wurde flach auf den Rücken gebunden, um genau zu sein.«

»Exakt.« Loomis lächelte zufrieden. »Die Tiefe der Wunden und die Menge der Fasern, die wir darin gefunden haben, beweisen, daß er sich heftig zur Wehr gesetzt haben muß.«

»Würden Sie mir zustimmen, wenn ich behaupte, daß der Fundort nicht mit dem Ort, wo er getötet wurde, übereinstimmt?«

»Da bin ich ganz klar Ihrer Meinung.«

Cam stieß eine Rauchwolke aus. »Sein Auto ist gefunden worden. Die Stereoanlage fehlt, zusammen mit seiner Waffe und einem Kasten Bier, den er im Kofferraum hatte. Der Kassenbon für das Bier lag noch im Auto. Er hat es am selben Nachmittag gekauft.« Er musterte Loomis nachdenklich, während er die Asche abstreifte. »Menschen sind schon für weniger umgebracht worden.«

»Da muß ich Ihnen leider zustimmen.«

»Wie viele Mordfälle dieser Art bearbeitet Ihr Institut im Jahr?«

Loomis zögerte einen Moment. »Mir ist während meiner achtjährigen Praxis im Staat Maryland noch nie ein so fürchterlich zugerichteter Körper untergekommen.«

Cam nickte. Er hatte keine andere Antwort erwartet. »Ich glaube nicht, daß Biff Stokey wegen eines Autoradios und einer Kiste Budweiser ermordet worden ist.«

Wieder knetete Loomis seine Finger. »Ich bin Pathologe, Sheriff. In gewisser Weise leisten wir auch Detektivarbeit. Ich kann Ihnen die Todesursache und ungefähre Todeszeit angeben, ich kann Ihnen sagen, was das Opfer zuletzt gegessen hat und ob es Geschlechtsverkehr hatte. Aber ein Motiv kann ich Ihnen nicht liefern.«

Cam nickte und drückte seine Zigarette aus. »Vielen Dank, daß Sie mich persönlich informiert haben, und dann noch so schnell.«

»Keine Ursache.« Loomis erhob sich. »Die Leiche wurde zur Bestattung freigegeben. An den nächsten Angehörigen.« Als er den Ausdruck in Cams Augen bemerkte, empfand Loomis plötzlich tiefes Mitgefühl. Die Klatschgeschichten waren inzwischen auch bis zu ihm durchgedrungen. »Ihre Frau Mutter hat Griffith's Bestattungsinstitut hier in Emmitsboro beauftragt, alles zu regeln, insbesondere, sich um die Formalitäten zu kümmern.«

»Ich verstehe.« Sie hatte ihn nicht ein einziges Mal um Hilfe gebeten, dachte Cam und verspürte einen Stich im Herzen. Ohne seinen Schmerz zu zeigen, reichte er Loomis die Hand. »Danke, Dr. Loomis.«

Nachdem der Coroner gegangen war, schloß Cam die

Berichte und Fotos in seiner Schreibtischschublade ein, trat ins Freie und entschied sich nach kurzem Kampf mit sich selber dafür, das Auto stehenzulassen. Das Bestattungsinstitut lag nur ein paar Straßen entfernt, und er brauchte frische Luft.

Die Menschen auf der Straße grüßten ihn mit Kopfnicken oder einem freundlichen »Hallo«. Aber ohne daß er es hörte, wußte er, daß sie zu wispern und miteinander zu flüstern begannen, sowie er weit genug weg war. Biff Stokey war zu Tode geprügelt worden. In einer Stadt dieser Größe konnte man die Fakten nicht geheimhalten. Es war gleichfalls kein Geheimnis, daß Cameron Rafferty, der Sheriff der Stadt und Stokeys Stiefsohn, der erbittertste Feind des Toten gewesen war.

Cam hätte beinahe laut aufgelacht. Man stelle sich vor, ein Mordfall, in dem der ermittelnde Beamte und der Hauptverdächtige ein und dieselbe Person waren – und dann war auch noch der Beamte der einzige Alibizeuge des Verdächtigen. Cam wußte, daß er in der Nacht, in der Biff getötet worden war, zu Hause gesessen, Bier getrunken und einen Koontz-Roman gelesen hatte. Somit konnte er sich selbst als möglichen Verdächtigen ausschalten. Aber die Gerüchte und Spekulationen, die sich in der Stadt verbreiten würden, konnte er nicht verhindern.

Nur Tage vor dem Mord hatte er sich mit Biff eine Schlägerei geliefert und ihn anschließend ins Gefängnis gesteckt. Jeder, der den Kampf verfolgt hatte, hatte gesehen, wieviel tödlicher Haß in der Luft lag. Die Geschichte hatte sich in Emmitsboro wie ein Lauffeuer ausgebreitet, von Dopper's Woods bis hin zur Gopher Hole Lane. Sie war in unzähligen Haushalten beim Abendessen durchgekaut worden, und Verwandte oder Freunde, die außerhalb der Stadt lebten, hatten die Neuigkeiten sicherlich am Sonntag erfahren, wenn die Telefongebühren niedrig waren.

Und nun fragte er sich, ob sich jemand dieses Zusammentreffen mehrerer günstiger Faktoren zunutze gemacht hatte.

Biff war nicht wegen seines Autoradios und eines Kastens Bier getötet worden. Dennoch hatte man ihn vorsätzlich und grausam ermordet, und so sehr Cam ihn auch gehaßt hatte, er würde herausfinden, warum. Und er würde herausfinden, wer es getan hatte.

Vor dem bejahrten weißen Backsteingebäude, in dem das Beerdigungsinstitut lag, hatte sich ein regelrechter Menschenauflauf gebildet. Einige Leute redeten aufgeregt miteinander, andere hielten sich im Hintergrund und beobachteten das Geschehen. Die sonst so ruhige Straße war mit Autos dermaßen zugeparkt, daß man hätte meinen können, die Leute erwarteten ein Schauspiel. Schon aus der Entfernung bemerkte Cam, daß Mick Morgan seine liebe Not mit den Schaulustigen hatte.

»Seid doch vernünftig, Leute. Hier gibt es nichts zu sehen. Ihr regt nur Miz Stokey unnötig auf.«

»Haben sie ihn ins Hinterzimmer gebracht, Mick?« wollte jemand wissen. »Ich hab' gehört, eine Motorradgang aus D.C. hat ihn aufgemischt.«

»Die Hell's Angels«, kommentierte ein anderer.

»Quatsch, das waren Junkies von der anderen Seite des Flusses.«

Ein kurzer, heftiger Streit über diese Frage entbrannte.

»Er war hackevoll und hat wieder Streit angefangen.« Das kam von Oscar Roody, der sich bemühte, das Getöse zu überschreien. »Und dann ham se ihm den Schädel eingeschlagen.«

Einige der Frauen, die neugierig aus Bettys Schönheitssalon herausgeströmt kamen, gaben ihre persönliche Meinung zum besten.

»Der Kerl hat der armen Jane das Leben zur Hölle gemacht.« Betty schlang die Arme um ihren üppigen Busen und nickte weise. »Sechs Monate mußte sie sparen, um sich einmal eine Dauerwelle leisten zu können. Er hat ihr sogar verboten, sich die Haare tönen zu lassen.«

»Was Jane jetzt braucht, ist die tröstende Hand einer Frau.« Min, deren Haar auf pinkfarbene Plastikwickler aufgedreht war, schaute mit gierig glitzernden Augen auf das Fenster des Beerdigungsinstituts. Wenn es ihr gelänge, als erste dort hineinzukommen, könnte sie vielleicht sogar einen Blick auf die Leiche werfen. Das wäre doch mal etwas, womit sie beim nächsten Treffen des Frauenvereins Aufsehen erregen würde. Mit den Ellbogen bahnte sie sich einen Weg durch die Menge, um sich zur Tür durchzukämpfen.

»Bitte, Miz Atherton, Ma'am, Sie können da jetzt nicht rein.«

»Gehen Sie aus dem Weg, Mick.« Mit einer pummeligen Hand schob Min ihn beiseite. »Ich war schon mit Jane Stokey befreundet, als Sie noch in den Windeln gelegen haben.«

»Ich schlage vor, daß Sie wieder hineingehen und sich zu Ende frisieren lassen, Mrs. Atherton.« Cam trat vor und versperrte ihr den Weg. Bei seinem Anblick ebbten die Diskussionen zu einem schwachen Gemurmel ab. Mit zusammengekniffenen Augen blinzelte er gegen die Sonne, und sein Blick schweifte langsam über die Menge. Er bemerkte viele Bekannte; Männer, mit denen er mal ein Bier trinken ging, Frauen, mit denen er ein paar vergnügliche Stunden verbracht hatte. Jetzt schauten die meisten verlegen zur Seite und wichen seinem Blick aus. Auf der anderen Straßenseite lehnte Sarah Hewitt lässig an einem Baum, rauchte eine Zigarette und lächelte ihm zu.

Min betastete ihre Lockenwickler. In ihrer Aufregung hatte sie den Zustand ihrer Haare völlig vergessen. Nun, daran ließ sich jetzt nichts mehr ändern. »Ich versichere Ihnen, Cameron, daß mich mein Äußeres in einer Situation wie dieser am allerwenigsten interessiert. Ich wollte Ihrer Mutter in dieser schweren Zeit nur meine Hilfe anbieten.«

Ausquetschen wie eine Zitrone wolltest du sie, dachte Cam angewidert, und dann ihr Elend bei der Maniküre oder an der nächstbesten Straßenecke breittreten. »Ich werde meiner Mutter Ihre Anteilnahme ausrichten.« Langsam blickte er von Gesicht zu Gesicht, von Augenpaar zu Augenpaar. Einige schlugen die Augen nieder, andere musterten die verblassenden Blutergüsse an Cams Kiefer und an seinem Auge mit unverhohlener Neugier. Blutergüsse, die ihm Biff erst vor ein paar Tagen beigebracht hatte.

»Ich bin sicher, daß es meiner Mutter sehr helfen würde,

Sie alle auf der Beerdigung zu sehen.« Himmel, er lechzte vielleicht nach einer Zigarette! Und nach einem Drink. »Aber nun möchte ich Sie bitten, diese Angelegenheit der Familie zu überlassen.«

Langsam löste sich die Menge auf, einige gingen zu ihren Autos, andere schlenderten in Richtung Post oder Supermarkt davon, um die Ereignisse in aller Ausführlichkeit zu besprechen.

»Tut mir leid, Cam.« Seufzend zog Mick Morgan ein Paket Red Indian-Kautabak aus der Tasche.

»Kein Grund, sich zu entschuldigen.«

»Sie haben ihn durch den Hintereingang reingebracht. Dummerweise arbeitete Oscar gerade an einem verstopften Toilettenrohr. Mehr war nicht nötig. Der alte Furz konnte es kaum erwarten, seine böse Zunge in Bewegung zu setzen.« Mick stopfte sich einen gewaltigen Priem in den Mund. »Die da draußen waren nur neugierig, das ist alles. Ein, zwei Minuten später hätte ich sie schon weggescheucht.«

»Ich weiß. Ist meine Mutter drinnen?«

»Soviel ich weiß, ja.«

»Tu mir einen Gefallen und kümmere dich eine Weile ums Büro, machst du das?«

»Klar doch.« Mit der Zunge schob Mick den Priem im Mund zurecht. »Äh ... tut mir leid, daß du Ärger hast, Cam. Wenn du dir ein paar Tage freinehmen willst, um bei deiner Mom zu bleiben, dann geht das schon in Ordnung. Bud und ich fahren dann eben doppelte Schicht.«

»Danke, das ist nett von euch. Aber ich glaube nicht, daß meine Mutter mich braucht.« Müde wandte sich Cam zu der Tür mit dem diskreten Messingklopfer.

Als er eintrat, erstickte er beinahe an dem überwältigenden Gladiolen- und Zitronengrasduft. In der stillen Eingangshalle mit den karminroten, kunstvoll drapierten Samtvorhängen herrschte eine kirchenähnliche Atmosphäre. Warum nur waren Bestattungsinstitute immer vornehmlich in Rot dekoriert, fragte sich Cam. Sollte diese Farbe tröstlich wirken?

Roter Plüsch, dunkle Paneele, dicke Teppiche und schwere Kerzenleuchter schmückten den Raum. In einer hohen Vase auf einem polierten Ecktisch stand ein Arrangement aus Gladiolen und Lilien. Daneben lag ein Stapel gedruckter Visitenkarten.

WENN DIE ZEIT KOMMT, SIND WIR FÜR SIE DA
Charles W. Griffith & Söhne
Emmitsboro, Maryland
Seit 1839

Werbung zahlt sich immer aus, dachte Cam ironisch.

Eine mit rotem Teppich ausgelegte Treppe führte in den zweiten Stock, zum Besichtigungsraum. Eine interessante Umschreibung für eine morbide Tradition, fand Cam. ›Leichenhalle‹ erschien ihm angemessener. Wie ein Mensch den Wunsch verspüren konnte, einen Toten anzustarren, konnte er nicht nachvollziehen. Aber vielleicht lag das daran, daß er in seinem Leben schon zu viele davon gesehen hatte.

Er erinnerte sich, wie er als Kind diese Stufen emporgestiegen war, um einen letzten Blick auf seinen Vater zu werfen. Seine Mutter war schluchzend vor ihm hergegangen, wobei Biff Stokeys fleischiger Arm um ihre Taille gelegen hatte. Der hatte keine Zeit verloren, dachte Cam nun. Mike Rafferty war noch nicht einmal unter der Erde gewesen, da hatte Stokey sich schon an seine Witwe herangemacht.

Nun war der Gerechtigkeit Genüge getan.

Cam schob die Hände entschlossen in die Hosentaschen und ging durch die Diele. Die Doppeltür, die zu besagtem Raum führte, war geschlossen. Er zögerte kurz, dann zog er eine Hand aus der Tasche, um vorsichtig anzuklopfen. Nach einigen Augenblicken wurde die Tür lautlos geöffnet.

Chuck Griffith stand, angetan mit einem seiner fünf schwarzen Anzüge, vor ihm und blickte ihn aus seinen melancholisch umflorten Augen an. Seit über hundertfünfzig Jahren war die Familie Griffith in Emmitsboro als Bestattungsunternehmer tätig. Chucks Sohn wurde schon jetzt in diesem Metier ausgebildet, um später einmal das Familiengeschäft übernehmen zu können, doch im Moment dachte Chuck mit seinen vierzig Jahren noch lange nicht ans Abtreten.

Als Junge hatte er sich mitten unter einbalsamierten Leichen genauso zuhause gefühlt wie auf dem Baseballfeld, wo er als ausgezeichneter Pitcher galt. Die Familie Griffith betrachtete den Tod als ein einträgliches Geschäft. Chuck konnte es sich leisten, jedes Jahr mit seiner Familie für zwei Wochen zu verreisen und seiner Frau alle drei Jahre ein neues Auto zu kaufen.

Am Stadtrand besaßen sie ein wunderschönes Haus mit beheiztem Swimmingpool im Keller. Die Leute witzelten oft, daß der Tod diesen Pool finanziert habe.

In seiner Eigenschaft als Coach der Emmitsboro Little League gab sich Chuck laut und ungehobelt. In seiner Funktion als einziger Bestatter der Stadt schlug er leise Töne an und trat als mitfühlender, verständnisvoller Berater auf. Auch jetzt streckte er Cam freundlich seine große, kräftige Hand entgegen.

»Gut, daß Sie da sind, Sheriff.«

»Ist meine Mutter drinnen?«

»Ja.« Chuck blickte sich verstohlen um. »Ich versuche gerade, sie davon zu überzeugen, daß unter diesen Umständen ein geschlossener Sarg angebrachter wäre.«

Voller Unbehagen erinnerte sich Cam an das, was von Biff Stokeys Gesicht noch übriggeblieben war. »Ich werde mit ihr sprechen.«

»Kommen Sie doch bitte herein.« Chuck führte Cam in den schwach beleuchteten, blumengeschmückten Raum. Leise, beruhigende Musik strömte aus verborgenen Lautsprechern. »Wir sitzen gerade beim Tee. Ich hole Ihnen auch eine Tasse.«

Cam nickte und trat zu seiner Mutter. Sie saß so steif auf dem brokatbezogenen Sofa, als habe sie einen Besenstiel verschluckt. Eine Schachtel Papiertaschentücher stand in Reichweite. Sie trug ein schwarzes Kleid, welches Cam noch nie an ihr gesehen hatte. Entweder hatte sie es sich geliehen, oder eine ihrer Freundinnen hatte es für sie gekauft. Mit einer Hand hielt sie eine Teetasse so fest umklammert, daß die Knöchel weiß hervortraten, und die Knie preßte sie mit aller Gewalt aneinander, so daß Cam unwillkürlich dachte, der Druck von Knochen gegen Knochen müsse ihr Schmerzen bereiten. Zu ihren Füßen stand ein kleiner, schäbiger Koffer mit zerbrochenem Griff.

»Mom.« Cam setzte sich neben sie und legte ihr nach kurzem Zögern vorsichtig die Hand auf die Schulter. Sie sah ihn nicht an.

»Bist du gekommen, um ihn noch einmal zu sehen?«

»Nein, ich bin gekommen, um dir zur Seite zu stehen.«

»Dazu besteht kein Anlaß.« Janes Stimme klang steinhart. »Ich habe schon einmal einen Ehemann begraben müssen.«

Cam zog die Hand fort und kämpfte gegen den Drang an, mit der Faust auf den Tisch zu schlagen. »Ich möchte dir gerne dabei helfen, alles zu regeln. Du bist im Moment bestimmt nicht in der Verfassung, sämtliche Entscheidungen zu treffen. Außerdem ist eine Beerdigung eine teure Angelegenheit. Ich werde alle anfallenden Kosten übernehmen.«

»Warum?« Janes Hand blieb völlig ruhig, als sie ihre Tasse zum Mund führte, an dem Tee nippte und die Tasse wieder abstellte. »Du hast ihn gehaßt.«

»Ich biete dir lediglich meine Hilfe an.«

»Biff würde auf deine Unterstützung keinen Wert legen.«

»Beherrscht er immer noch dein Leben?«

Janes Kopf fuhr herum, und in ihren von stundenlangem Weinen geröteten Augen funkelte nackte Wut. »Wag es nicht, so über ihn zu sprechen! Mein Mann zu Tode geprügelt worden. Man hat ihn einfach totgeschlagen«, flüsterte sie heiser. »Du vertrittst hier das Gesetz. Wenn du mir wirklich helfen willst, dann finde heraus, wer meinem Mann das angetan hat. Finde heraus, wer ihn umgebracht hat.«

Chuck, der eben zurückkam, räusperte sich leicht. »Mrs. Stokey, möchten Sie vielleicht ...«

»Danke, ich will keinen Tee mehr.« Sie erhob sich und griff nach dem Köfferchen. »Ich brauche nichts mehr. Hier sind die Sachen, in denen er beerdigt werden soll. Und Sie werden mich jetzt zu meinem Mann bringen.«

»Mrs. Stokey, er ist noch nicht hergerichtet worden.«

»Ich habe zwanzig Jahre lang mit ihm zusammengelebt. Ich will ihn sehen, und zwar so, wie er ist.«

»Mom ...«

Jane wirbelte zu ihrem Sohn herum. »Ich will dich jetzt nicht hier haben! Glaubst du wirklich, ich könnte es ertragen, dich an meiner Seite zu haben, wenn ich von ihm Abschied nehme, wo ich genau weiß, wie du über ihn denkst? Seit du zehn Jahre alt bist, hast du mich gezwungen, mich zwischen dir und ihm zu entscheiden. Ständig war ich zwischen euch hin- und hergerissen. Nun ist er tot, und ich wähle ihn!«

Das hast du schon immer getan, dachte Cam und ließ sie gehen.

Sobald sie den Raum verlassen hatte, setzte er sich wieder hin. Darauf zu warten, daß sie zurückkam, hielt er für sinnlos, doch er mußte sich einen Moment lang innerlich sammeln, ehe er sich den neugierigen Blicken der wartenden Menge wieder aussetzen konnte.

Auf dem Tisch entdeckte er eine Bibel, deren Ledereinband vom Griff unzähliger Hände weich und glattpoliert worden war. Ob seine Mutter darin wohl ein paar tröstliche Worte gefunden hatte?

»Cameron ...«

Cam blickte hoch und sah den Bürgermeister in der Tür stehen. »Mr. Atherton.«

»Ich möchte Sie in dieser schweren Zeit ja nicht belästigen, aber meine Frau hat mich angerufen. Offenbar ist sie der Meinung, Ihre Mutter bräuchte Beistand.«

»Chuck ist bei ihr.«

»Ich verstehe.« Atherton machte Anstalten, den Raum zu verlassen, dann besann er sich. »Kann ich irgend etwas für Sie tun? Ich weiß, daß diese Worte für die meisten Menschen nichts als eine hohle Floskel bedeuten, aber ...« Er hob die mageren Schultern und sah aus, als ob er sich nicht allzu wohl in seiner Haut fühlte.

»Meine Mutter wäre bestimmt dankbar, wenn jemand sie nach Hause fährt, sobald sie hier fertig ist. Sie möchte aber nicht, daß ich das tue.«

»Ich übernehme das gerne. Cameron, jeder Mensch reagiert auf einen Schicksalsschlag verschieden.«

»Wahrscheinlich.« Cam stand auf. »Der Autopsiebericht liegt mir inzwischen vor. Morgen bringe ich Ihnen eine Kopie vorbei, dann kann ich Sie auch gleich über die Ergebnisse unserer Ermittlungen informieren.«

»Ach ja.« Atherton rang sich ein Lächeln ab. »Ich muß gestehen, daß ich mit derartigen Dingen nicht allzuviel Erfahrung habe.«

»Alles, was Sie zu tun haben, ist, ein paar Unterschriften zu leisten. Sagen Sie, Bürgermeister, wissen Sie, ob es an der Schule irgendwelche Jugendgangs gibt? So eine Art Bande, zu der sich die harten Jungs der Stadt zusammengeschlossen haben?«

Atherton zog die Augenbrauen zusammen, wobei sich sein oberlehrerhaftes Gesicht in tausend Fältchen legte. »Nein. Natürlich haben wir ein paar Störenfriede unter den Schülern, auch den einen oder anderen Außenseiter, und hin und wieder kommt es mal zu einer harmlosen Rauferei, aber ansonsten …« Seine nachdenklichen Augen weiteten sich plötzlich. »Sie glauben doch nicht im Ernst, daß Biff von Kindern umgebracht worden ist?«

»Irgendwo muß ich beginnen.«

»Sheriff … Cameron … an der Emmitsboro High haben wir noch nicht einmal Probleme mit Drogen, das wissen Sie so gut wie ich. Zugegeben, ab und an schlagen sich die Jungen mal gegenseitig die Nasen blutig, und die Mädchen reißen sich im Streit die Haare aus, aber derartige Kindereien führen doch nicht zu Mord.« Er zog ein sorgfältig gebügeltes Taschentuch hervor und betupfte damit seine Unterlippe. Der Gedanke an Mord hatte bewirkt, daß ihm der Schweiß ausgebrochen war. »Ich bin überzeugt, daß sich am Ende herausstellen wird, daß ein Fremder, jemand von außerhalb der Stadt, für dieses Verbrechen verantwortlich ist.«

»Komisch, daß ein angeblich Fremder die Leiche genau dort deponierte, wo seit ewigen Zeiten die Kinder im Creek planschen. Und daß ein Fremder den Wagen in der Nähe von genau der Strecke versteckt hat, auf der Bud Hewitt jeden Abend Streife fährt.«

»Aber – wer auch immer ... das bestätigt doch meine Theorie, oder nicht? Es kann doch wohl nicht in der Absicht der Täter gelegen haben, daß die Leiche so schnell gefunden wird.«

»Das ist die Frage«, murmelte Cam. »Sehr freundlich von Ihnen, daß Sie meine Mutter nach Hause fahren, Bürgermeister.«

»Bitte? Ach ja. Ich bin Ihnen gerne behilflich.« Das Taschentuch noch immer gegen die Lippen gepreßt, starrte Atherton Cam nach. Langsam füllten sich seine Augen mit Furcht.

Crazy Annie stand verzückt vor Cams Auto und tätschelte die Motorhaube so zärtlich, als handele es sich um den Familienhund. Sie beugte sich dicht darüber, angelockt von dem glänzenden blauen Lack. Wenn sie genau hinsah, konnte sie darin ihr Spiegelbild erkennen. Dieser Anblick brachte sie zum Kichern.

Mick Morgan beobachtete sie durch sein Bürofenster. Kopfschüttelnd riß er die Tür auf.

»He, Annie, Cam wird ziemlich sauer sein, wenn du überall auf dem Wagen deine Fingerabdrücke hinterläßt.«

»Er ist hübsch.« Doch Annie polierte die Haube rasch mit ihrem schmuddeligen Ärmel, bis kein Fleck mehr zu sehen war. »Ich mach' nichts kaputt.«

»Warum gehst du nicht zu *Martha's* und läßt dir was zu essen geben?«

»Ich hab' ein Sandwich. Alice hat mir ein Sandwich gemacht. Käse und Schinken auf Vollkorntoast. Mit Mayo.«

»Ist schon gut.« Cam trat vom Bürgersteig auf die Straße. Der Fußmarsch vom Bestattungsinstitut bis hierher hatte seine Laune nicht wesentlich verbessert, doch als er sah, wie Annie sein Auto streichelte, mußte er unwillkürlich lächeln. »Wie geht's, Annie?«

Jetzt konzentrierte sie sich ganz auf ihn. Ihre Armbänder klirrten, als sie an den Knöpfen ihrer Bluse herumspielte. »Kann ich auf Ihrem Motorrad mitfahren?«

»Das hab' ich heute nicht dabei.« Cam bemerkte, wie sie schmollend die Unterlippe vorschob. Dieser Flunsch eines kleinen Mädchens auf ihrem gealterten Gesicht wirkte irgendwie rührend. »Wie wär's mit einer Autofahrt? Soll ich dich nach Hause bringen?«

»Darf ich vorne sitzen?«

»Na klar.«

Als er sich bückte, um ihren Sack aufzuheben, griff Annie rasch danach und drückte ihn an sich. »Ich kann ihn selbst tragen. Er gehört mir. Ich kann ihn selbst tragen.«

»Okay. Rein mit dir. Weißt du, wie man den Sicherheitsgurt anlegt?«

»Das haben Sie mir letztes Mal gezeigt. Sie haben's mir gezeigt.« Annie zwängte sich nebst Sack auf den Sitz und begann mit zwischen die Zähne geklemmter Zunge, am Sicherheitsgurt herumzuhantieren. Als die Schnalle in die Halterung schnappte, stieß sie einen kleinen Freudenschrei aus. »Sehen Sie? Ich hab's alleine geschafft. Ganz alleine.«

»Sehr gut.« Sobald Cam im Auto saß, ließ er sofort die Fenster herunter. Da Annie, dem Geruch nach zu urteilen, das letzte Mal an Weihnachten gebadet haben mußte, war er dankbar, daß der Abend warm und windig war.

»Das Radio.«

Cam fuhr an. »Hier, dieser Knopf.« Er deutete auf das Autoradio, wohl wissend, daß Annie es selbst einschalten wollte. Billy Joel dröhnte aus den Lautsprechern. Annie klatschte im Takt mit, so daß ihre Armbänder am Arm herauf- und herunterrutschten. »Das kenn' ich!« Lauthals sang sie mit, während der Wind ihr graues Haar zerzauste.

Cam fuhr die Oak Leaf Lane hinunter. Als er am Kimball-Haus vorbeikam, nahm er automatisch Tempo weg, doch konnte er Clare nicht in der Garage entdecken.

Annie unterbrach ihren Gesang und verrenkte sich den Hals, um das Haus im Auge behalten zu können. »Ich hab' Licht im Dachgeschoß gesehen.«

»Nein, Annie, im Dachgeschoß brannte kein Licht.«

»Vorher doch. Ich konnte nicht schlafen. Kann nachts nicht in den Wald gehen. Nachts ist der Wald schlecht. Ich bin in die Stadt gelaufen. Da oben war ein Licht unter dem Dach.« Annie runzelte die Stirn, da sich eine Erinnerung über die andere legte. Hatte da jemand geschrien? Nein, diesmal nicht. Diesmal hatte sie sich nicht im Gebüsch versteckt und Männer aus dem Haus rennen und eilig fortfahren sehen. Rennen und fortfahren. Der Rhythmus dieser Worte gefiel ihr, und sie begann, vor sich hinzusummen.

»Wann hast du da ein Licht gesehen, Annie?«

»Weiß nicht mehr.« Sie begann, mit dem Fensterheber zu spielen. »Vielleicht hat Mr. Kimball lange gearbeitet. Manchmal arbeitet er ganz lange. Aber er ist ja tot«, erinnerte sie sich, sehr mit sich zufrieden, da sie nichts verwechselt hatte. »Tot und begraben, also kann er nicht gearbeitet haben. Das Mädchen ist wieder da. Das Mädchen mit dem schönen roten Haar.«

»Clare?«

»Clare«, wiederholte Annie. »Schöne Haare.« Sie wickelte eine Strähne ihres eigenen grauen Haars um den Finger. »Clare ist nach New York gegangen, aber jetzt ist sie wieder da. Alice hat es mir erzählt. Vielleicht ist sie ins Dachgeschoß gegangen, um ihren Daddy zu suchen. Aber er ist nicht da.«

»Nein, das ist er nicht.«

»Ich hab' oft nach meiner Mama gesucht.« Seufzend begann Annie, mit ihren Armbändern zu spielen, folgte mit dem Zeigefinger der Gravur auf einem silbernen Schmuckstück. »Ich laufe gerne. Ich laufe den ganzen lieben langen Tag herum. Ich finde Sachen. Schöne Sachen.« Sie hielt einen Arm hoch. »Sehen Sie?«

»Mmm-Hmm.« Doch Cam beschäftigte sich in Gedanken gerade mit Clare und sah das silberne Armband, auf dessen Plättchen *Carly* eingraviert war, gar nicht an.

Clare fühlte sich merkwürdig gehemmt, als sie um das gepflegte zweistöckige Haus der Cramptons herum zum Seiteneingang ging. Dem Patienteneingang, dachte sie säuerlich, dann seufzte sie tief. Schließlich konsultierte sie den Doc nicht, weil sie sich durchchecken lassen wollte oder weil sie unter Schnupfen litt. Sie wollte ihn lediglich aufsuchen, um ein weiteres Glied in der Kette, die zu ihrem Vater zurückführte, zu befestigen.

Trotzdem schlichen sich wieder Erinnerungen in ihr Gedächtnis, Bilder aus ihrer Kindheit, wo sie in dem nach Zitrone duftenden Wartezimmer des Docs gesessen hatte, die Bilder von Enten und Blumen an der Wand bewundert und in zerfledderten Mickymausheften geblättert hatte. Wie sie ins Behandlungszimmer gerufen und auf die Liege gesetzt wurde, wo sie den Mund aufmachen und »Ah« sagen mußte. Und jedesmal war sie mit einem Luftballon belohnt worden, ob sie nun geweint hatte oder nicht, wenn sie eine Spritze bekam.

Der Geruch frisch gemähten Grases, die offenbar gerade neu gestrichenen Fensterläden und der körperlose Gesang, der von irgendwo her an ihr Ohr drang, beruhigten sie etwas.

Sie fand Dr. Crampton über seine Maiglöckchen gebeugt. Gartenarbeit war das große Hobby, welches der Doc mit ihrem Vater geteilt hatte, ein Hobby, das die Freundschaft der beiden Männer gefestigt hatte, obwohl der Doc ein gutes Stück älter als Jack Kimball gewesen war.

»Hallo, Doc.«

Crampton richtete sich rasch auf und zuckte leicht zusammen, als er seine Gelenke knacken hörte. Sein rundes Gesicht hellte sich bei Clares Anblick auf. Sein weißes Haar schaute unter einem zerbeulten alten Hut hervor, ein Bild, welches Clare an Mark Twain denken ließ.

»Clare, ich hab' mich schon gefragt, wann du mich mal besuchen kommst. Gestern bei Jane hatten wir ja nicht viel Zeit, um unsere Bekanntschaft aufzufrischen.«

»Alice hat mir erzählt, daß Sie sich manchmal innerhalb der Woche einen halben Tag freinehmen. Ich hatte gehofft,

Sie einmal dann zu erwischen, wenn Sie nicht beschäftigt sind.«

»Ich bin gerade dabei, meine kleinen Lieblinge zu gießen.«

»Ihre Blumen sind wunderschön.« Die Farbenpracht versetzte Clare einen Stich ins Herz. Sie mußte daran denken, wie der Doc und ihr Vater immer zusammengestanden und über das richtige Beschneiden von Bäumen oder die am besten geeigneten Düngemittel diskutiert hatten. »Wie immer.«

Hinter ihrem Lächeln verbarg sich tiefer Kummer, erkannte Crampton. Ein Allgemeinmediziner, der in einer Kleinstadt praktizierte, lernte schnell, auf derartige Untertöne zu achten. Auffordernd klopfte er auf die Mauer und setzte sich. »Komm, leiste einem alten Mann Gesellschaft. Du mußt mir erzählen, was du in New York so alles getrieben hast.«

Clare setzte sich neben ihn und redete eine Weile über ihr Leben, da sie beide wußten, daß es ihr danach leichter fallen würde, auf das eigentliche Thema zu sprechen zu kommen.

»Mom und Jerry sollten in ein paar Wochen wieder in Virginia sein. Es gefällt ihr dort sehr gut.«

»Da du schon bis hierher gekommen bist, besuchst du sie vielleicht einmal, ehe du nach New York zurückfährst.«

»Vielleicht.« Mit gesenktem Blick bürstete sie einen Schmutzfleck von ihrer Hose. »Ich bin froh, daß sie glücklich ist. Wirklich.«

»Natürlich bist du das.«

»Ich konnte nicht ahnen, daß es mir so schwerfallen würde.« Ihre Stimme begann zu zittern und brach. Sie mußte ein paarmal tief durchatmen, um ihre Beherrschung zurückzugewinnen. »Letzte Nacht bin ich nach oben gegangen. Ins Dachgeschoß.«

»Clare.« Er griff nach ihrer Hand und nahm sie zwischen die seinen. »Das hättest du nicht allein tun sollen.«

»Ich bin kein Kind mehr, das sich vor Gespenstern fürchtet.«

»Du wirst immer deines Vaters Tochter bleiben. Du vermißt ihn ja immer noch. Aber ich kann das gut verstehen. Mir fehlt er auch.«

Clare stieß einen zittrigen Seufzer aus, ehe sie fortfuhr: »Ich weiß, daß Sie ihm ein guter Freund waren, daß Sie versucht haben, ihm zu helfen, als er mit dem Trinken anfing. Und Sie haben uns beigestanden, als der Skandal publik wurde.«

»Man läßt seine Freunde in schweren Zeiten nicht im Stich.«

»Manche Menschen schon.« Sie richtete sich auf und lächelte ihm zu. »Aber Sie nicht. Nie würden Sie das tun. Ich hatte gehofft, daß Sie auch heute noch sein Freund sind, damit Sie mir helfen.«

Die Verzweiflung, die in ihrer Stimme mitschwang, erschreckte ihn nicht wenig. Sanft streichelte er über ihre Hand. »Clare, du bist schon in dieses Haus gekommen, als du gerade krabbeln konntest. Natürlich werde ich dir helfen. Um Jacks und um deiner selbst willen.«

»Ich habe mein ganzes Leben verpfuscht.«

Cramptons Brauen zogen sich zusammen. »Wie kannst du so etwas sagen, Kind? Du bist doch eine sehr erfolgreiche junge Frau.«

»Künstlerin«, korrigierte sie. »Auf diesem Gebiet bin ich erfolgreich, das stimmt. Aber als Frau ... Sie haben bestimmt schon gehört, daß ich verheiratet war und jetzt geschieden bin.« Ein leiser Anflug von Humor blitzte in ihren Augen auf. »Kommen Sie schon, Doc, ich weiß, daß Sie ein Gegner von Scheidungen sind.«

»Im allgemeinen ja.« Dr. Crampton hüstelte leise, um seine Worte nicht allzu pompös wirken zu lassen. »Meiner Meinung nach bleibt ein Gelübde ein Gelübde. Aber ich bin nicht so engstirnig, daß ich die Scheidung grundsätzlich verdamme. Ich weiß, daß es manchmal gewisse ... Umstände gibt.«

»*Ich* war der Umstand.« Clare griff nach unten und riß ein Grasbüschel aus, das nahe an der Wand wuchs. »Ich konnte ihn nicht genug lieben, konnte nicht so sein, wie er es gerne wollte. Vermutlich konnte ich noch nicht einmal so sein, wie ich gerne gewesen wäre. Also habe ich alles verpatzt.«

Crampton verzog unwillig das Gesicht. »Meiner unmaßgeblichen Meinung nach gehören zum Erfolg oder zum Scheitern einer Ehe immer zwei.«

Fast hätte Clare laut aufgelacht. »Glauben Sie mir, Rob ist da anderer Ansicht. Und wenn ich meine Ehe und die anderen Beziehungen, die ich eingegangen bin, Revue passieren lasse, dann komme ich zu dem Schluß, daß ich immer noch einige unverarbeitete Probleme mit mir herumschleppe.«

»Wenn du das schon selbst erkannt hast, dann mußt du auch ungefähr wissen, woran es liegt.«

»Ja. Ich – ich muß endlich begreifen, wie er das tun konnte.« Die Worte sprudelten nur so hervor. »Sicher, ich weiß alles über Alkoholabhängigkeit; daß es eine Sucht, eine Krankheit ist und so weiter. Aber das sind alles nur Phrasen, bloße Redensarten, nichts weiter. Er war mein Vater. Ich muß lernen, seine Gründe zu verstehen, damit ich …«

»Ihm vergeben kann«, meinte Crampton sanft, und Clare schloß die Augen.

»Ja.« Das war das einzige, was sie bis jetzt noch nie offen zugegeben, ja, sich noch nicht einmal vor sich selbst eingestanden hatte, egal, wie oft Dr. Janowski nachgehakt und gebohrt hatte. Aber hier, gegenüber dem ältesten Freund ihres Vaters, kam ihr dieses Geständnis leichter über die Lippen. »Letzte Nacht, als ich nach oben gegangen bin, ist mir klargeworden, daß ich ihm nie vergeben habe, und ich habe solche Angst, daß es mir nie gelingen wird.«

Crampton schwieg einen Moment, sog den Duft seiner Blumen auf, lauschte dem Vogelgezwitscher und dem leichten Rascheln der Blätter, durch die der Wind strich. »Jack und ich haben nicht nur über Torf und Blattläuse gesprochen, wenn wir zusammensaßen. Er hat mir oft erzählt, wie stolz er auf dich und Blair war. Aber trotzdem warst du sein erklärter Liebling, so, wie du vermutlich weißt, Blair Rosemarys Augapfel ist.«

»O ja.« Clares Lippen krümmten sich ein wenig. »Das weiß ich.«

»Er wollte nur das Beste für dich. Am liebsten hätte er dir die ganze Welt zu Füßen gelegt.« Crampton seufzte traurig, als die Erinnerungen ihn überwältigten. »Vielleicht wollte er zuviel und hat deshalb Fehler gemacht. Aber das eine sage ich dir, Clare: Was auch immer er getan hat, ob es nun richtig oder falsch war, der Grund dafür war immer in seiner Liebe zu dir zu suchen. Verurteile ihn nicht für seine Schwäche, denn du kamst für ihn immer an erster Stelle.«

»Ich will ihn doch gar nicht verurteilen. Aber auf mich stürmen so viele Erinnerungen ein, daß ich meine, darin zu ertrinken.«

Crampton musterte sie nachdenklich. »Man kann die Zeit nicht zurückdrehen, auch wenn man es noch so gerne möchte.«

»Weißt du, eine Rückkehr in die Vergangenheit richtet oft mehr Schaden an, als sie nützt.«

»Das werde ich herausfinden.« Clare blickte zur Seite, auf den sorgfältig gepflegten Rasen. »Aber ich kann noch nicht wieder nach vorne schauen, Doc. Nicht, ehe ich nicht alles weiß.«

Elftes Kapitel

Keine Macht der Welt konnte Jane Stokey davon abhalten, einen offenen Sarg zu bestellen. Ihr Mann war gestorben, und es war die Pflicht aller, die ihn gekannt hatten, noch einen letzten Blick auf ihn zu werfen, um sich an ihn zu erinnern.

»Ein bösartiger Dreckskerl war er«, kommentierte Oscar Roody, an seinem Krawattenknoten zupfend. »Der alte Biff hat doch mit Gott und der Welt Streit angefangen, sobald er ein paar Bier intus hatte.«

»Soviel steht mal fest.« Less nickte weise, als er Biff ins Gesicht blickte. Hoffentlich schmorst du in der Hölle, du

Bastard, dachte er. »Chuck versteht ja wirklich was von seinem Geschäft, stimmt's? Ich hab' gehört, daß Biff ziemlich übel zugerichtet worden ist, aber schau ihn dir jetzt mal an. Liegt da, als würde er ein Nickerchen halten.«

»Da sind vermutlich Tonnen von Make-up für draufgegangen.« Oscar zog ein Tuch aus der Tasche und schneuzte sich kräftig. »Wenn du mich fragst, ich find's gespenstisch, 'nen Toten zu schminken.«

»Wenn ich damit so viel verdienen würde, daß ich mir 'nen eigenen Pool leisten kann, dann tät ich's auch. Es heißt, daß ihm jeder einzelne Knochen im Leib gebrochen worden wäre.« Less' Blick glitt an Biffs Körper herab. Er suchte nach sichtbaren Beweisen. »Sehen tut man aber nichts.«

Jane saß bereits auf dem Stuhl vor den Sitzreihen, die Griffith aufgestellt hatte. Da Biff kein Mitglied der Kirche gewesen war, würde die Trauerfeier hier im Bestattungsinstitut abgehalten werden, wobei Chuck das Amt des Redners übernahm. Sie trug wieder das gestärkte schwarze Kleid, hatte sich sorgfältig frisiert und nahm mit versteinertem Gesicht die Beileidsbezeugungen und die gestammelten Worte des Mitgefühls entgegen.

Einer nach dem anderen gingen die Leute an Biff vorbei, um ihm die letzte Ehre zu erweisen.

»Die vielen Male, wo der versucht hat, seine fette Hand unter meinen Rock zu schieben, kann ich schon gar nicht mehr zählen.« Sarah Hewitt schnitt dem Toten eine Grimasse.

»Sarah, bitte.« Hochrot im Gesicht blickte sich Bud verstohlen nach allen Seiten um. Hoffentlich hatte niemand Sarahs verächtliche Bemerkung gehört. »Du kannst doch hier nicht so reden.«

»So ein Quatsch, daß man über Tote nichts Schlechtes sagen soll. Wenn einer am Leben ist, kannst du über ihn sagen, was du willst, aber kaum ist er tot, beteuern alle, was für ein netter Kerl er doch war – sogar wenn er ein Stück Dreck gewesen ist.« Sarah hob eine Braue. »Stimmt es, daß er kastriert worden ist?«

»Um Himmels willen, Sarah!« Bud packte seine Schwester am Arm und zog sie hastig in den hinteren Teil des Raums.

»Sieh mal einer an, wer da kommt.« Sarahs Lächeln wurde dünn, als sie sah, wie Clare den Raum betrat. »Die verlorene Tochter.« Sie musterte Clare von oben bis unten. Insgeheim beneidete sie sie um das schlichte, aber kostspielige dunkle Kostüm. »Als gutgebaute Frau konnte man sie noch nie bezeichnen, was?«

Clares Herz pochte heiß und schmerzhaft gegen die Rippen. Sie hatte nicht geahnt, daß es so schlimm werden würde. Das letzte Mal, als sie diesen Raum betreten und einen blumengeschmückten Sarg, von Einwohnern der Stadt flankiert, gesehen hatte, war bei der Beerdigung ihres Vaters gewesen. Sie hätte schwören können, daß damals sogar dieselbe schwermütige Orgelmusik gespielt worden war.

Der beißende Duft, den die unzähligen Gladiolen und Rosen verströmten, benebelte sie ein wenig. Ihre Augen weiteten sich vor Entsetzen, als sie mit dem Blick dem schmalen Durchgang zwischen den Sitzreihen bis hin zu der rechteckigen freien Fläche dahinter folgte, und sie kämpfte verzweifelt gegen den Drang an, sich umzudrehen und hinauszulaufen.

Reiß dich zusammen, schließlich bist du eine erwachsene Frau, befahl sie sich energisch. Der Tod ist ein Teil des Lebens; einer, mit dem du dich auseinandersetzen mußt. Trotzdem sehnte sie sich danach, einfach fortzurennen, hinaus in den hellen Sonnenschein. Ihre Knie begannen zu zittern.

»Clare?«

»Alice.« Erleichtert ergriff Clare die Hand der Freundin und rang um Beherrschung. »Sieht aus, als hätte sich die halbe Stadt hier versammelt.«

»Nur Mrs. Stokey zuliebe.« Alice' Blick wanderte über die Gesichter. »Und weil sie sich Unterhaltung erhoffen.« In ihrer Kellnerinnenuniform kam sie sich ausgesprochen fehl am Platz vor, doch sie hatte sich nur zwanzig Minuten von der Arbeit freimachen können. Abgesehen davon war ihr schwarzes Sweatshirt das einzige Kleidungsstück, das sie besaß, welches sich für eine Trauerfeier eignete. »In einer Minute fangen sie an.«

»Ich setze mich lieber nach hinten.« Clare hatte keinesfalls die Absicht, zum Sarg zu marschieren und einen Blick hineinzuwerfen.

Hey, Biff, lange nicht gesehen. Tut mir wirklich leid, daß du tot bist.

Bei diesem Gedanken mußte sie ein nervöses Kichern unterdrücken und sofort darauf mit aller Kraft die Tränen zurückhalten. Was hatte sie hier verloren? Was zum Teufel tat sie eigentlich hier? Sie war Cam zuliebe gekommen, mahnte sich Clare. Außerdem wollte sie sich selbst beweisen, daß es ihr möglich war, wie ein verantwortungsbewußter erwachsener Mensch in diesem kleinen, überheizten Raum zu sitzen und eine Trauerfeier durchzustehen.

»Alles in Ordnung mit dir?« flüsterte Alice.

»Ja.« Clare schöpfte tief Atem. »Wir sollten uns besser setzen.«

Sowie Alice und sie Platz genommen hatten, suchte Clare den Raum nach Cam ab. Sie entdeckte Min Atherton in blauem Polyester, die ein betrübtes Gesicht zur Schau trug. Doch ihre hellen Augen glitzerten vor heimlicher Freude. Neben ihr saß der Bürgermeister, mit gesenktem Kopf, als sei er im Gebet versunken.

Farmer, Kaufleute und Mechaniker standen, angetan mit ihren Sonntagsanzügen, in Gruppen zusammen und sprachen über ihre Arbeit oder über das Wetter. Mrs. Stokey war von einem Kreis Frauen umgeben. Cam hielt sich an ihrer Seite. Sein Gesicht nahm jedesmal einen verschlossenen, unnahbaren Ausdruck an, wenn er seine Mutter beobachtete.

Chuck Griffith ging gemessenen Schrittes bis zum Ende des Raumes, drehte sich um und wartete. Murmelnd schlurften die Leute zu ihren Plätzen.

Stille.

»Freunde«, hob Chuck an, und Clare erinnerte sich.

Der Raum war während der beiden Abende, an denen die Leiche öffentlich aufgebahrt wurde, stets überfüllt gewesen. Jeder Mann, jede Frau und jedes Kind in Emmitsboro hatte Jack Kimball gekannt. Und alle waren sie gekommen. Ihre tröstenden Worte waren an Clare vorbeigerauscht und hatten nur eine vage Vorstellung ihrer Bedeutung hinterlassen. Kummer und Bedauern. Aber keiner, kein einziger von ihnen hatte auch nur im entferntesten geahnt, wie entsetzlich sie litt.

Die Kirche, in der der Trauergottesdienst abgehalten wurde, war bis auf den letzten Platz belegt gewesen, und die Schlange der Autos, die sich zum Friedhof bei Quiet Knolls bewegte, hatte sich kilometerlang gestaut.

Zum Teil waren heute dieselben Leute anwesend wie damals. Älter, mit mehr Speck um die Hüften, dafür weniger Haare auf dem Kopf. Schweigend nahmen sie ihre Plätze ein und hingen ihren Gedanken nach.

Auch Rosemary Kimball war – wie heute Jane Stokey – von einem Kreis Frauen aus der Stadt umgeben gewesen, die ihr seelischen Beistand geleistet und sie ob ihres schmerzlichen Verlustes bedauert hatten, insgeheim erleichtert, daß bei ihnen selbst der Witwenstatus wohl noch lange auf sich warten lassen würde.

Später hatten sie Speisen ins Haus gebracht – Schinken, Kartoffelsalat, gegrillte Hähnchen –, um die Trauergäste zu verköstigen. Die Lebensmittel als solche hatten keinerlei Bedeutung gehabt, es war die Geste, die zählte. Die Freundlichkeit der Menschen half, die Leere ein wenig auszufüllen.

Nur wenige Tage später war es dann zum Skandal gekommen. Jack Kimball, das allgemein beliebte, geachtete Mitglied der Gesellschaft, galt nun als Opportunist, dem man Schmiergeldaffären, Bestechung und Urkundenfälschung vorwarf. Während der Kummer noch an Clare nagte, hatte man ihr bereits klargemacht, sie müsse akzeptieren, daß ihr Vater ein Lügner und Betrüger gewesen sei.

Doch damit hatte sie sich nie abgefunden, genausowenig wie mit seinem Selbstmord.

Cam bemerkte sie. Er war erstaunt, sie hier zu sehen, und alles andere als erfreut, als er registrierte, wie blaß ihr

Gesicht und wie starr ihre Augen wirkten. Alice' Hand fest umklammert haltend, schaute sie blicklos ins Leere. Er fragte sich, was sie wohl hören und sehen mochte. Mit Sicherheit lauschte sie Chucks Worten über das ewige Leben und die Vergebung aller Sünden genausowenig wie er.

Dafür hörten andere um so aufmerksamer zu, mit unbewegten Gesichtern und regungslos im Schoß liegenden Händen. Und Furcht stieg in ihnen hoch. Eine Warnung war erfolgt. Wenn einer aus ihren Reihen es wagte, die Gebote zu übertreten, dann würde er erbarmungslos ausgelöscht werden. Der Zorn der Auserwählten war nichts anderes als der Zorn des Herrn der Finsternis selbst. So hörten sie zu und erinnerten sich. Und hinter ihren betroffenen Augen und gesenkten Köpfen lauerte die Angst.

»Ich muß zurück.« Alice drückte Clares Hand. »Ich muß zurück«, wiederholte sie. »Clare?«

»Bitte?« Clare zwinkerte verwirrt. Die Leute standen bereits von ihren Plätzen auf und begannen, sich hinauszudrängeln.

»Ich konnte mir nur gerade so lange freinehmen, um die Trauerfeier zu besuchen. Fährst du mit raus auf den Friedhof?«

»Ja.« Clare hatte vor, ein ganz anderes Grab zu besuchen. »Ja, ich fahre mit.«

Lediglich ein halbes Dutzend Autos verließ gemächlich den Parkplatz hinter dem Haus. Farmen mußten bewirtschaftet und Geschäfte geöffnet werden, außerdem waren nicht allzu viele Leute willens, ihre kostbare Zeit zu opfern, nur um mit anzusehen, wie Biff Stokey der Erde übergeben wurde. Clare schloß sich der Schlange an und richtete sich innerlich auf die kurze, gemessene Fahrt zum zehn Meilen entfernt liegenden Friedhof ein. Langsam fuhr der kleine Konvoi kurze Zeit später durch die weit geöffneten Eisentore.

Mit klammen Fingern stellte Clare den Motor ab, um noch eine Weile im Auto zu warten. Die Sargträger hoben inzwischen ihre Last an; ein paar Leute folgten ihnen. Clare konnte den Bürgermeister, Doc Crampton, Oscar Roody,

Less Gladhill, Bob Meese und Bud Hewitt erkennen. Cam ging neben seiner Mutter her, berührte sie aber nicht.

Clare stieg aus, wandte sich von der traurigen Szene ab und stieg den Hügel empor. Vögel freuten sich zwitschernd an dem warmen Maimorgen, und das Gras duftete süß. Hier und da leuchteten Plastikblumen und künstliche Kränze zwischen Grabsteinen und Gedenktafeln; Schmuck, der nie verwelken würde. Clare fragte sich, ob den Leuten, die diese Scheußlichkeiten hierhin gelegt hatten, nicht aufgefallen war, daß die nie erlöschenden Farben um so vieles trostloser wirkten als verblühende Nelken und Lilien.

Ein großer Teil ihrer Familie ruhte hier; ihre Großeltern mütterlicherseits, Großtanten und -onkel sowie eine junge Cousine, die lange vor Clares Geburt an Kinderlähmung gestorben war. Langsam schlenderte Clare zwischen den Gräbern umher, wobei ihr die Sonne in die Augen stach und ihr Gesicht wärmte.

Weder kniete sie am Grab ihres Vaters nieder, noch hatte sie Blumen mitgebracht, noch fing sie an zu weinen. Statt dessen stand sie einfach nur da, las wieder und wieder die Inschrift auf seinem Grabstein und versuchte, eine Verbindung zu ihm herzustellen. Doch nichts war geblieben, nur Granit und Gras.

Während er neben seiner Mutter stand, beobachtete Cam Clare. Die Sonne verwandelte ihr Haar in flammendes Kupfer, hell, leuchtend und voller Leben. Seine Finger verkrampften sich ineinander, als ihm plötzlich bewußt wurde, wie verzweifelt er sich danach sehnte, das Leben zu berühren. Jedesmal, wenn er seiner Mutter die Hand auf den Arm oder auf die Schulter legte, war es ihm, als träfe er auf eine kalte Wand. Sie wollte seine Hilfe nicht, und sie brauchte seine Hilfe auch nicht.

Trotzdem brachte er es nicht fertig, sie allein zu lassen, konnte sie nicht einfach stehenlassen, zu Clare hinübergehen und das Gesicht in diesem leuchtenden, glänzenden Haar vergraben. Er konnte das Leben nicht mit beiden Händen packen.

Er haßte Friedhöfe, dachte Cam grimmig, und das leere Grab eines Kindes kam ihm wieder in den Sinn.

Als Clare sich abwandte, zu ihrem Auto zurückging und davonfuhr, wußte er, was es hieß, vollkommen allein zu sein.

Den Rest des Tages arbeitete Clare pausenlos, wie im Fieber. Ihre zweite Metallskulptur war fast fertig. Wenn es an der Zeit war, den Stahl abkühlen zu lassen, würde sie den Schweißbrenner ausschalten, ihre Kappe vom Kopf reißen und das Tonmodell von Ernies Arm in Angriff nehmen.

Sie konnte sich einfach keine Ruhe gönnen.

Mit Messern, bloßen Händen und Holzspateln formte, glättete und gestaltete sie. Sie konnte den Trotz förmlich fühlen, als sie die Faust nachbildete, und die innere Unrast, als sie detailliert die Muskeln des Oberarms herausarbeitete. Geduldig schabte sie mit einem dünnen Draht winzige Bröckchen fort, dann glättete sie das Material mit einer feuchten, feinen Bürste.

Aus dem Radio dröhnte die wildeste, fetzigste Rockmusik, die sie auf der Senderskala hatte finden können. Da sie bis obenhin mit Energie aufgeladen zu sein schien, wusch sie sich den Ton von den Händen und verzichtete darauf, eine Pause einzulegen; sie konnte einfach nicht aufhören. Auf einem anderen Arbeitstisch lag ein Kirschholzklotz, an dem sie schon herumgeschnitzt hatte. Sie suchte die notwendigen Werkzeuge – Hammer, Meißel und Zirkel – zusammen und setzte diese nervöse Energie um, indem sie sich in ein neues Projekt stürzte.

Erst als die sinkende Sonne sie zwang, das Licht anzuknipsen, unterbrach sie kurz ihr Tun und suchte im Radio nach einem anderen Sender. Klassische Musik, ebenso leidenschaftlich und vibrierend wie der Rock. Autos fuhren vorüber, ohne daß sie sie wahrnahm. Das Telefon klingelte, doch sie ignorierte es.

Ihre anderen Projekte traten völlig in den Hintergrund. Jetzt war sie ein Teil des Holzes und der Möglichkeiten, die es ihr bot. Und das Holz absorbierte ihre aufwallenden

Emotionen und reinigte sie. Clare benutzte keine Skizze, keine Vorlage, nur Erinnerungen.

Mit sicheren, geschickten Fingern führte sie die feinen Schnitzarbeiten aus. Ihre Augen brannten mittlerweile von dem aufliegenden Holzstaub, doch sie rieb nur mit dem Handrücken darüber und arbeitete weiter, während das Feuer in ihrem Inneren immer heftiger loderte, statt langsam zu verlöschen.

Die ersten Sterne zeigten sich am Himmel; der Mond ging auf.

So fand Cam sie vor, über ihre Arbeit gebeugt, eine blitzende Holzfeile in der Hand. Nackte Glühbirnen über ihr sorgten für ausreichendes Licht und zogen blasse, großflügelige Motten in ihren tödlichen Bann. Musik, die nur aus dem Jaulen von Gitarrensaiten und hämmernden Bässen zu bestehen schien, donnerte aus dem Radio.

Auf ihrem Gesicht, in ihren Augen lag leuchtender Triumph. Alle paar Minuten strichen ihre Finger über das Holz, in einer Art von Kommunikation, die Cam zwar erkannte, jedoch nicht verstehen konnte.

In den Umrissen, die das Holz annahm, lag etwas Wildes; Ungezähmtes. Langsam bildete sich ein Profil heraus, als Cam die Garage betrat, konnte er erkennen, daß es sich um ein Gesicht handelte, welches auf eine verzerrte Weise maskulin wirkte. Ein zurückgeworfener Kopf, der aussah, als halte er das Gesicht der Sonne entgegen.

Wortlos sah er ihr zu, dabei verlor er jegliches Zeitgefühl. Doch er spürte die Leidenschaft, die aus ihr herausströmte, bis zu ihm floß und ein fast schmerzhaftes Feuer in seinem Inneren entfachte.

Clare legte die Werkzeuge aus der Hand, glitt von ihrem Stuhl und trat ein Stück zurück. Ihr Atem ging rasch, so rasch, daß sie instinktiv eine Hand auf ihr Herz preßte. Schmerz und Freude mischten sich in ihr, als sie musterte, was sie in ihrem fieberhaften Rausch erschaffen hatte.

Das Abbild ihres Vaters, so, wie sie sich an ihn erinnerte. So, wie sie ihn geliebt hatte. Dynamisch, voller Kraft, voller Liebe. Und lebendig. Vor allem lebendig. Heute nacht hatte sie endlich einen Weg gefunden, ihrer Erinnerung an ihn Leben einzuhauchen.

Als sie sich umdrehte, erblickte sie Cam.

Sie hielt sich erst gar nicht damit auf, sich zu fragen, warum sie nicht im mindesten überrascht war, ihn hier zu sehen. Sie überlegte auch nicht, ob der neuerliche Anflug von Erregung, der sie durchzuckte, Gefahr signalisierte oder ob sie für das Verlangen, welches sie in seinen Augen las, jetzt bereit war.

Cam streckte sich, um das Garagentor herunterzuziehen. Metall schlug gegen Beton. Clare rührte sich nicht, sprach kein Wort, sondern wartete ab, während jeder Muskel ihres Körpers bis zum Zerreißen gespannt war.

Er kam auf sie zu. Zusammen mit ihnen war die Musik in der Garage gefangen, dröhnte von Wänden, Decke und Fußboden wider.

Dann berührten seine Hände ihr Gesicht, die rauhen Handflächen kratzten auf ihrer Haut, seine Daumen zogen den Schwung ihrer Lippen und Wangenknochen nach, ehe sich seine Finger in ihr Haar gruben. Ihr stockte der Atem, als er ihren Kopf nach hinten zog, als sein Körper sich gegen den ihren preßte. Doch diesmal war es nicht Angst, die sie erzittern ließ. Der Laut, der aus ihrer Kehle drang, als ihre Lippen sich trafen, klang vielmehr triumphierend.

Niemals zuvor hatte Cam einen anderen Menschen so gebraucht, wie er Clare jetzt brauchte. Aller Kummer, aller Schmerz, alle Bitterkeit, die er schon den ganzen Tag mit sich herumschleppte, wurden bei dieser ersten Berührung aus ihm herausgeschwemmt. Er hielt reine Energie, pulsierendes Leben in den Armen. Gierig trank er von ihr, während er dem Hämmern ihres Herzens lauschte.

Seine Hände glitten an ihrem Körper hinunter zu ihren Hüften, dann zu ihren Schenkeln. Wenn es ihm möglich gewesen wäre, hätte er sie in sich aufgesogen, so stark war sein Wunsch, sie zu besitzen. Mit einem leisen Fluch auf den Lippen zerrte er sie mit sich, als er blindlings in die Küche stolperte.

Er dachte an ein Bett, dachte daran, mit ihr auf eine weiche Matratze zu sinken. In ihr zu versinken.

Ungeduldig riß er an ihrem Hemd, streifte es ihr über den Kopf und ließ es achtlos fallen. Eng umschlungen taumelten sie gegen die Wand, und seine Hände tasteten nach ihren Brüsten.

Lachend wollte sie ihn umarmen, doch als er sich herunterbeugte und an ihrer Haut knabberte, brachte sie nur ein kehliges Stöhnen hervor, krallte die Hände in sein Haar und ließ alles mit sich geschehen.

Er schien sie verschlingen zu wollen. In ihm spürte sie eine Wildheit, eine brennende Gier, die ihr eigenes Verlangen nur noch anfachte. Ihr Körper bog sich, bot sich an, flehte um mehr. Seine Zähne an ihrer empfindlichen Haut brachten ihr Blut zum Sieden. Fast meinte sie, das wüste Hämmern ihres Herzens müsse den ganzen Raum erfüllen. Sie hatte vergessen, wie es war, eine solch leidenschaftliche Begierde zu spüren, einen Hunger, den nur ein Mann stillen konnte. Jetzt sollte er sie nehmen, jetzt sofort. Sie konnte nicht länger warten.

Dann streifte er ihr die Jeans über die Hüften, und sein heißer, hungriger Mund glitt tiefer.

Seine Zunge fuhr über ihre zitternde Haut. Ihre Nägel gruben sich in seine Schultern, und ihr Körper begann ekstatisch zu zucken. Unter den Jeans war sie nackt, was ihm ein lustvolles Stöhnen entlockte. Er konnte hören, daß sie atemlose Worte stammelte, wußte aber nicht, was sie sagen wollte. Achtete auch nicht darauf. Rauh packte er sie bei den Hüften, und sein fordernder Mund senkte sich über sie.

Clare meinte zu sterben. Wie konnte sie am Leben sein, wenn eine Unzahl nie gekannter Gefühle sie durchströmte, sie lähmte? Zu viele sinnliche Empfindungen peitschten auf sie ein. Seine Hände, diese schlanken, drängenden, suchenden Finger. Und sein Mund. O Gott, sein Mund. Feurige Lichter tanzten hinter ihren Augen. Mit jedem keuchenden Atemzug sog sie heiße, sengende Luft ein, bis sie es nicht mehr ertragen konnte und um Erlösung kämpfte. Mit einem heiseren Schrei zog sie ihn hoch und klammerte sich an ihn, unfähig, das, was mit ihr geschah, noch länger auszuhalten.

Cams Atem kam in kurzen, abgehackten Stößen, als er nach dem Lichtschalter neben ihrem Kopf tastete. Wieder legten sich seine Hände um ihr Gesicht und hielten sie gegen die Wand gepreßt.

»Sieh mich an.« Er hätte schwören können, daß der Boden unter seinen Füßen schwankte. »Verdammt, ich will, daß du mich ansiehst.«

Sie öffnete die Augen und starrte ihn an. Sie saß in der Falle, erkannte sie mit einem Anflug von Panik. Sie war in ihm gefangen. Zitternd öffneten sich ihre Lippen, doch sie fand keine Worte, um ihre Gefühle zu beschreiben.

»Ich will dich beobachten.« Wieder schloß sich sein glühender Mund über dem ihren. »Ich will dich sehen.«

Clare fiel ins Bodenlose. Unaufhörlich, ohne daß sie sich wehren konnte. Dann war er über ihr, sein Körper brennendheiß. Doch die Bodenfliesen unter ihrer erhitzten Haut fühlten sich eiskalt an.

Von ihrem eigenen Verlangen angetrieben, zerrte sie an seinem Hemd, riß es, ohne auf die Knöpfe zu achten, auf, so begierig war sie, seine nackte Haut zu spüren. Außer Kontrolle, dachte sie. Sie war außer Kontrolle geraten und genoß diesen Zustand auch noch. Ihre Hände strichen über seinen feuchten Rücken, ehe sie sich an seiner Hose zu schaffen machte, um endlich die letzte Barriere einzureißen.

Cam kämpfte fluchend mit ihren Stiefeln, bis sie anfing zu kichern, die Arme um ihn schlang und seinen Hals und seine Brust mit kleinen, knabbernden Küssen bedeckte.

Schnell. Nur dieser eine Gedanke beherrschte sie. Schnell. Nur nicht länger warten.

Ineinander verschlungen rollten sie über den Küchenfußboden, aufgepeitscht von der noch immer hämmernden Musik. Cam stieß störende Kleidungsstücke beiseite und warf dabei einen Stuhl um. Ihr Mund schien mit seinen Lippen fest verschweißt zu sein, während sie noch einmal die Positionen tauschten. Als Clare schließlich auf ihm lag, packte er sie bei den Hüften und hob sie hoch.

Jetzt, dachte sie erleichtert. Gott sei Dank. Jetzt.

Sie bog sich zurück, um ihn tief in sich aufzunehmen. Ihr ganzer Körper wurde von einem inneren Erdbeben geschüttelt, als sie sich für ihn öffnete, um ihn ganz zu empfangen.

Mit zurückgeworfenem Kopf begann sie, ihn zu reiten, erst langsam, dann schneller und immer schneller, in einem sich steigernden Rhythmus, der ihn bis an seine Grenzen trieb. Er ergriff ihre Hände, während er atemlos beobachtete, wie ihr schlanker Körper sich über ihm krümmte.

Furchtlos. Das war die einzige, die treffendste Beschreibung, die sein erhitztes Hirn für sie fand. Sie wirkte kühn und furchtlos, wie sie sich über ihm erhob, ihn in sich aufsaugte, ihn nahm.

Plötzlich fühlte er, wie sie erstarrte, als sie den Höhepunkt erreichte, und keuchend ließ er seinen eigenen Gefühlen freien Lauf.

Weich, feucht, wie knochenlos ließ sie sich auf ihn sinken. Beide rangen sie nach Atem, während er leicht ihren Rücken streichelte. Auf diesen Augenblick hatte er lange gewartet, erkannte er, als er den Kopf drehte, um ihr Haar zu küssen. Sehr lange.

»Ich bin eigentlich nur vorbeigekommen, um dich zu fragen, ob du ein Bier möchtest«, murmelte er.

Clare seufzte, gähnte und räkelte sich. »Nein, danke.«

»Du siehst so verdammt sexy aus, wenn du arbeitest.«

Sie mußte lächeln. »So?«

»Und ob. Ich hätte dich bei lebendigem Leibe auffressen können.«

»Ich komme mir vor, als hättest du genau das auch getan.« Clare nahm ihre letzte Kraft zusammen, um sich mit einer Hand auf den Boden stützen und ihn ansehen zu können. »Es hat mir gefallen.«

»Sehr gut. Ich hatte nämlich schon vor, dir die Kleider vom Leib zu reißen, seit du mir da oben in der Diele zu Leibe gerückt bist.« Seine Hand schloß sich um ihre Brust, ein

Daumen strich über ihre immer noch aufgerichtete feuchte Brustwarze. »Du hast dich wirklich ganz hübsch rausgemacht, Slim.« Er verlagerte seine Position, so daß er mit ihr auf dem Schoß auf dem Boden zu sitzen kam. »Du hast ja immer noch eine Socke an.«

Clare sah an sich hinunter und bewegte die Füße, einer nackt, einer mit einer dicken violetten Socke bekleidet. Es mochte in ihrem Leben ja schon Momente gegeben haben, wo ihr wohler zumute gewesen war als jetzt, doch ihr fiel keiner ein.

»Vielleicht sollten wir nächstes Mal ja auch die Schuhe ausziehen, ehe wir zur Sache gehen.« Sie lehnte den Kopf an seine Schulter und dachte mit einem gewissen Bedauern daran, daß sie sich irgendwann einmal würden bewegen müssen. »Dir wird der Boden doch sicher langsam zu kalt.«

»Es hält sich in Grenzen.« Cam verspürte nicht die geringste Lust, jetzt schon aufzustehen. Sie in den Armen zu halten – darauf hatte er zwar gehofft, es jedoch nicht erwartet. »Ich hab' dich auf der Beerdigung gesehen. Du hast einen ziemlich erschöpften Eindruck gemacht.«

»Ich brauche ein Bett.«

»Meines steht dir zur Verfügung.«

Sie lachte zwar, fragte sich aber im stillen, ob sie die Dinge nicht überstürzten. »Wieviel verlangst du pro Nacht?«

Cam faßte nach ihrem Kinn und drehte ihren Kopf zu sich hin. »Ich möchte, daß du mit zu mir nach Hause kommst, Clare.«

»Cam ...«

Er schüttelte den Kopf und verstärkte seinen Griff. »Ich glaube, ich lege besser meine Karten offen auf den Tisch. Ich teile nicht gern.«

Clare überkam plötzlich dieselbe Panik, die sie überfallen hatte, als sie in seine Augen blickte und dort ihr eigenes Spiegelbild gefangen sah. »Es ist nicht so, als würde es da noch einen anderen geben ...«, begann sie.

»Gut.«

»Aber ich möchte nicht mehr abbeißen, als ich kauen kann. Was eben geschehen ist, war ...«

»Was?«

Als sie ihm in die Augen sah, stellte sie fest, daß kleine Fünkchen darin tanzten. Unwillkürlich lächelte sie. »Fantastisch. Absolut fantastisch.«

Mit Beziehungsängsten konnte er umgehen. Langsam ließ er seine Hand über ihre Hüfte hoch bis zum Brustkorb gleiten und registrierte befriedigt, daß sich ihre Augen verdunkelten. Er neigte den Kopf und liebkoste ihren Mund, bis sie nahe daran war, vor Wonne zu schnurren.

»Ich möchte, daß du mit zu mir kommst. Nur heute nacht.« Er beobachtete sie, als er ihre Unterlippe zwischen die Zähne nahm, leicht daran nagte und sie dann freigab. »Okay?«

»Okay.«

Ernie sah, wie die beiden das Haus durch die Vordertür verließen. Da sein Fenster offenstand, konnte er hören, wie Clares helles Lachen die stille Straße erfüllte. Ihre Hände waren ineinander verschlungen, als sie zu Cams Auto gingen. Sie blieben stehen, um sich lange und leidenschaftlich zu küssen. Sie ließ zu, daß er sie berührte! Ein böses Feuer breitete sich in Ernies Magengrube aus.

Er blickte den beiden nach, als sie ins Auto stiegen und davonfuhren.

Die Wut fraß immer noch an ihm, als er sich leise erhob, seine Tür abschloß und die schwarzen Kerzen anzündete.

In der Tiefe des Waldes trat der Zirkel zusammen. Diesmal bildeten sie nicht sofort den magischen Kreis. Das Ritual würde warten müssen. Es gab viele unter ihnen, die insgeheim Furcht verspürten. Der Altar, auf dem einer aus der Gruppe hingerichtet worden war, stand vor ihnen, Mahnmal und Warnung zugleich.

Sie waren heute abend, nur Stunden nach der Beerdigung, hierherbefohlen worden, um ihre Loyalität unter Beweis zu stellen. Während des Rituals, welches in Kürze stattfinden würde, würde jeder von ihnen den mit Blut versetzten Wein trinken.

»Meine Brüder, einer aus unserer Mitte liegt heute abend zertreten im Schmutz.« Der Priester sprach sehr leise und ruhig, trotzdem verstummten die gedämpften Stimmen seiner Anhänger sofort. »Das Gebot wurde übertreten, und der Frevler ist seiner gerechten Strafe zugeführt worden. Bedenkt, daß jeden, der Seine Gesetze bricht, jeden, der von Seinem Wege abweicht, Sein Zorn trifft. Und die Toten sind und bleiben tot.«

Er hielt inne und wandte langsam den Kopf. »Gibt es noch irgendwelche Fragen?«

Niemand wagte es, seinen Mund aufzumachen; ein Umstand, der den Priester mit tiefer Befriedigung erfüllte.

»Doch nun benötigen wir ein neues Mitglied, um die Lücke zu schließen, die unser gefallener Bruder hinterlassen hat. Überlegt jetzt, wer dafür in Frage kommt. Die Namen werden dem Gebieter vorgelegt werden.«

Die Männer nahmen ihre unterbrochenen Gespräche wieder auf, unterbreiteten sich gegenseitig Vorschläge und befürworteten oder verwarfen sie wieder, als handele es sich um eine Präsidentenwahl. Der Priester ließ sie gewähren. Ihm schwebte bereits ein geeigneter Kandidat vor. Nach einer sorgfältig berechneten Pause trat er in den Kreis und hob die Hände.

Sofort herrschte wieder Stille.

»Unser neuer Bruder sollte gewissen Anforderungen genügen. Wir verlangen Jugend, innere Kraft und unbedingte Gefolgschaft. Wir verlangen einen Geist, der für alle Möglichkeiten offen ist, und einen Körper, stark genug, um die Bürden, die Er uns auferlegt, zu tragen. Unser Gebieter ruft die Jungen, die Einsamen, die Zornigen zu sich. Ich weiß um einen, der bereit ist, einen, der bereits sucht. Man muß ihm nur noch die Richtung weisen und ihn mit den Regeln vertraut machen, dann wird er eine neue Generation im Dienste des Herrn der Finsternis begründen.«

Also wurde der betreffende Name auf ein Pergament geschrieben und die Zustimmung der vier Höllenfürsten erheischt.

Zwölftes Kapitel

Samstags übernahm Ernie gewöhnlich die Schicht von acht bis halb fünf an der Amoco, was ihm ausgezeichnet in den Kram paßte. Es bedeutete, daß er schon aus dem Haus war, wenn seine Eltern aus dem Bett krochen. Und wenn er dann nach Hause kam, waren sie bei *Rocco's* eifrig damit beschäftigt, Pizza zu fabrizieren. So konnte er von dem Zeitpunkt an, wo er das Haus verließ, bis um ein Uhr nachts tun und lassen, was er wollte.

Für heute abend hatte er sich vorgenommen, Sally Simmons in sein Zimmer zu locken, die Tür abzuschließen, eine Platte von AC/DC aufzulegen und sie dann bis zur Besinnungslosigkeit zu vögeln.

Ohne Bedenken hatte er sich dazu entschlossen, Sally zu verführen. Sie bedeutete ihm nichts, war lediglich ein Ersatz für die Frau, die er wirklich begehrte. Ein bloßes Gefäß seiner Lust.

Das Bild von Clare, wie sie sich mit Cameron Rafferty im Bett vergnügte, hatte Ernie die ganze Nacht lang gepeinigt. Sie hatte ihn und ihre gemeinsame Bestimmung verraten.

Er würde einen Weg finden, sie dafür büßen zu lassen, doch in der Zwischenzeit konnte er seinen angesammelten Frust bei Sally abladen.

Ernie tankte einen Milchlaster voll, und während die Zapfsäule klickend Dollar und Gallonen zählte, blickte er sich müßig um. Da kam der alte Mr. Finch angewackelt, in karierten Bermudashorts, die seine knubbeligen bleichen Knie freigaben. Wie jeden Tag führte er seine beiden zimperlichen Yorkshireterrier spazieren.

Finch trug eine Baseballkappe, eine verspiegelte Sonnenbrille und ein T-Shirt mit grellbuntem Aufdruck. Ständig redete er glucksend und gackernd auf die Yorkies ein, als habe er zwei Kleinkinder vor sich. Ernie wußte, der Alte würde die Main Street hinuntergehen, den Parkplatz der Tankstelle überqueren und dann hineingehen, um ein Doughnut zu verzehren und die Toilette aufzusuchen, wie er es jeden Samstagmorgen tat.

»Wie geht's, junger Freund?« fragte Finch wie jeden Samstag.

»Ganz gut.«

»Muß meinen Kleinen ein bißchen Bewegung verschaffen.« Less Gladhill kam angebraust. Wie üblich hatte er sich verspätet. Auf seinem käsigen Gesicht lag jener grämliche, verdrossene Ausdruck, der von einem schweren Kater zeugte. Er grunzte etwas Undefinierbares in Ernies Richtung, dann verschwand er in der Halle, um die Zündkerzen seines 75er Mustang zu wechseln.

Matt Dopper ratterte in seinem Pritschenwagen, einem betagten Ford, heran. Seine drei Hunde thronten auf der Ladefläche. Er nörgelte ein wenig über die gesalzenen Benzinpreise, griff sich eine Packung Bull Durham vom Zigarettenständer im Verkaufsraum und fuhr zurück auf seine Farm.

Doc Crampton, der noch ausgesprochen schläfrig wirkte, kam an die Zapfsäule, um seinen Buick volltanken zu lassen, erstand ein Heftchen Lose für die Tombola und ließ sich dann von Finch in ein Gespräch über dessen Schleimbeutelentzündung verwickeln.

Noch ehe es zehn Uhr geschlagen hatte, schien Ernie die halbe Stadt durchgeschleust zu haben. Er flitzte von Zapfsäule zu Zapfsäule, bediente Wagenladungen kichernder Mädchen im Teenageralter, die auf dem Weg ins Einkaufszentrum waren, junge Mütter mit quengeligen Kleinkindern und alte Männer, die die Zapfsäulen blockierten, während sie sich durch die heruntergelassenen Autofenster unterhielten.

Als Ernie seine erste Pause machte, um sich eine Coke zu genehmigen, saß Skunk Haggerty, der die Tankstelle betrieb, an der Kasse, verspeiste ein Doughnut und flirtete mit Reva Williamson, der hageren, langnasigen Kellnerin von *Martha's*.

»Eigentlich hatte ich ja vor, mir heute abend die Haare zu waschen und eine Gesichtsmaske aufzulegen.« Reva wälzte einen Kaugummi mit Erdbeergeschmack im Mund und grinste verschämt.

»An deinem Gesicht gibt's doch gar nichts zu verbessern.« Skunk machte seinem Namen alle Ehre. Egal wieviel Seife, Deo oder Eau de Cologne er auch benutzen mochte, nichts konnte den schwachen Geruch nach ungewaschenen Socken, der seinen Poren zu entströmen schien, überdekken. Aber er war alleinstehend, und Reva war zweimal geschieden und auf der Suche nach dem dritten Mann.

Ihr schrilles Kichern veranlaßte Ernie, die Augen zu verdrehen. Sogar als er nach hinten ging, um seine Blase zu erleichtern, hörte er noch, wie sie ihre gegenseitigen Neckereien fortsetzten. Im Handtuchspender befanden sich keine Papiertücher mehr. Es war seine Aufgabe, sich um die Toiletten zu kümmern, also wischte er sich knurrend die Hände an den Jeans ab und machte sich auf den Weg zum Lagerraum. Reva gab ein quiekendes Lachen von sich.

»Ach, Skunk, du bist mir vielleicht einer!«

»Scheiße«, murmelte Ernie vor sich hin, während er einen Karton Papiertücher aus dem Regal holte. Dann bemerkte er das Buch. Es lag direkt hinter dem Karton. Ernie leckte sich nervös die Lippen und griff danach.

Aleister Crowleys *Bekenntnisse*. Als er darin herumblätterte, fiel ein Zettel heraus, direkt vor seine Füße. Rasch hob er ihn auf, blickte verstohlen über seine Schulter und überflog die Nachricht.

Lies. Verstehe. Nimm teil.

Mit zitternden Händen stopfte er den Zettel in die Tasche. Er zweifelte keine Sekunde daran, daß die Nachricht für ihn bestimmt war. Endlich war die Aufforderung gekommen. Durch sein Teleskop hatte er so einiges gesehen und sich noch mehr zusammengereimt. Dennoch hatte er geschwiegen und gewartet. Und nun wurde er dafür belohnt. Er würde dazugehören.

Sein einsames Herz barst schier vor Freude, als er das Buch unter sein Hemd gleiten ließ. Aus einem Impuls heraus zog er das Pentagramm hervor und ließ es offen, für jedermann sichtbar, auf der Brust baumeln. Das sollte sein Zeichen, seine Antwort sein, dachte er. Sie würden sehen, daß er verstanden hatte. Daß er wartete.

Clare stand unter der Dusche und ließ das Wasser auf ihren Kopf prasseln. Eine beglückende Mattigkeit breitete sich in ihrem Körper aus. Mit geschlossenen Augen summte sie vor sich hin, während sie sich einseifte. Cams Geruch haftete noch auf ihrer Haut, dachte sie und ertappte sich dabei, daß sie ein dümmliches Grinsen aufsetzte.

Gott, was für eine Nacht!

Langsam und genüßlich strich sie mit der Hand über ihren Körper und schwelgte in der Erinnerung. Bislang war sie immer davon überzeugt gewesen, ihren Anteil an romantischen Begegnungen gehabt zu haben, aber nichts ließ sich auch nur annähernd mit dem vergleichen, was letzte Nacht zwischen ihr und Cam geschehen war.

Er hatte ihr das Gefühl vermittelt, die begehrenswerteste Frau der Welt zu sein. In einer einzigen Nacht hatten sie sich gegenseitig mehr gegeben als sie und Rob in ...

Uups. Mahnend schüttelte sie den Kopf. Keine Vergleiche, warnte sie sich selbst. Schon gar nicht mit Ex-Ehemännern als Basis.

Sie warf ihr Haar zurück und dachte daran, daß noch ein langer Weg vor ihr lag. Stand sie just in diesem Augenblick nicht zuletzt deshalb unter der Dusche, weil sie neben Cam aufgewacht war und sofort den Wunsch verspürt hatte, sich an ihn zu kuscheln? Sogar nach dieser stürmischen Liebesnacht – oder vielleicht gerade deswegen – empfand sie ihr Verlangen, von ihm im Arm gehalten und gestreichelt zu werden als beinahe peinlich.

Hier ging es einzig und allein um Sex, redete sie sich ein. Großartigen Sex, alles, was recht war, aber mehr steckte nicht dahinter. Jetzt ihren aufwallenden Gefühlen freien Lauf zu lassen würde nur zu einer Katastrophe führen. Wie immer.

Also würde sie sich von dem heißen Wasser aufweichen lassen, sich trockenrubbeln, bis ihre Haut rosig glänzte, und dann wieder ins Schlafzimmer gehen und über ihn herfallen. Diese Vorstellung entlockte ihr ein spitzbübisches Lächeln, welches jedoch in ein gellendes Kreischen überging, als sie die Augen wieder öffnete.

Cam hatte sein Gesicht gegen die durchsichtige Wand der Duschkabine gepreßt. Sein röhrendes Gelächter brachte sie dazu, einen Schwall von Verwünschungen auszustoßen, während er die Tür aufriß und zu ihr unter den Brausestrahl trat.

»Hab' ich dich erschreckt?«

»Mann, bist du ein Idiot! Mir ist fast das Herz stehengeblieben.«

»Laß mal fühlen.« Er legte eine Hand zwischen ihre Brüste und grinste. »Nö, die Pumpe funktioniert noch. Warum bist du denn nicht im Bett?«

»Weil ich hier bin.« Sie strich sich das nasse Haar aus den Augen.

Sein Blick wanderte an ihr hinunter, bis hin zu den Zehenspitzen, dann wieder herauf. Clares Blut begann bereits, schneller durch die Adern zu fließen, noch ehe seine Finger seinen Augen folgten. »Du siehst ziemlich naß aus, Slim.«

Er senkte seinen Mund zu ihrer feuchten Schulter. »Du schmeckst auch gut.« Langsam arbeitete er sich an ihrem Hals hoch, bis er auf ihre Lippen traf. »Du hast die Seife fallengelassen.«

»Mmm. Die meisten Unfälle im Haus passieren im Badezimmer.«

»Das sind regelrechte Todesfallen.«

»Ich sollte sie wohl besser aufheben.« Clare glitt, fest an seinen Körper geschmiegt, nach unten und schloß eine Hand um die Seife und den Mund um ihn. Sein zischender Atem mischte sich mit dem Gluckern des Wasserstrahls über ihnen.

Er hatte angenommen, sich in dieser Nacht vollkommen verausgabt zu haben; hatte geglaubt, das Verlangen, das an ihm genagt und gefressen hatte, sei erloschen. Doch jetzt wurde seine Begierde von neuem aufgepeitscht. Er zog Clare hoch und drückte sie gegen die nassen Kacheln. Ihre Augen schimmerten wie geschmolzenes Gold. Während er in sie eindrang, blickte er sie unverwandt an.

»Hungrig?« fragte Cam, als Clare am Schlafzimmerfenster stand und mit den Fingern ihr Haar kämmte, damit es trocknete.

»Fast verhungert«, gab sie zurück, ohne sich umzudrehen. Soweit das Auge reichte, sah sie nur Wald, üppig, weitläufig und tiefgrün. Er hatte sich mit Wald geradezu umgeben, sich in ihn zurückgezogen wie ein Tier in seinen Bau. In der Ferne, im Westen, konnte sie die Berge erkennen. Sie stellte sich vor, wie dieses Panorama wohl wirken würde, wenn die Sonne hinter den Bergen versank und den Himmel in ein Farbenmeer verwandelte.

»Wie bist du denn auf dieses Plätzchen hier gestoßen?«

»Durch meine Großmutter.« Cam knöpfte sein Hemd zu, dann kam er zu ihr und stellte sich hinter sie. »Seit hundert Jahren ist dieses Land im Besitz der Raffertys. Meine Großmutter hing sehr an diesem Fleckchen Erde, und dann hat sie es mir hinterlassen.«

»Es ist wunderschön hier. Letzte Nacht hab' ich das gar nicht richtig wahrgenommen.« Sie lächelte. »Ich glaube, gestern nacht habe ich kaum etwas wahrgenommen, außer dem flüchtigen Eindruck eines Hauses auf dem Hügel.«

Dann hatte er sie nämlich über seine Schulter geworfen, und sie hatte gelacht, während er sie ins Haus, nach oben und in sein Bett schleppte.

»Als ich nach Emmitsboro zurückkehrte, war ich fest entschlossen, mich irgendwo außerhalb der Stadt niederzulassen. Ich glaube, Parkers Problem bestand zum großen Teil darin, daß er in einer Wohnung über dem Spirituosengeschäft lebte und sich nie allzuweit von dort entfernt hat.«

»So ein Dienstabzeichen ist eine schwere Bürde für einen Mann«, bemerkte Clare trocken und erntete einen sachten Knuff. »Hast du nicht eben irgendwas von Essen gesagt?«

»Normalerweise frühstücke ich samstagmorgens immer bei *Martha's*.« Er blickte auf die Uhr. »Aber ich bin spät dran. Vielleicht findet sich ja hier im Haus auch etwas Genießbares.«

Dieser Vorschlag kam Clare sehr zupaß. Die Gerüchteküche würde so oder so zu brodeln beginnen, da gab es kein Entrinnen. Aber so hatten sie wenigstens noch diesen Morgen Galgenfrist.

»Führst du mich mal im Haus herum?«

Bislang hatte sie lediglich das Schlafzimmer mit dem riesigen französischen Bett, dem Holzfußboden und der holzverschalten Decke gesehen. Und das Badezimmer, erinnerte sie sich lächelnd. Das großzügige gekachelte Bad mit der geräumigen Duschkabine. Nach dem zu urteilen, was sie bis jetzt gesehen hatte, schien er einen guten Geschmack und keine Scheu vor leuchtenden Farben in ungewöhnlichen Zusammenstellungen zu haben. Der Rest des Hauses interessierte sie brennend.

Trotz der Ereignisse der vergangenen zwölf Stunden war sie sich bewußt, daß auch dieser Mann nicht seine gesamte Zeit im Bett verbrachte.

Er nahm sie bei der Hand und zog sie aus dem Raum.

»Hier oben liegen noch drei weitere Schlafzimmer.«

»Drei?« Clare hob eine Augenbraue. »Hast du schon vorausgeplant?«

»So könnte man es nennen.«

Er ließ sie im gesamten zweiten Stock herumstöbern, wobei sie ab und an zustimmend nickte oder kurze Kommentare abgab. Ihr gefielen die Dachluken, die Hartholzfußböden und die riesigen Fenster. Und vor allem der um das ganze Stockwerk herumlaufende Balkon.

»Du bist ekelhaft ordentlich«, neckte sie ihn, als sie nach unten gingen.

»Eine einzelne Person macht nicht viel Unordnung.«

Clare konnte nur lachen und ihm einen herzhaften Kuß geben.

Am Fuß der Treppe blieb sie stehen, um den sonnendurchfluteten Wohnraum, der durch die hohen Decken ungeheuer geräumig wirkte, zu bewundern. Indianische Teppiche bedeckten den Boden. Eine Wand bestand komplett aus roh behauenem Felsgestein, worin ein riesiger Kamin eingelassen war. Das niedrige, gemütliche Sofa davor lud den Betrachter förmlich zu einem Nickerchen ein.

»Also, ich muß schon sagen ...« Clare ging ein paar Schritte darauf zu, blieb dann stehen, drehte sich um und entdeckte die Skulptur. Er hatte sie neben dem offenen Treppenschacht aufgestellt, so daß die Sonnenstrahlen, die durch das direkt darüberliegende Dachfenster fielen, sie voll zur Geltung brachten. Jeder, der durch die Tür kam oder im Wohnzimmer stand, mußte sie einfach bemerken.

Die aus Bronze und Messing gearbeitete Statue maß beinahe vier Fuß; eine ausgesprochen sinnliche Arbeit, die Darstellung einer Frauengestalt, groß, schlank, nackt. Die Arme waren hoch über den Kopf erhoben, das Kupferhaar floß der Figur über den Rücken. Clare hatte sie *Weiblichkeit* genannt und sich bemüht, all den Zauber und die Magie, die den Reiz einer Frau ausmachen konnten, hineinzulegen.

Zuerst war sie verwundert, eines ihrer Werke in seinem Haus zu finden. Nervös schob sie die Hände in die Hosentaschen.

»Ich, äh ... du hast doch gesagt, du glaubst, ich male.«

»Ich hab' geschwindelt.« Er lächelte sie an. »Es hat mir einfach Spaß gemacht, dich auf die Palme zu bringen.«

Clare bestrafte diese Äußerung mit einem finsteren Blick. »Ich nehme an, du besitzt diese Skulptur schon seit einiger Zeit.«

»Seit ein paar Jahren.« Sachte strich er ihr das Haar hinter das Ohr. »Ich bin einmal durch Zufall in eine Galerie in D.C. geraten. Dort stellten sie auch einige deiner Arbeiten aus, und der Ausflug endete damit, daß ich mit dieser Figur nach Hause gegangen bin.«

»Warum?«

Sie fühlte sich unbehaglich und war verlegen, stellte er fest. Seine Hand glitt von ihrem Haar über ihre Wange bis hin zu ihrem Kinn. »Ich hatte eigentlich gar nicht die Absicht, sie zu kaufen, und damals konnte ich mir derartige Extravaganzen auch kaum leisten. Aber ich habe die Skulptur nur einmal angeschaut und gewußt, daß sie für mich bestimmt war, genau wie ich letzte Nacht in die Garage gekommen bin und dich angeschaut habe.«

Rasch machte Clare sich los. »Ich bin aber dummerweise keine Skulptur, die man kaufen und dann besitzen kann.«

»Nein, das bist du nicht.« Mit zusammengekniffenen Augen musterte er sie. »Du bist verunsichert, weil du weißt, daß ich diese Figur angesehen und dich darin erkannt habe. Weil ich dich verstanden habe. Dir wäre es lieber, wenn dem nicht so wäre.«

»Wenn ich eine Analyse brauche, wende ich mich an meinen Psychiater, vielen Dank.«

»Werd' ruhig sauer, Clare, das ändert auch nichts.«

»Ich bin nicht sauer«, zischte sie durch die Zähne.

»Und ob. Wir können jetzt entweder hier stehenbleiben und uns anbrüllen, oder ich kann dich wieder nach oben ins Bett schleppen, oder wir können in die Küche gehen und Kaffee trinken. Die Entscheidung überlasse ich dir.«

Clare verschlug es die Sprache, und sie brauchte ein paar Sekunden, bevor sie antworten konnte. »Mein Gott, bist du ein arroganter Hundesohn!«

»Du hast dich also fürs Brüllen entschieden.«

»Ich brülle ja gar nicht«, fauchte sie ihn an. »Aber eines will ich hier und jetzt mal klarstellen. Du schleppst mich nirgendwo hin, verstanden, Rafferty? Wenn ich mit dir ins Bett gehe, dann ist das meine persönliche Entscheidung und geschieht aus meinem freien Willen heraus. Falls es dich interessiert, wir leben in den neunziger Jahren, und dieses Machogehabe imponiert niemandem mehr. Ich lasse mich weder verführen noch zu etwas zwingen, und auf Schmeicheleien falle ich schon mal gar nicht rein. Zwischen mündigen, verantwortungsvollen Menschen ist Sex eine Sache der freien Entscheidung!«

»Wunderbar.« Cam packte sie am Hemd und zog sie an sich. Seine Augen glitzerten gefährlich. »Aber was zwischen dir und mir geschehen ist, war mehr als bloßer Sex, das mußt du ja wohl selber zugeben.«

»Ich muß überhaupt nichts.« Clare wappnete sich innerlich, als er den Kopf senkte, da sie einen harten, zornigen Kuß erwartete, in dem sich sein ganzer Frust entladen würde. Statt dessen berührte sein Mund federleicht den ihren.

Die plötzliche, unerwartete Zärtlichkeit nahm ihr den Wind aus den Segeln.

»Empfindest du dabei etwas, Slim?«

Ihre Lider schienen bleischwer. »Ja.«

Wieder senkten sich seine Lippen auf ihren Mund. »Hast du Angst?«

Sie nickte und seufzte tief, als er seinen Kopf an ihre Stirn lehnte.

»Da bist du nicht die einzige. Bist du jetzt mit der Herumbrüllerei fertig?«

»Ich denke schon.«

Cam legte ihr den Arm um die Schulter. »Dann laß uns Kaffee trinken.«

Als Cam sie eine Stunde später vor ihrem Haus absetzte, hörte Clare schon von weitem das schrille Klingeln des Telefons. Flüchtig erwog sie, das störende Geräusch zu ignorieren und sich sofort an die Arbeit zu machen, solange ihre Gefühle noch in Aufruhr waren, doch als das Klingeln nicht enden wollte, gab sie resigniert auf und hob den Hörer ab.

»Hallo?«

»Um Himmels willen, Clare.« Angies gekränkte Stimme gellte durch die Leitung. »Wo bist du bloß gewesen? Seit gestern versuche ich vergeblich, dich zu erreichen.«

»Ich war beschäftigt.« Clare langte in eine Tüte mit Plätzchen. »Hab' gearbeitet und so.«

»Ist dir eigentlich klar, daß ich mich auf den Weg zu dir gemacht hätte, wenn ich dich bis Mittag nicht erreicht hätte?«

»Angie, ich habe dir doch schon wiederholt versichert, daß es mir gut geht. Hier passiert nie etwas.« Biff Stokey kam ihr in den Sinn. »Na ja, fast nie. Aber du weißt doch, daß ich so gut wie nie ans Telefon gehe, wenn ich bei der Arbeit bin.«

»Ah ja. Und heute morgen um drei Uhr hast du vermutlich auch gearbeitet.«

Clare zog die Unterlippe zwischen die Zähne. »Also um

drei Uhr heute morgen war ich ganz bestimmt beschäftigt. Worum geht's denn?«

»Ich hab' Neuigkeiten für dich, Mädel. Große Neuigkeiten.«

Clare ließ das Plätzchen wieder in die Tüte fallen und griff nach einer Zigarette. »Wie groß?«

»Du wirst es nicht glauben. Das Betadyne-Institut in Chicago baut einen neuen Flügel an, der den Frauen in der Kunstwelt gewidmet werden soll. Sie wollen drei deiner Arbeiten erwerben, die auf Dauer ausgestellt werden sollen. Und«, fügte sie hinzu, als Clare anerkennend durch die Zähne pfiff, »es kommt noch besser.«

»Besser?«

»Sie wollen dich damit beauftragen, eine Skulptur herzustellen, die draußen vor dem Gebäude aufgestellt wird, zur Ehre aller Frauen, die Beiträge zur Kunst leisten.«

»Jetzt muß ich mich erst mal setzen.«

»Der Anbau wird voraussichtlich in zwölf bis achtzehn Monaten fertiggestellt sein. Die Kommission hätte gerne bis September einige Entwürfe von dir, und natürlich wird erwartet, daß du bei der Eröffnung anwesend bist und Presse- und Fototermine wahrnimmst. Jean-Paul und ich werden dir alle Einzelheiten auseinandersetzen, wenn wir runterkommen.«

»Wenn ihr was?«

»Wir kommen dich besuchen.« Angie stieß einen ungeduldigen Seufzer aus. »Ich hatte ja gehofft, daß du nach New York zurückkommst, um hier zu arbeiten, aber Jean-Paul meint, wir sollten uns erst einmal persönlich davon überzeugen, was du in Emmitsboro leistest.«

Clare preßte eine Hand gegen die Stirn. »Angie, ich versuche gerade, all das zu verdauen.«

»Stell du nur schon mal Champagner kalt, Clare. Wir werden Montag so gegen Mittag da sein. Sollen wir außer Plänen und Verträgen noch etwas mitbringen?«

»Betten«, erwiderte Clare schwach.

»Wie bitte?«

»Ach, nichts.«

»Gut. Jean-Paul ruft dich morgen noch einmal an, um sich den Weg erklären zu lassen. Herzlichen Glückwunsch, Mädel.«

»Danke.« Clare hängte ein und rieb sich mit den Händen über das Gesicht. Dies war der nächste Schritt, überlegte sie, der Schritt, auf den sie hingearbeitet, der Schritt, zu dem Angie sie getrieben hatte. Sie wünschte nur, sie wäre sicher, schon dafür bereit zu sein.

Nach dem Telefongespräch arbeitete Clare den ganzen Morgen ununterbrochen. Am späten Vormittag spürte sie ihre Hände kaum noch, so daß sie beschloß, für heute aufzuhören. Ihr sollte es recht sein, dachte sie. Schließlich hatte sie noch Einkäufe zu erledigen; sie brauchte Betten, Laken, Handtücher und so weiter, all die kleinen Annehmlichkeiten, die ein Gast erwartete. Sie konnte die Läden der Stadt durchstöbern, und mit etwas Glück würde Cam Zeit haben, sie zu begleiten.

Würde ein gemeinsamer Einkaufsbummel nicht beweisen, daß sie sich nicht vor einer Intensivierung ihrer Beziehung fürchtete?

Na sicher. Und die Tatsache, daß sie sich den ganzen Tag in ihrer Arbeit vergraben hatte, bewies, daß sie sich nicht davor fürchtete, den größten und wichtigsten Auftrag ihrer bisherigen Karriere anzunehmen.

Clare ging nach oben, um sich umzuziehen, doch wie von einem Magnet angezogen, lenkte sie ihre Schritte zu den Stufen, die zum Dachgeschoß führten. Die Tür stand offen, so, wie sie sie hinterlassen hatte. Sie hatte es nicht fertiggebracht, diese Tür wieder zu schließen, gewissermaßen ihre Erinnerungen erneut wegzusperren. Clare blieb auf der Schwelle stehen und versetzte sich in die Vergangenheit, in die Zeit, als der große, häßliche Schreibtisch ihres Vaters noch in diesem Raum gestanden hatte, übersät mit Papieren, Fotos und Büchern über Gartenbau. Daneben hatte eine Korkpinnwand gehangen, an die ihr Vater Fotos von Häusern, Zeitungsausschnitte sowie Telefonnummern von Klempnern, Dachdeckern, Schreinern und Elektrikern zu heften pflegte. Jack Kimball hatte zeit seines Lebens versucht, seinen Freunden und Bekannten Aufträge zuzuschustern.

Natürlich hatte er auch ein ordentlich geführtes, gut durchorganisiertes Büro in der Stadt unterhalten, doch schon immer hatte er es vorgezogen, hier zu arbeiten, unter dem Dach seines Hauses, wo er seine Familie in greifbarer Nähe wußte. Außerdem liebte er es, wenn der Duft seiner geliebten Blumen vom Garten in sein Arbeitszimmer drang.

Clare erinnerte sich an die Unmengen von Büchern, die ihr Vater besessen hatte. Die Wandregale waren mit ihnen vollgestopft gewesen. Sie betrat das Zimmer und begann, weitere Kartons zu öffnen und all die Dinge durchzusehen, die ihre Mutter weggepackt hatte, weil sie es nicht übers Herz brachte, sie fortzuwerfen.

Fachbücher, Abhandlungen über Architektur, das alte, zerfledderte Adreßbuch ihres Vaters, Romane von Steinbeck und Fitzgerald. Schwere Wälzer über Theologie und religiöse Themen. Jack Kimball hatte sich von der Religion zugleich abgestoßen und angezogen gefühlt. Nachdenklich blätterte Clare einige Bände durch. Was hatte ihren Vater nur dazu getrieben, sich gegen Ende seines Lebens wieder so verzweifelt an den Glauben seiner Kindertage zu klammern?

Stirnrunzelnd wischte sie den Staub von einem mit zahlreichen Eselsohren versehenen Taschenbuch ab und versuchte sich zu erinnern, wo sie das Symbol auf dem Cover schon einmal gesehen hatte. Ein Pentagramm, in dessen Mitte der Kopf eines Ziegenbockes zu sehen war. Die Hörner berührten die beiden oberen Spitzen des Pentagramms, die Ohren die Seiten, Maul und Bart die beiden unteren Spitzen.

»*Der linksgerichtete Weg*«, las sie laut. Ein kalter Schauer lief ihr über den Rücken, als sie das Buch aufschlug. In diesem Moment fiel ein Schatten über sie.

»Clare?«

Sie zuckte heftig zusammen und ließ das Buch fallen. Es landete mit der Titelseite nach unten zwischen den anderen. Ohne nachzudenken bewegte Clare die Hand und deckte rasch ein anderes Buch darüber.

»Ich wollte dich nicht erschrecken.« Cam stand in der Tür und suchte nach den richtigen Worten. Er wußte, daß es schmerzlich für sie sein mußte, sich in diesem Raum aufzuhalten. »Dein Wagen stand vor der Tür, und das Radio lief. Ich dachte, daß du dich irgendwo im Haus aufhalten mußt.«

»Ja, ich war gerade dabei ...«, sie erhob sich und klopfte Staub von ihren Knien, »... einige Sachen durchzusehen.«

»Bist du okay?«

»Klar.« Clare schaute auf die am Boden verstreuten Bücher hinunter. »Siehst du, auch eine einzelne Person kann Unordnung verbreiten.«

Cam legte eine Hand an ihre Wange. »Hey, Slim, willst du darüber reden?«

»Sei vorsichtig.« Clare schloß ihre Finger um sein Handgelenk. »Ich könnte sonst in Versuchung kommen, meine Probleme bei dir abzuladen.«

»Nur zu.« Sanft zog er sie an sich und streichelte mit einer Hand ihren Rücken.

»Ich habe ihn so sehr geliebt, Cam.« Clare schöpfte tief Atem und sah den im Sonnenlicht tanzenden Staubflocken zu. »Nie wieder habe ich jemanden so geliebt wie ihn. Als kleines Kind bin ich oft hier hochgeschlichen, wenn ich eigentlich schon längst im Bett liegen sollte. Er hat mich immer eine Zeitlang in seinem Stuhl sitzen lassen, während er arbeitete, dann hat er mich hinuntergetragen. Ich konnte mit ihm immer über alles reden, auch dann noch, als ich älter wurde.«

Unbewußt verstärkte sie ihren Griff um seinen Arm. »Ich fand es schrecklich, als er zu trinken begann. Ich konnte einfach nicht begreifen, warum er sich selbst und uns alle so unglücklich machte. Manchmal habe ich ihn nachts weinen gehört. Oder beten. Es klang, als wäre er entsetzlich einsam und traurig. Aber irgendwie hat er sich am nächsten Tag immer zusammengerissen und sich nichts anmerken lassen. Dann habe ich immer gedacht, alles würde schon wieder in Ordnung kommen. Aber dem war nicht so.« Seufzend machte sie sich los, doch ihre Augen waren trocken.

»Clare, er war euch ein guter Vater. Ich weiß noch, daß ich viele Jahre lang dich und Blair um euren Vater beneidet habe. Das Trinken war etwas, was er nicht kontrollieren konnte.«

»Ich weiß.« Sie lächelte ein wenig, dann tat sie das, was sie nicht fertiggebracht hatte, solange sie alleine war: Sie trat an das Fenster und schaute hinunter. Die Terrasse war leer und sauber gefegt. Um das gefliste Viereck herum blühten die frühen Rosen, die ihr Vater so geliebt hatte.

»Ich habe mich Selbsthilfegruppen angeschlossen, Therapien gemacht, Analysen über mich ergehen lassen und so weiter und so fort. Doch eines konnte mir keiner sagen. Eine Frage habe ich mir wieder und wieder gestellt, Cam, und nie eine Antwort darauf gefunden. Ist er hinuntergestürzt? Hat er sich sinnlos betrunken und dann das Gleichgewicht verloren? Oder hat er hier gestanden, genau an dieser Stelle, und hat beschlossen, den Kampf gegen den Dämon, der ihn beherrschte, endgültig aufzugeben?«

»Es war ein Unfall.« Cam legte ihr die Hände auf die Schultern und drehte ihr Gesicht zu sich hin.

»Das würde ich ja selbst gerne glauben. Ich habe es immer versucht, da mir jeder andere Gedanke unerträglich gewesen wäre. Der Vater, den ich kannte, wäre niemals imstande gewesen, sich umzubringen, hätte nie meine Mutter, Blair und mich dermaßen verletzen können. Aber weißt du, der Vater, den ich kannte, hätte auch niemanden betrügen, keine Beamten bestechen und keine Unterlagen fälschen können, so wie er es bei der Einkaufszentrumaffäre getan hat. Er hätte niemals lügen, Geld annehmen, was ihm nicht zustand, und bedenkenlos Gesetze übertreten können. Trotzdem hat er es getan, und ich weiß nicht mehr, was ich eigentlich glauben soll.«

»Er hat dich geliebt, und er hat Fehler gemacht. Das ist alles, was du glauben mußt.«

»Cam, du weißt doch besser als jeder andere, wie es ist, seinen Vater gerade dann zu verlieren, wenn man ihn am nötigsten braucht.«

»O ja, das weiß ich.«

Clare schloß ihre Finger um seine Hand. »Das mag jetzt vielleicht seltsam klingen, aber wenn ich nur sicher sein könnte – sogar wenn ich mir ganz sicher wäre, daß er Selbstmord begangen hat –, dann wäre es für mich leichter zu ertragen als diese Ungewißheit.« Sie schüttelte den Kopf und rang sich ein mattes Lächeln ab. »Ich hab' dich gewarnt, daß ich dich als seelischen Schuttabladeplatz mißbrauchen würde.« Sie verschränkte ihre Finger mit den seinen und zog dann seine Knöchel an ihre Wange.

»Besser jetzt?«

»Ja, danke.« Sie neigte den Kopf, bis ihre Lippen die seinen trafen. »Wirklich.«

»Ich stehe dir jederzeit zur Verfügung. Wirklich.«

»Komm, wir gehen runter.« Sie wollte eben vorangehen, als sie sah, daß er im Begriff war, die Tür zu schließen. Rasch streckte sie die Hand danach aus. »Nein, laß sie bitte offen.« Da sie sich lächerlich vorkam, rannte sie die Stufen viel zu schnell hinunter. »Möchtest du ein Bier, Rafferty?«

»Eigentlich wollte ich dich fragen, was du davon hältst, in die Stadt zu fahren, essen zu gehen und danach vielleicht ins Kino, und dann mit zu mir nach Hause zu kommen und dich die ganze Nacht lieben zu lassen.«

»Hmm.« Sie fuhr sich mit der Zungenspitze über die Lippen. »Im großen und ganzen hört sich das sehr verlockend an. Das Problem ist nur, daß ich nächste Woche Gäste habe, deshalb muß ich zwei Betten kaufen, und Stühle, und ein oder zwei Lampen, Bettwäsche, Lebensmittel ...«

Cam hob die Hand. »Du willst also das Kino sausen lassen und dich dafür ins Gewühl des Einkaufszentrums stürzen?«

»Nun ja, das Einkaufszentrum – und dann ist da noch dieser Flohmarkt.« Sie schenkte ihm ein hoffnungsvolles Lächeln.

Er hätte eine Menge getan, damit dieses Lächeln nicht erlosch. »Ich werde Bud anrufen und ihn fragen, ob er mir seinen Transporter leiht.«

»Was für ein Mann.« Clare warf ihm die Arme um den Hals und gab ihm einen schallenden Kuß, machte sich jedoch rasch los, ehe er sie an sich ziehen konnte. »Ich geh' hoch und ziehe mich schnell um.« Sie war schon halb auf der Treppe, als das Telefon klingelte. »Gehst du bitte mal ran? Wer es auch sein mag, sag ihm, ich rufe zurück.«

Cam nahm den Hörer ab. »Hallo?« Einen Moment lang herrschte Stille, dann ertönte ein Klicken. »Er hat eingehängt«, brüllte Cam Clare nach, ehe er Buds Nummer wählte.

Als Clare wieder herunterkam, stand Cam in der Garage und inspizierte die Arbeit des heutigen Tages. Unsicher schob sie die Hände in die Taschen ihres langen grauen Rocks.

»Was meinst du?«

»Du bist einfach unglaublich.« Er fuhr mit der Hand über das polierte, leicht geschwungene Holz. »Alle deine Werke sind voneinander verschieden.« Sein Blick wanderte von den fertiggestellten Metallskulpturen zu dem Arm aus Ton. »Und doch besteht kein Zweifel daran, daß jedes Stück von dir geschaffen worden ist.«

»Ich glaube, ich muß mich bei dir dafür entschuldigen, daß ich dich heute morgen so angeschnauzt habe. Schließlich hast du, indem du eine meiner Arbeiten erworben hast, nur guten Geschmack bewiesen.«

»Ich hab' mir schon gedacht, daß du dich an den Gedanken gewöhnst.« Müßig blätterte er ihr Skizzenbuch durch. »Ach, übrigens, ich habe dir dieses Stück Holz besorgt, diesen Auswuchs, auf den du so versessen warst.«

»Was hast du?«

»Du wolltest es doch unbedingt haben, oder nicht?«

»O doch, und wie. Ich hätte nur nicht gedacht, daß du dich daran erinnerst. Wie hast du denn das fertiggebracht?«

»Ich habe dem Bürgermeister davon erzählt, und der

fühlte sich so geschmeichelt, daß er dich noch bezahlt hätte, nur damit du dir diesen Holzknubbel absägst.«

Clare wickelte den tönernen Arm wieder in ein feuchtes Tuch. »Du bist ekelhaft nett zu mir, Rafferty.«

Cam legte das Skizzenbuch beiseite. »Allerdings.« Er drehte sich zu ihr um und musterte sie aufmerksam. »Dann wollen wir uns mal ins Getümmel stürzen, Slim. Ich hoffe nur, du bist beim Einkaufen nicht allzu wählerisch.«

»Normalerweise kaufe ich alles zusammen, was ich sehe.« Clare hob lachend eine Hand. »Außerdem freue ich mich schon auf den Champagner, den ich dir zum Essen spendieren werde.«

»Gibt es was zu feiern?«

»Ich hab' heute gute Neuigkeiten bekommen. Ich erzähl's dir beim Essen.« Gerade als sie in sein Auto steigen wollte, entdeckte sie Ernie auf der anderen Straßenseite und winkte ihm zu. »Hey, Ernie.«

Er beobachtete sie lediglich, ohne den Gruß zu erwidern. Mit einer Hand spielte er an dem Pentagramm, welches um seinen Hals hing.

ZWEITER TEIL

Der Herr aber sprach zu dem Satan: Wo kommst du her?
Der Satan antwortete dem Herrn und sprach: Ich habe die Erde
hin und her durchzogen.
– Das Buch Hiob –

Erstes Kapitel

»Wonach riecht es hier bloß so komisch?«

»Just in diesem Augenblick, *ma belle*, schnupperst du reine, gesunde Landluft.« Jean-Pauls Mund verzog sich zu einem breiten Grinsen, während er tief Luft holte. Die Flügel seiner elegant geformten Nase bebten leicht. »*C'est incroyable.*«

»Ich würde eher sagen, es ist unerträglich«, brummte Angie und blickte mit düsterer Miene aus dem Autofenster. »Stinkt wie Pferdescheiße.«

»Und wann, mein Herzblatt, hast du schon einmal Pferdescheiße gerochen?«

»Am 17. Januar 1987, in einer offenen Kutsche im Central Park, wo ich mich totgefroren habe, während du mir den ersten Heiratsantrag gemacht hast. Kann auch der zweite gewesen sein.«

Lachend küßte er ihre Hand. »Dann sollten ja mit diesem Geruch schöne Erinnerungen verbunden sein.«

Das war auch der Fall, trotzdem holte Angie ihren Parfümzerstäuber aus der Tasche und versprühte großzügig Chanel im Wagen.

Dann schlug sie ihre langen Beine übereinander und fragte sich, wie sich ihr Mann nur für endlose Grasflächen, Felsen und fette, unwillig mit dem Schwanz nach Fliegen schlagende Kühe begeistern konnte. Wenn das die vielgepriesene ländliche Idylle war, dann konnte Angie ihr nicht viel abgewinnen.

Dabei war es nicht so, daß sie keinen Gefallen an malerischer Szenerie fand. Der Blick auf Cancun von einem Hotelzimmerbalkon aus oder die Straßen von Paris, von einem Café aus betrachtet, sagten ihr durchaus zu. Aber diese Landschaft hier, deren rustikaler Reiz in der naiven Malerei am besten zur Geltung kam, entsprach nicht unbedingt ihren Vorstellungen von visueller Stimulation.

»Sieh mal! Was ist das denn?«

Seufzend blickte Angie in die Richtung, in die ihr Mann deutete. »Ich glaube, so etwas nennt man ein Silo, obwohl ich keine Ahnung habe, warum.« Sie lehnte sich bequem in ihrem Sitz zurück, während Jean-Paul das neu erlernte Wort ein paarmal wiederholte.

Sie hatte gegen die Fahrt nichts einzuwenden gehabt, wirklich nicht. Jean-Paul wirkte überwältigend sexy, wenn er hinter dem Steuer saß. Angie lächelte in sich hinein, ein typisch weibliches Lächeln voll tiefer Befriedigung. Jean-Paul wirkte eigentlich immer überwältigend sexy. Und er gehörte ihr allein.

Obwohl sie es nicht zugeben wollte, genoß sie die Fahrt über Land, mit heruntergekurbelten Fenstern und aus dem Autoradio hämmernder Cajun-Musik. Sie hatte Jean-Paul bewußt nicht angeboten, ihn am Steuer abzulösen, da sie wußte, wie selten ihr Mann Gelegenheit hatte, seine Lederkappe aufzusetzen, die Handschuhe überzustreifen und loszubrausen.

Kurz hinter der Ausfahrt Nummer Neun auf der Schnellstraße nach Jersey hatten sie einen Strafzettel kassiert, den Jean-Paul auch bereitwillig unterschrieben hatte – ehe er sich wieder in den fließenden Verkehr einordnete und den Jaguar auf neunzig Meilen pro Stunde hochjagte.

Er fühlte sich so wohl wie ein Schwein im Schlamm, dachte Angie, dann schloß sie gottergeben die Augen. Jetzt wählte sie sogar ihre Vergleiche schon aus dem landwirtschaftlichen Bereich!

Die letzte Stunde der Fahrt hatte sie ein bißchen nervös gemacht. Nichts als Felder, Hügel und Bäume. Soviel freier, offener Raum. Angie fühlte sich in der Stahl- und Betonwüste Manhattans weitaus wohler. Mit einem Straßenräuber wurde sie fertig – das hatte sie schon einmal bewiesen –, aber ein Hase, der quer über die Straße hoppelte, versetzte sie in Panik.

Wo um Gottes willen war der Lärm? Wo waren die Menschenmengen? Gab es hier überhaupt Menschen, oder befand sie sich in einer realen Version von George Orwells *Farm der Tiere*?

Was zum Teufel hatte sich Clare nur dabei gedacht, als sie sich entschlossen hatte, an einem Ort zu leben, wo es sich bei den nächsten Nachbarn um Kühe handelte?

Sie spielte nervös an der schweren goldenen Gliederkette, die sie um den Hals trug, herum, als Jean-Paul plötzlich an den Straßenrand fuhr und so scharf bremste, daß der Schotter aufflog. »Schau mal! Eine Ziege!«

Angie kramte in ihrer Handtasche nach Excedrin. »Mein Gott, Jean-Paul, werd doch endlich erwachsen.«

Dieser lachte nur und lehnte sich über sie, um den räudigen grauen Ziegenbock, der in aller Seelenruhe vor sich hinraste, besser beobachten zu können. Der gehörnte Geselle wirkte genauso unbeeindruckt wie Angie. »Aber der Angorapullover, den ich dir zu Weihnachten geschenkt habe, der hat dir gefallen, nicht wahr?«

»Meine Wildlederjacke gefällt mir auch, aber deshalb muß ich mir ja nicht gleich ein Schaf als Haustier halten.«

Jean-Paul kitzelte seine Frau hinter dem Ohr, ehe er sich in den Sitz zurücksinken ließ. »Wo müssen wir denn jetzt abbiegen?«

Angie warf ihm einen mißtrauischen Blick zu. »Haben wir uns verfahren?«

»Nein.« Er sah ihr zu, wie sie zwei Schmerztabletten schluckte und mit einem Schluck Perrier direkt aus der Flasche nachspülte. »Ich weiß zwar nicht, wo wir sind, aber wir werden schon irgendwo hinkommen.«

Seine Logik ließ sie wünschen, Valium statt Excedrin bei sich zu haben. »Red' keinen Unsinn, Jean-Paul, das deprimiert mich immer.«

Sie holte die Karte und Clares Wegbeschreibung hervor, damit sie sich gemeinsam überzeugen konnten, wo sie gelandet waren. Ihr Ärger legte sich ein wenig, als Jean-Paul ihren Nacken und ihre Schultern massierte. Wie immer spürte er instinktiv, wo die Schmerzen saßen.

Jean-Paul war ein geduldiger, aber ausgesprochen begeisterungsfähiger Mann – in jeder Hinsicht. Als er seine Frau kennengelernt hatte, war diese die Assistentin eines rivalisierenden Kunsthändlers gewesen. Der Ehrgeiz hatte ihr förmlich aus den Augen geleuchtet. Da sie auf oberflächliche Flirtversuche und auf unumwundene Anträge gleichermaßen kühl und zurückhaltend reagierte, hatte sie eine unwiderstehliche Herausforderung für sein Ego dargestellt. Sechs Wochen hatte er gebraucht, um sie zu überreden, einmal mit ihm essen zu gehen, weitere drei Monate hatte es gedauert, sie ins Bett zu bekommen.

Dort allerdings hatte sie sich weder kühl noch zurückhaltend gegeben.

Das Sexuelle war die am leichtesten zu überwindende Hürde gewesen. Jean-Paul wußte, daß sich Angie zu ihm hingezogen fühlte, so wie viele Frauen. Er war Künstler genug, um zu erkennen, daß er physisch attraktiv wirkte, und Mann genug, um diesen Umstand auszunutzen. Seinen Körper pflegte er mit einer an Besessenheit grenzenden Hingabe, hielt strikte Diät und trieb ständig Sport. Der französische Akzent und die oft bewußt falsch angewandten Redewendungen steigerten seine Anziehungskraft auf das andere Geschlecht nur noch. Jean-Paul trug sein dunkles, lockiges Haar beinahe schulterlang, so daß es sein schmales, kluges Gesicht mit den tiefblauen Augen und dem wie gemeißelt wirkenden Mund vorteilhaft umrahmte. Der dünne Oberlippenbart bewahrte ihn davor, zu feminin zu erscheinen.

Zu seinem ansprechenden Äußeren kam noch eine tiefverwurzelte Zuneigung zu allem, was weiblichen Geschlechts war. Er kam aus einer frauenreichen Familie und hatte schon in seiner Kindheit gewisse weibliche Eigenschaften wie Zielstrebigkeit, Sanftheit, Klugheit und innere Kraft schätzen gelernt. Die ältere Matrone mit blaugetöntem Haar interessierte ihn genauso wie die vollbusige Blondine – wenn auch aus verschiedenen Gründen. Dieser ungezwungene Umgang mit Frauen hatte nicht unwesentlich zu seinem Erfolg im Beruf und im Bett beigetragen.

Doch Angie war bis heute seine große und einzige Liebe, wenn auch nicht seine einzige Geliebte. Sie hiervon und von den Vorteilen einer konventionellen Eheschließung zu überzeugen, hatte ihn beinahe zwei Jahre gekostet. Er bereute nicht eine Minute davon.

Seine Hand schloß sich leicht um die ihre, als er den Wagen wieder auf die zweispurige Straße lenkte. »*Je t'aime*«, sagte er leise, so wie er es oft tat.

Angie mußte lächeln und zog seine Hand an die Lippen. »Ich weiß.« Er war schon ein ganz besonderer Mann, auch wenn er sie manchmal zur Weißglut brachte. »Aber warne mich bitte vorher, wenn du wieder einmal vorhast, wegen einer Ziege oder irgendeinem anderen Vieh eine Vollbremsung hinzulegen.«

»Siehst du das Feld dort?«

Angie blickte aus dem Fenster und seufzte. »Wie könnte ich das übersehen? Sonst ist ja nichts da.«

»Da möchte ich dich gern lieben. Mitten im vollen Sonnenlicht, ganz langsam, bis du die Sonne nur noch als großen, roten Feuerball siehst.«

Vier Jahre, dachte sie. Nach vier Jahren brachte er sie immer noch dazu, vor Erregung zu zittern. Sie warf ihm einen kurzen Blick zu und sah, daß er lächelte. Ihr Blick wanderte an ihm hinunter, bis sie feststellen konnte, daß er durchaus bereit zu sein schien, seine Worte in die Tat umzusetzen. Auf einmal kam ihr das Feld nicht mehr ganz so furchteinflößend vor.

»Vielleicht kann uns Clare ein Feld zeigen, das nicht ganz so nah an der Straße liegt.«

Jean-Paul kicherte leise, lehnte sich zurück und begann, mit Beausoleil mitzusingen.

Da sie zum Arbeiten viel zu aufgeregt war, beschäftigte sich Clare damit, den Rand ihrer Auffahrt mit Petunien zu bepflanzen. Wenn Angie und Jean-Paul wie verabredet um zehn Uhr in New York losgefahren waren, dann mußten sie jede Minute hier eintrudeln. Sie freute sich bereits darauf, die Freunde wiederzusehen und ihnen die Gegend zu zeigen, doch in ihre Freude mischte sich die Furcht, ihnen ihre Arbeiten zeigen und dann herausfinden zu müssen, daß sie sich geirrt hatte.

Keines ihrer Werke war wirklich gut. Sie hatte sich selbst etwas vorgemacht, weil sie unbedingt daran glauben wollte, daß sie immer noch in der Lage war, aus einem Holzklotz oder ein paar Metallteilen etwas Großes, etwas Bedeutendes zu schaffen. Es war alles zu einfach gewesen, dachte sie. Die Arbeit war ihr zu leicht von der Hand gegangen, und sie hatte viel zu schnell gewisse Begebenheiten aus ihrer Vergangenheit akzeptiert. Auf diese Weise konnte es nur bergab gehen.

Fürchten Sie sich vor dem Versagen, Clare, oder vor dem Erfolg? Dr. Janowskis Stimme summte in ihrem Kopf.

Vor beidem – tat das nicht jeder? Schluß jetzt. Jeder Mensch hatte das Recht auf seine private kleine Neurose.

Clare schob alle Gedanken an ihre Arbeit weit von sich und konzentrierte sich darauf, die Erde umzugraben.

Ihr Vater hatte ihr einiges über Gartenarbeit beigebracht. Wie man die Wurzeln pflegte, zum Beispiel, und wie man die Erde mit Torf, Dünger und Wasser anreicherte. An seiner Seite hatte sie gelernt, wie befriedigend es sein konnte, etwas zu pflanzen und heranwachsen zu sehen. In New York hatte sie offenbar viel verlernt.

Ihre Gedanken wanderten zu Cam, und sie dachte daran, wie oft und intensiv sie sich letzte Nacht geliebt hatten, so, als würden sie ihre niedrigsten Bedürfnisse befriedigen. Sie hatten gar nicht genug voneinander bekommen können. Clare konnte sich nicht erinnern, sich jemals einem Mann gegenüber so, nun, so wollüstig verhalten zu haben.

Was hatte sie da verpaßt, dachte sie grinsend.

Wie lange konnte diese Beziehung gutgehen? Achselzuckend fuhr Clare fort, Pflanzen in die Erde zu setzen. Sie wußte, daß gerade die Beziehungen, die am leidenschaftlichsten und am vielversprechendsten begannen, auch am schnellsten in die Brüche gingen. Aber darüber konnte und wollte sie sich jetzt nicht den Kopf zerbrechen. Wie lange es auch dauern mochte, sie würde sich damit zufriedengeben. Gerade jetzt verging keine Sekunde, in der sie sich nicht wünschte, möglichst bald wieder in seinen Armen zu liegen.

Liebevoll schichtete sie Erde um die roten und weißen Petunien und klopfte sie fest. Die Sonne brannte ihr heiß auf den Rücken, während sie den Boden mit Mulch bedeckte. Die Blumen würden gut anwachsen, dachte sie, sich ausbreiten und blühen, bis der erste Frost sie welken ließ. Sicher, sie hielten nicht ewig, aber solange sie blühten, konnte Clare sich an ihnen erfreuen.

Beim Geräusch eines sich nähernden Wagens blickte sie hoch. Bob Meese lenkte seinen Laster in ihre Auffahrt. »Hey, Clare.«

»Hallo, Bob.« Sie steckte den kleinen Handspaten in die Erde und erhob sich.

»Schöne Blumen hast du da.«

»Danke.« Clare wischte sich die schmutzigen Hände an ihren Jeans ab.

»Ich hab' dir doch versprochen, daß ich die Lampe vorbeibringe, sobald ich ein paar Minuten Zeit habe.«

Clare runzelte erst fragend die Stirn, doch dann hellte sich ihr Gesicht auf. »Richtig, die hatte ich fast vergessen. Dein Timing ist perfekt. Meine Freunde müssen jeden Moment hier sein, und jetzt haben sie wenigstens eine Lampe in ihrem Zimmer.«

Und was für eine, dachte sie entzückt, als Bob das gute Stück aus dem Wagen hob. Die Lampe war beinahe fünf Fuß hoch und prunkte mit einem glockenförmigen, tiefroten, mit Perlen und Fransen verzierten Schirm auf einem geschwungenen, vergoldeten Sockel. Sie sah aus, als stamme sie aus einem Bordell des neunzehnten Jahrhunderts. Clare hoffte insgeheim, dem möge wirklich so sein.

»Sie ist sogar noch schöner, als ich sie in Erinnerung habe«, sagte sie, während sie krampfhaft überlegte, ob sie die Lampe bereits bezahlt hatte oder nicht. »Könntest du sie wohl in die Garage bringen? Ich trage sie dann später nach oben.«

»Null Problemo.« Bob schleppte die Lampe in Clares provisorisches Atelier und blieb dann staunend vor ihren Werkzeugen und Skulpturen stehen. »Ich schätze, die Leute lassen für so'n Zeug einen hübschen Batzen springen.«

Clare lächelte. Vermutlich war Bobs Bemerkung nicht so abschätzig gemeint, wie sie klang. »Manchmal schon.«

»Meine Frau begeistert sich auch für Kunst«, meinte Bob im Konversationston, während er eine Skulptur aus Bronze und Kupfer betrachtete. Moderner Mist, dachte er geringschätzig. Doch als Antiquitätenhändler wußte er, daß man nie vorhersagen konnte, wofür die Leute gutes Geld auf den Tisch legten. »Sie hat einen Gipsesel mit Karren im Vorgarten stehen. Stellst du auch solche Sachen her?«

Clare biß sich auf die Zunge, um ein Kichern zu unterdrücken. »Nein«, erwiderte sie todernst. »Normalerweise nicht.«

»Du kannst gerne mal bei uns vorbeikommen und sie dir ansehen, wenn du Inspirationen brauchst.«

»Vielen Dank für das Angebot.«

Da Bob sich abwandte und zu seinem Wagen zurückging, ohne ein Wort über eine Rechnung zu verlieren, schloß Clare daraus, daß sie die Lampe wohl im voraus bezahlt haben mußte. Er öffnete die Tür und stützte einen Fuß auf das Trittbrett. »Bestimmt hast du schon gehört, daß Jane Stokey ihre Farm verkauft hat.«

»Wie bitte?«

»Jane Stokey«, wiederholte er, einen Daumen in seine Gürtelschlaufe hakend. Seine Stimmung hob sich beträchtlich, als er feststellte, daß er der erste war, der ihr diese Nachricht überbrachte. »Sie hat die Farm verkauft – oder hat es wenigstens vor. Es heißt, daß sie runter nach Tennessee ziehen will. Da wohnt angeblich noch 'ne Schwester von ihr.«

»Weiß Cam darüber Bescheid?«

»Kann ich nicht sagen. Aber wenn nicht, wird er's spätestens heute mittag wissen.« Bob überlegte bereits, ob es sich wohl einrichten ließe, rein zufällig im Büro des Sheriffs aufzutauchen, um die Bombe platzen zu lassen, unter irgendeinem Vorwand natürlich.

»Wer wird die Farm denn kaufen?«

»Soviel ich weiß, ein Immobilienmakler aus D.C. Muß'n ziemlich hohes Tier sein. Angeblich liest er regelmäßig die

Todesanzeigen in der Zeitung, und dabei ist er wohl auf die von Biff gestoßen. Er soll Jane ein gutes Angebot gemacht haben. Ich hoffe bloß, daß nicht irgendein Stadtplaner auf die Idee kommt, da noch mehr Häuser hinzuzusetzen.«

»Geht das denn so ohne weiteres?«

Bob schürzte die Lippen und zog die Brauen zusammen. »Nun, eigentlich ist die Farm ja landwirtschaftliches Nutzgebiet, aber man weiß ja nie. Wenn man die richtigen Leute schmiert, läßt sich immer etwas machen.« Er brach ab, hüstelte verlegen und wich Clares Blick aus, da ihm die Geschichte mit ihrem Vater einfiel. »Du, äh, du läßt dich hier jetzt also häuslich nieder?«

Clare bemerkte, daß sein Blick nach oben, zum Dachgeschoßfenster gewandert war. »Mehr oder weniger.«

Bob schaute wieder zu ihr hin. »Gruselst du dich denn nicht, so ganz alleine?«

»Ich bin in diesem Haus aufgewachsen, da gruselt man sich nicht so leicht.« Außerdem waren ihr alle Geister hier wohlvertraut.

Bob polierte einen Fleck von seinem Außenspiegel. Ein- oder zweimal hatte in ihrem Dachgeschoß Licht gebrannt. Gewisse Leute wollten wissen, weshalb. »Den Klamotten nach zu urteilen, die du so zusammenkaufst, bleibst du wohl noch eine Weile hier.«

Clare hatte beinahe vergessen, wie wichtig es für jeden Bewohner einer Kleinstadt war, über alle Vorgänge informiert zu sein. »Ich hab' noch keine konkreten Pläne.« Lässig zuckte sie mit den Achseln. »Das ist der Vorteil, wenn man frei und ungebunden ist.«

»Vermutlich.« Bob lag schon zu lange in Ehefesseln, um sich noch daran erinnern zu können, wie es war, frei und ungebunden zu sein. Vorsichtig tastete er sich an den eigentlichen Zweck seines Besuches heran. »Irgendwie ulkig, dich wieder hier zu haben. Ich muß immer wieder daran denken, wie ich dich zum ersten Mal ausgeführt habe. Wir sind auf die Kirmes gegangen, stimmt's?«

Ihre Augen verloren plötzlich ihren Glanz, und die Farbe wich aus ihren Wangen. »Ja. Auf die Kirmes.«

»Das war doch damals ...« Abrupt brach Bob ab und tat so, als ob ihm erst jetzt alles wieder einfiele. »O je, Clare.« Treuherzig blickte er ihr voll ins Gesicht. »Es tut mir schrecklich leid. Wie konnte ich das nur vergessen?«

»Ist schon gut.« Clares Wangen schmerzten von der Anstrengung, ein gezwungenes Lächeln aufzusetzen. »Das ist alles schon lange her.«

»Ja, eine ganze Weile. Mann, ich komme mir vor wie der letzte Trottel.« Ungeschickt tastete er nach ihrer Hand. »Es muß ja schlimm für dich sein, wenn irgendein Idiot dich immer wieder an alles erinnert.«

Sie brauchte nicht extra jemanden, der sie an alles erinnern mußte. Nervös hob Clare die Schultern. »Mach dir deswegen keine Gedanken, Bob. Wenn ich mit meinen Erinnerungen nicht umgehen könnte, wäre ich nicht hier.«

»Nun ja, sicher, aber ... na ja«, meinte Bob unsicher. »Aber du hast ja genug, was dich ablenkt. Deine Arbeit zum Beispiel. Und ...«, er zwinkerte ihr vielsagend zu, »... den Sheriff.«

»Das hat sich ja schnell herumgesprochen«, entgegnete sie trocken.

»Allerdings. Ich glaube, ihr zwei paßt ganz gut zusammen.«

»Das glaube ich auch.« Belustigt registrierte sie, daß seine Augen immer wieder in ihre Garage, zu der Skulptur, die sie *Die verborgene Bestie* genannt hatte, zurückkehrte, als ob ihn die Figur magnetisch anziehen würde. »Vielleicht würde Bonnie Sue die gerne neben ihren Esel stellen.«

Bob errötete und scharrte linkisch mit dem Fuß. »Ich glaube nicht, daß diese Art von Statue auf ihrer Linie liegt. Ich kann zwar nicht behaupten, viel von Kunst zu verstehen, aber ...«

»Du weißt, was dir gefällt«, beendete sie den Satz für ihn. »Du brauchst dich nicht dafür zu entschuldigen, daß du die Statue nicht magst, Bob. Ich weiß ja noch nicht einmal, ob ich sie selber mögen soll.«

Nein, die Statue gefiel ihm ganz und gar nicht. Dazu war ihm der Anblick viel zu vertraut. »Was hat dich eigentlich dazu getrieben, etwas so ... Ungewöhnliches zu erschaffen?«

Clare blickte über ihre Schulter. »Ich bin mir nicht sicher. Man könnte sagen, es war eine Art Eingebung. Ich habe sie im Traum gesehen«, fügte sie leise, wie zu sich selbst, hinzu und rieb über die Gänsehaut, die sich auf ihren Armen gebildet hatte.

Bobs Augen verengten sich zu schmalen, wachsamen Schlitzen, doch als sie sich zu ihm umdrehte, trat blitzschnell wieder der alte leere Ausdruck auf sein Gesicht. »Ich denke, ich bleibe lieber bei Eselchen mit Karren. Sag mir Bescheid, wenn irgend etwas mit der Lampe nicht in Ordnung ist.«

»Mach' ich.« Immerhin war er der erste Junge gewesen, der sie je geküßt hatte, erinnerte sie sich lächelnd. »Grüß bitte Bonnie Sue von mir.«

»Sicher, wird gemacht.« Bob, der sehr zufrieden mit dem, was er erfahren hatte, war, nickte und zog seinen Hosenbund hoch. »Ich werd's ihr ausrichten.« Er drehte sich um, und seine Augen wurden riesengroß. »Heiliges Kanonenrohr, sieh dir mal diesen Wagen an!«

Clare blickte sich um und erkannte den Jaguar, der gerade anhielt, sofort. Als Jean-Paul heraussprang, rannte sie ihm bereits entgegen, um sich in seine Arme zu werfen und ihm einen überschwenglichen Kuß zu geben.

»Mmm.« Er küßte sie gleich noch einmal. »Schmeckt wie Lakritz.«

Lachend machte Clare sich los, um Angie zu umarmen. »Ich kann noch gar nicht glauben, daß ihr wirklich hier seid.«

»Ich übrigens auch nicht.« Angie strich ihr Haar zurück, während sie ihre Umgebung prüfend musterte. Ihre Vorstellung von ländlicher Mode beinhaltete nilgrüne Leinenhosen mit passender Jacke und dazu eine rosenholzfarbene Seidenbluse. Außerdem trug sie flache Schuhe – von Bruno Magli. »Das ist also Emmitsboro.«

»Allerdings.« Clare hauchte der Freundin einen Kuß auf die Wange. »Wie war denn die Fahrt?«

»Wir haben nur einen Strafzettel gekriegt.«

»Jean-Paul scheint zu verweichlichen.« Clare sah zu, wie dieser zwei Koffer und eine große lederne Reisetasche aus dem Wagen hievte. »Jetzt gehen wir erst mal rein und trinken zur Begrüßung ein Glas Wein«, schlug sie vor, nahm ihm die Tasche ab und ging aufs Haus zu. Bei Bobs Laster blieb sie stehen, um die drei bekanntzumachen. »Bob Meese, Angie und Jean-Paul LeBeau, Freunde und Kunsthändler aus New York. Bob besitzt den besten Antiquitätenladen der Stadt.«

»Aha.« Jean-Paul setzte einen Koffer ab, um Bob die Hand zu reichen. »Wir müssen unbedingt einmal bei Ihnen vorbeischauen, ehe wir wieder abreisen.«

»Wir haben an sechs Tagen in der Woche von zehn bis sechs und sonntags von zwölf bis fünf geöffnet.« Bobs Blick fiel auf Jean-Pauls Krokodillederschuhe und sein goldenes Gliederarmband. Man stelle sich vor, ein Mann, der Schmuck trägt – auch wenn es sich um einen Ausländer handelte. Bob nahm auch die exotisch wirkende Frau zur Kenntnis. Eine Schwarze. Diese kleinen Einzelheiten konnte er bis zum Ladenschluß an seine Kunden weitergeben. »So, ich muß langsam wieder zurück.«

»Danke, daß du mir die Lampe vorbeigebracht hast.«

»Null Problemo.« Bob winkte noch einmal grüßend, kletterte in seinen Laster und setzte rückwärts aus der Einfahrt hinaus.

»Hat da eben jemand von Wein gesprochen?« wollte Angie wissen.

»Ganz recht.« Clare hakte sich bei ihrer Freundin ein und zog sie sanft den Weg zur Vordertür entlang. »Euch zu Ehren bin ich bis nach Frederick gefahren, um meinen Vorrat an Pouilly-Fuissé aufzustocken.«

»Wart' mal einen Moment.« Jean-Paul strebte in die entgegengesetzte Richtung. »Arbeitest du in der Garage?«

»Ja, aber laß uns doch erst mal reingehen und es uns bequem machen. Wie gefallen dir denn meine Petunien? Ich hab' sie gerade erst ...«

Angie folgte bereits ihrem Mann, Clare im Schlepptau

hinter sich herzerrend. Clare sog zischend den Atem durch die Zähne, schloß den Mund und wartete ab. Diesen Augenblick der Wahrheit hatte sie möglichst lange hinausschieben wollen, wie ein Kind, das sich scheut, den Eltern sein Zeugnis zu präsentieren. Eigentlich lächerlich, schalt sie sich. Doch ihr lag viel an Jean-Pauls und Angies Meinung. Beide hatten sie, Clare, ins Herz geschlossen, das wußte sie. Und aufgrund dessen würden sie ehrlich bis hin zur Brutalität sein, wenn sie es für nötig hielten. Die Arbeiten, die sie hier, zuhause in Emmitsboro, gefertigt hatte, bedeuteten ihr mehr als alles andere, was sie bislang geschaffen hatte, da diese einem verborgenen Winkel ihres Herzens entsprungen waren.

Wortlos trat sie ein Stück zurück und sah zu, wie die beiden um die Skulpturen herumgingen und sie kritisch musterten. Nur das leise Tappen von Angies Fuß auf dem Betonboden war zu vernehmen, als sie die Holzschnitzerei von allen Seiten inspizierte. Sie und ihr Mann wechselten kein Wort, kaum einen Blick miteinander. Jean-Paul zupfte an seiner Unterlippe, eine nervöse Angewohnheit, die Clare schon an ihm kannte, während er die Metallstatue in Augenschein nahm, die Bob Meese erst kürzlich so mißbilligend betrachtet hatte.

Wo Bob nur ein wildes Metallgewirr, dessen Sinn er nicht verstand, gesehen hatte, sah Jean-Paul eine Feuerstelle, aus der die Flammen gierig herauszüngelten. Ein hungriges, ein gefährliches Feuer, dachte er. Es verursachte bei ihm eine Gänsehaut, und er fragte sich unwillkürlich, was in diesem Feuer wohl verzehrt worden sein mochte.

Kommentarlos wandte er sich zu dem tönernen Arm, den Clare erst am Vortag gebrannt hatte. Jung und trotzig, grübelte er. Mit Anlagen zum Heldentum oder zur Brutalität. Wieder zupfte er an seiner Lippe, ehe er zum nächsten Stück überging.

Clare trat von einem Fuß auf den anderen, schob die Hände in die Hosentaschen und zog sie wieder heraus. Warum tat sie sich das nur an, fragte sie sich. Jedesmal kam sie sich so vor, als würden ihre Gefühle, ihre Gedanken und ihre geheimsten Ängste aus ihr herausgerissen und öffentlich zur Schau gestellt werden. Und es war im Laufe der Zeit nicht besser und auch nicht leichter geworden. Clare wischte ihre feuchten Handflächen an ihren Jeans ab. Wenn sie nur einen Funken Verstand hätte, dann würde sie Tupperware verkaufen.

Die LeBeaus widmeten sich jetzt voll und ganz der Metallskulptur, die Clares schlimmsten Alpträumen entsprungen war. Sie hatten noch kein einziges Wort miteinander gewechselt, doch auch ihre wortlose Kommunikation war an Clare verschwendet. Ihr stockte der Atem, als Jean-Paul sich umdrehte. Mit ernster Miene legte er ihr die Hände auf die Schultern, beugte sich vor und küßte sie auf beide Wangen.

»Unglaublich!«

Zischend stieß Clare den Atem aus. »Gott sei Dank.«

»Ich hasse es, mich zu irren.« In Angies Stimme schwang eine unterschwellige Erregung mit. »Wirklich, es gibt nichts auf der Welt, was ich mehr hasse, als einen Irrtum eingestehen zu müssen. Aber hierhin zurückzukehren und hier zu arbeiten war das beste, was du tun konntest. Himmel, Clare, ich bin einfach sprachlos.«

Clare legte jedem der beiden einen Arm um die Schulter. Sie wußte nicht, ob sie weinen oder schallend loslachen sollte. Tief in ihrem Herzen hatte sie geahnt, daß die Skulpturen gut waren, aber die kleine, häßliche Stimme des Zweifels in ihrem Kopf hatte sich nicht zum Schweigen bringen lassen wollen.

»Kommt, jetzt trinken wir erst mal einen Schluck Wein«, schlug sie vor.

Bob Meese eilte auf dem schnellsten Weg nach Hause. Er betrat seinen Laden durch die Hintertür, um etwaigen Kunden aus dem Weg zu gehen. Sorgfältig schloß er sämtliche Türen, ehe er zum Telefonhörer griff. Während er die Nummer wählte, versuchte er, etwas Speichel zu sammeln. Wenn er sich am hellichten Tag mit dem konfrontiert sah, was er des nachts tat, bekam er unweigerlich einen strohtrockenen Mund.

»Ich habe sie gesehen«, sagte er im selben Moment, als sich der Teilnehmer meldete.

»Und?«

»Sie beschäftigt sich in Gedanken mit ihrem alten Herrn, das ist ganz offensichtlich.« Bob schwieg einen Moment und dankte insgeheim sämtlichen Göttern, daß er, als Jack Kimball sich zu Tode gestürzt hatte, noch zu jung gewesen war, um in den Zirkel aufgenommen zu werden. »Ich glaube nicht, daß sie ahnt, in was er verwickelt war. Sie läßt sich nicht das geringste anmerken. Trotzdem, was die Statue anbelangt, hatte ich recht. Ich konnte sie mir heute genauer ansehen.«

»Beschreib sie mir.«

Bob wünschte, er hätte sich die Zeit genommen, sich vor dem Telefonat noch einen schönen kalten Drink zu genehmigen. »Sie sieht genauso aus, wie ich gesagt habe.« Er preßte die Lippen zusammen. Hier in seinem Büro, wo Fotos seiner Frau und seiner Kinder auf dem überladenen Schreibtisch standen und ihm der Geruch von Leinöl in die Nase drang, fiel es ihm immer schwer zu glauben, daß er einer von ihnen war.

Daß er es genoß, zu ihnen zu gehören.

»Die Zeremonienmaske und das lange Gewand. Ein Tierkopf auf menschlichem Körper.« Seine Stimme erstarb zu einem Flüstern, obwohl keiner da war, der ihn hätte hören können. »Es könnte jeder von uns sein. Ich weiß nicht, wen sie gesehen hat, aber ich glaube nicht, daß sie sich genau erinnert, oder sie weiß selber nicht, daß sie sich überhaupt erinnert.«

»Ein Teil von ihr weiß es schon. Man darf das Unterbewußtsein nicht unterschätzen.« Die Stimme am anderen Ende der Leitung klang tonlos und eiskalt. »Sie könnte uns gefährlich werden. Wir werden sie im Auge behalten und ihr gegebenenfalls eine sanfte Warnung zukommen lassen.«

Das Wörtchen ›sanft‹ beruhigte Bob nur wenig. »Hör zu, ich glaube wirklich nicht, daß sie sich erinnern wird. Uns kann gar nichts passieren. Außerdem, wenn sie etwas wüßte, dann hätte sie es längst dem Sheriff erzählt. Doch so, wie's aussieht, sind die beiden viel zu sehr damit beschäftigt, die Bettfedern quietschen zu lassen, um noch Zeit für tiefgründige Gespräche zu haben.«

»Sehr bildhaft ausgedrückt.« Der kühle Ekel, der in der Stimme des anderen mitschwang, ließ Bob zusammenzucken. »Ich werde mir deine Ansichten durch den Kopf gehen lassen.«

»Ich möchte nicht, daß ihr irgend etwas zustößt. Sie ist eine gute Freundin.«

»Du hast außerhalb der Bruderschaft keine Freunde.« Es war keine Feststellung, sondern eine Warnung. »Wenn wir uns um sie kümmern müssen, dann wird das auch geschehen. Denk an deinen Eid.«

»Ich denke daran«, stammelte Bob, als es in der Leitung klickte. »Ich denke daran.«

Sarah Hewitt schlenderte, hocherfreut über den lauen Abend, die Main Street hinunter. Die milden Temperaturen lieferten ihr einen guten Vorwand, Shorts zu tragen und zu beobachten, wie den alten Böcken vor dem Postamt fast die Augen aus dem Kopf fielen. Die dünnen Jeansshorts saßen so eng, daß sie sich der Länge nach auf das Bett legen mußte, um den Reißverschluß zuzubekommen. Die Pobacken zeichneten sich verführerisch darunter ab. Ihre vollen, festen Brüste schwangen leicht beim Gehen. Sie trug ein knappes T-Shirt, auf dessen Vorderseite *Wild Thing* zu lesen stand.

Sarah hatte sich großzügig mit billigem Parfüm eingesprüht und die Lippen tiefrot geschminkt. Langsam ging sie mit wiegenden Schritten die Straße entlang, wohl wissend, daß alle Augen auf ihr wohlgerundetes Hinterteil gerichtet waren. Nichts liebte sie mehr, als Aufmerksamkeit zu erregen, und dabei war es ihr vollkommen gleichgültig, ob diese mißbilligender oder anerkennender Natur war.

Seit der sechsten Klasse spielte sie dieses Spielchen schon. Damals war sie während eines Schulausfluges mit Bucky Knight im Gebüsch verschwunden und hatte ihm gestattet, ihr die Bluse auszuziehen. Da Bucky drei Jahre älter als sie gewesen war, hatte sich der Zorn der alten Hexe Gladys Finch vornehmlich über sein Haupt ergossen, eine Tatsache, die Sarah auch heute noch amüsierte, denn sie hatte ihn zu diesem kleinen Experiment angestiftet.

Drei Jahre später durfte dann der Vater der kleinen Marylou Wilson sehr viel mehr tun als lediglich hinschauen. Sarah hatte fast jeden Samstagabend für fünfzig Cents pro Stunde auf Marylou aufgepaßt, als eines Abends der alte Lustmolch Sam Wilson auf die Idee gekommen war, sie nach Hause zu fahren. Hinterher hatte er ihr dann zwanzig Dollar in die Hand gedrückt, damit sie den Mund hielt.

Das Geld hatte sie gern genommen, doch schon bald war sie Sams schweißiger Hände und seines wabbeligen Bauches überdrüssig geworden. Also hatte sie einen Jungen ihres Alters verführt, einen der Hawbakers – der Teufel sollte sie holen, wenn sie heute noch wußte, welcher es eigentlich gewesen war.

Außerdem machte es sowieso keinen Unterschied, dachte sie. Alle Hawbaker-Jungs waren mittlerweile mit adleräugigen, frühzeitig aus dem Leim gegangenen Matronen verheiratet.

Langsam begann Sarah selbst, mit dem Gedanken an Heirat zu spielen, obwohl sie beileibe nicht vorhatte, es dann mit der Treue genauer zu nehmen. Die Idee, für den Rest ihres Lebens an ein und denselben Mann gekettet zu sein, stieß sie ab, doch sie war inzwischen über dreißig, hatte weniger als dreihundert Dollar auf der Bank und war es leid, in dem winzigen, vollgestopften Zimmer über *Clyde's Tavern* zu hausen.

Die Vorstellung eines eigenen Hauses und gemeinsamen Kontos gefiel ihr ausnehmend gut. Aber wenn sie schon den entscheidenden Schritt wagte und sich auf Dauer mit einem Mann zusammentat, dann mußte sie einen finden, der sie im Bett zumindest annähernd befriedigen konnte und dessen Anblick sie auch noch am darauffolgenden Morgen zu ertragen vermochte. Abgesehen davon sollte der Kandidat auch noch über andere Vorzüge wie ein dickes Aktienpaket, vielleicht ein paar Wertpapiere und über eine Reihe von Kreditkarten verfügen.

Sarah lächelte in sich hinein, als sie vor dem Büro des Sheriffs stehenblieb. Dort drinnen saß ein Mann, der all ihren Anforderungen genügte.

Cam blickte hoch, als sie das Büro betrat, nahm ihre Anwesenheit mit einem knappen Kopfnicken zur Kenntnis und setzte sein Telefongespräch fort. Eine Wolke ihres schweren Parfüms hüllte ihn ein und überlagerte den Geruch nach Kaffee und Staub. Cam vermutete, es war nur allzu menschlich, daß sich sein Magen vor Widerwillen zusammenzog – genau wie es nur allzu menschlich war, daß sein Blick an ihren nackten Beinen entlangwanderte, als sie sich auf der Ecke seines Schreibtisches niederließ. Lächelnd fuhr sie mit der Hand langsam durch ihre platinblonde Mähne, deren Wurzeln bereits wieder dunkel hervortraten, und zündete sich eine Zigarette an.

»Zugelassen auf Earl B. Stokey, Route Eins, Box Zweiundzwanzig-Elf. In Emmitsboro. Ja, richtig. Ein Colt, Kaliber Fünfundvierzig. Vielen Dank, Sergeant.« Er hängte ein, warf einen Blick auf die Uhr und stellte fest, daß er bereits spät dran war. Er hatte sich mit Clare zum Essen verabredet. »Hast du ein Problem, Sarah?«

»Wie man's nimmt.« Sarah lehnte sich zu ihm hin, um mit dem an sein Hemd gehefteten Dienstabzeichen zu spielen. »Parker hat in der untersten Schublade immer eine Flasche Schnaps aufbewahrt. Wie steht's mit dir?«

Cam machte sich nicht die Mühe zu fragen, woher sie Parkers Gepflogenheiten kannte. »Ich nicht.«

»Du verwandelst dich immer mehr in einen aufrechten, gesetzestreuen Bürger, was, Cam?« Ihre scharfen, spöttischen Augen bohrten sich in die seinen. » Du müßtest dich mal sehen, wie du da sitzt, die Verkörperung eines tugendhaften Beamten.« Sie rieb mit dem Fuß über seinen Oberschenkel. »Man könnte fast glauben, daß du ernsthaft den Mord an Biff untersuchst.«

»Das ist nun mal mein Job.« Er zuckte mit keiner Wimper, als sie ihm eine kleine Rauchwolke direkt ins Gesicht blies, sondern wartete ruhig ab.

»Die Leute fragen sich, ob du nicht vielleicht ein paar Dinge unter den Tisch fallen läßt.« Als Sarah sich vorbeugte, um die Asche ihrer Zigarette in dem Glasaschenbecher abzustreifen, wogten ihre Brüste provozierend unter dem engen T-Shirt.

Ein zorniger Funke flackerte in Cams Augen auf, erstarb aber sofort wieder. »Von mir aus können die Leute denken, was sie wollen.«

»Das klingt doch ganz nach dem alten Cam.« Lächelnd sah sie ihn durch ihre dichten, dick getuschten Wimpern hindurch an. »Keiner weiß besser als ich, wie sehr du Biff gehaßt hast.« Sie griff nach seiner Hand und legte sie auf ihren Oberschenkel, knapp unterhalb der Stelle, wo ihre Shorts endeten. Ihre Haut fühlte sich glatt, weich und heiß an. »Erinnerst du dich noch? Wir haben im Wald gesessen, im Dunkeln, und du hast mir erzählt, wie sehr du ihn hassen, wie sehr du dir wünschen würdest, er wäre tot. Daß du ihn am liebsten eigenhändig umbringen würdest, mit einem Gewehr, einem Messer oder mit bloßen Händen.« Beim Gedanken daran stieg eine prickelnde Erregung in ihr hoch. »Und dann haben wir immer miteinander geschlafen. Es war wirklich unglaublich.«

In Cams Innerem regte sich etwas. Alte Erinnerungen, alte Sehnsüchte, alte Begierde. »Das ist schon lange her, Sarah.« Er wollte seine Hand wegziehen, doch sie legte ihre darüber und preßte sie gegen ihre Haut.

»Du hast nie aufgehört, ihn zu hassen. Den einen Abend bei Clyde, da wolltest du ihn umbringen. Hat mich richtig scharfgemacht, dir zuzusehen.« Sarah verlagerte ihre Position, so daß seine Hand zwischen ihren Schenkeln gefangen wurde. »Wie in alten Zeiten.«

»Nein.« Zwar empfand Cam die Hitze ihres Körpers als verlockend, doch ihm drängte sich plötzlich das Bild einer mit Zähnen bewehrten Vagina, die gleich einer Bärenfalle darauf aus war, über einem unvorsichtigen Penis zusammenzuschnappen, auf. Er sah ihr fest in die Augen, als er seine Hand fortzog. »Nein, Sarah, nicht wie in alten Zeiten.«

Ihr Blick wurde hart, aber sie lächelte, als sie mit einer Hand seinen Schoß streichelte. »Wir könnten doch die alten Zeiten wieder aufleben lassen. Weißt du noch, was wir alles miteinander getrieben haben, Cam?« Ihre Hand schloß sich um sein Glied, und sie stieß einen kleinen Triumphlaut aus, als sie feststellte, daß er eine Erektion hatte.

Cam packte sie unsanft am Handgelenk. »Tu nichts, wofür du dich später schämst, Sarah.«

Sie zog die Lippen zurück und fletschte wütend die Zähne. »Du bist doch scharf auf mich, du Mistkerl!«

Cam faßte sie bei den Schultern und zog sie mit sich hoch, als er sich erhob. »Ich hab' schon vor zehn Jahren aufgehört, mit meinem Schwanz zu denken.« Doch da er sich an ihre gemeinsame Zeit erinnerte und da er einmal gemeint hatte, sie zu lieben, schüttelte er sie ungeduldig durch. »Warum zum Teufel tust du dir das an, Sarah? Warum zerstörst du dich selbst? Du siehst gut aus und du hast Köpfchen. Meinst du, ich wüßte nicht, was in deinem Zimmer so alles vor sich geht? Für zwanzig Mäuse kann jeder schwitzende Kerl, der Abwechslung von seiner Frau braucht, über dich drübersteigen. Das hast du doch nicht nötig, Sarah.«

»Schreib du mir nicht vor, was ich zu tun und zu lassen habe.« Zum ersten Mal seit Jahren stieg Sarah die Schamröte ins Gesicht. »Du bist keinen Deut besser als ich und bist es auch nie gewesen. Glaubst du, du hättest auf einmal Klasse, nur weil Clare Kimball sich gratis von dir flachlegen läßt?«

»Laß Clare aus dem Spiel!«

Diese Bemerkung verschlimmerte die Situation nur. Sarahs Gesicht verzerrte sich vor nackter Wut, und nun half ihr auch das dick aufgetragene Make-up nicht mehr. Sie sah aus wie das, was sie wirklich war – eine alternde Kleinstadthure.

»Diese reiche Schlampe mit ihrem Angeberauto und ihrem dicken Haus! Komisch, was Geld alles ausbügeln kann. Ihr Alter war ein Säufer und ein Dieb, doch kaum steckt sein Töchterchen wieder ihre Nase in die Stadt, da wird sie von den Weibern schon mit Kuchen und Plätzchen verhätschelt.«

»Und die Ehemänner kommen dann zu dir.«

»Wie wahr.« Ein bitteres Lächeln trat auf Sarahs Gesicht. »Und wenn Clare Kimball nach New York zurückgeht und dich auf dem trockenen sitzen läßt, dann kommen sie immer noch zu mir. Wir sitzen im selben Boot, wir zwei. Du bist immer noch der Cameron Rafferty aus schlechten Familienverhältnissen und bewegter Vergangenheit, und du hängst genauso in dieser stinkenden Stadt fest wie ich.«

»Es gibt da einen kleinen Unterschied, Sarah. Ich bin aus freien Stücken hierhin zurückgekehrt und nicht deshalb, weil ich nirgendwo anders hinkonnte.«

Mit einer schroffen Bewegung schüttelte Sarah seine Hände ab. Sie wollte ihm seine Worte heimzahlen, ihn leiden sehen, koste es, was es wolle. »Muß ja toll sein, gerade jetzt mit diesem Abzeichen herumzulaufen, wo sich sogar deine eigene Mutter fragt, ob du wohl derjenige bist, der den alten Biff zu Tode geprügelt hat.« Voller Entzücken registrierte sie, daß seine Augen vor Wut zu lodern begannen. Offenbar hatte sie einen wunden Punkt getroffen. »Es ist nur noch eine Frage der Zeit, bis sich die Leute wieder an deine Vergangenheit und an deinen schlechten Ruf erinnern.« Wieder lächelte sie ihn aus schmalen Augen böse an. »Es gibt hier manch einen, der gerne möchte, daß man sich an so einiges erinnert. Du meinst, du kennst diese Stadt mit ihren braven, grundsoliden Bürgern durch und durch, was, Cam? Aber es gibt ein paar Dinge, von denen du nichts weißt; Dinge, die du dir in deinen kühnsten Träumen nicht vorstellen kannst. Vielleicht solltest du mal darüber nachdenken, wieso Parker so plötzlich abgehauen ist, warum er seinen fetten, faulen Arsch so fluchtartig aus der Stadt bewegt hat, obwohl er seine Rente schon fast durchhatte.«

»Wovon redest du eigentlich, verdammt noch mal?«

Sie hatte bereits zuviel gesagt. Es würde ihr nicht gut bekommen, wenn sie sich von ihrem Temperament dazu hinreißen lassen würde, noch mehr auszuplaudern. Statt dessen wandte sie sich zur Tür. Sie hatte die Hand schon an der Klinke, da drehte sie sich noch einmal um. »Wir würden prima zusammenpassen, du und ich.« Sie warf ihm noch einen letzten Blick zu und dachte daran, daß sie nur ein wenig nachzuhelfen brauchte, damit er auf direktem Weg in der Hölle landete.

»Das wirst du noch bereuen, Cam.«

Als die Tür hinter ihr ins Schloß fiel, rieb sich Cam mit beiden Händen über das Gesicht. Er bedauerte schon so einiges, dachte er bei sich. Zum Beispiel, daß er das Büro nicht zehn Minuten früher verlassen und so dieses Zusammentreffen vermieden hatte. Er bedauerte auch, daß er sich so genau an all die Nächte erinnerte, die er mit ihr in den Wäldern verbracht hatte, wo es nach Pinien, Waldboden und Sex roch.

Durch sie wurde ihm ständig vor Augen geführt, wie er mit siebzehn gewesen war. Wie er auch heute noch sein könnte, wenn er nicht gelernt hätte, gewisse Charaktereigenschaften in den Griff zu bekommen – und was beinahe wieder aus ihm geworden wäre, nachdem sein Partner getötet worden war und die Flasche die einfachste und greifbarste Lösung aller Probleme zu sein schien.

Gedankenverloren berührte er das Abzeichen an seinem Hemd. Nur eine kleine Marke; etwas, das man, wie Clare einmal bemerkt hatte, in jedem Warenhaus erstehen konnte. Doch für ihn hatte dieses metallene Abzeichen eine besondere Bedeutung, die er sich noch nicht einmal selbst hätte erklären können.

Wenn er seine Dienstmarke trug, dann fühlte er, daß er in diese Stadt, zu diesen Menschen gehörte, ein Gefühl, welches sich nach dem Tod seines Vaters lange nicht mehr hatte einstellen wollen. Sarah irrte, dachte Cam. Er kannte die Leute dieser Gegend, und er verstand sie.

Aber was zum Teufel hatte sie mit ihrer Bemerkung über Parker gemeint? Erschöpft massierte er sich den Nacken. Es konnte ja nichts schaden, einmal in Florida anzurufen. Wieder blickte er auf die Uhr, dann griff er nach seinen Schlüsseln.

Den Anruf würde er morgen früh erledigen – nur um seine bohrende Neugierde zu befriedigen.

Auf der Fahrt zu Clares Haus stellte Cam fest, daß er viel zu müde war, um sich auf seine guten Manieren zu besinnen und höfliche Konversation mit Fremden zu betreiben. Er würde kurz hereinschauen, sich dann so schnell wie möglich unter irgendeinem Vorwand verabschieden und sie mit ihren Freunden alleine lassen.

Sarahs Bemerkungen ließen ihm keine Ruhe. Er hing in dieser Stadt fest. Zwar hatte er die Entscheidung, hier zu leben, aus freiem Willen getroffen, doch an der Tatsache als solcher änderte das nichts. Er würde es nie wieder ertragen können, in einer Großstadt zu leben und zu arbeiten, weil er sich überall vom Geist seines ehemaligen Partners verfolgt fühlen würde. In einer Woche, einem Monat oder einem halben Jahr würde Clare nach New York zurückkehren, und er konnte nicht mit ihr gehen. Doch er mußte immer daran denken, wie ihm zumute gewesen war, als er auf dem Friedhof gestanden und ihr nachgesehen hatte.

Die Zukunft lag düster vor ihm.

Cam parkte hinter einem Jaguar, dann blieb er bei Clares Wagen stehen, um die Schlüssel abzuziehen, ehe er das Haus durch die Garage betrat. Musik schmetterte ihm entgegen; heiße, flotte Jazzrhythmen. Er sah Clare am Küchentisch stehen, wo sie gerade eine Tüte Kartoffelchips aufriß. Sie war barfuß, und das Haar hatte sie sich mit einem Schnürsenkel im Nacken zusammengebunden. Lange Amethystohrringe baumelten an ihren Ohren, und ihr T-Shirt war unter der Achselhöhle zerrissen.

Plötzlich wurde ihm klar, daß er sich bis über beide Ohren in sie verliebt hatte.

Sie drehte sich um, bemerkte ihn und lächelte ihn an, während sie die Chips in eine gesprungene Glasschüssel schüttete.

»Hi. Ich hab' schon befürchtet, du würdest gar nicht mehr ...«

Er schnitt ihr das Wort ab, indem er sie an sich zog und seinen Mund gierig auf den ihren preßte. Ihre Hände krallten sich haltsuchend in seine Schultern, während ihr Körper von Wellen der Erregung durchflutet wurde. Sie hielt ganz still, da sie instinktiv spürte, was er brauchte, und wartete, bis er den furchtbaren Hunger, der an ihm zu nagen schien, gestillt hatte.

Eine köstliche Erleichterung überkam ihn, schlug über ihm zusammen und ließ ihn alles um sich herum vergessen. Langsam, ohne sich der Veränderung überhaupt bewußt zu werden, lockerte er seine Umarmung und küßte sie sanfter, kostete das Gefühl aus, welches sie in ihm auslöste. Ihre Hände glitten von seinen Schultern und fielen kraftlos herab.

»Cam.« Clare war überrascht, daß sie überhaupt einen Ton hervorbrachte.

»Schschtt.« Er knabberte sachte an ihrer Unterlippe, ehe er begann, mit seiner Zungenspitze ihren Mund zu erforschen. Ein leichter Hauch von Wein überlagerte ihren ureigenen Geschmack, den er inzwischen schon so gut kannte.

»Clare, Jean-Paul kommt mit dem Holzkohlegrill nicht klar. Vielleicht sollten wir besser – oh!« Angie blieb stehen. Mit einer Hand hielt sie immer noch die Glastür auf. »Entschuldigt bitte vielmals«, sagte sie verlegen, als Cam und Clare auseinanderfuhren.

»Ich bin Angie.« Nachdem sie die Tür mit einem Knall hatte zufallen lassen, hielt Angie Cam eine Hand hin. »Angie LeBeau. Freut mich, Sie kennenzulernen.«

»Cameron Rafferty.« Cam legte besitzergreifend einen Arm um Clares Schulter, obwohl er wußte, wie diese Geste wirken mußte.

»Ach ja, der Sheriff.« Angie lächelte ihm zu und musterte seine Erscheinung, angefangen von den abgewetzten Turnschuhen bis hin zu seinem dunklen, wirren Haar. »Clare hat uns schon von Ihnen erzählt.« Spöttisch hob sie eine Augenbraue, als sie Clare einen vielsagenden Blick zuwarf. »Offenbar hat sie ein paar Kleinigkeiten ausgelassen.«

»Ich habe eine Flasche Wein aufgemacht«, warf Clare hastig ein. »Bier ist auch da, wenn dir das lieber ist.«

»Ganz egal.« Cam versuchte seinerseits, einen Eindruck von Angie LeBeau zu gewinnen. So prickelnd wie der Jazz, der aus dem Radio strömte, dachte er, und sehr, sehr mißtrauisch dazu. »Sie sind mit Clare zusammen aufs College gegangen, stimmt's?«

»Richtig. Jetzt bin ich ihre Agentin. Was halten Sie von ihrer Arbeit?«

»Hier, trink noch einen Schluck Wein, Angie.« Clare drückte der Freundin fast gewaltsam ein neues Glas in die Hand.

»Ist das eine persönliche oder eine berufliche Frage?«

»Wie bitte?«

»Ich möchte wissen, ob Sie mich das als Clares Freundin oder als ihre Agentin fragen.« Während er von Clare ein Glas entgegennahm, beobachtete er Angie scharf. »Sollte nämlich letzteres der Fall sein, dann müßte ich mir meine Antwort sehr genau überlegen, alldieweil ich vorhabe, die Feuerskulptur zu kaufen, die drüben in der Garage steht.« Er warf Clare einen flüchtigen Blick zu. »Du hast schon wieder deine Schlüssel im Auto steckenlassen«, schalt er liebevoll, zog den Schlüsselbund aus seiner Hosentasche und warf ihn ihr zu.

Lächelnd nippte Angie an ihrem Wein. »Wir unterhalten uns später darüber. Etwas anderes: Wissen Sie, wie man einen Holzkohlegrill zum Brennen bekommt?«

Zweites Kapitel

Jane Stokey kümmerte es nicht mehr, was aus ihrer Farm wurde. Dieses Kapitel ihres Lebens war beendet. Auch mit Emmitsboro war sie fertig. Zwei Ehemänner hatte sie begraben müssen, und jeder war ihr völlig unverhofft genommen worden. Den ersten hatte sie von ganzem Herzen geliebt. Sogar heute noch, nach all diesen Jahren, gab es Momente, wo sie sich voller Kummer und Sehnsucht an ihn erinnerte – wenn sie über die Felder ging, die er umgepflügt hatte und wo er auch gestorben war, oder wenn sie die Stufen zu dem Bett, das sie miteinander geteilt hatten, emporstieg.

Wenn sie an ihn dachte, dann sah sie einen jungen, lebenslustigen, ausgesprochen gutaussehenden Mann vor sich. Einst hatte es eine Zeit gegeben, wo Schönheit ein wichtiger Teil ihres Lebens gewesen war, wo solche Dinge wie Blumen oder ein hübsches neues Kleid sie in Entzükken hatten versetzen können.

Doch Michael war vor über zwanzig Jahren aus ihrem Leben verschwunden, und sie war eine alte Frau von Fünfzig.

Jane hatte Biff nie geliebt, jedenfalls nicht auf diese atemlose, überschäumende Weise, wie sie Mike geliebt hatte. Aber sie hatte ihn gebraucht, sich in jeder Hinsicht auf ihn verlassen, und sie hatte ihn gefürchtet. Sein Verlust glich der Amputation eines Körpergliedes. Nun war niemand mehr da, der sagte, was sie tun sollte, wann sie es tun sollte und wie. Sie hatte niemanden mehr, für den sie kochen und putzen konnte. Und wenn sie nachts aufwachte, lag kein warmer, atmender Körper mehr neben ihr.

Im Alter von achtzehn Jahren hatte sie ihr Elternhaus verlassen und war in das ihres Mannes gezogen, voller Träume, voller Liebe und voller Hoffnungen. Mike hatte für sie gesorgt, die Rechnungen bezahlt, die Entscheidungen getroffen und alles Unangenehme von ihr ferngehalten, während sie das Haus versorgte, sich um den Garten kümmerte und sein Kind gebar.

Dazu war sie erzogen worden. Mehr hatte sie nicht gelernt.

Nur sechs Monate nach Mikes Tod hatte sie die Verantwortung für die Farm, für das Haus und für ihre eigene Person in Biff Stokeys Hände gelegt. Doch bereits vor der Hochzeit hatte Biff damit begonnen, ihr unliebsame Gänge abzunehmen. Sie brauchte sich nicht mit Kontoauszügen und Bankverbindungen abzuplagen, sondern konnte alles ihm überlassen. Zwar war ihre Ehe mit Biff längst nicht so glücklich wie die mit Mike, und auch das Geld war wesentlich knapper, aber zumindest hatte sie wieder einen Ehemann. Biff mochte ja nicht der zärtlichste Gatte gewesen sein, aber er war da.

Und nun war sie zum ersten Mal in ihrem Leben vollkommen allein, völlig auf sich gestellt.

Die Einsamkeit erdrückte sie fast. Das Haus war so groß, so furchtbar leer. Sie war nahe daran gewesen, Cam zu bitten, mit ihr nach Hause zu kommen, nur damit sie wieder die vertraute Gegenwart eines männlichen Wesens spürte, doch das wäre Biff gegenüber nicht loyal gewesen. Und er hatte ihr Leben so lange beherrscht, daß sein Tod an dieser Bindung nichts ändern konnte.

Abgesehen davon hatte sie ihren Sohn irgendwann im Verlauf ihres Lebens verloren, so wie sie seinen Vater verloren hatte. Es war Jane unmöglich, den genauen Zeitpunkt, als dies geschehen war, zu bestimmen, und sie hatte es längst aufgegeben, darüber nachzudenken. Ihr Sohn hatte sich ihr entfremdet und war zu einem ruhelosen, aufsässigen, trotzigen Fremden geworden.

Seinetwegen hatten sie entsetzliche Schuldgefühle geplagt, weil sie Biff so kurz nach Mikes Tod geheiratet hatte. Kein Wort hatte er darüber verloren, nicht ein einziges, doch die Art, wie er sie mit seinen dunklen, anklagenden Augen anzusehen pflegte, sagte ihr alles.

Auf dem Weg zu den Nebengebäuden blieb sie stehen und setzte die Kartons, die sie trug, kurz ab. Im strahlenden Sonnenschein leuchteten die Felder tiefgrün. Doch das Heu würde von Fremden gemäht und zu Ballen gepreßt werden. Ein Kälbchen, das kaum ein paar Tage auf der Welt sein konnte, stakste unsicher hinter seiner Mutter her. Jane nahm das friedliche Bild kaum zur Kenntnis. Was sie anging, so war die Farm bereits verkauft, und damit waren alle Hoffnungen, die sie je mit ihr verbunden hatte, zunichte gemacht worden.

Einst hatte Jane die Farm geliebt, wie sie auch ihren Sohn geliebt hatte. Aber jetzt erschienen ihr die Gefühle, die sie dem Land und dem Kind damals entgegengebracht hatte, merkwürdig unwirklich, so, als habe eine fremde Frau dieses Leben gelebt. Biff hatte die Farm mit strenger Hand geführt, und auch mit dem Jungen und ihr selbst war er oft sehr hart umgesprungen.

Nur zu ihrer aller Besten, redete sich Jane ein, als sie die Kartons wieder hochhob. Mike hatte sie und den Jungen allzusehr verwöhnt. Tränen traten ihr in die Augen, wie so häufig in den letzten Tagen. Sie hielt sie nicht zurück, warum auch? Niemand sah sie weinen, und niemanden interessierte es.

In ein paar Wochen konnte sie das Geld nehmen, welches ihr der Verkauf der Farm einbrachte, und nach Tennessee ziehen, in die Nähe ihrer Schwester. Sie würde sich dort ein kleines Haus kaufen. Und dann? Was sollte sie dann nur tun, fragte sie sich verzweifelt, als sie sich schluchzend gegen die Scheunenwand sinken ließ. Lieber Gott, was sollte sie nur tun?

Bisher hatte sie zwar jeden Tag ihres Lebens schwer gearbeitet, jedoch nie einen richtigen Job angenommen. Von Dingen wie Veräußerungsgewinn und treuhänderisch hinterlegten Verträgen verstand sie nichts, und die Menschen, die in einer der Talkshows, die sie sich manchmal ansah, auftraten und darüber berichteten, wie sie den Kummer über den Verlust eines nahen Angehörigen überwunden und ihre eigene Persönlichkeit entfaltet hatten, verwirrten und erschreckten sie nur.

Sie wollte ihr Leben nicht in ihre eigenen Hände nehmen, wollte nicht ihre eigenen Entscheidungen treffen müssen. Aber am allerwenigsten wollte sie allein sein.

Als ihre Tränen versiegten, wischte sich Jane das Gesicht mit ihrer Schürze ab. Sie hatte die Tage seit Biffs Tod herumgebracht, indem sie sich mit allen möglichen notwendigen und weniger notwendigen Arbeiten beschäftigte. An diesem Morgen hatte sie bereits die Kühe gemolken, sämtliches Vieh gefüttert und die frisch gelegten Eier eingesammelt, dann das ohnehin blitzsaubere Haus noch einmal geputzt. Trotzdem war es gerade erst Mittag, und der Tag dehnte sich endlos vor ihr, um von einer ebenso endlos erscheinenden Nacht abgelöst zu werden.

Jane entschloß sich, als nächstes die Scheune und den kleinen Schuppen auszuräumen. Die meisten Werkzeuge und Maschinen würden zusammen mit der Farm versteigert werden, doch sie wollte sich die Nebengebäude systematisch vornehmen, um die einzelnen Stücke in Augenschein zu nehmen und zu überlegen, ob sie im Direktverkauf nicht einen höheren Preis dafür erzielen konnte. Sie lebte in der ständigen Furcht, nicht genügend Geld zu besitzen. Dann wäre sie nicht nur allein, sondern arm und allein. Ein schlimmeres Schicksal konnte sie sich nicht vorstellen.

Biff hatte nie eine Lebensversicherung abgeschlossen. Warum auch gutes Geld für Versicherungsprämien hinauswerfen? Sie hatte ihn sogar auf Kredit beerdigen lassen müssen, nach dem Motto: Stirb jetzt, bezahl später. Die Hypothek, die auf der Farm lag, mußte abgelöst werden, und die nächste Rate für den Mähdrescher, den Biff vor zwei Jahren gekauft hatte, war auch fällig. Dann standen noch Rechnungen für Futter und Lebensmittel sowie die Raten für den Traktor und Biffs Caddy aus. Ethan Myers von der Bank hatte ihr zwar versichert, daß man ihr Zeit lassen würde, bis sie sämtliche Angelegenheiten geordnet hatte, doch die fälligen Rechnungen bereiteten ihr schlaflose Nächte.

Sie konnte die Schande, jemandem etwas zu schulden, nicht ertragen. Zu Lebzeiten ihres Mannes hatte sie sämtliche Kredite damit gerechtfertigt, daß es schließlich Biff war, der Schulden machte, daß Biff die Verantwortung dafür tragen mußte. Nun stand niemand mehr zwischen ihr und der Realität.

Nein, sie konnte die Farm gar nicht schnell genug verkaufen.

Jane holte die Schlüssel zum Schuppen aus ihrer Schürzentasche. Biff hatte ihr niemals gestattet, dieses Gebäude zu betreten, und sie hatte nie gewagt, sich ihm zu widersetzen und ihn über den Schuppen auszufragen. Sogar jetzt klopfte ihr das Herz vor Angst noch bis zum Hals, als sie den Schlüssel in das stabile Vorhängeschloß steckte. Fast meinte sie, Biff müsse jeden Augenblick hinter ihr auftauchen und sie anbrüllen, was sie hier verloren habe. Das Schloß sprang klickend auf, und auf ihrer Oberlippe bildeten sich feine Schweißtropfen.

Als der alte Hahn hinter ihr krähte, fuhr sie vor Schreck zusammen.

Die Luft im Inneren roch abgestanden und widerlich süß, so, als sei etwas in den Schuppen gekrochen und dort gestorben. Vorsichtig durch den Mund atmend, steckte Jane Schloß und Schlüssel in die Schürzentasche und legte einen Stein gegen die Tür, um sie offenzuhalten.

Plötzlich überkam sie ein unerklärliches Angstgefühl, die Vorstellung, daß sie auf einmal in dem Schuppen gefangen wäre. Sie müßte gegen die Tür hämmern, sie würde betteln und schreien, und Biffs hämisches Lachen würde durch die Türritzen dringen, während er das Vorhängeschloß zuschnappen ließ.

Mit klammen Händen rieb sie über die eiskalte Haut an ihren Armen, während sie den Schuppen betrat.

Er bot nicht gerade viel Fläche – vielleicht zehn oder zwölf Quadratmeter – hatte keine Fenster, und das helle Sonnenlicht, das durch die Tür fiel, schien nicht bis in alle Ecken dringen zu können. Jane hatte nicht daran gedacht, eine Taschenlampe mitzunehmen, da sie sicher gewesen war, drinnen eine vorzufinden. Wie hätte Biff denn sonst etwas sehen können? Er hatte unzählige Stunden dort drinnen verbracht, oft bis in die Nacht hinein.

Und was hatte er dort getrieben? fragte sie sich nun; eine Frage, die sie sich zu seinen Lebzeiten niemals gestellt hatte, da sie befürchtete, er könne ihre Gedanken lesen.

Vor ungewisser Angst fröstelnd, betrat sie den Schuppen. In dem schummrigen Licht konnte sie eine Pritsche erkennen, deren Matratze voller Flecken war. Auf den Metallregalen, wo sie Werkzeuge und ähnliches zu finden erwartet hatte, stapelten sich einschlägige Magazine, die er offensichtlich mit Leidenschaft gehortet hatte. Sie würde diesen Schmutz verbrennen müssen, dachte Jane mit hochroten

Wangen. Der Gedanke, daß der Auktionator oder einer der Immobilienmakler vorbeikommen und über die Sammlung seine Witzchen reißen könnte, war ihr unerträglich.

Sie konnte nirgendwo eine Taschenlampe entdecken, aber sie fand ein paar Kerzen. Schwarze Kerzen. Obgleich es ihr widerstrebte, eine davon anzuzünden, überwand sie sich dazu, denn das dämmrige Licht im Schuppen flößte ihr Angst ein. Im Kerzenschein sammelte sie die Magazine zusammen und verstaute sie in einem der Kartons, wobei sie die Augen krampfhaft von den grellbunten Titelseiten abgewandt hielt. Plötzlich trafen ihre tastenden Finger auf Stoff. Neugierig zog sie daran, bis sie ein langes, mit einer Kapuze versehenes Gewand in den Händen hielt. Es roch nach Blut und Rauch. Hastig ließ sie es in den Karton fallen.

Sie gestattete sich erst gar nicht, darüber nachzudenken, zu welchem Zweck dieses Kleidungsstück Biff wohl gedient haben mochte. Doch ihr Herz hämmerte schmerzhaft gegen die Rippen. Verbrenn es, befahl sie sich. Verbrenne alles, und zwar sofort. Wie eine Litanei wiederholte sie im Geiste diese Worte wieder und wieder, als sie verstohlen über ihre Schulter in Richtung Tür schielte. Ihr Mund schien wie ausgetrocknet, und ihre Hände zitterten heftig.

Dann entdeckte sie die Bilder.

Eines zeigte ein junges Mädchen, eigentlich noch ein Kind, das nackt und an Händen und Füßen gefesselt auf der Pritsche lag. Ihre Augen standen weit offen, ein merkwürdig leerer Ausdruck lag darin. Auf weiteren Fotos war dasselbe Mädchen zu sehen, wie es mit weit gespreizten Beinen sein entblößtes Geschlecht zur Schau stellte.

Ein anderes Mädchen, etwas älter und sehr blond, lehnte wie eine schlaffe Puppe an der Wand. Aus dem blaßbehaarten Dreieck zwischen ihren Schenkeln ragte – Jane traute ihren Augen nicht – eine schwarze Kerze hervor.

Es gab noch Dutzende weiterer obszöner Schnappschüsse, doch Jane konnte nicht länger hinschauen. Ihr Magen rebellierte, als sie eilig die Fotos zerknüllte und zerriß und dann auf allen vieren über den Boden kroch, um die letzten Schnipsel aufzuheben. Ihre Finger schlossen sich um einen

Ohrring, eine lange Perlenschnur, den sie gleichfalls in den Karton warf.

Am ganzen Leibe zitternd, blies sie die Kerzen aus, die zu den restlichen Sachen wanderten. Mit fahrigen, ungeschickten Bewegungen zerrte sie den Karton ins Freie, blinzelte gegen das grelle Sonnenlicht und sah sich, halb wahnsinnig vor Furcht, nach allen Seiten um.

Was, wenn nun jemand kam? Sie mußte sich beeilen, so schnell wie möglich alles verbrennen. Sie war so außer sich, daß sie gar nicht in Ruhe überlegen konnte, was sie da tat, was sie eigentlich zerstörte, sondern sie rannte so schnell zur Scheune hinüber, um einen Kanister Benzin zu holen, daß sich ihre Bronchien schmerzhaft zusammenkrampften. Keuchend und nach Atem ringend verschüttete sie den Brennstoff über Karton und Inhalt. Ihr Haar hatte sich gelöst und fiel ihr in unordentlichen Strähnen um das Gesicht, so daß sie einer Hexe glich, die gerade im Begriff war, einen Scheiterhaufen zu entzünden.

Zweimal versuchte sie vergebens, ein Streichholz anzureißen und es an den Docht einer der Kerzen zu halten. Zweimal flackerte die Flamme schwach auf und erlosch.

Als es Jane schließlich gelang, den Docht zum Brennen zu bekommen, hatten ihre Nerven sie bereits so weit im Stich gelassen, daß sie laut zu schluchzen begann. Vorsichtig hielt sie die Kerze an den benzingetränkten Karton, wobei ihre Hände so heftig zitterten, daß sie die Flamme beinahe erneut gelöscht hätte. Dann sprang sie rasch ein Stück zurück.

Der Karton fing zischend Feuer, und eine Stichflamme schoß gen Himmel. Die Fotografien rollten sich in der Hitze zusammen, ehe sich die Flammen langsam durch Carly Jamisons Gesicht fraßen.

Jane bedeckte ihr eigenes Gesicht mit beiden Händen und weinte verzweifelt vor sich hin.

»Ich hab' euch doch gesagt, daß Emmitsboro eine ganz ruhige, verschlafene Stadt ist.« Auf Clares Gesicht lag ein zufriedenes Lächeln, als sie zwischen Angie und Jean-Paul die Main Street hinunterschlenderte.

»Ich glaube, ›Stadt‹ ist die Übertreibung des Jahrhunderts.« Angie beobachtete einen Hund, der glücklich ohne Leine über den gegenüberliegenden Bürgersteig trottete, beiläufig sein Bein hob und eine mächtige Eiche benäßte. »Mit etwas Wohlwollen könnte man diese Häuseransammlung vielleicht als Dorf bezeichnen.«

»Nach dem ersten Bissen von *Martha's* Hamburgern wird dir dein Spott schon vergehen.«

»Das ist es ja, was mir Sorgen macht.«

»Was hat denn das zu bedeuten?« Jean-Paul deutete auf die roten, weißen und blauen Girlanden, die quer über die Straße gespannt waren.

»Wir bereiten uns auf die Memorial-Day-Parade am Samstag vor.«

»Eine Parade?« Jean-Pauls Gesicht hellte sich auf. »Mit Musikkapellen und hübschen Mädchen mit Wirbelstäben?«

»All das und noch mehr. Die Parade ist das größte Ereignis hier in der Stadt.« Clare nickte im Vorübergehen einer Frau zu, die auf den Knien auf dem Bürgersteig lag und ihre Veranda anstrich. »Jeder wirft sich in Schale und kramt seine Campingstühle hervor. Am Marktplatz wird eine Tribüne für den Bürgermeister, die Stadträte und andere hochgestellte Persönlichkeiten aufgebaut. Schulbands aus dem ganzen Staat kommen, dann wird die Farmkönigin gewählt und so weiter.«

»Wow«, bemerkte Angie und erntete einen kräftigen Rippenstoß.

»Die Freiwillige Feuerwehr poliert ihre Löschzüge, oder wie auch immer die Dinger heißen, auf Hochglanz. Dazu gibt's jede Menge Luftballons, Verkaufsstände und«, fügte sie mit einem Seitenblick auf Jean-Paul hinzu, »Trommlerinnen.«

»Trommlerinnen«, wiederholte dieser seufzend. »Tragen sie auch diese kleinen weißen Stiefelchen mit Bommeln dran?«

»Worauf du dich verlassen kannst.«

»Jean-Paul, wir hatten vor, am Donnerstag nach Hause zu fahren.«

Jean-Paul lächelte seine Frau liebevoll an. »Auf ein oder zwei Tage mehr kommt es nun wirklich nicht an. Außerdem wollte ich veranlassen, daß Clares fertige Arbeiten in die Galerie geschickt werden. Ich möchte das Verpacken der Skulpturen gerne persönlich überwachen.«

»Du möchtest dich an kleinen weißen Stiefelchen ergötzen«, brummelte Angie.

Er küßte sie auf die Nasenspitze. »Das nur nebenbei.«

Sie blieben stehen, um ein paar Autos vorbeizulassen, ehe sie die Straße überquerten. Angie, die sich müßig umsah, entdeckte einen überdimensionalen Aufkleber am Heck eines Pickup.

Durch Gottes Hilfe wurde Amerika zu dem, was es heute ist.

O je, dachte sie, die Augen schließend. Wo war sie hier nur hingeraten?

Als sie über die Straße gingen, hörte sie halbherzig zu, wie Clare Jean-Paul von der Parade vorschwärmte. Hätte man sie um ihre ehrliche Meinung gebeten, Angie hätte zugeben müssen, daß das Städtchen über einen gewissen Charme verfügte. Wenn man ein Fan von ländlicher Idylle war.

Eins war sicher: Leben wollte sie in einer solchen Stadt auf keinen Fall, und sie wußte noch nicht einmal genau, wie lange sie den Aufenthalt hier ertragen konnte, bis sie die Ruhe und das gemäßigte Tempo, in dem hier alles abzulaufen schien, um den Verstand brachten. Aber Jean-Paul war von Emmitsboro offenbar ganz angetan.

Allerdings bekam er auch die neugierigen Blicke, die sie trafen, nicht so mit, überlegte Angie. Und das waren beileibe nicht wenige. Angie bezweifelte, daß die Leute ihre Kleidung oder ihre Frisur bewunderten. Aber auf jeden Fall registrierten sie ihre Hautfarbe. Als sie Clare in das Lokal folgte, lag ein leichtes und – sie konnte sich nicht helfen – überhebliches Lächeln auf ihrem Gesicht.

Aus der Jukebox klang die Art von Musik, die Angie bei sich immer als ›Besoffnes Cowboygegröle‹ bezeichnete. Doch die Düfte aus der Küche waren ausgesprochen verlockend. Geröstete Zwiebeln, Toastbrot, saftige Gewürzgurken und irgendeine scharf gewürzte Suppe. Wie schlimm konnte es denn noch kommen, fragte sie sich, als Clare einer Kellnerin winkte und sich an einem Ecktisch niederließ.

»Eine Cherry Coke«, entschied sie. »Hier kriegt man sie noch.« Sie reichte ihren Freunden plastikgebundene Speisekarten. »Fragt aber bitte nicht nach dem Nudelgericht des Tages.«

Angie schlug die Karte auf. »Da würde ich nicht einmal im Traum dran denken.« Prüfend überflog sie das Angebot, wobei sie mit einem langen, kirschrot lackierten Fingernagel gegen den Plastikeinband tippte. »Ich glaube, ich überlasse dir die Wahl.«

»Dann Hamburger für alle.«

Alice kam, den Notizblock in der Hand, an ihren Tisch und gab sich redlich Mühe, die beiden Bekannten von Clare nicht allzu auffällig anzustarren. Sie fielen mit ihrem exotischen Äußeren völlig aus dem Rahmen; der Mann mit seinem langen, lockigen Haar und dem grellfarbenen Hemd und die Frau mit der kaffeefarbenen Haut und den leuchtenden Augen.

»Möchten Sie etwas essen?« fragte sie.

»Und ob. Alice, dies sind meine Freunde aus New York, Angie und Jean-Paul LeBeau.«

»Freut mich, Sie kennenzulernen«, sagte Alice höflich. Der Mann lächelte, und etwas von ihrer Verlegenheit schwand. »Sind Sie hier zu Besuch?«

»Nur für ein paar Tage.« Jean-Paul beobachtete, wie Alice' Augen von ihm zu seiner Frau und wieder zurückwanderten. »Heute macht Clare mit uns einen Stadtrundgang.«

»Ich fürchte, viel gibt's hier nicht zu sehen.«

»Ich bemühe mich gerade, die beiden zu überreden, bis zur Parade am Samstag zu bleiben.« Clare nahm sich eine Zigarette und zog den Metallaschenbecher zu sich heran.

»Na ja, sie ist ja auch wirklich sehenswert. Nicht zu vergleichen mit der, die Macy's zum Erntedankfest oder so veranstaltet, aber trotzdem gut.«

»Alice war auch einmal Trommlerin«, verkündete Clare, und die Kellnerin errötete.

»Das muß schon hundert Jahre her sein. Wollt ihr schon bestellen oder braucht ihr noch etwas Zeit?«

»Nein, wir wissen, was wir essen wollen.« Clare bestellte für alle und blickte der davoneilenden Alice nach.

»Seht euch bloß an, wie sie sich bewegt! Das muß ich unbedingt festhalten, am besten in Ton, denke ich.«

»Ich wundere mich nur, daß du deinen Sheriff noch nicht bekniet hast, dir Modell zu stehen.« Jean-Paul griff nach seiner dünnen schwarzen Zigarette.

»Ich arbeite daran.«

»Er hat mir gut gefallen.«

Clare berührte lächelnd seine Hand. »Das weiß ich, und darüber bin ich auch froh.«

»Er entsprach nicht ganz meinen Vorstellungen.« Wütend beschloß Angie, daß sie, wenn die beiden Männer am Nebentisch nicht aufhörten, sie anzustarren, genauso unverfroren zurückglotzen würde. »Mir schwebte mehr das Bild eines schwerbäuchigen Provinzbullen mit Sonnenbrille und barscher Stimme vor.«

»Mach jetzt keinen Ärger, Jungchen«, ulkte Clare. »Nein, im Ernst, auf den früheren Sheriff würde deine Beschreibung passen wie die Faust aufs Auge. Aber Cam ist ein anderes Kaliber. Ich glaube, daß er vielleicht ...« Sie brach ab, als sie bemerkte, daß Angie überhaupt nicht zuhörte. Sie folgte dem Blick der Freundin und entdeckte die beiden einheimischen Männer am Nebentisch, die zu ihnen herüberstarrten. In ihren Augen funkelte eine unterschwellige Aggressivität, die Clare in Rage brachte. Tröstend legte sie eine Hand auf Angies Arm. »Weißt du, Großstadtpflanzen verirren sich nur äußerst selten hier in die Provinz.«

Angie entspannte sich sichtlich, lächelte und drückte Clares Hand. »Das ist mir auch schon aufgefallen. Ich hoffe nur, du bestätigst mir auch, daß sich auch nicht viele Männer mit weißen Kapuzen hierhin verirren.«

»Derartige Sachen kommen in diesem Teil des Staates nicht vor.«

»Richtig.« Angie begann, mit den Fingern auf dem Tisch herumzutrommeln. »In Emmitsboro passiert ja nie etwas Aufregendes.«

»Ganz so langweilig ist es hier auch nicht. Letzte Woche hatten wir sogar einen Mord.«

»Nur einen?« Auch Jean-Paul spürte das Unbehagen seiner Frau. Unter dem Tisch legte er ihr eine Hand auf den Oberschenkel.

»Nur einen«, bekräftigte Clare. »Den einzigen Mord in Emmitsboro, solange ich zurückdenken kann. Eine grausige Geschichte, ehrlich. Cams Stiefvater ist zu Tode geprügelt und etwas außerhalb der Stadt am Straßenrand aufgefunden worden.«

»Das tut mir leid.« Angie vergaß die unverschämten Blicke. »Muß für Cam nicht gerade leicht gewesen sein.«

Nervös drückte Clare ihre Zigarette aus. »Für ihn ist es besonders schwierig, weil sie sich nicht gerade nahegestanden haben.«

»Hat er schon irgendwelche Tatverdächtigen?« erkundigte sich Jean-Paul interessiert.

»Ich weiß es nicht, aber ich möchte es bezweifeln.« Clare blickte aus dem Fenster auf die langsam vorüberfahrenden Autos und die sich noch langsamer bewegenden Fußgänger. »Ich kann mir kaum vorstellen, daß es jemand aus der Stadt getan hat.« Kopfschüttelnd wählte sie eine andere Ausdrucksweise. »Niemand möchte daran glauben, daß es jemand aus der Stadt getan haben könnte.«

Als sie wieder nach Hause kamen, war es bereits nach drei. Jean-Paul hatte die Antiquitätenläden durchstöbert und schleppte sich mit drei Bilderrahmen aus Mahagoni ab. Zu ihrer eigenen Überraschung hatte Angie eine bildschöne silberne Art-Deco-Brosche aufgetrieben, für die sie nur einen Bruchteil dessen, was das Schmuckstück in Manhattan gekostet hätte, bezahlen mußte.

Ein großer gelber Schulbus hielt mit kreischenden Bremsen am Straßenrand und spie eine lärmende Horde Schulkinder aus, die sich johlend auf ihre Fahrräder stürzten.

»Da ist ja Ernie.« Clare entdeckte ihn an der Ecke ihrer Einfahrt. »Er hat mir für den Arm Modell gestanden«, erklärte sie.

»Sieht aus, als ob er auf dich wartet«, bemerkte Jean-Paul.

»Er hängt manchmal hier herum. Er ist einsam.« Lächelnd winkte Clare dem Jungen zu. »Ich glaube, er hat Probleme mit seinen Eltern. Sie haben sich noch nicht einmal die Mühe gemacht, herüberzukommen und sich die Skulptur anzuschauen.«

Ernie musterte sie, verärgert, daß sie nicht allein war. Er wußte, daß der Sheriff draußen auf Doppers Farm zu tun hatte, wo zwei Kälber brutal getötet worden waren. Ernie wußte darüber Bescheid, weil er selbst die Tiere abgeschlachtet hatte. Er hoffte, so seine Aufnahme in den magischen Zirkel beschleunigen zu können.

»Hi, Ernie. Arbeitest du heute nicht?«

»Hab 'n paar Minuten Zeit.«

»Schön. Ich hab' dich die letzten Tage gar nicht zu Gesicht bekommen.«

»Ich hatte zu tun.«

»Na gut. Jedenfalls würde ich dir gern die fertige Skulptur zeigen. Und das sind meine Freunde, Mr. und Mrs. LeBeau.«

Ernie erwiderte den Gruß mit einem unverständlichen Brummen, schüttelte jedoch Jean-Pauls Hand, als dieser sie ihm hinhielt.

»Komm mal mit in die Garage. Ich möchte gerne deine Meinung hören.« Clare ging voraus. »Du hast die Arbeit ja noch gar nicht gesehen, seit ich sie gebrannt habe«, fuhr sie fort. »Ton hat sich als goldrichtiges Material erwiesen, er ist etwas grober und primitiver als Holz. Und da Mr. LeBeau vorhat, deinen Arm nach New York zu schicken, ist das jetzt deine letzte Chance, noch einen Blick darauf zu werfen.« Clare fuchtelte mit den Händen in der Luft herum, dann hakte sie die Daumen in ihre Hosentaschen. »Also, was hältst du davon?«

Als Ernie die Skulptur betrachtete, überkam ihn plötzlich das merkwürdige Gefühl, sie habe ihm etwas geraubt. Ohne zu überlegen, schloß er seine linke Hand um seinen rechten Unterarm. Irgendwie hatte sie einen Teil von ihm vereinnahmt, nicht nur seinen Arm, seine Hand und seine Finger nachgebildet. Er konnte dieses Gefühl nicht erklären, ihm fehlten ganz einfach die richtigen Worte. Wenn es ihm eingefallen wäre, hätte er vielleicht den Ausdruck *innerstes Wesen* gewählt. Ihm war es, als habe sie ihm sein Wesen gestohlen und in diesem körperlosen Arm wieder auferstehen lassen.

»Ist ganz okay.«

Lachend legte ihm Clare eine Hand auf die Schulter. »Das muß mir wohl reichen. Vielen Dank, daß du mir geholfen hast.«

»War ja keine große Sache.«

»Für uns bedeutet es sehr viel«, korrigierte Jean-Paul. »Ohne dich hätte Clare diese Skulptur nicht erschaffen können. Wenn sie das nicht getan hätte, könnten wir sie nicht in unserer Galerie ausstellen, und die Konkurrenz würde nicht grün vor Neid werden.« Er grinste auf den Jungen herab. »Also, wie du siehst, stehen wir alle in deiner Schuld.«

Ernie zuckte lediglich mit den Achseln, wobei der Anhänger an seinem Hals ins Tanzen geriet. Jean-Paul betrachtete ihn neugierig. Erst war er leicht überrascht, dann belustigt. Teenager, dachte er. Spielen mit Sachen herum, von denen sie nichts verstehen. Doch dann fiel sein Blick wieder auf Ernie, und sein Lächeln erstarb. Ein Teenager, richtig, bloß ein Junge, doch Jean-Paul hatte das unbehagliche Gefühl, daß dieser Junge vielleicht viel zuviel verstand.

»Jean-Paul?« Angie trat zu ihm und legte eine Hand auf seinen Arm. »Ist alles in Ordnung?«

»Ja doch.« Er zog seine Frau enger an sich. »Ich war nur in Gedanken. Einen interessanten Anhänger hast du da«, sagte er zu Ernie.

»Mir gefällt er.«

»Hoffentlich halten wir dich nicht auf.« Jean-Pauls Stimme blieb freundlich, doch er legte seiner Frau beschützend den Arm um die Schulter.

»Yeah.« Ernie zog die Lippen über seine Zähne. »Hab' noch was zu erledigen.« Absichtlich berührte er leicht das Pentagramm, dann ballte er die Faust und machte mit erhobenem Zeige- und kleinem Finger das Bockszeichen. »Man sieht sich.«

»Benutze ihn lieber nicht noch mal«, warnte Jean-Paul, der Ernie nachblickte.

Clare hob fragend die Brauen. »Wie bitte?«

»Als Modell. Nimm ihn nicht mehr. Er hat böse Augen.«

»Also wirklich ...«

»Ich bin nicht verrückt.« Wieder lächelnd küßte Jean-Paul Clare auf die Wange. »Es heißt, daß meine Großmutter hellseherische Fähigkeiten besaß.«

»Ich würde eher sagen, du hast zuviel Sonne gekriegt«, diagnostizierte Clare. »Und du brauchst einen Drink.«

»Dazu würde ich nicht nein sagen.« Er warf einen letzten Blick über seine Schulter, dann folgte er Angie und Clare in die Küche. »Hast du auch ein paar Chips?«

»Ich immer.« Clare bedeutete ihm, den Kühlschrank zu öffnen, während sie in einem Schrank nach einer Tüte Kartoffelchips kramte. »Jetzt hört euch doch bloß diese Fliegen an. Dem Gesumme nach zu urteilen, halten sie da draußen eine Versammlung ab.« Neugierig ging sie zu der Glastür und spähte hinaus. Der Hamburger, den sie mit solchem Genuß verspeist hatte, drohte ihr wieder hochzukommen. »Ach du lieber Gott!«

»Clare?« Mit einem Satz war Angie an ihrer Seite. »Schätzchen, was ...« Dann sah sie es selbst. Entsetzt preßte sie eine Hand vor den Mund und wandte sich ab. »Jean-Paul!«

Dieser drängte sie bereits sanft beiseite. Irgend jemand hatte eine tote Katze, ein noch junges schwarzes Tier, auf die kleine Veranda hinter der Glastür geworfen. Dort, wo einst ihr Kopf gewesen war, floß ein dunkler Blutstrom über die Steine. Dicke schwarze Fliegen summten emsig auf dem Kadaver herum.

Jean-Paul stieß eine Reihe gotteslästerlicher Flüche aus, ehe er den Frauen sein aschfahles Gesicht zudrehte. »Geht weg – rüber ins andere Zimmer. Ich kümmere mich darum.«

»Schrecklich.« Clare schlang die Arme um den Körper und kehrte der Tür den Rücken zu. »Soviel Blut.« Ganz frisches Blut noch dazu, fiel ihr ein. Unwillkürlich schluckte sie hart. »Ein streunender Hund muß die Katze gerissen und hierhin geschleppt haben.«

Jean-Paul dachte an den Anhänger um Ernies Hals und zog seine eigenen Schlüsse. »Der Junge könnte es getan haben.«

»Der Junge?« Clare riß sich zusammen und reichte Jean-Paul einen Plastikmüllsack. »Ernie? Mach dich doch nicht lächerlich. Es war ein Hund.«

»Er hatte ein Pentagramm um den Hals hängen. Ein satanisches Symbol.«

»Satanismus?« Schaudernd wandte sich Clare wieder ab. »Meinst du nicht, daß deine Fantasie zu wilde Blüten treibt?«

»Satanismus?« Angie holte den Wein aus dem Kühlschrank. Ihrer Meinung nach konnten sie alle einen Schluck vertragen. »Ab und zu steht mal was darüber in der Zeitung. Ich hab' auch schon gehört, daß im Central Park schwarze Messen abgehalten worden sind.«

»Ach, hört doch auf damit.« Clare suchte nach ihren Zigaretten. »Schön, der Junge hat irgendein okkultistisches Symbol getragen, und vielleicht hat es ihm einen Höllenspaß gemacht, Jean-Pauls Reaktion zu beobachten. Himmel, mein eigener Vater hat sich oft ein Friedensabzeichen angesteckt, aber deswegen war er noch lange kein Kommunist.« Sie rauchte in hastigen Zügen. »Viele Menschen liebäugeln ein wenig mit Okkultismus, besonders Jugendliche. Damit wollen sie nur die gesellschaftlichen Normen in Frage stellen.«

»Aber das kann gefährlich werden«, beharrte Jean-Paul.

»Der Junge hat garantiert keine streunende Katze geköpft und mir auf die Treppe gelegt. Ich fürchte, du hast zu viele schlechte Filme gesehen.«

»Kann sein.« Warum sollte er sie oder Angie noch mehr aufregen, dachte Jean-Paul bei sich. Außerdem mußte er sich für die gräßliche Aufgabe, die ihm bevorstand, wappnen. »Aber tu mir einen Gefallen, *chérie*, und nimm dich vor ihm in acht. Meine Großmutter pflegte zu sagen, man solle sich vor denen hüten, die sich entschlossen haben, den linksgerichteten Weg einzuschlagen. Nehmt den Wein mit«, ordnete er an, nachdem er tief Atem geholt hatte. »Und geht ins Nebenzimmer, bis ich hier fertig bin.«

Der linksgerichtete Weg, dachte Clare, und ihr fiel das Buch wieder ein, das sie im Büro ihres Vaters entdeckt hatte.

Drittes Kapitel

Was zum Teufel wurde hier gespielt? Cam hatte es sich in einem Liegestuhl bequem gemacht. Neben ihm stand eine Literflasche eiskalte Pepsi. Nachdem er von Doppers Farm zurückgekommen war, hatte er geduscht und sich umgezogen, und nun bewunderte er, nur mit Jeans bekleidet, den Sonnenuntergang und hing seinen Gedanken nach.

Zwei junge Angusrinder waren brutal abgeschlachtet worden. Enthauptet. Kastriert. Laut Aussage des Tierarztes, der mit ihm zusammen die Kadaver untersucht hatte, waren einige innere Organe herausgetrennt worden. Der Täter hatte sie offensichtlich mitgenommen.

Widerlich. Cam trank einen Schluck Pepsi, um den schlechten Geschmack im Mund hinunterzuspülen. Wer auch immer für diese Schweinerei verantwortlich war, hatte Entsetzen und Ekel auslösen wollen – was ihm auch verdammt gut gelungen war. Sogar Matt Doppers Gesicht hatte sich trotz seiner Wut grünlich verfärbt. Die Kälber waren gerade einmal zwei Monate alt gewesen und wären zu prächtigen Stieren herangewachsen.

Sie waren dazu bestimmt gewesen, geschlachtet zu werden, und nicht verstümmelt, dachte Cam grimmig.

Und Matt gab ihm zumindest teilweise die Schuld daran. Wenn er, Cam, ihn nicht gezwungen hätte, die Hunde an die Kette zu legen, dann hätte niemand gewagt, unbefugt die Farm zu betreten, und niemand hätte in den Stall eindringen und seine Kälber töten können.

Cam lehnte sich zurück, schaute in die Dämmerung und genoß das Streicheln des Windes auf seiner bloßen Haut. Die Stille faszinierte ihn, die heitere Gelassenheit, die ihn umgab. Der hoffnungsvolle Ruf eines Ziegenmelkers durchbrach plötzlich die Ruhe.

Was ging nur in dieser Stadt vor, in der Stadt, die er so gut zu kennen meinte?

Das Grab eines Kindes war geschändet, ein Mann auf grausame Weise ermordet und zwei Kälber waren verstümmelt worden. All diese Vorfälle hatten sich innerhalb weniger Wochen ereignet, und das in einer Stadt, in der bislang der heftigste Streit zwischen den Einwohnern über die Frage entbrannt war, ob man für das allmonatliche Treffen der Kriegsveteranen eine Rock- oder eine Countryband verpflichten sollte.

Wo war die Verbindung? Mußte es überhaupt eine geben?

Cam war nicht naiv genug, um die Tatsache zu ignorieren, daß die Probleme und die Verbrechen einer Großstadt durchaus bis in die umliegenden Dörfer und Kleinstädte gelangen konnten. Emmitsboro war zwar nicht Brigadoon, aber die nächstbeste Lösung.

»Drogen?« Er nahm noch einen tiefen Schluck aus seiner Flasche und beobachtete, wie die ersten Sterne am Himmel erschienen. Seiner Meinung nach mußte derjenige, der die Kälber zerfleischt hatte, entweder unter Drogen gestanden haben oder völlig verrückt gewesen sein. Außerdem mußte sich diese Person auf Doppers Farm ausgekannt und gewußt haben, daß die Schäferhunde inzwischen an der Kette lagen. Ergo mußte es sich um einen Einwohner Emmitsboros handeln.

Die Stadt lag nahe genug bei Washington, D.C., um als Drogenumschlagplatz genutzt zu werden. Tatsächlich hatte die Staatspolizei vor einiger Zeit ein etwa zehn Meilen südlich von Emmitsboro gelegenes Farmhaus gestürmt, durchsucht und ein paar hundert Pfund Kokain, einige Maschinengewehre und ungefähr zwanzigtausend Dollar in bar sichergestellt. Mit geradezu lächerlicher Regelmäßigkeit wurden auf der Interstate 70 Drogenkuriere angehalten, die dumm genug gewesen waren, mit überhöhter Geschwindigkeit über Land zu jagen, obwohl sie unter den Radkappen beutelweise Koks versteckt hatten.

War es möglich, daß Biff in derartige Geschäfte verstrickt gewesen war? Konnte er Geld beiseite geschafft, einen Deal verpatzt oder ganz einfach zuviel verlangt haben, so daß man ihn aus dem Weg geräumt hatte?

Er war von jemandem zu Tode geprügelt worden, der vor Wut außer sich gewesen sein mußte – oder von jemandem, der ein Exempel statuieren wollte.

Aber keiner dieser Vorfälle, so unangenehm sie auch waren, schien zu dem grausigen Ereignis auf dem Friedhof zu passen.

Warum sagte ihm sein Instinkt dann, daß es da einen Zusammenhang geben mußte?

Weil er ausgelaugt war, sagte Cam sich. Weil er zurückgekehrt war, um dem trostlosen Alltag in der Großstadt zu entgehen. Und auch, wie er sich selbst eingestehen mußte, um die Schuldgefühle und Ängste loszuwerden, die ihn quälten, seitdem sein Partner in seinen Armen gestorben war.

Cam lehnte sich zurück und schloß die Augen. Da er sich nach einem Drink sehnte, ja, geradezu danach gierte, vermied er jegliche Bewegung und exerzierte ein lang vertrautes Ritual durch. Er malte sich aus, wie es wäre, eine Flasche zu öffnen, sie an die Lippen zu setzen und das kühle Glas zu fühlen, ehe er den ersten Schluck nahm. Dann würde die feurige Flüssigkeit seine Kehle herunterrinnen, in seinem Magen eine wohlige Wärme verbreiten und dann langsam sein Hirn benebeln. Ein Drink, dann noch ein zweiter. Ach, was soll's, dann machen wir doch gleich die ganze Flasche leer. Das Leben ist eh viel zu kurz, als daß man sich noch kasteien muß. Nur immer runter mit dem Zeug, die nächste Flasche wartet schon ...

Dann der Morgen danach, der unweigerlich das heulende Elend mit sich brachte. Einem ist kotzübel, und man hat nur noch einen einzigen Wunsch: zu sterben. Man hängt über der Schüssel und würgt sich die Seele aus dem Leib, während man sich mit rasend klopfendem Herzen und klammen, schweißnassen Fingern an dem kalten Porzellan festklammert.

Soviel dazu.

Cam spielte dieses Spielchen mit sich selbst schon lange. Seitdem er dem guten alten Jack Daniels die Freundschaft aufgekündigt hatte, malte er sich immer in den leuchtendsten Farben die Folgen aus, wenn ihn das Verlangen nach einem Drink überfiel.

Er wünschte, er würde eines Morgens aufwachen und der Drang, sofort zur Flasche zu greifen, wäre ein für allemal verflogen. Er wünschte, er könnte aufstehen, in die Stadt fahren, ein paar Strafzettel verteilen, ein paar Kindern die Leviten lesen, einige Formulare ausfüllen und sonst gar nichts.

Er wollte sich nicht mit Ermittlungen in einem Mordfall herumschlagen oder aufgebrachte Farmer beschwichtigen müssen. Und am allerwenigsten wollte er noch einmal mit verängstigten, von Kummer und Sorge nahezu aufgezehrten Eltern wie den Jamisons sprechen müssen, die mit der Regelmäßigkeit eines Uhrwerks jede Woche anriefen.

Doch er wußte nur zu gut, daß er trotzdem am nächsten Morgen wie gewohnt aufstehen, den Wunsch, allen Frust in Whiskey zu ersäufen, unterdrücken und wie immer seiner Arbeit nachgehen würde. Weil es keinen anderen Ort, wo er hingehen und keine andere Arbeit, die er tun konnte, gab.

Du meinst, du kennst diese Stadt, dabei weißt du überhaupt nichts.

Sarah Hewitts bittere Worte klangen in seinem Kopf wider. Was hatte sie ihm sagen wollen? Was wußte sie über Parker?

Cam hatte es noch nicht geschafft, den ehemaligen Sheriff von Emmitsboro zu erreichen. Parker war vor über einem Jahr von Fort Lauderdale fortgezogen, ohne eine Nachsendeadresse zu hinterlassen. Und nun, dachte Cam, würde er sich noch eine zusätzliche Fleißaufgabe aufhalsen: Er würde es sich zum Ziel setzen, Parker ausfindig zu machen. Er wußte bloß nicht, was ihn eigentlich dazu trieb.

Als er die Augen wieder öffnete, war es bereits dunkel geworden. Er griff nach seiner Flasche, zündete sich eine Zigarette an und richtete dann sein Teleskop aus. Die Sterne zu betrachten empfand er seit jeher als ausgesprochen entspannend.

Er befaßte sich gerade eingehend mit der Venus, als er hörte, daß ein Auto auf sein Haus zugerattert kam. Und mit einer Gewißheit, die ihn selbst überraschte, wußte er sofort, daß Clare am Steuer saß. Mehr noch, er erkannte, daß er auf sie gewartet hatte.

Sie hatte es zu Hause nicht mehr ausgehalten. Nein, gab Clare bei sich zu, als sie aus dem Auto sprang, ihr war buchstäblich die Decke auf den Kopf gefallen. Sie wußte, daß Angie und Jean-Paul gut und gerne ein, zwei Stunden auf sie verzichten konnten. Im Grunde genommen war sie sogar davon überzeugt, daß die beiden es kaum abwarten konnten, Jean-Pauls Theorien unter vier Augen durchzudiskutieren. Wohingegen Clare selbst nicht über das Vorgefallene nachdenken konnte und wollte.

»Hey, Slim.« Cam war ans Ende der Veranda gekommen und lehnte sich über das Geländer. »Komm rauf.«

Clare sprang mit ein paar Sätzen die Stufen empor und warf ihm die Arme um den Hals. Noch ehe er reagieren konnte, preßte sie schon ihren Mund hart auf den seinen.

»Nun«, stieß er nach einem Moment hervor, »ich freue mich auch, dich zu sehen.« Seine Hände strichen liebevoll über ihren Brustkorb und blieben dann auf ihren Hüften liegen. Aufmerksam musterte er sie im fahlen Licht, welches aus seinem Schlafzimmerfenster drang. »Was ist los?«

»Nichts.« Clare setzte ein bewußt strahlendes Lächeln auf. »Ich hatte einfach nur keine Ruhe mehr zuhause.« Mit gespreizten Fingern fuhr sie durch sein Haar, ehe sie sich an ihn schmiegte. »Vielleicht war ich auch nur scharf auf dich.«

Er hätte sich geschmeichelt fühlen können, wenn er ihr nur geglaubt hätte. Sacht küßte er sie auf die Stirn. »Du kannst mit mir über alles reden.«

Sie wußte, daß er ihr zuhören, daß er ihre Sorgen teilen würde. Doch sie konnte ihm nicht von dem gräßlichen Ding, das sie auf ihren Stufen gefunden hatte, erzählen, oder von Jean-Pauls wilden Vermutungen oder von dem Buch, das sie aus dem Büro ihres Vaters mitgenommen und wie ein Teenager, der heimlich Pornohefte hortete, unter ihrer Matratze versteckt hatte.

»Es ist wirklich nichts. Vermutlich wächst mir im Moment einiges über den Kopf. Aufträge, hohe Erwartungen, Verträge und all das.« Was sogar zum Teil der Wahrheit entsprach, doch Clare hatte das Gefühl, daß Cam auch noch den Rest dessen, was ihr auf der Seele lag, aus ihr herauskitzeln würde, wenn sie sich nicht zwang, die Ereignisse aus ihrem Gedächtnis zu streichen, vorerst jedenfalls. »Was machst du denn da?« Sie löste sich von ihm, um sein Teleskop zu inspizieren.

»Eigentlich gar nichts.« Cam griff nach der Pepsiflasche und reichte sie ihr. »Möchtest du einen Schluck?«

»Gerne.« Clare nahm die Flasche und trank. »Ich hatte gehofft, du würdest anrufen«, sagte sie und ärgerte sich sofort über sich selbst. »Vergiß einfach, was ich eben gesagt habe. Was kann man denn durch dieses Ding erkennen?«

Er legte ihr eine Hand auf die Schulter, ehe sie sich zu dem Okular des Teleskops hinunterbeugen konnte. »Ich habe dich angerufen, aber die Leitung war dauernd besetzt.«

»Oh.« Clare konnte sich ein zufriedenes Lächeln nicht verkneifen. »Angie hat ewig und drei Tage mit New York telefoniert. Hast du mal eine Zigarette für mich, Rafferty? Ich muß meine Handtasche im Auto liegengelassen haben.«

Er bot ihr eine an. »Ich mag deine Freunde«, sagte er, während er ein Streichholz anriß.

»Die beiden sind großartig. Vermutlich war es ziemlich albern von mir, aber ich war total nervös, als ihr euch kennengelernt habt. Ich kam mir vor, als würde ich dich meinen Eltern vorstellen oder so etwas. Ach du lieber Gott!« Sie ließ sich auf die Lehne seines Stuhles plumpsen. »Ich kann nicht glauben, was ich da eben gesagt habe. Beachte mich einfach nicht – tu so, als wäre ich gerade erst gekommen.« Sie seufzte tief. »Ich fühle mich wie ein unerfahrener Teenager. Schrecklich.«

»Mir gefällt es.« Cam legte ihr die Hand unter das Kinn, um ihren Kopf anzuheben. »Ich bin sogar ganz vernarrt in deine Art. Noch vor zehn Minuten habe ich hier gesessen und Trübsal geblasen, und jetzt weiß ich gar nicht mehr, warum eigentlich.«

Clare blickte ihn an. Im schwachen Sternenlicht schimmerten seine Augen samtschwarz, und um seinen Mund lag ein leises, zufriedenes Lächeln. In diesem Moment fühlte sie sich so stark zu ihm hingezogen, daß sie beinahe vor sich selber erschrak. »Rafferty, wohin soll das noch führen?«

»Was möchtest du denn gerne, wo es hinführen soll?«

»Ich glaube, ich habe noch nicht näher darüber nachgedacht. Eigentlich hatte ich gehofft, daß du dir darüber Gedanken gemacht hättest.«

Das hatte er in der Tat getan, aber er wollte es ihr auch nicht zu leicht machen. »Wie wär's, wenn du ein Weilchen darüber nachdenkst?« Er ließ sich in den Stuhl neben ihrem sinken. »Ich habe gerade die Venus im Sucher. Willst du mal durchgucken?«

Clare beugte sich vor und linste mit einem Auge durch das Okular. »Ich bin gerne mit dir zusammen«, sagte sie, während sie den leuchtendgoldenen Planeten betrachtete. »Ich meine, so wie jetzt, nicht nur im Bett.«

»Das ist schon mal ein guter Anfang.«

»Das heißt nicht, daß es im Bett nicht auch wunderbar klappt.«

Seine Lippen verzogen sich zu einem Lächeln. »Da muß ich dir voll und ganz zustimmen.«

»Was ich damit sagen will, ist folgendes: Obwohl der Sex zwischen uns großartig ist, ist das nicht der einzige Grund, warum ich ...« Dauernd an dich denken muß, sogar von dir träume. »Warum ich hier bin.«

»Okay.« Er hielt ihre Hand fest, mit der sie dauernd nervös gegen die Lehne ihres Liegestuhls klopfte. »Warum bist du denn dann gekommen?«

»Ich wollte einfach nur mit dir zusammensein.« Zwar blickte sie noch immer starr in das Teleskop, nahm aber längst nichts mehr wahr. »Okay?«

»Schon gut.« Er zog ihre Hand an die Lippen und hauchte einen Kuß auf ihre Knöchel; eine zärtliche, romantische Geste, die ihr fast die Tränen in die Augen trieb.

»Ich möchte das, was zwischen uns ist, nicht wieder vermasseln, Cam. Darin bin ich nämlich wirklich gut.«

»Zwischen uns läuft alles bestens, Slim. Kein Grund zur Sorge.«

Über eine Stunde lang betrachteten sie gemeinsam die Sterne, und als Clare nach Hause fuhr, hatte sie das Buch, welches unter ihrer Matratze verborgen lag, völlig vergessen.

Lisa MacDonald kochte vor Zorn. Sie hatte sich vollkommen verfahren – mitten im Niemandsland, wie es ihr schien –, und dazu kam noch, daß ihr Auto endgültig den Geist aufgegeben hatte. Verzweifelt um Optimismus bemüht, beschloß sie, dem Wagen noch eine letzte Chance zu geben. Schließlich hatte der Motor gerade erst hundertzweiundsechzigtausend Meilen auf dem Buckel. Sie drehte den Zündschlüssel und lauschte dem gequälten Orgeln des Anlassers. Das Auto vibrierte leicht, doch der Motor sprang nicht an.

Wütend knallte sie die Tür des 72er Volvo zu und entschied, erst einmal einen Blick unter die Haube zu werfen, doch da ihre Fähigkeiten beim Ballettanz und nicht bei der Kraftfahrzeugtechnik lagen, wußte sie von vornherein, daß dies vergebliche Liebesmüh sein würde.

Der Mond war nahezu voll aufgegangen, und der Himmel funkelte voller Sterne. Das fahle Licht, das die Himmelskörper verbreiteten, malte seltsame Schatten auf die verlassene Straße. Außer dem monotonen Gesang der Grillen und dem Gequake der Frösche war kein Laut zu hören. Die Motorhaube quietschte protestierend, als Lisa sie anhob und ungeschickt den Feststellhebel in die Halterung schob. Fluchend rannte sie zur Beifahrertür, um das Handschuhfach zu durchwühlen. Ihr Bruder, der ein Quälgeist, eine Landplage und ihr bester Freund war, hatte ihr eine Taschenlampe und die notwendigsten Werkzeuge gekauft.

»Jeder Autofahrer sollte in der Lage sein, einen Reifen zu wechseln und einfache Reparaturen auszuführen«, äffte sie brummend Roys ständige Redensart nach. »Du kannst mich mal, Bruderherz«, fügte sie noch hinzu, stellte dann aber erleichtert fest, daß die Taschenlampe einen hellen Lichtkegel auf den Boden warf. Roy bestand darauf, daß sie Langzeitbatterien benutzte.

Wenn sie ihn nicht hätte besuchen wollen – und wenn er sie nicht bekniet hätte, lieber den Zug zu nehmen, so daß sie sich geradezu verpflichtet gefühlt hatte, mit dem Auto zu kommen, nur um ihn zu ärgern –, dann würde sie jetzt nicht in dieser Patsche sitzen.

Stirnrunzelnd warf sie ihr taillenlanges blondes Haar zurück und richtete den Lichtstrahl auf den Motor. Sah prima aus, dachte sie. Alles schwarz und schmierig. Warum zum Teufel verweigerte er dann seine Pflicht?

Und warum hatte sie bloß ihr Auto vor der Fahrt nicht zur Inspektion gebracht? Weil sie ein neues Paar Ballettschuhe brauchte und ihr Budget nur eines von beiden zuließ. Lisa hatte feste Prioritäten. Sogar jetzt, da sie allein in der Dunkelheit neben ihrem liegengebliebenen Auto stand, wußte sie, daß sie trotzdem wieder so handeln würde. Sie würde sich eher Tanzschuhe als etwas zu essen kaufen, was auch schon des öfteren geschehen war.

Erschöpft, verärgert und ungeduldig beschrieb sie einen großen Kreis um den Volvo und leuchtete mit der Taschenlampe ihre Umgebung ab. Sie sah einen Zaun, ein Feld und ein paar Lichter in der Ferne, wenigstens zwei Meilen entfernt. Ansonsten gab es nur den dichten, undurchdringlichen Wald und das schwarze Band der Straße, das sich um eine Kurve wand.

Wo waren bloß die Tankstellen und Telefonzellen? Wo um Gottes willen war der nächste McDonald's? Wie konnten Menschen nur in dieser Abgeschiedenheit leben? Niedergeschlagen ließ Lisa die Motorhaube zufallen und hockte sich darauf.

Vielleicht sollte sie den Rat ihres Pfandfinderhandbuches beherzigen und einfach hier warten, bis jemand vorbeikam und sie fand. Sie blickte sich nach allen Seiten um, die einsame Straße entlang und seufzte resigniert. In dieser gottverlassenen Einöde konnte sie warten, bis sie schwarz wurde.

Sie konnte auch auf eigene Faust losmarschieren. So zierlich und zerbrechlich sie auch wirkte, das harte Tanztraining hatte ihren Körper gestählt. Sie verfügte über ebensoviel, wenn nicht noch mehr Ausdauer als eine viel größere und kräftigere Frau. Aber welchen Weg sollte sie einschlagen, und wie weit würde sie laufen müssen?

Lisa ging zum Auto zurück, um einen Blick auf die Karte zu werfen und die detaillierte Wegbeschreibung, die Roy ihr gegeben hatte, zu studieren. Irgend etwas mußte sie da durcheinandergebracht haben. Sie ließ die Tür offen und setzte sich quer auf den Fahrersitz, um zu ergründen, wo genau sie vom Weg abgekommen war.

An Hagerstown war sie vorbeigekommen, dessen war sie sich ganz sicher, alldieweil sie dort die Interstate verlassen hatte, um zu tanken und sich eine Diätcola zu besorgen. Und einen Hersheyriegel, erinnerte sie sich schuldbewußt. Dann war sie an die Route 64 gelangt, genau wie Roy gesagt hatte, und dort war sie rechts abgebogen.

Scheiße. Entnervt ließ Lisa den Kopf auf die Knie sinken. Garantiert war sie statt rechts links abgebogen. Im Geiste ging sie ihre Fahrtroute noch einmal durch. An der bewußten Kreuzung hatte an der einen Seite ein kleiner Kramladen, an der anderen ein Kornfeld gelegen. Sie hatte an der

Ampel angehalten, Schokolade gefuttert und eine Chopin-Melodie mitgesummt. Die Ampel war umgesprungen, und sie war abgebogen. Vor angestrengter Konzentration zogen sich ihre Augenbrauen zusammen. Lisas mentale Blockade zwischen links und rechts diente der gesamten Tanztruppe zur Belustigung. Beim Tanzen trug sie stets ein Gummiband um das rechte Handgelenk.

Verdammter Mist, dachte sie nun. Sie war tatsächlich links abgebogen.

Ihr Problem bestand darin, als Linkshänderin geboren worden zu sein. Doch ihr Vater hatte darauf bestanden, daß sie sich umgewöhnte und die rechte Hand benutzte. So kam es, daß sie selbst zwanzig Jahre später rechts und links ständig verwechselte.

Mochte es auch ungerecht sein, dem lieben alten Dad für die Tatsache, daß sie in einem defekten Auto irgendwo im Niemandsland hockte, die Schuld in die Schuhe zu schieben, es half ihr jedenfalls ein wenig.

Also war sie lediglich falsch abgebogen. Lisa kämmte mit ihren langen, schlanken Fingern durch ihr Haar. Das war ja nun kein Weltuntergang. Sie mußte nur herausfinden, welche Richtung sie jetzt einzuschlagen hatte.

Sie gehörte nicht zu dem Typ Frau, der leicht in Panik geriet, sondern verfolgte eher verbissen einen einmal gefaßten Entschluß, so, wie sie sich auch stur durch jede ungewohnte Situation hindurcharbeitete. Also verfolgte sie den Weg, den sie gefahren war, auf der Karte zurück, stellte fest, wo genau sie sich verfahren hatte und suchte dann nach der nächstgelegenen Stadt.

Emmitsboro, stellte sie fest. Sie müßte schon komplett schwachsinnig sein, um der Straße nicht zwei Meilen lang folgen zu können. So würde sie in die Stadt gelangen und mit etwas Glück schon auf dem Weg dorthin ein Haus finden, von dem aus sie Roy anrufen und ihm beichten konnte, wie starrköpfig und leichtsinnig sie gewesen war. Im Augenblick erschien ihr dieses demütigende Geständnis das kleinere Übel zu sein. Bloß nicht die Nacht im Auto verbringen!

Lisa stopfte die Schlüssel in die Tasche ihrer Jogginghose, griff nach ihrer Handtasche und machte sich auf den Weg.

So hatte sie sich den Verlauf des Abends ganz und gar nicht vorgestellt. Ihr hatte eher vorgeschwebt, zwölf Stunden früher als ausgemacht an Roys Tür zu klopfen, ihn vor Überraschung aus allen Wolken fallen zu sehen und dann mit ihm zusammen den Champagner zu trinken, den sie mitgebracht hatte.

Schließlich konnte sie ihm nicht jeden Tag eröffnen, daß man ihr die Hauptrolle der Dulcinea in *Don Quijote* angeboten hatte. Obwohl sie ein Mensch war, der leicht Freunde gewann und diese auch zu halten vermochte, gab es niemanden, dem sie die frohe Neuigkeit lieber erzählt hätte als ihrem Bruder.

Sie konnte sich schon vorstellen, wie er vor Freude strahlen würde, wenn sie es ihm sagte, und wie er sie packen und durch die Luft wirbeln würde. Ihre Mutter hatte sie zwar immer pflichtgetreu zu ihren Ballettstunden gefahren, aber es war Roy gewesen, der sie verstanden, ermutigt und an sie geglaubt hatte.

Im Gebüsch raschelte etwas. Lisa, ein Stadtkind durch und durch, zuckte zusammen, schrie leise auf und fluchte dann verhalten. Warum gab es hier bloß keine Straßenbeleuchtung, fragte sie sich, dankbar, daß sie wenigstens die Taschenlampe bei sich hatte.

Um sich selbst zu beruhigen, malte sie sich aus, um wieviel schlimmer ihre Situation noch sein könnte. Es könnte zum Beispiel regnen oder bitterkalt sein. Der klagende Schrei einer Eule veranlaßte sie, ihre Schritte etwas zu beschleunigen. Außerdem könnte sie noch von einer Bande irrer Triebtäter vergewaltigt werden. Oder sie hätte stolpern und sich ein Bein brechen können. Lisa erschauerte. Ein gebrochenes Bein war ungleich schlimmer als eine Horde irrer Triebtäter.

Nächste Woche würden die Proben beginnen. Träumerisch dachte sie daran, wie sie anmutig einen schwarzen Spitzenfächer schwenken und graziös über die Bühne wirbeln würde.

Sie sah die Lichter schon vor sich, hörte die Musik und spürte den Zauber der Bewegung. Nichts, aber auch wirklich nichts im Leben war ihr wichtiger als das Ballett. Sechzehn Jahre hatte sie gewartet, hart gearbeitet und um die Chance gebetet, sich als Solotänzerin beweisen zu können.

Und nun wurde ihr diese Chance gewährt. Innerlich jubelnd schlang sie die Arme um ihren Körper und drehte mitten auf der dunklen Straße drei Pirouetten. Jede Träne, jeder schmerzende Muskel, jeder Tropfen Schweiß hatte sich gelohnt.

Lisa lächelte in sich hinein, als sie das am Straßenrand abgestellte Auto entdeckte, das halb vom Gebüsch verborgen wurde. Ihr erster Gedanke galt ihrer möglichen Rettung. Vielleicht handelte es sich bei dem Fahrer um einen freundlichen, handwerklich geschickten Mann – im Grunde genommen haßte sie jegliche Form von Sexismus, aber jetzt war nicht der Augenblick, sich mit Haarspaltereien abzugeben –, der ihr Auto wieder in Ordnung bringen konnte.

Doch dann blieb sie am Straßenrand stehen und dachte nach. Warum war der Wagen halb im Gebüsch verborgen, so daß er von der Straße aus nur schlecht gesehen werden konnte? Unsicher ging sie ein paar Schritte auf das Fahrzeug zu, ehe sie rief: »Hallo? Ist da jemand?« Sie blickte noch einmal zur Straße, diesem endlosen finsteren Tunnel, ehe sie noch einen Schritt nach vorne wagte, wobei sie es sorgfältig vermied, in die Wasserrinne zu treten. »Hallo! Ich brauche Hilfe.« Den Lichtstrahl auf ihre Füße gerichtet, begann sie vorsichtig die Böschung herunterzuklettern, immer auf der Hut vor tückischen Fußangeln. »Ist hier jemand?« Ein leises Rascheln antwortete ihr, und Lisa schaute hoch. »Mein Auto ...« begann sie, doch jedes weitere Wort blieb ihr vor Entsetzen in der Kehle stecken.

Aus dem Schatten der Bäume lösten sich zwei schwarzgewandete, gesichtslose Gestalten. Ein scharfer, instinktiver Strahl der Angst durchzuckte sie. Mit zitternden Händen richtete sie das Licht auf die unheimlichen Geschöpfe, ehe sie zurückwich und losrannte. Doch die beiden bewegten sich blitzschnell.

Als sich eine Hand in ihr Haar krallte und mit roher Gewalt daran zerrte, schrie sie vor Angst und Schmerz laut auf. Ein Arm legte sich um ihre Taille und zog sie hoch. Der Alptraum einer jeden Frau kam ihr in den Sinn und erfüllte sie mit sengender Furcht. Mit aller Kraft trat sie nach ihrem Angreifer, verfehlte ihn jedoch und schmetterte daher, wild mit Armen und Beinen rudernd, die Taschenlampe gegen den Kopf der Gestalt. Diese gab ein Grunzen, gefolgt von einem bösen Fluch, von sich und lockerte ihren Griff. Lisa setzte sich mit aller Kraft zur Wehr, um sich zu befreien. Wie aus der Ferne hörte sie, wie ihr T-Shirt zerriß.

Irgend etwas traf sie hart ins Gesicht. Ihr wurde schwindelig, alles verschwamm vor ihren Augen. Blindlings rannte sie los, hörte dabei ihr eigenes Schluchzen, spürte, wie jeder Atemzug ihr in der Kehle brannte. Sie wollte sich dazu zwingen, stehenzubleiben, da ihr panikerfüllter Verstand sich auf die Möglichkeit konzentrierte, sie könnten sie hören und ihr folgen, doch ihre Beine gehorchten ihr nicht.

Ihr wurde plötzlich klar, daß sie in den Wald hineingelaufen war und jegliche Orientierung verloren hatte. Umherliegende Holzstücke wurden auf einmal zu tödlichen Fallen, dicht belaubte Bäume zu unüberwindlichen Hindernissen. Sie war der Hase, der voller Angst seine Haken schlug, während er von der Meute erbarmungslos gehetzt wurde. Ihr Herz schlug so laut, daß sie die sich rasch nähernden Schritte nicht wahrnahm.

Er riß sie so brutal zu Boden, daß ihr Knie hart gegen einen Stein schlug. Trotz ihrer rasenden Furcht hörte Lisa noch, wie der Knochen brach, und als sie zu Boden prallte, verdrehte sich ihr Bein in einem unnatürlichen Winkel. Der Schmerz ließ jeden Nerv in ihrem Körper vibrieren. Sie schmeckte ihr eigenes Blut, als ihre Zähne sich tief in ihre Unterlippe gruben.

Er sang. Lieber Gott, dachte sie benommen. Tatsächlich, er sang monoton vor sich hin. Und sie roch Blut.

Inzwischen konnte sie hören, daß sich noch mehr von ihnen näherten. Ihr Angreifer schleifte sie mit sich, auf die anderen zu, die durch das Gebüsch brachen, seltsame, gierige Schreie ausstießen, näher und näher kamen. Trotzdem rief ihr Häscher ihnen nichts zu. Lisa konnte seine Augen erkennen, nur seine Augen, und da wußte sie, daß sie um ihr Leben kämpfen mußte.

Er glaubte, sie endgültig überwältigt zu haben, das sah sie ihm an. Tatsächlich vermeinte sie sogar, ihre eigene Angst zu riechen. Als ihr Gegner begann, heftig an ihrer Kleidung zu zerren, schlug sie ihre Fingernägel mit aller Gewalt in seine Hand und riß ihm die Haut auf, kämpfte mit den Zähnen und jedem Funken der ihr noch verbliebenen Kraft gegen ihn an.

Trotzdem gelang es ihm, die Hände um ihren Hals zu schließen. Er stieß keuchende Knurrlaute aus, wie ein Tier, dachte Lisa benommen. Würgend hustete sie mehrmals, rang verzweifelt nach Luft, doch ihre Gegenwehr erlahmte allmählich. Mit den Fersen ihrer Turnschuhe trommelte sie wie wild auf dem Boden herum.

Sie konnte nicht mehr atmen, ihre Lungen schienen sich langsam mit flüssigem Feuer zu füllen. Ihre Augen quollen hervor und drohten ihr aus dem Kopf zu treten. Böse lächelte er auf sie hinab. Dann glitten ihre Hände schwach und kraftlos an dem rauhen Stoff seiner Kutte hinunter und fielen wie knochenlos auf den dicken Laubteppich.

Sie war sicher, daß ihr letztes Stündlein geschlagen hatte. Verzweifelt krallte sie die Hände in die knisternden Blätter.

Ihre Finger trafen auf etwas Hartes und schlossen sich um einen großen Stein. Mit vor Anstrengung fast berstenden Lungen packte sie zu und schmetterte den Stein so fest sie konnte gegen den Hinterkopf ihres Gegners. Dieser röchelte und lockerte seinen eisernen Griff. Lisa holte einmal keuchend Atem und schlug erneut zu.

Würgend nach Luft ringend, kroch sie von ihm fort. Noch nie zuvor hatte sie so furchtbare Schmerzen verspürt. Am liebsten wäre sie einfach regungslos liegengeblieben, bis es ihr besser ging, aber von weitem hörte sie schon die Stimmen, die sich ihr näherten. Die Angst kehrte mit Macht zurück und verlieh ihr beinahe übermenschliche Kräfte. Sie biß sich auf die Lippen, als das verletzte Bein unter ihr wegknickte, rappelte sich dann hoch und rannte humpelnd durch den Wald, so schnell es ihr eben möglich war. Sie wußte, daß ihre Verfolger sich dicht hinter ihr befanden.

Clare fühlte sich viel besser. Genaugenommen ging es ihr großartig. Auf der Fahrt nach Hause summte sie fröhlich vor sich hin. Bislang hatte sie gar nicht gewußt, wie beruhigend es auf überreizte Nerven wirkte, abends draußen zu sitzen, die Sterne zu betrachten und über Belanglosigkeiten zu reden. Sie bedauerte nur, daß sie nicht hatte bleiben und zu Cam ins Bett krabbeln können. Zu gerne hätte sie mit ihm geschlafen oder sich einfach nur mit ihm unterhalten, bis der Schlaf sie übermannte.

Angie und Jean-Paul hätten dafür Verständnis gezeigt, dachte sie lächelnd. Aber ihre Mutter hatte ihr nur allzu erfolgreich gute Manieren eingebleut, und dazu gehörte, Gäste nicht zu lange sich selbst zu überlassen. Jetzt würde sie jedenfalls nach Hause fahren und sich in ihr Zimmer zurückziehen, um das Buch, das sie im Büro ihres Vaters gefunden hatte, genau zu studieren.

Es unter der Matratze zu verstecken war keine Lösung. Zu diesem Schluß war sie gleichfalls während ihrer Zeit mit Cam gekommen. Sie würde das Buch von vorne bis hinten lesen und versuchen, es zu verstehen. Sie würde sogar so weit gehen, die restlichen Bücher, die ihre Mutter fortgepackt hatte, durchzusehen.

»Wie gefällt Ihnen das, Dr. Janowski?« brummte sie vor sich hin. »Ich muß nicht unbedingt hundertfünfzig Dollar ausspucken, um herauszufinden, daß es das beste ist, nicht die Augen vor einem Problem zu verschließen, sondern sich damit auseinanderzusetzen.«

Außerdem, wo gab es denn Probleme? Clare warf übermütig den Kopf zurück, so daß der Wind ihr das Haar ins Gesicht wehte. Alles war in bester Ordnung. Emmitsboro würde seine Parade abhalten, man mußte ein paar Reden über sich ergehen lassen, und dann würde wieder der gewohnte Alltagstrott einkehren.

Plötzlich sah sie eine schemenhafte Gestalt wie aus dem Nichts aus dem Wald auftauchen. Ein Reh, dachte Clare, als sie mit aller Kraft auf die Bremse trat. Der Wagen schleuderte und drohte, seitlich auszubrechen. Sie riß das Lenkrad herum, der Lichtkegel der Scheinwerfer zuckte flackernd über die Straße und erfaßte kurz die Gestalt – eine Frau, erkannte Clare entsetzt – ehe der rechte Kotflügel sie traf.

»O Gott, o Gott!« Blitzschnell sprang Clare aus dem Auto. Die Beine gaben beinahe unter ihr nach. Ein beißender Geruch nach verbranntem Gummi stieg ihr in die Nase. Neben dem Wagen lag der verkrümmte Körper einer Frau. Ihre Jogginghose wies zahlreiche Blutflecke auf, und auch ihre Hände waren blutverschmiert. »Bitte, lieber Gott, mach, daß das nicht wahr ist«, murmelte Clare leise, ehe sie sich zu der Frau hinunterbeugte und mit zitternden Fingern sacht die Mähne blonden Haares zurückstrich.

Lisa blinzelte, konnte aber nur schattenhafte Umrisse erkennen. Auf ihrer kopflosen Flucht durch den Wald hatte sie irgend etwas böse am Auge verletzt. »Helfen Sie mir.« Ihre Stimme war nur ein heiseres Flüstern, fast unhörbar.

»Natürlich. Es tut mir ja so leid. Ich habe Sie erst gesehen, als es schon zu spät war.«

»Ein Auto.« Lisa raffte sich auf und stützte sich mit einer Hand und dem Ellbogen auf dem Asphalt ab. Jedes Wort brannte wie Säure in ihrer Kehle, doch sie mußte sich unbedingt verständlich machen, solange sie noch konnte. »Gott sei Dank. Bitte helfen Sie mir. Ich glaube nicht, daß ich aus eigener Kraft aufstehen kann.«

»Sie sollten sich besser nicht bewegen.« Wie war das doch gleich bei Hals- und Wirbelsäulenverletzungen? Warum hatte sie es bloß versäumt, einen Erste-Hilfe-Kurs mitzumachen?

»Sie kommen! Beeilen Sie sich, um Gottes willen!« Lisa zog sich bereits an der Stoßstange hoch. »Bitte! *Schnell!*«

»Schon gut, schon gut.« Sie konnte die hilflose Frau schließlich nicht gut auf der Straße liegenlassen, während sie Hilfe holte. So behutsam wie möglich bugsierte Clare Lisa auf den Beifahrersitz. »So, und jetzt noch ...«

»Fahren Sie los!« Lisa fürchtete, das Bewußtsein zu verlieren. Mit einer Hand klammerte sie sich am Türgriff fest, während sie angsterfüllt in den Wald spähte. Ihr gesundes Auge füllte sich mit Panik. »Schnell, ehe sie uns finden.«

»Ich bringe Sie ins Krankenhaus.«

»Irgendwohin.« Lisa bedeckte ihr blutüberströmtes Gesicht mit beiden Händen. »Bringen Sie mich bloß hier weg.« Als Clare losfuhr, sank sie im Sitz zusammen und begann, am ganzen Leibe zu zittern. »O Gott, seine Augen. Wie der Teufel persönlich sah er aus.«

Cam hatte den Mund gerade voller Zahnpasta, als das Telefon klingelte. Er spuckte aus, fluchte halbherzig und machte sich nicht erst die Mühe, den Mund auszuspülen. Nach dem dritten Klingeln hob er den Hörer ab. »Hallo?«

»Cam!«

Es bedurfte nur dieser einen Silbe, um ihm klarzumachen, daß etwas nicht stimmte. »Clare, was ist geschehen?«

»Ich bin gerade im Krankenhaus. Ich ...«

»Was ist passiert?« wollte er besorgt wissen und griff bereits nach seinen Jeans, die er über einen Stuhl geworfen hatte. »Wie schwer bist du verletzt?«

»Es geht nicht um mich. Ich bin okay.« Ihre Hand zitterte so stark, daß der Kaffee über den Rand des Styroporbechers schwappte. »Ich hatte einen Unfall – eine Frau kam plötzlich aus dem Wald gerannt. Ich dachte, es wäre ein Reh. Ich hab' noch versucht zu bremsen. Cam, ich weiß nicht, wie schwer ich sie verletzt habe. Keiner sagt mir etwas. Ich brauche ...«

»Ich bin schon unterwegs. Setz dich jetzt hin, Slim, und mach die Augen zu.«

»Okay.« Clare preßte eine Hand vor den Mund. »Danke.«

Die Minuten erschienen ihr wie Stunden. Sie saß in der Notaufnahme, lauschte dem Stöhnen, dem Schlurfen der Pantoffeln auf Linoleum und dem eintönigen Gemurmel aus dem Fernseher. Leno leierte gerade einen seiner berüchtigten Monologe herunter und schläferte sein Publikum damit offenbar erfolgreich ein. Clare starrte auf die Blutflecken auf ihrer Bluse und den Jeans und durchlebte im Geiste wieder und wieder den Augenblick, als sie auf die Bremse getreten hatte.

Hatte sie zu spät reagiert? War sie zu schnell gefahren? Sie hatte vor sich hingeträumt. Wenn sie besser aufgepaßt hätte, dann würde diese Frau jetzt nicht im Operationssaal liegen.

O Gott, dachte sie benommen. Ich weiß ja noch nicht einmal ihren Namen.

»Clare?«

Verwirrt blickte sie hoch, gerade als sich Cam über sie beugte.

»Ich weiß noch nicht einmal ihren Namen.«

»Schon gut.« Er zog ihre Hände an die Lippen und hielt sie fest, wie um sich zu vergewissern, daß sie unversehrt und sicher war. Auf ihrer Bluse klebte Blut, doch nach dem ersten Anflug von Panik erkannte er, daß es nicht von ihr stammte. »Kannst du mir erzählen, was passiert ist?«

»Sie ist mir direkt vors Auto gelaufen, und ich habe sie angefahren.«

Cam bemerkte, daß ihr Gesicht aschfahl und die Lippen blutleer waren. Auch ihre Pupillen schienen geweitet. Als er den Handrücken an ihre Wange legte, stellte er fest, daß sich die Haut eiskalt und feucht anfühlte. »Bist du auch von jemandem untersucht worden?«

Sie warf ihm einen ausdruckslosen Blick zu. »Ich will wissen, was mit ihr los ist. Ich muß es wissen. Dir wird man es doch sagen, oder? Bitte, Cam, ich halte das nicht länger aus.«

»In Ordnung. Bleib hier sitzen, ich bin gleich wieder da.«

Sie sah ihm nach, als er auf eine Krankenschwester zuging und seinen Dienstausweis zückte. Nach ein paar Sekunden führte ihn die Schwester den Korridor entlang. Als er zurückkam, trug er eine Decke in der Hand, in die er Clare einhüllte, ehe er sich zu ihr setzte.

»Sie ist noch im OP.« Er nahm ihre Hand und wärmte sie zwischen den seinen. »Es kann noch eine Weile dauern. Ein

Knie und ein Auge sind schwer verletzt.« Er wartete, bis Clare die Lippen zusammenpreßte und nickte. »Außerdem hat sie innere Verletzungen und Quetschungen und Kratzer am Hals. Clare, kannst du mir sagen, wie schlimm der Zusammenstoß war? Wie weit ist sie weggeschleudert worden?«

»Das haben sie mich alles schon gefragt.«

»Erzähl's mir bitte noch mal.«

»Mir kam es nur vor wie ein leichter Stoß. Ich hatte den Wagen schon fast zum Stehen gebracht, hatte gehofft, noch rechtzeitig bremsen zu können. Dann hab' ich hart nach links gelenkt. Ich schwöre dir, ich dachte, ich hätte noch rechtzeitig angehalten. Aber als ich dann ausstieg, lag sie da auf der Straße, und überall war Blut.«

Cams Augen wurden schmal. »Sie lag direkt neben dem Auto?«

»Ja, sie war schon fast unter dem verdammten Reifen.« Clare preßte eine Hand vor den Mund. »Ich wußte nicht, was ich tun sollte. Sie flehte mich an, ihr zu helfen.«

»Sie hat mit dir geredet?«

Clare nickte nur und wiegte sich hin und her.

»Gut, laß dir Zeit.« Cam legte ihr den Arm um die Schulter und hauchte einen Kuß auf ihre Schläfe. Aber sein Verstand arbeitete auf Hochtouren. »Möchtest du ein Glas Wasser?«

Sie lehnte kopfschüttelnd ab. »Mir geht es gut. Nur – ich sehe sie immer noch vor mir, in dem Moment, als sie ins Licht meiner Scheinwerfer geraten ist.«

Auch darüber würde er sie noch näher befragen müssen, doch er wollte ihr jetzt noch etwas Zeit geben. »Hör zu. Der Arzt in der Notaufnahme sagte, ihre Kleider wären zerrissen gewesen. Blätter und Zweige hätten daran gehangen und sich in ihrem Haar verfangen. Die Quetschungen an ihrem Hals deuten darauf hin, daß jemand versucht hat, sie zu erwürgen.«

»Aber ...«

»Du hast gesagt, sie sei aus dem Wald gerannt gekommen. Kannst du mir zeigen, wo genau das war?«

303

»Die Stelle werde ich so schnell nicht vergessen.«

»Gut.« Er lächelte, zufrieden, daß ihre Wangen allmählich wieder Farbe bekamen. »Ich möchte noch einen Blick auf deinen Wagen werfen, ehe ich dich nach Hause bringe.«

»Ich kann hier nicht weg; nicht, ehe ich nicht Bescheid weiß.«

»Du bist doch fix und fertig, Slim.«

»Erst muß ich Bescheid wissen.« Clare atmete einmal tief durch, ehe sie sich zu ihm umdrehte. »Sie ist vor irgend jemand fortgerannt. Das hab' ich zuerst gar nicht kapiert, ich war viel zu durcheinander. Ich wollte sie lieber nicht bewegen, aber sie hat versucht, ins Auto zu klettern. Sie war außer sich vor Angst, Cam. Sie muß entsetzliche Schmerzen gehabt haben, aber sie hat trotzdem versucht, ins Auto zu krabbeln. Sie sagte, wir müßten weg, ehe sie uns finden.«

Er küßte sie zart auf die Augenbraue. »Jetzt werde ich erst einmal ein Bett für dich auftreiben.«

»Nein, ich will kein ...«

»Das ist meine Bedingung, oder ich packe dich ins Auto und bringe dich nach Hause. Du mußt dich ausruhen.« Er seufzte. »Clare, wir müssen dir eine Blutprobe entnehmen.«

»Wegen Alkohol?« Die Farbe wich wieder aus ihrem Gesicht. »Mensch, Cam, ich habe nichts getrunken, das weißt du. Ich bin doch gerade erst von dir weggefahren.«

»Slim, das ist nur für den Bericht.« Er griff nach ihrer klammen Hand. »Es ist auch zu deinem eigenen Schutz.«

»Natürlich.« Clare starrte zu Leno empor, der gerade über irgendeine geistreiche Bemerkung schallend lachte. »Tu, was du tun mußt, Sheriff.«

»Laß den Scheiß.« Am liebsten hätte er sie gründlich durchgeschüttelt, doch sie wirkte, als ob sie bei der leichtesten Berührung auseinanderfallen würde. Geduld, warnte er sich selbst und wünschte, er könnte sich besser zusammennehmen. »Clare, ich bin hier, um dir zu helfen. Der Bluttest ist reine Routinesache, und ich mache es dir so leicht wie möglich.«

»Ich weiß. Entschuldige.« Aber sie blickte ihn nicht an. »Ich werde dich natürlich nach Kräften unterstützen. Sag mir einfach, was du von mir willst.«

Ich will, daß du mir vertraust, dachte er. »Ich möchte, daß du den Test machen läßt. Versuch, dich zu entspannen. Du kannst dich auf mich verlassen.« Sie gab zwar keine Antwort, sah ihn jetzt jedoch voll an. »Und ich brauche deine Aussage.«

»Oh.« Wieder wandte sie sich von ihm ab. »Als Freund oder als Sheriff?«

»Ich kann beides sein.« Cam nahm ihr Gesicht in die Hände und drehte es zu sich hin. »Zieh dich jetzt nicht von mir zurück, Slim. Ich fange an, mich an dich zu gewöhnen.«

Clare preßte die Lippen fest zusammen, da sie fürchtete, sie würde gleich losheulen und alles nur noch schlimmer machen. »Gehst du, nachdem du meine Aussage zu Protokoll genommen hast?«

Er musterte sie nachdenklich, dann strich er mit dem Daumen sanft über ihre Wangenknochen. »Ich nehme an, du hattest eine harte Nacht, also sei dir eine dumme Frage gestattet. Aber nur eine.«

Langsam stieg Erleichterung in ihr hoch, und sie schaffte es fast, ein Lächeln aufzusetzen. »Wahrscheinlich werden mir auch keine weiteren einfallen, wenn du einfach nur meine Hand hältst.«

Cam erfüllte ihr die Bitte. »Wie fühlst du dich?«

»Besser.« Sie lehnte den Kopf an seine Schulter und schloß die Augen. »Viel besser.«

Viertes Kapitel

Sie mußte wohl eingedöst sein. Als Clare sich mühsam aus den Fängen des Schlafes befreite, raste ihr Herz wie wild. Sie spürte den trockenen, bitteren Geschmack der Furcht noch im Mund, während sie sich vorsichtig aufrichtete. Einen Moment lang vermischte sich der Traum mit der Wirklichkeit, und die harte, von einem dünnen Vorhang umgebene Liege verwandelte sich in einen Sarg. Das Bild marterte ihr Hirn.

Dann erinnerte sie sich daran, daß Cam sie von der Notaufnahme in dieses kleine Geviert geführt und den Vorhang zugezogen hatte, so daß sie vor den Blicken anderer abgeschirmt war und nur ein schwaches Licht in die Kabine drang. Hinter dem Vorhang konnte sie schemenhafte, umherhuschende Gestalten erkennen.

Irgendwo hatte er einen Kassettenrekorder aufgetrieben und sie knapp, aber gründlich über das befragt, was geschehen war, seitdem sie sein Haus verlassen hatte.

Eine tiefe Traurigkeit, gemischt mit Unbehagen, hatte sie beschlichen, während sie seine Fragen beantwortete. Zwar hatte er sein Dienstabzeichen nicht für jeden sichtbar am Hemd getragen, dennoch hatte es zwischen ihnen gestanden, und sie wußte es.

Schließlich hatte Cam den Rekorder ausgeschaltet, die Kassette beschriftet und eingesteckt, ihr eine Tasse Tee gebracht und war bei ihr geblieben, bis der Schlaf sie überwältigte.

Clare war erleichtert, ihn nicht an ihrem Bett vorzufinden, so konnte sie sich einen Moment Zeit nehmen, um sich zu beruhigen. Der Traum, welcher sie geweckt hatte, lief immer noch wie ein nicht enden wollender Film vor ihrem inneren Auge ab.

Zu dem alten Alptraum waren einige neue Elemente hinzugekommen. Diesmal war sie selbst durch den Wald gerannt, durch das Unterholz gebrochen und hinaus auf die Straße gestürzt. Hinter sich hatte sie ganz deutlich Gesang vernommen, der immer stärker anschwoll. Es roch nach Blut und Rauch. Und es war *ihr* bleiches, gehetztes Gesicht gewesen, das vom harten Licht der Scheinwerfer erfaßt wurde. Hinter dem Steuer des Wagens, der im Begriff war, sie über den Haufen zu fahren, konnte sie die Gestalt eines Mannes mit dem Kopf eines Ziegenbocks erkennen.

Beim Zusammenstoß war sie aufgewacht. Der dumpfe Aufprall hallte immer noch in ihrem Kopf wider.

Clare rieb sich mit den Händen über das Gesicht. In ihren Fingerspitzen spürte sie ein heftiges Pulsieren. Sie war wach, mahnte sie sich; wach, sicher, geborgen und unverletzt. Langsam normalisierte sich ihr Herzschlag wieder. Ganz in der Nähe ertönte ein abgehacktes Husten, gefolgt von einem gequälten Stöhnen.

Alpträume verschwinden, dachte sie. Die Realität ließ sich jedoch nicht verdrängen. Irgendwo in diesem Gebäude lag eine andere Frau in einem anderen Bett. Eine Frau, für deren Schicksal sie die Verantwortung trug.

Gerade als sie die Beine von der Liege schwingen wollte, wurde der Vorhang zurückgezogen.

»Du bist ja wach.« Cam kam auf sie zu, um ihre Hand zu ergreifen und sie aufmerksam anzuschauen.

»Wie lange habe ich geschlafen? Ist sie aus dem OP raus? Ich möchte jetzt sofort ...« Sie brach ab, als sie bemerkte, daß Cam nicht allein war. »Dr. Crampton.«

Der Doc schenkte ihr ein aufmunterndes Lächeln und tätschelte ihre freie Hand. »Nun, junge Dame, wo fehlt's uns denn?« meinte er, während er ihren Puls fühlte.

Dieselbe Begrüßung hatte sie schon vor fünfzehn Jahren zu hören bekommen, als er ihre Mittelohrentzündung behandelt hatte. Sie zog unweigerlich dieselbe Reaktion nach sich. »Mir geht's gut. Ich brauche keine Spritze oder sonst was Ekliges.«

Crampton gluckste in sich hinein und schob seine stahlgefaßte Brille höher auf seine stattliche Nase. »Es ist ganz schön deprimierend, wenn einen die Leute immer so mißtrauisch mustern, als würde man schon das Skalpell wetzen. Irgendwelche Schwindelgefühle?«

»Nein. Cam, wie kommst du eigentlich dazu, Dr. Crampton extra hierherzuschleifen.«

»Ich dachte mir, daß du zu Dr. Crampton am ehesten Vertrauen hast. Außerdem ...« – er grinste sie schelmisch an – »... ist mir der diensthabende Arzt hier zu jung und zu attraktiv.« Er wandte sich an seinen Begleiter: »Nichts für ungut.«

»Ich brauche aber keinen Arzt!« Wie konnte er in dieser

Situation nur auch noch Witze reißen? Wie konnte er nur!
»Sag mir endlich, wie es ihr geht.«

»Sie ist operiert worden.« Cam hielt Clares Hand in der seinen, während Crampton ihr in die Augen leuchtete. »Sie ist zwar noch nicht aus der Narkose aufgewacht, aber sie kommt wieder in Ordnung.« Er brachte es nicht übers Herz, ihr zu sagen, daß noch mindestens eine weitere Operation vonnöten war, um das Knie der Frau einigermaßen wiederherzustellen.

»Gott sei Dank.« Clare fiel ein solcher Stein vom Herzen, daß sie keinen Einspruch erhob, als Crampton ihr eine Manschette über den Arm schob, um ihren Blutdruck zu messen. »Kann ich sie sehen?«

»Nicht vor morgen früh.« Cam drückte beruhigend ihre Hand, ehe sie protestieren konnte. »Die Anweisung kommt vom Arzt, Slim, nicht von mir.«

»Du stehst ganz hübsch unter Streß, junge Dame«, teilte ihr Dr. Crampton mit. »Viel zu sehr, meiner Meinung nach. Ruf in der Praxis an und laß dir für kommende Woche einen Termin geben. Keine Widerrede.«

»Nein, Sir.«

Er lächelte sie an. »Du wirst dir schon eine Ausrede einfallen lassen, so, wie ich dich kenne.«

Clare gab das Lächeln zurück. »Darauf können Sie wetten.«

»Du warst seit jeher einer meiner schwierigsten Patienten.« Crampton tippte ihr mit dem Finger auf die Nasenspitze. »Ich möchte, daß du dich ein bißchen entspannst, deswegen werde ich dir etwas geben, damit du besser schlafen kannst.« Er bemerkte ihren widerspenstigen Blick und funkelte sie ebenso störrisch an. »Ich würde dasselbe für meine eigene Tochter tun.«

Clare seufzte ergeben. Dies war derselbe Mann, der sie einst wegen Windpocken behandelt und die erste, für sie entsetzlich peinliche Unterleibsuntersuchung durchgeführt hatte. Seine geduldige, ruhige Stimme hatte sich nicht verändert, auch seine Hände waren noch genauso behutsam wie früher. Seit Clare das letzte Mal bei ihm in Behandlung gewesen war, hatten sich neue, tiefe Linien um seine Augen gegraben, sein Haar war dünner und er selbst dicker geworden. Sie erinnerte sich auf einmal ganz genau an die Luftballons, die er in einem Porzellanclown auf seinem Schreibtisch aufbewahrt und an brave Jungen und Mädchen verteilt hatte.

»Bekomme ich denn keine Belohnung?«

Crampton kicherte, öffnete seine Tasche und reichte ihr ein paar Tabletten und einen langen roten Luftballon. »Mit deinem Gedächtnis ist jedenfalls noch alles in Ordnung.«

Clare nahm den Ballon, Symbol der Hoffnung und der Kindheit, und schloß ihre Hand darum. »Vielen Dank, daß Sie den weiten Weg bis hier heraus auf sich genommen haben, Doc. Tut mir leid, daß Cam Sie aus dem Bett geworfen hat.«

»Das war nicht das erste Mal und wird auch nicht das letzte Mal sein.« Crampton nickte ihr zu. »Du stehst unter Schock, Clare, aber ich denke, du brauchst nur etwas Ruhe, dann fühlst du dich besser. Aber laß dir einen Termin geben und halte ihn auch ein, sonst nehme ich dir den Ballon wieder weg.« Er nahm seine Tasche auf, dann wandte er sich an Cam. »Soll ich den verantwortlichen Chirurgen bitten, ab und zu nach der Patientin zu sehen?«

»Das wäre mir sehr lieb.«

Dr. Crampton winkte ab und ging mit vor Müdigkeit schleppenden Schritten davon.

»Er hat sich überhaupt nicht verändert«, meinte Clare.

Cam legte ihre Hand an seine Wange und hielt sie fest. »Du hast mir einen ganz schönen Schrecken eingejagt, Slim.«

»Tut mir leid.«

»Bist du immer noch sauer auf mich?«

Sie rutschte unruhig auf der Liege hin und her. »Eigentlich nicht. Es ist nur etwas merkwürdig, von einem Mann verhört zu werden, mit dem man ins Bett geht.«

Er gab ihre Hand frei und trat einen Schritt zurück. »Bud kann die nachfolgenden Befragungen vornehmen, wenn dir das lieber ist.«

Sie war mal wieder im Begriff, alles zu verpatzen, dachte

Clare. Genau wie immer. »Nein. Schon gut, ich komm' damit klar.« Sie rang sich ein künstliches Lächeln ab. »Also, was ist der nächste Schritt?«

»Ich kann dich nach Hause bringen, damit du dich richtig ausschläfst.« Das war es, was er am liebsten getan hätte.

»Oder?«

»Wenn du dich schon dazu in der Lage fühlst, könntest du mir zeigen, wo genau es passiert ist, und wir gehen die Ereignisse an Ort und Stelle noch einmal durch.« Das war es, wozu er sich verpflichtet fühlte.

Clare verspürte einen leisen Anflug von Panik, den sie jedoch entschlossen verdrängte. »Okay, wir befolgen den zweiten Vorschlag.«

»Ich fahre. Dein Auto können wir später holen.« Er wollte ihren Wagen noch einmal gründlich auf Spuren des Zusammenstoßes hin untersuchen, und der Schein der Taschenlampe reichte dazu bei weitem nicht aus.

Sie glitt von der Liege und griff nach seiner Hand. »Ich fürchte, ich hab' meine Schlüssel im Auto steckenlassen.«

Andere Wunden waren in dieser Nacht versorgt, andere Entscheidungen getroffen worden. Die zwölf verbleibenden Kinder Satans hatten ihre Reihen geschlossen. Furcht und Zweifel hatten sich gelegt. In der nächsten Vollmondnacht würden sie wieder zusammentreffen, um die schwarze Messe abzuhalten, die Weihe zu vollziehen und ein Opfer darzubringen.

Das Opfer, welches ihnen gesandt worden war, hatte entkommen können. Nun galt es, ein neues auszuwählen.

»Genau hier war es.« Clare schloß die Augen, als Cam den Wagen an den Straßenrand lenkte. »Ich bin aus der anderen Richtung gekommen, aber hier ...« Wieder hörte sie das Quietschen der Bremsen und ihren eigenen Schrei. »Hier habe ich sie angefahren.«

»Möchtest du lieber im Auto bleiben, während ich mich umsehe?«

»Nein.« Sie riß die Tür auf und sprang ins Freie.

Der Mond war verschwunden, nur ein paar Sterne verbreiteten noch schwaches Licht. Es war der dunkelste, kälteste Teil der Nacht. Gab es eine Stunde, überlegte sie, zu der der Mensch verwundbarer war als jetzt? Diese Zeit gehörte den Geschöpfen der Nacht, die bei Tag schliefen oder sich verborgen hielten. Im Gebüsch raschelte etwas, dann erklang der triumphierende Schrei des Jägers, untermalt vom klagenden Quieken seines Opfers. Clare bemerkte den Schatten einer davongleitenden Eule, die ihre blutende Beute in den Klauen hielt. Sonst war außer dem unermüdlichen Gezirpe der Grillen nichts zu hören.

Clare schlang die Arme fest um ihren Körper. Cam verfolgte bereits mit dem Strahl seiner Taschenlampe die Reifenspuren auf der Straße, die plötzlich scharf nach links wiesen.

Anhand der Länge der Bremsspuren schätzte er, daß Clare nicht schneller als vierzig Meilen in der Stunde gefahren war. Und sie hatte offenbar rasch reagiert und versucht, nach links auszuweichen. Aufgrund der Beweise zu seinen Füßen und Clares Aussage kam er zu dem Schluß, daß die Frau Clare direkt ins Auto gelaufen war. Doch er behielt seine Meinung vorerst noch für sich.

»Sie kam aus dem Wald?« bohrte er nach.

»Genau hier.« Sie wies auf die Stelle. Ihre künstlerische Vorstellungskraft befähigte sie, sich die Ereignisse kristallklar vor Augen zu rufen. »Sie rannte, so eine Art schnelles Humpeln. Den Bruchteil einer Sekunde lang hielt ich sie für ein Reh, so, wie sie aus dem Wald lief und auf die Straße hetzte. Ich weiß noch, daß mein erster Gedanke war: Scheiße, gleich überfahre ich Bambi, und Bambi wird mir mein Auto demolieren. Ich erinnere mich daran, wie Blair, kurz nachdem wir beide den Führerschein gemacht haben, einen Rehbock angefahren hat. Der hat den Pinto zu Totalschaden verarbeitet.«

Sie ließ die Arme sinken und schob die Hände in die Taschen. Darin befanden sich noch ein paar lose Münzen, mit denen sich ihre unruhigen Finger beschäftigen konnten. »Ich hab' hart auf die Bremse getreten und das Steuer herumgerissen, aber sie war so furchtbar schnell auf der Straße. Dann ist sie direkt ins Licht meiner Scheinwerfer geraten.«

»Sag mir bitte, was genau du gesehen hast.«

»Eine Frau, sehr schlank, mit langen blonden Haaren. Auf ihrem Gesicht, an ihrem Shirt und an ihren Hosen klebte Blut, so, als hätte ich sie voll erwischt.« Ihr Mund war so trocken, daß ihr das Sprechen schwerfiel. »Hast du mal eine Zigarette für mich?«

Er zündete gleich zwei an und reichte ihr eine davon. »Was geschah dann?«

Der alte Groll kehrte wieder zurück. Sie inhalierte einmal tief. »Was soll das, Cam? Ich habe dir doch schon alles haarklein erzählt.«

»Ich möchte es gerne hier noch einmal hören.«

»Ich habe sie angefahren.« Clare spie die Worte förmlich aus und entfernte sich einige Schritte von ihm. »Da war dieser fürchterliche dumpfe Schlag.«

Cam richtete den Lichtstrahl wieder auf den Boden und folgte der Blutspur, die neben den Abdrücken endete, die Clares rechter Vorderreifen hinterlassen hatte.

»War sie bei Bewußtsein?«

Heftig zog sie an ihrer Zigarette. »Ja, sie hat mich gebeten, ihr zu helfen. Sie war völlig außer sich vor Angst. Wovor auch immer sie weggelaufen sein mag, sie hat sich so davor gefürchtet, daß sie alle Schmerzen vergessen hat.«

»Sie hatte Schlüssel dabei.«

»Wie bitte?«

»Sie hatte Schlüssel in der Hosentasche.« Cam holte eine kleine Plastiktüte hervor, in der er den Schlüsselbund verwahrte. »Einer davon ist ein Autoschlüssel.« Er suchte mit den Augen die Straße ab. »Komm, wir fahren noch ein Stückchen.«

Während der Fahrt hing er schweigend seinen Gedanken nach. Das Mädchen hatte weder eine Handtasche noch einen Rucksack, ja, noch nicht einmal einen Personalausweis bei sich gehabt. In einer kleinen Stadt wie Emmitsboro pflegten hübsche junge Blondinen nicht einfach zu verschwinden. Er hätte wetten mögen, daß sie nicht aus dieser Gegend stammte, daher war er auch nicht sonderlich überrascht, als er den ungefähr eine Meile vom Unfallort entfernt am Straßenrand abgestellten Volvo entdeckte.

Wortlos sah Clare ihm bei der Arbeit zu. Er benutzte sein Taschentuch, um keine Fingerabdrücke zu verwischen, als er das Handschuhfach öffnete und den Inhalt untersuchte.

»Lisa MacDonald.« Er las den Namen von dem Kraftfahrzeugschein ab, ehe er zu Clare hochblickte. »Jetzt wissen wir wenigstens, wie sie heißt.«

Cam fand auch eine Straßenkarte sowie eine detaillierte Wegbeschreibung von Philadelphia nach Williamsport, einer ungefähr fünfzehn Meilen von Emmitsboro entfernt gelegenen Stadt. Immer noch unter Zuhilfenahme des Tuches zog er die Schlüssel aus der Plastiktüte und steckte einen davon ins Zündschloß. Der Motor stotterte, sprang aber nicht an.

»Sieht aus, als hätte sie eine Panne gehabt.«

»Aber warum sollte sie denn dann in den Wald laufen?«

Vielleicht hat man sie hineingeschleppt, dachte Cam bei sich und steckte den Fahrzeugschein ein. »Das muß ich noch herausfinden.« Er schloß die Tür des Volvo. Hinter den Bergen ging bereits die Sonne auf. In dem gespenstischen Licht wirkte Clare blaß und erschöpft. »Jetzt bringe ich dich nach Hause.«

»Cam, ich möchte helfen. Ich möchte irgend etwas *tun*.«

»Das Beste, was du im Augenblick tun kannst, ist, eine von Doc Cramptons Pillen zu nehmen und erst einmal zu schlafen. Man wird mich sofort benachrichtigen, wenn sie aufwacht, und ich rufe dich dann an.«

Er war voll und ganz in die Rolle des Cops geschlüpft, was ihr überhaupt nicht gefiel. »Was wirst du denn jetzt tun?«

»Ein paar Telefongespräche führen, Berichte schreiben und so weiter.«

»Ich komme mit dir«, beharrte sie, während er sie zum Auto zog. »Ich kann dir helfen.«

»Clare, das ist mein Job. Ich kann mir auch nicht vorstellen, daß du mir deinen Schweißbrenner in die Hand gibst.«

»Das ist etwas anderes. Ich bin hier schließlich persönlich betroffen.«

»Der einzige Unterschied besteht darin, daß es sich hierbei um eine offizielle Angelegenheit handelt.« Cam öffnete die Autotür und drängte sie sanft hinein. »Außerdem bist du eine wichtige Zeugin.«

»Zeugin wofür?«

»Ich sag' dir auf jeden Fall Bescheid.« Cam schloß die Tür.

Die Neuigkeiten verbreiteten sich wie ein Lauffeuer. Doc Crampton erzählte alles seiner Frau, als er schließlich ins Bett kletterte. Diese gab die Nachrichten an Alice weiter, die sie jeden Morgen anrief. Noch ehe die Frühstückszeit vorüber war, hatte Alice Bud alles berichtet. Gegen Mittag, als Cam George Howland beauftragte, den Volvo mit seinem Abschleppwagen zu Jerry's Autowerkstatt zu bringen, pflanzte sich die Geschichte wie ein rasant mutierender Virus in der ganzen Stadt fort.

Min Atherton verlor keine Zeit, sondern eilte sofort mit einem Glas ihres preisgekrönten Gelees zum Kimball-Haus hinüber. Ihre Nase zuckte vor Gier, den neuesten Klatsch in Erfahrung zu bringen. Doch sie scheiterte an einer durch nichts zu erweichenden Angie, die sie mit der Bemerkung abwies, Clare müsse sich ausruhen und dürfe nicht gestört werden. Also marschierte Min direkten Weges zu Bettys Schönheitssalon, um sich dort über diese anmaßende Schwarze zu beklagen.

In der zweiten Frühstückspause an der Emmitsboro High ging das Gerücht um, ein Psychopath treibe sich in Dopper's Woods herum.

Einige behaupteten auch, die Frau sei geradewegs in Junior Doppers Geist hineingerannt, doch die meisten befürworteten die Psychopathentheorie.

Im Supermarkt wurde über dem Eisbergsalat darüber getuschelt, ob Sheriff Rafferty Clare wohl in Schutz nehmen würde, da die beiden offenbar auf sehr vertrautem

Fuß miteinander standen. Und schließlich schien er die Ermittlungen im Mordfall Biff Stokey reichlich lasch zu führen, obwohl man ihm wohl keinen Vorwurf daraus machen konnte.

War es nicht jammerschade, daß Jane Stokey ihre Farm verkaufen und nach Tennessee ziehen wollte? Die Rafferty-Farm – fast hundert Jahre lang war dieser Ort die Rafferty-Farm gewesen und würde es für die Einwohner von Emmitsboro auch immer bleiben – würde vermutlich in Parzellen aufgeteilt und bebaut werden. Na ja, abwarten und Tee trinken. Mein Gott, sind die Preise für Tomaten gestiegen! Auch noch aus dem Treibhaus. Die schmecken ja nach gar nichts.

Was war eigentlich an der Geschichte mit Matt Doppers Kälbern dran? Mußten Drogensüchtige aus der Großstadt gewesen sein. Wahrscheinlich dieselben, die den alten Biff um die Ecke gebracht hatten. Der Sheriff würde das schon noch rauskriegen.

In der ganzen Stadt summte es wie in einem Bienenstock. Man sprach von nichts anderem, sei es nun an den Ladentheken, an den Straßenecken oder auf den Parkbänken neben den Schaukeln, wo Kleinkinder im hellen Maisonnenschein herumtobten.

Cam nahm Dutzende von Anrufen entgegen und schickte Bud oder Mick los, um die aufkeimende Besorgnis in der und rund um die Stadt einzudämmen. Die Leute waren verunsichert und ängstlich genug, um ihre Türen zu verschließen und unter ihre Betten zu schauen, ehe sie sich schlafen legten. Er sah schon kommen, daß wieder Jagdgewehre und Flinten gut geölt und geladen neben der Tür stehen würden und betete nur inständig, daß er sich in naher Zukunft nicht mit einer Reihe von Unfällen mit Schußwaffen befassen mußte.

Zur Jagdsaison war es schon schlimm genug, wenn Anwälte, Zahnärzte und andere Bürohengste aus der Stadt die Wälder unsicher machten und häufiger aufeinander denn auf einen Hirsch schossen. Zum Glück gingen diese Schüsse meistens daneben, doch die Leute aus Emmitsboro konnten das eine Ende einer Flinte sehr wohl vom anderen unterscheiden.

Wenn in der Stadt eine Panik ausbrach, dann würde er zum Bürgermeister gehen und ihn bitten müssen, ihm zumindest vorübergehend einen weiteren Deputy zuzuweisen, der ihm half, die Nägelkauer zu beruhigen, die jedesmal, wenn ein Zweig gegen ihre Fensterscheibe schlug, meinten, Charles Manson schliche ums Haus.

Cam erhob sich von seinem Schreibtisch und ging in das im hinteren Teil des Büros gelegene besenkammergroße WC. Dort roch – nein, stank es nach Lysol. Buds Werk. Der Deputy lag in ständigem Kampf mit Bazillen.

Er beugte sich über das Waschbecken, spritzte sich kaltes Wasser ins Gesicht und spülte sich den Mund aus, um den schlechten Geschmack darin loszuwerden. Seit sechsunddreißig Stunden hatte er keinen Schlaf mehr gefunden und fühlte bereits jene schwerelose körperliche und geistige Trägheit, die übergroße Erschöpfung mit sich bringt.

Es hatte einmal eine Zeit gegeben, als er und sein Partner ebenso lang auf den Beinen gewesen waren; wo sie im Rahmen einer Überwachung in einem eiskalten oder glühendheißen Dienstwagen festgesessen, abwechselnd ein kurzes Schläfchen gehalten, literweise starken Kaffee getrunken und idiotische Wortspiele erfunden hatten, um die unsägliche Langeweile ertragen zu können.

Er hob den Kopf und starrte mit tropfendem Gesicht in den fleckigen Spiegel. Ob er wohl irgendwann einmal in der Lage sein würde, die Erinnerungen zu verdrängen? Oder wenigstens lernen würde, mit ihnen zu leben?

Herr im Himmel, er brauchte dringend einen Drink.

Statt dessen trocknete er sich das Gesicht ab und ging ins Büro zurück, um sich noch einen Kaffee zu holen. Er hatte sich gerade daran die Zunge verbrannt, als Clare zur Tür hereinspazierte, mit einem Blick die Schatten unter seinen Augen und die Bartstoppeln erfaßte und den Kopf schüttelte.

»Du bist überhaupt noch nicht ins Bett gekommen.«

Cam nahm vorsichtig einen weiteren Schluck. Sein Mund brannte höllisch. »Was machst du denn hier?«

»Ich hab' Angie nach unten geschickt, um Tee zu kochen, dann bin ich ausgerückt. Sie und Jean-Paul geben nämlich zwei erstklassige Wachhunde ab. Ich dachte mir, wenn ich dich anrufe, wimmelst du mich eh nur ab, also bin ich hergekommen.«

»Sie ist bei Bewußtsein. Zwar konnte sie sich nicht an alles, was ihr zugestoßen ist, erinnern, aber sie kannte ihren Namen und ihre Adresse und wußte auch das Datum.«

»Du hast versprochen, mich sofort anzurufen.«

»Ich habe angenommen, daß du noch schläfst.«

»Wie du siehst, bin ich wach.« Clare tigerte zwischen seinem Schreibtisch und dem Fenster hin und her, bemüht, ihr aufschäumendes Temperament unter Kontrolle zu halten, und verlor den Kampf mit sich selbst. »Verdammt, Cam, und wenn das zehnmal eine offizielle Angelegenheit ist, ich habe ein Recht darauf, zu erfahren, was Sache ist.«

»Ich informiere dich ja auch über alles Wissenswerte«, bemerkte er ruhig.

»Ich werde sie besuchen.« Clare strebte zur Tür.

»Warte bitte.«

»Ach, Scheiße.« Kampfbereit wirbelte sie herum. »Ich habe nicht nur ein Recht darauf, sie zu besuchen, ich bin sogar dazu verpflichtet.«

»Du trägst keinerlei Verantwortung. Das, was ihr zugefügt wurde, geschah im Wald.«

»Egal, ob es geschah, ehe oder nachdem ich sie angefahren habe, ich war nun einmal da.«

»Du hast sie nicht angefahren«, berichtigte er. »Dein Auto weist keine Spuren eines Zusammenpralls auf. Sie mag dir direkt vors Auto gelaufen sein, aber das ist auch das äußerste.«

Statt Erleichterung zu verspüren, begann Clare vor Zorn zu kochen. »Verflixt noch mal, ich war aber dort. Und eines möchte ich doch gerne klarstellen«, fuhr sie fort, ehe er sie unterbrechen konnte. »Ich will weder behütet noch bevormundet, noch vor irgend etwas beschützt werden, dazu besteht nämlich überhaupt kein Anlaß. Falls du einen anderen Eindruck gewonnen haben solltest, ist das dein Bier. Ich trage schon zu lange selbst die Verantwortung für mein Leben, um mir von irgend jemandem Vorschriften machen zu lassen.«

Cam erachtete es als sicherer für sie beide, sich nicht von der Stelle zu rühren. »Du hast in ziemlich kurzer Zeit eine Menge durchgemacht, Slim.« Betont langsam setzte er seine Kaffeetasse ab. »Vielleicht interessiert es dich, daß ich mich mit Lisa MacDonalds Bruder in Verbindung gesetzt habe. Er ist schon auf dem Weg ins Krankenhaus, und sobald Bud mich hier ablöst, fahre ich auch hin.«

»Wunderbar.« Clare wußte, daß sie sich kindisch aufführte, konnte sich jedoch nicht beherrschen. »Ich treffe dich dann dort.« Türenknallend verließ sie den Raum, doch nach zwei Schritten stieß sie mit Jean-Paul zusammen. »Auch das noch!«

»Ich dachte mir schon, daß ich dich hier finde.«

»Hör zu, ich weiß deine Fürsorge durchaus zu schätzen, aber ich hab's eilig. Ich fahre ins Krankenhaus, um Lisa MacDonald zu besuchen.«

Jean-Paul kannte sie gut genug, um sich jetzt auf keine Diskussionen mit ihr einzulassen. Er nahm sie sanft am Arm. »Jetzt fahren wir erst einmal nach Hause, damit sich Angie nicht vor Sorge ihre schönen Haare rauft, und dann bringe ich dich ins Krankenhaus.«

Nachdem sie fast eine geschlagene Stunde lang den Korridor der Station auf- und abmarschiert war, hatte Clares Unmut einen neuen Höhepunkt erreicht. Besuchern, sofern es sich nicht um direkte Familienangehörige oder Krankenhauspersonal handelte, wurde der Zutritt zu Lisa MacDonalds Zimmer verwehrt, auf Anordnung des Sheriffs. Also würde sie warten, beschloß Clare. Wenn Cam dachte, daß sie jetzt brav nach Hause fahren und Däumchen drehen würde, dann hatte er offensichtlich keine Ahnung, mit wem er es zu tun hatte.

Vielleicht war das gerade das Problem. Sie kannten sich einfach noch nicht gut genug.

»Hier, ich habe dir eine Tasse Tee geholt.« Jean-Paul reichte ihr einen Plastikbecher. »Zur Nervenstärkung.«

»Danke, aber dazu braucht es weiß Gott etwas Stärkeres als Tee.«

»Leider hatte der Automat keinen Wodka vorrätig.«

Clare stieß ein unwilliges Lachen aus und nippte ihm zuliebe an der braunen Flüssigkeit. »Warum erlaubt er mir nicht, zu Lisa hineinzugehen? Was meint er eigentlich, was er da tut, Jean-Paul?«

»Seinen Job, *chérie*.«

»Komm mir jetzt nicht mit rationalen Argumenten«, zischte Clare erbost durch die Zähne.

Sie entdeckte Cam im selben Moment, als er aus dem Fahrstuhl trat. Neben ihm ging eine Frau mit einer großen Aktentasche in der Hand. Rasch drückte Clare Jean-Paul den Becher in die Hand und schritt entschlossen auf Cam zu. »Was zum Teufel wird hier gespielt, Rafferty? Ich habe ein Recht darauf, sie zu sehen!«

Cam hatte gerade zwanzig lange Minuten darauf gewartet, daß der behandelnde Arzt ihm die Genehmigung erteilte, Lisas Aussage zu Protokoll zu nehmen, und war dementsprechend gereizt. »Lisa MacDonald hat auch Rechte«, erwiderte er schroff. »Wenn sie dich sehen möchte, nachdem ich mit ihr gesprochen habe, kannst du zu ihr.« Während er sprach, ging er auf Lisas Zimmer zu, gab einer Krankenschwester ein Zeichen, verschwand in dem Raum und schloß die Tür hinter sich.

Der hochgewachsene, flachshaarige Mann, der an Lisas Bett saß, erhob sich sofort. Roy MacDonald beugte sich über seine Schwester, flüsterte ihr etwas zu und kam dann zu Cam herüber. Er mußte so um die fünfundzwanzig sein, schätzte Cam, hatte regelmäßige Gesichtszüge und ernste Augen. Feine Linien der Erschöpfung zeichneten sein Gesicht, doch die Hand, die er Cam entgegenstreckte, war zwar kalt, aber ganz ruhig.

»Sind Sie Sheriff Rafferty?«

»Ja. Ich habe gerade mit Dr. Su gesprochen, Mr. MacDonald. Er ist einverstanden, daß ich Ihrer Schwester jetzt einige Fragen stelle. Das hier ist Mrs. Lomax, unsere Stenografin.«

»Ich will dabeibleiben.«

»Das halte ich auch für das beste.« Cam gab der Stenografin einen Wink, sich bereitzuhalten. »Ich fürchte aber, es wird für Ihre Schwester – und für Sie – nicht ganz leicht werden.«

»Ich tue alles, was erforderlich ist, damit der Kerl, der meiner Schwester das angetan hat, hinter Schloß und Riegel kommt.« Roy MacDonalds Hände öffneten und schlossen sich abwechselnd. Er glich einer wütenden Katze. »Der Arzt sagte mir, sie sei nicht vergewaltigt worden.«

»Nein, es gibt keinen Hinweis auf ein Sexualdelikt.«

»Ein kleiner Trost«, murmelte Roy. »Aber ihr Bein.« Er schluckte hart und bemühte sich, so leise wie möglich zu sprechen. »Die Arterie ist in Mitleidenschaft gezogen worden – und dann ihr Knie. Sie ist Tänzerin.« Er blickte sich nach seiner Schwester um. Hilflose Wut zeichnete sich auf seinem Gesicht ab. »Sie *war* Tänzerin.«

»Ich kann Ihnen versichern, daß sie so schnell wie möglich in Behandlung gekommen ist, und die hiesigen Chirurgen sind anerkannte Fachleute, die genauso qualifiziert sind wie ihre Kollegen in anderen Staaten.«

»Daran klammere ich mich.« Roy hielt einen Moment inne. Seit dem Anruf des Sheriffs diesen Morgen befürchtete er, er könnte zusammenklappen und dadurch Lisa mehr schaden als nützen. »Sie weiß noch nicht, daß sie ... daß sie vielleicht nie wieder tanzen wird. Wenn sie erst einmal anfängt, darüber nachzudenken ...«

»Ich werde es ihr so leicht machen wie irgend möglich.«

Roy ging zu seiner Schwester hinüber und ergriff ihre Hand. Als Lisa zu sprechen versuchte, kam nur ein heiseres Krächzen aus ihrer Kehle. »Sind Mom und Dad da?«

»Nein, noch nicht, aber sie werden bald kommen. Lisa, das hier ist der Sheriff. Er möchte dir einige Fragen stellen.«

»Ich weiß nicht.« Ihre Finger krampften sich um die seinen. »Laß mich nicht allein.«

»Ich gehe nirgendwohin. Du mußt auch jetzt nichts sagen, wenn du nicht willst.« Er zog sich einen Stuhl heran und setzte sich neben das Bett. »Du mußt gar nichts tun, was du nicht willst.«

»Es kommt doch nicht mehr darauf an.« Lisa fühlte, wie unvergossene Tränen sie in der Kehle würgten, doch ihre Augen blieben trocken. »Es kommt nicht mehr darauf an«, wiederholte sie rauh flüsternd.

»Miss MacDonald.« Cam, der an der anderen Seite des Bettes stand, wartete geduldig, bis sie den Kopf gedreht und das gesunde Auge auf ihn gerichtet hatte. »Ich bin Sheriff Rafferty aus Emmitsboro. Wenn Sie glauben, daß Sie dazu in der Lage sind, möchte ich Sie bitten, mir ein paar Fragen zu beantworten. Die Stenografin wird alles festhalten. Wir können ganz langsam vorgehen und jederzeit eine Pause einlegen, wenn Sie das wünschen.«

In ihrem Bein tobte ein gnadenloser Schmerz, der im wilden Kampf mit den Medikamenten, die man ihr verabreicht hatte, lag. Einerseits fürchtete sie, dieser Schmerz würde nie vergehen, andererseits hatte sie Angst, auf einmal gar nichts mehr zu spüren. Roy befand sich im Irrtum: Lisa wußte bereits, daß sie niemals die Dulcinea tanzen würde. »In Ordnung.«

Cam warf Mrs. Lomax einen Blick zu. Diese nickte, die Finger bereits auf die Tasten legend. »Fangen wir doch einfach damit an, daß Sie mir erzählen, was passiert ist, soweit Sie sich daran erinnern.«

»Ich erinnere mich an gar nichts.« Lisas Hand, die noch immer in der ihres Bruders lag, begann zu zittern.

»Hatten Sie eine Autopanne?« bohrte Cam weiter.

»Ja. Ich bin von Philadelphia weggefahren, um Roy zu besuchen. Ich wollte ...« Sie brachte es nicht fertig, das Ballett zu erwähnen, die Tatsache, daß beinahe alle ihre Träume wahr geworden wären. »Ich habe mich verfahren, bin irgendwo falsch abgebogen.« Sie schenkte Roy ein mattes Lächeln. »Manche Dinge ändern sich eben nie.«

Roy drückte nur ihre Hand, sagte aber nichts.

»Ich hab' dann auf die Karte geschaut und festgestellt, daß ich nur ein paar Meilen von Emmits ... Emmits ...«

»Emmitsboro«, half Cam nach.

»Richtig, von Emmitsboro entfernt war. Ich dachte, es wäre das Gescheiteste loszugehen, vielleicht würde ich auf ein Haus stoßen. Ich ging der Straße nach ...« Sie sah sich noch, wie sie mitten auf der Straße ihre Pirouetten drehte.

»Was geschah dann, Miss MacDonald?«

Lisa schüttelte den Kopf. Ein dunkler Vorhang war über ihr Gedächtnis gefallen, dünn zwar, aber undurchsichtig. »Ein Auto.« Sie schloß die Augen und schüttelte erneut den Kopf. »Ein Auto«, wiederholte sie, aber das nebelhafte Bild der Erinnerung entglitt ihr andauernd. »Eine Frau war da.« Lisa hörte plötzlich eine erschrockene, schwankende Stimme in ihrem Kopf, spürte sanfte Finger auf ihrem Gesicht. »Ich ... sie mußte mir helfen.«

»Warum?«

»Ich hatte Angst.«

»Wovor?«

Wieder schüttelte Lisa den Kopf. »Ich weiß nur noch, daß ich furchtbare Angst hatte. Sie half mir ins Auto. Wir mußten uns beeilen, wir mußten weglaufen.«

»Wovor denn?«

Jetzt kamen ihr doch die Tränen. Das Salz brannte in dem verletzten Auge. »Ich weiß es nicht. War da wirklich eine Frau, oder habe ich mir das nur eingebildet?«

»Nein, die Frau war wirklich da.« Es gab Zeiten, da mußte sich Cam ganz auf seinen Instinkt verlassen. »Dauert nur eine Minute«, sagte er, ehe er zur Tür ging. »Clare?«

Clare fuhr herum und lief auf ihn zu. »Kann ich jetzt endlich zu ihr?«

»Du mußt dich auf zwei Dinge gefaßt machen. Erstens ist sie in schlechter Verfassung, und zweitens wird alles, was in diesem Raum gesagt wird, zu Protokoll genommen.«

»Okay.«

»Du mußt nicht hineingehen.« Cam verstellte ihr immer

noch den Weg. »Vielleicht solltest du einen Anwalt anrufen, ehe du irgend etwas sagst.«

Clare warf ihm einen langen, forschenden Blick zu. »Ich brauche keinen Anwalt.« Ungeduldig drängelte sie sich an ihm vorbei, zögerte jedoch, als der Mann an Lisa MacDonalds Bett sich zu ihr umdrehte und sie finster ansah.

Roy MacDonald wußte von dem Moment an, wo er sie sah, Bescheid. Dies war die Frau, die seine Schwester angefahren hatte. Rasch sprang er auf und kam zur Tür.

»Was zum Teufel soll denn das? Ich will nicht, daß diese Frau in die Nähe meiner Schwester kommt.«

»Mr. MacDonald ...«

»Raus mit ihr!« Er schnitt Cam mit einem feindseligen Blick das Wort ab. »Reicht es denn nicht, daß sie meine Schwester in dieses Bett gebracht hat?«

»Mr. MacDonald, Ihre Schwester war bereits schwer verletzt, als sie aus dem Wald gelaufen kam. Das war vor dem Unfall mit Miss Kimball. Wollen Sie denn nicht wissen, wieso?«

Roy zügelte sein Temperament. Sein Zorn bestand ohnehin zu drei Vierteln aus Angst. Er nickte grimmig, ehe er Clare ansah. »Sagen Sie ein Wort, nur ein Wort, das Lisa aufregt, und ich schmeiße Sie höchstpersönlich raus.«

Da Clare Cams Reaktion voraussahnte, legte sie ihm beschwichtigend eine Hand auf den Arm. »Schon gut.«

Sie hatte Lisa unbedingt sehen wollen, hatte fest darauf bestanden. Doch sie hatte nicht geahnt, was sie erwartete. Die Frau in dem Bett wirkte fast so weiß wie die Verbände an ihrem Kopf und ihrem Arm. Ein Auge war mit Gaze bedeckt, und ihr Bein hing in einer Art Stützgestell. Clare schluckte heftig.

»Lisa.« Mit zusammengepreßten Lippen hielt sie sich am Bettpfosten fest. »Ich bin Clare Kimball.«

Während sie die fremde Frau anstarrte, begann Lisa plötzlich, rascher zu atmen, bewegte sich unruhig und versuchte, sich höher aufzurichten. Sofort war ihr Bruder an ihrer Seite und schob ihr ein Stützkissen in den Rücken, wobei er beruhigend auf sie einsprach. »Keine

Angst, Kleines, niemand wird dir etwas tun. Sie geht jetzt wieder.«

»Nein.« Lisa tastete mit einer Hand über die Bettdecke und griff nach der von Clare. »Ich erinnere mich an Sie.«

»Es tut mir ja so leid.« Ein dicker Kloß saß in Clares Kehle, als sie eine hilflose Bewegung machte. »Ich weiß, daß ich nicht viel tun kann, um das, was Ihnen zugestoßen ist, wiedergutzumachen, aber Sie sollen wissen, daß Ihnen jeder Wunsch ...«

»Damit werden sich unsere Anwälte befassen«, unterbrach sie Roy barsch. »Dies ist nicht der geeignete Zeitpunkt, um Ihr Gewissen zu erleichtern.«

»Nein, sicher nicht.« Clare nahm sich zusammen. »Lisa ...«

»Ich erinnere mich an Sie«, wiederholte Lisa. »Sie haben mir das Leben gerettet.« Da ihre Hand zu flattern begann, klammerte sie sich an Clare fest. »Sie waren auf einmal da, mitten auf der Straße. Diese Männer wollten mich umbringen. Im Wald. Haben Sie sie gesehen?«

Clare schüttelte wortlos den Kopf.

»Wie sind Sie denn in den Wald geraten?« fragte Cam ruhig.

»Ich weiß es nicht. Ich kann mich nicht mehr erinnern. Ich bin gerannt. Ach, und ich habe meine Lampe, meine Taschenlampe verloren.« Ihre Hand zuckte. »Ich habe ihn damit geschlagen und bin losgerannt. Ich dachte, sie würden mich vergewaltigen. Sie wollten mich vergewaltigen, und deshalb bin ich weggerannt. Es war so dunkel im Wald, ich konnte überhaupt nichts sehen. Er kam von hinten – ich bin gestürzt. Er lag über mir. O Gott, mein Bein! Mein Knie! Es hat so weh getan. Roy ...«

»Ich bin hier, Kleines.«

»Es hat weh getan. Ich konnte Blut riechen. Mein Blut. Und ich sah seine Augen. Er wollte mich töten. Er hat gesungen, und er wollte mich töten. Er würgte mich, ich bekam keine Luft mehr. Ich dachte, ich müßte sterben. Aber ich konnte ihm entkommen. Da waren noch mehr von ihnen, sie kamen immer näher. Mein Bein hat so entsetzlich weh getan. Ich wußte, ich würde nicht mehr lange laufen können, und sie würden mich dann finden. Da war ein Licht. Ich mußte unbedingt zu dem Licht gelangen. Irgend jemand schrie. Ihr Auto war da.« Sie blickte zu Clare.

»Sie haben die Scheinwerfer gesehen«, erklärte ihr Clare. »Ich habe Sie mit dem Auto angefahren.«

»Nein, ich bin zu dem Auto hingelaufen. Ich hatte Angst, Sie würden weiterfahren. Die Männer waren immer noch hinter mir her, also bin ich Ihnen direkt vor das Auto gelaufen, um Sie aufzuhalten, und bin umgestoßen worden. Sie haben mich in Ihr Auto gelegt und weggebracht.«

»Lisa.« Cam sprach bewußt ganz leise. »Haben Sie den Mann gesehen, der Sie angegriffen hat?«

»Schwarz.«

»Ein schwarzer Mann?«

»Nein, ich ... ich glaube nicht. Er war schwarz gekleidet. Ein langes schwarzes Gewand mit Kapuze. Seine Augen. Ich sah seine Augen.«

»Konnten Sie sonst noch etwas erkennen? Seine Haarfarbe, seine Gesichtsform? Wie klang seine Stimme?«

»Ich konnte nur seine Augen sehen. Ich dachte, ich schaue direkt in die Hölle.« Lisa begann zu schluchzen und bedeckte ihr gesundes Auge mit einer Hand.

»Wir wollen es fürs erste dabei belassen.« Cam hatte die Zeit, die ihm der Arzt gewährt hatte, ohnehin schon überschritten. »Ich komme morgen wieder. Wenn Ihnen noch etwas einfällt, irgendeine Kleinigkeit, dann brauchen Sie mich nur rufen zu lassen.«

»Bitte.« Lisa klammerte sich an Clares Hand. »Ich möchte Ihnen danken. Ich werde nie vergessen, wie ich hochgeschaut und Ihr Gesicht gesehen habe. Das wird mir helfen. Kommen Sie wieder?«

»Natürlich.«

Clares Beine schienen aus Gummi zu bestehen, als sie zur Tür hinausging. Draußen blieb sie einen Augenblick stehen und preßte die Hände gegen das Gesicht, um sich zu beruhigen.

»Komm, Slim, ich besorge dir einen Stuhl.«

»Mir geht's gut. Kannst du mir sagen, wie es um sie steht? Körperlich, meine ich.«

»Ihre Hornhaut hat einen Kratzer abbekommen. Vermutlich wird sie keinen bleibenden Schaden zurückbehalten, aber es ist noch ein bißchen zu früh, um ganz sicher zu sein. Sie hat Rippenprellungen und Quetschungen am Hals. Die nächsten Tage wird sie das Sprechen sehr anstrengen.«

»Und ihr Bein?« Ihr war nicht entgangen, daß er dieses Thema vermied. »Wie schlimm ist es?«

»Das kann man jetzt noch nicht sagen.«

»Hast du vor, mir auch weiterhin Schwierigkeiten zu machen, wenn ich sie besuchen will?«

»Das muß der Arzt entscheiden.«

»Darf ich kurz stören?« Roy schloß die Tür hinter sich und trat auf den Flur. »Miss Kimball ... ich muß mich bei Ihnen entschuldigen.«

»Durchaus nicht. Ich habe selbst einen Bruder, und ich denke, unter denselben Umständen hätte er sich genauso verhalten. Ich würde gerne meine Telefonnummer hinterlassen. Sie können mich jederzeit anrufen, wenn Lisa mich sehen möchte.«

»Danke.« Roy wandte sich an Cam. »Ich möchte über jeden Schritt Ihrer Ermittlungen informiert werden, Sheriff. Derjenige, der meiner Schwester das angetan hat, wird dafür büßen.« Er ging wieder ins Zimmer zurück und zog die Tür hinter sich zu.

»Ich hab' noch einiges zu erledigen.« Cam widerstand dem Drang, sich die pochenden Schläfen zu reiben. »Kommst du allein zurecht?«

»Ja.«

»Vielleicht muß ich noch einmal mit dir reden. Dienstlich.«

Clare nickte. »Du weißt ja, wo du mich findest, Sheriff.« Mit diesen Worten ließ sie ihn stehen und ging davon.

Fünftes Kapitel

Sally Simmons hielt an der Amoco-Tankstelle an, allerdings war sie weniger an Benzin und dem Ölstand ihres Wagens interessiert als vielmehr an Ernie Butts; ein Interesse, welches sie oft beschämte und verwirrte. Und erregte.

In all den Wochen, die sie mit Josh gegangen war, hatte sie ihm lediglich gestattet, sie oberhalb der Gürtellinie zu berühren; und obwohl sie zugelassen hatte, daß er ihr das T-Shirt abstreifte und mit seinem heißen, ungeschickten Mund ihre Brüste berührte, hatte sie sich jedesmal energisch gewehrt, sobald seine Finger in ihre Jeans glitten.

Sie war bestimmt keine Zimperliese, auch nicht übermäßig prüde, und sie wußte, daß viele der Mädchen aus der Cheerleadergruppe die große Tat schon hinter sich hatten. Aber Sally war romantisch veranlagt, identifizierte sich mit den Heldinnen der Liebesromane, die sie gierig verschlang, und hatte sich immer ausgemalt, daß sie sich eines Tages leidenschaftlich in einen aufregenden, rebellischen und möglichst noch unpassenden jungen Mann verlieben würde.

Ernie entsprach genau ihren Wunschvorstellungen.

Auf seine Weise sah er auch noch gut aus, grüblerisch und in sich versponnen, so wie ihr liebster tragischer Held Heathcliff. Und der zerstörerische Charakterzug, den sie an ihm spürte, erhöhte den Reiz nur noch. So war es ihr leichtgefallen, sich einzureden, sie sei in ihn verliebt und er in sie.

Ihre Mutter hatte mit ihr frei und offen über Sex, Verhütung, die daraus resultierende Verantwortung und mögliche Konsequenzen gesprochen. Die Aussicht auf AIDS, eine unerwünschte Schwangerschaft und Abtreibung war, zusammen mit ihrem sehnlichen Wunsch, aufs College zu gehen und Journalismus zu studieren, abschreckend genug gewesen, um im Zusammensein mit Josh einen klaren Kopf zu behalten.

Bei Ernie Butts war alles anders.

Als er sie mit auf sein Zimmer genommen hatte, waren jegliche Gedanken an Verantwortung und an ihre Zukunft dahingeschmolzen wie Schnee in der Sonne. Auch sämtliche praktischen Ratschläge seitens der Mutter waren augenblicklich in Vergessenheit geraten.

Er hatte schwarze Kerzen angezündet, Musik aufgelegt, die das Blut schneller durch ihre Adern fließen ließ, und hatte, ohne vorher groß zu fragen, Dinge mit ihr angestellt, die ihre Mutter niemals erwähnt hatte. Er war ziemlich grob mit ihr umgegangen, was sie anfangs erschreckte, aber bald hatte sie schluchzend und bettelnd nach mehr verlangt.

Sie brauchte nur daran zu denken, und schon begann sie wieder, vor Erregung zu zittern.

Abend für Abend war sie unter dem Vorwand, für das Chemieprojekt zu arbeiten, welches sie längst nicht mehr interessierte, zu ihm zurückgekommen. Doch ihre blinde Vernarrtheit mischte sich allmählich mit Furcht. Mit der feinen Intuition, die verliebte Frauen entwickeln können, spürte sie, daß er sich ihr gegenüber immer zurückhaltender verhielt, daß er manchmal, wenn er mit ihr schlief, an eine andere dachte.

Sie sehnte sich verzweifelt nach der Bestätigung, daß er sie liebte.

Sally hielt an der Zapfsäule an und kletterte aus dem Auto. Sie wußte, daß ihre schlanke Figur in den knappen Shorts und dem engen Sonnentop ausgezeichnet zur Geltung kam, und sie war zu Recht stolz auf ihre Beine – die längsten und wohlgeformtesten der ganzen Cheerleadertruppe. Außerdem hatte sie sich aus der sorgfältig gehüteten Parfümflasche ihrer Mutter bedient und eine geschlagene Stunde damit verbracht, ihr Haar aufzudrehen, so daß es ihr in einer Masse von Korkenzieherlocken um das Gesicht fiel.

Sie kam sich sehr weltklug und erwachsen vor.

Als Ernie auf sie zukam, lehnte sie sich lässig gegen die Autotür und lächelte ihn an. »Hi.«

»Hi. Bißchen Benzin gefällig?«

»Ja.« Sally versuchte, ihre Enttäuschung darüber zu verbergen, daß er sie zur Begrüßung nicht geküßt hatte. Aber schließlich weigerte er sich sogar, in der Schule mit ihr Händchen zu halten. »Ich bin heilfroh, daß endlich Freitag ist.« Sie sah ihm zu, wie er den Stutzen in die Tanköffnung schob, beobachtete seine Hände mit den langen, schlanken Fingern und erinnerte sich daran, wozu diese Finger fähig waren. »Noch eine Woche, und dann sind wir endlich mit der Schule fertig.«

»Yeah.« So ein gottverdammtes Theater, dachte Ernie.

Sally wischte sich verstohlen die feuchten Hände an ihren Shorts ab. »Mary Alice Wesley gibt eine Riesenabschlußfete. Sie hat gesagt, ich könnte noch jemanden mitbringen. Hast du Lust?«

Er sah sie auf diese seltsame, abschätzende Art an, die er manchmal an sich hatte. »Ich gehe nie auf Partys. Wieviel Benzin brauchst du?«

»Mach ruhig voll.« Sie leckte sich die Lippen. »Kommst du morgen zu der Parade?«

»Ich hab' Besseres zu tun als dumm rumzustehen und zuzusehen, wie eine Horde von Schwachköpfen die Straße entlangmarschiert.«

Sally selbst würde auch an der Parade teilnehmen, und es kränkte sie, daß er es vergessen hatte. Ihr Großvater kam extra aus Richmond angereist und brachte seine Videokamera mit, um den letzten Auftritt seiner Enkelin als Cheerleader der Emmitsboro High festzuhalten. Aber sie hielt es für klüger, das Ernie gegenüber jetzt nicht zu erwähnen. »Nach der Parade veranstalten wir bei uns zuhause ein Barbecue. Es gibt Hamburger und so was. Vielleicht kommst du auch mal zu uns rüber.«

Er war noch nicht einmal interessiert genug, um bei dem Gedanken, in Sallys Garten zu sitzen, Hamburger zu verzehren und Limonade dazu zu trinken, höhnisch das Gesicht zu verziehen. »Ich muß arbeiten.«

»Oh. Na ja, es dauert bis in die Abendstunden, wenn du also später noch Zeit hast ...« Gedemütigt brach sie ab, schluckte und suchte nach Worten. »Heute abend habe ich das Auto, falls du Lust hast, nach Feierabend noch irgendwohin zu fahren oder so.«

Ernie blickte sie flüchtig an, während er den Stutzen aus dem Tank zog. Offenbar brauchte Sally genauso dringend eine Tankfüllung wie ihr Auto. Er grinste in sich hinein. Da sie so versessen auf ihn war, würde sie wahrscheinlich auch vor ihm auf die Knie sinken und ihm einen blasen, wenn er es von ihr verlangte.

»Du kannst ja so gegen halb zehn mal vorbeikommen, und dann sehen wir weiter.«

»Okay.«

»Das macht dann fünfzehn fünfzig für's Benzin.«

»Oh. Ich hole eben mein Portemonnaie.«

Gerade als sie sich durch das heruntergelassene Autofenster lehnte, bog Clare in die Tankstelle ein, und Ernie vergaß, daß Sally überhaupt existierte. »Hey, Ernie.«

»Soll ich volltanken?«

»Bitte.« Sie lächelte ihn an und vermied bewußt, seinen Anhänger anzustarren. »Ich hab' dich ja ein paar Tage nicht gesehen.«

»Hatte zu tun.«

»Jede Wette.« Clare stützte ihren Ellbogen am Fenster auf und bettete den Kopf auf die Hand. Sie kam gerade von einem neuerlichen Krankenhausbesuch bei Lisa MacDonald zurück und fühlte sich erschöpft, aber nicht länger schuldig. »Du mußt ja im Moment eine Menge um die Ohren haben. Schließlich hast du nur noch eine Woche bis zu deinem Schulabschluß.«

»Sind Ihre Freunde immer noch da?«

»Sie wollen bis zur morgigen Parade bleiben. Gehst du auch hin?«

Ernie zuckte lediglich mit den Achseln.

»Ich würde sie um nichts in der Welt versäumen«, fuhr Clare fort. »Bestimmt gibt's auch Krapfen, und die esse ich für mein Leben gern.«

»Ernie. Hier hast du das Geld.« Sally drängte sich zwischen sie, warf ihre lange Mähne zurück und bedachte Clare mit einem feindseligen Blick. »Vermutlich mußt du dich jetzt um deine Kundschaft kümmern. Ich komm' dann später vorbei.«

»Alles klar.«

Clare sah dem Mädchen nach, das zu seinem Auto zurückging und den Motor anließ. »Wer war das denn?«

»Sally? Sie ist ein Niemand.«

»Sally Simmons?« Lachend kramte Clare in ihrer Handtasche herum. »Früher hab' ich bei ihr Babysitter gespielt. Ich glaube, ich gehe besser nach Hause und hole meinen Schaukelstuhl aus dem Keller.« Sie bezahlte ihn. Plötzlich war ihr viel leichter ums Herz. Was konnte es Normaleres geben als einen halbwüchsigen Jungen mit einer eifersüchtigen Freundin? »Bis später, Ernie.«

»Tschüs.« Ernies Hand schloß sich um das Pentagramm, als sie davonfuhr.

Sie benötigten dringend weitere Informationen. Wieviel wußte Lisa MacDonald eigentlich? Konnte sie einen von ihnen beschreiben? Diese Fragen tauchten in den geflüsterten Bemerkungen, die von einem zum anderen gingen, immer wieder auf. Furcht breitete sich aus, und derjenige, der sie lenkte, wußte nur zu gut, daß Furcht zu Schwäche und Schwäche zu Fehlern führte.

Doch die notwendigen Informationen würden eingeholt werden, wie immer.

Es gab einige unter ihnen, die sich mehr mit Clare Kimball beschäftigten als mit dem Opfer, das ihnen entkommen war. Clare, die sich in ihre Angelegenheiten gemischt hatte, indem sie die zur Opfergabe bestimmte Frau rettete. Clare, die die an ihrer Tür zurückgelassene Warnung entweder ignoriert oder nicht verstanden hatte. Clare, die als Kind den magischen Kreis durchbrochen und mehr gesehen hatte, als sie begreifen konnte. Clare, deren Erinnerungsvermögen eine ständige Bedrohung darstellte.

Und Clare, die aus Metall und Feuer ein Abbild des Hohenpriesters erschaffen hatte.

Einige sprachen sich für sie, andere gegen sie aus. Doch die Entscheidung war bereits gefallen.

Tatenloses Zusehen und Warnungen schienen nichts mehr zu fruchten. Die Zeit zum Handeln war gekommen.

Manche Männer hätten es mit Rosen probiert. Cam hingegen ahnte, daß die herkömmlichen Klischees bei Clare nicht funktionieren würden. Es hatte ohnehin einige Zeit gedauert, bis er sich dazu überwinden konnte, überhaupt den ersten Schritt zu tun, sein Stolz hatte sich dagegen gewehrt. Doch ein derartiges Stimmungstief wie das, welches Cam im Augenblick durchmachte, hätte jeden Mann dazu getrieben, seinen Stolz über Bord zu werfen und als der Klügere nachzugeben. Mittlerweile fiel es ihm immer schwerer zu glauben, daß die Ereignisse der letzten Wochen auf Einflüsse von außerhalb zurückzuführen waren. Dennoch erschien ihm der Gedanke, Emmitsboro könne einen Mörder oder etwas noch Schlimmeres beherbergen, absurd.

Aber Lisa MacDonald war Realität; seine erste handfeste Spur. Laut Laborbericht stammte nicht alles Blut auf ihrer Kleidung von ihr selbst. Lisa hatte Blutgruppe Null. Einige der Blutspritzer gehörten jedoch zur Gruppe A. Unter ihren Fingernägeln hatte man winzige Hautfetzen gefunden – ein paar schwarze Baumwollfasern.

Zusammen mit Bud und Mick hatte Cam den westlichen Teil von Dopper's Woods, die Gegend, wo Clare Lisa aufgelesen hatte, durchgekämmt, und dort hatten die drei Blutspuren und Anzeichen eines heftigen Kampfes gefunden. Die Auswertung der Spuren bedeutete weitere Laborarbeit, was hieß, daß Cam den Bürgermeister bitten mußte, weitere Gelder flüssigzumachen.

Doch jetzt brauchte er erst einmal etwas Zeit zum Abschalten, ein paar Stunden, in denen er nicht über Beweisaufnahmen und polizeiliche Ermittlungen nachdenken und sich nicht ständig ermahnen mußte, noch einmal ins Krankenhaus zu fahren, um in Lisa MacDonalds Gedächtnis herumzustochern.

Clare arbeitete. In ihrer Garage schimmerte Licht, obwohl die Dämmerung kaum hereingebrochen war. In den letzten Tagen war er mehrmals bei ihr vorbeigefahren und hatte sie stets über ihren Arbeitstisch gebeugt vorgefunden, hatte jedoch nie angehalten. Aber jetzt lenkte er seinen Wagen in ihre Einfahrt.

Alice war bei ihr, stellte er fest, und die beiden unterhielten sich angeregt, während Beatlessongs aus dem Radio tönten.

»Geh einfach kreuz und quer durch den Raum. Ich kann besser arbeiten, wenn du dich bewegst.«

»Ich dachte immer, man müsse stocksteif dasitzen und dürfe sich nicht rühren, wenn man einem Künstler Modell steht.« Obwohl sie sich geschmeichelt fühlte, wünschte Alice, Clare hätte sie nicht gerade gebeten, in ihrer Kellnerinnenuniform zu posieren. »Wird das eine dieser modernen Skulpturen, wo mich hinterher keiner erkennt?«

»Ich weiß ja, wer das Modell war.« Geduldig modellierte Clare den Ton. »Es soll alles ganz flüssig wirken. Wenn ich fertig bin, werde ich es in Bronze gießen.«

»Mama hat meine und Lynettes Babyschuhe bronzieren lassen.« Alice blickte sich um und lächelte. »Hi, Cam.«

»Wirst du gerade verewigt, Alice?«

Diese kicherte. »Sieht fast so aus.«

Da Clares Hände leicht zu flattern begannen, hielt sie im Modellieren inne. »Kann ich etwas für dich tun, Sheriff?«

Kühl wie ein Eisberg, dachte Cam und hob eine Braue. »Vielleicht.« Er packte sie am Arm und zog sie hoch. »Komm mal mit.«

»Was zum Teufel soll das? Du siehst doch, daß ich arbeite!« Clare versuchte, ihn mit einer tonverschmierten Hand beiseite zu stoßen, während er sie die Auffahrt entlangzerrte. Alice sah ihnen mit großen Augen zu. »Hör zu, Rafferty, ich muß diese ... diese polizeiliche Brutalität nicht dulden.«

»Sei nicht so widerborstig, Slim.« Er schob sie auf Buds Pickup zu. »Ich habe dir ein Geschenk mitgebracht.«

Und dort, auf der Ladefläche, lag besagter Holzknubbel, den sie sich so gewünscht hatte. Er wirkte sogar noch spektakulärer als in ihrer Erinnerung.

»O Mann!« Noch ehe Cam ihr Hilfestellung geben konnte, war Clare bereits über die Seitenwand geklettert und auf die Ladefläche gesprungen. Verzückt streichelte sie über die Rinde. »Wunderschön«, murmelte sie vor sich hin und malte sich bereits aus, was aus dem Holz entstehen sollte.

»Das ist doch bloß ein Stück Holz«, meinte Alice von der anderen Seite des Wagens her. Sie war verwirrt und enttäuscht zugleich.

»O nein. Es birgt ein Geheimnis«, erklärte ihr Clare. »Und eine Herausforderung.« Als sie Alice' Gesichtsausdruck bemerkte, mußte sie lachen. »Weißt du was? In einem Jahr, wenn das Holz soweit abgelagert ist, daß ich damit arbeiten kann, dann mache ich dir daraus eine schöne Schale.«

»Da würde ich mich freuen«, erwiderte Alice höflich, was Clare erneut zum Lachen reizte. »Warte nur, bis Angie das sieht.« Sie ließ sich auf die Fersen nieder, streichelte das Holz und sandte einen wachsamen Blick zu Cam hinüber, der nur dastand, die Hände auf die Seite der Ladefläche gestützt, und sie schweigend beobachtete. »Ein ziemlich mieser Trick, Rafferty.«

»Besondere Umstände erfordern besondere Maßnahmen. Ich hab' mir ausgerechnet, daß du zumindest mit mir reden würdest, wenn ich dir dieses Ding anschleppe.« Er streckte die Hände nach ihr aus. »Soll ich dir runterhelfen?«

»Danke, es geht schon.«

Doch gerade, als sie von der Ladefläche springen wollte, faßte er sie um die Taille, hob sie herunter, stellte sie auf die Füße, drehte ihr Gesicht zu sich hin und wartete einen Augenblick lang ab. »Du hast Dreck an den Händen.«

»Ton.« Verdammt, warum geriet sie bloß bei dem leisesten Körperkontakt gleich aus der Fassung? »Laß mich lieber los, sonst kriegst du ihn auf dein Hemd.«

»Da hast du mir schon was draufgeschmiert.« Vorsichtig zog er sie enger an sich. »Wie ist es dir denn so ergangen?«

»Gut.« Ihr Herz schlug entschieden zu schnell, stellte sie fest.

»Ich denke, ich werde dann mal gehen.« Alice räusperte sich. »Ich sagte, ich gehe jetzt.«

»Nein!« Clare befreite sich energisch aus Cams Umarmung. »Ich meine, ich würde gerne noch eine Stunde weitermachen, wenn du nicht zu müde bist.«

»Ich bin nicht zu müde. Aber in einer Stadt dieser Größe

zahlt es sich nicht aus, den Sheriff zu verärgern«, stichelte Alice.

»Gut erkannt«, lobte Cam und nahm Clare am Arm. »Wie wär's, wenn wir reingingen? Da können wir uns besser unterhalten.«

Clare überlegte gerade, ob sie lachen oder fluchen sollte, als ein Auto laut hupend die Auffahrt hochkam. »Hey!« Ein Männerkopf tauchte aus dem geöffneten Schiebedach auf. »Kann ein müder Reisender hier ein Nachtlager bekommen?«

»Blair!« Clare rannte auf ihn zu und breitete die Arme weit aus, als ihr Bruder aus dem Auto stieg. Dieser warf einen Blick auf ihre Hände und wich zurück.

»Faß mich bloß nicht an!«

»Was führt dich denn hierher?«

»Ich dachte mir, ich könnte mir mal wieder die Parade ansehen. Hi, Cam.« Blair nahm eine Reisetasche vom Rücksitz, ehe er auf die drei zuging. »Bist du hier zu Besuch, oder steht Clare unter Arrest?«

Gar keine schlechte Idee, sie einfach unter Hausarrest zu stellen, dachte Cam und hielt Blair grinsend eine Hand hin. »Ich mußte etwas abliefern.« Mit einem Finger fuhr er über das Revers von Blairs Jackett. »Netter Anzug.«

»Ich hab' bis in die Puppen gearbeitet und hatte keine Zeit mehr, mich umzuziehen. Hallo, Alice, schön, dich zu sehen.«

»Hi, Blair.« Alice verfluchte im stillen ihr Erröten. »Clare hat mir gar nicht erzählt, daß du kommst.«

»Sie wußte ja auch nichts davon. Also …« Er zupfte seine Schwester am Haar. »Wie läuft's denn so?«

Clare blickte flüchtig zu Cam. »Man könnte sagen, die letzten Wochen waren sehr ereignisreich. Angie und Jean-Paul sind auch hier.«

»Hier?« Blairs Augenbrauen stiegen in die Höhe. »In Emmitsboro?«

»Fast schon eine Woche lang. Ich glaube, langsam gewöhnen sie sich ein. So, ich gehe jetzt rein und mache uns ein paar Drinks.«

»Ich komme mit.«

Cam legte Blair eine Hand auf die Schulter, ehe dieser seiner Schwester folgen konnte. »Kannst du mir mal eben mit diesem Geschenk hier helfen?«

»Einem Geschenk? Klar.« Er stellte seine Tasche neben dem Pickup ab und spähte auf die Ladefläche. »Das ist ein Holzklotz.«

»Jawohl.«

»Ein ziemlich großer Holzklotz.« Blair funkelte Cam finster an. »Dieser Anzug besteht zu fünfzig Prozent aus Seide.«

Cam ließ grinsend die Laderampe herunter und sprang auf den Wagen. »Stell dich nicht so an, Kimball.«

»Scheiße.« Blair kletterte hinauf und packte mit an. »Wozu soll das Ding gut sein? Ich kriege Splitter in die Hand.«

»Es ist ein Friedensangebot. Clare ist stinksauer auf mich.«

»Ach ja?«

»Eine lange Geschichte. Paß auf, ich gehe zuerst runter. Himmel, faß doch mit an, ja?« schimpfte er, als Blair den Klotz beinahe auf seinen Fuß fallen ließ. »Vielleicht interessiert dich das Ganze ja«, fuhr er fort, während sie den sperrigen Kloben mit vereinten Kräften zum Haus schleppten.

Rafferty, ich verdiene mir mein Brot damit, mir Geschichten anzuhören.«

»Kannst du morgen nach der Parade in mein Büro kommen?«

»Okay. Gibt es etwas, was ich sofort wissen sollte?«

»Ich schlafe mit deiner Schwester.« Cams Augen bohrten sich in die von Blair. Dieser schien wie vom Blitz getroffen. »Ich denke, das sollte von Anfang an klar sein.«

»Himmel, Cam, was erwartest du denn jetzt von mir?«

»Ich schätze, für Glückwünsche ist es noch etwas zu früh. Wir stellen ihn am besten hier ab.« Cam grunzte vernehmlich, als sie den Klotz neben der Garage zu Boden fallen ließen, und sah zu, wie Blair Staub von seinem Anzug klopfte. »Willst du mir jetzt eine runterhauen?«

»Ich denke darüber nach.«

»Ehe du dich dazu entschließt, muß ich dir noch etwas sagen, was ich ihr bislang noch nicht sagen konnte. Ich liebe sie.«

Blair musterte sein Gegenüber lange, dann schob er die Hände in die Hosentaschen. »Soso.«

»Ich hab' ja schon immer gewußt, daß du eine ausgesprochene Begabung dafür hast, stets das Richtige zu sagen.«

Verunsichert und völlig aus der Fassung gebracht, fuhr sich Blair mit der Hand durchs Haar. »Wann in Gottes Namen ist denn das alles passiert?«

»Kann ich dir nicht sagen.«

Blair pfiff leise durch die Zähne. »Ich glaube, wir gehen besser rein und nehmen einen Drink.«

»Geh du nur.« Cam schielte zum Haus hin. »Ich verdrücke mich lieber. Sie ist noch nicht soweit.« Er wandte sich zum Gehen, blieb aber stehen, als Blair seinen Namen rief.

»Cam – sie ist keine Sarah Hewitt.«

Cam öffnete die Fahrertür. »Wer wüßte das besser als ich?«

Aber es war ausgerechnet Sarah, der er nun einen Besuch abstatten mußte.

Für einen Freitagabend ging es bei Clyde ziemlich ruhig zu. Die Leute waren verunsichert, die Frauen verlangten, daß ihre Männer direkt nach der Arbeit nach Hause kamen, ob es nun Wochenende war oder nicht. Wenn eine Frau auf offener Straße nicht sicher war, dann konnte ihr schließlich auch in ihren eigenen vier Wänden etwas zustoßen.

Ein paar Stammgäste hatten sich jedoch nicht beirren lassen. Less Gladhill lehnte am Tresen, schlürfte ein Bier und kämpfte mit der Magenverstimmung, die ihm ein zu hastig heruntergeschlungener Hamburger bei *Martha's* eingetragen hatte. Eine heftige Auseinandersetzung mit seiner Frau hatte ihn aus dem Haus getrieben, um sich anderswo nach Speis und Trank umzusehen. Außerdem wußte jeder, daß Big Barb Gladhill es leicht mit zehn Männern aufnehmen konnte.

Cam studierte die vertrauten Gesichter, als er zum Tresen ging, und registrierte nicht nur, wer da war, sondern vor allem, wer fehlte.

»Ruhiger Abend«, meinte er zu Clyde.

Der Wirt schnitt eine Grimasse. »Bist du extra hergekommen, um mich darauf aufmerksam zu machen, oder willst du was trinken?«

»Gib mir ein Rolling Rock.«

Skunk Haggerty saß in seiner Lieblingsecke und hielt sich wie immer an einem Johnnie Walker fest, während er darauf wartete, daß Reva Williamson bei *Martha's* Feierabend machte. Matt Doppers Sohn, der übers Wochenende vom College nach Hause gekommen war, nuckelte an einem Budweiser und hoffte, bei Sarah Hewitt landen zu können.

Die Musikbox schwieg, nur aus dem Hinterzimmer drang deutlich das Klackern von Billardkugeln.

Cam trank sein Bier. Less, der neben ihm stand, rülpste laut.

»Scheißzwiebeln. He, Clyde, gib mir noch 'n Bier, aber zackig!«

»Gehst du zu Fuß nach Hause?« erkundigte sich Cam beiläufig.

»Ich kann ja wohl noch'n paar Bier vertragen.«

»Noch eine Anzeige wegen Trunkenheit am Steuer bricht dir das Genick.«

»Fahr doch zur Hölle! Dann lauf' ich eben.« Voller Selbstmitleid goß Less sein Bier hinunter. Als ob er sich nicht schon genug Gezeter von seiner Alten anhören mußte! Kein Wunder, daß er sich anderweitig nach weiblicher Gesellschaft umsah, schließlich war er mit einem gottverdammten Schlachtroß verheiratet. »Kann man hier noch nicht mal in Ruhe sein Bier trinken, ohne gleich von der Seite angemacht zu werden?«

»Schweren Tag gehabt?« Cam nippte an seinem Bier, doch sein Blick heftete sich auf den Verband an Less' rechter Hand. »Hast du dich verletzt?«

Grollend betrachtete Less seine Hand von allen Seiten. Er hatte mit dieser Frage gerechnet und sich vorsorglich eine Antwort zurechtgelegt. »Ich hab' mir die Hand an einem verfluchten Auspuffrohr verbrannt.«

Cam haßte den Gedanken, daß er morgen Less' Behauptung überprüfen mußte. »Unangenehme Sache.«

Less trank einen Schluck, rülpste vernehmlich und seufzte dann. »Ich bin eigentlich nur sauer, weil wir heute abend pokern wollten. Aber Roodys Alte läßt ihn nach Sonnenuntergang nicht mehr außer Sichtweite, Skunks Hormone spielen verrückt, weil ihm diese magere Hippe von Reva nicht mehr aus dem Kopf geht, Sam Poffenburger schläft bei seiner Exfrau im Wohnzimmer, bis die sich wieder einkriegt, und George Howard dreht mit seinen Hunden regelmäßig eine Runde ums Grundstück. Diese Geschichte bringt alles durcheinander.«

»Das läßt sich leider nicht leugnen.«

»Diese Frau da im Krankenhaus, hat die dir irgendwie weitergeholfen?«

»Wenn ich vertrauliche Aussagen weitergebe, dann fliege ich aus meinem Job.« Cam trank noch einen Schluck. »Ich kann dir nur sagen, daß ich gegen eine Menge Mauern gerannt bin.« Er musterte Less wie ein Cop, und sie beide wußten es. »Nur – wenn man ständig gegen Mauern rennt, stürzt irgendwann eine ein. Kannst du mir sagen, wo du Dienstag nacht zwischen halb elf und elf warst?«

»Was zum Teufel soll das heißen?«

»Ich erledige nur meinen Job.« Cam hob sein Glas. »Manchmal redet sich's bei einem Bierchen leichter als auf dem Revier.«

»Scheiße.«

»Reine Routine, Less. Du bist nicht der erste, den ich das fragen muß, und du wirst nicht der letzte sein.«

»Kann nicht behaupten, daß mir das gefällt.« Less griff in die Schale mit Erdnüssen, die auf dem Tresen stand, und begann, die Nüsse mit seiner gesunden Hand zu knacken. Er wollte seinen Ärger demonstrieren, aber gleichzeitig zeigen, daß er nichts zu verbergen hatte.

»Mir gefällt es auch nicht. Warum beantwortest du nicht einfach meine Frage, damit wir beide in Ruhe unser Bier genießen können?«

»Wenn du's unbedingt wissen willst, ich war bei Charlie Griffith in der Garage und hab' seinen Cavalier repariert.« Less schaute sich über die Schulter hinweg nach Skunk um.

»Ich darf nicht nebenbei arbeiten. Wenn das rauskommt, kann ich meinen Job vergessen.«

»Wer sagt denn, daß es rauskommen muß? Trotzdem muß Charlie dein Alibi bestätigen.«

»Tu, was du nicht lassen kannst. Und jetzt würde ich gerne in Ruhe mein Bier trinken, wenn du nichts dagegen hast.«

Cam nahm sein halbvolles Glas und ging ins Hinterzimmer. Cops verloren sehr leicht Freunde, das wußte er nur zu gut. Aber besser, er verlor sie auf diese Weise als durch eine tödliche Kugel.

Sarah spielte gerade mit Davey Reeder, einem schlaksigen Tischler mit vorstehenden Zähnen, eine Partie Billard. Davey hatte zwar geschickte Hände, doch in seinem Oberstübchen herrschte ziemliche Leere. Vor Jahren hatte er Cam und Blair ab und zu auf ihren Ausflügen in den Wald begleitet. Er war ein paar Jahre älter als sie, hatte erst mit zwanzig die Schule beendet, dann eines der Lawrence-Mädchen geschwängert, sie geheiratet und sich mit zweiundzwanzig schon wieder scheiden lassen.

Cam wußte sehr wohl, daß Davey zu Sarahs ständigen Freiern gehörte, er war sich nur nicht sicher, wen von beiden er mehr bedauern sollte.

»Hey, Davey.«

»Hey.« Davey lächelte sein einfältiges Lächeln und versenkte rasch nacheinander zwei Kugeln. »Willst du mitspielen? Um 'ne Runde Bier?«

»Das letzte Mal, als ich mich mit dir auf ein Spiel eingelassen habe, warst du hinterher blau und ich pleite.«

Davey kicherte auf die ihm eigene alberne Weise, ehe er die nächste Kugel einlochte. »Ich könnte dir ja ein paar Punkte Vorsprung geben.«

»Lieber nicht.«

Sarah lächelte und strich absichtlich mit der Hand verführerisch über ihr Queue. »Steht dir der Sinn vielleicht nach einer anderen Art von Spiel?«

»Scheiße auf dem Scheunendach!« Davey verpatzte den nächsten Stoß. »Du bist dran, Sarah.«

»Ohne Musik ist es ziemlich ungemütlich hier.« Cam zog einige Banknoten aus der Tasche. »Davey, bist du so nett und läßt sie dir wechseln? Such ein paar gute Platten aus, und hol' dir selbst auch noch ein Bier.«

»Mach ich.« Davey schlenderte Richtung Tresen davon.

»Nun ...« Sarah lehnte sich der Länge nach über den Billardtisch, visierte die weiße Kugel an und plazierte ihren Stoß. »Nett, daß du fünf Dollar investierst, nur um mit mir allein zu sein.« Sie warf ihr Haar zurück, legte den Kopf schief und fuhr sich mit der Zunge aufreizend über die Lippen. »Na, wie wär's mit einem Spielchen?«

»Ich hab' ein paar Fragen an dich, Sarah, und ich erwarte ehrliche Antworten.«

»Oh, dieser amtliche Ton macht mich immer ganz scharf.«

»Laß den Unsinn.« Cam packte sie am Arm und zerrte sie hoch. »Was zum Teufel hast du neulich gemeint, als du sagtest, ich wüßte nicht, was in dieser Stadt vor sich geht?«

Sarahs Finger krallten sich in sein Hemd. »Du warst verdammt lange weg, Süßer. Vieles ändert sich.«

»Willst du mich verarschen, Sarah? Das, was hier geschieht, hat nichts damit zu tun, daß ich weg war.«

Als sie sich nur achselzuckend abwenden wollte, hielt er sie unsanft zurück.

Ihre Augen begannen zu funkeln. »Nur weiter so. Ich steh' auf die harte Tour, weißt du noch?«

»Du hast mir diesen Knochen mit Parker vor die Füße geworfen. Was weißt du über ihn und seine Gründe, die Stadt zu verlassen?«

Sarah drängte einladend ein Bein zwischen seine. »Was sollte ich denn darüber wissen?«

»Beantworte meine Frage, Sarah. Hier geschehen Dinge, die nicht geschehen sollten.«

»Dein Stiefvater läßt sich totprügeln, und deine Freundin fährt eine Frau an. Was geht mich das an?«

»Antworte mir, verflucht noch mal. Bleiben wir bei Parker. Warum ist er fortgegangen?«

»Weil er von Emmitsboro die Schnauze voll hatte, nehme ich an. Woher soll ich das wissen?«

»Du weißt es, und du warst wütend genug, um dich beinahe zu verplappern. Hat er dich in deinem Zimmer da oben besucht?« Er hielt sie fest, als sie auf ihn losgehen wollte. »Ist er auch über die Hintertreppe geschlichen, um für zwanzig Dollar einmal richtig bumsen zu können?«

»Und wenn schon.« Sie stieß Cam heftig von sich. »Was geht's dich an, mit wem ich ins Bett gehe.«

»Was hat er gesagt? Wenn er seinen fetten Körper von dir heruntergerollt hat, hat er dir dann Sachen erzählt, die er besser für sich behalten hätte?«

»Vielleicht.« Sarah zündete sich eine Zigarette an. Ihre Hände zitterten leicht. »Männer erzählen einer Frau wie mir so ziemlich alles – wie ihrem Arzt oder ihrem Beichtvater.«

Lachend stieß sie den Rauch aus. »Möchtest du mir vielleicht auch etwas beichten?«

»Er packt einfach seinen Kram zusammen und verschwindet, nachdem er sechzig Jahre in dieser Stadt gelebt hat und über fünfundzwanzig davon als Sheriff tätig war? Warum?«

»Weil dieses Luder, mit dem er verheiratet ist, nach Fort Lauderdale ziehen wollte.«

»Er ist aber nicht in Fort Lauderdale. Ich kann ihn nirgendwo finden.«

»Ach, Parker ist Schnee von gestern.« Sarah griff nach Cams Bierglas und nahm einen tiefen Schluck. »Hast du denn nicht genug um die Ohren? Schließlich mußt du einen Mord aufklären, oder nicht? Aber wahrscheinlich nimmst du die Ermittlungen nicht allzu wichtig.«

»Was weißt du?« fragte Cam sanft. »Wer hat dir Dinge

verraten, die nicht für deine Ohren bestimmt waren, während er sich in deinem Bett vergnügt hat?«

»Ich weiß eine ganze Menge.« Sarah stellte das Bierglas ab. »Ich weiß, wer Schwierigkeiten mit der Bank hat, wer das Finanzamt betrügt und wessen Frau es nicht öfter als einmal in der Woche treibt.« Sie rauchte mit hastigen Zügen. »Und ich weiß, daß du eine ganze Reihe von Leuten gegen dich aufbringst, weil du ihnen einen Haufen Fragen stellst, statt den Wald nach einem Psychopathen zu durchkämmen. Es gibt nichts, was ich dir sagen könnte, Cam.«

»Nichts, was du mir sagen willst.«

»Früher einmal hätte ich es getan.« Sie nahm ihr Queue zur Hand und versetzte ihm damit einen leichten Rippenstoß. »Früher hätte ich so einiges für dich getan. Aber eine Frau wie ich muß sehen, wo sie bleibt, und so, wie es aussieht, kriegst du bald selbst Schwierigkeiten. Ein Mord, ein tätlicher Angriff, abgeschlachtetes Vieh, und alles, seitdem du wieder da bist.« Sarahs Gesicht nahm einen verschlagenen Ausdruck an. »Vielleicht sollte man dir mal einige Fragen stellen.«

Cam beugte sich zu ihr. »Über eines solltest du dir im klaren sein, Sarah. Wenn du etwas weißt, was du nicht wissen solltest, dann bin ich der einzige, der dir helfen kann.«

»Ich kann mir selber helfen«, verbesserte sie. »Das habe ich schon immer getan.« Sie kehrte ihm den Rücken zu, lehnte sich wieder über den Tisch und warf ihm einen letzten Blick zu. »Wie ich hörte, packt jetzt auch deine Mutter ihren Kram zusammen und verschwindet. Ich frage mich nur, warum.« Mit diesen Worten jagte sie den Spielball gegen die Bande, daß die Kugeln auseinanderspritzten.

Im Licht ihrer Nachttischlampe blätterte Clare die Bücher ihres Vaters durch. Nicht zum ersten Mal übrigens. In den vergangenen Nächten hatte sie wieder und wieder darin gelesen und zu begreifen versucht, was sie dem Vater, den sie gekannt und vergöttert hatte, wohl bedeutet haben mochten. Hatte versucht, die Zusammenhänge zu verstehen.

In den Kartons oben im Dachgeschoß hatte sie sechs solcher Bücher entdeckt. Sechs Abhandlungen über das, was Jean-Paul den ›linksgerichteten Weg‹ genannt hatte. Ein halbes Dutzend Bücher, die meisten voller Eselsohren, die satanisches Gedankengut enthielten, ja, den Satanismus teilweise sogar priesen.

Doch am meisten ängstigte es sie, daß es sich bei diesen Machwerken nicht um das wirre Geschwätz einiger ungebildeter Wahnsinniger handelte. Der Schreibstil war flott und allgemein verständlich, sogar überzeugend, und die Bücher wurden von angesehenen Verlagen herausgegeben. Als Künstlerin hielt Clare Meinungs- und Redefreiheit für ebenso wichtig wie das tägliche Brot, und dennoch fühlte sie sich jedesmal, wenn sie einen der Bände aufschlug, irgendwie beschmutzt. Sie krümmte sich innerlich, wenn sie zu lesen begann, aber trotzdem las sie weiter, voller Schuldgefühle, Scham und Kummer, so, wie es ihrem Vater bei dieser Lektüre ergangen sein mochte.

Er war auf der Suche gewesen, dachte sie. Jack Kimball war ein aufgeschlossener, vorurteilsloser Mann mit einem grenzenlosen Wissensdurst gewesen, stets bereit, den Status quo in Frage zu stellen. Vielleicht glich sein plötzlich erwachtes Interesse am Satanskult seiner ebenso plötzlich erfolgten Hinwendung zur Politik, zur Kunst oder zum Gartenbau.

Eine Weile saß Clare einfach nur rauchend da, dann linderte sie das Kratzen in ihrem Hals mit reinem, kalten Leitungswasser und wünschte, sie könnte ihr Herz genauso leicht überzeugen wie ihren Verstand.

Der Vater hatte sich schon immer leicht für etwas begeistern lassen, liebte die Herausforderung und war immer bereit, neue Wege zu gehen. Ein Rebell, dachte sie liebevoll, ein Rebell, der fest entschlossen gewesen war, die Ketten zu sprengen, in die ihn seine Eltern, strenggläubige Katholiken, hatten legen wollen.

Wie oft hatte er Blair und ihr erzählt, daß er während der Fastenzeit jeden Tag im Morgengrauen aufstehen mußte, um noch vor der Schule die Frühmesse zu besuchen – wo er dann regelmäßig während der Predigt eingenickt war, bis ihn seine Mutter mit einem Rippenstoß aufweckte. Er verfügte über einen schier unerschöpflichen Vorrat von Anekdoten aus der Klosterschule, von denen einige durchaus amüsant, andere eher erschreckend waren. Auch hatte er ihnen erzählt, wie enttäuscht und verletzt seine Eltern gewesen waren, als er sich weigerte, Priester zu werden. Lachend hatte er beschrieben, daß seine Mutter der Heiligen Jungfrau Unmengen von Kerzen gestiftet hatte, um sie dazu zu bewegen, ihren Sohn auf den rechten Weg zurückzuführen und ihn seine wahre Berufung erkennen zu lassen. Doch immer hatte sich eine Spur Bitterkeit in dieses Lachen geschlichen.

Clare hatte oft Gespräche belauscht, die nicht für ihre Ohren bestimmt gewesen waren. So erfuhr sie, daß seine Eltern, obwohl die Liebe zwischen ihnen längst erloschen war, trotzdem noch weiter zusammen unter einem Dach gelebt und ein Bett geteilt hatten, Jahr für Jahr, und daß sie oft ihren Sohn benutzten, um ihr ganzes Elend auf ihn abzuwälzen. Denn in den Augen der Kirche existierte die Möglichkeit einer Scheidung nicht, und Jack Kimballs Eltern sahen die Welt nur durch die Augen der Kirche.

»Lieber im Unglück leben als in Sünde«, zitierte er oft angewidert. »Himmel, was waren das nur für Heuchler.«

Zum Zeitpunkt seiner Heirat hatte sich Jack vollkommen von der Kirche abgewandt.

Nur um ungefähr zehn Jahre später reumütig in ihren Schoß zurückzukehren und sich fast so fanatisch an seinen Glauben zu klammern wie seine Eltern, dachte Clare jetzt. Und noch ein paar Jahre später hatte er dann zur Flasche gegriffen.

Warum?

Lag die Antwort in einem der Bücher verborgen, die sie auf ihrem Bett verstreut hatte?

Sie wollte es nicht glauben, wollte es nicht akzeptieren. Der Vater, den sie gekannt hatte, war ein verläßlicher, ehrgeiziger und umgänglicher Mensch gewesen. Wie konnte ein Mann, der Blumen so liebte wie Jack Kimball, sich einer

Sekte anschließen, die sich dem Opfern von Tieren und dem Vergießen unschuldigen Blutes verschrieben hatte?

Es war ihr unbegreiflich.

Aber da war noch der Traum, jener Alptraum, der sie seit ihrer Kindheit plagte. Sie brauchte nur die Augen zu schließen, um ihren Vater vor sich zu sehen, wie er mit glasigem Blick nackt um eine Feuerstelle tanzte, während Blut von seinen Fingern tropfte.

Das war ein typisches Symptom, redete Clare sich ein und begann hastig, die Bücher aufeinanderzustapeln. Dr. Janowski hatte ihr wieder und wieder auseinandergesetzt, daß sie den Tod ihres Vaters nie verwunden hatte und sie nicht akzeptieren konnte, daß der Traum lediglich eine Wiederaufarbeitung des Kummers und des Verlustes darstellte.

Aber als sie das Licht ausschaltete und schlaflos im Dunkeln lag, kam ihr zu Bewußtsein, daß der Traum sie schon lange vor dem Tod ihres Vaters das erste Mal heimgesucht hatte.

Sechstes Kapitel

Gegen zehn Uhr war ganz Emmitsboro auf den Beinen. Auf den Straßen wimmelte es von Menschen, Kinder rissen sich von ihren genervten Eltern los, Teenager flanierten auf und ab, um zu sehen und gesehen zu werden, Straßenverkäufer boten Limonade, Hot Dogs und knallbunte Luftballons feil.

Die Älteren und Klügeren aus der Menge hatten es sich entlang der Straße in ihren Campingstühlen bequem gemacht; Kühlboxen mit Getränken standen in Reichweite. Da die Straße für den Autoverkehr komplett gesperrt worden war, hatte sich die Mehrzahl der Schaulustigen auf Schusters Rappen auf den Weg gemacht.

Diejenigen, die das Glück hatten, an der Main Street zu wohnen – oder jemanden zu kennen, der dort wohnte –

saßen auf ihren frisch gestrichenen Veranden im Schatten buntgestreifter Markisen, schlürften gekühlte Drinks, knabberten Chips und unterhielten sich angeregt über ihre Nachbarn oder über vorangegangene Paraden.

Auch die Hinterhöfe waren samt und sonders auf das üblicherweise auf die Parade folgende Barbecue vorbereitet worden. Überall hatte man Holztische aufgestellt und mit bunten Papierdecken geschmückt, die leicht im Wind flatterten. Die Gartengrills blitzten vor Sauberkeit, und reichlich Bier war vorsorglich kaltgestellt worden.

Die Schulband der Emmitsboro High hatte seit kurzem einen neuen Bandleader. Die Alteingesessenen freuten sich schon darauf, diesen in der Luft zu zerreissen; ein kleines, nur allzu menschliches Vergnügen.

Die Stadt schwirrte vor Gerüchten und Klatsch. Das Gerede über Biff Stokeys Tod war von Spekulationen hinsichtlich des Angriffs auf die Frau aus Pennsylvania abgelöst worden. Bei den Farmern bildeten Matt Doppers abgeschlachtete Kälber das Hauptthema.

Aber mit einem einstimmigen Seufzer der Erleichterung hatten die meisten Einwohner beschlossen, diese Ereignisse heute beiseite zu schieben und unbeschwert die Parade zu genießen.

Der Hagerstowner Fernsehsender hatte ein Team nach Emmitsboro geschickt, und sobald die Kamera über die Menge schwenkte, zogen die Männer ihre Bäuche ein, und die Frauen strichen sich rasch das Haar glatt.

Doch in der Menge verbargen sich zwölf Männer, die ihr eigenes geheimes Zeremoniell zu feiern gedachten. Ab und an trafen sich ihre Augen, abwartend, abschätzend. Das Zeichen würde gegeben werden. Auch wenn es unter ihnen einige Unstimmigkeiten gab, am heutigen Tag gehörte die Stadt ihnen, auch wenn die Stadt davon nichts ahnte.

Die schwarzen Armbinden, die ein jeder von ihnen trug, stellten beileibe kein Zeichen ihrer Verehrung für die Verstorbenen dar, sondern bildeten das Symbol ihrer Zugehörigkeit zum Kreis der Kinder Satans. *Ihr* Memorial-Day-Fest würde hier beginnen, inmitten all des Prunks und all der Fröhlichkeit, und in einer Nacht, sehr bald schon, enden. In dem verborgenen magischen Kreis tief drinnen im Wald.

Wieder würde jemand sterben müssen, und das Geheimnis, welches die wenigen Auserwählten zu wahren suchten, würde sich wie ein schleichendes Gift in der Dunkelheit verbreiten.

Auf der Tribüne hielt Min Atherton Hof. Sie genoß es, dort oben zu sitzen und auf Freunde wie auf Feinde hinabzublicken. Extra für diesen Anlaß hatte sie ein funkelnagelneues Baumwollkleid erstanden. Es war über und über mit riesigen lila Blüten bedruckt, und Min fand, es verlieh ihr ein geradezu mädchenhaftes Aussehen. Sie bedauerte nur, daß sie den Gürtel allzu eng geschnallt hatte – sie hatte sich nämlich soeben zwei große Portionen Krapfen einverleibt –, aber wer schön sein wollte, mußte leiden, wie ihre Mutter stets zu sagen pflegte.

Das Haar hatte sie sich waschen, legen und so großzügig mit Haarspray einsprühen lassen, daß es schon eines Tornados bedurft hätte, um auch nur eine Strähne verrutschen zu lassen. Die Frisur wirkte wie ein Lackhelm, der über ihrem breiten, teigigen Gesicht schwebte.

Neben ihr unterhielt sich ihr Mann gerade leutselig mit Mitgliedern des Gemeinderates. Min war mit seiner äußeren Erscheinung sehr zufrieden. In seinem lohfarbenen, gutgeschnittenen Anzug machte er einen gewichtigen, bedeutenden Eindruck. Zwar hatte die rote Krawatte, die sie ihm herausgelegt hatte, Anlaß zu Diskussionen gegeben, doch schließlich hatte sie ihn überzeugen können, daß dieser Schlips auf dem Fernsehschirm besonders gut zur Geltung kommen würde. Und wie immer hatte er sich ihren Wünschen gefügt.

Min betrachtete sich selbst als die perfekte Politikergattin. Die Frau hinter dem Mann. Und sie genoß die Macht, die eine Frau im Verborgenen ausüben konnte. Sie gab alle Informationen, die sie im Schönheitssalon, bei Gesprächen über den Gartenzaun hinweg oder bei Veranstaltungen des Frauenvereins aufschnappte, getreulich an ihn weiter. Oft tätschelte er dann ihre Hand und versicherte ihr, sie sei besser informiert als der CIA.

Min benötigte weder Wanzen noch versteckte Kameras, sie konnte Klatschgeschichten wittern wie ein Hund einen Knochen. Und wie ein Hund war sie imstande, einen Knochen eine Zeitlang zu vergraben, ehe sie ihn verschlang.

Schließlich war es ihr gutes Recht als Frau des Bürgermeisters, über alles, was sich in der Stadt abspielte, Bescheid zu wissen.

Ihr neugieriger Blick überflog die Menge.

Da stand Sue Ann Reeder, die jetzt Bowers hieß. Im siebten Monat schwanger war sie, aber erst vier Monate verheiratet. Diese Ehe würde unter Garantie nicht länger halten als ihre erste.

Peggy Knight kaufte ihren drei Rangen Cola und Zuckerwatte. Na, der Zahnarzt würde sich freuen!

Mitzi Hawbaker hatte sich ihren Jüngsten auf die Hüfte gesetzt und küßte ihren Mann – auch noch mit Zungenschlag, stellte Min angeekelt fest – ungeniert in aller Öffentlichkeit.

Verstimmt wandte sie sich ab, nicht nur, um den öffentlichen Speichelaustausch nicht mehr sehen zu müssen, sondern auch wegen der Kinder. Vor allem wegen der Kinder. Wenn sie den Kindern zusah, breitete sich unweigerlich eine tiefe innere Leere in ihr aus. Da halfen auch zwei Portionen Krapfen nichts.

Es war einfach nicht fair. Warum nur brachten all diese leichtfertigen jungen Dinger Jahr für Jahr ein Kind zur Welt, so wie eine Katze Junge warf? Das brachte ihr ihre eigene Unfruchtbarkeit noch stärker zu Bewußtsein.

Manchmal wurde sie von ihrem Haß auf all diese jungen Mütter geradezu erdrückt.

»Möchtest du noch einen kühlen Drink, ehe es losgeht, Min?«

Atherton legte seiner Frau die Hand auf die Schulter. Min tätschelte sie liebevoll – mehr Zuneigung sollte eine Frau auf offener Straße nicht zeigen – und lächelte ihn an. »Gerne.«

Er liebte sie, dachte Min, als ihr Mann davoneilte, um ihr das Gewünschte zu besorgen. Und er ersetzte ihr eine große Familie.

Gestützt von der helfenden Hand eines Gemeinderatsmitgliedes erklomm Gladys Finch, die Vorsitzende der Historischen Gesellschaft, in ihren Laufschuhen die Tribüne. »Diesmal haben wir wirklich Glück mit dem Wetter. Weißt du noch, wie es im letzten Jahr gegossen hat?«

»Ich finde es ein bißchen zu warm.«

Gladys nickte, obwohl sie sich in ihrem luftigen blaugestreiften Leinenkreppkleid ausgesprochen wohl fühlte. »Unsere Band hat gute Gewinnchancen.«

»Na ja.« Min mißfiel der Hang des neuen Bandleaders zu allzu heißen Rhythmen anstelle der altbewährten Stükke. Sie entdeckte die Cramptons in der Menge und winkte ihnen zu – hoheitsvoll, wie sie fand. »Lucy Crampton sieht ziemlich verhärmt aus.«

»Sie probiert eine neue Diät«, bemerkte Gladys, was Min verdroß, da sie es nicht als erste erfahren hatte.

»Da ist Sarah Hewitt. Jetzt schau dir bloß das mal an.« Min schlug eine weißbehandschuhte Hand vor den Mund – nicht vor Erschütterung, sondern um ihre Worte zu dämpfen. »Stöckelschuhe und ein Rock, der kaum bis übers Hinterteil reicht. Ich verstehe nicht, wie ihre arme Mutter überhaupt noch jemandem in die Augen sehen kann.«

»Mary hat ihr Bestes getan.«

»Sie hätte lieber ab und an mal zum Rohrstock greifen sollen. Nanu, das ist doch Blair Kimball.«

»Ganz recht. Gut sieht er aus.«

»Ist vermutlich hergekommen, weil seine Schwester in Schwierigkeiten steckt. Also das ist ja wirklich eine Schande«, fuhr sie empört fort, noch ehe Gladys das Wort ergreifen konnte. »Uns diese Leute in die Stadt zu schleppen!«

»Was für Leute denn?« Gladys folgte neugierig Mins ausgestrecktem Zeigefinger und sah die LeBeaus an Clares Seite. »Min, das geht zu weit.«

»Ich sage dir, es ist widernatürlich. Da kannst du dich

aufplustern, soviel du willst, Gladys Finch, wenn es sich einer deiner Jungs in den Kopf gesetzt hätte, eine Negerin zu heiraten, dann würdest du jetzt ein anderes Liedchen singen. Ich weiß noch, was es für einen Skandal gegeben hat, als der junge Poffenburger nach dem Krieg mit dieser Vietnamesin ankam.«

»Ihre Älteste ist eine ausgezeichnete Schülerin«, entgegnete Gladys trocken.

»Das ist keine Rechtfertigung«, schnüffelte Min beleidigt und drehte sich zu ihrem Mann um, der wieder auf die Tribüne kletterte. »Vielen Dank, James. Ich habe Gladys gerade auf Blair Kimball aufmerksam gemacht. Ist es nicht nett, daß er zu unserer Parade gekommen ist?«

»Ja, ja. Wie geht es dir heute, Gladys?«

»Ich bin fit wie ein Turnschuh. Wie ich hörte, findet am Mittwoch eine außerordentliche Gemeinderatssitzung statt. Die Leute machen sich große Sorgen, daß die Gebühren für die Müllabfuhr schon wieder erhöht werden.«

»Der Gemeinderat und ich suchen nach einer Lösung.« Atherton nahm seine Brille aus der Tasche und polierte sie sorgfältig. »Wir sollten lieber die Reden hinter uns bringen, damit die Leute die Parade genießen können.«

Er ging zum Mikrofon, tippte einmal dagegen, um sich zu vergewissern, daß es eingeschaltet war, und räusperte sich. Es gab eine schrille Rückkoppelung, die die Menge zum Lachen brachte, danach kehrte wieder Ruhe ein, und alle lauschten den Worten des Bürgermeisters.

Er sprach über den Heldentod, die Geißel des Krieges und Verehrung von Gott und Vaterland. Verborgen in der Menge standen einige und lächelten in sich hinein, als Beifall und Jubelrufe ertönten. Bei sich dachten sie an den Tod eines Opfers, an die Geißel der Vergeltung und an die Verehrung des Gebieters.

Die Luft knisterte von elektrisierender Macht. Bald, bald schon würde frisches Blut fließen.

Ernie achtete nicht auf die Rede. Es reichte, daß er Atherton in der Schule ertragen mußte. Statt dessen bahnte er sich einen Weg durch die Menge, auf der Suche nach Clare.

Er wußte nicht, daß er beobachtet wurde, ebensowenig wie er wußte, daß er in den vergangenen Tagen ständig unauffällig beschattet worden war. Die Entscheidung war gefallen und akzeptiert worden. Seine Seele war angenommen.

»Bei der Grundschule ganz unten geht es los«, erklärte Clare ihren Freunden. »Ihr könnt mir glauben, im Moment herrscht dort bestimmt das reinste Chaos. Jede Wette, daß einige der Kids ihre Handschuhe oder Stiefel verlegt haben, und ein paar übergeben sich vor lauter Aufregung ins Gebüsch, so wie immer.«

»Klingt fabelhaft«, kommentierte Angie ironisch.

»Ach, halt dich geschlossen, du New Yorker Großstadtpflanze«, lachte Clare und legte der Freundin einen Arm um die Schulter. »Es gilt als sicher, daß unsere Highschoolband dieses Jahr Aussichten auf einen der ersten Plätze hat.«

»Wo bleiben die Trommlerinnen?« wollte Angies Mann wissen.

»Davon kriegst du Dutzende zu sehen, Jean-Paul«, versicherte ihm Blair. »Eine ganze Schar vergnügter Schönheiten im heiratsfähigen Alter. Und Tänzerinnen gibt es auch.«

»Aha.«

»Clare hätte fast einmal bei einer Parade mitgetanzt.«

»Blair, du spielst mit deiner Rente!«

»Tatsächlich?« Mit glitzernden Augen musterte Jean-Paul sie. »Aber *ma chère amie*, das hast du mir ja nie erzählt.«

»Vermutlich deswegen nicht, weil sie bei der Probe über ihre Schnürsenkel gestolpert ist.«

»Betty Mesner hatte mir die Schuhbänder gelöst«, schmollte Clare. »Du hattest ihr einen Korb gegeben, und ich durfte es ausbaden.«

»Yeah«, grinste Blair. »Das waren noch Zeiten. Ach, hallo, Annie.«

Crazy Annie strahlte. Der Tag der Parade war für sie der schönste Tag des Jahres, schöner noch als Weihnachten oder Ostern. Sie hatte gerade eine klebrige Kirschwaffel verzehrt, und ihre Hände glänzten rötlich.

»Ich kenne Sie«, sagte sie zu Blair.

»Natürlich kennst du mich. Ich bin Blair Kimball.«

»Ich kenne Sie«, wiederholte Annie. »Sie haben unten auf dem Sportplatz immer Baseball gespielt. Ich hab' oft zugeschaut. Sie kenne ich auch«, informierte sie Clare.

»Freut mich, dich zu sehen, Annie. Ein paar von unseren Rosen blühen schon«, erzählte sie, da sie sich erinnerte, daß ihr Vater Annie oft eine Blume geschenkt hatte.

»Rosen sind meine Lieblingsblumen.« Annie starrte Clare an und fand Jack Kimball in deren Augen und in dem liebenswürdigen Lächeln wieder. »Es tut mir leid, daß Ihr Daddy gestorben ist«, verkündete sie höflich, als sei dieser eben erst verstorben.

»Danke.«

Annie lächelte erfreut, da sie daran gedacht hatte, das Richtige zu sagen. Dann musterte sie Angie. »Sie kenne ich auch. Sie sind die schwarze Frau, die bei Clare wohnt.«

»Das ist meine Freundin Angie und das ihr Mann Jean-Paul. Sie wohnen in New York.«

»In New York?« Annie betrachtete sie mit aufkeimendem Interesse. »Kennen Sie Cliff Huxtable? Er ist auch schwarz, und er wohnt auch in New York. Ich hab' ihn im Fernsehen gesehen.«

»Nein.« Angies Lippen kräuselten sich. »Ich habe ihn noch nicht getroffen.«

»Er ist im Fernsehen. Er trägt immer so schöne Pullover. Ich liebe schöne Sachen.« Neugierig beäugte sie Angies goldene Halskette mit dem Pantheranhänger. »Wo haben Sie das denn gefunden?«

»Ich, äh ...« Unsicher tastete Angie nach ihrer Kette. »In New York.«

»Ich finde auch viele schöne Sachen, aber hier in der Gegend.« Annie streckte den Arm aus und ließ ihre Armbänder klirren. Clare, die der Freundin zu Hilfe kommen wollte, ergriff Annies klebrige Hand und bewunderte den Schmuck.

»Das ist aber hübsch.« Interessiert strich sie mit dem Finger über ein Silberarmband, in das der Name CARLY eingraviert worden war.

»Das habt ich auch am liebsten.« Annie strahlte. »Da steht mein Name drauf. A-N-N-I-E.«

»Wirklich hübsch.« Doch Clare runzelte nachdenklich die Stirn, als irgendwo in ihrem Kopf eine Alarmglocke zu schrillen begann.

»Aufgepaßt, Leute«, kündigte Blair an. »Hier kommt die Farmkönigin.«

»Ich will sie sehen!« Aufgeregt drängelte sich Annie durch die Menge, um einen besseren Platz zu ergattern, und Clare vergaß das Armband und konzentrierte sich ganz auf das Geschehen.

Langsam zog eine Kolonne offener Wagen vorbei. Jubelrufe erklangen, und die Menge begann zu toben. Kleine Kinder wurden auf die Schultern ihrer Väter gehievt, der Duft von gegrillten Hot Dogs, gebrannten Mandeln und Babypuder zog durch die Luft. In der Ferne hörte man das erste Donnern der Pauken und Getöse der Blechbläser. Clares Augen wurden feucht.

Mädchen in glänzenden Trikots vollführten akrobatische Kunststückchen und warfen silberne Wirbelstäbe hoch in die Luft, um sie anschließend geschickt wieder aufzufangen. Auch wenn ab und an einer auf dem Asphalt landete, blieb der Applaus nicht aus. Hinter und zwischen den Mädchen kamen, im Gleichschritt marschierend, die Bands.

Die Instrumente glitzerten in der Sonne und blendeten die Zuschauer. Trompeten, Tubas, Posaunen, alles war vertreten. Daneben funkelten die silbernen Klarinetten und Querflöten. Die Musik wurde von dem rhythmischen Klikken der Absätze auf dem Asphalt, gemischt mit dem dröhnenden Rat-tat-tat der Pauken, untermalt.

Jean-Paul geriet fast in Verzückung, als ein Mädchentrio in kurzen, durchsichtigen Röckchen eine flotte Show mit weißen Paradegewehren präsentierte.

Vertreter der jungen, hoffnungsvollen Generation marschierten vorüber; vorbei an ihren Kameraden, ihren Eltern und Großeltern, ihren Lehrern, so, wie seit eh und je die Jugend die Main Street entlangmarschiert war. Sie hielten die Stadt am Leben, und die Alten, die ihnen zusahen, wußten das.

Angie legte ihrem Mann den Arm um die Taille. Sie hatte damit gerechnet, sich zu Tode zu langweilen, statt dessen fühlte sie sich seltsam berührt. Zu ihrer eigenen Überraschung tappte sie mit dem Fuß im Rhythmus der Musik auf den Boden, und als sie den vorbeiziehenden Silver Star Junior Majorettes zuschaute, von denen einige kaum größer als ihre Wirbelstäbe waren, bildete sich ein dicker Kloß in ihrer Kehle.

In diesem Moment zählte es nicht, daß sie sich als Außenseiter fühlte. Clare hatte recht, dachte sie. Es war eine gute Parade, und eine gute Stadt. Sie wollte sich gerade zu ihrer Freundin umdrehen, als ihr Blick auf Ernie fiel, der direkt hinter Clare stand.

Er spielte mit diesem Anhänger, den er ständig trug. Und in seinen Augen glänzte eine beunruhigende Gier, die eher zu einem Erwachsenen gepaßt hätte. Auf einmal überkam Angie die entsetzliche Vorstellung, daß er lächeln und dabei spitze Fangzähne entblößen würde, die er dann in Clares Hals schlug.

Instinktiv zupfte Angie Clare am Arm und schob sie ein Stückchen nach vorne. Die Menge johlte, als die Emmitsboro High School Band vorbeistolzierte und den Titelsong eines Indiana-Jones-Films schmetterte. Ernie blickte hoch, seine Augen hefteten sich auf Angie. Dann lächelte er, und obwohl Angie nur ebenmäßige weiße Zähne sah, spürte sie, daß ein Hauch des Bösen von ihm ausging.

Cam und seine beiden Deputys hatten alle Hände voll zu tun, nach der Parade den Verkehr zu regeln. Bud Hewitt hatte an der Südseite Posten bezogen und setzte eifrig seine Trillerpfeife und hektische Handzeichen ein, um die Autofahrer zu dirigieren. Als der Verkehrsfluß soweit abgeflaut war, daß Cam nicht mehr einzugreifen brauchte, verließ er die Kreuzung. Er hatte gerade den Bürgersteig betreten, als beifälliges Händeklatschen an sein Ohr drang.

»Gut gemacht, Officer.« Blair grinste ihn an. »Weißt du, es fällt mir immer noch schwer, den Typen, der die Hinterachse von Parkers Wagen an einen Telefonmast gekettet hat, mit dem Träger dieses Sterns in Verbindung zu bringen.«

»Weiß dein Chef bei der *Post* eigentlich, daß du mal im Mädchenumkleideraum einen Skunk losgelassen und dann draußen mit einer Polaroid gelauert hast?«

»Na klar. Ich hab's bei meiner Bewerbung erwähnt. Wie wär's mit 'ner Tasse Kaffee bei *Martha's*?«

»Heute leben wir mal gefährlich und probieren das Gift im Büro.« Lächelnd setzte sich Cam in Bewegung. »Sag mal, hat Clare irgend etwas über mich gesagt?«

»Nein, außer daß sie mich gefragt hat, ob du irgend etwas über sie gesagt hättest.«

»Was hast du ihr geantwortet?«

»Ich komme mir langsam vor, als wären wir noch auf der High School.«

Cam öffnete die Bürotür. »Wem sagst du das?« Er ging schnurstracks auf die Kaffeemaschine zu und schaltete die Warmhalteplatte unter der Glaskanne, die noch einen Rest schwarzen Schlammes zu enthalten schien, wieder ein.

Blair inspizierte die Kanne mißtrauisch. »Ich sollte mir wohl besser vorher eine Tetanusspritze geben lassen.«

»Weichling«, meinte Cam gutmütig und holte zwei Keramikbecher hervor.

»Ich hab' von der Sache mit Biff gehört.« Blair wartete, bis Cam sich eine Zigarette angezündet hatte. »Häßliche Geschichte.«

»Er hat ja auch ein häßliches Leben geführt.« Als Blair lediglich eine Braue hochzog, zuckte Cam mit den Achseln. »Ich muß ihn nicht unbedingt mögen, um seinen Mörder zu finden. Es ist mein Job. Meine Mutter hat die Farm verkauft«, fügte er hinzu. Bislang hatte er es noch nicht fertiggebracht, irgend jemandem zu gestehen, wie sehr ihn das schmerzte. Doch Blair brauchte er es erst gar nicht zu sagen, der Freund verstand ihn auch so. »Sobald die Sache über die Bühne ist, zieht sie in den Süden. Vor ein paar Tagen habe ich bei ihr vorbeigeschaut. Sie ist doch tatsächlich auf der Türschwelle stehengeblieben und wollte mich noch nicht einmal ins Haus lassen.«

»Das tut mir leid, Cam.«

»Weißt du, ich habe mir immer eingeredet, ich wäre hierher, in diese Stadt zurückgekehrt, um ein bißchen auf sie achtzugeben. Natürlich hab' ich mir zum größten Teil selbst etwas vorgemacht, aber ein Fünkchen Wahrheit war trotzdem dran. Nun, ich schätze, meine Bemühungen waren reine Zeitverschwendung.«

»Wahrscheinlich hältst du es in diesem Nest einfach nur nicht mehr aus. In D.C. würden sie dich bestimmt mit Kußhand zurücknehmen.«

»Ich kann nicht mehr zurück.« Cam blickte zu der Kaffeemaschine. »Diese Brühe dürfte allmählich keimfrei sein. Bißchen Chemie dazu gefällig?« Er hob ein Glas Milchpulver hoch.

»Klar, nur zu.« Blair schlenderte zum Schwarzen Brett hinüber, an dem ein buntes Gemisch von Fahndungsfotos, Ankündigungen von Gemeinderatsversammlungen und ein Poster, auf dem Erste-Hilfe-Maßnahmen abgebildet waren, hing. »Erzähl mir von Clares Unfall.«

»Diese Lisa MacDonald hatte verdammtes Glück, daß Slim gerade um diese Zeit auf dieser Straße vorbeigekommen ist, da herrscht sonst nämlich kaum Verkehr.« Er reichte Blair den Kaffee und setzte sich. Kurz und knapp, wie es Journalisten und Cops zu eigen ist, umriß er die Ereignisse.

Als Cam zum Ende kam, hatte Blair den Kaffeebecher zur Hälfte geleert, ohne den Geschmack der Flüssigkeit wahrzunehmen. »Jesus, wenn jemand diese Frau angegriffen hat, dann war Clare ja zur rechten Zeit am rechten Ort. Aber wenn sie die Frau nicht so schnell ins Auto verfrachtet und fortgeschafft hätte, dann könnten sie beide jetzt ...«

»Daran habe ich auch schon gedacht.« Viel zu oft und viel zu lange. »Zum Glück ist ihr selber dieser Gedanke gar nicht gekommen. Aber in der Stadt breitet sich Unruhe aus.

Meine größte Sorge im Augenblick ist, daß irgendein verrücktes Arschloch seinen Nachbarn abknallt, nur weil der sich zum Pinkeln in die Büsche geschlagen hat.«

»Und die Frau konnte das Gesicht des Typen nicht erkennen?«

»Sie kann sich jedenfalls an nichts erinnern.«

»Hältst du es für möglich, daß es ein Einheimischer war?«

»Das muß ich sogar in Betracht ziehen.« Cam nippte an seinem Kaffee und zuckte zusammen, dann schilderte er Blair in allen Details, was sich in Emmitsboro zugetragen hatte, seit er vor einem Monat das geschändete Grab entdeckt hatte.

Diesmal stand Blair auf und füllte seinen Becher selbst nach. »Derartige Dinge kommen in einer Stadt wie Emmitsboro einfach nicht vor.«

»Außer sie werden durch irgend etwas ausgelöst.« Cam trank langsam ein paar Schlucke, wobei er Blair genau beobachtete. »Als ich einmal in D.C. auf Streife war, stießen wir auf getötete Hunde. Drei riesige schwarze Dobermänner, genauso furchtbar verstümmelt wie Doppers Vieh. Aber wir fanden noch einige andere Dinge. Schwarzes Kerzenwachs, auf die Baumstämme aufgemalte Pentagramme. Alles in einem Kreis, der neun Fuß im Durchmesser maß.«

»Satanismus?« Blair hätte beinahe laut aufgelacht, aber etwas in Cams Gesichtsausdruck hielt ihn davon ab. Langsam nahm er wieder Platz. »Aber doch nicht hier, Cam. Das ist ja lächerlich.«

»Wußtest du, daß Graberde bei satanischen Ritualen verwendet wird? Ich habe es nachgeschlagen. Am besten nimmt man Erde vom Grab eines Kindes. Außer diesem einen Grab ist auf dèm ganzen Friedhof nichts angerührt worden. Und die Erde war verschwunden. Warum?«

»Ein Dummerjungenstreich.« Doch Blairs Reporternase witterte eine heiße Story.

»Vielleicht. Aber Biffs Ermordung war kein Dummerjungenstreich, und die getöteten Kälber auch nicht. Ihre

Herzen fehlten, Blair. Wer auch immer die Tiere umgebracht hat, er hat ihre Herzen mitgenommen.«

»Großer Gott!« Blair stellte seinen Becher ab. »Hast du irgendwem erzählt, in welche Richtung dein Verdacht geht?«

»Nein, eigentlich denke ich gerade nur laut.« Cam beugte sich vor. »Aber ich muß auch in Betracht ziehen, daß laut Lisa MacDonalds Aussage der Kerl, der sie attackiert hat, so eine Art monotonen Sprechgesang von sich gegeben hat. Zuerst sagte sie, er habe gesungen, aber als ich nachhakte, erklärte sie, es habe sich eher wie ein Sprechgesang angehört, so nach Art der Gregorianischen Gesänge. Sie meinte, es könnte so was wie Latein gewesen sein. Du hast doch bei der Zeitung bestimmt Beziehungen, Blair, und kennst Leute, die mehr Ahnung von Satanskulten haben als ich. Ich kann nur in der Bücherei darüber nachlesen.«

»Ich werde sehen, was ich tun kann.« Blair, dem alles andere als wohl in seiner Haut war, stand auf und tigerte ruhelos auf und ab. Wenn es sich nicht ausgerechnet um Emmitsboro handeln würde, hätte er Cam seine Theorie ohne weiteres abgenommen. Als Reporter wußte er, daß der Okkultismus vor allem in Groß- und Universitätsstädten oft großen Anklang fand, aber hier? »Hältst du es für möglich, daß Jugendliche mit Drogen herumexperimentiert haben und dabei ein bißchen zu weit gegangen sind?«

»Das kann ich nicht sagen. Ich weiß zwar, daß Drogen mit derartigen Dingen meist Hand in Hand gehen, aber außer ein paar Kids, die sich ab und zu einen Joint drehen, haben wir hier eigentlich keine Drogenprobleme. Da war es ja sogar zu unserer Schulzeit noch schlimmer.«

»Vielleicht hast du es mit einem dieser Besessenen zu tun, der sich an Crowleys Schriften aufgeilt und auf Black Sabbath steht.«

»An Biffs Ermordung waren mehrere Personen beteiligt.« Cam griff nach einer Zigarette. »Ich glaube nicht eine Sekunde lang daran, daß ein paar Kids sich mittels Death-Metal-Musik und einigen rituellen Gesängen in einen derartigen Blutrausch hineinsteigern können. Normalerweise sind das Amateure, die ein bißchen mit dem Okkultismus liebäugeln. Aber was hier geschehen ist, das war nicht das Werk von Amateuren.«

»Und ich wollte eigentlich nur ein ruhiges Wochenende zuhause verbringen!«

»Pech gehabt. Hör zu, tu mir bitte den Gefallen und sag Clare nichts von alldem.«

»Warum nicht?«

»Offiziell ist sie im Fall MacDonald meine einzige Zeugin. Persönlich möchte ich vermeiden, daß sie sich noch mehr aufregt. Sie hat schon genug mitgemacht.«

Blair tippte nachdenklich mit dem Zeigefinger gegen seinen Kaffeebecher. »Weißt du, daß sie heute morgen zwanzig Minuten damit verbracht hat, diesen dämlichen Holzklotz von allen Seiten zu inspizieren?«

Cams Augen leuchteten auf, und er lächelte. »Ach ja?«

»Ich darf gar nicht an die Unsummen denken, die jedesmal für Blumen und Konfekt draufgegangen sind, wenn ich eine Frau erobern wollte.«

»Dir fehlt eben mein überwältigender Charme, Kimball. Trotzdem könntest du ein gutes Wort für mich einlegen.«

»Ich wüßte nicht, daß du schon einmal jemanden gebraucht hättest, der für dich spricht.«

»Mir war auch noch nie etwas so wichtig.«

Darauf fiel Blair keine witzige Bemerkung mehr ein. Unsicher klimperte er mit dem Kleingeld in seiner Hosentasche. »Es ist dir wirklich ernst mit ihr?«

»Todernst.« Pathetisch legte Cam eine Hand auf sein Herz. »Ehrlich.«

»Weißt du, ihr Exmann war ein richtiges Arschloch. Wollte, daß sie ständig protzige Dinnerpartys schmeißt, und hat von ihr verlangt, sie solle sich umschulen lassen und einen vernünftigen Beruf ausüben.«

»Er ist mir jetzt schon unsympathisch.« Blair konnte er die Frage stellen, die ihm auf der Zunge brannte, die er aber Clare nicht hatte stellen wollen. »Warum hat sie ihn eigentlich geheiratet?«

»Weil sie sich eingeredet hat, sie sei in ihn verliebt und

es sei an der Zeit, eine Familie zu gründen. Wie sich herausstellte, hatte er an letzterem ohnehin kein Interesse. Und noch ehe sie sich endgültig trennten, hatte er sie schon gründlich davon überzeugt, daß alles, was zwischen ihnen schieflief, ganz allein ihre Schuld war. Sie hat es ihm abgenommen, und sie ist immer noch nicht ganz darüber hinweg.«

»Das habe ich allerdings auch schon festgestellt.« Cam lächelte verkniffen. »Willst du mich hintenrum fragen, ob ich ehrenhafte Absichten habe?«

»Ach Quatsch, Rafferty.« Rasch hob Blair eine Hand. »Es würde mir nur nicht gefallen, wenn du meine Schwester lediglich als Betthäschen benutzt.«

»Wenn ich ehrlich sein soll, dann wäre es mir im Moment am liebsten, mich mit ihr in eine stille Ecke zurückzuziehen und ein klärendes Gespräch unter vier Augen zu führen.«

Blair überlegte kurz. »Wann hast du Dienstschluß?«

»In einer Stadt von dieser Größe ist der Sheriff immer im Dienst. Es kann jederzeit passieren, daß ich ein paar Kids, die mit ihren Skateboards die Main Street unsicher machen, ins Gebet nehmen muß. Oder zwei Streithähne trennen, die beim Schachspiel im Park aneinandergeraten sind.«

»Sind die beiden Alten, Fogarty und McGrath, immer noch so versessen darauf?«

»Die spielen immer noch jede Woche, da kannst du die Uhr nach stellen.«

»Von unserem Haus aus bist du ziemlich schnell im Park. Du könntest mich nach Hause bringen und zum Essen bleiben. Es gibt Hähnchen vom Grill.«

»Gesprochen wie ein guter Nachbar«, meinte Cam grinsend.

Cams Anwesenheit versetzte ihre Gefühle nicht sofort in Aufruhr, stellte Clare erleichtert fest. Beim hohlen Klappern von Metall gegen Metall drehte sie sich um und registrierte, daß er beim Hufeisenwerfen soeben einen Fehlwurf getan hatte.

Böse war sie nicht auf ihn, nicht ernsthaft jedenfalls. Ihr lag nur daran, ein wenig auf Distanz zu gehen, sich etwas Freiraum zu verschaffen. Sie hatte, was Cam anging, die Zügel zu rasch aus der Hand gegeben, mit dem Ergebnis, daß es seit dem Unfall nur noch Zank und Unstimmigkeiten zwischen ihnen gab.

Rob hatte ihr immer vorgeworfen, bei Streitigkeiten zu unsauberen Mitteln zu greifen, mit unlogischen Argumenten um sich zu werfen, längst vergessene Zankäpfel wieder auszugraben oder sich einfach jeglicher Diskussion zu entziehen, indem sie sich in eisiges Schweigen hüllte. Ihr selbst allerdings waren ihre Argumente stets durchaus logisch und zutreffend erschienen, also ...

Sie konnte es einfach nicht lassen, dachte Clare und stocherte grimmig mit ihrer Gabel in den Hähnchenstücken herum. Rob gehörte der Vergangenheit an, und wenn sie es nicht bald schaffte, diesen emotionalen Ballast abzuwerfen, würde sie geradewegs wieder auf Dr. Janowskis Couch landen.

Diese Vorstellung sollte eigentlich ausreichen, um sie zur Vernunft zu bringen.

Cam war ihre Gegenwart, dachte sie bei sich. Es hatte ihr ganz und gar nicht gefallen, daß er sie in der einen Minute in bester Copmanier verhört hatte, um sie in der nächsten wie ein besorgter Liebhaber von allem Unangenehmen abschirmen zu wollen. Und das würde sie auch ins Gesicht sagen. Wenn sich eine Gelegenheit dazu ergab.

Eigentlich hatte sie eine Zeitlang Abstand gewinnen wollen, um über alles nachzudenken. Dann war er plötzlich wieder aufgetaucht, erst mit besagtem Stück Holz, von dem er verdammt genau wußte, daß es sie erweichen würde, dann heute, als er mit Blair zusammen im Hinterhof aufgekreuzt war und seinen herrlichen Körper in hautengen Jeans und einem über seinen sonnengebräunten, muskulösen Armen aufgerollten Hemd zur Schau stellte.

Sie piekte in ein Hähnchenstück, wendete es und zwang sich, nicht hochzuschauen, als sie begeisterte Rufe, ein tiefes, männliches Lachen und das Klirren der Hufeisen hörte.

»Von hinten sieht er einfach göttlich aus«, bemerkte Angie und bot Clare ein Glas Wein an.

»Ich habe seit jeher für Jean-Pauls Hinterteil geschwärmt.«

»Den meine ich doch gar nicht. Obwohl er weiß Gott einiges zu bieten hat.« Angie schnupperte an dem brutzelnden Hähnchen. »Dieses Talent hast du bislang gut versteckt, Mädel.«

»Es ist ja auch nicht ganz einfach, in einem Loft zu grillen.«

»Das sagt ausgerechnet eine Frau, die in ihrem Wohnzimmer Schweißarbeiten durchführt. Willst du dich von ihm trennen?«

»Du ziehst heute lauter falsche Schlüsse, Angie.«

»Willst du?«

»Ich brauche nur Zeit zum Nachdenken.« Clare blickte hoch und lächelte. »Sieh mal, der arme Bud schmachtet Alice an, und die hat nur Augen für Blair.«

»Auf wen setzt du?«

»Auf Bud. Er ist zwar langsam, aber zuverlässig. Blair wird in Emmitsboro immer nur ein Besucher sein.«

»Und wie steht's mit dir?«

Clare erwiderte nichts, sondern verteilte nur Sauce über die halbgaren Hähnchen. Der alte, knorrige Fliederbaum draußen im Garten verbreitete einen lieblichen Duft. Zarte Blüten lösten sich in der leichten Brise und schwebten wie Schneeflocken zu Boden. Das Radio spielte Songs aus jener glücklichen, unbeschwerten Zeit, als sie noch keine eigenen Entscheidungen treffen oder sich Gedanken um ihre Zukunft hatte machen müssen.

»Hast du die Skulptur schon gesehen, an der ich letzte Nacht gearbeitet habe?«

»Die Bronzefigur? Sie hat mich an eine auf einem Altar ausgestreckte Frau erinnert, die dazu bestimmt ist, geopfert zu werden.«

»Ich finde es schon fast erschreckend, wie leicht mir die Arbeit hier von der Hand geht, welche Mühe ich habe, an etwas anderes zu denken. Dabei habe ich immer angenommen, ich sei für New York geschaffen.« Clare blickte ihre Freundin fest an. »Aber dessen bin ich mir jetzt nicht mehr so sicher.«

»Wegen deiner Arbeit oder wegen deines Traumprinzen da hinten?«

»Ich glaube, darüber bin ich mir noch nicht ganz im klaren.«

»Dieser Schweinepriester!« Blair gesellte sich zu ihnen, um sich ein Bier aus der Kühlbox zu holen. »Jean-Paul scheint zu glauben, wir spielen Boccia. Wann gibt's Essen? Ich hab' es satt, mich von zwei Vorstadtcops fertigmachen zu lassen.«

»Ich sag' euch Bescheid. Erst mal säubert ihr Jungs die Maiskolben.«

Unter Protest machten sich die Männer ans Werk. Als sich alle an dem alten Campingtisch auf der Terrasse versammelten, um sich Grillhähnchen, geröstete Maiskolben, Alice' berühmten Kartoffelsalat und gut gekühlten französischen Wein schmecken zu lassen, hob sich die Stimmung merklich. Bud hatte sich einen Platz neben Alice gesichert und brachte sie so häufig zum Lachen, daß ihr Blick kaum einmal zu Blair schweifte. Der Nachmittag ging in einen jener goldenen, süßen, endlos scheinenden Abende über, die allein dem Frühling vorbehalten sind.

Cam, der eine bestimmte Strategie verfolgte, trat seinen Platz im Hufeisenwettwurfturnier an Alice ab und begab sich zu Clare in die Küche.

»Das Hähnchen war köstlich, Slim.«

»Danke.« Clare steckte gerade den Kopf in den Kühlschrank, um Platten und Schüsseln mit Resten darin unterzubringen. Er nahm sie am Arm und zog sie zu sich hin.

»Nicht, daß mir die Ansicht nicht gefällt, aber ich ziehe es vor, dir ins Gesicht zu sehen, wenn ich mit dir rede.«

»Kartoffelsalat wird schnell sauer.«

»Als Hausfrau wirkst du einfach zum Anbeißen.« Cam stützte die Hände gegen den Kühlschrank und kesselte sie ein, ehe sie entwischen konnte.

»Dir scheint entgangen zu sein, daß ich Gäste habe, Cam.«

»Die sich auch ohne dich großartig amüsieren.«

Jean-Paul stieß einen Triumphschrei aus, dem eine hitzige, aber freundschaftliche Auseinandersetzung folgte. Durch das geöffnete Küchenfenster waren die Stimmen deutlich zu vernehmen.

»Siehst du?«

»Du treibst mich in die Enge, Rafferty.«

»Sieht so aus. Also, kommen wir zur Sache. Ich bin mehr als bereit, mich zu entschuldigen, wenn du mir nur sagen würdest, was ich falsch gemacht habe.«

»Nichts.« Sie fuhr sich mit einer Hand durch das Haar. »Gar nichts.«

»Weich mir bitte nicht aus, Slim.«

»Ich will mich nicht mit dir streiten.«

»Na schön.« Er senkte den Kopf, doch sie stieß ihn kräftig mit der Hand vor die Brust, ehe er sie küssen konnte.

»Das ist keine Antwort.«

»Ich finde, das ist sogar eine ausgezeichnete Antwort.« Cam nahm sich zusammen. »Dann sag mir, was los ist.«

»Du hast dich verhalten wie der typische Cop.« Clare hakte die Daumen in ihre Hosentaschen. »Hast mich nach allen Regeln der Kunst verhört, einen gottverdammten Bluttest angefordert und deine Berichte verfertigt. Und dann bist du umgeschwenkt und in die Rolle des besorgten Liebhabers geschlüpft, hast mir Händchen gehalten und Tee gebracht.«

»Ich schätze, da haben wir ein echtes Problem. Zufällig bin ich nämlich beides.« Er faßte sie fest ums Kinn. »Und ich gedenke, auch beides zu bleiben.«

In den leichten Anflug von Erregung mischte sich nun auch Ärger. »Was du willst, das steht auf einem anderen Blatt. Mir scheint, als ob sich diese ganze Beziehung ausschließlich nach deinen Wünschen entwickelt hat. Gehst du jetzt bitte zur Seite.«

Er wich zurück. Wenigstens sprach sie wieder mit ihm, und vermutlich würde sie nicht aufhören, ehe sie sich nicht alles von der Seele geredet hatte. »In diesem Punkt bekenne ich mich schuldig. Ich wollte mit dir ins Bett gehen, und das habe ich getan. Ich wollte, daß du etwas für mich empfindest, und das tust du ja nun auch.«

Gegen elementare Tatsachen war nur schwer anzukommen. »Du willst es also auf die vernünftige Tour versuchen.«

Lächelnd strich er ihr die Ponyfransen aus dem Gesicht. »Ich dachte, es könnte ja nichts schaden, einen Versuch zu wagen. Wenn ich nämlich nicht bald wieder ein paar Streicheleinheiten von dir kriege, dann drehe ich noch durch.«

Clare kramte in verschiedenen Schubladen herum, wo sie eine lose Zigarette zu finden hoffte. »Ich mag es nicht, wenn meine Hormone verrückt spielen. Das macht mich nervös.«

»Rate mal, wen noch.«

Bei dem ungewohnt ernsten Klang in seiner Stimme blickte Clare hoch. In seinen Augen las sie etwas, was sie dort noch nie zuvor gesehen hatte. Eisige Hände schienen nach ihrem Herzen zu greifen. »Bitte, sag es nicht«, flüsterte sie. »Bitte nicht. Ich bin noch nicht soweit.«

Cam faßte sich in Geduld. »Da du offenbar vorhast, sofort zur Tür hinauszustürmen, sobald ich dir meine Gefühle offenbare, werde ich damit wohl lieber noch etwas warten.«

Als er langsam auf sie zukam, ihre Hand ergriff und sie an sich zog, wich sie nicht zurück, sondern kuschelte sich mit einem wohligen Seufzer in seine Arme, schmiegte ihre Wange an die seine und schloß die Augen.

»So ist es entschieden besser«, murmelte er.

»Ja.«

»Hör mal. Kennst du den Song noch?«

Clare lauschte den langsamen, wehmütigen Tönen, die aus dem draußen aufgestellten Radio klangen. »›Under the boardwalk‹ von den Drifters.«

»Bald haben wir Sommer.« Er wiegte sich mit ihr im Rhythmus der Musik, und beide mußten sie daran denken, wie sie sich hier, in diesem Raum, zum ersten Mal geliebt hatten. »Ich hab' dich vermißt, Slim.«

»Du hast mir auch gefehlt.« Diesmal machte es ihr nichts

aus, ihm die Führung zu überlassen. Liebevoll schlang sie ihm die Arme um den Hals. Er knabberte leicht an ihrem Ohrläppchen, und Clare erschauerte. Vielleicht war ja alles ganz einfach, dachte sie. Sie mußte nur den Dingen ihren Lauf lassen. »Als ich hörte, daß du gestern abend mit Sarah Hewitt Billard gespielt hast, da habe ich ernsthaft daran gedacht, ihr mit meiner Metallschere die Augen auszustechen.«

Mit hochgezogenen Brauen hielt er sie ein Stück von sich ab, um ihr ins Gesicht sehen zu können. Auf diesem lag ein feines, ironisches Lächeln. »Du bist eine gefährliche Frau mit einer abschreckenden Fantasie.«

»Worauf du dich verlassen kannst. Und dann habe ich mir noch überlegt, meine Schere an dir zu erproben, an einem ganz bestimmten Körperteil. Es hätte dir ganz gewiß nicht gefallen.«

Cam drückte sie wieder an sich. »Weißt du, welche Strafe auf die Bedrohung eines Beamten steht?«

»Nö.«

»Dann komm mit zu mir nach Hause, und ich zeige es dir.«

Siebtes Kapitel

Silbernes Mondlicht ergoß sich über das Bett und floß über ihre erhitzten Leiber. Anstatt sofort ins Bett zu fallen, hatten sie engumschlungen auf der Veranda getanzt; sich langsam, den Körperkontakt voll auskostend, im Mondschein gewiegt. Er liebte die Art, wie sie sich auf die Zehenspitzen stellte, um ihn zu küssen, und wie sie sich lächelnd an ihn schmiegte oder ihn anlachte, wenn er sie herumwirbelte und in einer neckenden sexuellen Anspielung, die manchen Tänzen zu eigen ist, nach hinten bog.

Sich immer noch umschlungen haltend, waren sie von der Veranda ins Schlafzimmer getanzt, während die Musik weiterspielte.

Langsam hatten sie einander entkleidet und zwischendurch immer wieder innegehalten, um sich leidenschaftlich zu küssen und zärtlich zu berühren. Der Zauber der Nacht erfüllte beide mit einem tiefen Frieden, nur geflüsterte Seufzer unterbrachen den leisen Fluß der Musik.

Ihr Liebesspiel glich einer Fortsetzung des Tanzes.

Weiche, gleitende Bewegungen.

Ausfallschritt.

Dann heißere, mitreißende Rhythmen.

Eine schwungvolle Drehung.

Steigerung.

Höhepunkt.

Schlußakkord.

Ausblenden.

Nun, da der Tanz vorüber war, lauschte Clare mit wachen Sinnen der Musik, einem Rhythmus, der auch jetzt noch das Blut schneller durch ihre Adern trieb. »Ich hätte dich schon ein paar Tage früher bedrohen sollen.«

»Hättest du es doch nur getan.«

»Ich hatte Angst.«

»Ich weiß. Ich auch.«

Das Bett knarrte protestierend, als sie sich aufrichtete, um lächelnd auf ihn hinunterzublicken. »Aber jetzt fühle ich mich viel, viel besser.«

»Tatsächlich?« Er zupfte sie am Haar und küßte sie. »Ich mich auch.«

»Mir gefällt dein Gesicht.« Mit zusammengekniffenen Augen fuhr sie mit der Spitze ihres Zeigefingers an seinem Kiefer entlang, hoch zu den Wangenknochen, über seine Nase und dann über seinen Mund. »Ich würde es liebend gerne modellieren.«

Cam lachte nur und biß sie scherzhaft in den Finger.

»Das ist mein Ernst. Dein Gesicht ist ideal, gut geformt, mit kräftigen Knochen und ausgeprägten Linien. Na, was hältst du davon?«

Leicht verlegen zuckte er mit den Achseln. »Ich weiß nicht.«

»Und dann deine Hände«, meinte sie mehr zu sich

selbst, während sie seine Handflächen, seine Knöchel und die Länge der Finger untersuchte. »Voller Kraft. Sie wirken ausgesprochen kompetent und geschickt.«

»Vor allem geschickt. Du solltest das am besten wissen.«

Sie kicherte leise, dann schüttelte sie tadelnd den Kopf. »Vom künstlerischen Standpunkt aus betrachtet, du Banause. Kommen wir zum Rest von dir. Du hast eigentlich einen fabelhaften Körper. Maskulin, jedoch nicht zu muskulös. Schmale Hüften, breite Schultern, gutgeformter Oberkörper, flacher, straffer Bauch und großartige Beine.«

Cams Verlegenheit wuchs. »Laß gut sein, Clare.«

»Ehe unsere Beziehung so ... intim wurde, habe ich oft daran gedacht, dich zu bitten, mir unbekleidet Modell zu stehen.«

»Unbekleidet?« Lachend legte Cam ihr die Hände auf die Schultern und zog sie wieder zu sich herunter, doch das Lachen blieb ihm im Halse stecken, als er bemerkte, daß sie nicht scherzte. »Kommt nicht in Frage. Ich steh' dir nicht nackt Modell.«

»Unbekleidet«, korrigierte sie. »Nackt liegt man in der Badewanne. Ein Aktmodell posiert unbekleidet.«

»Ich stelle mich weder nackt noch unbekleidet als Modell zur Verfügung.«

»Warum nicht?« Sie erwärmte sich immer mehr für den Gedanken. Vorsichtig löste sie sich aus seiner Umarmung und setzte sich rittlings auf ihn. »Ich hab' dich doch schon oft genug nackt gesehen, so ziemlich von jedem Blickwinkel aus. Ein Künstler empfindet Nacktheit als etwas vollkommen Unpersönliches.«

»Nur über meine Leiche!«

»Du kämest in Kupfer großartig zur Geltung, Cam.«

»Nicht einmal dir zuliebe.«

Clare lächelte bloß. »Okay, dann werde ich die Zeichnungen eben aus dem Gedächtnis anfertigen. Aber vielleicht sollte ich vorher noch Maß nehmen.« Ihre Hand glitt an seinem Körper herunter.

»Laß den Quatsch.«

Clare erstickte fast vor Lachen. »Wer hätte gedacht, daß

Cameron Rafferty, der zum Gesetzeshüter mutierte Rowdy, so prüde ist?«

»Ich bin nicht prüde, ich bin nur – etwas zurückhaltend.«

»Wer's glaubt, wird selig.«

»Und wer's nicht glaubt, kommt auch in den Himmel.«

Grimmig schnaubend ließ Clare sich in die Kissen zurücksinken. Wo kam dieser plötzliche Energieschub bloß her, fragte sie sich. Noch vor zehn Minuten hatte sie gemeint, nie wieder ein Glied rühren zu können, und nun fühlte sie sich, als könnte sie Bäume ausreißen.

»Du dürftest ja gerne einen Lendenschurz tragen und von mir aus auch dein Dienstabzeichen daranpinnen, wenn dir das lieber ist. Die Skulptur werde ich *Der lange Arm des Gesetzes* nennen.«

»Ein Ton noch, und ich drehe dir den Hals um.«

Clare stieß einen tiefen, befriedigten Seufzer aus und wandte den Kopf, um ihm in die Augen sehen zu können. »Ich werd' dir mal was verraten: Wenn es um meine Arbeit geht, kann ich so störrisch wie ein Maulesel sein. Einmal bin ich einer Stadtstreicherin zwei Wochen lang nachgelaufen, nur um ihre Hände zeichnen zu können. Warum grinst du eigentlich so unverschämt?«

»Du bist wirklich hübsch.«

»Schweif nicht vom Thema ab.«

»Nicht doch. Aber du bist trotzdem hübsch. Ich liebe diese Sommersprossen auf deiner Nase. Sie haben fast dieselbe Farbe wie deine Augen.«

»Okay, wenn du willst, darfst du mich malen, aber zuerst stehst du mir Modell.«

Ein Kissen kam angeflogen und traf sie ins Gesicht.

»Weißt du was?« Clare schüttelte sich und stopfte sich das Kissen in den Rücken. »Wären wir jetzt in New York, dann würde ich dich dazu überreden, dich anzuziehen und mit mir auszugehen. In einen Club.« Lächelnd schloß sie die Augen. »Laute Musik, zu viele Menschen, überteuerte Getränke, serviert von brummigen Kellnerinnen.«

Cam griff nach ihrer Hand und spielte mit den Fingern. »Vermißt du New York?«

»Hmm?« Sie hob die Schultern und ließ sie wieder fallen. »Ich hab' noch nicht näher drüber nachgedacht. Mir fehlt zwar die Bäckerei direkt gegenüber, aber dafür führt der Supermarkt hier erstklassige Doughnuts.«

Stirnrunzelnd betrachtete Cam ihre Finger, anstatt weiter mit ihnen zu spielen. Sie waren genauso lang, schmal und biegsam wie Clare selbst. »Wo lebst du denn dort?«

»Ich habe in SoHo ein Loft.«

Ein Loft in SoHo. Das paßte zu ihr. Ausgefallen und flippig.

»Warst du schon mal in New York?«

»Ein paarmal.« Er blickte von ihrer Hand zu ihrem Gesicht. Sie wirkte vollkommen gelöst, ihre Augen waren geschlossen, die Lippen leicht geöffnet, und auf ihren Wangen lag ein rosiger Hauch. Sie hatte nicht, wie viele Frauen, schamhaft die Decke über sich gezogen, sondern lag in ungezwungener Nacktheit auf dem Bett. Cam strich mit einer Hand über ihre Brüste, aber weniger um der Erregung willen als vielmehr um sich zu vergewissern, daß sie kein Trugbild, sondern ein Mensch aus Fleisch und Blut war.

»Hat es dir gefallen?«

»Was?«

Wieder lächelte sie. »New York.«

»Ganz gut. Kam mir vor wie ein überfüllter, überteuerter Vergnügungspark.«

Seine Beschreibung brachte sie zum Lachen. »Ein langer Weg vom alljährlichen Emmitsboroer Jahrmarkt bis dorthin.«

»Allerdings. Merkwürdig, wie sich die Dinge manchmal entwickeln – daß wir beide, du und ich, hierhin zurückgekehrt sind und dann zusammengefunden haben.« Zärtlich streichelte er ihre Wange. »Ich möchte nicht, daß du nach New York zurückgehst, Clare.« Sie öffnete die Augen und musterte ihn argwöhnisch. »Jetzt erzähl mir nicht wieder, daß dir das alles zu schnell geht. Es ist mir wichtig.«

»Das wollte ich gar nicht sagen. Ich weiß überhaupt nicht, was ich sagen soll.«

»Ich möchte dich auf keinen Fall verlieren, und wenn du

nach New York zurückgehst, kann ich nicht mitkommen. Ich kann dort keinen Dienst mehr tun.«

»Hier leistest du doch auch Polizeiarbeit.«

»Na ja.« Cam setzte sich auf und langte nach einer Zigarette. Wie er Clare kannte, würde sie sich nicht mit Halbwahrheiten abspeisen lassen. Warum sollte sie auch? Er würde ihr wohl oder übel die ganze Geschichte erzählen müssen. »Emmitsboro ist eine nette, friedliche kleine Stadt oder war es zumindest bisher. Genau so einen Ort habe ich gesucht. Eine Art Zuflucht.« Er strich ein Streichholz an und starrte einen Moment lang nachdenklich auf die flakkernde Flamme, ehe er seine Zigarette daranhielt. »Für mich bedeutete diese Stadt genau das Umfeld, das ich so dringend benötigte. Ich bin zurückgekommen, weil ich meinen Job in der Großstadt nicht länger ausüben konnte. Ich könnte es nie wieder verantworten, mit einem Partner zusammenzuarbeiten.«

»Wie bitte?«

»Nie wieder mit einem Partner«, wiederholte Cam. »Ich traue es mir nicht mehr zu, einem Partner Rückendeckung zu geben.«

Sie legte eine Hand über die seine. »Warum nicht?«

»Ich hatte mal einen Partner, mit dem ich über drei Jahre zusammengearbeitet habe. Er war ein guter Cop. Und ein guter Freund.«

»War?« fragte sie, seine Hand an die Lippen ziehend. »Das tut mir leid. Was ist passiert?«

»Ich hab' Scheiße gebaut, und er kam ums Leben.«

»Da steckt doch mit Sicherheit mehr dahinter.« Clare fröstelte plötzlich, griff nach seinem Hemd und streifte es sich über den Kopf. Gerade sie wußte nur zu gut, was es hieß, ein dunkles Geheimnis mit sich herumzutragen; immer wieder von qualvollen Erinnerungen heimgesucht und gefoltert zu werden. »Kannst du darüber sprechen?«

»Ich glaube sogar, ich muß es endlich einmal loswerden.« Dennoch schwieg er einen Moment, während draußen ein Ziegenmelker zwitschernd in den Song von Johnnie Ray, der aus dem Radio klang, einstimmte. »Wir waren gerade unterwegs, um einige Informationen hinsichtlich des Falles, den wir bearbeiteten, zusammenzutragen, als der Funkspruch durchgegeben wurde. Ruhestörender Lärm und Sachbeschädigung.« Cam hatte das Knacken und Rauschen des Funkgeräts und Jakes gutmütige Verwünschung immer noch im Ohr.

Sieht aus, als würd's mal wieder uns beide treffen, Tonto.

»Ein bewaffneter Mann ballerte in South East wahllos auf geparkte Autos und Fensterscheiben. Da wir nur ein paar Straßen entfernt waren, nahmen wir uns der Sache an. Als wir hinkamen, hatte sich der Kerl eine Passantin geschnappt und hielt ihr eine 45er an den Kopf. Die Frau schrie wie am Spieß.«

Cam hielt inne, um einen tiefen Zug von seiner Zigarette zu nehmen. Das kühle Mondlicht verwandelte sich in grelle Sommersonne. Er spürte wieder die drückende Augusthitze, roch den gärenden Abfall.

Viel zu klar stand ihm das Bild vor Augen. Er erinnerte sich an die Farbe der Bluse, die die Frau getragen hatte, an den wilden Blick des Amokschützen, an das Glitzern der Glasscherben auf dem Bürgersteig.

»Der Typ stand unter Drogen, war völlig durchgeknallt. Er hat die Frau in dieses Gebäude geschleift, ein verlassenes Abbruchhaus. Wir haben über Funk Verstärkung angefordert, dann sind wir reingegangen. Jake kam nicht wieder heraus.«

»O Cam!«

»Der Kerl zerrte sie die Treppe hoch. Sie hatte einen Schuh verloren«, fügte er hinzu. »Komisch, an welche Kleinigkeiten man sich im nachhinein erinnert. Sie hatte einen Schuh verloren, und ihre Fersen schlugen gegen die Stufen, als er sie nach oben schleppte. Ihre Augen ...« Sie hatte ihn direkt angeblickt, aus dunklen, angstgeweiteten Augen, in denen ein Funke von Hoffnung und die flehentliche Bitte um Rettung stand. »Sie hatte aufgehört zu schreien und weinte nur noch leise vor sich hin, wenn sie nicht gerade um Gnade bettelte. Dafür brüllte er um so lauter.«

ICH BIN DER WEG, DIE WAHRHEIT UND DAS LICHT! ICH BIN DER ERLÖSER! WENN DICH DEIN RECHTES AUGE ÄRGERT, SO REISS DAS SCHEISSDING RAUS!

»Wir gingen hoch, in den ersten Stock.« Die von den verwitterten, bröckeligen Wänden widerhallenden Schreie und Schluchzer dröhnten in seinen Ohren. Es roch nach Staub und dem beißenden, durchdringenden Gestank der Angst. »Es geschah auf der Treppe zum zweiten Stockwerk. Eine Stufe war morsch, und ich brach bis zum Knie ein.« Diesen Schreck, den stechenden Schmerz im Bein und die plötzlich aufkeimende Furcht würde er sein Leben lang nicht vergessen. »Jake war drei Stufen über mir. Nur drei Stufen. Ich hab' verzweifelt versucht, mich aus diesem gottverfluchten Loch zu befreien.«

DIE HURE VON BABYLON! WER OHNE SCHULD IST, DER WERFE DEN ERSTEN STEIN! EHRE SEI GOTT IN DER HÖHE!

»Dieser irre Bastard erschoß die Frau, ohne daß wir etwas dagegen unternehmen konnten. Ich krabbelte gerade auf allen vieren die nächste Stufe hoch und wollte mich aufrappeln, da erschoß er sie. Sie sank wie eine Flickenpuppe in sich zusammen, und noch ehe sie auf dem Boden aufschlug, hatte der Kerl Jake drei Kugeln in die Brust gejagt. Ich tötete dann ihn.«

Dieser entsetzliche Schrei. Kugeln, die sich in menschliches Fleisch bohrten. Blut, das ein T-Shirt durchtränkte.

»Ich habe ihn getötet«, wiederholte Cam wie im Traum. »Leider ein paar Sekunden zu spät. Ich lag noch auf den Knien, als ich abdrückte, doch da taumelte Jake schon die Treppe hinunter. Wenn ich nicht drei Stufen hinter ihm gewesen wäre, dann würde er heute noch leben.«

»Das kannst du doch überhaupt nicht wissen.«

»Und ob ich das weiß! Er war mein Partner, und er starb am Fuß jener Treppe, weil ich nicht rechtzeitig da war, um ihm Deckung zu geben.«

»Er starb, weil er und eine unschuldige Frau einem Wahnsinnigen in die Hände gefallen sind.« Clare schlang die Arme um ihn und schmiegte sich an seinen starren Körper. »Wenn die Stufe nicht morsch gewesen wäre, wenn dein Partner an deiner Stelle eingebrochen wäre oder wenn dieser Typ in einer anderen Stadt durchgedreht wäre, dann wäre vielleicht alles anders gekommen. Zu viele Wenns. Aber du hättest nichts ändern können.«

»Hunderte, nein, Tausende von Malen habe ich diese Szene in Gedanken nachgespielt.« Er preßte seine Lippen an ihren Hals und sog den tröstlichen Duft ihrer Haut ein. »Ich kann es drehen und wenden, wie ich will, ich war nicht rechtzeitig zur Stelle. Und nach dieser Geschichte habe ich zur Flasche gegriffen.« Cam löste sich aus ihrer Umarmung, da er wollte, daß sie ihm ins Gesicht sah. »Ich habe lange Zeit an der Flasche gehangen und würde es vermutlich heute noch, wenn es nur geholfen hätte. Ich habe den Dienst in D.C. quittiert und bin nach Emmitsboro zurückgekehrt, weil ich dachte, ich hätte hier nichts weiter zu tun als ein paar Strafzettel zu verteilen und hie und da mal eine Kneipenschlägerei zu schlichten.«

»Du leistest hier ausgezeichnete Arbeit.« Sie lehnte sich zurück und ergriff seine Hände. »Du gehörst hierher. Egal, was geschehen mußte, um dich nach Hause zurückzubringen, es ändert nichts an dieser einfachen Tatsache.« Mitfühlend preßte sie seine Finger an ihre Lippen. »Ich weiß, was es heißt, einen Menschen zu verlieren, der einem viel bedeutet hat, und ich weiß auch, wie es ist, sich ständig mit der Frage zu martern, was man hätte tun können, um es zu verhindern. Ich wünschte, ich könnte dir sagen, daß der Kummer mit der Zeit vergeht, aber leider bin ich mir dessen nicht sicher. Aber eines weiß ich mit Bestimmtheit: Man muß die Schuldgefühle irgendwann einmal abschütteln, denn das Leben geht weiter.«

»Ich hatte ja gerade damit angefangen, glaube ich zumindest. Aber dann geschahen in den letzten Wochen so viele Dinge in dieser Stadt, die ich niemals für möglich gehalten hätte, und ich begann mich zu fragen, ob ich wohl der richtige Mann sei, um die Sache aufzuklären. Ob ich damit fertigwerden würde.«

In der Hoffnung, ihm damit zu helfen, lächelte sie ihn an. »Weißt du, so, wie du mein Verhör geführt hast, traue ich dir zu, mit allem fertigzuwerden.«

»Ich wollte nicht so grob mit dir umspringen.«

»Bist du auch nicht. Du bist nur gründlich.« Mit einer Hand fuhr sie ihm durchs Haar. O doch, sie mochte sein Gesicht, dachte sie. Um so mehr, seit sie Zeichen der Verletzlichkeit darin entdeckt hatte. »Ich erinnere mich noch an eine Zeit, Rafferty, da hast du ständig geglaubt, jeder wolle dir ans Leder – das muß so zehn, zwölf Jahre her sein. Ich erinnere mich aber auch daran, wie du Annie immer auf dem Motorrad mitgenommen und dich mit ihr unterhalten hast. Du warst immer freundlich zu ihr. Schon damals hast du dich eigentlich nur aus Widersprüchen zusammengesetzt, und das tust du heute auch noch, aber diese Stadt braucht dich. Was auch immer hier nicht stimmen mag, es gibt keinen, der geeigneter wäre, es herauszufinden, als dich.«

Cam strich mit beiden Händen über ihre Arme. »Du tust mir gut, Slim.«

»Richtig.« Sie beugte sich vor und küßte ihn. »Ich glaube, da hast du recht.« Wieder gab sie ihm einen Kuß. »Ich glaube, ich liebe dich.«

»Moment mal.« Er faßte sie bei den Armen und hielt sie ein Stückchen von sich ab. »Sag das doch noch mal.«

»Ich glaube ...«

»Nein, den Teil kannst du weglassen.«

Clare blickte ihn an, las in seinen Augen, was sie sich erhofft hatte und stieß den Atem aus. »Okay. Ich liebe dich.«

»Das ist gut.« Sacht berührten seine Lippen die ihren. »Das ist gut, Slim. Ich liebe dich nämlich auch.«

Clare umrahmte sein Gesicht mit beiden Händen und sah ihm ernst in die Augen. »Ich weiß. Ich möchte so gerne glauben, daß es gutgehen wird, Cam.«

»Es wird gutgehen.« Er barg ihren Kopf an seiner Schulter. Seit sie in sein Leben getreten war, schienen sich die Bruchstücke seiner Existenz auf einmal wieder zusammenzufügen. »Weißt du, manchmal denke ich, daß manche Dinge einfach deshalb geschehen, weil es so vorbestimmt ist. Nach zehn Jahren sind wir beide wieder dort angelangt, wo wir einmal angefangen haben. Du bist zurückgekehrt, weil du ein paar Antworten brauchtest. Und ich war sozusagen auf der Flucht.«

Lächelnd schloß sie die Augen. »Also zählen die Gründe nicht so sehr wie das Ergebnis.«

»So stelle ich es mir vor.«

»In einem Punkt irrst du dich. Du bist nicht vor etwas fort-, sondern auf etwas zugelaufen.« Entsetzt riß sie die Augen auf. »Großer Gott!«

»Was ist los?« wollte er wissen, als sie sich aus seiner Umarmung befreite.

»›Fortlaufen‹ ist das Stichwort. Dieses Mädchen, nach dem du gesucht hast, als ich gerade in die Stadt gekommen bin, diese Ausreißerin aus ...«

»Harrisburg?«

»Genau, aus Harrisburg. Wie war doch gleich ihr Name?«

»Jamison«, antwortete Cam. »Carly Jamison. Wieso?«

»Jesus, Maria und Josef.« Langsam schloß Clare wieder die Augen. Das konnte kein Zufall sein. »Wie schreibt man den Vornamen?«

»C-a-r-l-y. Clare, was ist denn los?«

»Annie. Heute morgen habe ich Annie bei der Parade getroffen, und sie hat mir ihren Schmuck gezeigt. Sie trug ein Armband, ein silbernes Ding mit eingraviertem Namen darauf. Der Name lautete Carly. Irgendwie hatte ich ein ungutes Gefühl, als ich es sah, aber bis eben konnte ich es mir nicht erklären.«

Vor Unbehagen krampfte sich Cams Magen zusammen. Er warf einen Blick auf die Uhr und stellte fest, daß es bereits nach eins war. »Morgen früh werde ich als erstes mit Annie sprechen.«

»Nimm mich mit. Ich werde mich bestimmt nicht einmischen«, fügte sie rasch hinzu. »Aber vielleicht kann ich helfen. Annie sagte, das Armband gefiele ihr am besten, weil ihr Name daraufstünde. Sie konnte die Buchstaben nicht lesen. Gib mir eine Stunde Zeit, dann mache ich ein anderes und überrede sie zum Tauschen.«

»Na schön. Ich kann nur beten, daß sie das Ding am Straßenrand der Route 15 gefunden hat und daß das Mädchen es beim Trampen dort verlor.«

»Genau so ist es wahrscheinlich auch gewesen.« Doch Clare erschauerte unwillkürlich. »Teenager sind unachtsam. Vermutlich hat sie den Verlust erst bemerkt, als sie schon fast in Florida war.«

»Vermutlich.« Aber der nagende Zweifel in seinem Inneren ließ sich nicht vertreiben.

»Es muß ja nicht unbedingt dein Meisterstück werden«, drängelte Cam ungeduldig.

»Ich lege Wert darauf, stets gute Arbeit zu leisten.« Mit unendlicher Sorgfalt lötete Clare die Glieder des Armbandes zusammen. Sie war von ihrem Werk recht angetan, und das Design fand sie ausgesprochen gelungen. Ein schmales Silberband, welches sich zu einer kleinen ovalen Scheibe in der Mitte verbreitete. Darauf würde sie in kühnen Großbuchstaben Annies Namen eingravieren. Wenn Cam nur aufhören würde, sie mit seiner Meckerei abzulenken.

Dieser lief ruhelos in der Garage auf und ab, hob wahllos Werkzeuge auf und legte sie wieder fort. »Ich will bei ihrem Wohnwagen sein, ehe sie sich auf ihre tägliche Wanderung begibt.«

»Schon gut, schon gut.« Er würde aus der Haut fahren, wenn sie sich auch noch die Zeit nahm, die Lötstellen glattzufeilen. Clare inspizierte das Armband und beschloß, es darauf ankommen zu lassen. Minderwertige Arbeiten verließen erst gar nicht ihr Atelier. »Spiel nicht mit meinem Zirkel rum.«

»Was zum Henker geht denn hier vor?« Blair erschien in der Tür, nur mit einem Paar Boxershorts bekleidet und offensichtlich unter dem Großvater aller Kater leidend.

»Clare fertigt ein Armband an.«

»Ein Armband?« Blair legte die Hand vor die Augen,

um sich vor dem grellen Licht zu schützen, und vermied es tunlichst, die Stirn zu runzeln. Jede Bewegung verstärkte das Hämmern in seinem Kopf nur noch. »Es ist sieben Uhr morgens. Sonntag morgens.«

Cam blickte auf die Uhr. »Zehn nach.«

»Ach so. Das ändert natürlich alles.« Blair breitete vorsichtig die Arme aus und bereute es sofort.

»Ich leiste sozusagen Polizeiarbeit«, verkündete Clare, während sie ihre Graviernadel suchte.

»Gehört das Anfertigen von Armbändern neuerdings zur Polizeiarbeit?«

»Jawoll. Wenn du nur dumm rumstehen willst, dann sei lieber so gut und mach uns Kaffee.«

»Wir haben keine Zeit mehr«, warf Cam ein.

»Wir können ihn mitnehmen.«

»Ich kauf dir einen ganzen Kanister Kaffee, wenn wir fertig sind.«

»Du könntest ihn jetzt vertragen«, meinte Clare, die das richtige Werkzeug gefunden hatte. »Du hast nämlich schlechte Laune.«

»Die schlechte Laune habe ich längst hinter mir gelassen. Jetzt nähere ich mich mit rasender Geschwindigkeit dem Stadium äußerster Gereiztheit.«

»Da hast du's.«

»Hört mal«, hob Blair an und tastete mit beiden Händen nach seinem Kopf, um sich zu vergewissern, daß dieser noch fest auf den Schultern saß. »Macht das bitte unter euch aus. Ich verzieh' mich wieder ins Bett.«

Weder Cam noch Clare achteten auf ihn.

»Wie lange brauchst du noch?«

»Ein paar Minuten.« Die Nadel glitt über die Silberplatte. »Wenn ich etwas mehr Zeit hätte, könnte ich ...«

»Clare, Hauptsache, es glitzert. Annie wird begeistert sein.«

»Ich bin eine Künstlerin«, ließ Clare ihn wissen, wobei sie das Plättchen mit kleinen Schnörkeln verzierte. »Ich lege mein ganzes Herz in meine Arbeit.«

»Au weia!«

Sie biß sich auf die Lippe, um ein Lachen zu unterdrükken, und tauschte die Graviernadel gegen einen kleinen Lappen. »Das hätten wir. Ein bißchen primitiv zwar, aber im großen und ganzen gelungen.«

»Dann löse bitte dein Herz aus dieser Schraubzwinge und komm endlich.«

Statt zu gehorchen, griff sie nach einer kleinen Feile. »Fünf Minuten noch. Ich muß noch schnell die Lötstellen etwas glätten.«

»Mach das im Auto.« Cam löste bereits eigenhändig die Flügelschrauben.

»Erinnere mich daran, daß ich deine mangelnde Begeisterung für den künstlerischen Schaffensprozeß mißbilligend erwähne.« Clare keuchte etwas beim Sprechen, da Cam sie bereits aus der Garage zerrte. »Wir nehmen besser mein Auto, das wirkt nicht so amtlich, eher wie ein freundschaftlicher Besuch.«

»In Ordnung. Ich fahre.«

»Sei mein Gast. Die Schlüssel stecken.« Sie nahm ihm das Armband aus der Hand, machte es sich auf dem Beifahrersitz bequem und begann, die unebenen Stellen glattzufeilen. »Was willst du denn unternehmen, wenn du Annie das Armband abgeluchst hast?«

Cam setzte rückwärts aus der Einfahrt heraus. »Ich hoffe bei Gott, daß sie sich erinnern kann, wo sie es gefunden hat. Dann rufe ich die Jamisons an, sie werden es als Eigentum ihrer Tochter identifizieren müssen.«

»Das stelle ich mir schrecklich vor. Nicht zu wissen, wo sie sich aufhält und wie es ihr geht.«

Wenn sie überhaupt noch lebt, dachte Cam.

Annies Wohnwagen stand am Stadtrand auf einem kleinen, unkrautüberwucherten Fleckchen Erde, das allgemein nur Muddy Ridge, Schlammhügel, genannt wurde. Niemand wußte, woher der Name stammte, denn der steinige Boden und die zahlreichen Felsen, die den kleinen Hügel umgaben, sorgten dafür, daß sich dort kein nennenswerter Morast bilden konnte.

Aber der Name Muddy Ridge blieb an dem Platz haften, und die Dauercamper, die dort ihre Wohnwagen aufgestellt hatten, übernahmen die Bezeichnung sogar mit einer Art von Stolz.

Zu dieser Stunde an einem Sonntagmorgen war von den Bewohnern noch niemand zu sehen, nur zwei magere, struppige Köter veranstalteten an den Reifen eines Pritschenwagens ein Wettpinkeln. Aus einem der Wohnwagen klang die einschmeichelnde, salbungsvolle Stimme eines Erweckungspredigers, der sich des Fernsehens bediente, um seine religiösen Überzeugungen unter das Volk zu bringen.

Annies Wohnwagen konnte man gar nicht verfehlen. Eine Seite hatte sie hellviolett gestrichen, als sie einmal eine Dose Farbe im Abfall entdeckt hatte. Der Rest des Wagens leuchtete in einem metallischen Grün, mit Ausnahme der Stufen, die Davey Reeder erst kürzlich repariert und die Annie anschließend grellgelb angemalt hatte. Das Ergebnis tat dem Betrachter in den Augen weh, doch Annie liebte es.

»Ich weiß noch genau, wann ich das letztemal hier war«, sagte Clare. »Das muß am Erntedankfest gewesen sein, ich war damals ungefähr vierzehn oder fünfzehn und begleitete meine Mutter, die Annie einen Kürbiskuchen bringen wollte.« Sie legte die Feile auf die Ablage zwischen den beiden Sitzen. »Weißt du, was mir an dieser Stadt gefällt, Cam? Die Leute kümmern sich um die Annies dieser Welt, ohne groß darüber nachzudenken. Sie tun es einfach.«

Clare ließ das Armband in die Tasche gleiten und stieg aus. Annies Stimme, die drinnen im Wohnwagen ›Amazing Grace‹ schmetterte, war deutlich zu vernehmen. In der Stille des Morgens klang sie um vieles reiner und aufrichtiger als das einstudierte Gesülze des Fernsehpredigers.

»Warte.« Clare legte eine Hand auf Cams Arm, ehe dieser anklopfen konnte. »Laß sie zu Ende singen.«

I once was lost, but now I'm found. Was blind, but now I see.«

Cam klopfte an die Metalltür. Ihm fiel auf, daß die Wand einige Löcher aufwies, und er notierte sich im Hinterkopf, noch vor Sommeranfang dafür zu sorgen, daß sie repariert wurde. Schlurfende Geräusche und ein leises Murmeln ertönten, dann öffnete Annie die Tür, zwinkerte verdutzt und begann zu strahlen.

»Hallo. Hallo.« Sie hatte wieder mehrere Blusen übereinander angezogen und ein paar Knöpfe der untersten durch die Knopflöcher der obersten geschoben. Aber ihre Tennisschuhe waren ordentlich geschnürt, und Arme und Hals strotzten vor Modeschmuck. »Sie können reinkommen. Sie können sofort reinkommen und sich setzen.«

»Danke, Annie.« Cam trat ein. Der Wohnwagen war mit Kartons und Tüten vollgestopft, und die weiße Formicaablage, die die Küche vom Wohnbereich trennte, mit Annies gehorteten Schätzen überladen – glänzenden Steinen, Plastikspielzeug aus Schokoladeneiern, leeren Parfümfläschchen und anderem Trödel.

Sorgfältig aus Zeitschriften ausgeschnittene Bilder bedeckten die Wände. Springsteen rockte neben einer gütig dreinblickenden Barbara Bush, Christie Brinkley lächelte gewinnend, und ein verblassendes Poster der Supremes zeigte die drei Mädchen mit Korkenzieherlocken und knalligem Lippenstift.

Sie alle waren Annies Freunde und Kameraden, angefangen bei Prinzessin Diana bis hin zu einem unbekannten Fotomodell, welches für Haarshampoo warb.

»Sie können sich ruhig setzen«, forderte Annie sie auf. »Wo immer Sie wollen. Ich hab' Kirschsaft und Oreos da.«

»Lieb von dir.« Clare ließ sich auf einem Kissen mit ausgeblichenem Blumenmuster nieder, während Cam sich unter ein Mickymaus-Mobile duckte. »Aber du brauchst dir keine Umstände zu machen.«

»Ich mag Besuch.« Annie arrangierte die Plätzchen auf einem angeschlagenen Teller, dann goß sie den süßen Kirschsaft in drei Plastikbecher. »Mrs. Negley hat mir ein paar Bücher geschenkt. Ich schau' mir so gerne die Bilder an.« Mit dem Geschick langjähriger Gewohnheit balancierte sie die Drinks um die Kartons herum. »Sie können auch noch was nachhaben.«

»Das reicht erst mal«, meinte Cam. »Setz dich doch zu uns.«

»Erst muß ich die Plätzchen holen. Man muß seinen Gästen immer einen kleinen Imbiß anbieten. Hat mir meine Mama gesagt.« Nachdem sie den Teller auf einem Karton abgestellt hatte, nahm Annie Platz. »Fanden Sie die Parade gestern schön?«

»Ja.« Clare lächelte sie an. »Sie hat mir sehr gefallen.«

»Die Musik war gut, nicht? Gut und laut. Ich wünschte, jeden Tag wär eine Parade. Danach war ich bei Reverend Barkley, da gab's Hamburger und Eis.«

»Erinnerst du dich, daß du Clare bei der Parade gesehen hast, Annie?«

»Sicher. Ich hab' ihre Freunde getroffen, eine schwarze Frau und einen weißen Mann. Stimmt das?«

»Das stimmt. Du hast uns deine Armbänder gezeigt. Cam würde sie auch gerne sehen.«

Bereitwillig streckte Annie einen Arm aus. »Ich mag hübsche Sachen.«

»Die sind wirklich sehr hübsch.« Cam schob Plastik und vergoldetes Blech beiseite, um das silberne Armband in Augenschein zu nehmen. »Wo hast du denn dies hier her?«

»Gefunden.«

»Und wann hast du es gefunden?«

»Ach, irgendwann.« Lächelnd drehte Annie ihr Handgelenk hin und her, so daß die Armbänder klirrten. »Irgendwann vor gestern.«

Cam zügelte seine Ungeduld. »An dem Tag, an dem ich dich mit dem Auto nach Hause gefahren habe, hattest du es da schon? Erinnerst du dich noch? Das war der Tag, an dem wir Billy Joel im Radio gehört haben.«

Annies Augen umwölkten sich kurz, dann hellten sie sich wieder auf. »Rock'n'Roll. Ich mag den Song. Ich kenne ihn auswendig.«

»Hattest du das Armband an dem Tag schon?«

»Ja, ich glaube schon.« Liebevoll strich sie mit dem Finger über die Gravur. »Ich hab's lange vorher gefunden. Die Rosen haben noch nicht geblüht, aber die Bäume kriegten schon neue Blätter.«

»Okay. Kannst du mir sagen, wo du es gefunden hast?«
»Auf dem Boden.«
»Hier in der Stadt?«

Annie runzelte die Stirn. »Nein.« Sie erinnerte sich zwar genau, aber sie konnte ihm nicht von dem geheimen Platz erzählen. Niemand durfte davon wissen. Unruhig zog sie den Arm weg und griff nach einem Plätzchen. »Einfach auf dem Boden. Ich sehe was und heb's auf. Ich hebe vieles vom Boden auf. Wollen Sie noch was trinken?«

»Nein, danke.« Clare beugte sich vor und nahm Annies Hand. »Annie, es ist wichtig, daß du dich daran erinnerst, wo du dieses Armband gefunden hast. Da du es so gern hast, weißt du vielleicht noch, wo es gelegen hat. Du hast dich doch bestimmt sehr darüber gefreut.«

Annie wand sich unbehaglich auf ihrem Stuhl und begann leicht zu stottern, wie ein Kind, welches vor der ganzen Klasse ein schlecht vorbereitetes Gedicht aufsagen soll. Der Kirschsaft hatte um ihren Mund herum einen rötlichen Ring hinterlassen. »Ich hab's irgendwo gefunden. Irgendwo auf dem Boden. Was man findet, darf man behalten. Ich finde viele Sachen. Die darf man ruhig aufheben, weil die Leute sie weggeworfen haben. Das heißt, sie wollen sie nicht mehr.«

»Gut.« Clare wurde klar, daß diese Befragung Annie verunsicherte. »Mir gefallen deine Bilder«, lenkte sie ab.

Annies nervöse Hände hielten sofort still. »Ich hänge sie auf, dann hab' ich immer Gesellschaft. Aber nur Leute, die lächeln, keine traurigen Gesichter. Ich hab' ein Buch gemacht, da hab' ich alle Bilder eingeklebt. Jetzt kann ich nachts da reinschauen.«

»Ich habe heute auch etwas gemacht. Möchtest du es sehen?«

»Ja, bitte.« Höflich faltete Annie die Hände, obwohl sie lieber noch weiter von ihren Bildern erzählt hätte. »Sie machen Figuren, nicht wahr?«

»Manchmal.«

»Miz Atherton sagt, Sie machen Figuren von nackten Leuten.« Annie errötete und begann zu kichern. »Ist Miz Atherton nicht komisch?«

»Ein Unruhestifter ist sie«, murmelte Cam. »Clare macht auch Armbänder«, sagte er etwas lauter.

»Wirklich?« Annies Augen wurden groß. »Ganz ehrlich?«

Clare langte in die Tasche. »Heute habe ich dieses hier gemacht.«

»Ooh.« Annie dehnte die Silbe zu einem Seufzen, als sie zärtlich über das glänzende Metall strich. »Ist das hübsch! Das hübscheste von allen!«

»Danke. Siehst du die Buchstaben?«

Annie beugte sich kichernd vor. »A-N-N-I-E. Annie.«

»Das ist richtig. Jetzt schau dir mal dies hier an.« Clare griff nach Annies Arm, um die Armbänder nebeneinanderhalten zu können. »Hier steht auch etwas drauf, aber das sieht anders aus.«

Stirnrunzelnd betrachtete Annie beide Armbänder. »Ich weiß nicht.«

»Auf diesem hier steht dein Name, Annie, drauf, und auf dem anderen nicht. Das heißt, daß dir das eine Armband nicht gehört.«

»Ich hab' es nicht gestohlen. Meine Mama hat gesagt, man darf nicht stehlen.«

»Wir wissen, daß du es nicht gestohlen hast«, beruhigte Cam. »Aber ich glaube, ich weiß, wem es gehört.«

»Ich will es nicht zurückgeben!« Annies Lippen begannen zu zittern. »Es ist meins. Ich hab's gefunden.«

»Du kannst das behalten, was ich gemacht habe.«

Annie beruhigte sich sofort, wie ein Baby, dem man einen Schnuller in den Mund schiebt. »Wie ein Geschenk?«

»Ja, das ist ein Geschenk für dich. Aber es würde uns sehr helfen, wenn du uns das andere Armband geben würdest.«

Annie neigte den Kopf zur Seite und summte leise vor sich hin, während sie überlegte. »Das von Ihnen ist hübscher.«

»Es gehört dir.« Clare streifte es über Annies Handgelenk. »Siehst du?«

Annie hob den Arm, so daß das Metall im Sonnenlicht funkelte. »Mir hat noch nie einer ein Armband gemacht. Noch nie.« Leise seufzend nestelte sie am Verschluß von Carlys Armband herum. »Das können Sie ruhig haben.«

»Annie.« Cam legte ihr eine Hand auf den Arm, damit sie ihm Aufmerksamkeit schenkte. »Wenn dir wieder einfällt, wo du das hier gefunden hast, dann kommst du sofort zu mir und erzählst es mir, ja? Es ist wichtig.«

»Ich finde viele Sachen. Dauernd finde ich was.« In Annies alten, arglosen Augen stand ein Lächeln. »Möchten Sie noch ein Plätzchen?«

»Was hast du jetzt vor?« erkundigte sich Clare auf der Heimfahrt.

»Die Jamisons anzurufen.«

Clare streckte den Arm aus, um ihn zu berühren, und wischte dabei die Feile von der Ablage. »Zu schade, daß Annie sich nicht erinnern kann, wo sie das Armband gefunden hat.«

»Man kann nie vorhersagen, woran sie sich erinnert. Du warst mir eine große Hilfe, Clare. Vielen Dank.«

»Ich wünschte nur, wir hätten anstelle des Armbandes das Mädchen selbst gefunden.«

»Ich auch.«

Clare wandte sich ab und starrte aus dem Fenster. »Du glaubst nicht mehr daran, daß du sie findest.«

»Es gibt keinerlei Hinweise ...«

»Ich rede nicht von Hinweisen.« Nun schaute sie ihn wieder voll an. »Ich rede von deinem Instinkt. Als du das Armband eingesteckt hast, konnte ich dir deine Gedanken vom Gesicht ablesen.«

»Du hast recht. Ich glaube nicht, daß ich sie finden werde. Ich glaube, niemand wird sie je wiedersehen.«

Den Rest des Weges legten sie schweigend zurück. Cam parkte in der Einfahrt vor Clares Haus, und sie stiegen aus dem Wagen. Clare ging zu ihm hinüber, schlang die Arme um ihn und barg ihren Kopf an seiner Schulter.

»Komm doch mit rein. Ich mache dir Kaffee und ein paar Spiegeleier.«

»Die Vorstellung, daß du für mich kochst, gefällt mir.«

»Ich fürchte, mir gefällt sie auch.«

»Ich muß noch arbeiten, Slim.« Cam küßte sie auf den Scheitel, ehe er sich aus der Umarmung löste. »Also werde ich mich wohl mit einem Sandwich von Martha zufriedengeben müssen.«

»Ich komme bei dir vorbei, wenn du Feierabend hast.«

»Ich verlaß mich drauf.«

Clare winkte ihm nach, bis er außer Sicht war, ehe sie sich umdrehte, ins Haus ging und den Stimmen folgte, die aus der Küche drangen.

»Die Sache gefällt mir nicht«, beharrte Angie. »Wenn das so oft vorkommt, steckt eine Absicht dahinter.«

»Worum geht's denn?« Clare stieß die Tür auf und musterte das Trio am Küchentisch. »Ist etwas passiert?«

»Wo ist Cam?« wollte Angie wissen.

»Ins Büro gefahren. Warum?«

»Angie ist ein bißchen ängstlich.« In der Hoffnung, wieder einen klaren Kopf zu bekommen, schüttete Blair schwarzen Kaffee in sich hinein. Der Kater war zu einem dumpfen, pochenden Kopfschmerz abgeklungen. »Letzte Nacht hat das Telefon geklingelt.«

»Letzte Nacht hat das Telefon dreimal geklingelt«, korrigierte Angie. »Und jedesmal, wenn ich abgehoben habe, hat der Anrufer, wer immer es auch sein mochte, eingehängt.«

»Jugendliche«, folgerte Clare und griff nach der Kaffeekanne.

»Ein ganz bestimmter Jugendlicher vielleicht.« Erregt tappte Angie mit dem Fuß auf den Boden. »Der Junge von gegenüber.«

»Ernie?« Seufzend lehnte sich Clare an die Anrichte und nippte an ihrem Kaffee. »Wie kommst du denn darauf?«

»Als es das zweite Mal klingelte, bin ich aufgestanden. Im Dachfenster seines Hauses brannte Licht.«

»Du hast ja schon eine fixe Idee, Angie.«

»Gestern bei der Parade hat er dich unentwegt angestarrt.«

»Na, das ist dann wohl der endgültige Beweis. Sollen wir ihn standrechtlich erschießen?«

»Nimm die Sache nicht auf die leichte Schulter«, riet Jean-Paul. »Der Junge bringt Ärger.«

»Herrgott, du sprichst von einem Teenager!«

»Er liebäugelt mit dem Satanismus«, beharrte Jean-Paul, worauf Blair sich an seinem Kaffee verschluckte.

»Wie bitte?«

»Ernie besitzt ein Pentagramm«, erklärte Clare, »und Jean-Paul sieht sofort Gespenster.«

»Ich sehe einen Jungen, der offenbar schwere Probleme hat und eventuell gefährlich werden kann«, bekräftigte der Franzose mit fester Stimme.

»Moment mal.« Blair hob eine Hand. »Wie war das mit dem Pentagramm?«

»Ein umgekehrtes Pentagramm.« Jean-Paul blickte finster in seinen Kaffee. »Der Junge stellt es regelrecht zur Schau. Und er beobachtet Clare.«

Blair schob seine Tasse beiseite und erhob sich. »Clare, ich denke, du solltest einmal mit Cam darüber sprechen.«

»Macht euch doch nicht lächerlich. Da gibt es nichts zu besprechen. Und Cam hat weiß Gott genug um die Ohren, da muß er nicht auch noch Gespenstern nachjagen. Ich habe noch zu arbeiten!« Krachend fiel die Tür hinter ihr ins Schloß.

»Was weißt du über Satanismus?« fragte Blair Jean-Paul.

»Nur das, was ich in der Zeitung darüber gelesen habe – aber das reicht, um diesem Jungen mit Mißtrauen zu begegnen.«

»Erzähl ihm von der Katze«, mischte sich Angie mit einem verstohlenen Blick zur Garage hin ein.

»Katze? Was für eine Katze?«

Angie beugte sich vor und sprach rasch weiter, ehe Jean-Paul eingreifen konnte. »Jemand hat eine tote Katze – eine tote Katze ohne Kopf – draußen vor der Hintertür deponiert. Clare besteht darauf, daß ein streunender Hund sie angeschleppt haben muß, aber da glaube ich nicht dran. Die Katze war sonst nämlich unversehrt.« Unsicher blickte sie zu ihrem Mann hinüber. »Jean-Paul hat sie sich genauer angesehen, als er – als er sie beseitigt hat.«

»Sie wurde regelrecht enthauptet«, erklärte dieser. »Nicht zerfleischt, wie ein Tier das tut. Sie wurde sauber geköpft.«

Grimmig nickend ging Blair zur Tür. »Paßt auf Clare auf. Ich muß ein paar Anrufe tätigen.«

Achtes Kapitel

»Warum zum Teufel hat sie mir nichts davon erzählt?« wollte Cam von Blair wissen, der ihm in seinem Büro gegenübersaß.

»Ich habe keine Ahnung.« Blairs Mund wirkte verkniffen und angespannt. »Aber ich würde diesen Jungen gerne mal gründlich unter die Lupe nehmen.«

»Ich kümmere mich schon um Ernie.«

»Vielleicht möchtest du dich erst einmal hiermit befassen.« Blair tippte mit dem Finger auf den dicken Schnellhefter, den er mitgebracht hatte. »Ich bin zu der Zeitung in Hagerstown gefahren und habe ein wenig im Archiv gewühlt. Außerdem hab' ich bei der *Post* angerufen und darum gebeten, daß man mir ein paar Artikel zum Thema Satanismus rüberfaxt. Ich glaube, diese Lektüre wird dich interessieren.«

Cam schlug den Hefter auf und pfiff durch die Zähne. »Wir liegen ziemlich weit von D.C. entfernt.«

»Das tun viele andere Orte auch. Trotzdem gelangt dieser Mist dorthin.«

Verstümmeltes Vieh, ausgeweidete Haustiere. Cam blätterte die glänzenden Faxbögen durch. Langsam stieg Abscheu in ihm hoch. »Als ich in D.C. Dienst tat, da sind wir ab und zu auf derartige Sachen gestoßen. Rituelle Kreise in

Waldgebieten, merkwürdige Symbole, die in die Bäume geschnitzt worden waren. Aber hier?« Seine Augen begegneten denen Blairs. »Wir sind beide hier aufgewachsen. Wie ist es möglich, daß hier solche Dinge vor sich gehen, ohne daß wir davon Wind bekommen?«

»Zum größten Teil deshalb, weil diese Leute sehr, sehr vorsichtig sind.« Blair erhob sich und griff nach der Kaffeekanne. »Möchtest du auch noch etwas von diesem Hallowach?«

»Gerne.« Der Verdacht, der in ihm aufgekeimt war, als er das geschändete Grab entdeckte, hatte sich also bestätigt. »Aber die Sache mit Biff«, gab er zu bedenken. »Das war nachlässig. Nein«, verbesserte er sich, Blair fest in die Augen blickend. »Nicht nachlässig. Arrogant.«

»Ich sage dir, welche Schlußfolgerungen ich gezogen habe.« Blair schenkte Cam Kaffee nach. »Diese Leute denken und fühlen nicht wie andere Menschen.« Er ließ sich wieder auf den protestierend knarrenden Stuhl fallen.

Cam schob ihm einen Aschenbecher hin. »Faß doch bitte mal zusammen, was du herausbekommen hast.«

»Okay.« Blair lehnte sich zurück und faltete die Hände. »Ich glaube, Arroganz ist der richtige Ausdruck. Man sollte nicht dem Irrtum unterliegen, all diese Leute seien geistig nicht auf der Höhe. Es handelt sich keineswegs nur um Junkies, Psychopathen und rebellische Teenager. Einige dieser Artikel belegen, daß oft auch Ärzte, Anwälte und Collegedozenten in diese Kulte verstrickt sind. Einige von ihnen sind sogar ganz große Tiere.«

Soviel hatte Cam auch schon in Erfahrung gebracht. »Wie geraten solche Leute denn in die Fänge satanischer Vereinigungen?«

»Diese Gruppen sind hervorragend durchorganisiert. Die Mitglieder werden regelrecht angeworben. Auf viele Menschen übt es einen gewissen Reiz aus, etwas im verborgenen zu tun, zu einer Gruppe zu gehören, die den Normen der Gesellschaft abgeschworen hat.« Während er sprach, fürchtete Blair insgeheim, daß er diesen Zauber nur zu gut verstehen konnte. »Sie leben nur für ihr Vergnügen

– ein krankhaftes Vergnügen, wenn du so willst. Sie treiben's mit Tieren oder sogar mit Kindern. Aber viele lockt einfach nur die Macht.« Er breitete einige Bögen aus. »Viele glauben noch nicht einmal daran, daß sie wirklich einen Dämon beschwören können, sondern wollen sich einfach nur den mit den Riten verbundenen Ausschweifungen hingeben. Sex. Drogen. Die Lust am Töten.« Er bemerkte, daß Cam ihn gespannt beobachtete. »Aus einigen dieser Artikel kannst du entnehmen, daß sie sich nicht immer damit zufriedengeben, Schafe oder Hunde zu töten. Manchmal kommt es viel schlimmer. Ausreißer geben zum Beispiel ideale Opfer ab.«

Cam fiel Carly Jamison ein. Alles paßte viel zu gut zusammen. Aber Biff? »Bringen sie auch ihre eigenen Leute um?«

»Warum nicht? Hier geht es nicht um einen kleinbürgerlichen Schützenverein, sondern um Menschen, von denen einige fest davon überzeugt sind, daß Satan ihnen jede Bitte gewähren wird, wenn sie ihm nur mit aller Kraft dienen. Alles ist vertreten, angefangen von blutigen Dilettanten bis hin zu hierarchisch aufgebauten Organisationen. Aber egal ob es sich um ein paar Halbwüchsige handelt, die schwarze Kerzen abbrennen und ein paar Formeln rückwärts aufsagen, oder um Leute wie LaVey – was sie verbindet, ist Machthunger. Letztendlich geht es nur um Macht.«

»Ich habe selbst einiges darüber gelesen«, sagte Cam. »Und aus den Fakten schließe ich, daß es verschiedene Arten des Satanskultes gibt. Die harmloseren Gruppen sind ganz groß darin, langwierige Zeremonien durchzuführen, lehnen aber rituelle Opfer gleich welcher Art entschieden ab.«

»Sicher.« Blair nickte und verbiß sich ein nervöses Lachen. Hier saßen sie nun, lebenslange Freunde, und diskutierten bei schlechtem Kaffee über Teufelsanbetung und Ritualmorde. »Es gibt aber auch andere. Ich bräuchte zwar noch mehr Informationen, aber so, wie ich das sehe, treibt hier die gefährliche Sorte ihr Unwesen. Diese Leute suchen sich aus einschlägigen Büchern und überlieferten Traditionen das zusammen, was ihnen in den Kram paßt, mischen alles durcheinander und brauen sich so ihre eigenen Regeln und Rituale zusammen. Sie berufen sich auf graue Vorzeiten, als man die Götter nur mittels Blutopfer gnädig stimmen konnte. Sie suchen kein Rampenlicht, sondern operieren im verborgenen. Aber sie erkennen Gleichgesinnte.«

»Wo finden wir diese Gruppe?«

»Ich fürchte«, antwortete Blair, dem nun nicht mehr zum Lachen zumute war, »da müssen wir in nächster Umgebung suchen.« Nervös fuhr er sich mit der Hand durchs Haar. »Aber mein Gebiet ist die Politik, Cam. Ich weiß nicht, ob sich das als Vorteil oder Hindernis erweisen wird.«

»Ich könnte mir vorstellen, daß es in diesen Gruppen von Politikern nur so wimmelt.«

»Schon möglich.« Ob die Kandidaten für das Amt des Hohenpriesters wohl einen richtigen Wahlkampf führten, fragte sich Blair. Gingen sie auf Stimmenfang, indem sie Babys knuddelten und zahllose Hände schüttelten? Du lieber Gott! »Es gibt noch zuviel, was ich nicht weiß. Ich kenne da ein paar Leute in D.C., die ich ausquetschen könnte. Weißt du, daß es Cops gibt, die sich auf dieses Gebiet spezialisiert haben?«

»Häng die Sache bitte nicht an die große Glocke.«

»Klar, ist ja auch 'ne Superstory«, fauchte Blair gereizt. »Aber wenn du allen Ernstes denkst, ich befasse mich damit nur, damit mein Name unter irgendeinem Artikel steht, dann ...«

»Entschuldige.« Cam hob abbittend eine Hand, dann rieb er sich die Augen. »Ich mache mir große Sorgen. Emmitsboro ist meine Stadt, verdammt.«

»Meine auch.« Blair rang sich ein verzerrtes Lächeln ab. »Bis jetzt wußte ich gar nicht, wie sehr ich an dieser Stadt hänge. Ich möchte mit Lisa MacDonald sprechen, Cam, dann werde ich tun, was ich von hier aus tun kann. Aber über kurz oder lang werde ich nach D.C. zurückkehren müssen, um weitere Recherchen anzustellen.«

»Einverstanden.« Er brauchte eine Vertrauensperson, und in dieser Stadt, die er so gut zu kennen meinte, konnte er sonst niemandem trauen. »Ich werde Lisa anrufen und sie schonend auf deinen Besuch vorbereiten. Geh bitte behutsam mit ihr um, sie ist immer noch sehr schwach.«

»Wenn Clare nicht gewesen wäre, würde sie heute gar nicht mehr leben.« Bedächtig stellte Cam seine Kaffeetasse ab. »Ich habe Angst um sie, Cam, wirkliche Angst. Wenn diese Ernie-Type einer satanischen Vereinigung angehört und wenn er scharf auf sie ist ...«

»Er wird nicht in ihre Nähe kommen.« Die ruhige, beherrschte Aussage stand in direktem Gegensatz zu dem Feuer, welches in Cams Augen loderte. »Verlaß dich drauf.«

»Ich verlasse mich darauf.« Blair lehnte sich nach vorne. »Clare ist die wichtigste Person in meinem Leben, und ich vertraue sie dir an, wenn ich fortgehe. Also paß gut auf sie auf.«

Mit zitternden Fingern hielt Ernie den Zettel hoch. Er hatte ihn hinter der Sonnenblende seines Wagens gefunden, als seine Schicht an der Amoco zu Ende war. Endlich geschah etwas.

Das Risiko, das er draußen auf Doppers Farm auf sich genommen hatte, der Ekel und die Übelkeit, die er beim Schlachten der beiden schwarzen Kälber empfunden hatte, das alles zahlte sich also doch aus. Er würde zu ihnen gehören.

31. Mai, 10.00 , Südende von Dopper's Woods
Komm alleine

Heute abend. Dieser eine Gedanke beherrschte ihn. Heute abend würde er eingeweiht, würde er in ihren Kreis aufgenommen werden. Er faltete den Zettel zusammen und schob ihn in die Hosentasche. Als er den Wagen anließ, zitterten seine Hände immer noch, und das linke Bein, mit dem er die Kupplung bediente, schien aus Gummi zu bestehen.

Doch auf der Heimfahrt schlug seine Nervosität in kalte, beherrschte Erregung um. Er würde nicht länger ein Außenstehender sein, der sich damit begnügen mußte, durch sein Teleskop das Geschehen zu beobachten. Nein, von nun an würde er dazugehören.

Sally sah ihn kommen und war schon aus ihrem Auto gesprungen, noch ehe Ernie vor seinem Elternhaus angehalten hatte. Ihr strahlendes Lächeln verblaßte, sowie er sie ansah. Seine Augen blickten kalt und abweisend.

»Hi ... ich war gerade in der Gegend und dachte, ich schau mal vorbei.«

»Ich hab' zu tun.«

»Ach so. Na, ich kann ohnehin nicht bleiben. Ich muß zu meiner Großmutter. Sonntagsessen, du weißt schon.«

»Laß dich nicht aufhalten.« Er wandte sich zur Tür.

»Ernie.« Verletzt trottete Sally ihm nach. »Ich wollte dich wegen der Party noch mal fragen. Josh drängt mich dauernd, mit ihm zu gehen, aber ...«

»Dann geh doch mit ihm.« Er schüttelte ihre Hand ab. »Und häng nicht dauernd an mir wie eine Klette.«

»Warum bist du nur so?« Ihre Augen hatten sich bereits reflexartig mit Tränen gefüllt. Ernie sah, wie der erste Tropfen über ihre Wange rann und empfand einen Anflug von Mitleid, den er jedoch sofort unterdrückte.

»Wie bin ich denn?«

»Gemein zu mir. Ich dachte, du magst mich. Mehr noch sogar. Du hast gesagt ...«

»Ich habe niemals so etwas gesagt.« Und das entsprach der Wahrheit. »Ich hab' dir nur gegeben, was du wolltest.«

»Ich hätte dich doch nie ... ich hätte niemals diese Dinge mit dir getan, wenn ich nicht gedacht hätte, dir liegt etwas an mir.«

»Was sollte mir schon an dir liegen? Du bist doch nichts weiter als ein billiges Flittchen.« Ihr Gesicht wurde totenblaß, dann ließ sie sich auf den Rasen sinken und begann zu schluchzen. Ein Teil von ihm empfand plötzlich Scham und Abscheu vor sich selbst, doch ein anderer Teil, der Teil von ihm, auf den er sich konzentrierte, beobachtete sie nur mit berechneter Gleichgültigkeit. »Mach, daß du wegkommst!«

»Aber ich liebe dich doch.«

Wieder spürte er eine gewisse Rührung, und wieder ignorierte er dieses Gefühl. Er streckte gerade die Hand aus, um ihr hochzuhelfen, als Cam heranfuhr. Ernie ließ die Arme baumeln und wartete ab.

»Habt ihr ein Problem?«

»Ich nicht«, entgegnete Ernie.

Nach einem flüchtigen Blick auf den Jungen beugte Cam sich zu Sally hinunter. »Hey, Mäuschen, hat er dir etwas getan?«

»Er hat gesagt, ihm liegt nichts an mir. Überhaupt nichts.«

»Dann ist er es nicht wert, daß du wegen ihm auch nur eine Träne vergießt.« Cam hielt ihr freundlich die Hand hin. »Na komm schon. Soll ich dich nach Hause fahren?«

»Ich will nie mehr nach Hause. Ich wünschte, ich wäre tot.«

Cam schaute hoch und bemerkte erleichtert, daß Clare über die Straße kam. »Du bist viel zu jung und hübsch, um jetzt schon sterben zu wollen.« Sacht tätschelte er ihr die Schulter.

»Was ist denn hier los?« Clare blickte von einem zum anderen. »Ich hab' dich vorbeifahren sehen«, meinte sie zu Cam.

»Sally ist mit den Nerven fertig. Kannst du sie mit ins Haus nehmen und ...« Er vollführte eine undefinierbare Geste.

»Klar. Komm mit, Sally.« Clare legte dem Mädchen den Arm um die Taille und half ihr hoch. »Wir gehen rüber zu mir und lassen kein gutes Haar an den Männern.« Sie warf Cam einen letzten Blick zu und führte das weinende Mädchen über die Straße.

»Saubere Arbeit, Freundchen«, sagte Cam zu Ernie.

Zu ihrer beider Überraschung lief dieser rot an. »Ich hab'

überhaupt nichts gemacht. Sie geht mir auf den Geist. Ich hab' sie nicht gebeten, hinter mir herzulaufen. Es ist schließlich nicht gegen das Gesetz, so 'ner blöden Tussi die Meinung zu geigen.«

»Das stimmt leider. Sind deine Eltern zu Hause?«

»Wieso?«

»Weil ich dir ein paar Fragen stellen muß. Vielleicht ist es dir lieber, wenn sie dabei sind.«

»Ich brauche sie nicht.«

»Wie du willst«, bemerkte Cam leichthin. »Willst du ins Haus gehen oder hier draußen stehenbleiben?«

Ernie warf den Kopf zurück, eine trotzige Geste, die seine Gleichgültigkeit ausdrücken sollte. »Hier bleiben.«

»Ein interessantes Schmuckstück.« Cam griff nach dem Pentagramm, doch Ernie legte rasch eine Hand darüber.

»So?«

»Das ist ein satanisches Symbol.«

Ernies Lippen krümmten sich spöttisch. »Ohne Scheiß?«

»Befaßt du dich mit Teufelsanbetung, Ernie?«

Noch immer lächelnd, streichelte Ernie das Pentagramm. »Ich denke, in diesem Land herrscht Religionsfreiheit.«

»Richtig. Außer, die Leute übertreten bei der Ausübung ihrer Religion das Gesetz.«

»Es ist nicht verboten, ein Pentagramm zu tragen.«

Im Nachbargarten ließ jemand einen Rasenmäher an. Der Motor hustete und erstarb zweimal, dann begann er gleichmäßig zu brummen.

»Wo warst du letzten Montag nachts zwischen eins und vier?«

Ernies Magen verkrampfte sich, doch er wich Cams Blick nicht aus. »Ich hab' im Bett gelegen und geschlafen wie jeder in diesem gottverlassenen Nest.«

»Hast du schon mal ein Tier geopfert, Ernie?«

»Nicht, daß ich wüßte.«

»Kannst du mir sagen, wo du Dienstag abend so gegen halb elf warst?«

»Allerdings.« Grinsend schaute Ernie zum obersten Fenster des Hauses hoch. »Ich war da oben und hab's mit Sally

Simmons getrieben. Schätze, wir waren so gegen elf fertig, sie ist dann ein paar Minuten später abgehauen, und gegen halb zwölf sind meine Eltern aus der Pizzeria zurückgekommen. Das sollte ja wohl genügen.«

»Du bist ein mieser kleiner Scheißkerl!«

»Auch das ist nicht verboten.«

»Das nicht.« Cam trat einen Schritt näher. Auf der Stirn des Jungen zeigten sich feine Schweißtröpfchen, was er mit Befriedigung zur Kenntnis nahm. »Typen wie dich pflege ich zum Frühstück zu verspeisen, und bilde dir bloß nicht ein, ich wäre aus der Übung. Ein falscher Zug, mein Sohn, und dann packe ich dich am Kragen.«

»Soll das eine Drohung sein?«

»Das ist eine Tatsache. Wenn dein Alibi nicht bis auf die Sekunde stimmt, dann unterhalten wir uns in meinem Büro weiter. Also beschaff dir lieber auch noch eines für Montag.« Seine Hand schloß sich um Ernies Pentagramm. »Noch etwas. Halte dich ja von Clare fern. Falls du das nicht tust, gibt es weder im Himmel noch in der Hölle einen Gott, der dich vor mir beschützt.«

Mit geballten Fäusten starrte Ernie Cam nach. Warte nur, dachte er grimmig. Nach dieser Nacht würde er alles haben, was sein Herz begehrte.

»Ich dachte, er liebt mich«, schniefte Sally in das Glas Cola, welches Clare ihr eingegossen hatte. »Aber er macht sich überhaupt nichts aus mir, er wollte bloß ... er hat so scheußliche Dinge zu mir gesagt.«

»Im Streit sagen Leute oft Dinge, die ihnen hinterher leid tun.«

»Es war ganz anders.« Sally zupfte ein weiteres Taschentuch aus der Packung vor ihr und schneuzte sich. »Wir haben uns nicht gestritten. Er war noch nicht einmal wütend auf mich. Er sah mich nur an, als wäre ich ein besonders widerliches Insekt. Und dann sagte er ... er sagte, ich sei ein Flittchen.«

»Ach, Schätzchen.« Clare nahm tröstend Sallys Hand. Ernie konnte sich auf ein Donnerwetter gefaßt machen, wenn er ihr das nächste Mal über den Weg lief, dachte sie wutbebend. »So etwas tut weh, das weiß ich.«

»Er hat ja recht. Immerhin habe ich mit ihm geschlafen.« Sally verbarg ihr Gesicht hinter dem zerfledderten Taschentuch. »Es war das erste Mal. Das allererste Mal.«

»Das tut mir leid.« Clare, die selber den Tränen nahe war, nahm das Mädchen in die Arme. »Ich wünschte, ich könnte dir jetzt sagen, daß seine Worte völlig bedeutungslos waren, aber du wirst sicher noch eine Weile daran denken müssen. Aber daß du mit Ernie intim geworden bist, macht dich noch lange nicht zu einem Flittchen. So etwas liegt nun einmal in der Natur des Menschen.«

»Ich habe ihn geliebt.«

Sie sprach bereits in der Vergangenheit, registrierte Clare. Dem Himmel sei Dank für die Unverwüstlichkeit eines Teenagerherzens. »Ich weiß, daß du das gedacht hast. Aber wenn du dich einmal wirklich verliebst, dann erkennst du den Unterschied.«

Sally schüttelte so energisch den Kopf, daß die Haare flogen. »Ich werde mich nie wieder in einen Jungen verlieben. Ich will nicht, daß mir noch einmal jemand so weh tun kann.«

»Ich weiß, was du meinst.« Jede Frau wußte das, dachte Clare. »Das Problem dabei ist nur, daß du dich mit Sicherheit wieder verlieben wirst.« Sie nahm Sally bei den Schultern und hielt sie ein Stück von sich ab. Das Gesicht des Mädchens war vom Weinen verquollen, die Augen geschwollen und gerötet. Und sie war noch so jung, dachte Clare mitleidig, während sie ihr mit einem frischen Taschentuch die Tränen abtupfte. »Ich sollte dir wohl besser etwas sagen; etwas, was jede Frau über Männer wissen sollte.«

Sally schniefte. »Was denn?«

»Alle Männer sind Schweine.«

Unter Tränen kichernd, wischte sich Sally die Augen.

»Es stimmt«, beharrte Clare. »Sie werden zwar älter, sind aber immer noch Schweine. Der Trick besteht darin, jeglichen Kontakt zu dem Kerl zu meiden, der dich trotzdem dazu bringt, ihn zu lieben, sonst bist du am Ende fünfzig oder sechzig Jahre verheiratet, ehe du merkst, daß du hereingelegt worden bist.«

Sally mußte nun doch lachen. Genau in diesem Moment kam Angie in die Küche. »Oh, entschuldigt bitte.« Als sie das tränenüberströmte Gesicht des Mädchens sah, wollte sie sich taktvoll zurückziehen.

»Nein, bleib nur hier.« Clare winkte die Freundin zu sich. »Angie, dies hier ist Sally. Wir beide sind einhellig der Meinung, daß die Welt ohne Männer ein angenehmerer Ort wäre.«

»Das steht außer Frage. Man kann sie nur zum Sex und zum Erschlagen von Ratten gebrauchen.«

»Und zum Einparken«, warf Clare ein, die sich freute, Sally erneut lachen zu hören.

»Zu Autoreparaturen.« Sally rieb sich mit beiden Händen die Tränen von den Wangen. »Mein Dad kann prima Autos reparieren.«

»Stimmt.« Clare überlegte einen Moment. »Aber eine Frau kann sich jederzeit ein Handbuch darüber zulegen.«

Sally strich seufzend mit der Fingerspitze über ihr Glas. »Jetzt komme ich mir richtig blöd vor, weil ich mich so dumm benommen habe.«

»Dafür gibt es überhaupt keinen Grund.«

Sally schluckte und starrte blicklos auf den Tisch. »Ich kann meiner Mutter unmöglich erzählen, was Ernie und ich getan haben.«

»Glaubst du, sie wäre böse auf dich?« fragte Clare.

Das Mädchen schüttelte den Kopf. »Ich weiß es nicht. Eigentlich kann ich prima mit ihr reden. Wir haben über alles gesprochen – na, Sie wissen schon. Mom erwartet bestimmt nicht von mir, daß ich mein Leben lang Jungfrau bleibe, aber ... ich kann ihr einfach nicht sagen, was ich mit Ernie getan habe.«

»Das mußt du selbst entscheiden.« Clare hörte, wie Cam in die Einfahrt einbog. »Sheriff Rafferty kommt.«

»O je.« Sally schlug die Hände vor das Gesicht. »Wenn er mich nun so sieht! Ich schaue ja gräßlich aus!«

»Komm mit, ich zeige dir, wo du dir das Gesicht waschen kannst«, forderte Angie sie auf. »Ein wenig Lippenstift und ein paar Augentropfen wirken Wunder.«

»Danke.« Impulsiv umarmte das Mädchen Clare. »Vielen Dank.«

Sie eilte davon, als Cam gerade in die Küche trat. »Wo ist denn Sally?«

»Sie macht sich ein bißchen zurecht, damit du sie nicht mit verheulten Augen und Schniefnase siehst. Hast du mit Ernie gesprochen?«

»Ja, habe ich.«

»Ich weiß nicht, was in ihn gefahren ist, Sally solche Sachen an den Kopf zu werfen! Dafür kriegt er von mir noch was zu hören, darauf kannst du Gift nehmen.«

»Halt dich von ihm fern.« Cam legte eine Hand unter ihr Kinn. »Das ist mein Ernst.«

»Nun mach aber mal 'nen Punkt ...«

»Nein. Das ist keine Bitte, sondern ein Befehl. Du vermeidest jeglichen Kontakt mit ihm, bis ich mich davon überzeugt habe, daß er sauber ist.«

»Sauber? Sag mal, wovon redest du eigentlich?«

»Warum hast du mir nichts von der Katze erzählt?«

»Katze?« Clare wich ein Stück zurück. »Was hat die denn damit zu tun?«

»Vielleicht eine ganze Menge. Werd jetzt bitte nicht bockig, Slim.«

»Werde ich ja gar nicht.« Und ob sie bockig wurde. »Es paßt mir nicht, wenn man mir Vorschriften macht«, gab sie zu. »Ich werde mit den Dingen auf meine Art fertig, okay?«

»Nein, das ist nicht okay.« Wieder umfaßte er ihr Kinn, musterte sie einen Augenblick lang, dann gab er sie frei. »Aber fürs erste muß es reichen. Ich möchte noch mit Sally sprechen.« Insgeheim verfluchte er Clares Dickkopf. Er wußte, je mehr er sie drängte, um so verstockter wurde sie. Er konnte die Anzeichen dafür bereits in ihrem Gesicht lesen; die feine, störrische Linie zwischen ihren Augenbrauen, das trotzig vorgeschobene Kinn. »Slim ...« Er setzte sich und ergriff ihre Hände. »Es ist wirklich wichtig, sonst würde ich dich nicht darum bitten.«

»Du hast gesagt, das sei keine Bitte, sondern ein Befehl.«

»Schon gut.« Er lächelte ein wenig. »Es ist trotzdem wichtig.«

»Vielleicht wäre ich weniger geneigt, dich ins Pfefferland zu wünschen, wenn du mir endlich alles erklären würdest.«

Cam zwickte sich in den Nasenrücken. »Das werde ich auch tun, sobald ich kann.« Er blickte auf, als Sally wieder in die Küche kam.

»Sie wollen vermutlich mit mir sprechen«, meinte sie, nervös ihre Hände knetend.

Cam erhob sich und bot ihr seinen Stuhl an. »Wie geht es dir?«

Sally starrte verlegen auf ihre Füße. »Es ist mir so peinlich.«

»Das muß dir nicht peinlich sein.« Er lächelte sie so freundlich an, daß sie beinahe von neuem in Tränen ausgebrochen wäre. »Ich hatte einmal mit Susie Negley eine handgreifliche Auseinandersetzung, direkt an der Theke von *Martha's*.«

»Susie Negley?« wiederholte Sally verständnislos.

»Heute heißt sie Sue Knight.«

»*Mrs. Knight*?« Jetzt starrte Sally Cam entgeistert an, während sie versuchte, sich ihre steife, förmliche Englischlehrerin im Clinch mit dem Sheriff vorzustellen. »Sie haben sich mit Mrs. Knight...«

»Damals war sie süße sechzehn. Sie hat mir eine runtergehauen, daß ich fast vom Hocker gefallen wäre. Das war peinlich.«

Das Mädchen kicherte, und die aufsteigenden Tränen versiegten wieder. »Mrs. Knight hat Sie geschlagen? Ehrlich?«

»Erzähl das bloß nicht weiter. Ich hoffe nämlich, daß die Leute den Vorfall inzwischen vergessen haben.«

»Das haben sie nicht«, bemerkte Clare, als sie aufstand. »Bei ihm ist der Wunsch Vater des Gedankens. So, und jetzt lasse ich euch beide alleine.«

»Können Sie nicht …?« Sally biß sich auf die Lippe. »Kann sie nicht dabeibleiben? Ich hab' ihr schon alles erzählt, und … geht das in Ordnung?«

»Na klar.« Cam blickte Clare an. Diese nickte. »Ich muß dir jetzt ein paar Fragen stellen. Kennst du Ernie schon lange?«

»Seit er auf der Schule ist.«

»Kommt er mit den anderen Schülern gut aus?«

Die Unterredung verlief nicht so, wie sie erwartet hatte. Sally überlegte angestrengt. »Nun, er streitet sich mit niemand und läßt sich nie in eine Prügelei verwickeln. Das hier …«, sie sah Clare tapfer an, » … war meine Schuld. Ich bin vorbeigekommen und hab' ihm eine Szene gemacht, weil ich wollte, daß er für mich genausoviel empfindet wie ich für ihn. Ich dachte«, berichtigte sie rasch, »daß ich viel für ihn empfinde. Ich möchte ihm keine Schwierigkeiten machen, Sheriff. Er ist es nicht wert.«

»Brav«, murmelte Clare und prostete Sally mit ihrer Diätcola zu.

»Er ist nicht in Schwierigkeiten.« Noch nicht. »Mit wem steckt er denn meistens zusammen?«

»Eigentlich mit niemandem.«

»Er sitzt zum Beispiel nicht in der Pause mit einer bestimmten Clique zusammen?«

»Nein, er hält sich eher für sich.«

»Er kommt mit dem Auto zur Schule, nicht wahr?«

»Ja.«

»Ist schon mal jemand mit ihm mitgefahren?«

»Ich hab' nie gesehen, daß er irgendwen mitgenommen hat.« Was eigentlich merkwürdig war, dachte sie. Normalerweise gaben die anderen alle mit ihren Autos an. Doch niemand hatte je eine Spritztour mit Ernie unternommen.

Das war nicht das, was Cam hören wollte. Wenn Ernie in das, was in Emmitsboro vor sich ging, verstrickt war, dann handelte er nicht allein. »Du bist in den letzten Wochen viel mit ihm zusammengewesen.«

Tiefe Röte stieg in Sallys Wangen. »Mr. Atherton hat uns

als Partner für ein Chemieprojekt bestimmt. Ernie und ich haben zusammen daran gearbeitet.«

»Worüber hat er denn so geredet?«

Sally hob die Schultern. »Er redet überhaupt nicht viel.« Jetzt erst fiel ihr auf, daß Ernie nie wie Josh über die Schule, seine Eltern, seine Freunde, Sport oder Kinofilme geplaudert hatte. Er hatte immer ihr das Reden überlassen und sie dann nach oben in sein Zimmer geführt.

»Habt ihr euch je über das, was in der Stadt passiert ist, unterhalten? Zum Beispiel über den Mord an Biff Stokey?«

»Manchmal. Ich erinnere mich, daß Ernie Biff einmal ein Arschloch genannt hat.« Nun leuchteten ihre Wangen hochrot. »Entschuldigung.«

»Schon gut. Hat er sonst noch was gesagt?« In tödlicher Verlegenheit schüttelte Sally den Kopf. »Hat er dich mal über die Nacht ausgefragt, in der du mit Josh auf dem Friedhof warst?«

»Nicht direkt. Aber Josh hat jedem, der es hören wollte, und jedem, der es nicht hören wollte, davon erzählt, bis es den Leuten zum Hals raushing. Josh kann eben keine Ruhe geben, wissen Sie?« Heimlich hoffte sie, daß er immer noch mit ihr auf die Party gehen wollte.

»Sally, warst du letzten Montagabend mit Ernie zusammen?«

»Letzten Montag?« Dankbar schaute Sally hoch, als Clare ihr Glas erneut füllte. »Nein, montags bin ich immer als Babysitter bei den Jenkins ...«

»Und Ernie ist nicht kurz vorbeigekommen? Bist du denn zu ihm gegangen, als du fertig warst?«

»Nein. Jenkins' wohnen direkt nebenan, und wenn mich ein Junge da während meiner Arbeit besuchen würde, würde meine Mom ziemlich böse werden. Vor elf kommen sie normalerweise nicht nach Hause.«

»Und was war am Dienstag?«

»Dienstag?« Sally wich seinem Blick aus und griff nach ihrem Glas.

»Warst du am Dienstagabend mit Ernie zusammen?«

Sie nickte und stellte ihr Glas ab, ohne getrunken zu haben. »Ich hab' gesagt, ich gehe zu Louise und lerne mit ihr, aber ich war später noch bei Ernie. Seine Eltern arbeiten bis in die Nacht.«

»Ich weiß. Kannst du mir sagen, wann du bei ihm angekommen und wann du dort weggegangen bist?«

»Bei Louise bin ich kurz vor zehn weg, also war ich ein paar Minuten später bei Ernie. Als ich ging, war es schon nach elf.«

»Bist du sicher?«

»Ja, weil ich um elf zuhause sein sollte und erst um halb zwölf gekommen bin. Mein Vater war stinksauer.«

»Okay.« Der kleine Scheißer konnte nicht an zwei Orten zugleich sein, dachte Cam. Aber er war nicht willens, sich so leicht geschlagen zu geben. »Hast du den Anhänger gesehen, den Ernie immer trägt?«

»Klar. Er hat ihn zwar immer unter dem Hemd, aber ...« Sie erkannte zu spät, zu welchem Schluß diese Bemerkung führen mußte, und blickte verlegen zur Seite.

»Trägt irgendeiner deiner Mitschüler auch so ein Ding?«

»Nein, ich glaube nicht. Sonst befaßt sich keiner mit diesem Kram.«

»Was für Kram?«

»Na, Satanismus und so'n Zeug.«

Cam spürte, wie sich die neben ihm sitzende Clare plötzlich versteifte, aber er konzentrierte sich ganz auf Sally. »Aber Ernie interessiert sich dafür?«

»Schätze schon. Er hat das Pentagramm, er hat schwarze Kerzen in seinem Zimmer und er hört immer diese Musik.«

»Hast du ihn mal danach gefragt?«

»Ich habt ihn einmal gefragt, warum er sich mit so was abgibt, und er hat gelächelt und gesagt, das sei doch nur ein Spiel. Aber ... ich glaube, er betrachtet es nicht als Spiel. Ich sagte, ich hätte im Fernsehen Berichte über solche Sekten gesehen, die Menschen töten, sogar Babys, und er nannte mich eine einfältige Ziege. Er sagte, die Gesellschaft würde alles verdammen, was außerhalb der Norm liegt.«

»Hat er sonst noch etwas darüber erzählt?«

»Nicht, daß ich wüßte.«

»Wenn dir noch etwas einfällt, kommst du dann bitte zu mir und teilst es mir mit?«

»Mach ich.«

»Soll ich dich nach Hause fahren?«

»Nein, es geht schon.« Sally preßte die Lippen zusammen. »Werden Sie mit meinen Eltern reden?«

»Wenn ich das tun muß, dann sage ich dir vorher Bescheid.«

»Danke.« Sie schenkte ihm ein schwaches Lächeln, dann wandte sie sich an Clare. »Sie und Angie waren furchtbar nett zu mir.«

»Wir Frauen müssen schließlich zusammenhalten.«

Sally nickte. »Ich, äh ... Ernie hat ein Teleskop in seinem Zimmer«, sprudelte sie dann hervor. »Ich hab' einmal durchgeguckt, als er mich kurz alleine gelassen hat. Ich konnte direkt in Ihr Schlafzimmer sehen.« Wieder errötete sie. »Ich dachte, Sie sollten das wissen.«

Clare bemühte sich um eine unbeteiligte Miene. »Danke.«

»Bis dann mal.«

»Du kannst jederzeit wiederkommen.« Nachdem Sally verschwunden war, holte Clare einmal tief Atem. »Ich glaube, ich sollte mir angewöhnen, die Vorhänge zu schließen.«

»Dieser kleine Dreckskerl!«

Clare faßte ihn am Arm, ehe er wütend aufspringen konnte. »Was hast du denn mit ihm vor? Willst du ihn zusammenschlagen? Du bist doppelt so alt wie er, schwerer und kräftiger, und du trägst ein Abzeichen, das dir derartige Racheakte verbietet.«

»Das nehme ich solange ab.«

»Das wirst du nicht tun. Du bekommst deinen Willen. Die Bombe, die mir Sally da vor die Füße geworfen hat, reicht mir. Ich werde mich von ihm fernhalten.« Sie beugte sich vor, nahm sein Gesicht in die Hände und küßte ihn.

»Fang an, deine Türen abzuschließen.«

»Er wird bestimmt nicht ...« Sie brach ab, als sie das zornige Funkeln in seinen Augen bemerkte. »Na schön. Erzählst du mir jetzt, warum du Sally diese gezielten Fragen gestellt hast?«

»Wegen entwendeter Graberde, einem Todesfall, der wie ein Ritualmord aussieht, wegen des Angriffs auf Lisa MacDonald und der geköpften schwarzen Katze vor deiner Tür.«

»Du glaubst doch nicht im Ernst, daß ein einziger unglücklicher Halbwüchsiger hier so eine Art Schlachtfest im Namen Satans veranstaltet.«

»Nein. Aber irgendwo muß ich ansetzen.«

Unruhig erhob sie sich, um ans Fenster zu treten. Der Flieder stand in voller Blüte, in den Zweigen schaukelte ein Vogelnest, und der Rasen mußte dringend gemäht werden. So sollte es hier, an diesem Ort, eigentlich sein, friedlich und idyllisch. So war es immer gewesen. Sie weigerte sich zu glauben, daß hinter dieser beschaulichen Fassade das Böse seine Wellen schlug.

Doch dann fielen ihr die Bücher in ihrer Nachttischschublade wieder ein. Einen grauenhaften Moment lang sah sie wieder das Bild ihres Vaters vor sich, wie er blutend, mit zerschmetterten Gliedern auf der Terrasse lag. Jenseits aller Hoffnung.

Wie um das Bild wegzuwischen, rieb sie sich kräftig die Augen. »Das ist doch absurd. Als nächstes machst du mir weis, daß sich hinter dem hiesigen Frauenverein ein Hexenzirkel verbirgt.«

Cam legte ihr die Hände auf die Schultern und drehte ihr Gesicht zu sich hin. »Ich behaupte nur, daß in dieser Stadt üble Dinge vor sich gehen. Ich werde herausfinden, wer dahintersteckt, und Ernie Butts ist mein einziger Anhaltspunkt.«

Wieder dachte Clare an die Bücher, jene Bücher, die einst ihrem Vater gehört hatten. O Gott, ihrem eigenen Vater! Sie brachte es nicht übers Herz, sie zu erwähnen. Aber da gab es noch etwas, etwas, das vielleicht ohne Bedeutung war, ihr jedoch keinen so ungeheuren Verrat abverlangte.

»Ich habe mir nichts dabei gedacht«, begann sie und hielt einen Moment inne, da ihre Stimme schwankte. »Erinnerst du dich an den Tag, an dem du Biff gefunden hast? Wir sind beide zu deiner Mutter gefahren.«

Seine Finger krallten sich in ihre Schultern. »Ja. Worauf willst du hinaus?«

»Ich blieb noch bei Jane, nachdem der Doc ihr ein Schlafmittel gegeben hatte. Ich bin ein bißchen im Haus herumgegangen. In Biffs Arbeitszimmer fand ich Bücher. Ich wollte gerne etwas zu lesen, also sah ich sie mir genauer an. Es handelte sich überwiegend um Pornographie und Westernschmöker. Aber ...«

»Was – aber?«

»Ich fand auch eine Ausgabe der *Satanischen Bibel*.«

Neuntes Kapitel

Jane Stokey verbrachte jeden Tag mit Putzen und Packen. Nachdem sie die Eier eingesammelt und die Tiere versorgt hatte, nahm sie einen der Räume des weitläufigen Farmhauses in Angriff. Der größte Teil des Inventars würde auf einer Auktion versteigert werden. Sie hatte bereits Bob Meese herbestellt, der ihr ein Angebot für die Eßzimmermöbel aus Mahagoni, die einst ihrer Großmutter gehört hatten, machen sollte. Der große und der kleine Servierwagen, der Geschirrschrank, der Ausziehtisch, gedacht für große Familien mit vielen Kindern, die sorgsam gepflegten Stühle. Einst hatten ihr all diese Dinge sehr viel bedeutet. Im Laufe der Jahre waren die Möbel nachgedunkelt, und die einstmals schimmernde Oberfläche hatte ihren Glanz verloren, doch diese Eßzimmergarnitur war ihr ganzer Stolz gewesen. Und ein ständiger Streitpunkt zwischen ihr und Biff.

Er hatte die Möbel verkaufen wollen, doch in diesem Punkt hatte sie sich ihm stets widersetzt, was wahrlich nicht oft vorgekommen war.

Und nun bekam er letztendlich doch noch seinen Willen.

In Tennessee würde sie für die wuchtigen alten Möbel

keinen Platz haben. Ihre Schwester wollte sie nicht, Cam hatte sein Haus nach seinem Geschmack eingerichtet. Und sie, Jane, hatte keine Tochter, die die Tradition fortführen konnte. Sie war die letzte der Familie.

Doch sie gestattete sich nicht, jetzt darüber nachzudenken und mit ihrem Schicksal zu hadern.

Es wäre viel zu teuer, die Möbel in den Süden schaffen zu lassen und zu lagern. Nur wenn sie ganz ehrlich mit sich war, mußte sie sich eingestehen, daß ihr der Mut fehlte, die Sachen zu behalten, nun, da sie mutterseelenallein auf der Welt stand.

Sie sah die Schubladen mit der Tischwäsche durch und trennte die Sachen, die sie mitnehmen wollte, von denen, die zum Verkauf bestimmt waren. Da war die Damasttischdecke, die noch von ihrer Mutter stammte. Vor Jahren, bei einem Erntedankfest, hatte ein unvorsichtiger Gast Preiselbeeren darüber verschüttet, und der Fleck war bei der Wäsche nicht ganz herausgegangen. Dann der Spitzenläufer, ein Hochzeitsgeschenk von Mikes Tante Loretta. Damals hatte sie ihn liebevoll gestärkt und gebügelt, heute war er von Alter und Abnutzung fadenscheinig geworden. Die passenden Servietten zierte ein großes, verschnörkeltes R; sie selbst hatte es eigenhändig aufgestickt.

Jane faltete das Leinen zusammen und verstaute es schuldbewußt in dem Karton, in dem die zum Mitnehmen bestimmten Stücke lagen.

Danach ging sie zum Glas und Porzellan über, wickelte Kerzenleuchter, Dessertschälchen und die einzelne kristallene Champagnerflöte, die dreißig Jahre überdauert hatte, in Zeitungspapier ein.

Sie hatte den ersten Karton gefüllt und öffnete einen zweiten. Unglaublich, was sich in über dreißig Jahren alles angesammelt hatte. Mit geschickten Händen verpackte sie die Stücke ihres Lebens, damit andere Leute sie später gierig auswickeln konnten. Da war das große Tablett, das Mama dem fliegenden Händler mit dem karottenroten Haar und dem breiten Grinsen abgekauft hatte. Der Mann hatte ihr versichert, es sei eine Anschaffung fürs Leben, aber Mama hatte es erworben, weil ihr die hübschen rosa Blumen an den Rändern so gut gefielen.

Eine stille Träne tropfte auf das Papier.

Sie konnte unmöglich das ganze Zeug mitschleppen, es ging einfach nicht. Was sollte eine alleinstehende Frau mit all dem Kram anfangen? Und jedesmal, wenn sie die Sachen abwusch oder abstaubte, würde sie schmerzlich daran gemahnt werden, daß es niemanden mehr gab, der zu ihr gehörte.

Sie würde sich neues, zweckmäßiges Geschirr anschaffen, solches wie das, welches sie in dem JC-Penny-Katalog gesehen hatte. Es gab keinen Grund, Schränke und Sideboards mit Dingen zu füllen, die sie nicht brauchte. Warum hatte sie das alles nur so lange aufbewahrt? Biff hatte ihr Nippes immer als Staubfänger bezeichnet. Völlig zu recht, wie Jane nun zugab. Stunden um Stunden hatte sie damit verbracht, es liebevoll abzustauben.

Sie schlug eine kleine Keramikkatze in Papier ein und ließ sie in den Karton mit den Sachen, die sie mitzunehmen gedachte, fallen.

Als es an der Tür klopfte, schrak sie heftig zusammen, dann strich sie ihre Schürze glatt und richtete flüchtig ihr Haar, ehe sie zur Tür ging. Sie hoffte inständig, daß nicht Min Atherton draußen stand, die unter dem Vorwand, sich als besorgte Freundin und Nachbarin um sie kümmern zu müssen, im Haus herumschnüffeln wollte.

Bei dem Gedanken lachte Jane freudlos auf. Schon von klein auf hatte Min ständig ihre neugierige Nase in anderer Leute Angelegenheiten gesteckt, und wenn sie nicht zufällig mit James verheiratet wäre, würde ihr niemand auch nur die Uhrzeit nennen. Doch sofort machte der gehässige Gedanke einem Gefühl von Neid Platz. Min mochte ja so lästig sein wie ein Staubkorn im Auge, aber sie hatte wenigstens einen Ehemann.

Sie öffnete die Tür und stand ihrem Sohn gegenüber.

»Mom.« Niemals in seinem Leben hatte er etwas so bedauert wie das, was er im Begriff stand zu tun. »Ich muß mit dir reden.«

»Ich bin beschäftigt, Cameron.« Sie fürchtete, er sei gekommen, um ihr wegen des Verkaufs der Farm Vorwürfe zu machen, hatte schon darauf gewartet, daß er bei ihr auftauchte und sich beklagte. Aber er hatte kein einziges Wort darüber verloren. »In drei Wochen ist der Umzug, und ich muß noch das ganze Haus ausräumen.«

»Hast du's so eilig, es loszuwerden?« Kaum waren die Worte heraus, da verfluchte sich Cam im stillen. »Na ja, das ist schließlich deine Entscheidung. Trotzdem muß ich mit dir reden. Es geht um Biff.«

»Biff?« Mit fahrigen Bewegungen fummelte Jane an den Knöpfen ihrer Bluse herum. »Hast du etwas herausgefunden? Weißt du, wer ihn umgebracht hat?«

»Ich muß mit dir reden«, wiederholte er. »Willst du mich nicht reinlassen?«

Jane trat einen Schritt zurück. Cam bemerkte, daß sie sich bereits das Wohnzimmer vorgenommen hatte. Außer dem Sofa, dem Fernseher, einem Tisch und einer Lampe stand nichts mehr darin. Dort, wo die Bilder gehangen hatten, zeigten sich dunkle Flecken auf der verblichenen Tapete, und auf dem Boden waren noch schwach die Umrisse des Teppichs zu sehen.

Am liebsten hätte Cam seine Mutter geschüttelt und angeschrieen, sie solle doch einmal nachdenken. Was sie da zusammenpackte, war auch ein Teil seines Lebens. Aber er war nicht als ihr Sohn hier, das wollte sie ja nicht zulassen.

»Setz dich doch.« Er deutete zum Sofa und wartete. »Ich muß dir ein paar Fragen stellen.«

»Ich habe dir schon alles gesagt, was ich weiß.«

»So?« Er musterte sie eindringlich. »Dann erzähl mir doch bitte etwas über Biffs Hobbies.«

»Bitte?« Ihr Gesicht verschloß sich. »Ich verstehe nicht ganz.«

»Welche Vorlieben hatte er denn außer Alkohol?«

Jane preßte verkniffen die Lippen zusammen. »Ich lasse es nicht zu, daß du in seinem eigenen Haus schlecht über ihn sprichst.«

»Dieses Haus hat niemals ihm gehört, aber lassen wir

das jetzt mal beiseite. Was hat er denn so mit seiner Zeit angefangen?«

»Er hat die Farm bewirtschaftet.«

Heruntergewirtschaftet traf den Nagel eher auf den Kopf, dachte Cam böse, verkniff sich aber eine dementsprechende Bemerkung. »Und in seiner Freizeit?«

»Er hat gerne ferngesehen.« Was wußte sie eigentlich über den Mann, mit dem sie über zwanzig Jahre lang zusammengelebt hatte? »Er ist oft auf die Jagd gegangen, hat in jeder Saison einen Hirsch erlegt.«

Oder mehrere, dachte Cam. Er hatte sie heimlich im Wald abgehäutet und das Fleisch unter der Hand verkauft.

»Hat er gelesen?«

Jane zwinkerte verwirrt. »Manchmal.«

»Welchen Lesestoff bevorzugte er denn?«

Ihr fielen die Hefte, die sie im Schuppen gefunden und verbrannt hatte, wieder ein. »Was Männer halt so lesen.«

»Wie steht's mit seiner Religion?«

»Er war nicht religiös. Zwar ist er im methodistischen Glauben erzogen worden, glaube ich, aber er sagte immer, es sei nur Zeitverschwendung, in die Kirche zu gehen.«

»Wie oft ist er denn in der Woche ausgegangen?«

»Ich weiß es nicht«, entgegnete sie hörbar verstimmt. »Was hat das denn mit dem Mord zu tun?«

»Ist er immer an einem bestimmten Abend weggegangen?«

»Ich habe meinen Mann nicht kontrolliert. Das stand mir nicht zu.«

»Wem denn sonst? Mit wem ist er ausgegangen?«

»Mit verschiedenen Leuten.« Das Herz klopfte ihr bis zum Hals, aber sie wußte nicht recht, wovor sie sich eigentlich fürchtete. »Meistens hat er sich mit Less Gladhill, Oscar Roody oder Skunk Haggerty getroffen oder auch mit anderen Bekannten. Sie haben Poker gespielt oder sind zu *Clyde's* gegangen.« Und manchmal war Biff nach Frederick gefahren, um eine Hure aufzusuchen. Aber das behielt sie für sich. »Ein Mann muß sich von seinem Tagewerk erholen.«

»Hat er sich jemals mit Hilfe von Drogen ›erholt‹?«

Janes Gesichtsfarbe wechselte von Weiß zu Rot und wieder zu Weiß. »Derartige Dinge dulde ich in meinem Haus nicht.«

»Ich muß sein Arbeitszimmer durchsuchen.«

Nun lief sie hochrot an. »Das werde ich auf keinen Fall gestatten! Du kommst hier an und beschuldigst einen Toten, der sich nicht mehr verteidigen kann, er sei drogensüchtig gewesen! Such lieber nach seinem Mörder, anstatt ihn mit Dreck zu bewerfen!«

»Ich bin ja gerade auf der Suche nach seinem Mörder. Und jetzt möchte ich sein Zimmer sehen. Ich kann die Durchsuchung sofort durchführen, ich kann aber auch einen Gerichtsbeschluß erwirken. Es liegt ganz bei dir.«

Langsam erhob sich Jane. »Das würdest du tun?«

»Ja.«

»Du bist nicht mehr der Junge, den ich großgezogen habe.« Ihre Stimme zitterte.

»Vermutlich nicht. Ich möchte, daß du mich begleitest. Wenn ich etwas finde, sollst du es dir ansehen.«

»Tu, was du tun mußt. Aber danach wirst du dieses Haus verlassen und nie wieder betreten.«

»Dazu besteht auch kein Anlaß.«

Er folgte ihr, als sie steifbeinig die Treppen hochstieg.

Zu Cams Erleichterung hatte seine Mutter noch nicht damit begonnen, Biffs Arbeitszimmer auszuräumen. Es sah noch genauso aus, wie Clare es beschrieben hatte: unordentlich und staubig, und es stank nach schalem Bier.

»Ich nehme an, du bist nicht allzu oft in diesem Raum gewesen.«

»Das war Biffs Allerheiligstes. Ein Mann hat ein Recht auf seine Privatsphäre.« Trotz dieser Worte schämte sie sich für den Schmutz genauso sehr wie für die auf dem Boden aufgestapelten Pornohefte.

Cam begann in einer Ecke und arbeitete sich schweigend systematisch voran. In einer mit Patronenhülsen und Streichhölzern vollgestopften Schublade fand er ein Päckchen Drum, welches ungefähr eine Unze Gras enthielt.

Er sah seine Mutter an.

»Das ist bloß Tabak.«

»Nein.« Er hielt ihr das Päckchen hin. »Marihuana.«

Jane verspürte einen stechenden Schmerz in der Magengrube. »Es ist Tabak Marke Drum«, beharrte sie. »Steht auf der Packung.«

»Du mußt dich nicht auf mein Wort verlassen. Ich schicke es ins Labor.«

»Das beweist gar nichts.« Nervös zerknüllte sie ihre Schürze in der Hand. »Jemand hat es ihm untergeschoben. Oder es war ein Jux. Wahrscheinlich wußte er überhaupt nicht, um was es sich handelte. Woher auch.«

Cam legte das Päckchen weg und setzte seine Suche fort. In dem hohlen Sockel, auf dem das ausgestopfte Eichhörnchen befestigt war, entdeckte er zwei Phiolen mit Kokain.

»Was?« Jane schlug die Hand vor den Mund. »Was ist das?«

Cam öffnete eine Phiole, tauchte eine angefeuchtete Fingerspitze in das weiße Pulver und kostete vorsichtig. »Kokain.«

»O nein. Das kann nicht sein. Du irrst dich.«

»Setz dich. Bitte, Mom, setz dich doch.« Er führte sie zu dem Stuhl. Ein Teil von ihm verlangte danach, sie in den Arm zu nehmen und ihr zu sagen, sie solle vergessen, was sie soeben gehört hatte. Ein anderer Teil wollte sie schütteln und ihr schadenfroh ins Gesicht rufen: *Ich habe dir gesagt, was für ein Mensch er ist. Ich habe es dir gesagt!* Und diese zwei Hälften ihres Sohnes stritten sich nun in einem Körper.

»Denk jetzt bitte nach. Wer kam regelmäßig zu euch? Wer könnte mit Biff hier hochgegangen sein?«

»Niemand.« Jane schaute auf die Phiolen, die Cam noch immer in der Hand hielt, dann wandte sie voller Abscheu den Blick ab. Sie kannte sich mit Drogen nicht aus, akzeptierte sie nur in Form von Medikamenten, die Doc Crampton ihr ab und an wegen einer Magengrippe oder ihrer arthritischen Schmerzen verordnete. Dennoch wußte sie genug darüber, um Drogen zu fürchten. »Er hat niemanden in dieses Zimmer hereingelassen. Wenn seine Pokerfreunde zu Besuch waren, hat er immer erst die Tür abgeschlossen. Er sagte, er wolle nicht, daß die Typen in seinen Sachen herumschnüffeln. Er war immer allein hier drin.«

»Okay.« Cam drückte versuchsweise ihre Hand, doch sie reagierte nicht. »Ich muß mich noch weiter umsehen.«

»Was macht das jetzt noch aus?« murmelte Jane. Ihr Mann hatte sie betrogen. Nicht mit einer anderen Frau, das hätte sie sogar noch verstanden, besonders, wenn es sich um eine käufliche Frau gehandelt hätte. Aber er hatte sie mit diesem weißen Pulver betrogen, und das war etwas, das über ihren Verstand ging.

Cam fand noch weitere Verstecke. Biff hatte nur kleine Mengen, offenbar für seinen persönlichen Gebrauch, im Haus gehabt. Sollte er auch damit gehandelt haben, dann nicht von hier aus.

»Hast du einmal gesehen, daß Biff eine größere Summe Bargeld mit sich herumtrug?«

»Wir haben nie viel Geld gehabt«, antwortete Jane müde. »Das weißt du doch.«

»Wie hat er dann die Anzahlung für den Caddy aufbringen können?«

»Ich weiß es nicht. Ich habe ihn nie gefragt.«

Cam nahm sich die Taschenbücher auf den Regalen vor und fand darunter eine ganze Reihe, die von Satanismus, Teufelsanbetung und Opferritualen handelten. Zwei davon ordnete er der harten Pornographie zu. Sie enthielten ganz offensichtlich gestellte Fotos von nackten Frauen, die von maskierten Männern gefoltert wurden. Andere wiederum setzten sich ganz sachlich mit dem Thema auseinander.

Er sortierte die übelsten aus und zeigte die restlichen seiner Mutter. »Was weißt du hierüber?«

Jane starrte mit vor Entsetzen glasigen Augen auf die Titel. Erinnerungen an ihre katholische Erziehung wallten in ihr hoch und würgten sie in der Kehle. »Was ist das? Was haben diese Bücher hier zu suchen? Wie kommt dieser Schmutz in mein Haus?«

»Sie haben Biff gehört. Du mußt mir jetzt die Wahrheit sagen, Mom. Wußtest du davon?«

»Nein.« Jane faltete die Hände vor der Brust. Sie brachte es nicht über sich, die Bücher zu berühren. Dies war schlimmer, noch viel schlimmer als die Drogen. »Ich habe sie noch nie gesehen, und ich will sie auch nicht sehen. Schaff sie fort.«

»Siehst du das hier?« Cam deutete auf das Pentagramm, das einen der Einbände zierte. »Hat Biff so etwas besessen?«

»Was ist das?«

»Hat er eins gehabt?«

»Ich weiß es nicht.« Doch ihr kamen die Dinge, die sie in dem Schuppen gefunden hatte, wieder in den Sinn. »Was hat das zu bedeuten?«

»Es bedeutet, daß Biff in irgend etwas verwickelt war. Dort könnte auch das Motiv für seine Ermordung liegen.«

Wie um eine drohende Gefahr zu bannen, streckte Jane abwehrend die Hände aus, doch sie hatte nicht die Kraft, sich zu erheben. »Er war ein guter Mann«, behauptete sie. »Er mag ja kein Kirchgänger gewesen sein, aber er würde niemals Gott auf diese Weise lästern. Du versuchst doch nur, ihn als eine Art Monster hinzustellen.«

»Verdammt, wach endlich auf!« Cam hielt ihr grob die Bücher unter die Nase. »Das war seine Vorstellung von einem angenehmen Zeitvertreib. Und das!« Er packte ein anderes Buch, schlug es auf und deutete auf ein großes Farbfoto. »Und ich glaube, er hat sich nicht damit begnügt, nur darüber zu lesen, verstehst du? Er hat bestimmt nicht nur hier gesessen, Koks geschnupft und sich dreckige Bilder angesehen. Nein, ich denke, er ist losgegangen und hat das, was hier beschrieben wird, in die Praxis umgesetzt.«

»Hör auf! Hör endlich auf! Ich will mir das nicht länger anhören!«

Nun verlor Cam endgültig die Beherrschung, packte seine Mutter und schüttelte sie heftig. Doch die erwartete Schadenfreude wollte sich nicht einstellen. »Warum nimmst du ihn auch noch in Schutz? Er hat dich nicht einen einzigen Tag deines Lebens glücklich gemacht. Ein mieser, sadistischer Scheißkerl, das war er! Er hat die Farm ruiniert, er hat dich ruiniert, und er hat weiß Gott sein Bestes getan, um auch mich zu ruinieren.«

»Er hat für mich gesorgt.«

»Er hat dich zu einer alten Frau gemacht. Einer furchtsamen, ausgelaugten, abgearbeiteten alten Frau, und dafür hasse ich ihn am meisten. Für das, was er dir angetan hat.«

Jane starrte ihn fassungslos an. Ihre Lippen bewegten sich, doch sie brachte kein Wort heraus.

»Du hast einmal oft und gerne gelacht.« In seiner wütenden, eindringlichen Stimme schwang ein flehentlicher Unterton mit, eine Bitte um Verständnis. »Du hast Wert auf dein Äußeres gelegt, hast dich für alles mögliche interessiert. Aber in den letzten zwanzig Jahren hast du nichts anderes getan, als dich halb zu Tode zu schuften. Und wenn du abends vor Erschöpfung nur noch ins Bett kriechen konntest, dann ist er ausgegangen, um schwarze Kerzen anzuzünden und Ziegen zu opfern. Oder Schlimmeres.«

»Ich weiß nicht, was ich tun soll.« Wie ein Kind begann sie, sich hin- und herzuwiegen. »Ich weiß einfach nicht, was ich tun soll.« Jane glaubte felsenfest an die Existenz des Satans. Sie sah ihn als im Garten Eden herumkriechende Schlange, als gefallenen Engel, der Christus in Versuchung führt, als Herrn des Höllenfeuers, und beim Gedanken, daß er in ihr Haus gelangen konnte, umschloß eine eisige Hand ihr Herz.

Cam ergriff erneut ihre Hände. Diesmal ließ sie es zu. »Mom, du mußt mir jetzt alles sagen, was du weißt.«

»Aber ich weiß doch gar nichts.« Ihre Augen schwammen in Tränen. »Wirklich nicht, Cam. Hat er ... hat er seine Seele verkauft?«

»So er je eine hatte, ja.«

»Wie ist es nur möglich, daß ich zwanzig Jahre mit ihm gelebt und doch nichts bemerkt habe?«

»Nun, da du Bescheid weißt, fängst du vielleicht an, dich an gewisse Dinge zu erinnern; Dinge, denen du zuvor keine Beachtung geschenkt hast oder die du nicht wahrhaben wolltest.«

Mit fest zusammengepreßten Lippen blickte Jane auf das zu Boden gefallene Buch. Das Foto zeigte eine nackte Frau mit blutverschmierten Brüsten. Zwischen ihren Beinen steckte eine Kerze.

Sie war quasi darauf dressiert worden, sich ihrem Mann gegenüber stets loyal zu verhalten, über all seine Fehler hinwegzusehen und ständig nach Rechtfertigungen zu suchen. Doch lange, ehe sie unter Biffs Fuchtel geraten war, hatte man sie eine andere Loyalität gelehrt, die ihr jetzt wieder in den Sinn kam und sie den Zorn Gottes und das himmlische Strafgericht fürchten ließ. Und diese Furcht überwog bei weitem.

»Der Schuppen«, gestand sie tonlos. »Es war im Schuppen.«

»Was war im Schuppen?«

»Da hab' ich die Sachen gefunden. Ich habe sie sofort verbrannt.«

»O verdammt!«

»Ich mußte es tun.« Janes Stimme wurde schrill. »Ich mußte sie verbrennen. Wie konnte ich zulassen, daß jemand sie zu Gesicht bekommt?«

»Daß jemand was zu Gesicht bekommt?«

»Hefte. Solche wie diese.« Sie deutete auf den Boden, dann wandte sie den Blick ab.

»Ist das alles, was du verbrannt hast?«

Sie schüttelte den Kopf.

»Was noch?«

Fast krank vor Scham flüsterte sie: »Kerzen, solche wie die auf den Fotos. Schwarze Kerzen. Und ein langes schwarzes Gewand mit Kapuze. Es roch ...« Bei der Erinnerung stieg ihr der Mageninhalt in die Kehle. »Es roch nach Blut. Dann waren da noch Fotos. Schnappschüsse.«

Cams Hände schlossen sich fest um die ihren. »Was war darauf zu sehen?«

»Mädchen. Zwei junge Mädchen, eine dunkelhaarig, die andere blond. Sie waren ... sie waren nackt und an Händen und Füßen gefesselt. Auf der Pritsche im Schuppen. Ich hab' die Fotos zerrissen und verbrannt.«

Cam war es, als versetze ihm jemand einen heftigen Schlag in die Magengrube. »Du hast die Bilder verbrannt?«

»Ich mußte es einfach tun.« Hysterie schlich sich in Janes Stimme. »Ich mußte! Was hätte ich denn sonst tun sollen? Es war so ekelhaft. Die Leute dürfen auf keinen Fall erfahren, daß er Frauen hierhergebracht und sie dafür bezahlt hat, damit sie für schmutzige Fotos posieren.«

»Wenn du die Mädchen selber oder andere Fotos von ihnen sehen würdest, würdest du sie wiedererkennen?«

»O ja. Diesen Anblick werde ich nie vergessen.«

»Okay. Ich werde Bud anrufen, und dann gehen wir in den Schuppen, und du zeigst mir, wo du was gefunden hast.«

»Die Leute werden es erfahren.«

»Ja.« Er gab ihre Hände frei, so daß sie ihr Gesicht damit bedecken konnte. »Die Leute werden es erfahren.«

»Wonach genau suchen wir denn, Sheriff?«

»Ich weiß es noch nicht.« Cam blickte zum Haus zurück, wo seine Mutter händeringend auf der Veranda stand. »Hast du alles mitgebracht?«

»Alles, was du haben wolltest.«

»Dann zieh dir die Handschuhe an, und nichts wie an die Arbeit.«

Beide streiften sich dünne Chirurgenhandschuhe über und betraten den Schuppen.

Seine Mutter hatte sogar die verdammte Matratze verbrannt, stellte Cam fest und betrachtete erbittert das leere Metallgestell der Pritsche. Abgesehen von einigen Werkzeugen, Staubflocken und zerbrochenen Bierflaschen war nichts übriggeblieben. Cam ging in die Knie und untersuchte die Unterseite einer Werkbank.

»Wonach suchen wir nun eigentlich?« erkundigte sich Bud noch einmal.

»Das sage ich dir, wenn wir es gefunden haben.«

»Schöne Art, seinen Sonntag zu verbringen.« Trotzdem

pfiff Bud fröhlich durch die Zähne. »Ich hab' mich für heute abend mit Alice verabredet.«

»Ach wirklich?«

»Ich will sie in dieses mexikanische Restaurant ausführen und anschließend ins Kino einladen.«

»Du stürzt dich ja richtig in Unkosten.«

»Nun ...« Bud errötete leicht und strich mit dem Finger ganz leicht über die Metallregale. »Sie ist es wert. Du solltest mit Clare auch mal zu dem Mexikaner gehen. Es ist wirklich gemütlich da, weißt du, viele Blumen, Keramik und all so'n Zeug. Frauen fliegen auf Atmosphäre.«

»Ich lasse es mir durch den Kopf gehen.«

»Glaubst du, eine Margarita ist ein passender Drink für eine Frau?«

»Laut Jimmy Buffet nicht.«

»Wem?«

»Vergiß es. Versuch es mit einem Dos-Equis-Bier und bleib bei einem.«

»Dos Equis«, wiederholte Bud bei sich. »Ich frage mich nur, was – aua, Scheiße!«

»Was gibt's?«

»Irgendwas hat mich gestochen, ging beinahe durch den Handschuh. Einer von diesen Ohrsteckern mit spitzem Ende.« Bud hielt seinen Fund hoch. Ihm war nicht ganz wohl in seiner Haut. Zwar wußte jeder, daß Biff sich mit anderen Frauen vergnügt hatte, aber den unmittelbaren Beweis in Form eines Ohrringes in seinem Werkzeugschuppen zu finden ... »Ich, äh, ich sollte ihn wohl besser sicherstellen.«

»Tu das. Und das hier gleich mit.« Cam löste ein Tütchen Kokain von der Unterseite der Werkbank, wo Biff es festgeklebt hatte.

»Ach du heilige Scheiße! Ist es das, wofür ich es halte?«

»Steck es in einen Plastikbeutel, Bud.«

»Klar doch.« Bud nahm das Tütchen an sich und betrachtete es unschlüssig.

Cam ließ sich auf alle viere nieder und suchte mit seiner Taschenlampe jeden Zentimeter des Fußbodens ab. Zwischen den Scherben der Bierflaschen entdeckte er einen dünnen Splitter getönten Glases, der offenbar von einer Brille stammte. Und Carly Jamison war kurzsichtig gewesen. Er untersuchte die Scherben genauer und fand noch zwei Stückchen.

Als die Durchsuchung beendet war, trat er ins Sonnenlicht hinaus. »Hast du das Foto der kleinen Jamison mitgebracht?« fragte er Bud.

»Ja, das hast du mir doch extra eingeschärft. Es liegt im Auto.«

»Gut, dann kümmere du dich jetzt um die Fingerabdrücke.«

»Sofort.« Buds Gesicht hellte sich auf. Fingerabdrücke sicherzustellen war eine seiner größten Leidenschaften, nur kam er leider nur selten in diesen Genuß. »Ich fang' gleich an.«

Cam holte das Foto aus dem Auto und ging zum Haus zurück, wo seine Mutter auf ihn wartete. Sie sah alt aus, fand er, älter noch als zwei Stunden zuvor, als sie ihm die Tür geöffnet hatte.

Er hielt ihr das Foto hin. »Ist das dasselbe Mädchen wie auf dem Bild, das du in Biffs Schuppen gefunden hast?«

Jane leckte sich nervös über die Lippen und zwang sich, genau hinzusehen. Ein hübsches Gesicht, dachte sie. Und noch so schrecklich jung. Sie mußte den Blick abwenden. »Ja.«

»Erinnere dich bitte an die Zeit um Ostern rum. Hast du dieses Mädchen damals hier gesehen?«

»Nein, nie.« Jane blickte über den Kopf ihres Sohnes hinweg zu den Feldern. »Ist sie tot?«

»Ich fürchte, ja.«

»Glaubst du, daß Biff sie getötet hat?«

»Er war sicher an dem, was ihr zugestoßen ist, beteiligt. Sie wurde in diesem Schuppen gefangengehalten.«

Jane hatte gedacht, nie wieder weinen zu können, doch nun kamen ihr erneut die Tränen und rollten ihr über die brennenden Wangen. »Ich wußte nichts davon. Ich schwöre bei meinem Leben, daß ich nichts davon wußte.«

»Wer ist denn zu dieser Zeit hiergewesen? Wer kam vorbei und verbrachte ein paar Stunden mit Biff?«

»Cam, das ist so viele Wochen her, ich weiß es beim besten Willen nicht. Woher sollte ich auch? Kurz vor Ostern habe ich die Grippe bekommen, erinnerst du dich? Du hast mir Blumen gebracht.«

»Richtig, jetzt fällt's mir wieder ein.«

»Biff kam und ging, wie er wollte. Ich glaube, einmal fand hier eine Pokerrunde statt, aber das kann auch nach Ostern gewesen sein.« Sie fuhr sich mit der Hand über das glanzlose, stumpfe Haar. »Ich hab' mich nie um seine Angelegenheiten gekümmert, er konnte das nicht leiden. Aber was macht das jetzt noch für einen Unterschied? Er hat seine Seele verkauft, und nun schmort er auf ewig in der Hölle.«

»Schon gut.« Er trieb ein lahmes Pferd über Gebühr an, und er wußte es. »Wenn dir noch irgend etwas einfällt, was mir weiterhelfen könnte, dann ruf mich doch bitte an. Und sprich mit niemandem über diese Sache.«

»Ich werde mich hüten«, erwiderte Jane dumpf. »Es kommt sowieso alles ans Licht, das ist nun einmal der Lauf der Welt.«

Cam seufzte. »Möchtest du bei mir wohnen, bis ... für eine Weile?«

Zuerst war sie überrascht, dann beschämt. »Nein, ich komme hier schon klar, aber trotzdem danke für dein Angebot.«

»Verdammt, du bist meine Mutter, und ich liebe dich! Das ist kein höfliches Angebot gewesen!«

Durch die Tränen, die jetzt rascher flossen, nahm sie ihn nur verschwommen wahr. Aber im Augenblick sah er wieder so aus, wie er als Junge ausgesehen hatte. Groß, trotzig und aufsässig. Er wirkte zornig, dachte Jane benommen. Es kam ihr so vor, als sei er seit dem Tag, an dem sein Daddy gestorben war, zornig auf sie gewesen.

»Ich bleibe trotzdem lieber hier. So ist die Farm dann eben noch ein wenig länger mein Heim.« Sie schickte sich an, ins Haus zu gehen, doch dann blieb sie stehen und nahm allen Mut, der ihr noch geblieben war, zusammen, um sich umzudrehen und ihrem Sohn ins Gesicht zu sehen. »Als du sechs Jahre alt warst, hast du einmal meinen guten roten Lippenstift in die Finger bekommen und im Badezimmer in Großbuchstaben ›Ich liebe dich, Mom‹ auf die Kacheln geschrieben. Ich glaube, nichts hat mir jemals so viel bedeutet.« Hilflos, ohne Hoffnung sah sie ihn an. »Ich wünschte nur, ich hätte dir das schon früher gesagt.«

Sie ging ins Haus und schloß leise die Tür hinter sich.

Als Cam nach Hause kam, wartete Clare dort schon auf ihn. Sie empfing ihn an der Tür, sah ihn kurz an und schlang dann die Arme um seinen Hals.

»Wir müssen nicht darüber reden.« Als er seine Wange in ihr Haar drückte, umarmte sie ihn fester. »Ich hab' Pizza mitgebracht. Wenn du lieber allein sein willst, dann sag es, dann fahre ich nach Hause. Du kannst dir das Essen dann ja warmmachen, wenn dir danach ist.«

Cam senkte seinen Mund auf den ihren hinab. »Bleib hier.«

»Okay. Angie und Jean-Paul sind vor einer Stunde weggefahren, sie mußten in die Galerie zurück. Ich soll dich schön grüßen.«

»Und Blair?«

»Der hat sich entschlossen, noch ein paar Tage hierzubleiben.« Clare wich ein Stück zurück, um ihn genauer anzusehen. »Rafferty, du siehst grauenhaft aus. Wie wär's, wenn du hochgehst und dich in dein Prachtstück von Badewanne legst? Ich wärme inzwischen die Pizza auf und hole dir ein Bier.«

»Slim.« Er ballte ihre Hand zur Faust und zog sie an die Lippen. »Du wirst mich wohl oder übel heiraten müssen.«

»Ich muß was?«

Die Panik, die in ihre Augen trat, nahm er nicht weiter ernst. »Mir gefällt die Vorstellung, daß du mich jeden Abend an der Tür begrüßt und mir Pizza warmmachst.«

Lächelnd trat Clare noch einen Schritt zurück. »Da gibt

man diesem Mann den kleinen Finger, und er will gleich die ganze Hand.«

»Ich hätte gern Gesellschaft in der Badewanne.«

Clare entspannte sich sichtlich. »Damit ich dir den Rücken waschen kann, nehme ich an.«

»Du wäschst meinen, ich wasch' deinen.«

»Abgemacht.« Sie zog sich an ihm hoch und schlang die Beine um seine Hüften. »Was hältst du davon, wenn wir die Pizza später aufwärmen?«

»Gute Idee.«

Hand in Hand gingen sie nach oben, während die Sonne langsam zu sinken begann.

Aber es gab welche, die ungeduldig dem Sonnenuntergang entgegenfieberten.

Zehntes Kapitel

Gegen halb zehn abends war *Rocco's Pizzeria* knüppelvoll. Joleen Butts gab die Hoffnung, früh Feierabend zu machen, endgültig auf, als sich die Hobbs' – eine siebenköpfige Familie – vollzählig in ihrem Laden versammelten. Der Jüngste brachte es fertig, trotz des Fläschchens in seinem Mund lauthals zu quäken, während sich die anderen vier Kinder mit gezückten Vierteldollarstücken um die Spielautomaten scharten. Joleen nahm die Bestellung entgegen – drei große Pizzas, doppelt belegt – und fuhr fort, Teigfladen mit würzig riechenden Pilzen und geraspeltem Mozzarella zu belegen.

Inzwischen waren alle vier Sitzecken belegt, die Tische mit zusammengeknüllten Papierservietten und Krümeln übersät. Der Junge, der halbtags bei ihnen aushalf, lieferte gerade eine Bestellung aus. Joleen bemerkte, daß der jüngste Hobbs-Sprößling unbeaufsichtigt herumtapste und seine klebrigen Finger gegen die Glastheke preßte, während er verlangend auf die dahinter ausgestellten Süßigkeiten und Limonadendosen starrte.

Soviel zum frühen Feierabend, dachte sie resigniert.

In ein paar Wochen, während der Sommerferien, würden sie die Pizzeria bis Mitternacht geöffnet lassen. Die Jugendlichen hielten sich gerne hier auf, drängten sich in die Sitzecken, futterten Pizza und fütterten den Dragon Master mit Vierteldollarmünzen. Nur ihr eigener Sohn bildete da eine Ausnahme, dachte sie bedrückt, als sie die Pizza in den Ofen schob.

Der Junge hockte lieber allein zuhause und hörte Musik.

Joleen lächelte ihrem Mann zu, der gerade zwei Pappschachteln zur Kasse trug. »Ganz schön was los«, murmelte er, ihr zuwinkend.

Wie fast jeden Tag, dachte Joleen bei sich und begann, eine Pizza mit Meeresfrüchten zu belegen. Das Geschäft lief ausgezeichnet, so, wie sie es sich erträumt hatten. Seit ihrer Teenagerzeit hatten sie und Will darauf hingearbeitet, eines Tages ein eigenes Geschäft in einer hübschen, friedlichen Kleinstadt zu besitzen, wo ihre Kinder glücklich und unbeschwert aufwachsen konnten. Ihr Kind, korrigierte sie sich. Zwei Fehlgeburten nach Ernie hatten dem Traum von der Großfamilie ein Ende gesetzt.

Aber sonst konnten sie wahrlich nicht klagen.

Joleen sorgte sich manchmal um ihren Sohn. Aber vermutlich hatte Will ganz recht, wenn er sagte, Ernie mache nur eine schwierige Phase durch. Von einem Siebzehnjährigen konnte man nicht erwarten, daß er seinen Eltern übermäßige Zuneigung entgegenbrachte oder auch nur ihre Gesellschaft genoß. Als sie selbst siebzehn gewesen war, hatte sie nur eins im Sinn gehabt: möglichst schnell vom Elternhaus wegzukommen. Zum Glück hatte sie dann Will kennengelernt, der dasselbe Ziel verfolgte.

Sie wußte, daß sie beide eine Ausnahmeehe führten. Jung gefreit, früh bereut, sagte man doch so schön. Doch dieses Sprichwort traf auf sie wirklich nicht zu. Nach nunmehr achtzehn Ehejahren fühlte sich die sechsunddreißigjährige Joleen bei ihrem Mann immer noch so sicher und geborgen wie am ersten Tag.

Sie war beileibe nicht traurig, daß Ernie sich noch nicht

ernsthaft für ein bestimmtes Mädchen interessierte. Will und sie mochten ja in jungen Jahren schon reif genug gewesen sein, eine Ehe einzugehen, aber Ernie war es mit Sicherheit nicht. In mancher Hinsicht wirkte er noch arg kindlich. Andererseits ...

Joleen schob ihren langen braunen Zopf nach hinten. Andererseits verstand sie ihn oft nicht. Manchmal schien er viel älter und härter als sein Vater zu sein. Er mußte wohl erst sein inneres Gleichgewicht finden, ehe er eine feste Bindung eingehen konnte.

Trotzdem mochte sie Sally Simmons gut leiden. Das frische Gesicht des Mädchens, die guten Manieren und das gepflegte Äußere gefielen ihr. Sally würde sicherlich einen guten Einfluß auf Ernie ausüben, ihn dazu bewegen, etwas mehr aus sich herauszugehen. Mehr brauchte ihr Sohn nicht.

Nein, Ernie war schon ein guter Junge. Joleen packte die fertige Pizza ein und reichte sie zusammen mit einem Sechserpack Mountain Dew Deputy Morgan. »Haben Sie heute Nachtschicht?«

»Nö.« Mick Morgan grinste sie an. »Hatte nur Hunger. Keiner macht so leckere Pizza wie Sie, Miz Butts.«

»Ich hab' eine Extraportion Zwiebeln draufgetan.«

»Wunderbar.« Die Frau war eine echte Augenweide, dachte Morgan bewundernd, mit ihrem von der Hitze des Backofens geröteten Gesicht und der langen weißen Schürze über Jeans und Bluse. Sie wirkte viel zu jung, um bereits Mutter eines fast erwachsenen Sohnes zu sein. Mick vermutete, daß sie wohl sehr früh ungewollt schwanger geworden war und das Beste daraus gemacht hatte. »Wie geht's denn Ihrem Jungen?« erkundigte er sich, als er sein Wechselgeld einsteckte.

»Gut.«

»Nächste Woche macht er seinen Abschluß, stimmt's?«

Joleen nickte. »Kaum zu glauben.«

»Na, ich muß los. Machen Sie's gut.«

»Sie auch.«

Nächste Woche macht er seinen Abschluß, wiederholte

Joleen in Gedanken und atmete die vom Duft nach Gewürzen, Käse und Paprika erfüllte Luft ein. Ihr kleiner Junge. Wie oft schon hatte sie sich gewünscht, sie könnte die Zeit zurückdrehen und den Zeitpunkt lokalisieren, an dem alles schiefzugehen begonnen hatte.

So durfte sie nicht denken, mahnte Joleen sich. Ernie war ein eigenständiger Mensch, eine individuelle Persönlichkeit, und das mußte sie akzeptieren. Trotzdem stieg so etwas wie Neid in ihr auf, als sie beobachtete, wie die kleine Teresa Hobbs ihren Vater umarmte und dabei vor Wonne gluckste. Gut, Ernie war nun einmal kein lebhafter, aufgeschlossener, umgänglicher Mensch, aber wenigstens geriet er nicht in Schwierigkeiten. Seine Noten in der Schule waren gleichbleibend gut, und er kam nie angetrunken oder bekifft nach Hause – was bei ihr in diesem Alter häufiger vorgekommen war. Er war nur so ... so eigenbrötlerisch. Immer in Gedanken versunken.

Wenn sie nur wüßte, was in ihm vorging.

Er wartete. Ernie wußte, daß er zu früh dran war, doch er hatte es zu Hause einfach nicht mehr ausgehalten. Vor Aufregung schlug sein Herz so hart und schnell, daß er meinte, es müsse jeden Moment explodieren. Doch er erkannte nicht, daß diese Aufregung zum größten Teil auf Angst basierte, auf nackter, kalter Angst.

Das helle Licht des vollen Mondes tauchte die Bäume in einen silbernen Schein und ergoß sich glitzernd über die Felder. In der Ferne konnte er Doppers Farm erkennen. Irgendwo muhten Kühe klagend in die Nacht.

Ernie dachte an den heimlichen Besuch, den er der Farm abgestattet hatte. Damals war er, ausgerüstet mit einem Rucksack, der mehrere Messer und ein Seil enthielt, über den Zaun gestiegen. Das Mondlicht war schwächer und der Wind kälter gewesen.

Es hatte ihm keine Schwierigkeiten bereitet, die beiden Kälber in eine Ecke zu treiben und an den Beinen zu fesseln, so, wie er es in den Filmen gesehen hatte, die im Rahmen des Landwirtschaftskurses, den zu besuchen er verpflichtet gewesen war, gezeigt wurden. Er hatte jede einzelne Minute des Kurses verabscheut, doch die Filme kamen ihm nun zugute. Er erinnerte sich genau daran, wie man die Tiere einfangen mußte, um sie mit Brandzeichen zu versehen.

Nur hatte er absolut keine Vorstellung von den Unmengen Blut, die beim Schlachten flossen, gehabt. Er hatte auch nicht gewußt, welche entsetzlichen Laute die verängstigten Tiere von sich gaben und wie sie furchtsam mit den Augen rollten.

Anfangs war ihm übel geworden, und er hatte die Kadaver einfach liegengelassen und war in den Wald gerannt, um sich heftig zu übergeben. Aber er hatte seine Tat zu Ende geführt. Er war zurückgekehrt und hatte es zu Ende gebracht. Er hatte bewiesen, daß er ihrer würdig war.

Ein Tier mit eigenen Händen zu töten, war entschieden schwieriger, als er gedacht hatte. Auch war es etwas ganz anderes, mit einer kleinen Phiole voll Blut herumzuspielen, als es lebenswarm über seine Hände rinnen zu spüren.

Nächstesmal würde es ihm leichterfallen.

Ernie rieb sich mit der Hand über den Mund. Nächstesmal mußte es ihm leichterfallen.

Im Gebüsch raschelte etwas, und er drehte sich um, ohne sich bewußt zu sein, daß in seinen Augen dieselbe Angst stand, die er in den Augen der Kälber gelesen hatte. Seine Hand schloß sich um den Zündschlüssel, der noch im Schloß steckte. Einen Moment, den Bruchteil einer Sekunde lang befahl ihm eine innere Stimme eindringlich, den Motor anzulassen, den Wagen zu wenden und so schnell wie möglich zu verschwinden. Sieh zu, daß du wegkommst, solange du noch Zeit dazu hast, dachte er bei sich.

Doch sie tauchten bereits aus dem Dickicht auf. Wie Gespenster oder Waldgeister. Oder Dämonen.

Vier waren es; sie trugen wallende Gewänder und Masken. Ernie schluckte hart, als einer von ihnen die Hand ausstreckte und die Wagentür öffnete.

»Ich bin gekommen«, sagte er.

»Man hat um dich geschickt«, bekam er zur Antwort. »Es gibt kein Zurück mehr.«

Ernie schüttelte den Kopf. »Ich bin bereit. Ich will lernen. Ich will dazugehören.«

»Trink das.«

Einer der Männer hielt ihm ein Glas hin. Mit unsicheren Bewegungen kletterte der Junge aus dem Wagen, nahm es entgegen und hob es an die Lippen. Während er trank, heftete er den Blick auf die Augen, die hinter der Maske des Baphomet funkelten.

»Komm.«

Ein anderer Mann stieg in den Wagen und fuhr ihn so tief ins Gebüsch, daß er von der Straße aus nicht mehr gesehen werden konnte. Die restlichen drei nahmen Ernie in die Mitte und führten ihn in den Wald.

Keiner sprach mehr ein Wort. Ernie fand, daß sie großartig, ja, beeindruckend aussahen, wie sie im schummrigen Licht dahinschritten. Trockene Blätter raschelten leise, wenn der Saum ihrer Roben sie streifte. Eine ganz spezielle Musik, dachte er böse lächelnd. Das Halluzinogen, welches man ihm verabreicht hatte, zeigte bereits Wirkung. Die Welt um ihn herum begann sich zu verändern. Seine Begleiter schienen plötzlich zu schweben, glitten schwerelos um die Bäume herum oder waberten durch sie hindurch.

Der Mond leuchtete auf einmal blutrot. Vor Ernies Augen nahm seine Umgebung neue Formen an, zerfloß zu magischen Schatten, schillerte in nie gesehenen Farben. Das Knirschen des Laubes unter seinen Füßen verstärkte sich zu einem dröhnenden Rauschen und brachte sein Blut in Wallung. Er marschierte geradewegs auf sein Schicksal zu.

Baphomet drehte sich zu ihm um. Sein Gesicht wirkte riesenhaft, größer und heller als der Mond. Ernie lächelte, da er sich vorstellte, seine eigenen Gesichtszüge würden ihre Konsistenz verlieren und sich in die eines jungen Wolfes, eines hungrigen, gerissenen jungen Wolfes verwandeln.

Er hatte keine Ahnung, wie lange sie schon unterwegs

waren. Es kümmerte ihn auch nicht. Er wäre mit ihnen bis hinunter in den tiefsten Schlund der Hölle gegangen. Die Flammen konnten ihm nichts anhaben. Er war einer der ihren. Dieses Bewußtsein verlieh ihm ein überwältigendes Gefühl von Stolz und Macht.

Als sie den magischen Kreis erreichten, warteten die anderen dort bereits auf sie. Baphomet richtete das Wort an ihn. »Glaubst du an die Macht des Herrn der Finsternis?«

»Ja.« Mit seinen drogenumflorten Augen und dem entrückten Gesichtsausdruck wirkte Ernie wahrlich nicht wie ein gerissener, hungriger Wolf, sondern eher wie ein harmloses, verängstigtes Kind. »Ich verehre Ihn. Ich habe Ihm Opfer dargebracht. Ich habe auf Ihn gewartet.«

»Heute nacht wirst du in Sein Antlitz schauen. Leg deine Kleider ab.«

Gehorsam zog Ernie Turnschuhe und Jeans aus und streifte sein Black-Sabbath-Shirt ab. Nun trug er nur noch das Pentagramm, Jemand warf ihm ein langes Gewand über.

»Noch steht dir keine Maske zu. Später, wenn du in den Kreis der Auserwählten aufgenommen worden bist, hast du das Recht, dir eine auszuwählen.«

Die Stimme drang seltsam verzerrt an Ernies Ohr, wie eine Platte, die mit der falschen Geschwindigkeit abgespielt wird. »Ich habe alle einschlägigen Werke studiert«, stieß er hervor. »Ich weiß Bescheid.«

»Du hast noch viel zu lernen.«

Baphomet trat in den Kreis, die anderen versammelten sich um ihn. Als Ernie seinen Platz einnahm, fiel sein Blick auf die Frau. Sie war sehr hübsch in ihrem roten Gewand und mit dem schimmernden, offen um ihre Schultern fallenden Haar. Er spürte, wie sein Glied sich aufrichtete. In diesem Moment erkannte er sie.

Sarah Hewitt hatte schon mehrmals an der Zeremonie teilgenommen. Alles, was sie für ihre zweihundert Dollar Honorar zu tun hatte, war, sich nackt auf einen Holzklotz zu legen und abzuwarten, bis ein paar Verrückte ihre lächerliche Vorstellung abgezogen hatten. Viel seltsamer Gesang und noch mehr Beschwörungen. Den Teufel anrufen, du lieber Himmel! Alles nur ein Vorwand, um sie bumsen zu können. Aber für zweihundert Dollar kümmerte es sie herzlich wenig, daß die Freier Masken tragen und mit nacktem Hintern durch die Gegend hüpfen wollten. Sicher, das Schlachten der Ziege war und blieb eine ekelhafte Geschichte, aber bitte, das war nicht ihr Bier. Jedenfalls sah es so aus, als würde es heute abend eine Sondereinlage geben. Sarah hatte Ernie gleichfalls erkannt und versprach sich von ihm etwas Abwechslung.

Der Junge war völlig stoned, stellte sie fest. Wenn es soweit war, würde er vermutlich keinen hochbekommen. Na, sie würde ihn schon wieder hinkriegen. Das war etwas, was sie wirklich gut konnte.

Die Aufforderung, sich heute abend hier einzufinden, hatte ihr eine Last von der Seele genommen. Es war ein Fehler gewesen, mit Cam zu sprechen, und Sarah wußte nur zu gut, was Leuten blühte, die Fehler machten.

Die Glocke wurde geläutet, die Kerzen entzündet und das Feuer in der Grube angefacht. Sarah löste ihr Gewand und ließ es von den Schultern gleiten. Einen Moment verharrte sie in dieser Pose, wohl wissend, daß alle Augen auf sie gerichtet waren. Dann ging sie langsam zu dem Holzblock hinüber und nahm mit gespreizten Beinen ihre Position ein.

Der Hohepriester hob die Arme. »Im Namen Satans, des allmächtigen Herrschers, hört mich an! Ich rufe die Mächte der Hölle, auf daß unser Begehr erfüllt wird. So hört denn die Namen!«

Ernie erschauerte, als die Namen aufgerufen wurden. Er kannte sie alle, hatte darüber gelesen und ihre Träger angebetet. Doch nun war er dabei zum erstenmal nicht alleine. Heiß strömte das Blut durch seine Adern und mischte sich mit der tief in seinem Inneren lauernden Furcht, als er im Chor mit den anderen jeden Namen wiederholte.

Der silberne Kelch wurde herumgereicht, und Ernie benetzte seine ausgedörrten Lippen mit dem mit Drogen versetzten Wein. Die Flammen, die in der Grube flackerten, schienen gierig aufzuzüngeln und nach ihm zu haschen. Sein Körper brannte.

Er beobachtete den Hohenpriester, und während er das tat, schob sich das Bild der Skulptur, die Clare geschaffen hatte, über die Realität. Sie wußte, dachte er und empfand plötzlich eine ungeheure Sehnsucht nach ihr. Sie gehörte zu den Eingeweihten.

Der Priester griff nach dem Schwert, um die vier Höllenfürsten zu beschwören.

Eine Welle der Macht schlug über Ernie zusammen, drang wie ein eiskalter Speer in sein Herz. Ihm wurde abwechselnd heiß und kalt, als er in den Gesang mit einstimmte.

»Heute bringen wir dir einen neuen Diener, o Gebieter! Sein Herz, seine Seele und sein Geist gehören dir. Zu deinem Ruhme soll sich sein Blut mit dem unseren vermischen.«

»*Ave*, Satan.«

Der Priester streckte eine Hand aus und wies Ernie an, in den Kreis zu treten. »Bist du aus freiem Willen an diesen Ort gekommen?«

»Ja.«

»Nimmst du den Herrn der Finsternis als deinen Gebieter an?«

»Ja.«

»Bist du bereit, nun den Eid zu leisten? Bist du gewillt, die Gebote zu befolgen?«

»Ich schwöre es.«

Ernie nahm kaum wahr, daß der Zeigefinger seiner linken Hand leicht eingeritzt wurde. Fast träumerisch drückte er den Finger auf das Pergament, welches man ihm reichte, und unterzeichnete mit seinem Blut.

»Nun ist es besiegelt. Nun bist du einer der Auserwählten. Sprichst du über das, was heute nacht geschehen ist, so soll deine Zunge im Munde faulen und dein Herz sich zu Stein verhärten. Heute nacht empfängst du Seine Gunst, doch Sein Zorn wird dich treffen, wenn du Seine Gebote übertrittst.«

»Ich schwöre.«

Der Priester legte Ernie die Hände auf die Schultern und warf den Kopf zurück. »So sei es!«

»Heil, Satan«, echote der Chor.

Eine der vermummten Gestalten trat vor und reichte dem Priester einen kleinen Knochen. Dieser nahm ihn, ließ den verwirrten Ernie stehen und begab sich zum Altar, wo er den Knochen hochkant zwischen Sarahs Schenkeln befestigte. Dann hob er den zwischen ihren Brüsten stehenden Kelch hoch und verschüttete langsam den Wein über ihren Körper.

»Die Erde ist unser aller Mutter, feucht und fruchtbar wie eine Frau.« Seine Hände glitten über Sarahs Körper. »Erhöre uns, o Satan, und gewähre uns die Freuden des Fleisches.«

»*Ave*, Satan.«

Der Ziegenbock wurde herbeigeschafft, das Messer gezückt. Die Drogen und der monotone Gesang vernebelten Ernies Hirn, und er fiel auf die Knie und betete zu dem Gott, dem er soeben abgeschworen hatte, daß sich ihm nicht ausgerechnet jetzt der Magen umdrehen möge.

Er wurde auf die Füße gezogen. Jemand streifte ihm seine Robe ab. Der Priester streckte eine bluttriefende Hand nach ihm aus und zeichnete ein Symbol auf Ernies Brust.

»Nun bist du mit dem Opferblut gezeichnet. Jetzt rufe den Namen!«

Ernie schwankte, wie hypnotisiert von dem brennenden Blick der Augen, die sich in die seinen bohrten. »Sabatan!«

»Sabatan!«

Der Priester kehrte zum Altar zurück und wiederholte die Litanei, dann hob er den Knochen und drehte sich zu seinen Anhängern um.

»Fleischeslust ohne Sünde!« rief er laut.

Die anderen Männer legten ihre Gewänder ab. Der Gesang schwoll an. Ernie nahm nichts anderes mehr wahr, als er zum Altar geführt wurde. Er schüttelte heftig den Kopf, um die Nebel daraus zu vertreiben. Sarahs Hände schlossen sich um seinen steifen Penis und bearbeiteten ihn, bis Ernie vor Lust erschauerte. Trotz des Gesanges vernahm er deutlich ihr leises, spöttisches Lachen.

»Na, komm schon, Kleiner. Zeig den alten Säcken mal, was 'ne Harke ist.«

Heiße Wut stieg in ihm auf und mischte sich mit Übelkeit und Begierde. Er warf sich auf sie und stieß heftig in sie hinein, bis der Spott aus ihrem Gesicht wich und einem leisen Aufflackern von Lust Platz machte.

Er wußte, daß die anderen ihn beobachteten, doch es kümmerte ihn nicht weiter. Ihr heißer Atem strich über sein Gesicht, er begann zu zittern, und Tränen traten in seine Augen, als der Gesang sein ganzes Denken erfüllte. Er gehörte dazu.

Als er fertig war, sah er den anderen zu, was ihn von neuem erregte. Einer nach dem anderen machten sie von Sarah Gebrauch, gierig keuchend und lüstern hechelnd wie die Tiere. Nun wirkten sie nicht länger imponierend und furchteinflößend, sondern boten ein eher klägliches Bild, da das Mondlicht Fettwülste und andere körperliche Unzulänglichkeiten mit grausamer Deutlichkeit enthüllte.

Einige hatten ihre besten Jahre schon hinter sich, stellte Ernie fest. Alt und übergewichtig mühten sie sich schnaufend und japsend auf dem lebenden Altar ab und sackten schließlich erschöpft in sich zusammen. Je mehr die Wirkung der Droge nachließ und seine Erregung abflaute, desto zynischer wurden seine Beobachtungen. Ein paar Männer onanierten auf den Boden, da sie ihre Ungeduld nicht länger zügeln konnten. Sie wirkten wie trunken, berauscht von Sex und Blut.

Ernies höhnischer Blick wanderte von einem zum anderen und blieb schließlich an dem Mann hängen, der die Maske des Bockes von Mendes trug. Sein nackter, schlanker Körper schimmerte fahl im bleichen Licht, und auf seiner Brust glitzerte ein schwerer silberner Anhänger. Dieser Mann tanzte nicht um das Feuer herum oder warf sich wollüstig auf die Frau, sondern er stand nur da und sah dem Treiben zu.

Dort lag die Macht, erkannte Ernie. In diesem Mann konzentrierte sie sich, dieser Mann wußte um die Abgründe der menschlichen Seele. Als er sich Ernie näherte, begann der Junge leicht zu zittern.

»Hast du eine Frage?«

»Ja. Das Ritual – der Ablauf stimmt nicht mit dem überein, was ich darüber gelesen habe.«

»Wir selbst bestimmen die Regeln. Unsere Bedürfnisse sind maßgebend. Mißfällt dir das?«

Ernie blickte zu dem Altar hinüber, wo die Männer noch immer ihrer Lust frönten. »Nein.« Das war es, was er gewollt hatte, das war die absolute Freiheit. »Aber die Befriedigung der Fleischeslust ist nur ein Weg von vielen.«

Hinter der Maske erschien ein Lächeln. »Du wirst noch andere Wege kennenlernen. Doch diese Nacht ist für dich jetzt zu Ende.«

»Aber ich will ...«

»Man wird dich jetzt zu deinem Wagen zurückbringen. Warte ab, bis du erneut gerufen wirst. Wenn du über das, was du gesehen und getan hast, auch nur ein einziges Wort verlierst, wirst du den Tod erleiden, und deine Familie wird mit dir sterben.« Abrupt wandte der Maskierte sich ab und ging zum Altar zurück.

Man brachte Ernie seine Kleider und befahl ihm, sich anzukleiden, dann eskortierten ihn zwei Männer zu seinem Wagen zurück. Er fuhr etwa eine halbe Meile, ehe er den Wagen abstellte, den Zündschlüssel abzog und zu dem geheimen Platz im Wald zurückrannte.

Er würde sich nicht einfach so abspeisen lassen wie ein kleines Kind, schwor er sich. Das Ritual war noch nicht beendet gewesen. Wenn er schon in den magischen Zirkel aufgenommen worden war, dann hatte er auch das Recht, in alles eingeweiht zu werden.

Schließlich gehörte er dazu.

In seinem Kopf tobte ein pochender Schmerz, und sein Mund fühlte sich rauh und ausgetrocknet an. Nachwirkungen der Droge, vermutete er. Er würde darauf achten, beim nächsten Mal nicht von dem Wein zu trinken, sondern nur so zu tun. Er wollte einen klaren Kopf behalten. Nur Narren und Schwächlinge brauchten Drogen.

Obwohl er ein- oder zweimal fürchtete, sich verlaufen zu haben, lief er unverzagt weiter. Er war sicher, einige der Männer erkannt zu haben, und er beabsichtigte, sich insgeheim eine Namensliste anzulegen. Sie hatten sein Gesicht gesehen, also war er berechtigt, auch die ihren zu kennen. Ein zweites Mal würden sie ihn nicht wie einen unreifen Jungen behandeln. Er gehörte zu ihnen, und eines Tages würde er, angetan mit der Bocksmaske, in der Mitte des Kreises stehen und die Mächte der Hölle anrufen.

Schon von weitem roch er den Rauch, den Gestank verschmorenden Fleisches. Rasch überquerte er den Bach, wo Junior Dopper einst seinem ganz persönlichen Dämon entgegengetreten war. Schwach drang der monotone Gesang durch die Bäume. Ernie verlangsamte seinen Schritt, ließ sich auf alle viere nieder, robbte vorwärts und verbarg sich im Gebüsch. Von diesem Versteck aus – dem selben Platz, wo sich einst ein kleines Mädchen verängstigt zusammengekauert hatte, aber das konnte er nicht wissen – beobachtete er den Fortgang des Rituals.

Die Männer hatten ihre Gewänder nicht wieder angelegt, sondern standen nackt um die Feuerstelle herum. Der Altar lag entspannt und schläfrig da, ihr Körper schimmerte weiß im Mondlicht.

»Unsere Lust ist gestillt, unsere Körper sind rein, unsere Sinne sind geschärft. Wir sind eins mit unserem Gebieter.«

»Heil, Satan!«

Der Priester stand mit gespreizten Beinen und weit ausgebreiteten Armen inmitten des Kreises und sprach mit weithin hallender Stimme einen Fluch aus. Latein? fragte sich Ernie, die Lippen leckend. Nun, welche Sprache es auch sein mochte, sie klang kraftvoller und gebieterischer als Englisch.

»Beelzebub, erscheine und erfülle mich mit deinem Zorn! Schande komme über die Erde ob ihrer Lasterhaftigkeit!« Er wirbelte zu dem Altar herum. Lässig stützte sich Sarah auf ihre Ellbogen auf.

Sie kannte ihn, kannte seine Gelüste und Geheimnisse.

»Du hast deinen Spaß ja noch gar nicht gehabt, Schätzchen«, sagte sie, ihr zerzaustes Haar schüttelnd. »Mach lieber voran. Die zwei Stunden sind fast um.«

Er schlug sie so hart ins Gesicht, daß ihr Kopf nach hinten flog. »Du hast zu schweigen, du Schlampe!«

Sarah fuhr sich mit zwei Fingern über die Lippen und spürte Blut. Haß loderte in ihren Augen auf, doch sie beherrschte sich. Sie wußte, wenn sie nicht gehorchte, würde er sie wieder schlagen. Also blieb sie still liegen und wartete ab. Ihre Stunde würde schon noch kommen. Bei Gott, das würde sie. Und dann würde ihn dieser Schlag weit mehr als lumpige zweihundert Dollar kosten.

»Blickt auf diese Hure hinab!« kreischte der Priester. »Gleich Eva wird sie verführen, was sie später verrät. Gewiß, ihre geöffneten Schenkel verheißen uns Freude, doch das Gebot wiegt stärker als die Lust. Und ich verkünde das Gebot. Es gibt keine Gnade!«

»Keine Gnade!«

»Ihre Strafe soll grausam sein. Wir kennen keine Gnade.«

»Keine Gnade!«

»Verflucht seien die Schwachen! Sie, die ausgesprochen hat, was auf ewig geheim bleiben muß, ist verdammt. So lautet das Gebot.«

»Heil, Satan!«

Als die Männer sie drohend umringten, versuchte Sarah, sich aufzurichten, doch es war zu spät. Sie wurde gepackt und mit Händen und Füßen auf den Altar gefesselt.

»Ich habe nichts verraten! Niemals habe ich ...«

Ein weiterer Schlag brachte sie zum Schweigen.

»Die Herrscher der Dunkelheit fordern Vergeltung. Sie hungern und sie dürsten nach Blut. Die Stimme ihres Zorns durchdringt die Stille der Nacht.« Der Priester drehte sich um und warf eine pulvrige Substanz ins Feuer, die die Flammen hoch auflodern ließ.

Der Gesang setzte von neuem ein, ein murmelnder Chor, der seine Worte untermalte.

»Ich bin das Instrument der Vernichtung! Ich bin der Bote des Verhängnisses. Die Qualen der Verräterin werden mich beschwichtigen, und nur ihr sündiges Blut kann meinen Durst stillen.«

»Bitte!« Entsetzt bäumte sich Sarah in ihren Fesseln auf und blickte die Männer an, die schweigend um sie herumstanden. Dieser Alptraum konnte einfach nicht wahr sein. Sie kannte sie alle, jeden einzelnen von ihnen, hatte ihnen Bier und oft auch ihren Körper verkauft. »Ich tue alles, was ihr wollt. Alles. Um Gottes willen ...«

»Es gibt keinen Gott außer Satan.«

In seinem Versteck im Gebüsch brach Ernie der Schweiß aus.

»Seht her! Der Zorn des Gebieters ergießt sich über sie.« Der Priester nahm das heilige Messer, an dem noch das Blut des Ziegenbocks klebte, zur Hand und trat vor.

Sarah begann zu schreien.

Sie schrie sehr, sehr lange. Ernie preßte die Hände gegen die Ohren, um das furchtbare Geräusch abzuwehren, doch die Schreie schwängerten die Luft wie ein übler, klebriger Geruch. Selbst als er die Augen schloß, konnte er immer noch sehen, was Sarah angetan wurde.

Das war kein Opferritual, sondern eine Hinrichtung. Ein Schlachtfest.

Die Hand vor den Mund geschlagen, rannte er blindlings durch den Wald davon, verfolgt von den entsetzlichen Schreien.

Doch es gab noch einen anderen Beobachter, und dieser rannte nicht davon. Dieser kroch wie ein Tier auf Händen und Füßen durch das Unterholz, mit leuchtenden Augen, in denen ein Anflug von Irrsinn flackerte. Dieser Beobachter sog den grausigen Anblick in sich auf, dieser verlangte nach mehr, wartete ab, schwitzend und mit wild klopfendem Herzen, lechzte mit der glühenden Inbrunst der Verdammten nach Blut.

Auch als die Schreie längst erstorben waren, schien sich ihr Echo im Wald fortzupflanzen, und jemand wiegte sich bei ihrem Klang in einer obszönen Parodie des Geschlechtsaktes vor und zurück. Wie gut war es doch, das Werk des Gebieters mit ansehen zu dürfen!

Der heimliche Beobachter schnupperte gierig wie ein blutrünstiger Wolf. Bald würde sich die Lichtung leeren, doch das Blut, welches hier vergossen worden war, würde weiterhin Zeugnis des grausamen Geschehens ablegen. Die Luft roch nach Tod, nach Rauch und nach wildem Sex, und die Schatten der Bäume verbargen die im Gebüsch zusammengekauerte Gestalt. Welche Götter auch immer einst dieses kleine Fleckchen Erde beschützt haben mochten, Tod und Verdammnis hatten sie vertrieben.

»Clare, ganz ruhig, Baby.« Cam zog sie an sich und strich ihr über das Haar. Sie zitterte am ganzen Körper. Hilflos versuchte er, das zerknüllte Laken zu entwirren, um sie darin einzuhüllen.

»Ich bin schon okay.« Clare atmete mehrmals tief durch. »Schon gut. Es war nur ein Traum.«

»Das sind eigentlich meine Zeilen.« Er drehte ihr Gesicht zum Mondlicht hin und sah sie genau an. Sie war aschfahl. »Muß ein ziemlich böser Traum gewesen sein.«

»Allerdings.« Mit beiden Händen fuhr sich Clare nervös durch das Haar.

»Willst du darüber reden?«

Wenn sie nur könnte! Aber wie konnte sie irgend jemandem davon erzählen? »Nein, es ist schon vorbei. Wirklich.«

»Du siehst aus, als könntest du einen Brandy vertragen.« Sanft berührte er mit den Lippen ihre Augenbrauen. »Leider hab' ich keinen da.«

»Macht nichts. Nimm mich lieber in die Arme.« Sie kuschelte sich wärmesuchend an ihn. »Wie spät ist es denn?«

»Ungefähr zwei.«

»Tut mir leid, daß ich dich geweckt habe.«

»Halb so wild. Weißt du, mit Alpträumen kenne ich mich aus.« Er ließ sich in die Kissen zurücksinken und wiegte sie sacht in seinen Armen. »Möchtest du ein Glas Wasser?«

»Nein.«

»Warme Milch?«

»Igitt.«

»Heißen Sex?«

Clare lachte leise und sah zu ihm auf. »Später vielleicht. Ich mag es, neben dir aufzuwachen.« Seufzend schmiegte sie sich an seine Schulter. Der Alptraum begann bereits zu verblassen. Aber Cam war Realität.

»Eine herrliche Nacht«, murmelte sie.

Cam schaute aus dem Fenster. »Ideal zum Campen. Vielleicht gehen wir beide in der nächsten Vollmondnacht zelten.«

»Zelten?«

»Klar. Wir könnten unten am Fluß übernachten und uns unter dem Sternenhimmel lieben.«

»Wir können auch einfach eine Matratze auf den Balkon legen.«

»Wo bleibt dein Sinn für Abenteuer?«

»Er ist fest mit so kleinen Annehmlichkeiten wie Badewannen und Zentralheizung verknüpft.« Sie glitt über ihn und knabberte an seiner Unterlippe. »Und bequemen Betten.«

»Hast du's schon einmal in einem Schlafsack gemacht?«

»Nö.«

»Gestatte, daß ich dir diese Situation einmal bildlich vor Augen führe.« Cam rollte sie herum und schlang die Bettdecke fest um sie beide. »Auf diese Weise muß ich mich kaum bewegen, um – ach, verdammte Scheiße!«

Clare konnte ihm da nur beipflichten. Wütend starrte sie das Telefon an und japste nach Luft, als Cam sich aus dem Deckengewirr kämpfte.

»'tschuldigung.«

»Macht nichts.«

»Rafferty«, sagte er in den Hörer, und dann: »*Was?*«

»Sie bringen sie um«, wiederholte Ernie. Seine Stimme war nur ein ersticktes Flüstern.

»Wen?« Cam knipste das Licht an.

»Sie schreit. Sie schreit und schreit. Es ist furchtbar.«

»Nun mal ganz ruhig. Sagen Sie mir erst einmal, wer Sie sind.«

Er fluchte, als die Verbindung unterbrochen wurde, knallte den Hörer auf die Gabel und stand auf.

»Wer war das?«

»Keine Ahnung. Wahrscheinlich ein Spinner.« Aber ihm war die echte Panik in der Stimme des Anrufers nicht entgangen. »Hat behauptet, jemand würde umgebracht, wollte mir aber nicht sagen, wer und wo.«

»Was wirst du tun?«

Cam langte bereits nach seiner Hose. »Ich kann ja kaum etwas tun. Ich werde in die Stadt fahren und mich ein bißchen umsehen.«

»Ich komme mit.«

Cam war schon im Begriff, nein zu sagen, als ihm ein Gedanke kam. Angenommen, der Anruf war fingiert gewesen, ein Trick, um ihn aus dem Haus zu locken und Clare allein zu erwischen. Rafferty, du drehst langsam durch, schimpfte er innerlich. Aber dennoch hielt er es für besser, kein Risiko einzugehen.

»Okay. Wahrscheinlich verschwenden wir sowieso nur unsere Zeit.«

Eine geschlagene Stunde davon war bereits verstrichen, als sie sich wieder auf den Weg nach Hause machten. Die Stadt war so ruhig wie ein Grab.

»Verzeihst du mir, daß ich dich zu nachtschlafender Zeit aus dem Bett geschmissen habe?«

»Macht mir nichts aus. Eine schöne Nacht für eine Autofahrt, finde ich.« Clare drehte sich zu ihm um. »Ich wünschte nur, du würdest dir nicht soviel Sorgen machen.«

»Ich habe das ungute Gefühl, als würden mir die Dinge aus der Hand gleiten.« Dieses Gefühl kannte er noch aus seiner Jack-Daniels-Zeit und legte keinen gesteigerten Wert darauf. »Irgend etwas geht hier vor, und ich muß unbedingt ...« Er brach ab, als er ein zwischen den Bäumen abgestelltes Fahrzeug entdeckte. »Bleib im Wagen«, ordnete er flüsternd an. »Fenster hochkurbeln und Tür verriegeln.«

»Aber ...«

»Setz dich auf den Fahrersitz. Wenn es so aussieht, als würde es Ärger geben, dann machst du, daß du wegkommst. Hol' Bud oder Mick.«

»Was hast du vor?« Cam lehnte sich über sie, öffnete das Handschuhfach und entnahm ihm eine Pistole. »Um Gottes willen!«

»Daß du mir ja im Auto bleibst!«

Er ließ sie allein und bewegte sich rasch und leise auf das geparkte Fahrzeug zu. In diesem Moment spürte Clare am eigenen Leibe, was es bedeutete, wenn einem das Herz bis zum Hals schlug. Sie konnte kaum noch schlucken oder atmen, und je mehr er sich dem Wagen näherte, um so schlimmer wurde dieses Gefühl.

Cam warf einen Blick auf das Nummernschild und prägte sich die Autonummer ein. Im Inneren des Fahrzeugs konnte er schemenhafte Gestalten und eine Bewegung erkennen. Gerade als er nach der Tür griff, drang der hohe, schrille Schrei einer Frau an sein Ohr. Mit einem Ruck riß er die Tür auf, um dann feststellen zu müssen, daß er seine Pistole auf ein nacktes Männerhinterteil richtete.

Warum dauerte das bloß so lange, fragte Clare sich besorgt. Warum stand er denn einfach nur da? Befehl hin, Befehl her, ihre Hand schloß sich um den Türgriff, damit sie, wenn nötig, sofort aus dem Wagen springen und ihm zu Hilfe eilen konnte. Doch er hatte sich bereits von dem geparkten Fahrzeug abgewandt und schien auf einen Baum einzureden. Als er sich umdrehte und auf sie zukam, war sie vor Erleichterung einer Ohnmacht nah.

»Was ist los? Was hast du da gemacht?«

Cam legte den Kopf gegen das Lenkrad. »Ich habe gerade mit Waffengewalt die Kopulation von Arnie Knight und Bonnie Sue Meese unterbrochen.«

»Du hast was? Ach du lieber Himmel.« Die Hände immer noch vor den Mund gepreßt, begann Clare schallend zu lachen. »Ogottogott!«

»Da sagst du was.« Mit soviel Würde, wie er aufbringen konnte, ließ Cam den Wagen an und fuhr nach Hause.

»Haben sie nur so rumgeknutscht oder haben sie richtig – na, du weißt schon.«

»Na, du weißt schon«, murmelte er. »Ein klassischer Fall von Coitus interruptus.«

»Zu schade.« Clare warf lachend den Kopf zurück, dann setzte sie sich plötzlich kerzengerade auf. »Sagtest du Bonnie Sue Meese? Aber sie ist doch mit Bob verheiratet.«

»Tatsächlich?«

»Was ist bloß in sie gefahren?«

»Arnie.«

»Das ist ja widerlich, Rafferty. Bob hat es nicht verdient, daß sich seine Frau um zwei Uhr morgens mit einem anderen Mann im Auto vergnügt.«

»Ehebruch ist nicht strafbar. Es ist eine Privatangelegenheit zwischen den beiden.«

»Ich wünschte, ich wüßte gar nichts davon.«

»Glaub mir, so etwas mit eigenen Augen zu sehen ist viel schlimmer, als nur davon zu hören. Ich glaube, ich kann Arnie nie wieder ins Gesicht schauen, ohne vor mir zu sehen, wie er ...« Cam fing an zu lachen, verstummte aber abrupt, als er Clares Gesichtsausdruck bemerkte. »Entschuldige.«

»Irgendwie bedrückt mich die ganze Geschichte. Gestern habe ich mich noch mit Bonnie Sue unterhalten, sie hat mir Fotos von ihren Kindern gezeigt und mir von ihren neuen Vorhängen erzählt. Und nun stellt sich heraus, daß dieses ganze häusliche Glück nur eine Art Tarnung ist, damit sie sich davonschleichen und mit Arnie herummachen kann. Ich dachte, ich würde sie gut kennen.«

»Die Menschen sind nicht immer das, was sie zu sein scheinen. Genau damit muß ich mich im Augenblick ja selber auseinandersetzen. Aber vielleicht hab' ich ja Bonnie Sue einen solchen Schreck eingejagt, daß sie sich wieder an ihr Treuegelöbnis erinnert.«

»Einen Betrug kann man nicht rückgängig machen.« Clare verdrehte die Augen. »O Mann, ich klinge vielleicht selbstgerecht! Ein paar Wochen in dieser Stadt, und ich fange wieder an zu glauben, daß das Leben wie in einem Kitschroman verlaufen muß. Wenn es doch nur so wäre.«

»Das wünsche ich mir manchmal auch.« Cam legte den Arm um sie. »Und mit ein bißchen Glück gelingt es uns vielleicht.«

Elftes Kapitel

Clare fuhr gewöhnlich dreimal pro Woche ins Krankenhaus, um Lisa zu besuchen. Meistens fand sie dort entweder ihren Bruder oder ihre Eltern und Freunde vor. Doch die letzte Person, die sie an Lisas Bett zu sehen erwartet hätte, war Min Atherton.

»Clare.« Lisa lächelte sie an. Der Verband war von dem verletzten Auge abgenommen worden, und obwohl es noch rot und geschwollen aussah, würde kein bleibender Schaden zurückbleiben. Ihr Bein hing immer noch in dem Metallgestell. Die Folgeoperation war für die zweite Juniwoche angesetzt.

»Hallo, Lisa. Mrs. Atherton.«

»Schön, Sie zu sehen, Clare.« Trotzdem musterte Min mißbilligend Clares Jeans, die ihr für einen Krankenhausbesuch ausgesprochen unpassend erschienen.

»Mrs. Atherton hat mir im Namen des Frauenvereins ein paar Blumen gebracht.« Lisa deutete auf eine mit Frühlingsblumen gefüllte Kupferschale. »Sind sie nicht herrlich?«

»O ja.«

»Der Emmitsboroer Frauenverein möchte Lisa beweisen, daß die ganze Stadt Anteil an ihrem Schicksal nimmt.« Min plusterte sich selbstgefällig auf. Die Idee, Lisa Blumen zu schicken, stammte zwar nicht von ihr, doch sie hatte mit Zähnen und Klauen um das Vorrecht gekämpft, sie überbringen zu dürfen. »Wir alle sind tief betroffen. Clare wird Ihnen bestätigen, daß Emmitsboro eine ruhige, anständige Stadt ist, wo traditionelle Werte noch etwas gelten. Und wir wollen, daß das auch so bleibt.«

»Alle hier waren so freundlich zu mir.« Lisa bewegte sich leicht und zuckte zusammen. Rasch ging Clare zu ihr und klopfte die Kissen in ihrem Rücken auf. »Ihr Doktor Crampton schaut oft vorbei, um nach mir zu sehen und sich ein bißchen mit mir zu unterhalten. Und eine der Krankenschwestern stammt aus Emmitsboro, sie kommt jeden Tag – sogar wenn sie eigentlich frei hat.«

»Das wird Trudy Wilson sein«, nickte Min.

»Trudy, genau. Und dann natürlich Clare.« Lisa griff nach Clares Hand. »Vom Supermarkt kam ein Früchtekorb, und der Sheriff war auch schon mehrmals da. Ich kann kaum glauben, daß all das wirklich passiert ist.«

»Wir sind alle ganz geschockt«, japste Min atemlos. »Ich kann Ihnen versichern, daß jeder hier in der Stadt außer sich war, als wir erfuhren, was Ihnen zugestoßen ist. Der Täter war zweifellos einer von diesen Verrückten, die den ganzen Staat unsicher machen.« Gierig beäugte sie die offene Pralinenschachtel auf Lisas Nachttisch und klaubte sich ein Stück heraus. »Wahrscheinlich sogar derselbe, der Biff Stokey umgebracht hat.«

»Es hat hier einen Mord gegeben?«

Clare wünschte insgeheim, Min möge an der Praline ersticken. »Das ist schon Wochen her«, beruhigte sie rasch. »Machen Sie sich deswegen keine Gedanken.«

»Keine Sorge«, fiel Min ein und bediente sich erneut. »Hier sind Sie sicher wie in Abrahams Schoß. Habe ich schon erwähnt, daß mein Mann und ich dem Krankenhaus vor ein paar Jahren eine ansehnliche Spende zukommen ließen? Eine größere Summe«, fügte sie mit vollem Mund hinzu. »Man hat uns sogar eine Namenstafel gewidmet. Dies ist eines der renommiertesten Krankenhäuser im ganzen Staat. Hier sind Sie gut aufgehoben. Außerdem gibt es eine ganze Reihe von Leuten, die behaupten, Biff Stokey habe nur bekommen, was er verdient hat, obwohl ich mich als gute Christin dieser Ansicht nicht anschließen kann. Schließlich ist der Mann zu Tode geprügelt worden.« Ein genüßlicher Unterton hatte sich in ihre Stimme geschlichen, doch das konnte genausogut an den Süßigkeiten liegen. »Ein grausamer und abstoßender Mord.« Sie leckte etwas Kirschlikör von ihren Fingern. »Der erste in Emmitsboro seit zwanzig Jahren. Mein Mann ist besorgt. Äußerst besorgt. Immerhin ist er der Bürgermeister.«

»Glauben Sie, es könnte sich bei dem Täter um denselben Mann handeln, der mich angriffen hat?«

»Es ist Aufgabe des Sheriffs, das herauszufinden.« Clare warf Min einen warnenden Blick zu, doch diese lächelte nur süß.

»In der Tat. Wir sind alle heilfroh, Cameron Rafferty wiederzuhaben. Sicher, damals hat der Junge ziemlich über die Stränge geschlagen. Ständig raste er auf diesem Motorrad durch die Gegend und suchte Streit.« Min lachte und grabschte nach der nächsten Praline. »Steckte auch oft in Schwierigkeiten. Ich weiß noch, daß so mancher hier fürchtete, er würde einmal hinter schwedischen Gardinen landen. Ich selbst hatte zuerst meine Bedenken, als er sein Amt hier übernahm, aber mir scheint, wenn man einen Unruhestifter sucht, tut man gut daran, einen anderen auf seine Fährte zu setzen.«

»Cam verfügt über eine mehr als zehnjährige Erfahrung im Polizeidienst«, sagte Clare zu Lisa. »Er ...«

»Richtig«, unterbrach Min. »Hat in D.C. gearbeitet. Ist da wohl auch in Schwierigkeiten geraten, aber wir sind trotzdem froh, ihn wiederzuhaben. Emmitsboro ist schließlich nicht Washington. Ich versäume nie die Nachrichten auf Kanal Vier, und ich muß sagen, es überläuft mich jedesmal kalt. Da unten vergeht kein Tag, ohne daß mindestens ein Mord geschieht, und wir hier hatten nur einen in zwanzig Jahren. Aber denken Sie bitte nicht, daß es nicht auch hier kleine Tragödien gibt.«

Ein Buttercremepraliné wanderte in ihren nicht stillstehen wollenden Mund.

»Ich glaube nicht, daß Lisa das ...«

»Ich bin sicher, daß das Kind an unseren Trauerfällen interessiert ist«, schnitt Min ihr das Wort ab. »Clare ist die erste, die das bestätigen kann, immerhin ist ihr Vater ja vor einigen Jahren in den Tod gestürzt. Erst im letzten Jahr ist der kleine Junge der Myers in der Kläranlage ertrunken, und vor längerer Zeit haben wir fünf Jugendliche bei einem schrecklichen Autounfall verloren – an dem sie allerdings selbst die Schuld trugen. Ach ja, und der alte Jim Poffenburger ist die Kellertreppe hinuntergefallen und hat sich das Genick gebrochen, dabei wollte er nur ein Glas eingemachten Kürbis aus dem Keller holen. Ja, wir hatten hier schon einige tragische Fälle. Aber keine Verbrechen.«

»Es war sehr nett von Ihnen, den langen Weg hierher auf sich zu nehmen«, meinte Clare betont freundlich. »Aber ich weiß ja, wie beschäftigt Sie sind.«

»Oh, ich tue nur meine Pflicht.« Mit klebrigen Fingern tätschelte Min Lisas Hand. »Wir Mädels müssen zusammenhalten, sage ich immer. Wenn man eine von uns angreift, greift man alle an. Der Frauenverein befaßt sich nicht nur mit Kuchenverkäufen und Tombolas, meine Liebe.«

»Bitte richten Sie den anderen Damen aus, daß ich mich sehr über die Blumen gefreut habe.«

»Natürlich, natürlich. Dann werde ich mich jetzt mal auf den Weg machen, ich muß das Essen vorbereiten. Ein Mann erwartet eine warme Mahlzeit, wenn er sein Tagwerk vollbracht hat.«

»Grüßen Sie bitte den Bürgermeister von mir«, trug Clare ihr auf.

»Sicher.« Min griff nach ihrer weißen Kunstledertasche. »Ich hatte ohnehin vorgehabt, bei Ihnen vorbeizukommen, Clare.«

»Ach ja?« Clare setzte ein gezwungenes Lächeln auf.

»Nun sind Ihre ... Freunde ja nach New York zurückgekehrt. Ich wollte nicht stören, solange Sie Besuch haben.«

»Sehr rücksichtsvoll von Ihnen.«

»Ich muß schon sagen, ich bin froh, daß sie nicht länger geblieben sind. Man weiß ja, was die Leute so reden.«

»Was reden sie denn?«

»Nun, schließlich ist und bleibt die Frau eine Schwarze, meine Liebe.«

Clares Miene verriet nichts. »Ach, wirklich?«

Sarkasmus prallte an Min wirkungslos ab. »Nun, was

mich betrifft, so habe ich nicht einen Funken Bigotterie im Leib. Leben und leben lassen, sage ich immer. Letztes Jahr hatte ich sogar einmal eine schwarze Putzfrau aus Sheperdstown, sie kam einmal die Woche, um mein Haus sauberzumachen. Ich mußte sie entlassen, weil sie faul und aufsässig wurde. Aber das gehört nicht hierher.«

»Sie sind eine wahre Wohltäterin, Mrs. Atherton«, sagte Clare todernst.

Min strahlte ob dieses Lobes. »Nun, wir sind alle Kinder Gottes, egal, welche Hautfarbe wir haben.«

»Hallelujah«, murmelte Clare, und Lisa mußte ein Kichern unterdrücken.

»Wo war ich stehengeblieben? Ach ja, ich muß mit Ihnen sprechen. Der Frauenverein sähe es gern, wenn Sie auf unserer monatlichen Versammlung eine Rede halten würden.«

»Eine Rede?«

»Über Kunst, Kultur und so weiter. Vielleicht kommt auch noch ein Reporter aus Hagerstown.«

»Ich, äh ...«

»Wenn Sie gut genug für die *Morning Times* sind, dann sind Sie auch gut genug für den *Morning Herald*.« Zu Clares großem Mißvergnügen tätschelte ihr Min aufmunternd die Wange. »Als Politikersgattin weiß ich, wie wichtig Publicity ist. Überlassen Sie nur alles mir und kümmern Sie sich lediglich darum, ein hübsches Kleid auszusuchen. Es könnte auch nichts schaden, wenn Sie sich das Haar legen lassen würden.«

»Was stimmt denn nicht mit meinem Haar?« Clare fuhr mit der Hand durch ihre Mähne.

»Ja, ja, ihr Künstler. Ich weiß, ihr liebt es unkonventionell, aber wir sind hier in Emmitsboro. Machen Sie sich schön zurecht und sprechen Sie ein bißchen über Kunst. Sie könnten vielleicht auch ein oder zwei Ihrer Werke mitbringen, möglich, daß Bilder davon in die Zeitung kommen. Ich erwarte Sie also Samstag gegen Mittag bei mir zu Hause.«

»Diesen Samstag?«

»Also wirklich, Clare, Sie wissen doch, daß der Frauenverein seine Versammlung immer am ersten Samstag des Monats abhält. So war es schon immer, und so soll es auch bleiben. Immerhin war Ihre Mama drei Jahre hintereinander unsere Vorsitzende. Und bitte verspäten Sie sich nicht.«

»Nein ... doch ...«

»Also abgemacht. Passen Sie auf sich auf, Lisa. Ich komme wieder, sobald ich etwas Zeit habe.«

»Danke.« Lisa wartete, bis Min den Raum verlassen hatte, dann grinste sie breit. »Soll ich die Schwester rufen?«

Clare zwinkerte. »Wieso, geht es Ihnen schlechter?«

»Nein, aber Sie sehen so aus, als wären Sie soeben von einem Sattelschlepper überrollt worden.«

»Einem Sattelschlepper im Blümchenkleid.« Mit einem langen Seufzer ließ sich Clare auf einen Stuhl sinken. »Ich hasse Versammlungen, besonders solche von Frauenvereinen.«

Lisa lachte. »Aber dafür kommt Ihr Foto in die Zeitung.«

»Na dann ...«

»Eine ausgesprochen ... überzeugende Person«, meinte Lisa.

»Emmitsboros First Lady und eine gräßliche Nervensäge dazu. Ich hoffe, sie hat Sie nicht aufgeregt.«

»Nein, eigentlich nicht. Sie wollte nur ein bißchen Klatsch verbreiten. Diese Mordgeschichte ...« Lisa blickte auf ihr Bein hinunter. »Wenn man so darüber nachdenkt, bin ich eigentlich noch recht glimpflich davongekommen.«

»Dr. Su ist eine Koryphäe auf seinem Gebiet.« Als Lisa eine Braue hob, sprach Clare rasch weiter. »Ich habe mich erkundigt. Wenn Sie einer wieder auf die Bühne bringen kann, dann er.«

»Das sagen Roy und meine Eltern auch.« Lisa strich die Bettdecke glatt. »Aber soweit will ich noch gar nicht denken, Clare.«

»Dann versuchen Sie's erst gar nicht.«

»Ich bin ein Feigling.« Lisa lächelte leicht. »An das, was vor mir liegt, möchte ich nicht denken, und das, was hinter mir liegt, versuche ich immer noch krampfhaft zu verdrängen. Ehe Mrs. Atherton hereinkam, ist mir dauernd dieser seltsame Gesang im Kopf herumgegangen. Ich habe versucht, nicht darauf zu achten, aber vielleicht hat er ja eine bestimmte Bedeutung.«

»Ein Gesang?« Clare griff nach der Hand des Mädchens. »Haben Sie sich die Worte gemerkt?«

»Odo cicale ca. Zodo ... zodo irgendwas. Ein merkwürdiges Geschnatter. Aber ich werde es einfach nicht los. Manchmal fürchte ich, daß mit meinem Kopf etwas nicht stimmt und die Ärzte nur noch nicht herausgefunden haben, was.«

»Ich glaube eher, daß Sie sich da an etwas erinnern. Haben Sie Cam davon erzählt?«

»Nein, ich hab' das bisher überhaupt niemandem gesagt.«

»Haben Sie etwas dagegen, wenn ich es ihm erzähle?«

»Nein.« Lisa hob die Schultern. »Vielleicht hilft es ihm ja weiter.«

»Die kleine MacDonald fängt an, sich an gewisse Dinge zu erinnern.« Bürgermeister Atherton stach mit der Gabel vorsichtig in seinen heißen Apfelkuchen. »Eventuell müssen wir etwas dagegen unternehmen.«

»Unternehmen?« Bob Meese fingerte an seinem Hemdkragen herum. Er war ihm zu eng. All seine Kleidungsstücke schienen ihn in letzter Zeit einzuengen. »Es war dunkel. Sie konnte gar nichts erkennen. Außerdem läßt der Sheriff sie nicht aus den Augen.«

Atherton schwieg und lächelte wohlwollend, als Alice an ihren Tisch trat, um ihm Kaffee nachzuschenken. »Der Apfelkuchen ist mal wieder ausgezeichnet.«

»Ich werde es weitergeben. Richten Sie Mrs. Atherton doch bitte aus, daß die Blumenbeete, die der Frauenverein im Park angelegt hat, eine wirkliche Bereicherung sind.«

»Sie wird sich freuen, das zu hören.« Er nahm einen weiteren Bissen von seinem Kuchen, während er abwartete, daß Alice zum nächsten Tisch hinüberging. Gedankenverloren tappte er im Rhythmus eines Willie-Nelson-Songs mit dem Fuß auf den Boden. »Wir wissen immer noch nicht genau, was sie eigentlich gesehen hat«, fuhr er fort. »Und der Sheriff bereitet mir nicht allzuviel Kopfzerbrechen.«

Bob nippte an seinem Kaffee. Er bekam die Flüssigkeit nur mit Mühe hinunter. »Ich bin der Meinung – das heißt, einige von uns sind der Meinung –, daß die Dinge ein bißchen außer Kontrolle geraten.« Stotternd brach er ab, von dem zornigen Funkeln in Athertons Augen völlig außer Fassung gebracht. Ein kaltes Feuer loderte darin.

»Einige von uns?« fragte Atherton sanft.

»Es ist nur so, daß ... früher einmal hat es ...« *Spaß gemacht*, hatte Bob eigentlich sagen wollen, aber die Worte erschienen ihm in diesem Zusammenhang entsetzlich fehl am Platze. »Ich meine, damals waren es nur Tiere. Es gab keinen Ärger. Nie hatten wir Schwierigkeiten.«

»Du bist vermutlich zu jung, um dich an Jack Kimball zu erinnern.«

»Nein, eigentlich nicht. Ich meine, das war zwar vor meiner Zeit, aber ... im letzten Jahr hat sich einiges verändert.« Bobs Blick schweifte durch den Raum. »Die Opferungen – und dann die Sache mit Biff. Einige von uns machen sich Sorgen.«

»Dein Schicksal liegt in den Händen des Gebieters«, erinnerte ihn Atherton in demselben milden Tonfall, mit dem er einen aufmüpfigen Schüler zur Tafel beorderte. »Stellst du Seine Macht in Frage? Oder die meine?«

»Nein, nein. Es ist nur so – einige von uns sind der Meinung, daß wir uns ein bißchen zurückhalten sollten, bis Gras über die Sache gewachsen ist. Blair Kimball schnüffelt auch schon herum und stellt zu viele Fragen.«

»Der Fluch des Reporterberufs«, erwiderte Atherton, lässig mit der Hand winkend. »Er wird nicht lange hierbleiben.«

»Aber Rafferty schon«, beharrte Bob. »Und wenn die Sache mit Sarah erst einmal rauskommt ...«

»Diese Hure hat nur bekommen, was sie verdient hat.«

Atherton beugte sich vor. »Wo kommt diese plötzliche Schwäche her? Ich muß sagen, das beunruhigt mich.«

»Ich möchte lediglich Ärger vermeiden. Schließlich muß ich an meine Frau und meine Kinder denken.«

»Ach ja, deine Frau.« Atherton lehnte sich wieder zurück und tupfte sich mit einer Papierserviette den Mund ab. »Vielleicht interessiert es dich zu hören, daß deine Bonnie Sue mit einem anderen Mann herumvögelt.«

Bob wurde erst aschfahl, dann puterrot. »Das ist eine Lüge! Eine gemeine Lüge!«

»Vorsicht.« Athertons Gesichtsausdruck blieb unverändert, dennoch wurde Bob von neuem bleich. »Alle Frauen sind Huren«, erklärte der Bürgermeister ruhig. »Das liegt in ihrer Natur. Aber ich muß dich daran erinnern, daß es von dem einmal eingeschlagenen Weg kein Abweichen mehr gibt. Du trägst das Mal. Schon andere haben versucht, sich von uns abzuwenden – und den Preis dafür bezahlt.«

»Ich will doch keinen Ärger«, murmelte Bob.

»Selbstverständlich nicht. Es wird auch keinen Ärger mehr geben, außer dem, den wir uns selber schaffen. Der Junge wird Clare im Auge behalten, und andere beobachten Lisa MacDonald. Und dich.« Er lächelte. »Ich habe zwei Aufgaben für dich. Erstens wirst du denjenigen, die unzufrieden sind, klarmachen, daß es nur einen Hohenpriester gibt und daß dessen Wort gilt. Zweitens wirst du dich in den Besitz einer bestimmten Statue aus der Kimball-Garage bringen und sie zu unserem Platz im Wald schaffen.«

»Ich soll dieses Metallding klauen? Direkt unter Clares Nase weg?«

»Laß dir etwas einfallen.« Atherton tätschelte väterlich Bobs Hand. »Ich weiß, daß ich mich auf deine Loyalität verlassen kann. Und auf deine Angst.«

Cam tätigte einen neuerlichen Anruf nach Florida. Mit viel Ausdauer und Zeitaufwand war es ihm gelungen, die Spur des ehemaligen Sheriffs von Fort Lauderdale nach Naples, von Naples nach Arcadia, von Arcadia nach Miami und von dort bis hin zu einer kleinen Stadt in der Nähe des Lake Okeechobee zu verfolgen. Parker war innerhalb von sechs Monaten von einer Stadt zur anderen gezogen. Für Cam sah das sehr nach einer Flucht aus.

Aber wovor?

»Sheriff Arnette.«

»Sheriff Arnette, hier spricht Sheriff Rafferty aus Emmitsboro, Maryland.«

»Maryland, wie? Wie ist denn das Wetter da?«

Cam blickte aus dem Fenster. »Sieht nach Regen aus.«

»Fast dreißig Grad und sonnig«, erklärte Arnette genüßlich. »Nun, Sheriff, was kann ich für Sie tun?«

»Ich versuche, den Mann aufzuspüren, der vor mir das Amt des Sheriffs hier bekleidet hat. Er heißt Parker, Garrett Parker. Er und seine Frau Beatrice müssen vor ungefähr einem Jahr in Ihre Gegend gezogen sein.«

»Ich erinnere mich an die Parkers«, erwiderte Arnette. »Sie haben ein Häuschen am See gemietet und sich einen Wohnwagen angeschafft. Sie sagten, sie wollten auf Reisen gehen.«

Cam rieb sich seinen schmerzenden Nacken. »Wann sind sie losgefahren?«

»Gar nicht. Beide liegen seit zehn Monaten auf dem Cypress Knoll Friedhof.«

»Sie sind tot? Alle beide?«

»Das Haus ist bis auf die Grundmauern abgebrannt. Hatte keinen Rauchdetektor. Beide lagen sie im Bett.«

»Was war die Brandursache?«

»Rauchen im Bett«, sagte Arnette. »Das Haus bestand nur aus Holz, fackelte ab wie 'ne Streichholzschachtel. Sie sagten, er war Ihr Vorgänger?«

»Richtig.«

»Komisch. Er hat jedem hier erzählt, er wäre ein pensionierter Versicherungsvertreter aus Atlanta. Haben Sie eine Ahnung, warum?«

»Schon möglich. Ich hätte gerne eine Kopie des Polizeiberichts, Sheriff.«

»Könnte ich Ihnen beschaffen – wenn Sie mir verraten, worum es eigentlich geht.«

»Ich halte es für möglich, daß der Tod der Parkers mit einem Mordfall, den ich bearbeite, zu tun hat.«

»Tatsächlich?« Arnette überlegte einen Moment. »Vielleicht sollte ich die Sache noch einmal aufrollen.«

»Hatten sie oft Besuch?«

»Nie. Hielten sich ganz für sich. Mir kam es so vor, als wollte sich die Frau gerne hier niederlassen, aber Parker konnte es nicht erwarten, seine Zelte wieder abzubrechen. Hat's aber wohl nicht rechtzeitig geschafft.«

»Nein, das hat er wohl nicht.«

Eine Viertelstunde später traf Cam auf Bud, der gerade dabei war, einem Buick, der vor der Bücherei im Halteverbot stand, einen Strafzettel zu verpassen. »Ich weiß wirklich nicht, warum Miz Atherton ständig hier parkt«, beklagte er sich. »Wenn sie gerade jetzt zurückkommt, zieht sie mir das Fell über die Ohren.«

»Der Bürgermeister wird das Bußgeld bezahlen. Bud, ich muß ein ernstes Wort mit Sarah reden, und es wäre mir sehr lieb, wenn du mitkommen könntest.«

»Klar.« Bud steckte seinen Strafzettelblock ein. »Steckt sie in irgendwelchen Schwierigkeiten?«

»Ich weiß es nicht. Komm, wir gehen das Stück zu Fuß.«

Bud fuhr mit der Hand über seine Haartolle. »Sheriff, ich möchte ja nur ungern ... Es ist so: Sarah hat im Augenblick ziemliche Probleme. Sie und meine Mom haben sich in der letzten Zeit ständig in den Haaren gelegen.«

»Es tut mir leid, Bud. Ich muß ihr ein paar Fragen stellen.«

»Wenn sie etwas angestellt hat ...« Bud dachte an die Männer, die sich über die Hintertreppe in das Zimmer seiner Schwester zu schleichen pflegten. »Vielleicht hört sie auf mich. Ich könnte sie überreden, alles wieder in Ordnung zu bringen.«

»Laß uns erst einmal mit ihr reden.« Sie gingen am Park vorbei, wo Mitzi Hawbaker ihren Jüngsten auf die Schaukel setzte und der alte Mr. Finch seine Yorkshireterrier

Gassi führte. »Der Frauenverein hat dieses Jahr wirklich prachtvolle Pflanzen gesetzt.«

Bud blickte auf die Petunien hinab. Er wußte, daß Cam versuchte, ihm die Situation zu erleichtern. Doch es gelang ihm nicht. »Sarah ist einfach nur mit ihrem Leben unzufrieden. Nie hat sie das bekommen, was sie sich wünschte. Die Männer waren zwar immer wild hinter ihr her, nur getaugt hat keiner was.« Verlegen wich er Cams Blick aus und räusperte sich.

»Die Geschichte ist schon lange her, Bud, und ich habe damals auch nicht viel getaugt.«

Sie langten an *Clyde's Tavern* an und gingen um das Haus herum zur Hintertür.

»Ihr Auto ist weg.«

»Das sehe ich selbst«, knurrte Cam. »Wir erkundigen uns mal, wann ihre Schicht beginnt.« Mit diesen Worten begann er, an die Hintertür der Bar zu hämmern.

»Herrgott noch mal, wir haben geschlossen! Fünf Uhr wird geöffnet.«

»Ich bin's, Rafferty.«

»Und wenn der Papst persönlich ein Budweiser trinken wollte, wir haben geschlossen.«

»Ich will keinen Drink, Clyde, ich suche Sarah.«

»Du und die Hälfte der Männer in dieser Stadt.« Clyde riß die Tür auf und starrte die ungebetenen Gäste finster an. Aus seinem winzigen Büroraum klang die Titelmusik einer Seifenoper herüber. »Kann man noch nicht einmal fünf Minuten in Frieden ausruhen?«

»Wann wird Sarah heute abend hier sein?«

»Diese Schlampe ...« Clyde riß sich am Riemen. Er hatte Bud gerne. »Sie soll um halb fünf anfangen. Genau wie sie gestern und vorgestern um halb fünf hier erscheinen sollte. Aber Madame geruhte diese Woche noch nicht, mich mit ihrer Anwesenheit zu beehren.«

»Sie ist noch nicht zur Arbeit gekommen?«

»Nein, ist sie nicht. Habt ihr euch die Ohren nicht gewaschen? Sie hat sich seit Samstag nicht mehr hier sehen lassen.« Clyde stieß Bud mit dem Zeigefinger vor die Brust.

»Wenn du sie zu Gesicht bekommst, kannst du ihr ausrichten, daß sie gefeuert ist. Das Jenkins-Mädchen übernimmt ihre Schicht.«

»War sie inzwischen mal oben?« fragte Cam.

»Woher soll ich das wissen? Ich bin einer der wenigen Männer in dieser Stadt, der niemals diese Stufen emporgestiegen ist.« Verlegen blickte er zur Seite, als er Buds Gesichtsausdruck bemerkte. Aber er war ungehalten, weil er bei seiner Lieblingssendung gestört worden war.

»Was dagegen, wenn wir uns oben mal umsehen?«

»Warum sollte ich was dagegen haben? Du vertrittst das Gesetz, und er ist ihr Bruder.«

»Wo ist der Schlüssel, Clyde?«

»Himmel, Arsch und Zwirn!« Clyde stapfte davon und durchwühlte lautstark eine Schublade. »Noch etwas: Wenn sie nicht bis Ende der Woche die Miete rausrückt, dann fliegt sie raus. Ich führe hier schließlich keinen Puff!« Er drückte Cam den Schlüssel in die Hand und knallte die Tür hinter sich zu.

»Weißt du, was ich an diesem Mann so liebe?« spottete Cam. »Sein umgängliches Wesen und sein sonniges Gemüt.«

»Es sieht Sarah überhaupt nicht ähnlich, einfach so blauzumachen«, sagte Bud, als sie die Treppe hochgingen. »Sie wollte genug zusammensparen, um in die Großstadt ziehen zu können.«

»Sie hatte Krach mit deiner Mutter«, bemerkte Cam. »Vielleicht hat sie sich entschlossen, ein paar Tage zu verschwinden, um sich abzuregen.« Er klopfte, wartete einen Moment und schloß dann die Tür auf.

Das Einzimmerapartment war nur spärlich möbliert, der Teppich, ein ovales, an den Rändern ausgefranstes Stück, lag an seinem Platz. Das Klappbett war ungemacht, die roten Satinlaken zerknautscht. Dann gab es noch eine Lampe, ein Schränkchen, dem eine Schublade fehlte, und eine wackelige Frisierkommode. Ein leichter Staubfilm hatte sich darübergelegt, und Cam konnte dort, wo Fläschchen und Tiegel gestanden hatten, die helleren

Flecken erkennen. Er öffnete den Kleiderschrank. Dieser war leer.

»Sieht aus, als hätte sie sich davongemacht.«

»Sie würde nie so mir nichts, dir nichts abhauen. Ich weiß, daß sie stinksauer auf Mom war, aber mir hätte sie etwas gesagt.«

Cam zog eine Schublade auf. »Ihre Kleider sind weg.«

»Ja, aber ...« Bud fuhr sich mit der Hand durchs Haar. »Sie würde nicht so sang- und klanglos verschwinden, Cam. Nicht, ohne mir Bescheid zu sagen.«

»Okay, sehen wir uns mal gründlich um. Übernimm du doch das Badezimmer.«

Cam öffnete die restlichen Schubladen, zog sie ganz heraus und untersuchte die Rückseite. Er vermied es angelegentlich, an Sarah als einen Menschen zu denken, sich daran zu erinnern, wie sie vor all den Jahren gewesen war oder daran, wie sie ausgesehen hatte, als er sich das letztemal mit ihr unterhielt. Jede Wette, daß sie aus einer Laune heraus der Stadt den Rücken gekehrt hatte. Wenn ihr das Geld ausging, würde sie schon zurückkommen.

Aber als er die leeren Schubladen der Frisierkommode inspizierte, fiel ihm der mysteriöse Anruf von Sonntag nacht wieder ein.

Sie bringen sie um.

An der Rückseite der untersten Schublade klebte eine kleine Plastiktüte voller Banknoten. Übelkeit stieg in Cam hoch und würgte ihn im Hals, während er die Geldscheine zählte.

»Sie hat eine halbvolle Flasche Gesichtslotion dagelassen und ...« Bud blieb in der Badezimmertür stehen. »Was hast du da?«

»Das hat sie hinten an eine Schublade geklebt. Bud, das sind insgesamt vierhundertsiebenunddreißig Dollar.«

»Vierhundert?« Bud schienen die Augen aus dem Kopf zu treten. Sein hilfloser Blick heftete sich auf die Scheine. »Sie hat gespart, um von hier wegziehen zu können. Cam, sie wäre niemals ohne das Geld fortgegangen.« Erschüttert ließ er sich auf die Bettkante sinken. »Was sollen wir jetzt bloß machen?«

»Wir informieren die Staatspolizei und geben eine Suchmeldung raus. Und wir müssen mit deiner Mutter sprechen.« Cam ließ die Plastiktüte mit dem Geld in seine Tasche gleiten. »Bud, hatte Sarah ein Techtelmechtel mit Parker, ehe der die Stadt verlassen hat?«

»Parker?« Bud blickte verständnislos auf, dann errötete er. »Kann schon sein. Cam, du glaubst doch nicht im Ernst, daß sie sich nach Florida abgesetzt hat, um sich mit ihm zusammenzutun? Sie hat sich immer nur über ihn lustig gemacht, sie hatte überhaupt nichts für ihn übrig. Es war nur so, daß er ... sie brauchte Geld«, murmelte er.

»Hat sie dir je etwas über ihn erzählt? Daß er einem Club oder einer Vereinigung angehörte, zum Beispiel?«

»Einem Club? So was wie die Freimaurer?«

»So etwas Ähnliches.«

»Er hat oft im Vereinshaus der Kriegsveteranen herumgehangen, das weißt du doch. Aber ich sage dir, sie ist garantiert nicht bei Parker. Sie konnte ihn nicht ausstehen. Und sie wäre nie abgehauen und hätte ihr Geld und ihre Familie im Stich gelassen, nur um zu Parker zu gehen.«

»Das kann ich mir allerdings auch nicht vorstellen.« Cam legte Bud eine Hand auf die Schulter. »Bud, mit wem hat sie sonst noch geschlafen?«

»Himmel, Cam!«

»Tut mir leid, aber irgendwo müssen wir ansetzen. Hat irgend jemand sie belästigt, sie nicht in Ruhe gelassen?«

»Davey Reeder hat sie ständig bedrängt, ihn doch zu heiraten, aber sie konnte darüber nur lachen. Oscar Roody erzählt viel, wenn der Tag lang ist, aber soviel ich weiß, ist er nie hier oben gewesen. Sarah sagte, er hätte viel zuviel Angst vor seiner Frau. Aber vermutlich gab es noch jede Menge andere. Sie behauptete immer, sie hätte halb Emmitsboro im Bett gehabt, aber du kennst ja Sarahs Gerede. Nichts als heiße Luft.«

»Gut, dann werden wir der Sache mal nachgehen.«

»Cam, glaubst du, daß ihr etwas zugestoßen ist? Etwas Schlimmes?«

Manchmal war es besser, zu einer Lüge Zuflucht zu nehmen. »Ich denke, daß sie wahrscheinlich aus einem Wutanfall heraus die Stadt verlassen hat. Sarah handelt immer zuerst und denkt dann nach.«

»Möglich.« Bud klammerte sich an diesen Strohhalm. »Sobald sie sich abreagiert hat, wird sie zurückkommen und Clyde beschwatzen, ihr ihren alten Job wiederzugeben.«

Doch keiner von beiden glaubte daran, als sie den Raum verließen.

Joleen Butts saß am Küchentisch und war eifrig damit beschäftigt, Listen zusammenzustellen. Sie hatte sich seit Wochen das erstemal einen Nachmittag freigenommen, aber unterhalb der Woche lief das Geschäft ohnehin eher schleppend, so daß Will sie wohl ein paar Stunden entbehren konnte.

Schließlich kam es nicht jeden Tag vor, daß der Sohn seinen Schulabschluß machte.

Es lag ihr ein wenig auf der Seele, daß Ernie so gar kein Interesse am Besuch eines Colleges hegte, aber sie bemühte sich, die Sache auf die leichte Schulter zu nehmen. Sie selbst war schließlich auch nicht auf dem College gewesen und kam auch so gut zurecht. Aber Will, der sich Ernie schon mit Doktorhut vorgestellt hatte, war bitter enttäuscht. Außerdem war er nie darüber hinweggekommen, daß Ernie sich geweigert hatte, nach der Schule in der Pizzeria mitzuhelfen.

Sowohl sie als auch Will hatten mit dieser Weigerung nicht gerechnet. Beide hatten sie sich abgerackert, um den Laden in Schwung zu bringen, damit Ernie ein florierendes Geschäft übernehmen konnte. Und er zog es vor, als Tankwart zu arbeiten.

Nun ja, der Junge war immerhin schon fast achtzehn. In diesem Alter hatte sie selbst ihren Eltern schon unzählige Enttäuschungen bereitet. Sie wünschte nur ... Joleen legte den Stift beiseite. Wenn ihr Sohn doch nur häufiger lächeln würde!

In diesem Moment hörte sie ihn zur Vordertür hereinkommen, und ihr Gesicht hellte sich augenblicklich auf. Es war schon so lange her, seit sie das letztemal in der Küche zusammengesessen und geredet hatten, so wie vor Jahren, wenn er aus der Schule gekommen war, sich zu ihr an den Tisch gesetzt und mit ihr zusammen seine Hausaufgaben gemacht hatte.

»Ernie.« Sie hörte, daß er zögernd auf der Treppe stehenblieb. Der Junge verbrachte entschieden zuviel Zeit allein in seinem Zimmer, dachte sie. »Ernie, ich bin in der Küche. Komm bitte zurück.«

Er kam, die Hände in die Hosentaschen geschoben, durch die Tür. Joleen fand, daß er ein wenig blaß um die Nase aussah, doch dann fiel ihr ein, daß ihm am Montag furchtbar übel gewesen war. Vermutlich lag ihm der Abschluß im Magen, dachte sie und lächelte ihm zu.

»Was machst du denn hier?«

Der Tonfall kam einer Anklage nahe, trotzdem zwang sich Joleen zur Ruhe. »Ich hab' mir ein paar Stunden freigenommen. Arbeitest du heute nicht?«

»Erst um fünf.«

»Ausgezeichnet, dann haben wir noch etwas Zeit.« Joleen erhob sich und nahm den Deckel von dem dicken Keramikkoch, der als Keksdose diente. »Ich habe Schokoladenplätzchen mitgebracht.«

»Ich hab' keinen Hunger.«

»Du ißt schon seit ein paar Tagen kaum etwas. Ist dir immer noch schlecht?« Sie streckte die Hand aus, um seine Stirn zu fühlen, doch er fuhr zurück.

»Ich will keine Plätzchen, okay?«

»Klar.« Der Junge mit den dunkel umschatteten Augen und der fahlen Haut, der ihr gegenübersaß, hätte ein Fremder sein können. »Wie war's in der Schule?«

»Reine Zeitverschwendung, da kommt eh nichts mehr bei raus.«

»Na ja.« Joleen fiel das Lächeln zunehmend schwerer.

»Ich kenne das. Die letzte Woche vor dem Abschluß ist wie die letzte Woche vor einer Begnadigung. Ich hab' deinen Talar schon gebügelt.«

»Prima. Ich hab' jetzt noch was vor.«

»Ich wollte eigentlich mal mit dir reden.« Joleen suchte ihre Listen zusammen. »Über die Feier.«

»Was für 'ne Feier?«

»Das weißt du doch, wir haben es ausführlich besprochen. Am Sonntag nach dem Abschluß. Oma und Opa kommen runter, Tante Marcie und Nana und Frank aus Cleveland. Ich weiß wirklich nicht, wo ich sie alle unterbringen soll, aber ...«

»Was wollen die denn alle hier?«

»Na, sie kommen natürlich deinetwegen. Ich weiß, daß du für die eigentliche Abschlußfeier nur zwei Karten bekommst, weil die Schule so klein ist, aber das heißt doch nicht, daß wir nicht hinterher eine Party für dich geben können.«

»Ich hab' dir doch gesagt, ich will keine!«

»Nein, du hast gesagt, es ist dir egal.« Joleen legte die Listen wieder fort und bemühte sich, ihr Temperament zu zügeln.

»Es ist mir nicht egal, und ich will auch keine Party. Ich will die ganze Bagage nicht sehen. Ich will überhaupt niemanden sehen.«

»Ich fürchte, da wirst du nicht drum herumkommen.« Ihre eigene Stimme klang fremd in ihren Ohren; hart, unbeugsam und kompromißlos, so wie die Stimme ihrer Mutter. Der Kreis schloß sich, dachte sie müde. »Es ist bereits alles arrangiert, Ernie. Die Mutter und der Stiefvater deines Vaters werden zusammen mit einigen deiner Cousins Samstag abend hier eintreffen. Alle anderen erwarte ich am Sonntag.« Mit erhobener Hand gebot sie ihm Schweigen – auch eine Angewohnheit ihrer Mutter, erkannte sie nun. »Gut, du magst ja deine Verwandten nicht sehen wollen, aber sie wollen dir alle gratulieren. Sie sind stolz auf dich, und sie möchten an diesem entscheidenden Schritt in deinem Leben teilhaben.«

»Ich verlasse die Schule, weiter nichts. Was soll der ganze Scheiß?«

»Untersteh dich, in diesem Ton mit mir zu reden!« Sie trat drohend auf ihn zu. Er war zwar einen ganzen Kopf größer als sie, aber sie hatte immer noch die mütterliche Erziehungsgewalt auf ihrer Seite. »Es ist mir ziemlich egal, ob du siebzehn oder hundertsieben Jahre alt bist, du hast dich nicht derartig im Ton zu vergreifen.«

»Ich lege aber keinen Wert auf eine Horde schwachsinniger Verwandter.« Ernies Stimme wurde schrill, und er geriet beinahe in Panik. »Ich will keine Party. Immerhin bin ich doch derjenige, um den es sich hier dreht, nicht wahr? Es sollte doch eigentlich meine Entscheidung sein.«

Joleens Herz flog ihrem Sohn zu. Sie selbst wußte nur zu gut, was es hieß, elterlicher Befehlsgewalt ausgeliefert zu sein. Auch sie hatte sich dagegen aufgelehnt. »Ich fürchte, in diesem Punkt hast du keine Wahl. Es handelt sich doch nur um ein paar Tage deines Lebens, Ernie.«

»Richtig. *Meines* Lebens.« Wütend stieß er einen Stuhl um. »Es ist schließlich mein Leben. Ihr habt mich ja auch vor vollendete Tatsachen gestellt, als wir hierhergezogen sind. Angeblich war es ja das beste für mich.«

»Dein Vater und ich dachten, es sei für uns alle das beste.«

»Na prima. Habt ihr blitzsauber hingekriegt. Ihr reißt mich einfach so aus meinem Freundeskreis heraus und begrabt mich in einem Provinzkaff, wo die Leute meines Alters nur über Jagd und Schweinezucht reden. Und wo Männer herumlaufen und Frauen umbringen!«

»Wovon redest du überhaupt?« Joleen legte ihm die Hand auf den Arm, doch er riß sich unwillig los. »Ernie, ich habe von der Attacke auf diese Frau gehört. Eine schlimme Sache, sicher. Aber sie wurde nicht umgebracht. Solche Dinge kommen hier nicht vor.«

»Du hast ja keine Ahnung.« Ernies Gesicht war mittlerweile totenbleich geworden, die Augen blickten bitter und vorwurfsvoll. »Du weißt überhaupt nichts von dieser Stadt, und du weißt schon gar nichts von mir.«

»Ich weiß, daß ich dich sehr liebhabe und mir Sorgen um

dich mache. Ich glaube, ich habe zuviel Zeit im Restaurant und zuwenig mit dir verbracht. Wir hätten öfter miteinander reden müssen. Jetzt setz dich wieder hin, und wir diskutieren die ganze Sache aus.«

»Es ist zu spät.« Ernie schlug die Hände vors Gesicht und begann zu schluchzen, wie er zuletzt als kleines Kind geweint hatte.

»Ach, Liebling, was ist denn los? Wie kann ich dir denn nur helfen?«

Doch als sie die Arme um ihn legen wollte, zuckte er heftig zurück. Seine Augen blickten nicht mehr bitter, sondern funkelten vor wildem Zorn. »Es ist zu spät. Ich habe meine Wahl getroffen, und ich kann nicht mehr zurück. Laß mich doch einfach nur in Ruhe, das kannst du ja ohnehin am besten.«

Er stolperte aus dem Haus und rannte los. Je lauter sie hinter ihm herbrüllte, desto schneller rannte er.

Zwölftes Kapitel

Clare war dabei, ihrer Skulptur von Alice den letzten Schliff zu geben. Diese Arbeit sollte das erste Stück sein, welches im Betadyne-Institut ausgestellt werden würde. In der Figur vereinten sich Anmut, Tüchtigkeit, innere Stärke und eine Art ruhiger Zielstrebigkeit. Clare hätte nur wenige bessere weibliche Eigenschaften nennen können.

Als sie Ernies Wagen hörte, der mit quietschenden Reifen die Straße hinunterjagte, blickte sie kurz hoch. Ihre Brauen zogen sich zusammen. Seine Mutter schien ihm irgend etwas nachzuschreien. Ehe Sally ihr von dem Teleskop berichtet hatte, wäre Clare noch versucht gewesen, ihm höchstpersönlich hinterherzufahren, um die Wogen zu glätten.

Laß dich da in nichts hineinziehen, mahnte sie sich, als sie sich wieder an die Arbeit machte. Wenn sie sich anfangs nicht eingemischt hätte, wäre ihr jetzt nicht jedesmal, wenn sie die Schlafzimmervorhänge zuzog, etwas unbehaglich zumute.

Außerdem hatte sie genug eigene Probleme. Verträge wollten erfüllt, Aufträge erledigt werden, und dazu steckte sie mitten in einer Beziehung, die außer Kontrolle geraten war, und hatte zudem noch diese verdammte Rede auf der Versammlung des Frauenvereins am Hals. Clare blies sich eine Haarsträhne aus den Augen und blickte auf ihre Uhr. Und dann mußte sie Cam noch von den merkwürdigen Worten berichten, an die sich Lisa erinnert hatte.

Wo zum Teufel trieb der sich eigentlich herum?

Auf dem Rückweg vom Krankenhaus hatte sie in seinem Büro vorbeigeschaut, ihn jedoch dort nicht angetroffen. Dann hatte sie ihn zuhause angerufen, er hatte aber nicht abgehoben. Vermutlich sorgte er irgendwo draußen für Recht und Ordnung, dachte sie lächelnd. Sie würde ihn ohnehin in ein paar Stunden sehen, wenn sie beide Feierabend hatten.

Clare stellte den Schweißbrenner ab und trat ein Stück zurück. Nicht schlecht, befand sie, ihr Werk aus schmalen Augen betrachtend. Eine freudige Erregung stieg in ihr hoch, als sie ihre Schutzbrille abnahm. Nein, wirklich nicht schlecht. Die Figur würde wahrscheinlich nicht gerade Alice' Vorstellung entsprechen, da die weibliche Gestalt unnatürlich verlängert und bestimmte Attribute übertrieben dargestellt worden waren. Auch die Gesichtszüge erinnerten an niemanden im besonderen. Es hätte sich um jede beliebige Frau handeln können. Die vier Arme würden Alice sicher auch irritieren, aber für Clare symbolisierten sie die Fähigkeit einer Frau, mehrere Aufgaben gleichzeitig bewältigen zu können, ohne dabei aus dem Gleichgewicht zu geraten.

»Was soll denn das darstellen?« fragte Blair über ihre Schulter. Clare fuhr beim Klang seiner Stimme erschrocken zusammen. »Eine knochigere Version der Göttin Kali?«

»Nein, Kali hat, soviel ich weiß, sechs Arme.« Clare nahm die Schutzkappe ab. »Das hier ist Alice.«

Blair hob eine Braue. »Na klar. Hab' ich auf den ersten Blick erkannt.«

»Banause!«

»Verrücktes Huhn.« Doch sein Lächeln verschwand, als er, den Arm voller Bücher, die Garage betrat. »Clare, was hat das alles zu bedeuten?«

Ein Blick auf die Bücher genügte, um ihr das Blut in die Wangen zu treiben. »Wie kommst du dazu, in meinem Zimmer herumzuschnüffeln? Ich dachte, die Frage der Privatsphäre hätten wir bereits im zarten Alter von zehn Jahren geklärt.«

»Das Telefon hat geklingelt, als ich gerade oben war. Zufällig stand mir der Apparat in deinem Zimmer am nächsten.«

»Ich kann mich nicht erinnern, mein Telefon in die Nachttischschublade gesteckt zu haben.«

»Ich hab' einen Block gesucht. Ich stelle für Cam einige Nachforschungen an und mußte mir etwas notieren. Aber das ist gar nicht der springende Punkt, nicht wahr?«

Clare entriß ihm die Bücher und ließ sie auf eine Werkbank fallen. »Mein Lesestoff geht dich überhaupt nichts an.«

Blair legte ihr die Hände auf die Schultern. »Das ist keine Antwort.«

»Es ist meine Antwort.«

»Clare, hier handelt es sich um eine ernstere Sache als damals, als ich heimlich in deinem Tagebuch gelesen und herausgefunden habe, daß du für den Kapitän des Footballteams schwärmst.«

»Ich bin auf seine körperlichen Reize reingefallen.« Sie wollte sich losmachen, doch er hielt sie fest. »Blair, ich muß noch arbeiten.«

Blair warf ihr einen Blick zu, der Zärtlichkeit und Ungeduld zugleich ausdrückte. »Hör mal, ich dachte, es läge an der Sache zwischen Cam und dir, daß du so nervös und durcheinander bist.«

»Nervös bin ich«, berichtigte sie. »Aber nicht durcheinander.«

»Mag sein. Aber ich wußte von dem Moment an, als ich hier ankam, daß dir etwas auf der Seele liegt. Was meinst du wohl, warum ich hiergeblieben bin?«

»Weil du süchtig nach meinen angebrannten Hamburgern bist.«

»Ich hasse deine angebrannten Hamburger.«

»Deshalb hast du auch gestern abend gleich zwei davon gefuttert.«

»Daran siehst du mal, wieviel du mir bedeutest. Also, wo hast du diese Bücher her?«

Ihr Zorn verrauchte. Blair konnte sehen, wie die Wut aus ihren Augen verschwand und einem undefinierbaren Ausdruck Platz machte. »Sie haben Dad gehört.«

»Dad?« Erschrocken lockerte er seinen Griff. Alles hatte er erwartet, nur das nicht. »Was soll das heißen, sie haben Dad gehört?«

»Ich hab' sie oben im Dachgeschoß gefunden, in den Kartons, die Mom da abgestellt hat. Sie hat fast alle seine Bücher und noch eine Menge anderer Dinge aufgehoben. Sein Arbeitshemd und – und seinen kaputten Kompaß. Die Steine, die er auf seiner Tour zum Grand Canyon gesammelt hat. Blair, ich dachte, sie hätte das alles weggeworfen.«

»Das dachte ich auch.« Blair fühlte sich plötzlich selbst wieder wie ein Kind; verwirrt, verletzlich, unglücklich. »Komm, setzen wir uns.«

Sie ließen sich auf der niedrigen Stufe zwischen Küche und Garage nieder. »Mir kam es immer so vor, als wolle sie nach seinem Tod einfach alles hinter sich lassen, verstehst du?« Clare knetete nervös ihre Hände. »Ich habe ihr das damals sehr übelgenommen; die Art und Weise, wie sie sich zusammengerissen und nach vorne geschaut hat. Aber ich wußte – wenn ich ganz ehrlich zu mir war, wußte ich, wieviel sie damals um die Ohren hatte. Die Firma drohte auseinanderzufallen, dann dieser entsetzliche Skandal wegen des Einkaufszentrums, und dazu kam noch, daß jeder sich fragte, ob Dad nicht doch vielleicht gesprungen ist, obwohl sein Tod offiziell als Unfall deklariert wurde. Sie ist mit alledem fertiggeworden, und dafür habe ich sie gehaßt.«

Ihr Bruder legte ihr den Arm um die Schulter. »Sie mußte vor allem an uns denken.«

»Ich weiß. Es ist nur so – mir schien es damals, als funktioniere sie nur wie eine gut geölte Maschine. Sie tat, was zu tun war, ohne auch nur einmal zu zögern, ohne die geringste Spur von Schwäche. Manchmal kam es mir so vor, als würde das alles sie überhaupt nicht berühren. Doch dann fand ich Dads Sachen. Sie hat sie so sorgfältig und liebevoll verpackt, hat all den Krimskrams aufgehoben, der ihm so viel bedeutet hat. Ich glaube, da ist mir klargeworden, wie ihr zumute gewesen sein muß. Ich wünschte nur, sie hätte mich ihr helfen lassen.«

»Du warst damals nicht in der Verfassung, irgend etwas zu tun. Für dich war es viel schlimmer als für mich, Clare. Ich habe ja nie gesehen, wie ...« Er schloß kurz die Augen und lehnte seinen Kopf an ihre Stirn. »Und Mom auch nicht. Wir alle hatten den Verlust zu tragen, aber du warst die einzige, die es mit eigenen Augen mitansehen mußte. Mom hat die ganze Nacht an deinem Bett gesessen.«

Clare sah ihren Bruder an, dann senkte sie den Blick. »Davon hatte ich keine Ahnung.«

»Doc Crampton hat dir zwar ein Beruhigungsmittel gegeben, aber du hast trotzdem dauernd im Schlaf geschrien. Und geweint.« Als Clare die Hand nach ihm ausstreckte, nahm Blair sie zwischen die seinen. »Sie ist die ganze Nacht bei dir geblieben. Danach überstürzten sich die Ereignisse. Erst das Begräbnis, dann die Schmiergeldaffäre.«

»Und ich habe nichts begriffen. Überhaupt nichts.«

Einen Moment lang saßen sie schweigend nebeneinander. Dann bat Blair: »Erzähl mir von den Büchern.«

»Ich habe sie oben gefunden. Du weißt doch, daß Dad jedes Buch verschlungen hat, das er in die Finger bekam.« Die Worte überschlugen sich fast. Clare stand auf und rang um Beherrschung. »Du weißt auch, daß er von der Religion förmlich besessen war. Seine Erziehung ...«

»Ich weiß, ich weiß.« Besessenheit. Auflehnung gegen herrschende Regeln. Machthunger. Großer Gott!

»Nun, er hat solche Werke begeistert gelesen, von den Thesen Martin Luthers bis hin zum Buddhismus, dazu alles, was dazwischen lag. Ich glaube, er suchte nach so etwas wie dem richtigen Weg – wenn es den überhaupt gibt. Aber das ist ja heute bedeutungslos.«

Auch Blair erhob sich und ergriff ihre unruhigen Hände. »Hast du Cam schon informiert?«

»Warum sollte ich?« Unterschwellige Panik schwang in ihrer Stimme mit. »Das geht ihn nichts an.«

»Wovor hast du eigentlich Angst?«

»Vor gar nichts. Wovor sollte ich Angst haben? Und ich schlage vor, wir beenden jetzt diese Diskussion. Ich bringe die Bücher einfach dorthin zurück, wo ich sie hergeholt habe.«

»Cam hegt den Verdacht, daß Biffs Tod und der Angriff auf Lisa MacDonald etwas mit einem Satanskult zu tun haben könnten.«

»Lächerlich. Und selbst wenn an dieser Theorie etwas dran sein sollte, was ich nicht glaube, was hat Dad damit zu tun? Er ist seit über zehn Jahren tot.«

»Clare, denk doch mal logisch. Es geht um eine kleine, eng verschworene Gemeinschaft. Wenn sich in dieser Stadt eine satanische Vereinigung breitmacht und du eine Sammlung satanischer Abhandlungen in irgend jemandes Haus findest, welche Schlüsse ziehst du dann?«

»Überhaupt keine.« Clare entzog ihm ihre Hände. »Ich weiß nicht, worauf du hinauswillst.«

»Wir wissen beide, worauf ich hinauswill«, entgegnete Blair ruhig. »Dad ist tot, Clare. Du brauchst ihn nicht mehr in Schutz zu nehmen.«

»Dad hätte sich mit so etwas niemals abgegeben, Blair. Himmel, ich habe die Bücher auch gelesen, aber deswegen gehe ich noch lange nicht los und opfere eine Jungfrau.«

»Du hast Cam zu der Stokey-Farm geschickt, weil du in Biffs Arbeitszimmer so ein Machwerk entdeckt hast.«

Sie schaute auf. »Du scheinst ja eine Menge über die Ereignisse zu wissen.«

»Ich sagte doch bereits, daß ich Cam bei seinen Ermittlungen zur Hand gehe. Aber der springende Punkt ist folgender: Du warst der Meinung, daß dieses eine Buch ausreicht, um der Sache nachzugehen. Und du hattest recht. Weißt du, was er gefunden hat?«

»Nein.« Clare leckte sich über die Lippen. »Ich hab' ihn nicht gefragt. Ich will es auch gar nicht wissen.«

»Er fand den Beweis, daß Carly Jamison dort festgehalten wurde.«

»O Gott.«

»Des weiteren förderte die Durchsuchung Drogen zutage. Und Cams Mutter gestand ihm, daß sie eine schwarze Kutte, schwarze Kerzen und eine Reihe Pornohefte mit satanischem Touch verbrannt hat. Es besteht kein Zweifel, daß Biff irgendeiner Kultgemeinschaft angehörte. Aber dazu benötigt man mehrere Personen.«

»Dad ist tot«, wiederholte Clare störrisch. »Und zu seinen Lebzeiten konnte er Biff Stokey nicht ausstehen. Du kannst doch nicht im Ernst annehmen, daß unser Vater sich an der Entführung junger Mädchen beteiligt hätte.«

»Ich hätte es auch nie für möglich gehalten, daß er an illegalen Machenschaften beteiligt sein könnte, und auch in diesem Punkt habe ich mich geirrt. Wir müssen den Tatsachen ins Gesicht sehen, Clare. Und wir müssen uns mit ihnen auseinandersetzen.«

»Sag du mir nicht, was ich zu tun habe.« Verstimmt wandte Clare sich ab.

»Wenn du damit nicht zu Cam gehst, dann werde ich es tun.«

Clare schloß resigniert die Augen. »Er war auch dein Vater.«

»Richtig. Und ich habe ihn ebensosehr geliebt wie du.« Blair packte sie und drehte sie zu sich hin. »Verdammt, Clare, meinst du eigentlich, mir fällt das leicht? Ich hasse die Vorstellung, daß er eventuell in solche obskuren Dinge verstrickt war. Aber wir dürfen unsere Augen davor nicht verschließen, Clare. Wir können die Zeit nicht zurückdrehen und alles in Ordnung bringen, aber vielleicht, nur vielleicht, können wir die Gegenwart beeinflussen.«

»Gut.« Clare bedeckte ihr Gesicht mit den Händen. Als

sie sie sinken ließ, blickten ihre Augen kühl und gelassen. »In Ordnung. Aber ich werde Cam selbst aufsuchen.«

»Ich denke, die hat sich einfach aus dem Staub gemacht.« Mick Morgan nippte an seinem Kaffee und nickte Cam zu. »Du weißt ja, wie sie ist. Sarah hatte schon immer Hummeln im Hintern, die hat's hier nicht mehr ausgehalten.«

»Schon möglich.« Cam tippte weiter an seinem Bericht. »Komisch ist nur, daß sie ihr Geld zurückgelassen hat. Wie mir ihre Mutter sagte, ging es bei dem Streit zwischen ihr und ihrer Tochter um Sarahs kleine Nebenverdienste. Sarah sagte, sie würde diese Art des Broterwerbs bald aufgeben, sie hätte da ein Geschäft in Aussicht, das sie sanieren würde.«

»Kann auch bloße Angeberei gewesen sein«, grübelte Mick laut. Ihm gefiel es nicht, wie Cam sich in diese Angelegenheit verbiß. Er war davon ausgegangen, daß niemand Sarah Hewitt auch nur eine Träne nachweinen würde. »Vielleicht hat sie auch mit einem von außerhalb angebändelt und ist deshalb weg. Jede Wette, daß sie in ein paar Tagen wieder in der Stadt auftaucht.« Seufzend stellte er den Kaffeebecher ab. »Frauen sind mir ein Rätsel, Cam, soviel ist mal sicher. Meine Alte ist einmal für 'ne geschlagene Woche zu ihrer Mutter gezogen, weil ich an ihrem Hackbraten was auszusetzen hatte. Weiber sind halt unberechenbar.«

»Da stimme ich dir zu.« Cam zog den Bogen aus der Schreibmaschine. »Aber ich fühle mich wohler, wenn wir sie suchen lassen. Die Angelegenheit nimmt Bud ganz schön mit. Kann sein, daß du in den nächsten Tagen öfter mal für ihn einspringen mußt.«

»Mach ich. Der Bud, das ist ein guter Junge. Wie der an so eine mißratene Schwester kommt, ist mir schleierhaft. Soll ich seine Patrouille übernehmen?«

»Das wäre nett. Bud ist bei seiner Mutter. Aber du hast trotzdem noch Zeit, deinen Kaffee auszutrinken.«

»Den brauch' ich auch.« Der Stuhl knarrte, als Mick sich zurücklehnte. »War ja 'n dolles Ding, was du auf der Farm alles gefunden hast. Biff Stokey war ja nun wirklich der letzte, den ich mit Drogen in Verbindung gebracht hätte. Sicher, er trank gerne mal einen über den Durst, aber Koks schnupfen – nee.«

»Da fragt man sich doch, wie gut man seine Mitmenschen überhaupt kennt. Du hast manchmal mit ihm gepokert, oder?«

»Na ja, ab und zu.« Mick lächelte wehmütig. »Wir haben uns irgendwo getroffen, ein Bierchen getrunken und um 'nen Vierteldollar gespielt. Ist ja nicht ganz legal, wenn man's genau nimmt, aber wegen der Bingoabende der Katholischen Kirche zerreißt sich ja auch niemand das Maul.«

»Drogen?«

Die beiläufige Frage veranlaßte Mick, die Brauen zu heben. »Nun mach aber mal halblang, Cam. Glaubst du im Ernst, einer der Jungs würde sich trauen, mir mit diesem Scheiß zu kommen? Kannst du dir Roody mit einem Joint vorstellen?«

Bei der Vorstellung mußte Cam grinsen. »Nein. Ehrlich gesagt fällt es mir schwer, diese Stadt mit Drogen und Mord in Verbindung zu bringen, aber trotzdem haben wir hier beides.«

»Ich schätze, da besteht ein Zusammenhang. Wahrscheinlich ist die Sache Biff über den Kopf gewachsen, und irgendein Dealer von außerhalb hat ihn erledigt.«

Cam gab ein unverbindliches Grunzen von sich. »Ich habe heute noch etwas Seltsames herausgefunden. Parker und seine Frau sind tot.«

»Sheriff Parker?« Mick setzte sich kerzengerade auf. Sein Hals war wie zugeschnürt. »Um Himmels willen, Cam, was ist denn passiert?«

»Das Haus ist abgebrannt. Sie haben an einem See in Florida gewohnt.«

»Lauderdale.«

»Nein.« Cam faltete die Hände. »Sie sind aus Lauderdale weggezogen. Innerhalb des letzten Jahres sind sie für meinen Geschmack reichlich oft umgezogen, kreuz und quer durch den ganzen Staat.«

»Ein Wandervogel eben.«

»Wie auch immer. Ich warte noch auf die Berichte von Polizei und Feuerwehr.«

Mick sah Parker vor sich, auf dem Stuhl, auf dem Cam jetzt saß, mit seinem über den Gürtel quellenden Wanst, und mußte sich mit einem Ruck aus der Vergangenheit lösen. »Was erhoffst du dir davon?«

»Das weiß ich erst, wenn ich sie gelesen habe.« Er schaute hoch, als Clare das Büro betrat, und schob unauffällig ein paar Papiere über seinen soeben getippten Bericht, ehe er ihr zulächelte. »Hi.«

»Hi.« Ihr Lächeln mißlang. »Hallo, Mr. Morgan.«

»Selber Hallo.« Mick schob seinen Kaffeebecher beiseite. Ein Blick seitens Cam hatte ihn gewarnt, die Parker-Geschichte für sich zu behalten. »Hab' gehört, du hast da ein dickes Ding laufen, ein Auftrag von einem Nobelmuseum.«

»Sieht so aus.« Clare legte die Büchertasche auf Cams Schreibtisch. »Störe ich?«

»Nö, wir haben nur ein bißchen gequatscht.«

»Ich muß mit dir sprechen«, sagte Clare zu Cam. »Wenn du eine Minute Zeit hättest?«

»Ich habe sogar mehrere Minuten Zeit.« Er konnte ihr vom Gesicht ablesen, daß sie etwas auf dem Herzen hatte, und warf Mick einen Blick zu.

»Ich werd' dann mal gehen.« Der Deputy erhob sich. »So gegen sieben bin ich wieder da.«

»Danke.«

»Schön, dich zu sehen, Clare.« Cam gab ihr einen aufmunternden Klaps auf die Schulter.

»Ach, Cam.« Clare wartete, bis die Tür hinter Mick ins Schloß gefallen war, dann packte sie den Stier bei den Hörnern. »Ich glaube nicht, daß das etwas zu bedeuten hat, und ich finde, es ist auch nicht deine Angelegenheit. Aber ...«

»Sekunde.« Cam hob eine Hand, dann griff er nach der ihren. »Ich verstehe nur Bahnhof.«

»Entschuldige«, bat sie, nun etwas ruhiger. »Ich hatte eben einen kleinen Disput mit Blair und bin über den Ausgang nicht gerade entzückt.«

»Soll ich ihm an deiner Stelle das Fell gerben?«

»Nicht nötig.« Jetzt mußte sie doch lächeln. »Das kann ich schon selber. Cam, jetzt denke bitte nicht, daß ich dir etwas verschweigen wollte. Ich war – und bin – nur der Meinung, daß es sich um eine Familienangelegenheit handelt.«

»Erzähl mir doch einfach, worum es geht.«

Statt einer Antwort nahm Clare die Bücher aus der Tasche und breitete sie auf dem Schreibtisch aus. Cam sah sie sich genau an, eines nach dem anderen. Einige kannte er bereits, er hatte sie in Biffs Arbeitszimmer oder in der Bücherei gesehen. Während er die Sammlung betrachtete, zündete Clare sich eine Zigarette an.

Die Bücher waren alt und offensichtlich häufig gelesen worden. Viele Seiten wiesen Kaffee- oder Whiskeyflecken auf, oft waren einzelne Passagen unterstrichen oder bestimmte Stellen mit Eselsohren gekennzeichnet worden.

»Wo hast du die her?«

Clare stieß eine Rauchwolke aus. »Sie haben meinem Vater gehört.«

Die Augen fest auf sie gerichtet, schob Cam die Bände beiseite. »Setz dich doch und erklär mir die Zusammenhänge.«

»Ich bleibe stehen und erkläre dir alles.« Wieder sog sie hektisch an ihrer Zigarette. »Ich habe die Bücher oben im Dachgeschoß gefunden, in dem ehemaligen Büro meines Vaters. Ich weiß nicht, ob du das begreifen kannst, aber meinen Vater faszinierte die Religion. Jegliche Religion. Er besaß auch Bücher über den Islam und den Hinduismus und eine ganze Reihe Abhandlungen über katholische Bräuche – alles, was du dir vorstellen kannst. Blair ließ sich allerdings nicht davon abbringen, daß ich dir diese Bücher zeigen sollte.«

»Da hat er recht.«

»Tut mir leid, ich sehe das anders.« Sie drückte die Zigarette so heftig aus, daß sie entzweibrach. »Aber da Blair fest entschlossen schien, keine Ruhe zu geben, versprach ich ihm, es zu tun. Und das habe ich ja jetzt erledigt.«

»Setz dich, Slim.«

»Ich bin nicht in der Stimmung, mich verhören zu lassen. Ich hab' dir die Bücher gebracht, jetzt mach daraus, was du willst.«

Schweigend musterte Cam sie. Ihre Augen flackerten, und ihr Mund begann leicht zu zittern. Er stand auf und ging um den Schreibtisch herum zu ihr hin. Als sie stocksteif stehenblieb, legte er die Arme um sie.

»Ich weiß, daß es nicht leicht für dich ist.«

»Das kannst du überhaupt nicht wissen.«

»Wenn ich die Wahl hätte, dann würde ich dir jetzt sagen, du sollst die Bücher wieder mitnehmen, und wir tun so, als würden sie gar nicht existieren.« Er gab sie frei. »Leider habe ich diese Wahl nicht.«

»Vater war ein guter Mensch. Ich mußte schon einmal mitanhören, wie die Leute furchtbare Sachen über ihn erzählten, und ich glaube nicht, daß ich es ein zweitesmal ertragen kann.«

»Ich werde alles mir Mögliche tun, mehr kann ich nicht versprechen.«

»Ich verlange ja nur, daß du wenigstens versuchst, ihn zu verstehen. Begreif doch: Er war kein schlechter Mensch, nur weil er diese Bücher besessen und gelesen, ja, vielleicht sogar einige Sachen geglaubt hat.«

»Dann laß mich versuchen, das zu beweisen. Setz dich bitte.«

Sie tat wie ihr geheißen und faltete die Hände im Schoß.

»Clare, hat er jemals mit dir über diese Bücher oder deren Inhalt gesprochen?«

»Nein, niemals. Er sprach viel über Religion. Es war sein Lieblingsthema, besonders nachdem ... nachdem er begonnen hatte zu trinken. Er ist wieder in die Kirche eingetreten, obwohl er aufgrund seiner erzkatholischen Erziehung diese starr durchorganisierte Religion eigentlich ablehnte.«

»Wann trat er wieder in die Kirche ein?«

»Als ich so sieben oder acht Jahre alt war. Auf einmal wurden all diese Dinge wieder sehr wichtig für ihn. Das Ende vom Lied war, daß Blair und ich den Kommunionsunterricht besuchten und schließlich zur Kommunion gingen. Die ganze Prozedur eben.«

»Das muß ungefähr zwanzig Jahre her sein.«

»Ja.« Sie lächelte schwach. »Die Zeit vergeht.«

Cam machte sich Notizen, wobei er im stillen überlegte, wie die Stückchen des Puzzles wohl zusammenpaßten. »Hast du dich einmal gefragt, woher dieser plötzliche Sinneswandel kam?«

»Natürlich. Anfangs war ich noch zu jung, um mir darüber Gedanken zu machen. Mir gefiel einfach die Messe, die Musik, die Kleidung der Priester, eben das ganze Ritual.« Abrupt brach sie ab, da sie mit ihrer Wortwahl selbst nicht einverstanden war. »Später habe ich dann angenommen, daß er schlichtweg älter und reifer geworden war und etwas Abstand zu den Dingen, gegen die er in seiner Jugend rebelliert hat, gewonnen hatte und daß er die Sicherheit und die Vertrautheit vermißte, die ihm die Religion einst vermittelt hat. Er muß damals ungefähr in meinem Alter gewesen sein«, murmelte sie. »Um die Dreißig. Da begann er, sich zu fragen, wie der Rest seines Lebens wohl verlaufen würde. Außerdem machte er sich Sorgen um Blair und mich, weil wir keinerlei religiöse Erziehung genossen hatten. Er fürchtete, wir müßten nun die Fehler seiner Eltern ausbaden.«

»Hat er das gesagt?«

»Ja, ich kann mich tatsächlich erinnern, daß er genau das einmal zu meiner Mutter gesagt hat. Mom hat ihn immer als wandelnde Sorgenfalte bezeichnet. Dad fürchtete ständig, nicht das Richtige getan zu haben, grübelte dauernd über seine Handlungsweise nach. Damit hat er sich selbst das Leben schwer gemacht. Er war kein Fanatiker, Cam, sondern nur ein Mann, der sich stets bemühte, den richtigen Weg zu gehen.«

»Wann fing er an zu trinken, Clare?«

»Das kann ich nicht genau sagen.« Ihre Finger bewegten sich unruhig auf ihrem Schoß. »Es kam nicht plötzlich, sondern war eher ein schleichender Prozeß, so hat keiner von uns anfangs den Ernst der Lage erkannt. Ich erinnere mich, daß es damit anfing, daß er sich nach dem Essen einen

Whiskey mit Soda genehmigte. Dann zwei, dann drei. Und irgendwann ließ er dann das Sodawasser weg.«

Der Jammer, der in ihrer Stimme mitschwang, veranlaßte ihn, tröstend nach ihren Händen zu greifen. »Clare, ich bin der letzte, der ihn deswegen verurteilen würde. Ich war selber auf dem besten Weg, zum Alkoholiker zu werden.«

»Ich fühle mich wie ein Verräter, Cam. Kannst du das denn nicht verstehen? Ich übe an meinem eigenen Vater Verrat, wenn ich seine Fehler und Schwächen bloßlege.«

»Clare, dein Vater war kein Übermensch. Jeder Mensch hat seine Fehler. Glaubst du nicht, es wäre ihm lieber gewesen, wenn du seine Fehler akzeptiert und ihn trotzdem geliebt hättest?«

»Du klingst wie mein Seelenklempner.« Clare erhob sich und ging zum Fenster. »Ich war dreizehn, als ich ihn zum erstenmal völlig betrunken erlebt habe. Ich bin aus der Schule gekommen, Blair war nicht da, er probte mit seiner Band, und meine Mutter war auf irgendeiner Versammlung. Dad saß am Küchentisch, eine Flasche Whiskey vor sich, und weinte. Es hat mir Angst gemacht, ihn so zu sehen, mit rotverquollenen Augen und unaufhörlich schluchzend. Er sagte immer wieder, wie leid ihm alles tue. Dann versuchte er aufzustehen und fiel hin. Er lag auf dem Küchenfußboden, weinte und stammelte Entschuldigungen.« Ungeduldig wischte sich Clare eine Träne von der Wange. »Er sagte immer wieder: Es tut mir leid, Baby, es tut mir ja so leid. Ich weiß nicht, was ich tun soll. Ich kann gar nichts tun. Ich kann es nicht mehr ändern, es ist zu spät. Ich kann es nicht mehr ändern.«

»Was konnte er nicht ändern?«

»Seine Trinkerei, vermute ich. Er konnte sein Trinkverhalten nicht mehr kontrollieren und meinte, es sei zu spät, jetzt noch etwas zu ändern. Er sagte zu mir, er habe nie gewollt, daß ich ihn so sehe, das schien ihn furchtbar zu belasten. Er wollte nie, daß ich etwas davon mitbekomme.«

»Geschah all das so um die Zeit, als er wegen des Einkaufszentrums in Verhandlungen stand?«

»Ja. Und je mehr die Pläne konkrete Gestalt annahmen,

um so mehr trank er. Mein Vater war zum Kriminellen völlig ungeeignet. Er mag sich ja auf krumme Touren eingelassen haben, aber sein Gewissen ließ ihm keine Ruhe.«

»Denk jetzt bitte genau nach. Ist er regelmäßig an bestimmten Abenden noch spät fortgegangen? Hat er sich mit bestimmten Personen getroffen? Einer Gruppe angehört?«

Seufzend drehte Clare sich um. »Mein Vater war in allen möglichen Clubs und Vereinen, Cam, und er ging oft zu Versammlungen oder traf sich mit Kunden zum Essen. Ich habe ihm ständig in den Ohren gelegen, mich doch mal mitzunehmen, aber er hat mich stets ins Bett gesteckt und mir erklärt, ich müsse warten, bis ich größer sei, dann würde er mich zu seinem Partner machen. Eines Abends habe ich mich dann in seinem Auto versteckt ...« Sie brach ab, Panik flackerte in ihren Augen, und das Blut wich ihr aus dem Gesicht.

»Du hast dich in seinem Auto versteckt?« hakte Cam nach.

»Nein, nein. Das hab' ich nur geträumt. Behalte die Bücher, wenn du meinst, daß sie dir weiterhelfen. Ich muß gehen.«

Er nahm sie am Arm, bevor sie zur Tür hinausstürmen konnte. »Was hast du geträumt, Clare?«

»Meine Träume sind ja wohl einzig und allein meine Sache, oder nicht?«

Auf ihrem Gesicht lag genau der gleiche Ausdruck, den er bei ihr gesehen hatte, als er sie aus dem Alptraum aufgeweckt hatte. »Wo ist er in jener Nacht hingegangen?«

»Ich weiß es nicht. Es war doch nur ein Traum.«

»Wo ist er denn in deinem Traum hingegangen?«

Ihr Körper erschlaffte, und sie schien sich in sich selbst zurückzuziehen, als er sie sacht wieder auf den Stuhl drückte. »Ich weiß es nicht. Es war ein Traum, und ich war erst fünf oder sechs Jahre alt.«

»Aber du erinnerst dich an den Traum, und du hast ihn auch heute noch.«

Clare starrte die Bücher auf Cams Schreibtisch an. »Manchmal.«

»Erzähl mir, woran du dich erinnerst.«

»Es ist doch alles gar nicht passiert. Ich bin in meinem eigenen Bett aufgewacht.«

»Was geschah, ehe du aufgewacht bist?«

»Ich habe geträumt, ich würde mich auf dem Rücksitz seines Autos verstecken. Ich wußte, daß er weggehen wollte, und ich wollte ihn überraschen, um ihm zu beweisen, daß ich doch schon groß genug war, um sein Partner zu sein. Wir sind aber in kein Haus gegangen, sondern raus in den Wald gefahren. Ich folgte ihm. Für mich war es ein tolles Abenteuer. Wir kamen zu einer Lichtung, und da waren noch andere Männer. Ich hielt es für eine Versammlung, für einen Geheimbund, denn ... sie trugen alle lange Gewänder mit Kapuzen.«

O Gott, Slim, dachte Cam entsetzt. Was hast du da mitangesehen? Laut sagte er: »Erzähl weiter.«

»Sie hatten Masken auf. Ich fand das komisch, denn es war noch gar nicht Halloween, sondern Frühling. Ich versteckte mich im Gebüsch und sah ihnen zu.«

»Du sagst, da waren noch andere Männer. Kanntest du sie?«

»Ich weiß nicht, ich habe nicht auf sie geachtet. Ich habe nur meinem Vater zugeschaut. Sie bildeten einen Kreis, und eine Glocke läutete. Dann sah ich zwei Frauen, Frauen in roten Gewändern. Eine von ihnen zog sich aus und legte sich auf eine Art Holzklotz. Ich fand es faszinierend und abstoßend zugleich. Alle sangen, dann zündeten sie ein Feuer an. Ein großes Feuer. Ich war ganz verschlafen und verstand das alles nicht. Der Mann mit der großen Maske hatte ein Schwert, und das glitzerte im Mondlicht. Er sagte etwas, und der Rest der Gruppe wiederholte es.«

»Was hat er gesagt?«

»Das konnte ich nicht verstehen.« Doch sie hatte sich wieder erinnert, als sie die Bücher las. »Ich kannte die Namen nicht.«

»Namen?«

»O Gott, Cam, die Namen in den Büchern. Sie haben Dämonen beschworen.«

»Okay, bleib ganz ruhig.«

Clare fuhr sich mit dem Handrücken über die Wange. »Ich fror, und ich war müde. Daddy sollte mich nach Hause bringen. Aber aus irgendeinem Grund hatte ich Angst. Der Mann mit der Maske hat dauernd die Frau angefaßt. Dann brachten sie einen Ziegenbock, einen kleinen weißen Ziegenbock, und der Mann griff nach einem Messer. Ich wollte wegrennen, aber ich konnte nicht. Ich konnte meine Beine nicht bewegen. Die Männer haben ihre Kutten abgelegt, die Masken aber aufbehalten und sind um das Feuer herumgetanzt. Ich erkannte meinen Vater. Er hatte Blut an den Händen. Und dann bin ich von meinen Schreien aufgewacht, in meinem eigenen Bett.«

Cam zog sie vom Stuhl hoch, um sie liebevoll an sich zu drücken. Doch in den Augen, die über ihre Schulter blickten, schimmerte schwarze, eiskalte Wut.

»Es war doch nicht wirklich«, beharrte sie. »Es ist alles gar nicht passiert. Ich bin in meinem Bett aufgewacht wie immer, wenn ich diesen Traum habe, und meine Mutter und mein Vater waren bei mir.«

»Hast du ihnen von dem Traum erzählt?«

»Ich brachte zuerst kein Wort heraus. Vermutlich war ich hysterisch. Aber ich weiß noch, daß mein Vater mich hin- und herwiegte und mein Haar streichelte. Er hat mir immer wieder versichert, daß es nur ein Traum gewesen sei, ein ganz schlimmer Traum, und daß er es nie zulassen würde, daß mir etwas zustößt.«

Cam blickte ihr lange tief in die Augen. »Clare, das war kein Traum.«

»Es muß einer gewesen sein.« Ihre Hände zitterten. »Es muß ein Traum gewesen sein. Ich lag im Bett, mein Vater saß bei mir. Ich weiß, daß du an die Bücher denkst. Der Gedanke ist mir auch schon gekommen. Er muß sie nach diesem Vorfall gekauft haben, weil er sich Sorgen um mich machte, wegen des Traumes und warum er immer wiederkam. Er wollte der Sache auf den Grund gehen. Er hat sich solche Sorgen um mich gemacht, daß er noch Wochen später jeden Abend zur Schlafenszeit in mein Zimmer kam, mir lustige Geschichten erzählte, etwas vorsang oder einfach nur an meinem Bett saß, bis ich eingeschlafen bin.«

»Ich weiß, daß er sich Sorgen um dich machte, und ich weiß auch, daß er dich geliebt hat. Trotzdem glaube ich, daß er in etwas hineingezogen worden ist, was er dann nicht mehr kontrollieren konnte, genausowenig wie seinen Alkoholkonsum, Clare.«

Fassungslos und völlig außer sich schüttelte Clare den Kopf. »Ich weigere mich, das zu glauben.«

»Clare, der Gedanke, daß du ihn bei seinem Tun beobachtet hast, muß ihn ganz krank gemacht haben. Und ein paar Jahre später – da wurdest du immer noch von Alpträumen geplagt – mußte er dann erkennen, daß es immer schlimmer wurde. Er versuchte, davon loszukommen, und wandte sich wieder der Religion seiner Kindheit zu.«

»Du kanntest ihn nicht so gut wie ich.«

»Nein, das nicht.«

»Er hätte nie jemandem Schaden zufügen können, dazu war er gar nicht fähig.«

»Vielleicht hat er ja auch nur sich selbst geschadet. Clare, ich möchte dir wirklich nicht weh tun, aber ich muß der Sache nachgehen, und dazu gehört auch, daß ich alle verfügbaren Informationen hinsichtlich der Immobilienangelegenheit und der Einkaufszentrumsaffäre zusammentrage. Und den Tod deines Vaters untersuche.«

»Warum? Wozu soll das nach so langer Zeit noch gut sein?«

»Weil das, was du in jener Nacht beobachtet hast, immer noch weitergeht. Hast du mit irgend jemandem über deinen Traum gesprochen?«

»Nein.«

»Tu es auch weiterhin nicht.«

Sie nickte. »Ist das alles?«

»Nein.« Ohne auf ihre abwehrende Haltung zu achten, zog Cam sie wieder an sich. »Ich werde einfach abwarten, Slim«, murmelte er. »Du kannst dich von mir zurückziehen, einen Schutzwall um dich herum errichten oder wegrennen und deine Spuren verwischen, soviel du willst, ich werde abwarten.«

»Ich kann im Augenblick wirklich nicht an unsere Beziehung denken.«

»Doch, du kannst.« Er legte zwei Finger unter ihr Kinn und hob ihren Kopf an, bis ihre Augen sich trafen. »Wenn das alles nämlich hinter uns liegt, dann haben wir Zeit für uns beide. Ich liebe dich.« Als sie sich losmachen wollte, verstärkte er seinen Griff. »Diese Kröte mußt du schlucken, und zwar ein- für allemal. Ich liebe dich. Ich hatte eigentlich nicht erwartet, einem anderen Menschen jemals solche Gefühle entgegenbringen zu können, aber ich tue es. Das ist eine Tatsache.«

»Ich weiß. Wenn all die anderen Probleme nicht wären ...«

»Aber sie existieren nun einmal. Trotzdem will ich wissen, wie du zu mir stehst.«

Clare streichelte sacht seine Wange. »Ich liebe dich auch. Mehr kann ich im Moment dazu nicht sagen.«

»Das genügt mir.« Er küßte sie. »Ich wünschte nur, ich könnte dir all diesen Kummer ersparen.«

»Ich bin alt genug, um meine Angelegenheiten selbst in die Hand zu nehmen und mit meinen Problemen fertigzuwerden, danke. Ich brauche einen Freund und keinen strahlenden weißen Ritter.«

»Wie wäre es mit einem Freund und schwarzen Schaf?«

»Hübsche Kombination. Hör zu, Cam, ich wollte dir nichts verheimlichen. Na ja, zum Teil doch«, berichtigte sie sich, ehe er zu Wort kam. »Aber das rührt daher, weil ich gewisse Dinge selbst nicht wahrhaben wollte. Jetzt muß ich aber nach Hause, ich möchte in Ruhe über alles nachdenken. Ich gehe mal davon aus, daß du die Bücher vorerst behalten willst.«

»Ja. Clare ...« Er strich ihr eine Haarsträhne aus dem Gesicht. »Wir müssen uns noch einmal über deinen Traum unterhalten. Alles, woran du dich erinnerst, kann wichtig sein.«

»Ich hab' schon befürchtet, daß so etwas kommt.«

»Wie wär's denn mit heute abend, dann ist die Sache vom Tisch. Was hältst du davon, wenn ich dich in ein mexikanisches Restaurant einlade? Soll sehr gemütlich sein.«

»Prima Idee. Fahren wir mit deinem Motorrad?«

»Eine Frau ganz nach meinem Herzen!«

»Ich bin so gegen sieben fertig.« Clare ging zur Tür, dann blieb sie noch einmal stehen. »Rafferty, du hast es mir leichter gemacht, als ich es je für möglich gehalten hätte. Danke.«

Als die Tür hinter ihr ins Schloß gefallen war, saß Cam allein an seinem Schreibtisch und starrte blicklos auf seine Notizen. Er fürchtete, daß er es ihr nicht mehr lange würde leichtmachen können.

Dreizehntes Kapitel

Min Atherton gehörte zu jener Sorte Frau, die es fertigbrachte, eine festliche Tafel mit Kerzen zu schmücken, die noch in ihrer Zellophanhülle steckten. Fast alles, was sie besaß, war nur zur Zierde und nicht zum Gebrauch bestimmt. Sie pflegte oft pinkfarbene oder violette Kerzen – das waren ihre Lieblingsfarben – zu erstehen, die sie dann samt Verpackung in Messing- oder Kristalleuchter steckte. Angezündet wurden diese Kerzen allerdings nie.

Sie genoß es, sich ständig neue Dinge zu kaufen, und sonnte sich in dem wohligen Gefühl, nicht – wie ihre weniger betuchten Nachbarn – auf den Pfennig schauen zu müssen. Daher unterließ sie es auch häufig, die Preisschilder von der Ware zu entfernen, und hoffte, daß einige ihrer Gäste einen verstohlenen Blick auf das Etikett an einer Vase oder einer Porzellanfigur warfen. Sie selbst hatte in dieser Hinsicht, war sie irgendwo zu Gast, keinerlei Hemmungen.

Min fühlte sich geradezu verpflichtet, ihren Wohlstand zur Schau zu stellen. Schließlich mußte sie als Frau des Bürgermeisters einen gewissen Lebensstandard aufrechterhalten, und jeder wußte, daß James und sie das vermögendste Paar am Ort waren. Und ihr James war ihr ein ergebener Gatte. Hatte er ihr nicht noch letztes Jahr zu Weihnachten ein Paar prachtvolle Diamantohrclips geschenkt? Eineinhalb Karat jeder, die Splitter mitgerechnet. Min legte sie extra jeden Sonntag zum Kirchgang an.

Bei der Messe achtete sie dann peinlich darauf, daß ihr Haar ihr nicht über die Ohren fiel, und neigte, während sie feierlich die Choräle mitsang, immer wieder den Kopf zur Seite, damit sich das Licht in den Steinen brach und der Neid der Gemeinde ihr gewiß war.

Ihr Haus war mit Möbeln überladen. Sie machte sich nichts aus Antiquitäten, mochten sie auch noch so kostbar sein. Nein, für Min kamen nur funkelnagelneue Stücke in Frage, so daß sie die erste war, die sie in Gebrauch nahm. Selbstverständlich kaufte sie nur Markenartikel und ließ keine Gelegenheit aus, im Kreis ihrer Freunde mit Designernamen um sich zu werfen.

Einige der weniger begüterten Mitglieder der Gemeinde pflegten zu sagen, es sei doch ein Jammer, daß sie nicht über weniger Geld und dafür etwas mehr Geschmack verfüge.

Doch Min erkannte den giftigen Hauch des Neides, wenn er ihr entgegenschlug, und genoß ihn in vollen Zügen.

Sie liebte ihr weitläufiges Backsteinhaus in der Laurel Lane von ganzem Herzen und hatte jeden einzelnen Raum nach ihrem Geschmack gestaltet, angefangen von dem Wohnzimmer mit dem pink- und lavendelfarben geblümten Sofa und den dazu passenden Brokatvorhängen bis hin zu dem rosafarben gekachelten Badezimmer. Überall fanden sich die kitschigen Porzellanfiguren; Tänzerinnen in wallenden Ballkleidern und befrackte Kavaliere, die ihr so gut gefielen. Min besaß nur Plastikblumen, aber diese prunkten in Keramikübertöpfen in Form von niedlichen wolligen Schafen oder putzigen Häschen.

Doch ihre Kreativität erstreckte sich nicht nur auf das Innere des Hauses, beileibe nicht. Da vielen Anwohnern von Emmitsboro nie das Privileg zuteil werden würde, Gast im

Hause Atherton zu sein, hielt es Min für ihre Pflicht, sie wenigstens von außen an all dem Prunk teilhaben zu lassen.

Auf der Veranda vor dem Haus stand ein großer, von einem gestreiften Sonnenschirm überdachter Gartentisch mit passenden Stühlen und einer Liege. Da Haustiere nur Schmutz machten, hatte Min sie durch Plastik- und Gipsfiguren ersetzt, so daß der Vorgarten von Enten, Eichhörnchen und Schafen nur so wimmelte.

Direkt vor dem Haus hatte sie ihren ganzen Stolz, einen gußeisernen Negerjungen in roter Livree, auf dessen schwarzem Gesicht ein dümmliches Grinsen lag, aufgestellt. Davey Reeder hatte, als er einmal eine Reparatur bei ihnen durchführte, seine Lunchtüte in der ausgestreckten Hand der Statue deponiert, was Min alles andere als witzig fand.

Drinnen wie draußen blitzte ihr Heim vor Sauberkeit, und überall herrschte peinliche Ordnung. Für den heutigen Anlaß, die monatliche Versammlung des Frauenvereins, hatte sie sogar eigens beim Floristen ein großes Liliengesteck für die Festtafel bestellt und es auch noch aus eigener Tasche bezahlt. Aber selbstverständlich gedachte sie dafür zu sorgen, daß ihr Steuerberater die Ausgabe absetzte.

Für Geldverschwendung hatte Min nichts übrig.

»James! James, komm doch bitte einmal her und sieh dir das an. Du weißt, wieviel mir an deiner Meinung liegt.«

Atherton kam, eine Kaffeetasse in der Hand, lächelnd aus der Küche ins Wohnzimmer geeilt und musterte seine Frau in ihrem neuen pinkfarbenen Kleid und dem geblümten Bolerojäckchen. Sie trug ihre Diamanten und hatte sich bei Betty das Haar waschen und hochtoupieren und sich Finger- und Fußnägel lackieren lassen. Ihre pinkfarbenen Zehen lugten vorn aus ihren hochhackigen Sandalen heraus. Atherton küßte sie leicht auf die Nasenspitze.

»Du siehst bezaubernd aus, Min. Wie immer.«

Sie kicherte und versetzte ihm einen spielerischen Klaps auf die Brust. »Du sollst dir den Tisch ansehen, Dummerchen.«

Gehorsam begutachtete Atherton den auf volle Länge ausgezogenen Eßzimmertisch, der allen achtzehn erwarteten Gästen Platz bot. Er war mit einer Damasttischdecke und dem Corelle-Porzellan mit den winzigen Rosenknospen gedeckt. Neben jedem Gedeck stand ein mit Zitronenwasser gefülltes Fingerschüsselchen, eine Feinheit, die Min einem ihrer Frauenmagazine entnommen hatte. In der Mitte der Tafel leuchtete, umgeben von zellophanverpackten Kerzen, das Blumengesteck.

»Du hast dich selbst übertroffen, Min.«

»Du weißt, ich habe es gern, wenn alles hübsch aussieht.« Ihr Adlerblick schweifte durch den Raum, und sie zupfte rasch eine Falte des Brokatvorhangs zurecht. »Edna hat, als sie letzten Monat an der Reihe war, doch tatsächlich Wegwerfgeschirr benutzt. Ich habe mich für sie halb zu Tode geschämt.«

»Ich bin sicher, Edna hat ihr Bestes getan.«

»Oh, natürlich.« Zum Thema Edna hätte sie noch so einiges zu sagen gehabt, aber sie wußte, wie ungeduldig James werden konnte. »Ich möchte den heutigen Tag besonders festlich gestalten, James. Einige der Damen sind vor Angst völlig außer sich. Weißt du, es wird schon davon gesprochen, Selbstverteidigungskurse einzurichten – was ich, wie ich auch zu Gladys Finch bemerkte, als sie mit diesem Vorschlag herausrückte, für ausgesprochen undamenhaft halte. Ich frage mich, was ihnen als nächstes einfallen wird.«

»Nun, Min, wir alle tun nur das, was wir tun müssen.« Er blinzelte ihr zu. »Du vertraust mir immer noch, nicht wahr, Min?«

Sie sah ihn forschend an. »Aber James, das weißt du doch.«

»Dann überlaß nur alles mir.«

»Das tue ich ja auch. Trotzdem, dieser Cameron Rafferty ...«

»Cameron tut seine Pflicht.«

Min schnaubte. »Wenn er nicht gerade um Clare Kimball herumstreicht, meinst du. Schon gut, ich weiß, was du sagen willst.« Sie winkte ihm mit ihrer pummeligen Hand zu. »Ein Mann kann seine Freizeit nach eigenem Gutdünken nutzen. Aber man muß Prioritäten setzen.« Sie lächelte ihren Mann an. »Diesen Spruch führst du doch immer auf den Lippen, nicht wahr, James? Ein Mann muß sich Prioritäten setzen.«

»Du kennst mich viel zu gut.«

»Das sollte ich wohl auch, nach all den Jahren.« Min machte sich an seiner Krawatte zu schaffen. »Ich weiß, daß du dich lieber aus dem Staub machen würdest, bevor die Mädels eintreffen, aber ich sähe es gern, wenn du noch ein paar Minuten warten könntest. Die Vertreter von Presse und Fernsehen werden gleich hier sein, und diese Gelegenheit solltest du nicht versäumen, besonders dann nicht, wenn du dich um den Gouverneursposten bewerben willst.«

»Min, du weißt, daß darüber noch nichts entschieden ist. Außerdem ...«, er zwickte sie leicht ins Kinn, »... bleibt das unter uns.«

»Ja, ja, ich weiß. Aber es bringt mich fast um, daß ich nichts darüber verlauten lassen darf. Allein daß die Partei dich als Kandidaten aufstellt! Nicht, daß du es nicht verdienst hättest.« Liebevoll bürstete sie ein Stäubchen von seiner Jacke. »Wenn ich bedenke, wie viele Jahre deines Lebens du dieser Stadt gewidmet hast.«

»Ich baue auch auf die hiesigen Wähler«, erwiderte er. »Aber mach dir nicht allzu große Hoffnungen auf den Gouverneurssitz, Min. Bis zur Wahl ist es noch einige Zeit hin«, erinnerte er sie, als er bemerkte, wie sich ihr Gesicht verdüsterte. »Laß uns die Dinge nehmen, wie sie kommen. Hörst du? Es klingelt. Ich werde öffnen, damit du deinen großen Auftritt vorbereiten kannst.«

Clare hatte sich verspätet – was immer noch besser war, als überhaupt nicht zu erscheinen, und genau das wäre passiert, wenn Gladys Finch nicht angerufen hätte, um ihr eine Mitfahrgelegenheit anzubieten. Aber es war schließlich kein Wunder, daß sie den Termin vergessen hatte, nachdem sie entdecken mußte, daß eine Skulptur aus der Garage verschwunden war.

Kinder, redete sie sich ein, da sie verzweifelt daran glauben wollte, daß ihr wirklich nur eine Horde ungezogener

Kinder einen Streich gespielt hatte. Aber tief in ihrem Inneren nagte die Furcht an ihr, daß dieser Vorfall eine weitaus gefährlichere Bedeutung haben könnte.

Alles, was sie tun konnte, war, den Diebstahl zur Anzeige zu bringen, und genau das würde sie auch tun, sobald sie diese verdammte Versammlung hinter sich hatte.

Warum ausgerechnet dieses Stück? fragte sie sich. Warum die Alptraumfigur?

Unwillig schüttelte sie diesen Gedanken ab und konzentrierte sich auf das, was vor ihr lag. Unglücklicherweise hatte Gladys erst gegen Mittag angerufen, und als Clare endlich eingefallen war, wieso ihr dieses Angebot gemacht wurde, hatte sie sich in Windeseile in Schale werfen müssen.

Ob der kurze dunkelblaue Rock und die Jacke im Marinestil nun allerdings das passende Outfit für eine Versammlung des Frauenvereins darstellten, dessen war sie sich nicht sicher, aber sie hatte ihr Bestes getan. Während sie mit den Ellbogen den Wagen lenkte, befestigte sie rasch noch ein Paar große Reifen an ihren Ohren.

Als sie den Übertragungswagen des Hagerstowner Fernsehsenders erblickte, stöhnte sie innerlich, parkte direkt dahinter und legte die Stirn gegen das Lenkrad.

Sie haßte öffentliche Auftritte, haßte Interviews, und ganz besonders haßte sie auf sie gerichtete Kameras. Ihre Hände fühlten sich jetzt schon feucht und klamm an, und sie war noch nicht einmal ausgestiegen.

Eines der letzten Dinge, die sie in New York zu erledigen hatte, war der Auftritt vor Tina Yongers' Club gewesen. Die Kunstkritikerin hatte sie geschickt unter Druck gesetzt, genau wie Min jetzt, und Clare hatte nachgegeben, wie immer.

Kein Rückgrat. Kein Mumm in den Knochen. Du Feigling! Du Niete! Clare betrachtete ihr Gesicht im Innenspiegel. Na großartig. Jetzt hatte sie auch noch ihre Wimperntusche verschmiert. In Ermangelung besserer Mittel wischte sie den Fleck mit Spucke fort.

»Du bist eine erwachsene Frau«, hielt sie sich selber vor.

»Du bist volljährig und stehst auf eigenen Beinen. Du wirst das jetzt durchstehen, und nein, dir wird nicht schlecht werden.«

Das Trauma ging tief, und sie wußte es. Die Furcht, die Panik, alles war auf die Wochen nach dem Tod ihres Vaters zurückzuführen. All diese Fragen, all die neugierig auf sie gerichteten Augenpaare. All die Kameras bei der Beerdigung.

Doch sie lebte heute und jetzt. Beweg deine weichen Knie und deinen rebellierenden Magen aus dem Auto, befahl sie sich. Diese Rede würde sie jedenfalls von dem Diebstahl ablenken – und der zu erwartenden unerfreulichen Frage seitens Cam, warum zum Teufel sie schon wieder nicht die Garage abgeschlossen hatte.

Als sie ausstieg, fiel ihr Blick als erstes auf den Negerjungen, und unwillkürlich kicherte sie nervös, als sie zum Haus ging.

Dann sah sie die Löwen und blieb wie angewurzelt stehen. Die Treppe wurde von zwei weißen Gipslöwen, die straßbesetzte Halsbänder trugen, flankiert.

»Sorry, Jungs«, murmelte sie und grinste schon wieder, als sie an die Tür klopfte.

Während sich Clare mit dem Frauenverein abplagte, saß Joleen Butts auf einem Klappstuhl in der Turnhalle der High School. Die Eröffnungsansprache dauerte ewig, und einige Leute rutschten bereits unruhig auf ihren Sitzen herum, doch Joleen saß stocksteif da. Tränen schimmerten in ihren Augen.

Sie wußte nicht recht, warum sie eigentlich weinte. Vielleicht, weil ihr Sohn einen so gewaltigen Schritt in Richtung des Erwachsenenlebens getan hatte oder weil er seinem Vater in diesem Moment so ähnlich sah. Oder weil sie tief in ihrem Herzen wußte, daß sie ihn bereits verloren hatte.

Sie hatte Will nichts von der Auseinandersetzung gesagt. Wie könnte sie auch! Hier saß er neben ihr, seine Augen leuchteten, und sein Gesicht strahlte vor Stolz. Sie hatte auch nicht erwähnt, daß sie, nachdem Ernie türenknallend aus dem Haus gestürmt war, dessen Zimmer nach Drogen durchsucht hatte. Fast hatte sie gehofft, sie würde etwas finden, dann hätte sie wenigstens eine plausible Erklärung, einen greifbaren Beweis für seine Stimmungsschwankungen gehabt.

Doch das, was sie dann dort gefunden hatte, jagte ihr mehr Angst ein als Drogen.

Die Bücher, die Broschüren, die schwarzen Kerzenstummel. Das Notizbuch voller Zeichnungen seltsamer Symbole und fremder Namen, das gehäufte Auftauchen der Zahl 666. Und dann das Tagebuch, in dem die Rituale, die er zelebriert hatte, minutiös festgehalten worden waren. In diesem Raum hatte er es getan, während sie schlief. Sie hatte das Tagebuch rasch zugeklappt, unfähig, noch weiterzulesen.

Seit jenem Tag hatte sie kaum noch ein Auge zugetan und sich wieder und wieder gefragt, wie sie nur den Mut aufbringen sollte, ihn zur Rede zu stellen. Und nun, als die Namen der Abschlußklasse aufgerufen wurden, als die jungen Männer und Frauen im Gänsemarsch zur Bühne gingen, beobachtete sie ihren Sohn.

»Ernest William Butts.«

Will hielt mit einer Hand die Videokamera fest, mit der anderen tastete er nach der Hand seiner Frau. Joleen ergriff sie und hielt sie fest. Und schluchzte leise.

Wie im Traum ging Ernie zu seinem Platz zurück. Einige Mädchen weinten. Er selbst war auch den Tränen nahe, konnte sich jedoch den Grund dafür nicht erklären. Immerhin hielt er sein Ticket in die Freiheit in der Hand. Zwölf Jahre seines Lebens hatte er für diesen Bogen Papier geopfert, und nun konnte er gehen, wohin er wollte. Tun, was ihm beliebte.

Seltsam, Los Angeles hatte viel von seinem Reiz verloren. Er war nicht einmal sicher, ob er wirklich dorthin fahren sollte, um Gleichgesinnte zu suchen. Er hatte angenommen, hier bereits Gleichgesinnte gefunden zu haben. Nun, vielleicht stimmte das ja auch.

Nun bist du mit dem Opferblut gezeichnet.
Doch bei dem Opfer hatte es sich bloß um einen dämlichen Ziegenbock gehandelt, nicht um einen Menschen. Noch immer konnte er sie schreien hören. Sie schrie und schrie.

Die Abschlußfeier nahm ihren Fortgang, und Ernie hatte Mühe, sich nicht die Ohren zuzuhalten und aus der Turnhalle zu rennen.

Er konnte es sich nicht leisten, Aufmerksamkeit zu erregen. Sein Körper klebte unter dem Talar vor Schweiß, dem strengen, bitteren Schweiß, den die Angst hervorruft. Die anderen Schüler um ihn herum strahlten oder machten verlegene Gesichter, nur Ernie starrte ausdruckslos vor sich hin. Er durfte jetzt keinen Fehler machen. Sie würden ihn sonst töten. Sie würden ihn töten, wenn sie ahnten, was er gesehen hatte. Wenn sie wüßten, daß er für einen Augenblick die Nerven verloren und den Sheriff verständigt hatte.

Diesen Fehler würde er kein zweitesmal begehen. Ernie atmete mehrmals tief durch, um sich etwas zu beruhigen. Der Sheriff konnte nichts ausrichten. Niemand konnte sie aufhalten, sie waren viel zu mächtig. Seine Angst mischte sich mit einem Hauch dunkler Erregung. Er war einer der ihren, also gebührte auch ihm ein Teil der Macht.

Er hatte mit seinem Blut unterschrieben. Er hatte einen Eid geleistet. Er gehörte dazu.

Das durfte er nie vergessen. Er gehörte dazu.

Für Sarah Hewitt war es zu spät. Aber seine große Zeit brach jetzt erst an.

»Noch nichts Neues, tut mir leid, Bud.«

»Es ist schon über eine Woche her, seit sie das letztemal gesehen wurde.« Bud stand neben seinem Streifenwagen und blickte die Straße hinunter, als ob seine Schwester jeden Moment aus einem Hauseingang auftauchen und ihn auslachen würde. »Meine Mom denkt, daß sie vielleicht nach New York gegangen ist, aber ich ... wenn wir doch bloß mehr tun könnten«, schloß er kläglich. »Wir müßten viel mehr tun können.«

»Wir tun, was in unserer Macht steht«, erklärte Cam. »Wir haben die Fahndung nach ihr und ihrem Wagen eingeleitet, ihre Beschreibung an andere Polizeidienststellen weitergegeben und fast jeden hier in der Stadt befragt.«

»Sie könnte doch entführt worden sein.«

»Bud.« Cam lehnte sich gegen die Motorhaube. »Ich weiß, wie dir zumute ist. Aber es gab keinerlei Anzeichen eines gewaltsamen Eindringens oder eines Kampfes. Ihre Kleider und ihre persönliche Habe sind verschwunden. Sarah ist dreißig Jahre alt, es steht ihr frei, zu kommen und zu gehen, wie es ihr paßt. Wenn ich da wegen Verdacht auf Kidnapping die Feds einschalten wollte, käme ich nie damit durch.«

Buds störrisch verkniffener Mund sprach für sich. »Sie hätte sich mit mir in Verbindung gesetzt.«

»Da gebe ich dir recht. Mein Instinkt sagt mir dasselbe. Aber die Tatsachen sprechen dagegen, und wir müssen uns an die Tatsachen halten. Aber wir werden die Suche fortsetzen. Ich schlage vor, du gehst jetzt runter zu *Martha's* und läßt dir von Alice eine schöne Tasse Kaffee machen.«

Bud schüttelte den Kopf. »Arbeit lenkt mich eher ab. Ich hab' den Bericht gelesen, mit dem du dich gerade beschäftigst, diesem Zeug über Okkultismus, das Blair Kimball für dich zusammenträgt.«

»Eine bloße Theorie. Wir haben keine handfesten Beweise.« Und er wollte tunlichst vermeiden, daß ihm Bud oder sonstwer über die Schulter schaute, wenn er die verschiedenen Möglichkeiten durchging.

»Gut, aber wenn hier wirklich seltsame Dinge geschehen, könnte ich der Sache nachgehen. Ich denke da an den ganzen Kram, den wir in Biffs Schuppen gefunden haben – und an die Art, wie Biff ermordet wurde. Nehmen wir einmal an, da besteht ein Zusammenhang. Vielleicht hat Sarahs Verschwinden ja auch etwas damit zu tun.«

»Jetzt mach dich doch nicht verrückt.« Cam legte Bud beschwichtigend die Hand auf die Schulter.

Buds entsetzlich erschöpft wirkende Augen trafen die

von Cam. »Du hältst es für möglich, daß ein Zusammenhang besteht, nicht wahr?«

Er brachte es nicht fertig, um den heißen Brei herumzureden. »Ja, das glaube ich. Aber etwas glauben und es auch beweisen können, das sind zwei verschiedene Paar Schuhe.«

Als Bud bedächtig nickte, schien sein Gesicht viel von seiner jugendlichen Frische eingebüßt zu haben. »Was tun wir jetzt?«

»Wir beginnen noch einmal ganz von vorn.«

»Mit Biff?«

»Nein, mit dem Friedhof.«

Wenn Männer zusammenkommen, haben sie manchmal andere Gründe als Fußball, eine Pokerrunde oder den samstagabendlichen Stammtisch. Manchmal treffen sie sich, um andere Themen als Arbeit, Landwirtschaft oder die Vorzüge ihrer Ehefrauen zu erörtern.

Manchmal ist es die Angst, die sie zusammenbringt.

Der Raum war dunkel und roch modrig – ein Ort, der schon häufiger zu heimlichen Zusammenkünften genutzt worden war. Spinnen huschten die Wände entlang und spannen in den Ecken kunstvolle Netze, in denen sich ihre Beute zappelnd verfing. Niemand störte sie hier.

Nur drei Männer waren erschienen; diejenigen, deren Zugehörigkeit am längsten währte. Einst waren sie zu viert gewesen, doch der vierte Mann war inmitten von Palmen an einem ruhigen See in den Flammen seines Hauses umgekommen. Dafür hatten sie gesorgt.

»So kann es nicht weitergehen.«

Obwohl die Stimmen gedämpft klangen, lagen die Nerven bloß.

»Es wird weitergehen.« Anmaßung und maßlose Eigenliebe schwangen in dieser Stimme mit. Der Hohepriester.

»Wir haben nur getan, was nötig war.« Eine sanfte, beruhigende Stimme. Doch der Unterton darin zeugte von Machthunger, von dem brennenden Ehrgeiz, selbst die Position des Hohepriesters einzunehmen. »Wir müssen nur weiterhin einen kühlen Kopf bewahren, obwohl einige Veränderungen vonnöten sein werden.«

»Überall um uns herum türmen sich neue Schwierigkeiten auf.« Nervöse Finger tasteten trotz der Mißbilligung der anderen nach einer Zigarette und Streichhölzern. »Rafferty läßt nicht locker. Er ist heller, als wir gedacht haben.«

Dies entsprach der Wahrheit, und der Priester ärgerte sich, daß er den Sheriff falsch eingeschätzt hatte. Aber auch mit ihm würde man fertigwerden. »Er wird nichts herausfinden.«

»Er weiß bereits über Parker Bescheid und hat diesen Trottel von Sheriff da unten dazu gebracht, den Fall wieder aufzurollen.«

»Sehr bedauerlich, daß Garrett so offen mit einer Hure gesprochen hat. Und noch bedauerlicher, daß diese Hure sich entschlossen hat, unseren verehrten Sheriff mit Informationen zu füttern.« Mit einer zimperlichen Handbewegung wedelte James Atherton den Rauch beiseite. Die Gesetze der Vereinigten Staaten berührten ihn nicht mehr, er stand längst über dem Gesetz. Was ihn jedoch beunruhigte, war der bedächtige, selbstsichere Mann neben ihm, der von Veränderungen sprach. »Nun, da sie beide den Preis für ihren Verrat bezahlt haben, gibt es nichts, was den Sheriff auf unsere Spur führen kann. Nichts außer unserer eigenen Dummheit.«

»Nenn mich nicht dumm!« Die Zigarette glühte auf und beleuchtete Mick Morgans verängstigte Augen. »Ich weiß, wovon ich rede, schließlich bin ich lange genug als Cop tätig, um zu merken, wann ein anderer Cop eine Fährte aufgenommen hat. Es war ein Irrtum, als wir glaubten, er würde die Sache mit Biff nur halbherzig untersuchen. Er scheint jeden in der Stadt zu verdächtigen.«

»Das macht nichts. Jeder von uns hat ein wasserdichtes Alibi.«

»Wahrscheinlich wäre alles anders gekommen, wenn er nicht das ganze Zeug auf der Farm gefunden hätte.« Mick schlug mit der Faust auf den zerschrammten Tisch. »Verflucht noch mal, Biff hat Fotos gemacht! Dieses Arschloch muß komplett verrückt gewesen sein, auch noch Fotos zu machen.«

Der Hohenpriester stimmte ihm zu, ohne jedoch in Panik zu geraten. Seine Macht machte ihn unantastbar. »Die Fotos wurden vernichtet.«

»Aber Jane Stokey hat sie gesehen, und sie hat bereits eines der Mädchen identifiziert. Ich sage euch, Rafferty bleibt am Ball. Dieser gottverdammte Biff!«

»Biff war ein Narr, deswegen mußte er auch sterben. Unser einziger Fehler besteht darin, daß wir nicht früher erkannt haben, welch ein Narr er war.«

»Es lag am Alkohol«, meinte der andere Mann traurig. Das, was von seinem Gewissen noch übrig war, trauerte um den toten Bruder. »Er hat einfach keinen Alkohol vertragen.«

»Nur Schwächlinge müssen sich rechtfertigen.« Der scharfe Ton brachte Athertons Begleiter zum Schweigen. »Wie dem auch sei, das Beweismaterial bringt das Mädchen mit Biff – und nur mit Biff – in Verbindung. Es wird darauf hinauslaufen, daß man einem Toten Vergewaltigung und Mord zur Last legt. Ich habe bereits die notwendigen Schritte eingeleitet. Zweifelst du an mir?«

»Nein.« Mick würde sich hüten. Er blickte von einem Mann zum anderen und wußte, daß sowohl er als auch die anderen unter ihrem Kampf um die Macht zu leiden haben würden. »Es geht mir ganz schön an die Nieren, wißt ihr? Ich muß jeden Tag mit Bud zusammenarbeiten. Ich mag den Jungen, und er ist vor Sorge um seine Schwester ganz krank.«

»Wir alle empfinden tiefes Mitgefühl mit den Familien«, sagte der zweite Mann. »Aber was geschehen ist, mußte geschehen, obwohl etwas weniger Begeisterung wohl angebrachter gewesen wäre.« Er blickte Atherton fest an. »Sie muß die letzte bleiben. Wir sollten uns wieder auf den Anfang, auf unsere Wurzeln konzentrieren. Als wir vor mehr als zwanzig Jahren mit unserem Tun begannen, hatten wir es uns zum Ziel gesetzt, Wissen zu erwerben, alternative

Wege zu beschreiten und unseren Geist zu stärken. Aber nun gerät alles aus den Fugen.«

»Wir sind, was wir schon immer waren«, behauptete Atherton und verschränkte seine langen Finger ineinander. Innerlich lächelte er böse. Als Politiker erkannte er eine Wahlrede sofort, doch anders als sein Gegenspieler wußte er genau, daß Sex und Blut diese Gruppe zusammenhielten. Und daran würde sich auch nie etwas ändern. »Der Gebieter fordert Blut.«

»Aber kein menschliches Blut.«

»Wir werden sehen.«

Mick wischte sich mit dem Handrücken über den Mund. »Es ist nur so, daß ... vor Biff und Parker haben wir noch nie einen der Unsrigen getötet.«

Atherton faltete die Hände. »Du vergißt Jack Kimball.«

»Jack Kimball war ein Unfall.« Mick zündete sich am Stummel der alten eine neue Zigarette an. »Parker und ich sind nur raufgegangen, um mit ihm zu reden und ihm eventuell ein bißchen Angst einzujagen, damit er wegen der Geschichte mit dem Einkaufszentrum den Mund hält. Wir wollten ihm nichts tun, es war ein Unfall.«

»Alles ist vorherbestimmt. Der Gebieter straft die Abtrünnigen.«

Mick nickte nur. Er glaubte aus tiefster Seele daran. »Jack hätte eine härtere Schale gebraucht, das wissen wir alle. Nach seinem Tod dachte ich, wir hätten unsere Schwachstelle beseitigt, aber er kann uns immer noch Probleme bereiten.«

»Inwiefern?«

»Deswegen habe ich um diese Zusammenkunft ersucht. Cam überprüft dieses Immobiliengeschäft.«

Die plötzlich eingetretene tödliche Stille wurde nur von Micks abgehackten Atemzügen und den Nagegeräuschen einer Feldmaus unterbrochen. »Warum?«

»Vermutlich wegen Clare. Gestern, als sie ins Büro kam, wirkte sie, als stünde sie unter Hochspannung. Und kurz darauf habe ich herausgefunden, daß Cam beim Kreisgericht angerufen und um Akteneinsicht gebeten hat.«

Einen Moment lang herrschte Schweigen. Finger trommelten leise auf Holz herum. Dann: »Er wird nichts herausbekommen.«

»Nun ja, ich weiß, daß wir unsere Spuren gründlich verwischt haben, aber ich dachte mir, ihr solltet es wissen. Wenn er diese Angelegenheit mit uns in Verbindung bringt ...«

»Das wird er nicht. Du in deiner Position als Deputy solltest wohl in der Lage sein, ihn in eine andere Richtung zu lenken. Vielleicht brauchen wir auch nur neues Beweismaterial.«

»Neues Beweismaterial?«

»Überlaßt das nur mir.«

»Ich hab' mir gedacht ...« Mick suchte nach den richtigen Worten. Vorsicht war geboten. »Da Cam überall herumschnüffelt und die ganze Stadt in Aufruhr ist, sollten wir vielleicht besser die nächsten Rituale verschieben, bis ...«

»Verschieben?« Nun klang Athertons Stimme nicht mehr gedämpft, sondern durchschnitt die Luft wie ein Skalpell. »Wegen eines Haufens von Narren und Schwächlingen unsere Riten verschieben? Wir werden nichts verschieben, denn wir fürchten nichts und niemanden.« Anmutig erhob er sich, so daß er die beiden anderen Männer wie ein Turm überragte. »Unsere *messe noire* findet pünktlich statt. Und dann wird sich Sein Zorn auf unsere Feinde herabsenken.«

Als Clare erschöpft nach Hause kam, war es schon nach vier. Sie ging schnurstracks zum Kühlschrank, öffnete eine Flasche Bier und trank sie mit einem Schluck halb leer, um den süßlichen Geschmack der Erdbeerbowle wegzuspülen.

Dann streifte sie ihre Schuhe ab und ging von der Küche ins Wohnzimmer. »Blair? Blair, bist du zuhause? Offensichtlich nicht«, brummte sie in ihr Bier, als sie keine Antwort bekam. Sie schlüpfte aus ihrer Jacke, warf diese achtlos über einen Stuhl und machte sich – das Bier in der einen Hand und mit der anderen ihre Bluse aufknöpfend – auf den Weg nach oben.

Direkt über ihrem Kopf ertönte ein Geräusch, und sie schluckte heftig. Ein scharrendes Knirschen, so, als ob etwas Schweres über den Boden gezogen würde. Leise schlich sie auf Strümpfen die Treppe hoch.

Die Tür zum Dachgeschoß stand offen, und bei der Vorstellung, Blair könne all diese mit Erinnerungen gefüllten Kartons durchsehen, wie sie es getan hatte, wurde ihr schwer ums Herz.

Doch als sie in der Tür stehenblieb, erkannte sie Cam.

»Was machst du da?«

Cam blickte von dem Karton, den er gerade leerte, hoch. »Ich hab' dich gar nicht kommen hören.«

»Das scheint mir auch so.« Clare trat ins Zimmer. Da lagen die Erinnerungen an ihren Vater – wahllos auf dem Boden verstreut. »Ich habe dich gefragt, was du da machst.«

»Ich suche nach etwas, was mir weiterhelfen könnte.« Cam richtete sich auf. Ein Blick in ihr Gesicht sagte ihm, daß er äußerst behutsam vorgehen mußte. »Vielleicht besaß dein Vater ein Notizbuch oder einige Papiere. Irgend etwas.«

»Verstehe.« Clare stellte die Bierflasche ab, um das Arbeitshemd ihres Vaters aufzuheben. »Hast du einen Durchsuchungsbefehl, Sheriff?«

Cam bemühte sich um Geduld. Er konnte ihre Erregung ja verstehen. »Nein, Blair hat mir sein Okay gegeben. Clare, geht die Diskussion jetzt von vorne los?«

Kopfschüttelnd wandte sie sich ab und begann langsam, das Hemd sorgfältig zusammenzufalten und wegzulegen. »Nein. Nein, geh die Kartons ruhig Stück für Stück durch, wenn es hilft, diese Geschichte ein- für allemal abzuschließen.«

»Wenn es dir lieber ist, kann ich die Kartons auch mit nach Hause nehmen.«

»Ich fände es besser, wenn du sie hier durchsuchst.« Sie drehte sich zu ihm um. »Tut mir leid, daß ich so biestig war.« Doch sie sah die Kartons nicht an. »Es ist die beste Lösung, und ich bin froh, daß gerade du es tust. Brauchst du Hilfe?«

Cam stellte fest, daß er sie in diesem Moment nicht nur liebte, sondern auch bewunderte; ein Gefühl, welches er bisher nicht gekannt hatte. »Warum nicht? Ich hab' noch nichts Interessantes entdeckt.« Er stand auf, um zu ihr hinüberzugehen. »Was hast du denn mit deinen Haaren gemacht?«

Automatisch tastete Clare nach ihrem Kopf. »Etwas kürzer schneiden lassen.«

»Gefällt mir.«

»Danke. Wo steckt denn Blair?«

»Wir waren vorhin noch zusammen. Dann haben wir zufällig Trudy Wilson – in Schwesterntracht – getroffen.«

»Ach ja?«

»Nun, Blair fielen fast die Augen aus dem Kopf, ich schätze, er fliegt auf Schuhe mit dicken Kreppsohlen, also habe ich ihn Trudys fähigen Händen anvertraut.« Cams Blick wanderte zu Clares halb aufgeknöpfter Bluse. »Sag mal, hast du etwas darunter an?«

Sie blickte an sich herab. »Vermutlich nicht. Ich hatte kaum Zeit, mich umzuziehen.«

»Himmel, Slim, bei dir weiß man nie, ob du nun Unterwäsche trägst oder nicht. Das treibt mich noch zum Wahnsinn!«

Lächelnd machte sich Clare an den letzten beiden Knöpfen zu schaffen. »Du könntest es ja selber herausfinden.«

Cam hob sie hoch und hatte sie gerade die Treppe hinuntergetragen, als er mit Blair zusammenstieß.

»Uups!«

Cam blickte ihn aus zusammengekniffenen Augen an. »Ich sag's ja: Du bist ein wahrer Wortkünstler.«

»'tschuldigung. Ich, äh, ich bin nur vorbeigekommen, um dir zu sagen, daß ich eine Verabredung habe.«

»Schön für dich.« Clare strich sich das Haar zurück. »Soll ich auf dich warten?«

»Nicht nötig. Jetzt geh' ich erst mal duschen.« Er setzte sich in Bewegung, dann fiel ihm noch etwas ein. »Übrigens, du bist in einer Viertelstunde auf Sendung.«

»Ich bin was?«

»Im Fernsehen. Hat Alice mir erzählt. Und vielleicht seid ihr zwei so nett und spielt erst dann Rhett und Scarlett, wenn ich fertig bin.« Er schloß die Badezimmertür hinter sich.

»Fernsehen?«

»Ach, völlig unwichtig.« Clare fuhr fort, Cams Hals zu liebkosen. »Diese Frauenvereingeschichte.«

»Das hab' ich vergessen. Wie war's denn?«

»Es ging. Als ich die beiden weißen Gipslöwen gesehen habe, verschwand meine Übelkeit schlagartig.«

»Wie bitte?«

»Die beiden weißen Gipslöwen. Wo willst du denn hin?«

»Runter, zum Fernseher.«

»Das willst du dir doch wohl nicht ansehen, Cam. Diesen Quatsch!«

»Und ob ich das sehen will. Erzähl mir von den Löwen.«

»Das sind zwei unsagbar häßliche Figuren, die vor dem Haus der Athertons stehen.«

»Vor deren Haus steht eine ganze Menge unsagbar häßlicher Figuren.«

»Da sagst du was. Ich meine diese Löwen, die die Treppe bewachen. Ich hab' mir vorgestellt, wie sie von ihrem Sockel springen und die ganzen Plastikenten und Holzschafe reißen und zu guter Letzt den armen kleinen Negerjungen auf einen Baum hetzen. Danach konnte ich die ganze Sache kaum noch ernst nehmen. Cam, ich hasse es, mich selbst auf dem Bildschirm zu sehen.«

»Okay.« Er setzte sie ab. »Dann kannst du mir ja etwas zu trinken holen, während ich zuschaue. Hattest du diese Bluse an?«

»Ja.«

»So?«

Clare rümpfte indigniert die Nase und begann, die Knöpfe zu schließen. »Natürlich nicht. Fürs Fernsehen hab' ich sie ganz aufgemacht.«

»Gute Idee. Wieso war dir übel, ehe du die Löwen gesehen hast?«

»Ich hasse öffentliche Auftritte.«

»Warum hast du Mrs. Atherton denn dann zugesagt?«

»Weil ich ein rückgratloser Waschlappen bin.«

»Du hast Rückgrat genug. Ich weiß das zufällig, weil du jedesmal aus dem Häuschen gerätst, wenn ich daran knabbere. Bringst du mir bitte eine Coke oder so was? Ich bin im Dienst.«

»Aber gerne. Schließlich bin ich ja zum Dienen geboren.« Clare verschwand in der Küche, während Cam mit der Fernbedienung herumhantierte. Als sie zurückkam, hatte er es sich auf der Couch bequem gemacht und die Füße auf den Kaffeetisch gelegt. »Tut mir leid, aber ich hab' gerade kein Popcorn da.«

»Macht nichts.« Er zog sie zu sich herunter.

»Ich will mir das wirklich nicht ansehen.«

»Dann mach die Augen zu. Ich wette, du hast sie alle vom Stuhl gerissen, Slim.«

»Es gab zumindest höflichen Applaus.« Clare legte gleichfalls die Füße auf den Tisch. »Dann hat mich Mrs. Atherton noch einmal hierhin zurückgejagt, um eine noch nicht vollendete Arbeit zu holen. Dieses Stück – ach, Scheiße, jetzt fällt's mir wieder ein. Ich habe es liegenlassen.«

»Was für eine Arbeit war es denn?«

»Eine Holzschnitzerei. Arme und Schultern. Deine, um genau zu sein.«

»Ach du lieber Gott!«

Sein Unbehagen war nicht vorgetäuscht. Clare mußte grinsen. »Ich fürchte, einige der Damen haben dich auch erkannt. Jedenfalls wurde hinter vorgehaltener Hand kräftig getuschelt. Aber die meisten interessierten sich hauptsächlich dafür, ob ich schon einmal Blumen oder Kinderköpfe modelliert habe. Ich glaube, diese Arm-Schulter-Skulptur war ihnen unheimlich, weil sie unweigerlich an einen enthaupteten Leichnam denken mußten. Dabei habe ich versucht, männliche Kraft und Anmut in Holz festzuhalten.«

»Jetzt ist mir schlecht.«

»Du hast das Stück ja noch gar nicht gesehen.« Sie zögerte kurz, da sie genau wußte, daß er sich aufregen würde, doch dann beschloß sie, die Sache zu beichten. »Cam, eine meiner Skulpturen ist gestohlen worden. Die Alptraumfigur.«

Er rührte sich nicht, aber sie spürte, daß er aufhorchte. »Wann?«

»Das muß irgendwann letzte Nacht passiert sein. Vermutlich haben ein paar Jugendliche ...«

»Blödsinn!«

»Gut, ich weiß auch nicht, was ich davon halten soll. Ich weiß nur, daß die Figur verschwunden ist.«

»Ist eingebrochen worden?«

»Nein.« Kämpferisch schob Clare das Kinn vor. »Meckere ruhig, soviel du willst. Ich hab' vergessen, die Garage abzuschließen.«

»Verdammt, Clare, wenn ich mich noch nicht einmal darauf verlassen kann, daß du deine Türen verschließt, dann sollte ich dich zu deiner eigenen Sicherheit in eine Zelle sperren.«

»Ich werde die dämliche Tür von nun an abschließen, okay?« Es war einfacher, sich über ihn zu ärgern, als über den Diebstahl nachzudenken. »Ich lasse sogar eine Alarmanlage einbauen, wenn dich das glücklich macht.«

»Zieh zu mir.« Zärtlich strich er ihr über die Wange. »Das würde mich glücklich machen.«

Das Ziehen in ihrem Magen zwang sie, den Blick von ihm abzuwenden. »Ich brauche keine Schutzhaft, Cam.«

»Davon war ja auch gar nicht die Rede.«

»Ich weiß.« Clare holte tief Atem. »Diesmal habe ich keine Einwände, wenn du dich wie ein Cop verhältst, Rafferty. Nur finde bitte meine Skulptur wieder.« Nach ein paar Sekunden sammelte sie all ihren Mut zusammen und sah ihn wieder an. »Dränge mich bitte nicht. Und sei mir nicht böse.«

»Ich bin nicht böse, ich mache mir Sorgen.«

»Das kommt alles wieder in Ordnung.« Als sie sich an ihn kuschelte, war sie beinahe selbst davon überzeugt. »Dann wollen wir uns mal ansehen, wie ich mich vor versammeltem Publikum blamiere. O je, es fängt an! Cam, wie wäre es, wenn wir ...«

Er legte ihr die Hand über den Mund.

»Ein strahlender Stern am Kunsthimmel besucht unsere Gegend«, kündigte die Moderatorin an. »Clare Kimball, eine namhafte Bildhauerin ...«

»Pfui Teufel! Bildhauerin!« würgte Clare hinter Cams Hand hervor.

»Sei doch mal still.«

»... ist heute beim Bürgermeister von Emmitsboro zu Gast.

Miss Kimball wurde selbst in Emmitsboro geboren und lebt heute in New York.«

»Jegliche Form von Kunst ist immer auch ein Ausdruck von Emotionen.« Als Clares Gesicht den Bildschirm ausfüllte, zog sie Cams Hand von ihrem Mund weg vor ihre Augen. »Gerade der Bildhauer entwickelt häufig eine persönliche Beziehung zu seinen Werken, da tote Materie unter seinen Händen Leben annimmt.«

»Du siehst großartig aus.«

»Ich klinge wie ein kompletter Idiot.«

»Nein, durchaus nicht. Ich bin beeindruckt. Ist das die besagte Schnitzerei?«

Clare blinzelte durch ihre Finger. »Ja.«

»Gar nicht so übel«, bemerkte er angenehm überrascht.

»Das ist eine hervorragende Arbeit.« Sie spreizte die Finger etwas weiter, um besser sehen zu können.

»Eine Skulptur«, fuhr ihr Fernsehbild fort, »wird oft aus den Gefühlen, Erinnerungen, Hoffnungen, Enttäuschungen und Träumen des Künstlers geboren, der auf diese Weise die Realität festhalten, erweitern oder verändern möchte. Zu diesem Zweck kann er mit einem Modell arbeiten oder aus der Quelle seiner Fantasie schöpfen.«

»Können wir nicht wenigstens den Ton abstellen?«

»Pschschtt.«

»Die Ausdruckskraft und Ausstrahlung des fertigen Werkes hängt im wesentlichen von der momentanen Stimmung des Künstlers ab, wird aber auch durch die Wahl des verwendeten Materials entscheidend beeinflußt. Ich betrachte meine Arbeit als einen Teil meines Selbst, wobei meine Kunst manchmal den besten Teil von mir verkörpert, manchmal aber auch die tiefsten Abgründe meiner Seele wiedergibt. In jedem Fall jedoch möchte ich meine Werke als Abbild dessen, was ich sehe, empfinde oder glaube verstanden wissen.«

Clares Bild verschwand vom Bildschirm.

»Bist du nun zufrieden? Ich habe entsetzlich geschwollen dahergeredet.«

»Nein, deine Rede klang ehrlich und aufrichtig. Benutzt du manchmal deine Träume als Vorlage, Slim?«

»Sicher, manchmal schon. Aber jetzt hör bitte auf damit, ich habe heute schon ein Interview durchgestanden.« Sie schlang die Arme um seinen Hals, ihre Fingerspitzen tanzten lockend über seinen Nacken. »Jetzt ist eine Schmusestunde angesagt.«

»Sekunde noch. Die Figur, die dir gestohlen wurde, hast du die nach Bildern aus deinem Alptraum angefertigt?«

»Vielleicht. Weiß ich nicht mehr.«

»Wärst du imstande, das, was du in jener Nacht gesehen hast, zu zeichnen?«

»Himmel, Cam.«

»Du könntest es, nicht wahr?«

Clare schloß die Augen. »Ja, das könnte ich.«

Vierzehntes Kapitel

Chip Dopper zog es vor, unter einem Traktor zu liegen und daran herumzubasteln, statt ihn zu fahren. Für das Abmähen der Felder hatte er noch nie viel übrig gehabt, noch nicht einmal, wenn es sich um seine eigenen handelte. Und jetzt mußte er in aller Herrgottsfrühe auf Mrs. Stokeys Land Heu mähen. Aber seine Ma, die viel von guter Nachbarschaft und angewandter Nächstenliebe hielt, hatte es ihm aufgetragen, und wenn Ma etwas sagte, dann parierte man.

Für Chip war die eintönige Routine, die Langeweile, die in dieser Art Arbeit lag, das schlimmste. Morgen für Morgen wurde gemäht und das Heu später dann zu Ballen gepreßt, und zu allem Übel thronte auch noch dieser Schwachkopf July Crampton hinter ihm auf dem Mähdrescher.

July war ein Cousin dritten oder vierten Grades von Alice, das Ergebnis von Inzucht, wie es auf dem Lande häufiger vorkommt. Er mußte an die dreißig sein und war in Chips Augen ein Quälgeist, wie er im Buche steht, aber von harmlosem Gemüt. Er war klein und stämmig, und sein schlaffes, teigiges Gesicht leuchtete ständig ziegelrot. Im Moment fühlte er sich offenbar so wohl wie ein Frosch, der den Bauch voller Fliegen hat. Er sang schon die ganze Zeit halblaut vor sich hin, Songs aus den fünfziger Jahren, als sie beide noch gar nicht auf der Welt gewesen waren. Chip fand, daß der Singsang entschieden erträglicher wäre, wenn sich July an Lieder von Roy Clark gehalten hätte, doch der Idiot saß nur da, grinste wie ein Honigkuchenpferd und schmetterte irgendwelchen Unsinn in die Luft.

O Mann!

»Verdammt, July, was in aller Welt soll denn das für ein Lied sein?«

»*Yakety Yak*«, sang July grinsend.

»Du bist und bleibst ein Mondkalb«, brummte Chip.

Eigentlich war der Job halb so schlimm, dachte er, während die Mähmaschine unter ihm summte. Der Motor müßte allerdings mal überholt werden. Der Tag versprach warm und sonnig zu werden, und der süße Duft des Heus erfüllte die Luft. July mochte ja nicht alle Tassen im Schrank haben, aber wenigstens verrichtete er die Drecksarbeit. Er würde derjenige sein, der am Abend vom Heu zerstochen war.

Der Gedanke heiterte Chip etwas auf.

Nein, es ließ sich wirklich aushalten, grübelte er, zu seinem ursprünglichen Gedanken zurückkehrend. Wenn er doch bloß daran gedacht hätte, sein Radio mitzubringen. Damit hätte er Julys Quietschstimme wunderbar übertönen können.

Na ja, jedenfalls bedeutete der Job ein bißchen Extrageld. Nur ein bißchen, dachte er mit einem Anflug von Bedauern. Ma hatte ihm untersagt, Mrs. Stokey mehr als die Hälfte des üblichen Lohnes zu berechnen. Aber trotzdem konnte er die zusätzliche Einnahme gut brauchen. Das Baby benötigte dringend orthopädische Schuhchen. Babys brauchten immer irgend etwas. Doch beim Gedanken an seine kleine Tochter, die das wuschelige Haar ihrer Mutter und seine Augen geerbt hatte, mußte er lächeln.

Es war schon toll, Vater zu sein. Nach elfeinhalb Monaten kam sich Chip schon vor wie ein alter Hase. Er hatte schlaflose Nächte, die ersten Zähne, das Wechseln schmutziger Windeln und Kinderschutzimpfungen glücklich überstanden, und nun begann seine Kleine zu laufen. Wenn sie mit ausgestreckten Ärmchen auf ihn zugewatschelt kam, strahlte er stets vor Vaterstolz. Auch wenn sie die Füße leicht einwärts setzte.

Sein dümmliches Grinsen wich plötzlich dem Ausdruck von Neugier, dann verzog er angeekelt das Gesicht.

»Was zum Teufel stinkt denn hier so?«

»Ich dachte, du hast einen fahren lassen«, grinste July.

»Pfui Spinne!« Chip begann, vorsichtig durch die Zähne zu atmen. »Das treibt einem ja die Tränen in die Augen.«

»Irgend etwas Totes.« July zog ein Taschentuch hervor und preßte es vor den Mund. »I-gitt! Was *ziemlich* Totes.«

»Schlaumeier. Irgendein streunender Hund oder sonstwas muß sich hierhin geschleppt haben und ist dann im Heu verreckt.« Chip hielt die Maschine an. Das letzte, wonach ihm der Sinn stand, war, nach irgendeinem verfaulten räudigen Köter Ausschau zu halten, aber er konnte auch nicht riskieren, darüber hinwegzufahren. »Los, July, laß uns das verdammte Vieh suchen und wegschaffen.«

»Vielleicht isses ja 'n Pferd. Stinkt jedenfalls so. Wir sollten die Müllabfuhr rufen.«

»Wir rufen niemanden, ehe wir's nicht gefunden haben.«

Sie kletterten von der Maschine herunter. Chip folgte Julys Beispiel und band sich ein Tuch vor Mund und Nase. In Bodennähe war der Gestank noch schlimmer, er erinnerte ihn an den Tag, an dem er an der Eisenbahnlinie gespielt und dabei auf die Überreste eines Hundes gestoßen war, der das Pech gehabt hatte, von einem Zug erwischt zu werden – eine Erfahrung, die er nicht unbedingt wiederholen wollte.

»Hier irgendwo muß es sein«, japste er und bahnte sich einen Weg durch das noch nicht gemähte Gras. Es war zwar unangenehm, dafür aber nicht weiter schwierig, dem Gestank zu folgen, der wie eine fette giftige Wolke in der Luft hing.

Und dann wäre Chip beinahe darüber gestolpert.

»Großer Gott im Himmel!« Er schlug eine Hand vor den ohnehin schon bedeckten Mund und blickte July an.

Dessen Augen quollen förmlich aus den Höhlen. »Ach du Scheiße! Das ist kein Hund.« Hustend und würgend wandte er sich ab und stolperte hinter Chip her, der bereits über das frisch gemähte Gras rannte, als wären tausend Teufel hinter ihm her.

Eine halbe Stunde später stand Cam am selben Fleck und sog zischend den Atem ein. Er hatte geglaubt, nach zehn Jahren Polizeidienst den Tod in allen seinen gräßlichen Formen gesehen zu haben, aber ein so schrecklicher Anblick wie dieser war ihm bislang erspart geblieben.

Sie war nackt. Ihr Geschlecht ließ sich noch bestimmen, obwohl der Tod sie all ihrer persönlichen Merkmale beraubt hatte. Cam schätzte, daß sie im Leben eher klein, höchstens mittelgroß gewesen war. Ihr Alter ließ sich unmöglich bestimmen.

Trotzdem ahnte er, wen er da vor sich hatte, und als er das Laken, das er aus dem Auto geholt hatte, über sie breitete, dachte er, daß Carly Jamison nun das Strandleben von Fort Lauderdale nie mehr genießen können würde.

Obwohl alle Farbe aus seinem Gesicht gewichen war, zitterten seine Hände nicht, und er dachte nur einen flüchtigen Augenblick lang daran, daß ein Schlückchen Jack Daniels jetzt genau das richtige wäre. Dann ging er über das Feld, das er selbst in seiner Jugend umgepflügt hatte, auf Chip und July zu, die auf ihn warteten.

»Seh'n Sie, es war 'ne Leiche, genau wie wir gesagt haben.« July hüpfte aufgeregt von einem Bein auf das andere. »Hab' noch nie 'ne echte Leiche nich' gesehen, außer mein' Onkel Clem, und der lag im Sonntagsanzug bei Griffith aufgebahrt. Chip und ich, wir ham das Feld Ihrer Ma gemäht, und da ham wir's gerochen.«

»Halt doch mal die Klappe, July.« Chip wischte sich mit der Hand über sein schweißnasses Gesicht. »Was sollen wir jetzt machen, Sheriff?«

»Ich wäre euch dankbar, wenn ihr zu meinem Büro fahren und da eure Aussage zu Protokoll geben würdet.« Cam zündete sich eine Zigarette an und hoffte, sie würde den schlechten Geschmack in seinem Mund vertreiben. »Hat einer von euch sie angerührt?«

»Nee, um Gottes willen.« Wieder hüpfte July auf und ab. »Mann, war die zugerichtet. Ham Sie den Haufen Fliegen gesehen?«

»Halt die Klappe, July", befahl Cam freundlich. »Ich ruf eben an, um sicherzustellen, daß Mick da ist und eure Aussage aufnimmt. Vielleicht muß ich euch auch später noch ein paar Fragen stellen.« Er schielte zum Haus hin. »Habt ihr meiner Mutter etwas gesagt?«

»Tut mir leid, Sheriff.« Chip zuckte mit den Achseln. »July und ich, wir waren völlig aus dem Häuschen, als wir zum Haus rannten.«

»Schon gut. Jetzt seht zu, daß ihr eure Aussage zu Protokoll gebt.«

»Wir fahren sofort los.«

Cam nickte ihnen zu, dann ging er langsam ins Haus, wo seine Mutter auf ihn wartete.

Sie fiel sofort mit Fragen über ihn her. »Ich hab' den beiden gesagt, das ist bestimmt nur ein Hund oder ein Rehkitz«, legte sie los, nervös an ihrer Schürze zupfend. Unter ihren Augen lagen dunkle Schatten. »Von den Jungs hat keiner auch nur einen Funken Verstand.«

»Hast du Kaffee da?«

»In der Küche.«

Er ging voraus, und sie folgte ihm mit einem flauen Gefühl im Magen. »Es war doch ein Hund, oder?«

»Nein.« Cam goß sich Kaffee ein, stürzte ihn schwarz und heiß, wie er war, hinunter und griff dann zum Telefon. Einen Moment lang zögerte er, den Hörer in der Hand. Der grausige Fund ging ihm nicht aus dem Kopf. »Es war kein Hund. Tu mir den Gefallen und warte draußen.«

Jane öffnete den Mund, brachte jedoch keinen Ton hervor. Dann schüttelte sie mit fest zusammengepreßten Lippen den Kopf und nahm auf einem Stuhl Platz, während ihr Sohn den Coroner verständigte.

Clare schlang zum Frühstück ein Twinkie herunter, während sie die für das Betadyne-Museum bestimmten Zeichnungen nachdenklich betrachtete. Sie wollte unbedingt mit dem Stück, das vor dem Museum stehen sollte, anfangen, seit Tagen schon juckte es ihr in den Fingern. Sie sah die fertige Statue bereits vor sich; schimmerndes Kupfer, eine abstrakte Frauengestalt mit hocherhobenen Armen, auf deren Fingerspitzen kleine Erdkugeln tanzten.

Als das Telefon klingelte, huschte sie in die Küche und nuschelte, den Mund voll Kuchen und Sahne, in den Hörer: »Hallo?«

»Clare? Bist du das?«

»Wer sonst? Hi, Angie. Ich hab' den Mund voll.«

»Interessant. Gibt es sonst noch etwas Neues?«

»Du zuerst.«

»Ich habe gestern dein *Drittes Wunder* verkauft.«

»Im Ernst? Das muß gefeiert werden.« Clare öffnete den Kühlschrank und holte eine Pepsi heraus. »Wie geht's denn Jean-Paul?«

»Gut.« Die Lüge kam Angie mühelos über die Lippen. In Wahrheit ging es keinem von ihnen besonders gut, seit Blair sie mit den unerfreulichen Nachrichten aus Emmitsboro versorgte. »Wie sieht's bei dir aus?«

»Der Mais steht gut.«

»Das beruhigt mich ungemein. Clare, wann kommst du endlich nach Hause?«

»Angie, ich fange an zu glauben, daß ich bereits zu Hause bin.« Zeit, die Bombe platzen zu lassen. »Ich denke daran, das Loft zu verkaufen.«

»Verkaufen? Du tickst wohl nicht richtig!«

»Es ist mein Ernst. Du kannst ja wohl nicht behaupten, daß meine Arbeit unter meinem veränderten Lebensstil gelitten hat.«

»Nein, nein, natürlich nicht.« Angie sorgte sich weniger um Clares Arbeit als um Clare selbst. »Ich möchte nur verhindern, daß du die Dinge überstürzt. Komm doch für ein paar Wochen zurück und denk über alles nach.«

»Nachdenken kann ich hier genausogut. Angie, mach dir nicht immer Gedanken um mich. Mir geht es gut. Ehrlich.«

Angie biß sich auf die Lippen, dann stellte sie eine Frage, auf die sie die Antwort schon kannte. »Hat Cam schon einen Hinweis darauf, wer diese Frau angegriffen hat?«

»Er verfolgt mehrere Spuren.« Absichtlich kehrte Clare der Terrasse den Rücken zu. »Du willst mir doch wohl nicht weismachen, ich wäre in New York sicherer als hier?«

»Genau das hatte ich vor.«

»Ich schlafe immerhin mit einem Cop, das sollte dich eigentlich beruhigen. Und diesmal ist es ernst«, fügte sie hinzu, da sie auf hitzigen Widerstand seitens der Freundin gefaßt war. »Angie, zum erstenmal seit Jahren glaube ich wieder daran, daß eine Beziehung halten wird. Ich weiß, wie abgedroschen das klingt, aber ich möchte diese Chance nutzen.«

»Dann zieh doch zu ihm.«

»Wie bitte?«

»Zieh zu ihm.« Dann bist du wenigstens nicht mehr allein in diesem Haus. »Pack deinen Kram zusammen und zieh in sein Haus.«

»Hab' ich da eben richtig gehört?«

»Es ist doch Unsinn, daß ihr beide jeder in seiner eigenen Hütte lebt, ihr verbringt doch ohnehin jede Nacht zusammen. Und mir wäre entschieden wohler zumute.«

Clare lächelte. »Weißt du was? Ich werde ernsthaft darüber nachdenken.«

»Tu das.« Angie holte tief Atem. »Ich habe mich mit dem Kunstausschuß des Betadyne unterhalten.«

»Und?«

»Deine Zeichnungen und Entwürfe sind gut angekommen. Geh an die Arbeit.«

»Wunderbar. Angie, wenn ihr hier wärt, dann würde ich Jean-Paul jetzt einen dicken Kuß geben.«

»Ich übernehme das für dich. Also sieh zu, daß du in die Gänge kommst, Mädel.«

Clare verlor keine Zeit. Gegen Mittag war sie mit ihrer Planung ein gutes Stück vorangekommen. Die örtlichen Gegebenheiten verursachten ihr etwas Kopfzerbrechen, so war die Garage nicht hoch genug, um eine zwanzig Fuß hohe Skulptur zu beherbergen. Also blieb Clare nichts anderes übrig, als ihren Arbeitsplatz vorübergehend ins Freie, in die Auffahrt zu verlegen und zu hoffen, daß das milde Wetter anhielt. Auf einer Trittleiter stehend, begann sie eifrig zu schweißen und Metallteile zusammenzunieten. Gelegentlich versammelten sich ein paar Schaulustige um sie, sahen ihr bei der Arbeit zu, gaben ihre Kommentare ab und gingen weiter. Einige Kinder stellten ihre Fahrräder auf dem Bürgersteig ab, machten es sich auf dem Rasen bequem und löcherten sie mit Fragen.

Clare störte sich nicht an den Unterbrechungen oder dem Publikum, aber sie erschrak, als sie sah, daß Ernie im Vorgarten seines Hauses stand und sie beobachtete.

Um Punkt ein Uhr steckte sie einem der jungen Kunstliebhaber fünf Dollar zu und trug ihm auf, im Supermarkt ein paar kühle Getränke zu besorgen. Er flitzte auf seinem Fahrrad davon, während Clare sich eine Minute Zeit nahm, um ihren neuen Schülern zu zeigen, wie man einen Schweißbrenner in Betrieb setzt.

»Wir haben Sie im Fernsehen gesehen.« Eines der Mädchen blickte voll ehrfürchtiger Bewunderung zu ihr hoch. »Sie haben toll ausgesehen, wie ein Filmstar.«

»Danke.« Clare zupfte grinsend die Träger ihres Overalls zurecht. Das war so schön an Kleinstädten, fand sie. Man konnte so leicht berühmt werden.

»Ist Miz Athertons Haus innen wirklich bonbonrosa?«

»Zum größten Teil jedenfalls.«

»Wieso tragen Sie diesen komischen Hut?«

»Damit mein Haar nicht Feuer fängt.«

»Das sind aber Männerschuhe«, rügte einer der Jungen.

»Das sind *meine* Schuhe«, berichtigte Clare. »Ich trage sie aus Sicherheitsgründen, obwohl ich glaube, daß ich damit einen neuen Modetrend setzen könnte.«

»Mein Daddy sagt, daß es Frauen heutzutage unbedingt den Männern gleichtun wollen. Er sagt, daß sie sich immer mehr in Männerberufe drängen, anstatt zuhause zu bleiben, wie es sich gehört.«

»So, sagt er das?« Clare lag die Frage auf der Zunge, ob Daddys Fingerknöchel über den Boden schleiften, wenn er die Straße entlangging, aber sie verkniff sich eine derartige Bemerkung. »Eine ausgesprochen interessante Einstellung, besonders wenn man bedenkt, daß wir im zwanzigsten Jahrhundert leben.« Sie rollte ihre verspannten Schultern, nahm die Lederkappe ab und setzte sich auf die Leiter. »Aber der Tag ist viel zu schön, um emanzipatorische Fragen zu erörtern. Außerdem wirst du noch früh genug mit der Realität konfrontiert werden. Hat jemand einen Schokoriegel da?«

Der Junge schoß hoch. »Ich könnte welche besorgen, wenn Sie mir Geld geben.«

»Einigen wir uns auf Twinkies. Auf dem Küchentisch steht ein Karton. Geh durch die Garage und hol' ihn her.«

»Ja, Ma'am.« Er fegte los wie ein geölter Blitz.

»Was um alles in der Welt soll denn das darstellen, Clare?«

Clare spähte nach unten und winkte Doc Crampton zu. Er hatte seine obligatorische schwarze Tasche dabei und war offensichtlich auf dem Weg oder kam von einem Hausbesuch in der Nachbarschaft.

»Man könnte es als Skelett bezeichnen.« Kichernd kletterte sie von der Leiter und lief auf ihn zu, um ihm einen Kuß auf die Wange zu drücken. »Wer ist denn krank?«

»Die Kleine der Waverlys hat die Windpocken.« Ungläubig betrachtete Crampton die Metallmassen. »Ich hatte angenommen, daß du mit Holz oder Ton arbeitest.«

»Das tue ich außerdem noch. Manchmal.«

Er drehte sich zu ihr um und setzte ein strenges Gesicht auf. »Du hast dir keinen Termin geben lassen.«

»Mir geht es ausgezeichnet. Wirklich. Ich war nur in jener Nacht nicht ganz auf der Höhe.«

»Das kam von dem Schock. Lisa erzählte mir, daß du sie oft besuchst.«

»Dasselbe kann man von Ihnen sagen. Sie ändern sich nie, Doc.«

»Dazu bin ich zu alt.« Der Doc seufzte leicht. Er gab nur ungern zu, daß auch bei ihm das Alter seinen Tribut forderte. »Du hast ein gutes Händchen für Jacks Blumen.«

»Ich fühle mich ihm näher, wenn ich im Garten arbeite.« Clare folgte seinem Blick zum Garten, wo ein buntes Blumenmeer auf dem Rasen leuchtete. »Sie hatten recht, als Sie sagten, ich müsse lernen, ihm zu vergeben. Seit ich hier bin, arbeite ich darauf hin.« Sie verzog gequält die Lippen.

»Was hast du, Clare?«

Clare blickte zu ihrem Publikum und stellte fest, daß die Jungen damit beschäftigt waren, Ringkämpfe auszutragen und Twinkies zu verschlingen. »Ich muß dringend mit Ihnen sprechen, über einige Dinge, die ich herausgefunden habe. Aber nicht hier«, fügte sie hinzu. Nicht an diesem Ort, wo sich der Rittersporn ihres Vaters sacht im Wind wiegte. »Wenn ich mir über alles klargeworden bin, kann ich dann einmal zu Ihnen kommen?«

»Du kannst jederzeit zu mir kommen.«

»Danke.« Allein das Wissen um einen Ansprechpartner empfand sie als tröstlich. »Doc, ich weiß, daß Sie auf dem Sprung sind, irgendeinem armen Teufel eine Spritze in den Po zu jagen, also will ich Sie nicht länger aufhalten. Ich rufe Sie an.«

»Tu das, Clare.« Der Doktor nahm seine Tasche. »Jack wäre stolz auf dich.«

»Das hoffe ich auch.« Sie ging langsam zu ihrer Leiter zurück. »Hey! Sagen Sie Alice, ich hätte Lust auf eine weitere Pizzaorgie!« Mit einem letzten Winken machte sie sich wieder an die Arbeit.

Clare zündete sich gerade eine Zigarette an, als der Junge auf dem Fahrrad – Tim, Tom, nein, Todd, erinnerte sie sich – die Straße entlanggerast kam. Auf dem Gepäckträger war ein Karton mit Softdrinks befestigt.

»Du warst aber fix«, lobte sie, während sie von der Leiter stieg.

»Ich hab's im Supermarkt gehört.« Vor Aufregung und Anstrengung klang Todds Stimme atemlos. »July Crampton kam rein und hat uns alles erzählt.«

»Was hat er erzählt?«

»Na, von der Leiche. Er und Chip Dopper haben 'ne Leiche gefunden, in Mrs. Stokeys Heufeld. Sie haben da gemäht, für Mrs. Stokey, wo sie doch verwitwet ist und so. July Crampton sagt, sie wären beinahe drübergefahren.«

Die anderen Kinder umringten ihn neugierig und bestürmten ihn mit Fragen. Todd sonnte sich im Gefühl seiner Wichtigkeit, Clare setzte sich still auf den Rasen.

Dort saß sie auch noch, als Blair eine halbe Stunde später auftauchte. Er stieg aus seinem Wagen und setzte sich neben sie.

»Vermutlich hast du's schon gehört.«

»Neuigkeiten verbreiten sich rasch.« Clare zupfte einige Grashalme ab. »Ist der Leichnam schon identifiziert worden?«

»Wer es auch sein mag, offenbar – nun, sie ist schon eine ganze Weile tot.«

Ihre Hand ballte sich um die Grashalme. »Sie?«

»Ja. Cam scheint anzunehmen, daß es sich um eine junge Ausreißerin handelt, die Ende April hier in der Gegend war.«

Clare schloß die Augen. »Carly Jamison.«

»Er hat keinen Namen genannt. Der Coroner führt gerade die Autopsie durch, und Cam hat Mick Morgan schon nach Harrisburg geschickt, um die Zahnarztunterlagen anzufordern.«

Clare beobachtete einen Vogel, der über ihren Köpfen kreiste. »Es nimmt einfach kein Ende. Vor einer Weile hab' ich in Frieden hier draußen gearbeitet, und eine Horde Kinder hat mir zugeschaut. Der Junge unten an der Straße wusch sein Auto und ließ dabei das Radio laufen, ich gab einem der Bengel fünf Dollar, um etwas zu trinken zu holen, und er kam zurück und berichtete, daß im Feld der Stokeys eine Leiche gefunden worden sei. Es kommt mir fast so vor, als würde ich zwei verschiedene Bilder betrachten, die sich überlappen. Ein Fehler beim Entwickeln eben.«

»Es ist schlimm, ich weiß, Clare. So, wie's aussieht, hat Biff das Mädchen aufgelesen, sie umgebracht und die Leiche dann ins Feld geworfen. Vielleicht wollte er sie später beseitigen, vielleicht hat er auch einfach nur den Kopf verloren.«

»Wie dem auch sei, er ist ebenfalls tot.«

»Ja, er ist ebenfalls tot. Aber es scheint, daß dieser Mord auf sein Konto geht. Das könnte sich sogar als Glücksfall erweisen.«

Der Vogel ließ sich in einem Kirschbaum nieder und stimmte sein Lied an. »Inwiefern?«

»Weil das bedeuten würde, daß er auf eigene Faust gehandelt hat. Wenn hier eine ganze Gruppe, eine okkulte Vereinigung, wie Cam glaubt, am Werk gewesen wäre, dann hätten sie die Leiche besser versteckt. Solche Leute verwischen ihre Spuren gründlich.«

Das ergab einen Sinn. Wenn sie es doch nur dabei belassen könnte. »Es erklärt aber nicht, wer Biff getötet hat.«

»Er war anscheinend in Drogengeschäfte verwickelt. Vielleicht hat er seinen Lieferanten nicht bezahlt oder einen Deal vermasselt. In dieser Branche macht man nicht viel Federlesens.« Seufzend stützte er sich auf die Ellbogen. »Ich bin kein großer Freund von Gewaltverbrechen, mir ist Amtsmißbrauch oder Korruption zehnmal lieber als Mord.«

»Wann fährst du wieder zurück?«

»Bald. Mein Verleger möchte, daß ich der Sache hier nachgehe, weil ich sozusagen ein Heimspiel habe. Aber wenn die Leiche erst einmal identifiziert ist und ich die Story fertighabe, dann haue ich ab.« Es gab da einige Leute, mit denen er unbedingt von Angesicht zu Angesicht reden mußte. Solange die Möglichkeit bestand, daß es sich um einen Satanskult handelte – einem, dem sein Vater vielleicht angehört hatte –, solange würde er nachbohren. Aber da das bedeutete, Clare alleine zu lassen, mußte er voll und ganz auf Cam vertrauen. »Meinst du, du kommst allein klar?«

»Aber sicher.«

Blair musterte das riesige Metallgerüst, das seine Schwester aufgebaut hatte. »Soll das eine Kopie der Freiheitsstatue werden?«

»Nein. Es stellt die Möglichkeiten dar, die einer Frau offenstehen.« Auch Clare betrachtete ihr Werk; der Anblick dessen, was sie zu schaffen gedachte, beruhigte sie ein wenig. »Ich will damit ausdrücken, daß es sich manchmal lohnt, nach den Sternen zu greifen.«

»Sieht aus, als hättest du vor, noch eine Zeitlang hierzubleiben.«

Clare legte das Kinn auf die Knie und schaute auf die orangefarben leuchtenden Ringelblumen im gegenüberliegenden Vorgarten. Irgendwo bellte ein Hund, der einzige Laut, der die Stille des Nachmittags durchdrang.

»Weißt du, es war letztendlich doch kein so langer Weg von New York nach Emmitsboro.«

»Und wie steht's mit der Rückreise?«

Sie hob die Schultern. »Du brauchst dich in der nächsten Zeit nicht um neue Mieter zu bemühen.«

Blair schwieg einen Moment, dann meinte er: »Cam ist ganz verrückt nach dir.«

»So?« Sie blickte über ihre Schulter.

»Ich hätte nie gedacht, daß gerade ihr zwei einmal zusammenkommt. Aber ... ich will damit sagen, ich finde es wunderbar.«

Clare lehnte sich auf die Ellbogen zurück und schaute

den Schäfchenwolken nach, die über den Himmel zogen.
»Ich auch.«

Cam ging ruhelos auf dem fahlgrünen Flur vor dem Autopsiesaal auf und ab. Er hatte mit hineingehen wollen – nein, *gewollt* hatte er es nicht, korrigierte er sich. Er hatte sich dazu verpflichtet gefühlt. Doch Dr. Loomis hatte höflich, aber bestimmt darauf bestanden, daß er draußen wartete und ihm nicht im Weg stand.

Die Warterei war das schlimmste, besonders, da er innerlich schon davon überzeugt war, noch vor Einbruch der Dunkelheit die Jamisons in Harrisburg anrufen zu müssen.

Er lechzte nach einer Zigarette und beschloß nach kurzem Zögern, die Nichtraucherschilder zu ignorieren. Wer hier landete, hatte gegen Rauch nichts mehr einzuwenden.

Ein Leichenschauhaus war ein ruhiger, auf seine Weise sogar friedlicher Ort. Schließlich war das Leben nur ein kurzes, hektisches Geschäft, welches unweigerlich mit dem Tod endete. Aus irgendeinem unerklärlichen Grund flößten Leichenschauhäuser Cam nur halb soviel Unbehagen ein wie Friedhöfe.

Hier blieb den Menschen zumindest noch ein Rest ihrer Würde.

Er konnte allerdings nicht behaupten, daß ihn der typische Geruch nach Reinigungs- und Desinfektionsmitteln, worunter sich noch etwas anderes, weitaus Unangenehmeres verbarg, nicht störte. Aber er zwang sich, diese Angelegenheit als bloßen Job zu betrachten. Jemand war getötet worden, und er hatte herauszufinden, warum.

Dr. Loomis kam, sich beim Gehen die rosigen, frischgeschrubbten Hände abtrocknend, durch die Schwingtür. Er trug einen weißen Arztkittel mit Namensschild daran, und auf seiner Brust baumelte ein Mundschutz. Ihm fehlte nur noch ein Stethoskop, fand Cam. Aber schließlich gehörte es ja nicht zu Loomis' Job, Herztönen zu lauschen.

»Sheriff.« Loomis warf das Papiertuch in einen Abfallbehälter und musterte Cams Zigarette mißbilligend, ohne etwas zu sagen. Trotzdem löschte Cam sie sofort in seinem Kaffeebecher.

»Was haben Sie herausgefunden?«

»Bei Ihrer Jane Doe handelt es sich um eine fünfzehn bis achtzehnjährige Weiße. Ich schätze, daß sie seit etwa einem Monat, höchstens zwei, tot ist.«

Seit dem ersten Mai waren sechs Wochen vergangen, rechnete Cam rasch. »Und die Todesursache?«

»Der Tod wurde durch das Durchtrennen der Kehle herbeigeführt.«

»Herbeigeführt.« Cam warf den Kaffeebecher fort. »Netter Ausdruck.«

Loomis neigte leicht den Kopf. »Vor Eintritt des Todes wurde das Opfer sexuell mißbraucht, und zwar allem Anschein nach mehrfach und unter Gewaltanwendung. Sie war an Händen und Füßen gefesselt. Die Bluttests laufen noch. Leider kann ich Ihnen zu diesem Zeitpunkt noch nicht sagen, ob sie unter Drogeneinfluß stand.«

»Die Zeit drängt.«

»Wir tun unser Bestes. Haben Sie die zahnärztlichen Unterlagen schon angefordert?«

»Sie sind unterwegs. Ich habe eine vermißte Person, auf die die Beschreibung paßt, aber ich halte die Eltern noch hin.«

»Das dürfte unter diesen Umständen das beste sein. Darf ich Ihnen noch einen Kaffee spendieren?«

»Danke, gern.«

Loomis ging den Flur entlang, blieb vor einem Getränkeautomaten stehen und warf genau abgezählte Münzen in den Schlitz. »Milch?«

»Lieber schwarz.«

Loomis reichte Cam einen Becher, dann warf er weitere Münzen ein. »Sheriff, dies ist ein besonders grausamer und schwieriger Fall, und soviel ich weiß, betrifft er Sie auch persönlich.«

»Als Kind habe ich auf diesen Feldern gespielt, habe mit meinem Vater an genau der Stelle, wo das Mädchen gefunden wurde, Heuballen aufgestapelt. Dort starb mein Vater übrigens auch. Er wurde an einem herrlichen Sommernachmittag von seinem eigenen Traktor zerquetscht. Ich denke, das ist persönlich genug.«

»Entschuldigung.«

»Schon gut.« Über sich selbst verärgert, rieb sich Cam die Nase. »Ich habe Beweise, daß der zweite Mann meiner Mutter dieses Mädchen in seinem Schuppen gefangengehalten hat. Vielleicht nicht nur sie, sondern auch noch andere. Nun sieht es so aus, als habe er sie auch noch vergewaltigt, getötet und ihren Leichnam einfach ins Feld geworfen.«

Loomis' sanfte Augen verrieten nichts von dem, was in ihm vorging. »Es ist Ihr Job, das zu beweisen, aber mein Job ist es, Ihnen zu sagen, daß die Leiche auf keinen Fall wochenlang in diesem Feld gelegen hat.«

Cam, der gerade den Kaffeebecher zum Mund führen wollte, hielt mitten in der Bewegung inne. »Was wollen Sie damit sagen?«

»Der Leichnam ist zwar dort gefunden worden, wurde aber erst kürzlich dorthin geschafft.«

»Moment mal. Sie sagten soeben, sie sei schon seit ein paar Wochen tot.«

»Tot und begraben, Sheriff. Der Körper hat schon einige Wochen in der Erde gelegen. Ich würde sagen, daß er vor ungefähr zwei oder drei Tagen exhumiert und in besagtem Feld abgelegt wurde. Vielleicht ist es noch nicht einmal so lange her.«

Cam konnte es nicht fassen. »Sie wollen damit sagen, daß jemand das Mädchen umgebracht, es begraben und dann wieder ausgegraben hat?«

»Daran besteht kein Zweifel.«

»Lassen Sie mir eine Minute Zeit.« Cam starrte die grünen Wände an. Daß jemand sie noch nicht einmal in Frieden ruhen gelassen hatte, empfand er als noch unmenschlicher als die Vergewaltigung und den Mord. »Dieser Scheißkerl!«

»Ihr Stiefvater mag sie ja ermordet haben, Sheriff, aber da er selbst seit einigen Wochen tot ist, kann er nicht derjenige gewesen sein, der sie zu dem Feld geschafft hat.«

Cams Augen wurden zu schmalen Schlitzen. Er trank von seinem Kaffee, ohne den Geschmack wahrzunehmen. Sein Magen zog sich schmerzhaft zusammen, als er sich umdrehte, um den Coroner anzusehen. »Wer auch immer dahintersteckt, er wollte, daß sie gefunden wird, und zwar an genau diesem Ort.«

»Da muß ich Ihnen zustimmen. Meiner Meinung nach war das ein sehr ungeschickter Schachzug, aber andererseits ist sich der Durchschnittsverbrecher wohl nicht über die Möglichkeiten der forensischen Medizin im klaren.« Loomis nippte vorsichtig an dem schwarzen Gebräu. »Ich halte es für sehr wahrscheinlich, daß der Täter davon ausgegangen ist, aufgrund der offensichtlichen Beweislage würden keine ausgedehnten Untersuchungen angestellt.«

»Ihr Berufsstand wird wohl häufig unterschätzt, Dr. Loomis.«

Loomis lächelte schwach. »Traurig, aber wahr.«

Als Cam das Krankenhaus verließ, ging die Sonne gerade unter. Vierzehn Stunden waren seit Chip Doppers Anruf verstrichen, und er war nicht nur müde, sondern fühlte sich vollkommen ausgelaugt. Als er Clare auf der Motorhaube seines Wagens hocken sah, blieb er stehen und wartete, bis sie heruntergerutscht war.

»Hey, Rafferty.« Sie ging auf ihn zu, warf die Arme um seinen Hals und drückte ihn an sich. »Ich dachte, der Anblick eines freundlichen Gesichtes würde dir guttun.«

»Richtig. Besonders wenn es sich um deines handelt. Wartest du schon lange?«

»Ein Weilchen. Ich war oben und hab' Lisa besucht. Blair hat mich hergebracht.« Sie trat einen Schritt zurück, um ihm forschend ins Gesicht zu sehen. »Er wollte mit dem Coroner sprechen.« Dutzende von Fragen schossen ihr durch den Kopf, aber sie konnte ihm keine einzige stellen, nicht jetzt. »Du siehst fix und fertig aus. Warum läßt du mich dich nicht nach Hause fahren?«

»Warum eigentlich nicht?« Er zog die Schlüssel aus der Tasche, aber seine Hand schloß sich so fest darum, daß sich das harte Metall in sein Fleisch bohrte. In Bruchteilen von Sekunden verwandelte sich die Erschöpfung in seinen Augen in weißglühende Wut. »Weißt du, was ich jetzt gern tun möchte? Irgendwen oder irgendwas zu Brei schlagen!«

»Wir können ja warten, bis Blair rauskommt, dann kannst du dem eine ordentliche Tracht Prügel verpassen.«

Unfreiwillig lachend, drehte er sich um. »Ich muß ein Stück zu Fuß gehen, Slim.«

»Okay, dann los.«

»Nicht hier. Ich will nur noch von hier weg.«

»Dann komm.« Clare nahm ihm die Schlüssel ab. »Ich weiß, wo wir hinfahren.«

Während der Fahrt fiel kein Wort. Cam hatte den Kopf zurückgelehnt und die Augen geschlossen. Clare hoffte, er würde schlafen, als sie ihr Gedächtnis anstrengte, um den Weg wiederzufinden. Schließlich hielt sie den Wagen an und blieb schweigend sitzen.

»Ich war schon lange nicht mehr hier.«

Sie drehte sich um und musterte ihn im weichen Licht des Abends. »Ich bin seit jeher gerne im Stadtpark gewesen. Wir hätten eine Tüte Saltines mitbringen und die Enten füttern sollen. Hast du zufällig ein paar Cracker dabei?«

»Die sind mir leider ausgegangen.«

Clare kam ein Gedanke. Sie langte nach ihrer Handtasche und wühlte darin herum, bis sie ein übriggebliebenes Twinkie fand. »Dann kriegen sie ausnahmsweise einmal Kuchen«, meinte sie lachend.

In der Mitte des Parks lag ein großer Weiher. Clare erinnerte sich daran, daß zur Weihnachtszeit immer ein Floß, auf dem ein mit bunten Lichtern geschmückter Baum befestigt war, zu Wasser gelassen wurde. Hierher war sie oft mit ihren Eltern und Mitschülern und später mit ihren ersten Verehrern gekommen, und einmal hatte sie sich hier allein auf eine Bank gesetzt und auf das Wasser geschaut, als die Freude darüber, daß eine ihrer Skulpturen im nahegelegenen Kunstmuseum ausgestellt werden sollte, sie zu überwältigen drohte.

Hand in Hand schlenderten sie durch den Park. Durch

das dichte Laub der Bäume war der Verkehrslärm nur gedämpft zu hören.

»Sieht nach Regen aus«, murmelte sie.

»Morgen vermutlich.«

»Wir könnten ihn brauchen.«

»Na ja, der Frühling war auch ungewöhnlich trocken.«

Clare blickte Cam an, und beide lächelten sich mit der innigen Vertrautheit von Liebenden zu. »Willst du jetzt zu politischen Themen übergehen?«

Er schüttelte den Kopf, legte den Arm um ihre Schulter und zog sie enger an sich. »Ich bin froh, daß du da warst, als ich aus dem Krankenhaus kam.«

»Ich auch.«

»Komisch, diesmal habe ich nicht mit dem Gedanken gespielt, sofort in der nächsten Kneipe zu verschwinden. Ich dachte eher daran, mich ins Auto zu setzen, loszufahren und mir irgendeinen Prellbock zu suchen, an dem ich mich abreagieren könnte.« Die Hand auf Clares Schulter öffnete und schloß sich wie im Krampf. »Früher hat das geholfen.«

»Und was hilft heute?«

»Du. Komm, setz dich.« Er drückte sie auf eine Bank nieder und hielt sie an sich gepreßt, während er über das Wasser blickte. Ein paar Enten paddelten hoffnungsvoll schnatternd auf das Ufer zu. Clare packte das Twinkie aus und begann, ihnen kleine Stückchen zuzuwerfen, während der Himmel sich langsam rötlichviolett verfärbte.

»War es wirklich Carly Jamison?«

»Ja. Die Karteikarte des Zahnarztes kam heute nachmittag. Ihre Eltern ... nun, viel konnte ich nicht für sie tun.«

Sie beobachtete die Enten, die sich um die Brocken zankten. »Ihre Eltern sind demnach hier?«

»Sie sind vor ungefähr einer Stunde eingetroffen. Du, ich kann einfach nicht stillsitzen.«

Clare sprang auf und ging neben ihm her, wartete, daß er weitersprach.

»Ich werde herausfinden, wer das arme Ding umgebracht hat, Slim.«

»Ich dachte, Biff ...«

»Er war daran beteiligt, aber es gibt noch andere.« Er blieb stehen und sah auf sie hinunter. In seinen Augen las sie hilflosen Zorn und darunter einen verborgenen Schmerz, der ihr ans Herz ging. »Jemand hat sie in dieses Feld – mein Feld – geworfen, als wäre sie ein Stück Dreck. Und niemand wird in meiner Stadt jungen Mädchen so etwas antun!«

Clare schaute auf das Wasser, während sie ihre klebrigen Finger an den Jeans abwischte. »Du glaubst noch immer an eine Art Satanskult?«

Er legte ihr die Hände auf die Schultern. »Bitte fertige diese Zeichnung an, Clare. Ich weiß, was ich damit von dir verlange, aber du mußt dich an jedes Detail dieses Traumes erinnern.« Er verstärkte seinen Griff. »Clare, sie wurde irgendwo anders getötet, so wie Biff. Sie wurde woanders getötet und dann hierhergeschafft, damit wir sie hier finden. Vielleicht kannst du mir helfen herauszubekommen, wo sie umgebracht wurde.«

»Also gut. Hoffentlich bringt es etwas.«

»Danke.« Er küßte sie sanft. »Und jetzt fahren wir nach Hause.«

Fünfzehntes Kapitel

Sie wollte sich nicht erinnern. Clare wußte, sie war feige, aber sie wollte sich diese Ereignisse nicht wieder ins Gedächtnis rufen müssen, nicht, nachdem sie zwanzig Jahre lang versucht hatte, sie zu verdrängen – mit Hilfe von Willenskraft, gelegentlichen Beruhigungsmitteln und unzähligen therapeutischen Sitzungen. Niemals hatte sie diese Bilder absichtlich aufleben lassen, und nun sollte sie sie sogar zu Papier bringen.

Sie hatte versucht, die Sache hinauszuzögern, hatte vor Cam und sich selbst immer wieder neue Ausflüchte gebraucht. Nachts lag sie da und kämpfte gegen den Schlaf an, weil sie fürchtete, ihr Unterbewußtsein könne sich gegen sie wenden und ihr das vorspiegeln, was sie nicht sehen wollte.

Cam hatte sie nicht weiter gedrängt, jedenfalls nicht mit Worten, er wurde von seinen Ermittlungen derart in Anspruch genommen, daß er kaum Zeit mit ihr verbringen konnte.

Der Regen war gekommen, wie er es vorhergesagt hatte, und war stetig und unaufhörlich zwei Tage und zwei Nächte gefallen. Clares Freiluftskulptur mußte vorerst warten. Clare strich – was sie seit Wochen nicht mehr getan hatte – ruhelos durch die Garage; unfähig, etwas anderes in Angriff zu nehmen. Sie erwog und verwarf verschiedene Projekte, sah ihre Zeichnungen durch und fertigte neue an, doch im Hinterkopf lauerte immer noch das Versprechen, das sie Cam gegeben hatte, und marterte sie.

Wahrscheinlich rührte ihre innere Unruhe daher, daß ihr das Haus so entsetzlich leer vorkam, das redete sie sich jedenfalls ein. Blair war nach D.C. zurückgekehrt, der Regen fiel in Strömen, und sie fühlte sich vollkommen abgeschnitten von der Welt. So furchtbar allein.

Warum hatte sie das nur früher nie gestört?

Weil sie früher nie Gespenster gesehen hatte. Weil sie sich nie mehrmals am Abend vergewissert hatte, daß sie alle Türen verschlossen hatte und sie nie bei jedem Knarren einer Bodendiele zusammengezuckt war.

Als sie sich erneut dabei ertappte, daß sie aus dem Fenster auf das Skelett ihrer Statue starrte, fluchte sie leise vor sich hin und schnappte sich ihren Skizzenblock, den sie auf das Sofa geworfen hatte.

Sie würde es tun, und zwar sofort. Um sich ein für alle Male von dem Alpdruck zu befreien.

Den Bleistift in der Hand und den Block auf dem Schoß, saß sie mit geschlossenen Augen da und versuchte, sich in die Vergangenheit zurückzuversetzen.

Ihr Vater hegt seine Rosen. Schlägt Gartenpfähle in den aufgeweichten Boden ein.

Dann liegt er, aufgespießt von eben jenen Pfählen, blutend auf der Terrasse.

Clare schüttelte den Kopf, knirschte mit den Zähnen und wagte einen zweiten Anlauf.

Auf dem Gartentor, in einer warmen Sommernacht. Ihr Kopf ruht auf dem Arm des Vaters. Der süße Duft nach Gras, Zuckererbsen und Old Spice.

»Was wünschst du dir denn zum Geburtstag, Häschen? Wenn ein Mädchen dreizehn wird, ist das ein ganz besonderer Anlaß.«

»Ich möchte Ohrlöcher haben.«

»Warum willst du dich denn verstümmeln lassen?«

»Alle anderen Mädchen haben auch durchstochene Ohrläppchen. Bitte, Daddy!«

Weiter zurück, sie mußte noch weiter zurückgehen. Herbst. Tulpenzwiebeln werden gesetzt. Der würzige Duft brennenden Laubes. Auf der Veranda wartet ein Kürbis darauf, ausgehöhlt und in eine grinsende Halloweenfratze verwandelt zu werden.

»Clare Kimball!« Die Stimme ihrer Mutter. »Was tust du ohne Pullover hier draußen? Himmel, du bist acht Jahre alt. Du solltest es besser wissen.«

Ihr Vater zwinkert ihr zu und fährt mit der Fingerspitze über ihre vor Kälte gerötete Nase. »Lauf rein und hol dir schnell einen. Aber schlepp deiner Mutter keinen Dreck ins Haus, sonst müssen wir beide in der Hundehütte übernachten.«

Noch weiter zurück. Fast meinte sie, Dr. Janowski zu hören, der ihr zuredete, sich zu entspannen, tief durchzuatmen und ihr Bewußtsein auszuschalten.

»Aber ich will mitgehen. Nie nimmst du mich mit. Ich will auch ganz artig sein, Daddy, ich verspreche es dir.«

»Du bist immer artig, Häschen.«

Er beugt sich zu ihr herunter, hebt sie hoch und küßt sie auf den Hals. Manchmal wirbelt er sie auch durch die Luft, hoch und immer höher. Sie liebt dieses schwindelige Gefühl, das Kitzeln im Magen, die Aufregung. *Laß mich nicht los. Laß mich nicht los.*

»Aber das wird ganz langweilig. Lauter Erwachsene.«
»Ich will mit. Ich will die Häuser sehen.« Schmollen. Flunsch. Zitternde Unterlippe. Manchmal wirkt es.

»Sonntag nachmittag zeige ich einem Kunden ein ganz großes Haus, da kannst du mitkommen. Blair auch, wenn er will.«

»Warum kann ich nicht jetzt mitgehen?«

»Weil kleine Mädchen um diese Zeit ins Bett gehören. Es wird gleich dunkel. Du hast ja schon deinen Schlafanzug an.« Er trägt sie in ihr Zimmer. Puppen und Buntstifte. »Jetzt sei ein braves Mädchen und gib mir einen Gutenachtkuß. Wenn du groß bist, wirst du mein Partner. Kimball und Kimball.«

»Versprochen?«

»Versprochen. Schlaf gut, Clare.«

Die Tür geht zu. Der Mond kommt heraus. Sie steht leise auf, um zu lauschen. Daddy spricht mit Mommy. Ganz, ganz leise. Sie legt ihre Puppe ins Bett und schleicht nach unten. Zur Hintertür hinaus und in die Garage.

Bestimmt ist Daddy überrascht, wenn er sieht, daß sie jetzt schon groß genug ist. Sie versteckt sich auf dem Rücksitz und hält sich die Hand vor den Mund, um nicht zu kichern.

Der Motor springt an, das Auto rollt aus der Einfahrt heraus.

Sie fahren und fahren. Es wird ganz dunkel. Auf dem Boden vor dem Rücksitz zusammengekauert, sieht sie die ersten Sterne aufgehen. Daddy fährt schnell, wie er es immer tut, wenn er meint, er kommt zu spät.

Das Auto wird langsamer, holpert. Bleibt stehen. Daddy steigt aus, öffnet den Kofferraum.

Sie hält den Atem an. Macht die Tür ein Stückchen auf. Blinzelt durch den Spalt. Er geht weg. Da irgendwo muß das Haus sein, zwischen den Bäumen. In ihren Flauschpantöffelchen eilt sie ihm leise nach.

Es ist dunkel im Wald, und er dreht sich nicht um.

Aber da ist gar kein Haus. Nur ein Platz ohne Bäume, wo Männer in schwarzen Gewändern stehen. Daddy zieht sich aus – wieder muß sie kichern – und streift auch so ein Ding über. Sie tragen Masken, vielleicht feiern sie eine Party. Doch die Masken sind unheimlich. Stiere, Ziegen und bösartig aussehende Hunde. Aber Mommy sagt, daß man Masken zum Spaß trägt, also hat sie keine Angst.

Sie bilden einen Kreis. Was wollen sie bloß spielen? Der-Plumpsack-geht-um? Bei dem Gedanken muß sie lachen. Erwachsene große Männer! Aber sie stehen ganz still, keiner sagt einen Ton.

Eine Glocke läutet.

Clare fuhr hoch und blickte sich mit wild klopfendem Herzen im Wohnzimmer um. Block und Bleistift hatte sie zu Boden fallen lassen. Vielleicht hatte sie *zu* gute Arbeit geleistet, überlegte sie, eine Hand gegen die Stirn pressend. Als die Glocke wieder läutete, schoß sie von ihrem Sessel hoch, ehe ihr bewußt wurde, daß jemand vor der Tür stand.

Sie stieß einmal keuchend den Atem aus, ehe sie hinging, um zu öffnen. Die Frau vor der Tür war gerade im Begriff, wieder zu gehen. »Hallo?«

»Oh.« Die dunkelhaarige Frau blieb zögernd im Regen stehen. »Ich dachte schon, Sie wären nicht zu Hause.«

»Tut mir leid. Kommen Sie rein, Sie werden ja ganz naß.«

»Ich wollte nur ... habe ich Sie geweckt?«

»Nein.« Clare sah sich das Gesicht unter dem Regenhut genauer an. Mitte dreißig, urteilte sie, und recht hübsch, auf eine ruhige, sanfte Weise. Die riesigen dunklen Augen waren das Schönste an ihr. »*Rocco's*, stimmt's?«

»Ja. Ich bin Joleen Butts.«

Beide waren sie blaß, wenn auch aus verschiedenen Gründen, und beide versuchten zu lächeln. »Kommen Sie doch rein.«

»Ich möchte nicht stören, ich ... doch, gerne. Danke.«

Drinnen blickte sich Joleen neugierig um. Clare hatte bereits damit begonnen, das Haus zu verschönern. Sie hatte Ziertischchen aufgestellt, auf denen Vasen voll frischer Blumen standen, und die Wände mit Drucken und Postern dekoriert, die sie auf Flohmärkten erstanden hatte. Nur der

Dielenfußboden, auf dem die tropfnasse Joleen stand, war noch kahl.

»Lassen Sie mich Ihren Mantel nehmen.«

»Bitte entschuldigen Sie vielmals die Störung. Hoffentlich halte ich Sie nicht von der Arbeit ab.«

»Ehrlich gesagt macht mich der Regen ein bißchen träge.« Clare nahm Joleens Mantel und Hut und hängte beides an den Geländerpfosten. »Möchten Sie eine Tasse Kaffee oder einen Tee?«

»Nein, danke, machen Sie sich bitte keine Umstände.« Joleen drehte nervös ihre lange bunte Perlenkette zwischen den Fingern hin und her. »Ich, äh, ich habe Ihre Skulptur da draußen bewundert.«

»Im Rohzustand sieht sie noch ziemlich merkwürdig aus.« Clare führte ihren Gast ins Wohnzimmer. »Ich hoffe nur, der Krach stört Sie nicht allzusehr.«

»Nein, nein. Es ist interessant, Ihnen bei der Arbeit zuzusehen. Ich verstehe leider nicht viel von Kunst.«

»Dafür hab' ich keinen blassen Schimmer vom Pizzabakken, und Ihre Pizza ist ein Gedicht.«

»Vielen Dank.« Joleen blickte sich im Zimmer um und wünschte von ganzem Herzen, sie wäre nie hergekommen. »Ich verwende alte Familienrezepte. Mein Mädchenname ist Grimaldi.«

»Ach, deshalb hat Ernie südländische Züge. Bitte setzen Sie sich doch.«

Langsam ließ sich Joleen auf dem Sofa nieder. »Also kennen Sie Ernie?«

»Ja. Wir haben uns ein wenig angefreundet, als er mir Modell gesessen hat.«

»Er hat Ihnen Modell gesessen?«

»Hat er Ihnen nichts davon erzählt?« Unter Joleens forschendem Blick wurde ihr unbehaglich zumute. Clare griff nach einer Zigarette und zündete sie an, ehe sie fortfuhr: »Ich habe seinen Arm in Ton modelliert.«

»Ich ... ich verstehe.«

»Ich wünschte wirklich, er hätte Ihnen davon erzählt, ich habe mich nämlich schon gefragt, warum Sie sich die fertige Arbeit nie angeschaut haben. Aber ich hab' noch Fotos davon hier. Ich fotografiere jedes meiner Werke, weil ich mir eine Sammelmappe anlege, aber ein Foto ist natürlich nicht dasselbe wie die Skulptur selbst.«

»Miss Kimball, haben Sie ein Verhältnis mit meinem Sohn?«

Clare verschluckte sich und hustete heftig. »Wie bitte?« Ihr Gegenüber ungläubig anstarrend, klopfte sie sich auf die Brust. »Was haben Sie da eben gesagt?«

»Sie sind bestimmt der Meinung, das ginge mich nichts an, aber Ernie ist erst siebzehn. Sicher, er wird im November achtzehn, aber ich denke, solange er noch minderjährig ist, habe ich ein Recht darauf, zu erfahren, was er ...«

»Moment, Moment, Moment.« Clare hob eine Hand. »Mrs. Butts, Joleen, ich habe Ernies Arm modelliert, mich mit ihm unterhalten und ihm Cola oder Limonade angeboten, mehr nicht. Ich weiß nicht, wie Sie auf die Idee kommen, daß ...«

»Ich weiß es von Ernie«, unterbrach Joleen.

Fassungslos lehnte sich Clare zurück. »Das will mir einfach nicht in den Kopf. Sie meinen, Ernie hat Ihnen gesagt, daß er und – daß wir – ach du lieber Gott!«

»Er hat es mir nicht gesagt.« Joleen rieb ihre klammen Hände aneinander. »Er hat es aufgeschrieben. Ich habe kürzlich sein Zimmer saubergemacht.« Mit zusammengepreßten Lippen wandte sie sich ab. Sie war keine besonders begabte Lügnerin. »Dabei fand ich einige Notizen, die er geschrieben hat. Über Sie.«

»Ich weiß wirklich nicht, was ich dazu sagen soll. Ich habe nie ...« Clare fuhr sich mit der Hand durch das Haar. Wie sollte sie sich nur ausdrücken? »Mir ist klar, daß Sie als Ernies Mutter eher ihm Glauben schenken werden als mir, besonders da Sie mich gar nicht kennen. Aber ich schwöre Ihnen, zwischen mir und Ihrem Sohn gab es niemals eine körperliche Beziehung.«

»Ich glaube Ihnen.« Joleen blickte auf die ruhelosen Hände in ihrem Schoß hinab. Sie schien die Kontrolle über sie verloren zu haben – genau wie sie die Kontrolle über ihren Sohn verloren hatte. »Eigentlich war es mir von vorneherein klar. Ich habe mir zwar eingeredet, ich wollte nur zu Ihnen gehen, um mein Kind zu beschützen, aber ...« Mit feuchten Augen blickte sie zu Clare hoch, eine geschlagene Frau. »Miss Kimball ...«

»Clare«, erwiderte diese schwach. »Nennen Sie mich Clare.«

»Ich muß mich bei Ihnen entschuldigen.«

»Nicht doch.« Clare rieb sich die schmerzenden Schläfen. »Dazu besteht kein Anlaß. Wenn ich mir vorstelle, wie Ihnen zumute gewesen sein muß, kann ich mich nur wundern, daß Sie nicht die Tür eingeschlagen und mir die Augen ausgekratzt haben.«

»Bei Auseinandersetzungen ziehe ich meistens den kürzeren.« Joleen wischte sich über die tränenfeuchten Wangen. »Und als Mutter habe ich auch versagt.«

»Sagen Sie doch so was nicht.« Da ihr nichts Besseres einfiel, tätschelte Clare hilflos Joleens Schulter. »Ernie befindet sich lediglich in einer schwierigen Phase.«

»Kann ich eine von Ihren Zigaretten haben? Ich habe das Rauchen zwar aufgegeben, aber ...«

»Aber sicher.« Clare nahm eine Zigarette und zündete sie selber an. Nach dem ersten Zug schüttelte Joleen sich leicht.

»Die erste seit fünf Jahren.« Gierig zog sie wieder daran. »Clare, ich habe Ernies Zimmer nicht saubergemacht, ich habe es durchsucht.« Sie schloß die Augen. Das Nikotin benebelte sie ein bißchen, aber die Knoten in ihrem Magen lösten sich langsam auf. »Dabei habe ich mir geschworen, niemals die Privatsphäre meines Kindes zu verletzen, so wie meine Mutter es mit mir gemacht hat. Regelmäßig hat sie meine Schränke durchwühlt, sogar unter die Matratze geschaut, weil sie es für ihre Pflicht hielt, darauf zu achten, daß ich nicht in Schwierigkeiten gerate. Damals habe ich mir geschworen, daß ich, wenn ich einmal selbst ein Kind habe, ihm vertraue und ihm seinen Freiraum lasse. Trotzdem bin ich in der letzten Woche zweimal in Ernies Zimmer geschlichen und habe in seinen Sachen herumgeschnüffelt, weil ich nach Drogen suchte.«

»Oh.«

»Ich fand nichts in dieser Richtung.« Joleen rauchte mit langen, gierigen Zügen. »Dafür aber andere Dinge.« Dinge, über die sie nicht sprechen konnte. »Was er da über Sie geschrieben hat ... nun, ich finde, Sie haben ein Recht, es zu erfahren. Es ließ an Deutlichkeit nichts zu wünschen übrig.«

Eine kalte Hand griff nach Clares Kehle. »Ich nehme an, für einen Jungen in Ernies Alter ist es nicht ungewöhnlich, wenn er sexuelle Fantasien über eine ältere Frau entwickelt oder sich sogar auf diese Person fixiert.«

»Schon möglich. Vermutlich wären Sie lange nicht so verständnisvoll, wenn Sie das Geschmier gelesen hätten.«

»Joleen, haben Sie schon einmal daran gedacht, psychiatrische Hilfe in Anspruch zu nehmen?«

»Ja. Ich werde heute abend mit Will, meinem Mann, sprechen. Wenn wir einen geeigneten Therapeuten gefunden haben, werden wir uns alle drei in Behandlung begeben. Ich weiß nicht, was mit Ernie oder mit unserer Familie nicht stimmt, aber gemeinsam werden wir es herausfinden. Mein Mann und mein Sohn bedeuten mir alles.«

»Dieses Pentagramm, das Ernie um den Hals trägt, wissen Sie, was das bedeutet?«

Joleens Augen flackerten kurz, dann wurde ihr Blick wieder ruhig. »Ja. Auch darum werden wir uns kümmern. Ich lasse nicht zu, daß Ernie mir entgleitet, Clare, egal, wie sehr er es auch versucht.«

Cam kam erst nach Einbruch der Dunkelheit nach Hause, müde und mit schleppenden Schritten. Aufgrund seiner langjährigen Erfahrung als Cop wußte er, daß monotoner Papierkram und Kleinarbeit den größten Teil seines Jobs ausmachten, aber es fiel ihm schwer, sich in Geduld zu fassen, wenn er spürte, daß er kurz vor dem Durchbruch stand.

Voller Dankbarkeit bemerkte er Clares Auto, welches vor seinem Haus geparkt war. Ein Fenster im Haus war hell erleuchtet.

Sie döste auf der Couch, ein Taschenbuch lag auf ihrem Schoß; die Stereoanlage dröhnte viel zu laut. Cam drückte einen Kuß auf ihr Haar und dachte flüchtig daran, sich an sie zu kuscheln und alles um sie beide herum für eine Weile zu vergessen.

Als er das Radio auf eine erträgliche Lautstärke herunterdrehte, richtete sie sich kerzengerade auf. Sie sah aus wie eine ins Sonnenlicht blinzelnde Eule.

»War ich etwa zu leise?«
»Wie spät ist es denn?«
»Kurz nach neun.«
»Mmm.« Sie rieb sich die Augen. »Hast du schon was gegessen?«

»Du klingst wie eine besorgte Ehefrau.« Er setzte sich neben sie, dann änderte er seine Meinung, streckte sich der Länge nach aus und legte seinen Kopf in ihren Schoß. »Ich hab' mir zwischendurch ein Sandwich geholt.« Mit einem langen Seufzer schloß er die Augen. »Du riechst gut. Wie war dein Tag?«

»Erzähl du zuerst.«

»Lang. Die Ergebnisse der Bluttests von Carly Jamison sind gekommen. Sie hat Barbiturate genommen – oder, was ich eher annehme, man hat sie ihr verabreicht. Dr. Loomis hat den Leichnam freigegeben. Ihre Eltern lassen sie überführen.«

In dem Wissen, daß eine kleine tröstende Geste manchmal Wunder wirkte, strich Clare ihm sacht über das Haar. »Ich wünschte, ich könnte irgendwie helfen.«

»Ich habe Annie noch einmal aufgesucht, aber nichts erreicht.« Seine Finger schlossen sich um die ihren. »Scheint so, als könnte ich niemanden auftreiben, der das Mädchen in der Stadt oder der Umgebung gesehen hat, genau wie ich niemanden finden kann, der Biff in der Nacht seines Todes gesehen hat.«

»Vielleicht solltest du für heute mal abschalten, dann kannst du morgen mit neuer Frische weitermachen.«

»Man muß eine Spur verfolgen, solange sie noch heiß ist.« Er öffnete die Augen. »Clare, du weißt, daß ich diesen

Landverkauf, den dein Vater gemanagt hat, überprüft habe. Und ich bin da auf einen merkwürdigen Sachverhalt gestoßen. Fast alle Unterlagen sind verschwunden.«

»Was soll das heißen?«

Cam richtete sich auf und rieb sich über das Gesicht. »Das soll heißen, daß sie nicht mehr aufzufinden sind. Es hat eine Übertragung stattgefunden, und zwar von einer Gesellschaft namens Trapezoid Corporation an die E.L. Fine, Unlimited.«

»Ich verstehe nicht ganz.«

»Trapezoid war die Firma, die das Land ursprünglich durch deinen Vater gekauft hat. Innerhalb eines Monats haben sie es an die Baugesellschaft weiterverkauft, dann wurde Trapezoid aufgelöst. Ich kann die Namen der Gesellschafter und Mitarbeiter nirgendwo finden.«

»Es muß doch Namen geben. Wer hat die Firma denn gegründet?«

»Auch das konnte ich nicht herausfinden. Alle Unterlagen sind verschwunden. Die Übertragungsurkunde wurde von einem Makler aus Frederick unterzeichnet, und der ist vor fünf Jahren gestorben.«

»Was ist mit der anderen Firma, der, die das Land jetzt besitzt?«

»Die ist grundsolide. Hat überall entlang der East Coast Filialen sitzen. Eine auf Warenhäuser und Einkaufszentren spezialisierte Gesellschaft. Die Transaktion wurde telefonisch und per Post abgewickelt. Fast unmittelbar nach der großen Eröffnungsfeier kam heraus, daß dein Vater einige Inspektoren und zwei Mitglieder des Planungskomitees bestochen hatte. Und daß er außerdem noch falsche Angaben gemacht hatte, er hatte nämlich behauptet, das Land sei für siebenhundert Dollar pro Morgen verkauft worden, während es in Wirklichkeit zwölfhundert brachte. Da Trapezoid Corporation nicht mehr existierte, mußte Kimball Realty allein den Kopf hinhalten. Und dein Vater konnte sich zu der Angelegenheit nicht mehr äußern.«

»Was willst du damit sagen?«

»Es ist doch mehr als sonderbar, daß alle Unterlagen

über die Trapezoid Corporation unauffindbar sind. Es gibt keinen Hinweis auf die Partner deines Vaters. Im Zuge der Ermittlungen wurden sämtliche Geschäftsbücher und Papiere von Kimball Realty beschlagnahmt und überprüft, und trotzdem fiel niemals der Name eines Angehörigen von Trapezoid. Kommt dir das nicht ausgesprochen seltsam vor?«

»Es kommt mir seltsam vor, daß mein Vater in illegale Machenschaften verstrickt war.«

»Es fällt mir auch schwer zu glauben, daß er der einzige war. Weißt du, Clare, satanische Kultgruppen schließen sich aus mehreren Gründen zusammen. Ihr Hauptziel ist das Erlangen von Macht. Macht erfordert Geld. Irgend jemand hat mit diesem Geschäft fünfhundert Dollar pro Morgen Land verdient. Wart ihr in finanziellen Schwierigkeiten, als dein Vater anfing zu trinken?«

»Nein, die Firma stand ausgezeichnet da. Es wurde davon gesprochen, mit der ganzen Familie Urlaub in Europa zu machen, und mein Vater hatte für Blair und mich einen Collegefonds eingerichtet, mit einem hübschen Sümmchen darin. Nein.« Sie schüttelte den Kopf. »Kinder merken es, wenn ihre Eltern Geldsorgen haben. Meine hatten keine.«

»Und trotzdem hat dein Vater wegen dieses einen Geschäftes seine Firma, seinen guten Ruf und die Sicherheit seiner Familie aufs Spiel gesetzt, obwohl er nie zuvor unehrlich gehandelt hatte. Warum gerade da?«

Clare sprang auf. »Glaub mir, diese Frage habe ich mir über Jahre hinweg immer wieder gestellt. Es ergibt einfach keinen Sinn.«

»Vielleicht hatte er andere Gründe als nur persönliche Bereicherung. Vielleicht wurde Druck von außen auf ihn ausgeübt. Vielleicht hatte er gar keine andere Wahl.«

»Cam, ich bin dir wirklich dankbar für das, was du sagst und tust. Aber würdest du genauso denken, wenn es sich um den Vater von jemand anderem handeln würde?«

Diese Frage hatte er sich bereits selbst gestellt und beantwortet. »Ja. Weil die Fakten nicht zusammenpassen.« Sein Blick folgte ihr, als sie durchs Zimmer tigerte. »Ich werde dir sagen, wie ich mir die Sache vorstelle. Dein Vater hat sich von irgendeiner obskuren Sekte einwickeln lassen, vielleicht, weil er sich gegen seine erzkatholische Erziehung auflehnen wollte, vielleicht auch nur aus Neugier. Jedenfalls steckte er bis über beide Ohren da drin. Irgend etwas brachte ihn dann dazu, auszusteigen, und er wandte sich wieder seinem alten Glauben zu. Aber aus solchen Vereinigungen kann man nicht so ohne weiteres aussteigen, weil man Namen und Gesichter und Geheimnisse kennt. Also tat dein Vater auch weiterhin, was ihm befohlen wurde, und suchte Trost in der Flasche.«

»Du kommst immer wieder auf diesen Kult zu sprechen.«

»Das ist die Wurzel allen Übels. Du, Clare, siehst vor zwanzig Jahren etwas, was nicht für deine Augen bestimmt ist. Einige Jahre später inszeniert dein Vater einen großangelegten Schwindel, der – wie alle, die ihn kannten, bestätigt haben – seinem Charakter völlig zuwiderlief. Kurz darauf stirbt er, und man schiebt ihm allein die Verantwortung in die Schuhe. Zu diesem Zeitpunkt ist Parker hier Sheriff, was die ganze Sache sehr erleichtert.«

»Parker? Du meinst, Parker hat da auch mit dringehangen?«

»Ich denke, er hat bis zu seinem fetten Hals in dem Mist mit dringesteckt. Vielleicht hat ihm sein Gewissen keine Ruhe gelassen, vielleicht hat er auch nur mit dem Schwanz statt mit dem Kopf gedacht, jedenfalls erzählt er Sarah Hewitt Dinge, die er besser für sich behalten hätte. Dann kriegt er Bammel, packt seine Siebensachen zusammen und gibt seinen gemütlichen Job, sein Heim und jegliche Sicherheit auf. Ein paar Monate später ist er tot.«

»Tot? Du hast mir nie gesagt, daß er tot ist.«

»Ich sage es dir jetzt. Was ist seitdem passiert? Ein junges Mädchen hält ein paar Meilen außerhalb der Stadt den falschen Wagen an, und jetzt ist sie tot. Jemand tötet Biff und deponiert den Leichnam der Kleinen in seinem Feld, damit es so aussieht, als sei er allein für ihren Tod verantwortlich. Er kann sich ja nicht mehr verteidigen. Lisa Mac-

Donald wird tätlich angegriffen. Sarah Hewitt verschwindet, nachdem sie mir gegenüber einige Andeutungen über Parker fallenläßt.«

»Und die Bücher«, murmelte Clare.

»Ja, die Bücher. Ich kann mir nicht vorstellen, daß dein Vater und Biff ohne Grund den gleichen Lesestoff bevorzugten.«

»Nein«, erwiderte sie schwach. »Ich mir auch nicht.«

»Und wenn sie beide darin verwickelt waren, gibt es auch noch andere. Carly Jamison wurde ermordet, Clare. Ich glaube nicht, daß sie die erste war, und ich habe furchtbare Angst, daß sie auch nicht die letzte sein wird.«

Wortlos ging Clare zu ihrer Tasche hinüber, kramte einen Zeichenblock hervor und reichte ihn Cam. »Diese Zeichnungen habe ich heute nachmittag gemacht.«

Cam schlug den Block auf. Das erste Blatt zeigte das Bild von Gestalten in langen Gewändern, die einen Kreis bildeten. Sie wirkten beinahe ehrerbietig. Er fragte sich, ob sich Clare dessen bewußt war. Schweigend blätterte er weiter, sah sich jede Zeichnung lange an. Eine auf einem Holzblock ausgestreckte Frau, zwischen deren Brüsten eine Art Kelch stand. Eine einzelne Figur in langer Kutte, mit einer Maske, die er als die des Bockes von Mendes erkannte.

»War das dein Vater?«

»Nein, er trug eine andere Maske. Die eines Wolfes.«

Er studierte die nächste Zeichnung. Ein Mann stand mit hocherhobenen Armen inmitten des Kreises, seine Anhänger blickten auf ihn und die Frau. Neben ihnen schlugen Flammen aus dem Boden. Ein anderes Bild zeigte einen kleinen Ziegenbock, dem ein Messer an die Kehle gehalten wurde.

Bei diesem Bild wandte sich Clare schaudernd ab.

Cam warf ihr einen verstohlenen Blick zu, dann blätterte er weiter. Sie hatte die Männer nackt, aber maskiert dargestellt. Sie umringten die Feuerstelle, während einer von ihnen die Frau bestieg. Cam konzentrierte sich auf das Abbild des Mannes mit der Wolfsmaske, von dessen Fingern Blut tropfte.

Sie war fast noch ein Baby gewesen, dachte er voll Ingrimm. Am liebsten hätte er die Bilder in tausend Stücke zerfetzt.

»Kennst du diesen Ort?«

»Nein.« Clare schaute aus dem Fenster in die verregnete, ungemütliche Nacht hinaus.

»Anhand deiner Zeichnung würde ich sagen, daß es sich um eine Lichtung handelt.«

»Ich erinnere mich an Bäume, viele Bäume. Dann kam eine freie Stelle. Mir erschien sie damals riesig, aber das war eine optische Täuschung, weil ich selbst noch sehr klein war.«

»Dies ist die letzte Szene, die du gezeichnet hast. Was geschah danach?«

»Ich weiß es nicht. Ich bin in meinem Bett aufgewacht.«

»Okay.« Cam ging die Bilder noch einmal gründlich durch, suchte nach Details, die Clare vielleicht unbewußt hatte mit einfließen lassen. Bei dem untersetzten Mann mit dem fleischigen Hals könnte es sich zum Beispiel um Parker handeln, aber vermutlich war in diesem Fall eher der Wunsch Vater des Gedankens.

»Clare, hast du dich bei diesen Zeichnungen auf vage Eindrücke gestützt oder konntest du die Einzelheiten ganz klar vor dir sehen?«

»Beides. Manches ist mir lebhaft im Gedächtnis geblieben. Es war eine sternenklare Nacht. Ich konnte Rauch riechen. Die Frauen hatten beide schneeweiße Haut, aber einige der Männer waren gebräunt wie Farmer.«

Cam blickte sie scharf an. »Wie bitte?«

»Sie sahen aus wie Farmer. Du weißt schon, sonnenverbrannte Gesichter und Unterarme.« Sie drehte sich wieder zu ihm um. »Komisch, daß mir das jetzt erst wieder einfällt. Ein paar von ihnen waren auch ziemlich blaß, aber wir hatten ja erst Frühling. Der mit der Bocksmaske – der Anführer – war sehr hager und hatte eine fahlweiße Haut, so, als würde er nie an die Sonne kommen.«

»Ist dir an den Stimmen etwas aufgefallen?«

»Die des Anführers klang befehlsgewohnt, herrisch und

irgendwie bezwingend. Die anderen waren nur ein bunter Mischmasch.«

»Du hast dreizehn Figuren gezeichnet. Stimmt das?«

»Wirklich?« Sie kam zu ihm, um ihm über die Schulter zu schauen. »Ich habe gar nicht bewußt darüber nachgedacht. Es kam wie von selbst.«

»Wenn dem so ist und wenn unsere Theorie stimmt, dann sind inzwischen wenigstens drei dieser Männer tot, nämlich Sheriff Parker, Biff und dein Vater. Das würde bedeuten, daß sie, um ihre Zahl zu halten, drei neue Mitglieder angeworben haben müssen. Wo ist bloß diese Lichtung?« murmelte er.

»Irgendwo in den Wäldern. Da, wo Lisa aus dem Gebüsch gerannt kam.«

»Bud, Mick, ich und Freiwillige aus der Stadt haben jeden Quadratzentimeter von Dopper's Woods abgesucht. Wir haben drei Gruppen gebildet und zwei Tage lang alles durchgekämmt. Ohne Erfolg.«

»Um jedes Waldgebiet in diesem Teil des Staates zu durchsuchen, bräuchtest du zehnmal so viele Leute.«

»Glaub mir, daran habe ich auch schon gedacht.«

Wieder musterte sie über seine Schulter hinweg die Zeichnungen. »Ich fürchte, diese Bilder waren keine so große Hilfe, wie du gehofft hast.«

»Nein, ganz im Gegenteil.« Er legte den Block beiseite, ehe er nach ihrer Hand griff. »Ich weiß, wie schwer das für dich gewesen sein muß.«

»Es war eher eine Befreiung. Jetzt, wo ich es hinter mir habe, brauche ich mir nicht mehr dauernd den Kopf zu zermartern, sondern kann mich wieder auf meine Arbeit konzentrieren.«

»Wenn das alles überstanden ist, werde ich nie wieder meine Arbeit mit nach Hause bringen und dich mit hineinziehen.« Er zog ihre Hand an die Lippen. »Versprochen.«

»Du hast mich in gar nichts hineingezogen. Ich fange eher an zu glauben, daß ich schon lange mittendrin gesteckt habe. Ich möchte endlich herausfinden, was mein Vater getan und was er nicht getan hat, und dann dieses

Kapitel abschließen. Vielleicht war das auch einer der Gründe, weswegen ich nach Emmitsboro zurückgekehrt bin.«

»Ich bin jedenfalls froh, daß du hier bist, egal aus welchen Gründen.«

»Ich auch.« Um die trübe Stimmung zu vertreiben, legte sie ihm die Hände auf die Schultern und begann, die verspannten Muskeln zu massieren, bis er zufrieden seufzte. »Allerdings wäre ich furchtbar enttäuscht, wenn du mich nicht an deiner Arbeit teilhaben lassen würdest. Wie soll ich sonst über alles, was in Emmitsboro vor sich geht, auf dem laufenden bleiben?«

»Ach so, du willst den neuesten Klatsch hören. Okay, heute nachmittag ist Less Gladhills Tochter an der Ecke Main/Dog Run ins Schleudern gekommen und hat Min Athertons Buick gestreift.«

»Genau das meinte ich.«

»Die Autos stauten sich vom einen Ende der Stadt zum anderen, und Min stand mit Plastikregenhut und weißen Gummistiefeln mitten auf der Kreuzung und leitete den Verkehr um.«

»Und dieses Schauspiel habe ich verpaßt!«

»Heirate mich, und du hast den Finger direkt am Puls von Emmitsboro.«

»Nun ja, vorher müßtest du aber eine Garage anbauen lassen.«

»Bitte?«

»Eine Garage«, murmelte sie, als sie sich über die Couchlehne beugte, um an seinem Ohrläppchen zu knabbern. »Ich brauche Platz zum Arbeiten, und mir ist inzwischen klargeworden, daß du nicht allzu begeistert wärst, wenn ich das Wohnzimmer benutze.«

Cam griff hinter sich, packte sie und zerrte sie über die Lehne, so daß sie auf ihm zu liegen kam. »Heißt das Ja?«

»Erst will ich die Pläne für die Garage sehen.«

»Also doch Ja.«

»Das war ein eventuelles Vielleicht«, stieß sie hervor, ehe sich sein Mund über den ihren senkte. Seine Hände waren bereits emsig beschäftigt. Clare japste nach Luft und machte sich lachend los. »Ein Vorschlag zur Güte: Einigen wir uns auf ›wahrscheinlich‹.«

»Ich hätte gerne Kinder.«

Ihr Kopf fuhr hoch. »Jetzt sofort?«

Cam zog sie wieder zu sich herunter. »Wir können ja schon mal ein bißchen üben.«

DRITTER TEIL

Wer Verstand hat, der deute die Zahl des Tieres;
denn es ist die Zahl eines Menschen.
– Offenbarung –

Erstes Kapitel

In ihrem Beruf als Prostituierte war Mona Sherman eine Spitzenkönnerin. Seit ihrem vierzehnten Lebensjahr verdiente sie sich ihren Lebensunterhalt damit, ihren Körper zu verkaufen, und sie schmeichelte sich, daß Frauen ihres Gewerbes im Grunde genommen Dienst an der Gesellschaft leisteten. Sie war stolz auf ihre Arbeit und huldigte dem Grundsatz, daß der Kunde König war.

Wie ein Allroundtalent im Baseball war Mona überall einsetzbar und erfüllte für fünfundzwanzig Dollar pro Stunde jeden Wunsch. Egal, was verlangt wurde, Mona tat es, solange der Preis stimmte.

Auf ihre Weise betrachtete sie sich sogar als Feministin. Schließlich war sie eine selbständige Geschäftsfrau, die sich ihre Arbeitszeit nach Belieben einteilen konnte. Und mit den Erfahrungen, die sie auf der Straße gesammelt hatte, hätte sie ein ganzes Buch füllen können.

Mona hatte ein festes Revier und einen großen Teil Stammkundschaft, da sie eine umgängliche Frau war, die vor, während und nach der Transaktion gleichermaßen freundlich blieb. Nach zehn Jahren im horizontalen Gewerbe wußte sie um die Vorteile, die einem wohlwollende Kunden verschaffen konnten.

Sie mochte – unabhängig von Wuchs, Wesen und Wünschen – eigentlich alle Männer, mit einer Ausnahme: Cops. Schon allein den Anblick eines Gesetzeshüters haßte sie wie die Pest. Cops waren nur darauf aus, sie daran zu hindern, ihr tägliches Brot zu verdienen. Wenn sie dies unter Einsatz ihres Körpers tat, war das schließlich ihre Sache. Aber ein Cop beförderte sie dafür aus purem Spaß an der Freud hinter Schloß und Riegel. Einmal war Mona im Gefängnis von ihren Zellengenossinnen grün und blau geprügelt worden. Die Schuld an dem Zwischenfall lastete sie einzig und allein dem Cop an, der sie eingelocht hatte.

Deswegen griff sie ohne zu zögern zu, als man ihr das Hundertfache ihres üblichen Preises anbot, damit sie sich mit einem Cop traf und ihm eine Mischung aus Lügen und Wahrheit auftischte.

Die Hälfte des Geldes hatte sie im voraus erhalten, es wurde an ihre Postfachadresse geschickt. Mona, gute Geschäftsfrau, die sie war, hatte das Geld sofort für sechs Monate festgelegt, um einen besseren Zinssatz zu erzielen. Diese Summe plus der ihr versprochenen zweiten Rate würden es ihr ermöglichen, den Winter in Miami zu verbringen.

Sie wußte nicht, von wem das Geld stammte, aber sie wußte, welchem Umstand sie den Auftrag zu verdanken hatte, nämlich ihrer ›Geschäftsbeziehung‹ zu Biff Stokey. Mona hatte sich ab und an etwas dazuverdient, indem sie sich von einer Horde maskierter Spinner bumsen ließ. Man wußte ja, daß Männer gerne alle möglichen seltsamen Spielchen spielten, und ihr machte so etwas nichts aus.

So hatte sie sich wie vereinbart mit Sheriff Rafferty in Verbindung gesetzt und ihm gesagt, daß sie über Informationen verfüge, die für ihn vielleicht von Interesse sein könnten.

Daraufhin hatten sie sich an einem Aussichtspunkt an der Route 70 verabredet. Mona duldete keinen Cop in ihrem Zimmer. Schließlich mußte sie auf ihren Ruf achten.

Als sie in ihrem zerbeulten Chevette angeknattert kam, wartete er bereits auf sie.

Für einen Cop sah er gar nicht schlecht aus, fand Mona, die im Geiste noch einmal ihren Text durchging. Sie kannte ihn in- und auswendig. Vielleicht sollte sie ihr Glück in Hollywood versuchen, statt nach Miami zu fahren, dachte sie lächelnd.

»Sind Sie Rafferty?«

Cam musterte sie von Kopf bis Fuß. In den knappen Shorts und dem engen Sonnentop wirkte sie schlank und langbeinig. Ihr kurzgeschnittenes Haar war an den Spitzen platinblond gefärbt. Sie hätte entschieden jünger gewirkt, als sie tatsächlich war, wären da nicht die tiefen Linien um ihren Mund und ihre Augen herum gewesen.

»Ganz recht.«

»Ich bin Mona.« Lächelnd griff sie in das kleine rote Täschchen, das sie bei sich trug, und förderte eine Virginia Slim zutage. »Hätten Sie mal Feuer?«

Cam holte eine Schachtel Streichhölzer hervor und riß eines an. Er wartete, bis sich eine vierköpfige Familie unter lautem Gezänk zu den Toiletten begeben hatte, dann fragte er barsch: »Nun, was haben Sie mir zu sagen, Mona?«

»War Biff wirklich Ihr Alter?«

»Er war mein Stiefvater.«

Mona kniff die Augen zusammen. »Klar, da besteht nun wirklich nicht die geringste Familienähnlichkeit. Ich kannte Biff ganz gut. Zwischen ihm und mir bestand eine Art – na, sagen wir mal, enge Geschäftsbeziehung.«

»Nennt man das heute so?«

Typisch Cop. Mona schnippte verstimmt etwas Asche zu Boden. »Ab und zu ließ er sich in der Stadt sehen, und dann stieg 'ne Party. Tut mir echt leid, daß er tot ist.«

»Wenn ich geahnt hätte, daß Sie ihm so nahestehen, dann hätte ich Sie zu seiner Beerdigung eingeladen. Jetzt mal zur Sache. Sie haben mich sicher nicht hierherbestellt, nur um mir zu sagen, daß Biff einer Ihrer Stammfreier war.«

»Ich wollte Ihnen nur mein Beileid aussprechen.« Der Kerl machte sie nervös. Sie kam sich vor wie eine Schauspielerin, die beim Theater vorsprechen soll. »Ich könnte einen kalten Drink vertragen. Da hinten stehen Getränkeautomaten.« Sie ließ sich auf der Mauer nieder und kehrte der herrlichen Berglandschaft den Rücken zu. Unter halbgeschlossenen Lidern warf sie ihm einen verführerischen Blick zu. »Spendieren Sie mir einen Drink, Rafferty? Aber bitte was Kalorienarmes, ich muß auf meine Figur achten.«

»Ich bin nicht zum Vergnügen hier.«

»Und ich finde, mit ausgetrockneter Kehle spricht sich's nicht so gut.«

Cam zügelte seine Ungeduld. Er hatte zwei Möglichkeiten: Entweder er kam ihr auf die harte Tour, hielt ihr seine Dienstmarke unter die Nase und drohte ihr, sie aufs Revier zu laden, oder er besorgte ihr den verdammten Drink und wiegte sie in dem Glauben, sie würde ihn an der Nase herumführen.

Mona zog an ihrem Glimmstengel, während sie ihm nachblickte. Er gehörte zu der Sorte Bullen, die eine Nutte zehn Meter gegen den Wind riechen konnte, selbst wenn sie Ordenstracht trug und das Vaterunser betete, das sah sie ihm an den Augen an. Sie würde sehr, sehr vorsichtig zu Werke gehen müssen, wenn sie sich die restlichen zwölfhundertfünfzig Piepen verdienen wollte.

Er kam mit einer Diätcola zurück, und Mona trank genüßlich einen großen Schluck. »Ich war mir zuerst gar nicht sicher, ob ich Sie überhaupt anrufen soll«, begann sie. »Ich kann Cops nicht ausstehen.« Irgendwie fiel ihr ihre Rolle leichter, wenn sie mit der reinen Wahrheit anfing. »Ein Mädchen in meinem Gewerbe muß zuerst an sich selbst denken.«

»Trotzdem haben Sie mich angerufen?«

»Ja, weil mir die Sache nicht mehr aus dem Kopf ging. Ich konnte meinen Kunden nicht mehr meine ungeteilte ... Aufmerksamkeit schenken.« Sie nahm einen tiefen Zug und ließ den Rauch wie ein Drache durch die Nasenlöcher entweichen. »Ich hab' in der Zeitung gelesen, was mit Biff passiert ist. Ist mir schwer an die Nieren gegangen; daß er totgeprügelt worden ist, meine ich. Er hat sich mir gegenüber immer sehr großzügig gezeigt.«

»Jede Wette. Und?«

Wieder streifte Mona die Asche ab. Die Familie von vorhin kam zurück, kletterte in einen Kombi und fuhr in nördlicher Richtung davon. »Ich wollte ja gar nicht mehr daran denken, aber ich konnte nichts dagegen machen. Es erschien mir so ungerecht, daß der arme Biff so leiden mußte. Sie wissen sicher, daß er in ein paar üble Geschäfte verwickelt war.«

»Welche Art von Geschäften?«

»Drogen.« Ohne ihn aus den Augen zu lassen, inhalierte

Mona langsam. »Ich sag's Ihnen gleich, ich hab' mit diesem Scheiß nichts am Hut. Ab und zu mal ein Joint, okay, aber keine harten Sachen. Ich hab' zu viele Mädchen gesehen, die daran kaputtgegangen sind, und dazu ist mir mein Körper zu schade.«

»Der ist Ihr Kapital und als solcher ein Heiligtum, ich weiß. Worauf wollen Sie hinaus, Mona?«

»Biff hat immer mit seinen kleinen Nebenverdiensten angegeben, besonders wenn er, nun ja, befriedigt war. Offenbar hatte er in D.C. einen Verbindungsmann sitzen, einen Haitianer. Biff machte für ihn den Muli, also den Kurier.«

»Hat der Haitianer auch einen Namen?«

»Biff nannte ihn René. Muß 'ne große Nummer gewesen sein, hatte ein tolles Haus, schicke Autos und immer 'nen Haufen Klasseweiber um sich rum.« Sie hatte sich in Fahrt geredet. »Biff wollte es unbedingt auch soweit bringen. Er sagte, wenn er ein einziges Mal auf eigene Faust ein Ding drehen könnte, würde er René nicht mehr brauchen. Als ich ihn zum letztenmal sah, erzählte er mir, er wäre selbst groß eingestiegen und würde in Kürze eine Ladung erwarten, die er ohne René an den Mann bringen wollte. Dann hat er noch groß getönt, daß er mit mir nach Hawaii fahren würde«, fügte sie hinzu, ihrer Fantasie freien Lauf lassend. Eine Reise nach Hawaii war schon lange ihr Traum. »Ein paar Tage später les' ich dann, daß er tot ist. Biff, meine ich.«

»Ja.« Cam musterte sie prüfend. »Warum rücken Sie damit erst jetzt heraus?«

»Wie ich schon sagte, ich bin kein großer Freund von Cops. Aber Biff war ein prima Kerl.« Um die Wirkung ihrer Worte noch zu verstärken, versuchte Mona, ein paar Krokodilstränen hervorzupressen, was ihr jedoch nicht recht gelingen wollte. »In der Zeitung stand auch, daß er ein Mädchen vergewaltigt und umgebracht haben soll, aber das leuchtet mir überhaupt nicht ein. Warum sollte Biff einen Teenager vergewaltigen, wenn er es sich leisten konnte, sich eine richtige Frau zu kaufen? Na, und da hab' ich mir überlegt, daß dieser René sie vielleicht beide umgelegt hat, und da Biff ein guter Kunde war und so, da dachte ich mir, das sollte ich jemandem sagen.«

Das klang alles sehr hübsch, fand Cam. Ausgesprochen plausibel. »Hat Biff mit Ihnen jemals über Religion gesprochen?«

»Religion?« Mona mußte ein Grinsen unterdrücken. Auf diese Frage hatte man sie vorbereitet und ihr die entsprechende Antwort eingeschärft. »Komisch, daß Sie mich das fragen. Dieser Bursche, dieser René, steckte bis zum Hals in so 'ner krankhaften Scheiße. Teufelsanbetung. Santa ... Santer ...«

»Santeria?«

»Genau, so nannte sich das. Santeria. Irgendein haitianischer Quatsch. Biff fuhr voll darauf ab. Fand es gruselig, und andererseits machte es ihn an. Ein paarmal brachte er schwarze Kerzen mit, und ich tat so, als wär ich 'ne Jungfrau. Fesselspielchen gehörten auch dazu.« Sie grinste. »Der Kunde kriegt das, wofür er bezahlt.«

»Natürlich. Hat er je davon gesprochen, es mit einer echten Jungfrau zu ... probieren?«

»Die Jungfräulichkeit wird heutzutage stark überbewertet, Sheriff. Wenn ein Mann harte Dollars auf den Tisch legt, erwartet er eine Frau mit Erfahrung. Biff stand auf die ungewöhnlicheren Positionen. Eine echte Jungfrau würde einfach nur mit geschlossenen Augen daliegen. Nein, wenn ich Sie wäre, würde ich diesen René mal unter die Lupe nehmen.«

»Das habe ich auch vor. Halten Sie sich weiterhin zur Verfügung, Mona.«

»Hey.« Sie strich sich über die Hüfte. »Ich bin immer verfügbar.«

Die Sache stank zum Himmel, fand Cam. Er hatte aus D.C. alle verfügbaren Akten über den Haitianer erhalten. René Casshagnol alias René Casteil alias Robert Castle hatte zwar ein ellenlanges Vorstrafenregister, aber nur einmal wegen Rauschgiftbesitz gesessen, obwohl er unzählige

Male festgenommen und verhört worden war. Die Liste der Straftaten, die ihm zur Last gelegt wurden, reichte von Hehlerei bis hin zu Waffenschmuggel, aber der Mann war clever genug, um sich jedesmal aus der Affäre zu ziehen. Im Moment machte er Urlaub in Disneyland, und es bedurfte mehr als nur der Aussage einer Hure, um ihn festzunageln.

Warum sollte ein großes Tier der Drogenbranche eine Ausreißerin entführen und ermorden? Wegen seiner irregeleiteten religiösen Überzeugung? Möglich, sinnierte Cam. Er konnte das Naheliegende nicht einfach ignorieren. Aber hätte ein Mann von der Erfahrung des Haitianers einen so schwerwiegenden Fehler wie die Exhumierung der Leiche begangen, nur um jemand anderen in Verdacht zu bringen? Dafür kannte sich ein Mann wie René mit den Ermittlungsmethoden der Polizei zu gut aus.

Trotzdem sah Cam einen Lichtblick. Seine nächste Aufgabe war es, die Verbindung zwischen Mona und Carly Jamisons Mörder zu finden.

Er schlug einen Schnellhefter auf und vertiefte sich in den Inhalt. Es war bereits Mitte Juni, und die Wochen gingen viel zu schnell ins Land. Gerade als er den Hefter wieder zuklappte, kam Bob Meese herein.

»Hallo, Cam.«

»Bob, was kann ich für dich tun?«

»Ich bin da auf etwas Seltsames gestoßen.« Mit dem Zeigefinger kratzte sich Bob an seiner beginnenden Glatze. »Du weißt ja, daß ich deiner Mama einen Haufen Zeug abgekauft habe – Möbel, ein paar Lampen, Porzellan. Sie ist schon auf dem Weg nach Tennessee, stimmt's?«

»Gestern ist sie abgefahren, mit dem Zug. Ist irgendwas mit den Sachen nicht in Ordnung?«

»So kann man es eigentlich nicht nennen. Ich hab' die große massive Kommode letztens aufpoliert, hab' schon einen Interessenten dafür. Ein sehr schönes Stück, Eiche, so um 1860, würde ich sagen.«

»Ein Familienerbstück.«

»Na ja, man mußte schon ein bißchen was daran tun.«

Bob trat unbehaglich von einem Fuß auf den anderen. Er wußte, wie empfindlich manche Menschen auf den Verkauf von Familienbesitz reagierten, aber er hatte gute Gründe, diese Posse weiterzuspielen. »Wie dem auch sei, ich nahm die Schubladen heraus, um sie abzuschmirgeln, und dabei stieß ich auf das hier.« Er zog ein kleines Büchlein aus der Tasche. »Ich wußte nicht recht, was ich davon halten sollte, also brachte ich es dir.«

Ein Sparbuch, stellte Cam fest, als er es untersuchte. Ausgestellt von einer Bank in Virginia. Ungläubig starrte er auf die Namen der Kontoinhaber.

Jack Kimball oder E.B. Stokey. Die erste Einlage belief sich auf sage und schreibe fünfzigtausend Dollar, die im Jahr vor Kimballs Tod eingezahlt worden waren. Das Jahr, in dem das Baugrundstück verkauft worden war. Auch nach Kimballs Tod hatte es noch weitere Einzahlungen und Abhebungen gegeben, die letzte in dem Monat, in dem Biff gestorben war.

Bob räusperte sich. »Ich wußte gar nicht, daß Jack und Biff geschäftlich miteinander zu tun hatten.«

»Aber es sieht ganz so aus, oder nicht?« Der Kontostand war bis zu der stolzen Summe von einhunderttausend Dollar angewachsen und dann nach der letzten Abhebung auf weniger als fünftausend gesunken. »Danke, daß du mir das Buch vorbeigebracht hast, Bob.«

»Ich hielt es für das beste.« Bob strebte zur Tür, er hatte es eilig, die Neuigkeiten zu verbreiten. »Wenn Biff noch am Leben wäre, dann würde er jetzt vermutlich bis zum Hals in der Scheiße stecken.«

»Da kannst du Gift drauf nehmen.« Cam blickte hoch und musterte den Antiquitätenhändler nachdenklich. »Ich nehme an, es würde nichts nützen, wenn ich dich bitte, diese Angelegenheit für dich zu behalten?«

Bob besaß den Anstand zu erröten. »Na ja, Cam, du weißt doch, daß ich den Mund halten kann, wenn es sein muß, aber Bonnie Sue stand direkt neben mir, als ich das Buch fand. Keine Ahnung, wem sie es schon erzählt hat.«

»War nur ein Gedanke«, murmelte Cam. »Trotzdem vielen Dank.« Er lehnte sich zurück, tappte mit dem Buch gegen seine Hand und fragte sich, ob er es Clare zeigen sollte.

Clare kam erst in der Abenddämmerung nach Hause; müde, verärgert und frustriert. Sie hatte sich fast eine ganze Stunde lang mit Lisas Chirurgen unterhalten. Die zweite Operation war glatt verlaufen, und Lisas Bein steckte in dem üblichen weißen Gipsverband, den ihre Eltern und Freunde sowie der größte Teil des Stationspersonals bereits unterschrieben hatten.

Diese Woche noch würde sie nach Philadelphia zurückkehren können, aber ihre Karriere als Ballerina war beendet.

Dr. Su war nicht dazu zu bewegen gewesen, auch nur einen Millimeter von seiner Prognose abzuweichen. Mit entsprechender Therapie – und wenn sie sich sehr schonte – würde Lisa wieder normal laufen und innerhalb vernünftiger Grenzen auch tanzen können, aber ihr Knie würde die Belastungen des Ballettanzes nicht verkraften.

Clare saß in ihrem vor ihrem Haus geparkten Wagen und starrte auf die Skulptur in der Einfahrt, die langsam Gestalt annahm.

Ach, verdammt!

Sie blickte auf ihre Hände hinab, öffnete und schloß sie langsam, dann drehte sie sie nach allen Seiten. Wie würde ihr zumute sein, wenn sie nie wieder arbeiten, nie wieder einen Schweißbrenner, einen Meißel oder eine Feile halten könnte?

Ausgebrannt würde sie sich fühlen. Leer. Tot.

Lisa hatte mit schmerzumflorten Augen im Bett gelegen, doch ihre Stimme hatte einen stählernen Klang gehabt.

»Ich glaube, ich habe es die ganze Zeit schon gewußt«, hatte sie gesagt. »Manchmal ist es leichter, wenn man Gewißheit hat; besser, als wenn man immer noch im stillen hofft.«

Nein, dachte Clare, als sie mit einem Satz aus dem Wagen sprang, ein Mensch ohne Hoffnung war bereits besiegt. Unter der Skulptur blieb sie stehen. Bis jetzt existierte erst die Silhouette der Frau, die sie einmal darstellen sollte; eine Frau mit hocherhobenen schlanken Armen, die Anmut und Grazie ausdrückten. Doch Clare sah vor ihrem geistigen Auge bereits die fertige Statue vor sich, und sie trug Lisas Gesichtszüge.

Das wäre eine Idee, überlegte Clare. Sie könnte dieser Figur Lisas Gesicht, ihre Anmut und ihren Mut verleihen. Die Augen blicklos auf den Boden geheftet, ging sie zum Haus.

Das Telefon klingelte, doch sie achtete nicht darauf. Sie wollte mit niemandem sprechen, schon gar nicht jetzt. Ohne sich die Mühe zu machen, das Licht anzuknipsen, ging sie durch die Küche ins Wohnzimmer, nur noch beherrscht von dem einen Wunsch, sich in das süße Vergessen des Schlafes zu flüchten.

»Ich habe auf Sie gewartet.«

Ernie, ein Schatten inmitten des Dunkels, erhob sich und blieb abwartend stehen.

Nach dem ersten Schreck beruhigte sich Clare etwas und blickte ihn streng an, wie eine Lehrerin, die einen ungezogenen Schüler tadelt. »Normalerweise wartet man draußen, bis man hereingebeten wird.« Sie streckte die Hand nach dem Lichtschalter aus.

»Nicht.« Mit einer raschen Bewegung legte er eine feuchte, klamme Hand über die ihre. »Wir brauchen kein Licht.«

In Clares Ärger schlich sich eine Spur von Furcht. Sie dachte daran, daß die Fenster offenstanden und einige laute Schreie die Nachbarn alarmieren würden. Und schließlich war er ja noch ein halbes Kind. Ein sexuell frustriertes, verstörtes Kind zwar, aber immerhin ein Kind.

Kein Mörder. Sie konnte es einfach nicht glauben. Wagte es nicht.

»Na gut, Ernie.« Verstohlen bewegte sich Clare so, daß die Couch zwischen ihnen stand. »Was soll dieser Überfall bedeuten?«

»Sie waren für mich bestimmt. Schon wie Sie mich angesehen haben!«

»Ich habe dich angesehen, wie man einen Freund anschaut, weiter nichts.«

»Sie waren für mich bestimmt«, wiederholte er. Sie war seine einzige Hoffnung, und vielleicht auch seine letzte. »Aber Sie haben sich Rafferty in die Arme geworfen, sich an ihn verschenkt.«

Das Mitleid, das in ihr aufgestiegen war, kühlte sich merklich ab. »Meine Beziehung zu Cam geht niemanden etwas an. Es ist einzig und allein meine Sache.«

»Nein. Sie gehören mir.«

»Ernie.« Geduld, mahnte sie sich. Geduld und Logik waren gefordert. »Ich bin zehn Jahre älter als du, und wir kennen uns erst seit ein paar Monaten. Außerdem wissen wir beide, daß ich nie irgend etwas gesagt oder getan habe, was dich auf den Gedanken hätte bringen können, ich wollte mehr von dir als bloße Freundschaft.«

Langsam schüttelte er den Kopf, seine dunklen Augen hefteten sich auf ihr Gesicht. »Sie sind zu mir geschickt worden. Mein Wunsch wurde mir gewährt.« Ein weinerlicher Ton schlich sich in seine Stimme und besänftigte Clare ein wenig.

»Ernie, du weißt doch selbst, daß das nicht wahr ist. Du hast dir da ein Traumbild aufgebaut, das in der Realität auf keinen Fall bestehen kann.«

»Ich habe die Statue gesehen, die Sie geschaffen haben. Den Hohenpriester. Baphomet.«

Erschüttert trat Clare abwehrend einen Schritt zurück. »Wovon redest du eigentlich? Hast du die Figur gestohlen?«

»Nein, das waren andere; Leute, die wissen, was Sie wissen. Sie haben es mit angesehen. Genau wie ich.«

»Was habe ich mit angesehen?«

»Ich gehöre dazu. Es gibt nichts, was ich dagegen machen kann. Ich gehöre dazu. Sehen Sie das denn nicht? Können Sie das denn nicht verstehen?«

»Nein.« Clare stützte sich mit einer Hand auf die Couchlehne. »Nein, das kann ich nicht verstehen, aber ich würde es gerne versuchen. Ich möchte dir helfen.«

»Ich dachte, es würde mir gefallen! Ich dachte, durch sie bekomme ich alles, was ich mir wünsche!«

Tränen quollen aus seinen Augen, aber sie brachte es nicht über sich, zu ihm zu gehen und ihn zu trösten. »Ernie, soll ich deine Eltern anrufen?«

»Wozu denn, zum Teufel?« Die Tränen verwandelten sich in Wut. »Was wissen die denn schon? Es interessiert sie ja auch nicht. Sie glauben, alles kommt wieder in Ordnung, wenn sie mich zu einem Psychiater schleifen. Das sieht ihnen ähnlich! Ich hasse sie, ich hasse sie alle beide.«

»Das meinst du doch gar nicht so.«

Ernie hielt sich, wie um ihre – und seine eigenen – Worte nicht mehr hören zu müssen, krampfhaft die Ohren zu. »Sie verstehen mich nicht. Keiner versteht mich, außer ...«

»Außer wem?« Sie trat einen Schritt auf ihn zu. Das Weiße seiner Augen schimmerte im dämmrigen Licht, und auf seiner Oberlippe, die er erst einmal pro Woche rasieren mußte, zeigten sich feine Schweißtröpfchen. »Setz dich, Ernie. Setz dich und erzähl mir alles. Ich werde versuchen, es zu verstehen.«

»Es ist zu spät. Es gibt kein Zurück mehr. Ich weiß, was ich zu tun habe und wo ich hingehöre.« Er wirbelte herum und rannte aus dem Haus.

»Ernie!« Sie folgte ihm, blieb jedoch auf halber Strecke stehen, als sie sah, daß er in sein Auto sprang. »Ernie, warte!« Als er an ihr vorüberraste, blickte sie verzweifelt über die Straße. In seinem Elternhaus war alles dunkel. Fluchend lief Clare zu ihrem eigenen Wagen. An Lisas Schicksal konnte sie nichts mehr ändern, aber vielleicht vermochte sie Ernie zu helfen.

Er bog auf die Main ab, wo sie ihn aus den Augen verlor. Wütend mit der Hand auf das Lenkrad schlagend, machte sie sich daran, sämtliche Nebenstraßen nach seinem Auto abzusuchen. Zehn Minuten später war sie drauf und dran, die Suche aufzugeben, zu *Rocco's* Pizzeria zu fahren und Ernies Eltern über den Zwischenfall zu informieren.

Dann entdeckte sie durch Zufall das auf dem Hinterhof von Griffith's Bestattungsinstitut geparkte Fahrzeug. Clare stellte ihr Auto direkt daneben. Prima, wirklich prima, dachte sie. Was hatte er hier zu suchen? Wollte er etwa einbrechen?

Ohne einen Gedanken an die Folgen ihrer Handlungsweise zu verschwenden, beschloß sie, hineinzugehen und ihn so schnell und leise wie möglich herauszuholen, um ihn zu seinen Eltern zu bringen.

Die Hintertür war unverschlossen. Clare öffnete sie vorsichtig, wobei sie gegen ihre instinktive Abneigung, einen Ort zu betreten, wo der Tod zum Alltag gehörte, ankämpfen mußte, schickte ein Stoßgebet zum Himmel, daß niemand erst kürzlich verstorben war, und schlüpfte hinein.

»Ernie?« flüsterte sie fragend. Ihre Stimme, die leise von den Wänden widerhallte, klang unwillkürlich ehrfürchtig. Sie bemerkte eine Eisentreppe, die nach unten führte. Da lag wohl der ... Lieferanteneingang, vermutete sie voller Unbehagen. »Verdammt, Ernie, was willst du hier?«

Plötzlich klickte es in ihrem Kopf, und sie dachte an den Symbolismus. Särge und Kerzen. Clare kannte die Selbstmordrate unter Teenagern, und Ernie war nun wahrlich der perfekte Kandidat dafür. Unentschlossen blieb sie oben an der Treppe stehen. Sie war kein Arzt, wußte nicht, wie man sich in einem solchen Fall verhielt. Wenn sie ihn nun nicht aufhalten konnte ...

Besser, sie machte sich auf die Suche nach Cam, entschied sie, obwohl sie sich wie ein Verräter vorkam. Doc Crampton wäre sogar noch geeigneter. Als sie sich zur Tür umdrehte, ließ sie ein Geräusch von unten zögern. Warum sollte ein halbwüchsiger Junge auf einen Cop hören – besonders wenn er diesen Cop nicht ausstehen konnte? Und sicherlich würde er auch auf den Rat eines Kleinstadtarztes keinen gesteigerten Wert legen. Wenn Ernie lediglich einen pubertätsbedingten Koller bekommen hatte, wie würde ihm dann wohl zumute sein, wenn er mit Polizeigewalt nach Hause gebracht würde? Sie erinnerte sich an seine Tränen, seine Verzweiflung, und seufzte resigniert.

Also würde sie erst einmal hinuntergehen und sehen, ob sie ihn finden konnte. Auch ohne spezielle Ausbildung konnte sie ihm gut zureden und ihn mit etwas Glück und Ausdauer auch beruhigen. Langsam, damit sich ihre Augen an die Dunkelheit gewöhnen konnten, stieg sie die Stufen hinunter.

Stimmen. Mit wem redete Ernie da bloß? fragte sie sich. Immerhin bestand die Chance, daß Charlie noch arbeitete – o Gott – und der Junge ihn überrascht hatte. Da würde sie wohl alles erklären, Charlie um den Bart gehen und die Wogen glätten müssen, um Ernie zu seinen Eltern zurückbringen zu können, bevor es richtigen Ärger gab.

Nein, das waren gar keine Stimmen, stellte sie fest. Musik. Orgelmusik von Bach. Vielleicht bevorzugte Charlie diese getragene Musik, um eine seiner Arbeit entsprechende Atmosphäre zu schaffen.

Sie gelangte in einen schmalen Korridor. Wandleuchter spendeten ein schwaches Licht, welches die Schatten nicht ganz zu besiegen vermochte. Wieder waren durch die Musik hindurch raschelnde Bewegungen zu hören. Clare streckte zögernd eine Hand aus und zog einen langen, schwarzen Vorhang beiseite.

Und der Gong ertönte.

Auf einem aufgebockten Sarg lag eine Frau. Clare hielt sie zuerst für tot, da ihre Haut in dem sanften Kerzenlicht wächsern wirkte, doch dann bewegte die Frau den Kopf, und Clare erkannte voller Grauen, daß sie am Leben war.

Die Frau hatte die Arme über ihren nackten Brüsten verschränkt und hielt in jeder Hand eine schwarze Kerze. Zwischen ihren gespreizten Beinen schimmerte ein silberner Kelch, bedeckt von einem Hostienteller voll kleiner schwarzer Brote.

Ein Dutzend Männer in langen, mit Kapuzen versehenen Gewändern befand sich in dem Raum. Drei von ihnen näherten sich jetzt dem Altar und verneigten sich ehrerbietig.

Eine körperlose Stimme stimmte einen lateinischen Sprechgesang an; eine Stimme, die Clare sofort wiedererkannte. Sie begann unkontrolliert zu zittern.

Das Umfeld stimmte nicht, dachte sie verstört. Damals

waren da Bäume gewesen, ein Feuer und der Geruch nach Rauch. Sie klammerte sich so krampfhaft an den Vorhang, daß sich ihre Knöchel weiß gegen den schwarzen Stoff abhoben, und verfolgte mit blicklosen Augen das Geschehen. Die Stimme, die sie aus ihren Alpträumen kannte, erfüllte den kahlen kleinen Raum.

»Im Angesicht des Herrschers der Nacht und aller Dämonen der Hölle verkünde ich, daß Satan mein einziger Gebieter ist. Ihr, meine Brüder, seid meine Zeugen: Hiermit schwöre ich Ihm erneut Gefolgschaft und ewige Treue und flehe Ihn an, mir meine Bitten zu gewähren. Und euch, meine Brüder, fordere ich auf, desgleichen zu tun.«

Einstimmig wiederholten die Männer an seiner Seite ihren Eid.

Es ist wahr, dachte Clare entsetzt, während der Vorbeter und seine Mitbrüder ihr Ritual in lateinischer Sprache fortsetzten. Alles war wahr. Der Traum, ihr Vater. Lieber Gott, ihr Vater! Und der ganze Rest.

Domine Satanas, Rex Inferus, Imperator omnipotens.

Der Zelebrant ergriff den Hostienteller, hob ihn zu seiner Brust, wo ein schweres silbernes Pentagramm auf seiner Robe glitzerte, und rezitierte heidnische Worte in einer längst vergessenen Sprache. Dann stellte er den Teller fort, wiederholte die Geste mit dem Kelch und stellte auch diesen an seinen alten Platz zwischen den schmalen bleichen Schenkeln der Frau zurück.

»O mächtiger Herr der Finsternis, blicke wohlwollend auf uns herab und nimm dieses Opfer in Gnaden an.«

Der schwere, süße Duft von Weihrauch versetzte Clare in ihre Kindheit zurück und erinnerte sie an die langen, formellen Heiligen Messen, die sie besucht hatte. Nur war dies hier wohl auch eine Messe, dachte sie schaudernd. Eine schwarze Messe.

»Dominus Infernus vobiscum.«

»Et cum tuo.«

Clares Körper schien plötzlich von einer Eisschicht umhüllt zu sein. Fröstelnd bot sie all ihre Willenskraft auf, um ihre Beine zu zwingen, ihr zu gehorchen. Sie wollte zurücktreten und fortlaufen, vermochte aber ihre starre Hand nicht von dem Vorhang zu lösen. Die eintönige Musik und der Weihrauch vernebelten ihr die Sinne, fast meinte sie, sich wieder in einem Traum zu befinden. Der Zelebrant hob die Arme und fuhr mit seiner Beschwörung fort. Seine tiefe, volltönende Stimme übte eine beinahe hypnotische Wirkung aus. Und plötzlich fügte sich alles ineinander. Obwohl sich ihr Verstand gegen diese Erkenntnis wehrte, wußte sie, wem diese Stimme gehörte.

»*Salve! Salve! Salve!*«

Der Gong wurde dreimal geschlagen.

Clare floh.

Sie dachte gar nicht daran, sich leise zu bewegen, ließ jegliche Vorsicht außer acht. Ihr von Panik überwältigtes Hirn befahl ihr, zu rennen, zu flüchten, zu überleben. Dieselbe Panik hatte sie vor vielen, vielen Jahren angetrieben, als sie hakenschlagend wie ein Hase durch die Büsche gehetzt war, zurück zum Auto ihres Vaters. Dort hatte sie dann gelegen, vor Schock am ganzen Körper flatternd, bis ihr Vater sie fand.

Schwaches, geheimnisvolles Licht floß durch den Korridor und warf unheimliche Schatten auf die Stufen. Einen Augenblick lang meinte sie, ihren Vater am Fuß der Treppe stehen zu sehen, die Augen vor Kummer umwölkt, die Hände blutverschmiert.

»Ich habe dir doch gesagt, das ist nichts für dich, Häschen. Kleine Mädchen haben an einem Ort wie diesem nichts zu suchen.« Er streckte die Arme nach ihr aus. »Es ist nur ein Traum, ein böser Traum. Bald hast du alles vergessen.«

Doch als Clare auf ihn zurannte, löste sich die Gestalt in Nichts auf. Schluchzend lief sie mitten hindurch und die metallenen Stufen hinauf. Schwarze, abgrundtiefe Hysterie hatte von ihr Besitz ergriffen, ein bitterer Geschmack breitete sich in ihrem Mund aus und verursachte ihr Brechreiz. Wie von Sinnen hämmerte sie gegen die Tür.

Sie saß in der Falle! Die Schweißtröpfchen auf ihrer Haut begannen rascher zu fließen und vereinigten sich zu Strömen, als sie die Tür mit den Fäusten bearbeitete. Ihr eigenes heiseres Flehen dröhnte in ihrem Kopf. Sie würden nach ihr suchen. Sie würden sie finden, und dann würde sie sterben. Wie Carly Jamison. Sie würden ihr wie jenem kleinen, vor Angst zitternden Ziegenbock die Kehle aufschlitzen.

Gerade als sie im Begriff war, laut zu schreien, fand sie die Türklinke und stolperte ins Freie, hinaus in die Nacht. Blinde Panik jagte sie über den dunklen Parkplatz, bis sie sich schwer atmend an einen Baum klammerte und ihre feuchte Wange gegen die Rinde preßte.

Denk nach, verdammt, befahl sie sich. Du mußt Hilfe holen. Geh zu Cam. Sie konnte zu seinem Büro laufen, aber sie fürchtete, ihre Beine würden sie nicht mehr tragen. Was, wenn er nicht da war? Nein, sie würde zu ihm nach Hause gehen. Dort würde sie in Sicherheit sein. Er würde ihr helfen.

Vorsichtig wie ein witterndes Tier blickte sie sich um und entdeckte ihr neben Ernies Wagen geparktes Auto. Das konnte sie hier nicht einfach stehenlassen, es war viel zu gefährlich. Sie trat einen Schritt zurück und wurde sofort von einer Welle der Übelkeit erfaßt. Clare biß die Zähne zusammen und setzte sich in Bewegung. Sie würde in ihr Auto krabbeln, zu Cam nach Hause fahren und ihm erzählen, was sie gesehen hatte.

Als die Scheinwerfer eines näherkommenden Autos sie erfaßten, erstarrte sie vor Schreck.

»Clare?« Dr. Crampton steckte den Kopf aus dem Fenster. »Clare, was um alles in der Welt tust du hier? Alles in Ordnung?«

»Doc?« Schwindelig vor Erleichterung wankte Clare auf seinen Wagen zu. Sie war nicht mehr alleine. »Gott sei Dank!«

»Was ist denn los?« Crampton schob seine Brille auf die Nase, musterte Clare forschend und stellte fest, daß ihre Pupillen stark vergrößert waren. »Bist du verletzt? Krank?«

»Nein. Aber wir müssen hier weg.« Verzweifelt schaute sich Clare nach der Hintertür um. »Ich weiß nicht, wie lange sie noch da unten bleiben.«

»Sie?« Die Augen hinter den glitzernden Brillengläsern blickten sie besorgt an.

»Bei Griffith. Unten. Ich habe sie gesehen. Die Roben, die Masken. Ich habe immer gedacht, es wäre nur ein Traum, aber es war Wirklichkeit.« Sie hob eine Hand und versuchte, ihre sich überschlagenden Worte zu ordnen. »Ich weiß, es klingt verworren. Ich muß sofort zu Cam. Können Sie hinter mir herfahren?«

»Du bist doch gar nicht in der Verfassung, dich ans Steuer zu setzen. Ich werde dich nach Hause bringen.«

»Ich bin okay«, erklärte sie, als er ausstieg. »Aber wir können nicht hierbleiben. Sie haben die kleine Jamison umgebracht und wahrscheinlich auch Biff. Sie sind gefährlich.« Zischend sog sie den Atem ein, als sie einen Einstich an ihrem Arm spürte.

»Ja, das sind sie.« In der Stimme des Doktors schwang ehrliches Bedauern mit, als er ihr die Droge injizierte. »Es tut mir sehr leid, Clare. Ich habe wirklich alles versucht, um dich davor zu bewahren.«

»Nein.« Clare versuchte sich loszureißen, doch ihr Blick trübte sich bereits. »O Gott, nein!«

Zweites Kapitel

Es mußte ein Traum sein. Im Traum fühlte man keinen echten Schmerz, und alle Stimmen klangen wie durch Watte. Sie mußte die Augen öffnen und aufwachen. Dann würde sie sich zusammengerollt auf ihrem Sofa wiederfinden, von dem Nachmittagsschläfchen noch leicht beduselt.

Doch als es ihr gelang, ihre bleischweren Lider zu heben, sah sie einen kleinen, mit schwarzen Vorhängen verkleideten Raum, und die Fratze Baphomets starrte auf sie herab. Voller Entsetzen versuchte sie, gegen die Wirkung der Droge anzukämpfen und die Beine zu bewegen, aber sie war an Hand- und Fußgelenken gefesselt worden. Der gellende Schrei, der ihren Verstand durchzuckte, kam als schwaches

Stöhnen von ihren Lippen. Da man sie nicht hören konnte, blieb ihr keine andere Wahl als stillzuliegen und zu lauschen.

»Hier kann sie jedenfalls nicht bleiben.« Charlie Griffith lief unruhig im Raum auf und ab. Er hatte die Kapuze abgenommen, die sein hellbraunes Haar und die sorgenvollen Augen verborgen hatte. »Solange sie hier ist, sind wir alle nicht sicher.«

»Laß unsere Sicherheit getrost meine Sorge sein. Habe ich mich nicht immer darum gekümmert?« Der Bürgermeister strich mit den langen, knochigen Fingern über sein silbernes Pentagramm. Um seine Lippen spielte ein leises, spöttisches Lächeln, aber Charlie war zu erregt, als daß es ihm aufgefallen wäre.

»Wenn sich der Doc nicht zufällig verspätet und sie draußen abgefangen hätte, dann ...«

»Er war aber zur rechten Zeit am rechten Ort«, schnarrte Atherton. »Wir stehen unter Seinem Schutz. Wie kannst du es wagen, daran zu zweifeln?«

»Ich ... das tue ich ja gar nicht ... es ist nur so, daß ...«

»Dein Vater war einer der Mitbegründer unserer Bruderschaft.« Atherton legte Charlie die Hand auf die Schulter, doch diese Geste war weniger tröstend als vielmehr drohend gemeint. »Du bist der erste Vertreter der neuen Generation, und ich verlasse mich auf deine Loyalität und Diskretion, Charles.«

»Gewiß, gewiß. Ich stelle diese Räume auch gerne für ein Ritual zur Verfügung, aber Clare hier gefangenzuhalten, das geht zu weit. Ich muß an meine Familie denken.«

»Wir alle denken an unsere Familien und an die unserer Brüder. Sie wird fortgeschafft werden.«

»Wann?«

»Heute nacht. Ich werde persönlich dafür sorgen.«

»James ...« Charlie zögerte, da er fürchtete, seine Worte könnten nicht nur seine Furcht, sondern auch seine geheimen Zweifel verraten. »Ich stehe treu zu dir, seit mein Vater mich vor über zehn Jahren zu euch gebracht hat. Aber Clare ... ich bin mit ihr zusammen aufgewachsen.«

Mit einer Bewegung, die einem Segen gleichkam, legte Atherton beide Hände auf Charlies Schultern. »Vernichte, ehe du selbst vernichtet wirst. So lautet das Gebot.«

»Ja, aber ... gibt es denn keinen anderen Weg?«

»Es gibt nur einen Weg – den Seinen. Ich glaube fest daran, daß sie für uns bestimmt ist. Wir wissen, daß es keine Zufälle gibt, Charles. Sie kam heute abend her, weil es so vorbestimmt war, und ihr Blut wird uns läutern, wird das Mal auslöschen, mit dem ihr Vater uns vor vielen Jahren brandmarken wollte. Sie wird das Opfer sein, das Ihn für den Verrat eines der Unsrigen versöhnt.« Athertons Augen glitzerten in dem schummrigen Licht. Freude und nackte Gier waren darin zu lesen. »Dein Sohn wird bald in unsere Gemeinschaft aufgenommen werden.«

Charlie leckte sich über die Lippen. »Ja.«

»Suche Trost in dem Wissen, daß die kommende Generation durch Seine Macht zu Wohlstand und Erfolg gelangen wird. Geh jetzt und überlaß diese Angelegenheit mir. Ich möchte, daß du die anderen beruhigst. In der Nacht der Sonnenwende werden wir zusammenkommen, das Opfer darbringen und stärker werden.«

»Gut.« Es gab keinen anderen Weg, und das Gebot ließ keinen Raum für Schuldgefühle oder Gewissensbisse. »Brauchst du noch Hilfe?«

Atherton lächelte, zufrieden, daß die Kraft seines Willens wieder einmal einen Wankelmütigen besiegt hatte. Andere zu beherrschen, das war seine ganz persönliche Droge. »Nein, Mick wird mir zur Hand gehen.«

Er wartete, bis Charlie hinter dem Vorhang verschwunden war, ehe er sich an Clare wandte. Er wußte, daß sie bei Bewußtsein war und zuhörte, und diese Tatsache erfüllte ihn mit tiefer Befriedigung. »Du hättest die Finger von dem Jungen lassen sollen«, meinte er im Plauderton. »Seine Seele gehört sowieso schon mir.« Er beugte sich zu ihr hinab, nahm ihr Gesicht in beide Hände und drehte es hin und her. »Deine Augen sind noch etwas glasig«, stellte er fest, »aber du verstehst, was um dich herum vorgeht.«

»Allerdings, jetzt verstehe ich alles.« Ihre eigene Stimme

klang wie aus weiter Ferne an ihr Ohr. »Sie waren es. All die Jahre immer nur Sie. Sie haben dieses arme Mädchen getötet.«

»Sie und andere. Der Gebieter fordert Blut.«

»Das glauben Sie doch wohl selbst nicht.«

Atherton schürzte die Lippen, wie er es oft tat, wenn er vor seiner Klasse stand. »Du wirst noch herausfinden, daß es ganz unwichtig ist, was ich glaube. Entscheidend ist, was *sie* glauben. Und sie werden dir, ohne mit der Wimper zu zucken, die Kehle durchschneiden, nur weil ich es ihnen befehle.«

»Warum?«

»Weil ich es genieße.« Er streifte seine Robe ab und lachte, als er das nackte Entsetzen in ihren Augen sah. »O nein, ich habe nicht vor, dich zu vergewaltigen, dazu fehlt mir sowohl Zeit als auch Lust. Aber es schickt sich nicht für den Bürgermeister, in anderer Kleidung als einem korrekten Anzug gesehen zu werden.« Ungerührt zog er ein Paar Boxershorts über seine mageren Beine.

»Sie sind am Ende«, fauchte Clare, an ihren Fesseln zerrend. »Sie haben zu viele Fehler gemacht.«

»Sicher, es wurden Fehler gemacht. Und wieder ausgemerzt.« Atherton schüttelte sein blütenweißes Hemd aus und untersuchte es auf Knitterfalten hin. »Der erste Fehler war dein Vater. Er hat mich schwer enttäuscht, Clare.«

»Mein Vater hat niemals einen Menschen getötet. Er hätte sich nie einer so perversen Gruppe angeschlossen.«

»Genau das hat er aber getan.« Atherton knöpfte sorgfältig sein Hemd zu, von unten nach oben. »Ein wertvolles Mitglied unserer Bruderschaft. So ein intelligenter, ehrgeiziger Mann, voll von Wissensdurst. Als er einer der Unseren wurde, brannte das Fieber so heiß in ihm, daß er mir so lieb war wie ein Bruder.« Der Bürgermeister ließ sich auf einem dreibeinigen Schemel nieder, um seine schwarzen Socken überzustreifen. »Es hat mich tief getroffen, als er sich von uns abwandte. Und wozu? Um sich einer nutzlosen, unsinnigen Religion hinzugeben.« Seufzend schüttelte er den Kopf. »Und was hat es ihm gebracht? Ich frage dich, was hat es ihm gebracht? Er hat sich dem Trunk und einem heuchlerischen Gerechtigkeitsempfinden ergeben, und das alles nur, weil er nicht bereit war, sich mit uns zusammen weiterzuentwickeln und nach höheren Mächten zu streben.«

In seiner oberlehrerhaften Art stützte er die Hände auf seine behaarten Oberschenkel und beugte sich zu ihr. »Ich habe die Menschenopfer nicht erfunden, meine Liebe. Es gibt sie schon seit Bestehen der Welt, und zwar nur deshalb, weil die Menschheit seit jeher den Drang zum Blutvergießen verspürt.« Er beobachtete sie. »Ich sehe, daß der Gedanke dich abstößt, so wie er Jack abgestoßen hat. Aber wenn du ganz ehrlich bist, mußt du dann nicht zugeben, daß dieser Abscheu eher eine Art Reflex ist?«

Clare konnte nur schwach den Kopf schütteln. »Wie viele? Wie viele Menschen haben Sie auf dem Gewissen?«

»Zahlen sind hier bedeutungslos, findest du nicht auch? Das erste Opfer war ein Test, den außer Jack jeder bestanden hat, und die Frau war schließlich nur eine Hure. Sie zu töten hatte einen eher symbolischen Wert. Vielleicht hätte Jack nicht so heftig, so negativ reagiert, wenn ich vorher mit ihm gesprochen und ihm die Gründe erklärt hätte. Nun, das habe ich allein zu verantworten.«

Er griff nach seinen dunklen Hosen mit den messerscharfen Bügelfalten. »Man könnte sagen, daß mich Jack wegen einer Frau verlassen hat, obwohl unsere Beziehung rein spirituell und niemals physisch war. Aber er verließ mich und kehrte zu seinen Rosenkränzen und seinem kalten, geschlechtslosen Gott zurück. Und ich habe ihm vergeben.« Atherton stand auf, zog den Reißverschluß hoch und hob seinen Gürtel auf. »Er konnte es nicht riskieren, mich zu verraten, ohne seine Familie zu gefährden. Wir haben schließlich einen Eid geleistet und mit Blut unterzeichnet. Also tat Jack weiterhin, was ihm befohlen wurde, solange er es aushielt.«

»Sie haben ihn bedroht.«

»Er wurde mit den Regeln vertraut gemacht, ehe er das Mal empfing. Ich glaube, die Sache mit dem Bauland hat den Ausschlag gegeben, obwohl ich das nicht verstehen konnte. Er erklärte mir, er wolle da nicht länger mitmachen. Dabei ging es doch nur um Geld. Dieses Geschäft sollte uns viel Geld und somit mehr Macht einbringen. Aber Jack schaute immer tiefer in die Flasche und konnte nicht mehr klar denken.«

Trotz ihrer Verzweiflung fühlte Clare einen Hoffnungsschimmer in sich aufkeimen. »Er wollte auspacken. Er wollte die Wahrheit über Sie und diese Sekte ans Licht bringen.«

»Ja, ich glaube, er war im Begriff, genau das zu tun. Oder er hoffte zumindest, den Mut dazu aufzubringen.« Atherton band sich seine grau-bordeauxrot gestreifte Krawatte um und schob sie sorgfältig unter den Kragen seines Hemdes. »Parker und Mick haben ihn aufgesucht, um ihn davon zu überzeugen, wie töricht dieser Entschluß war und welche Folgen er für alle Beteiligten haben würde. Wie ich hörte, war Jack logischen Argumenten einfach nicht zugänglich. Er wurde wütend, verlor die Beherrschung und, nun ja, den Rest kennst du ja.«

»Sie haben ihn umgebracht«, flüsterte Clare. »Mein Gott, sie haben ihn umgebracht.«

»Nun, meine Liebe, du kannst ja wohl kaum Parker oder Mick die Schuld daran geben, daß dein Vater diese Pfähle eingeschlagen hat. Den Sturz als solchen hätte er durchaus überleben können. Ich sehe darin eine gewisse Gerechtigkeit.« Er strich seine Krawatte glatt. »Jack fehlt mir auch heute noch.« Seufzend schlüpfte Atherton in sein Jackett. »Aber ich betrachte es als ein Zeichen, daß du nach Emmitsboro zurückgekehrt bist. Nun wird sich der Kreis schließen. Mit Jack habe ich einen Fehler gemacht. Er hätte dieselbe Strafe wie jeder andere Verräter auch erleiden sollen, aber aufgrund meiner Zuneigung zu ihm ließ ich mich dazu hinreißen, eine Ausnahme zu machen. Mit Hilfe deiner Person kann ich diesen Fehler nun wiedergutmachen.«

»Sie haben meinen Vater ermordet.«

»Nein, meine Liebe, ich war noch nicht einmal in seiner Nähe.«

»Sie haben ihn ermordet«, wiederholte Clare, heftig an ihren Fesseln zerrend. Am liebsten hätte sie Atherton angefallen wie ein wildes Tier, um ihm Zähne und Nägel ins Fleisch zu schlagen. Dieser jedoch nahm seelenruhig ein Tuch zur Hand und faltete es mehrfach, bis es seinen Zwecken entsprach.

»Leider werden wir dich während der Fahrt ruhigstellen müssen.«

»Fahren Sie zur Hölle!«

»Es gibt keine Hölle.« Lächelnd stopfte er ihr den Knebel in den Mund. »Außer der, die wir uns selber schaffen.«

Ohne erkennbare Gemütsregung trug Mick sie die Stufen empor und hinaus ins Freie, zu ihrem Wagen. Clare wand sich wie ein Aal und bäumte sich auf, aber es half ihr nichts. Als er sie auf den Beifahrersitz ihres eigenen Autos gleiten ließ, holte sie mit ihren gefesselten Händen aus, so weit sie konnte. Mick nahm den Schlag, der ihn an der Schulter traf, ungerührt hin und befestigte die Sicherheitsgurte.

»Es war sehr unachtsam von dir, den Schlüssel steckenzulassen.« Atherton nahm auf dem Fahrersitz Platz. »Emmitsboro ist zwar eine vergleichsweise friedliche Kleinstadt, aber ein solches Auto könnte immerhin die jungen Leute in Versuchung führen. Ein japanisches Modell, nicht wahr?« plauderte er angeregt weiter, während er den Sicherheitsgurt anlegte. »Ich persönlich achte darauf, nur amerikanische Erzeugnisse zu erwerben – zumindest nach außen hin.« Er ließ den Motor an. »Aber ich weiß die Macht zu schätzen, die einem der Besitz eines solchen Fahrzeuges verleiht. Die Fahrt wird nicht lange dauern, Clare, aber versuch doch, es dir trotzdem bequem zu machen.«

Atherton verließ den Parkplatz, bog links ab und fuhr Richtung Stadtgrenze. Zu seiner eigenen Unterhaltung drehte er an dem Radio herum, bis er einen Sender gefunden hatte, der klassische Musik spielte.

»Ein ausgezeichneter Wagen«, lobte er. »Fährt sich hervorragend. Ich beneide dich darum, meine Liebe. Aber natürlich kann ich es mir nicht leisten, ein so kostspieliges Auto zu fahren. Ein Mann mit meinen politischen Ambitionen muß einen etwas gemäßigteren Lebensstil pflegen.« Einen Moment lang dachte er an den Gouverneurssitz. »Mein Geld wandert auf Schweizer Konten – und ich investiere es in Immobilien. Durch Jack habe ich gelernt, wie wertvoll Land sein kann, und schon der bloße Besitz bereitet mir Vergnügen. Natürlich trage ich Mins Wünschen Rechnung, wo immer es möglich ist. Ein Mann könnte sich keine bessere Frau wünschen. Auf sexuellem Gebiet ist sie leider nicht sehr entgegenkommend, wenn ich es einmal so formulieren darf, aber die paar Dollar, die mich eine Hure kostet, sind ein geringer Preis für eine beständige, erfolgreiche Ehe, findest du nicht auch? Ach, entschuldige, du kannst ja nicht antworten.«

Er griff hinüber und entfernte den Knebel. »Schrei, soviel du willst. Hier hört dich keiner.«

Clare machte sich erst gar nicht die Mühe. Ihre Gedanken überschlugen sich fast. Mit gebundenen Händen, die noch dazu vom Sicherheitsgurt an ihren Körper gefesselt wurden, konnte sie noch nicht einmal versuchen, ihm ins Lenkrad zu greifen. Das war vielleicht auch besser so, dachte sie. Einen Autounfall würde sie eventuell nicht überleben, und überleben wollte sie, koste es, was es wolle. Am besten war es wohl, sie hielt Atherton weiterhin am Reden und achtete scharf darauf, in welche Richtung sie fuhren.

»Ihre Frau – weiß sie von dem, was Sie tun?«

»Min?« Auf Athertons Gesicht erschien ein liebevolles, nachsichtiges Lächeln. »Nun, ich schlage vor, wir lassen meine Min aus dem Spiel. Eine unserer Grundregeln lautet, unsere Frauen und Töchter nicht mit einzubeziehen. Wir sind sozusagen ein sehr exklusiver Männerverein. Du magst das ja sexistisch und diskriminierend finden, aber wir halten uns eher für wählerisch.«

»Ich kann nicht glauben, daß Dr. Crampton zu Ihnen gehört.«

»Er ist eines unserer Gründungsmitglieder. Du weißt

vermutlich nicht, daß er während seines Studiums ein kleines Drogenproblem hatte.« Er warf ihr einen flüchtigen Blick zu. »Wie dir inzwischen klargeworden sein dürfte, sind die Menschen nicht immer, was sie zu sein scheinen. Der gute Doktor hat mir in der letzten Zeit leider einige Probleme bereitet, aber nichts, womit ich nicht fertigwerde – zu gegebener Zeit.« Und es würde ihm ein ungeheures Vergnügen verschaffen, Crampton dieselbe Behandlung zuteil werden zu lassen, die Biff erfahren hatte. Danach würde keiner mehr übrig sein, der es wagte, seine Herrschaft in Frage zu stellen. »Es ist nicht sonderlich schwierig, Menschen zu finden, die andere Wege einschlagen wollen«, fuhr er fort. »Besonders dann nicht, wenn dieser andere Weg mit Sex, Geld, Drogen und einem Hauch von Machtgefühl verbunden ist.«

Mittlerweile ging es bergauf; sie fuhren eine steile, kurvenreiche Straße entlang, die durch ein weitgehend unerschlossenes Gebiet führte. Zu beiden Seiten lag dichter, undurchdringlicher Wald. Atherton trat das Gaspedal durch und beschleunigte auf fünfzig.

»Ein herrliches Auto. Es ist wirklich eine Schande, daß es verschrottet werden muß.«

»Verschrottet?«

»George von Jerry's Autowerkstatt erledigt derartige Dinge für uns. Wir werden den Wagen vorher ausschlachten, das entschädigt uns wenigstens etwas für Sarah Hewitts wertlosen alten Chevy.«

»Sarah? Sie haben ...?«

»Es ließ sich leider nicht vermeiden. Sie wußte mehr, als gut für sie war.«

»Und Biff?«

»Wurde hingerichtet.« Atherton lächelte. Er stellte fest, daß in der Möglichkeit, ungestraft von seinen Verbrechen zu berichten, auch eine Art von Macht lag. »Er konnte schlicht und ergreifend seinen Alkohol- und Drogenkonsum nicht mehr kontrollieren und übertrat unser Gebot, indem er erst einen der Unsrigen angriff und sich dann auch noch in aller Öffentlichkeit eine Schlägerei mit dem Sheriff lieferte. Schade um ihn, er war einer der ersten, die Menschenopfer forderten. Ein Egozentriker par excellence, den ich nur bewundern konnte. Er wollte Jane Rafferty für sich haben, und Mike Rafferty stand ihm dabei im Weg, also beseitigte er ihn.«

»Biff hat Cams Vater getötet?«

»Ein genialer Schachzug. Ich glaube, er hat Mike erst bewußtlos geschlagen und dann mit Hilfe von Ketten und Brechstangen den Traktor umgestürzt. Ein riskantes Manöver, sicher, aber was wäre das Leben ohne Risiko? Nun, und dann war er zur Stelle, um die trauernde Witwe zu trösten.«

Übelkeit stieg in Clare auf. Sie rutschte in ihrem Sitz nach unten und stieß mit dem Fuß an die Feile, die seit ihrem Besuch bei Annie vergessen dort lag. Mit wild klopfendem Herzen schob Clare sie zwischen ihre Füße. »Ihr Kult ist nur ein Vorwand zum Morden.«

»Kein Vorwand.« Atherton bog auf einen unbefestigten Weg ein und mußte Tempo wegnehmen, um den Schlaglöchern ausweichen zu können. »Aber ein Weg. Ein Weg, sich zu nehmen, was man begehrt. Jedes Mitglied unseres Zirkels hat, was es will und braucht – und mehr. Unsere Zahl wächst ständig, sowohl auf dem Land wie auch in der Stadt. Vor dreißig Jahren, als ich meinen Wehrdienst ableistete, war ich in Kalifornien stationiert und schlug dort die Zeit bis zu meiner Entlassung tot. Danach wartete ein langweiliges, unglückliches Leben auf mich. Doch dann kam ich mit einer Sekte in Kontakt, einer faszinierenden, jedoch überhaupt nicht durchorganisierten Gruppe, und ich erkannte, daß man mit Disziplin und Ausdauer eine solche Religion zu einem befriedigenden und profitablen Geschäft ausbauen konnte. Denk doch nur daran, wie mächtig und wie wohlhabend die Katholische Kirche ist. Wie dem auch sei, ich machte mir zu eigen, was mir nützlich war, und als ich nach Hause zurückkehrte, warb ich Gleichgesinnte an. Wundert es dich nicht, wie leicht man ehrenhafte Bürger in Versuchung führen kann?«

»Ich finde es abstoßend.«

Atherton lachte glucksend. »Zugegeben, man kann nicht jeden bekehren. Ich hatte große Hoffnungen in Cameron gesetzt, aber er erwies sich als ungeeignet. Ich fürchte, wir müssen ihn aus dem Weg räumen.« Als er den Ausdruck nackten Entsetzens in ihrem Gesicht bemerkte, lachte er noch lauter. »Keine Sorge, ich glaube nicht, daß wir Gewalt anwenden müssen. Ein bißchen Druck von höherer Stelle sollte ausreichen, damit er Emmitsboro verläßt. Ich habe bereits einige falsche Fährten gelegt. Er wird Biffs Mörder ganz woanders suchen, und solange das so bleibt, hat er von uns nichts zu befürchten. Aha, wir sind da.«

Die Straße hatte vielleicht eine halbe Meile steil bergan geführt. Sie hielten direkt vor einem hohen Tor, und Atherton summte Chopin-Melodien vor sich hin, während Mick aus dem Wagen hinter ihnen stieg, das Tor öffnete und die Flügel aufstieß.

»Mir ist gerade etwas eingefallen«, bemerkte Atherton, als er hindurchfuhr. »Du wirst für diesen Holzknoten jetzt keine Verwendung mehr haben. Zu schade. Ich hätte gerne gesehen, was du daraus machst.«

Clare hatte die Feile unbemerkt zwischen ihre Knöchel bugsiert. »Wollen Sie mich hier töten?«

»Aber nein, natürlich nicht. Als Jacks Tochter hast du ein Anrecht auf einen zeremoniellen Tod. Ich habe sogar beschlossen, zum Gedenken an ihn diesmal auf den sexuellen Teil zu verzichten.« Er hielt vor einer kleinen, niedrigen Hütte an. »Wir werden es dir bis zur Sonnenwende so bequem wie möglich machen.«

»Mir wird schlecht.« Clare sackte gekonnt in sich zusammen, die Feile fest zwischen ihren Knien haltend. Als Mick die Tür aufriß, ließ sie den Kopf nach vorne fallen. »Bitte, mir wird schlecht.«

»Drück ihr den Kopf zwischen die Knie«, befahl Atherton, als er die Tür an seiner Seite öffnete.

»Ganz ruhig, Clare.« Mick löste den Sicherheitsgurt. »Das alles tut mir sehr leid, aber wir können nicht anders.« Vorsichtig drückte er ihren Kopf nach unten.

In diesem Moment packte Clare die Feile mit ihren gefesselten Händen, riß sie hoch und stieß zu. Blut sprudelte aus Micks Brust, und er taumelte nach hinten, so daß ihr zweiter Stoß nur seinen Oberschenkel ritzte. »Du hast meinen Vater umgebracht, du Scheißkerl!«

Als Mick keuchend auf die Knie fiel, versuchte Clare, sich aus dem Wagen zu schlängeln, doch plötzlich explodierte ein greller Schmerz in ihrem Kopf, und sie brach zu Athertons Füßen zusammen.

Wo zum Teufel steckte sie bloß? Zum zweiten Mal an diesem Nachmittag streifte Cam durch Clares Haus. Sein gesunder Menschenverstand kämpfte mit der aufwallenden Panik. Sie konnte losgefahren sein, um einen Freund zu besuchen, oder sie konnte wieder Lust auf einen Flohmarktbesuch bekommen haben ...

Aber warum hatte sie nicht einmal angerufen?

Der Zettel, den er ihr auf den Küchentisch gelegt hatte, nachdem er gestern abend vorbeigekommen war – und zwei Stunden auf sie gewartet hatte – lag unberührt da. Ihr Bett war wie immer ungemacht. Er hatte keine Ahnung, ob sie darin geschlafen hatte oder nicht. Auch ihre Handtasche war da, aber das hatte nichts zu sagen, weil sie sich oft nur ein paar Geldscheine in die Hosentasche stopfte und losfuhr.

Vielleicht hatte er ihr wegen dieser Zeichnungen zu hart zugesetzt, und sie wollte eine Zeitlang allein sein.

Aber als sie das letztemal zusammengewesen waren, hatte kein Wölkchen ihr Glück getrübt. Cam saß am Küchentisch, kämpfte gegen sein rabenschwarzes Unbehagen an und erinnerte sich an ihre letzte gemeinsame Nacht.

Sie hatten engumschlungen auf dem Wohnzimmerteppich gelegen und den Songs von Bonnie Raitt gelauscht. Ein leichter Wind, Vorbote des nahenden Sommers, drang zusammen mit dem lieblichen Gesang eines Ziegenmelkers durch das geöffnete Fenster.

»Wann hast du denn deine Meinung geändert?« hatte er sie gefragt.

»Worüber?«

»Über unsere Heirat.«

»Ich habe meine Meinung nicht geändert.« Sie hatte sich auf ihn gerollt, die Arme über seiner Brust gekreuzt und ihr Kinn darauf gestützt. »Ich habe nur endlich einen Entschluß gefaßt.« Er erinnerte sich an ihr Lächeln. Ihre Augen hatten tiefgolden geschimmert. »Meine erste Ehe war ein fürchterlicher Reinfall, und das hat mich mißtrauisch gemacht. Nein ...« Sie hatte tief Atem geholt und sich gezwungen, ihre Worte sorgfältig zu wählen. »Es machte mich unsicher, weil ich der Meinung war, ich hätte alles gegeben. Aber das hatte ich nicht getan.«

»Am Scheitern einer Ehe trägt niemals nur ein Partner die Schuld.«

»Nein, wir haben beide Fehler gemacht, das ist mir inzwischen klar. Mein größter Fehler war wohl, daß ich nicht um diese Beziehung gekämpft habe. Als sich die ersten ernsten Schwierigkeiten abzeichneten, ließ ich den Dingen einfach ihren Lauf und zog mich in mich selbst zurück. Das habe ich mir nach dem Tod meines Vaters angewöhnt, aus reinem Selbstschutz. Eine ganz einfache Formel: Laß nichts an dich heran, und nichts kann dich verletzen. Nur bei dir klappt das nicht.«

»Also heiratest du mich nur, weil ich deine bislang bewährte Formel widerlege?«

»Nicht nur deshalb.« Sie hatte ihre Lippen auf seinen Hals gedrückt. »Ich liebe dich, Cam.« Ihr Mund brannte heiß auf seiner Haut. »Du solltest dich besser mit dem Bau dieser Garage beeilen.«

Seitdem hatte er sie nicht mehr gesehen.

Seine innere Unruhe trieb ihn hinaus in ihre Garage. Ihre Werkzeuge lagen so da, wie sie sie fallengelassen hatte, und warteten darauf, benutzt zu werden. Auf dem Arbeitstisch türmten sich Berge von Zeichnungen, und der Fußboden war mit Holzspänen übersät.

Wenn sie jetzt durch die Tür käme, würde sie ihn auslachen, weil er sich selbst verrückt machte. Und er müßte ihr dann wohl recht geben. Wenn seine Nerven nicht bis zum Zerreißen gespannt wären, hätte er an die Tatsache, daß sie einmal nicht zu Hause war, keinen zweiten Gedanken verschwendet. Aber ihm steckte das Gespräch mit Mona Sherman noch in den Knochen. Er war sich ziemlich sicher, daß er in eine Falle gelockt werden sollte.

Mona Sherman hatte gelogen oder zumindest die Wahrheit mit so vielen Lügen verfeinert, daß er das eine nicht mehr von dem anderen unterscheiden konnte. Und nun mußte er erst einmal beweisen, daß sie gelogen hatte, und dann den Grund dafür herausbekommen.

Aber all das hatte mit Clare nichts zu tun. Und er würde dafür sorgen, daß sich daran auch nichts änderte.

Ernie beobachtete, wie Rafferty zu seinem Wagen ging, einstieg und davonfuhr. Wie das Kind, das er so gerne wieder gewesen wäre, kroch er in sein Bett und zog sich die Decke über den Kopf.

Als Clare erwachte, war es dunkel. Da die Fensterläden fest verschlossen waren, konnte sie nicht erkennen, ob draußen Tag oder Nacht herrschte. Ein dumpfer, hämmernder Schmerz marterte ihren Kopf, und als sie sich bewegen wollte, stellte sie entsetzt fest, daß ihre Hände und Füße an die eisernen Bettpfosten gebunden waren.

Eine Welle blinder Panik schlug über ihr zusammen. Sie kämpfte wild gegen ihre Fesseln an, riß und zerrte an den Stricken, bis der sengende Schmerz die Angst überdeckte und sie verzweifelt in die muffigen Kissen schluchzte.

Sie wußte nicht, wie lange sie brauchte, um ihre Beherrschung zurückzugewinnen; es war ihr auch egal. Sie war allein. Wenigstens war Atherton um den Triumph gekommen, sie so völlig außer Fassung zu sehen.

Atherton. Der pflichtgetreue Bürgermeister von Emmitsboro. Ihres Vaters Freund. Der engagierte Lehrer und ergebene Ehemann. Es war seine Stimme gewesen, die sie vor so vielen Jahren vernommen hatte, seine Hand, die das Messer gehoben hatte, bereit, einen hilflosen Ziegenbock zu töten.

All die Jahre hatte er im Dienst der Stadt gestanden,

dachte sie benommen. Und all die Jahre hatte er die Stadt insgeheim zerstört.

Dr. Crampton. Der beste Freund ihres Vaters, ein väterlicher Freund für die kleine Clare. Der Gedanke an Alice erfüllte sie mit tiefer Verzweiflung. Wie sollte Alice jemals darüber hinwegkommen, wenn sie es erfuhr? Würde sie die schreckliche Wahrheit je akzeptieren können? Niemand verstand besser als Clare selbst, was es hieß, den Vater zu verlieren.

Ernie. Sie schloß die Augen und dachte kummervoll an dessen Mutter.

Aber für Ernie gab es noch eine Chance. Er hatte Angst, und Angst war eine starke Triebfeder. Vielleicht, nur vielleicht konnte sie ihn dazu bewegen, ihr zu helfen.

Ob sie Mick getötet hatte? Hoffentlich! Bitterer, giftiger Haß würgte sie in der Kehle und half ihr, wieder einen klaren Kopf zu bekommen. Ja, sie betete zu Gott, daß sie ihn umgebracht hatte. Wie wollte Atherton wohl den mysteriösen Tod des Deputys erklären?

Die Tränen waren versiegt, und gottseidank war auch die Panik abgeflaut. Vorsichtig drehte Clare den Kopf zur Seite und musterte ihre Umgebung.

Es gab einen Tisch und vier Stühle. Auf dem Boden lagen Zigarettenstummel verstreut. Clare nahm an, sie würde sich besser fühlen, wenn es ihr gelänge, an einem davon noch einmal zu ziehen.

Ein ekelhafter Gedanke, zugegeben, aber unter diesen Umständen durchaus normal, fand sie.

Wie zum Teufel kam sie bloß hier raus?

Sie drehte sich, soweit die Fesseln es ihr erlaubten, zur Seite, wobei sie vor Schmerz scharf den Atem einsog. Diese Schweine hatten ihr noch nicht einmal genug Bewegungsfreiheit gelassen, um sich aufzusetzen. Ihre Handgelenke waren so wundgescheuert, daß sie bluteten. Außerdem verspürte sie ein dringendes menschliches Bedürfnis.

Beinahe wäre sie in ein schrilles, hysterisches Gelächter ausgebrochen, doch sie zwang sich mit aller Kraft dazu, still liegenzubleiben und sich darauf zu konzentrieren, ruhig und gleichmäßig zu atmen, bis der Anfall vorbei war.

Ein Motorengeräusch von draußen brachte ihre mühsam zurückgewonnene Selbstkontrolle zum Erliegen, und sie schrie gellend um Hilfe, als sich die Tür öffnete und Dr. Crampton eintrat.

»Du wirst dich nur selbst verletzen, Clare.« Er hielt die Tür mit einem Stein offen, so daß Sonnenlicht und frische Luft in die Hütte dringen konnten. Clare blinzelte. In der einen Hand hielt er seine Arzttasche, in der anderen eine Papiertüte mit Aufdruck von McDonald's. »Ich habe dir etwas zu essen mitgebracht.«

»Wie können Sie nur so etwas tun? Dr. Crampton, Sie kennen mich seit meiner Geburt. Alice und ich sind zusammen aufgewachsen. Wissen Sie eigentlich, was Sie Ihrer Tochter antun? Welchen Schock es ihr versetzen wird, wenn sie herausfindet, was Sie getan haben? Was Sie sind?«

»Meine Familie geht nur mich etwas an.« Crampton legte Tasche und Tüte auf einen Stuhl und schob diesen zum Bett hin. Diesen Teil seiner Aufgabe haßte und verabscheute er von ganzem Herzen, und wenn er Atherton erst einmal die Macht abgerungen hatte, würde er dafür sorgen, daß sich die Gruppe wieder auf ihre ursprünglichen Ziele besann. Fehler dieser Art würde es keine mehr geben. »Du hast dir ja die Haut aufgeschürft.« Mißbilligend schnalzte er mit der Zunge, während er ihre Handgelenke untersuchte. »Möchtest du dir unbedingt eine Entzündung holen?«

Clare konnte nicht anders, sie mußte freudlos auflachen. »Ist es Ihre Gewohnheit, Ihren Opfern Hausbesuche abzustatten? Um uns am Leben zu erhalten, bis Sie Verwendung für uns haben? Sie sind ein wahrer Menschenfreund, Doc.«

»Ich bin Arzt«, erwiderte Crampton steif.

»Sie sind ein Mörder!«

Der Doktor stellte seine Tasche und die Lunchtüte auf den Boden und setzte sich. »Meine religiösen Überzeugungen beeinträchtigen mein Berufsleben nicht im geringsten.«

»Ihr sogenannter Glaube hat mit Religion nichts zu tun.

Sie sind ein sadistischer Psychopath, der hilflose Menschen vergewaltigt und tötet und das auch noch genießt.«

»Ich erwarte nicht, daß du mich verstehst.« Mit dem Geschick langjähriger Erfahrung öffnete Crampton seine Tasche und entnahm ihr eine frische Injektionsspritze. »Wenn ich ein Mörder wäre, dann würde ich dich hier und jetzt mit einer Überdosis töten.« Seine Augen blickten immer noch geduldig, ja, sogar freundlich auf sie herunter. »Du weißt, daß ich dazu niemals fähig wäre.«

»Ich weiß überhaupt nichts von Ihnen.«

»Ich bin derselbe Mensch wie früher.« Mit einem Stück Zellstoff desinfizierte er die Wunden. »Nur habe ich mich, wie die anderen auch, neuen Wegen geöffnet und dem sogenannten christlichen Glauben, der auf Heuchelei und Selbstverleugnung basiert, abgeschworen.« Er schob seine Brille auf die Nase, hielt die Spritze hoch und drückte versuchsweise ein Tröpfchen des Betäubungsmittels heraus.

»Bitte nicht.« Clares Augen konzentrierten sich auf die Spritze. »Bitte tun Sie das nicht!«

»Ich habe wunderbare Dinge gesehen, Clare, und glaube mir, ich weiß, daß Keuschheit und Askese einen Mann nicht zum ewigen Seelenheil führen. Aber unser Weg, der Weg der Wollust und der Zügellosigkeit, führt hin zur absoluten Macht.« Er lächelte sie an, doch in seinen Augen brannte ein Feuer, über das sie lieber nicht nachdenken wollte.

»Gleich geht es dir besser. Vertrau mir. Wenn du dich beruhigt hast, verbinde ich deine Wunden und gebe dir etwas zu essen. Ich möchte dich nicht unnötig quälen. Bald ist alles vorbei.«

Clare schrie auf und wehrte sich, so gut sie konnte, doch er hielt ihren Arm fest und ließ die Nadel vorsichtig unter ihre Haut gleiten.

Die Zeit hatte jegliche Bedeutung verloren. Clare nahm das Geschehen um sie herum wie im Nebel wahr. Die Droge hatte ihren Willen gelähmt. Widerstandslos ließ sie zu, daß

Dr. Crampton ihre Wunden säuberte und verband und dankte ihm sogar mit einem höflichen, leeren Lächeln, als er sie mit einem Hamburger fütterte.

Ihr Geist war in ihre Kindheit zurückgekehrt. Sie lag, angetan mit ihrem mit tanzenden Kätzchen bedruckten Nachthemd, krank im Bett. Richtig, sie hatte die Grippe, deswegen fühlte sie sich so elend. Wie im Traum schwebte sie an Dr. Cramptons Hand nach draußen, damit sie urinieren konnte, danach brachte er sie wieder ins Bett und befahl ihr zu schlafen. Gehorsam schloß Clare die Augen. Sie spürte nicht, daß er sie wieder fesselte.

Sie träumte von ihrem Vater. Er weinte. Saß am Küchentisch und weinte. Nichts, was sie sagte oder tat, schien ihn trösten zu können.

Dann war es Cam, der sie auf dem Küchenfußboden liebte. Ihr nackter Körper glänzte vor Schweiß, als sie sich über ihn rollte.

Aber plötzlich fand sie sich auf einer Art Altar wieder, an Händen und Füßen gefesselt, und ihr brennendes Verlangen hatte sich in eiskalte Furcht verwandelt. Und es war Ernie, der auf ihr lag.

Als sie erwachte, fröstelte sie, und ihr war speiübel. Sie drückte ihr Gesicht in die Kissen und suchte nach Worten, doch ihr fehlte die Kraft zum Beten.

»Seit gestern morgen ist sie nicht mehr gesehen worden.« Cam rieb sich mit der Hand über das Gesicht, während er mit der Staatspolizei telefonierte. »Ihr Haus war unverschlossen, und es ist offenbar nichts gestohlen worden. Kleidung, Schmuck, ihr Werkzeug und all ihre Papiere sind noch da.« Er verstummte, um einen Zug von seiner Zigarette zu nehmen, obwohl seine Kehle bereits wund war. »Ich habe mit ihrem Bruder und ihren Freunden gesprochen. Keiner hat etwas von ihr gehört.« Sein Magen krampfte sich zusammen, als er eine genaue Personenbeschreibung durchgab. »Weiblich, weiß, Alter achtundzwanzig, ungefähr einssiebzig groß. Wiegt so um die hundertfünfzehn Pfund. Rotes, schulterlanges Haar, Ponyfrisur. Bernsteinfarbene Augen. Nein, nicht braun. Bernsteinfarben. Keine besonderen Kennzeichen. Sie könnte mit einem roten Toyota, neuestes Modell, unterwegs sein. New Yorker Kennzeichen.«

Er bat den Trooper am anderen Ende der Leitung, alles noch einmal zu wiederholen. Als er einhängte, bemerkte er Bud Hewitt, der zögernd in der Tür stand. »Die halbe Stadt hält nach ihr Ausschau.« Da er nicht recht wußte, was er sagen sollte, deutete Bud auf die Kaffeekanne. »Möchtest du einen?«

Sein Blut dürfte inzwischen zu neunzig Prozent aus Koffein bestehen, schätzte Cam. »Nein, danke.«

»Hast du die Presse informiert?«

»Ja. Sie veröffentlichen ihr Bild.« Wieder rieb Cam sich über das Gesicht. »Verdammte Scheiße.«

»Du solltest versuchen, ein bißchen zu schlafen, du hast ja seit mindestens vierundzwanzig Stunden kein Auge zugetan.« Bud schob die Hände in die Hosentaschen. »Ich weiß, wie dir zumute ist.«

Cam blickte hoch. »Das glaube ich dir gerne. Ich werde noch mal durch die Stadt fahren. Hältst du hier die Stellung?«

»Klar. Mick hat sich wirklich die richtige Zeit ausgesucht, um krank zu werden. Wir könnten ihn brauchen.«

Cam nickte nur. »Wir bleiben in Funkkontakt.« Das Telefon klingelte, und er hob rasch den Hörer ab. Nach einem kurzen Gespräch hängte er wieder ein. »Ich hab' die Genehmigung, Mona Shermans Bankkonten zu überprüfen.«

»Soll ich das übernehmen?«

»Nein, dann hab' ich wenigstens etwas zu tun. In einer halben Stunde bin ich wieder da.«

Aber noch eine halbe Stunde später hämmerte Cam an die Tür von Mona Shermans Apartment.

»Ja doch, ja doch. Ich komm' ja schon.« Sie öffnete die Tür und blickte ihn aus verschlafenen Augen an, während sie hastig den Gürtel eines dünnen, blumenbedruckten Morgenmantels schloß. Noch ehe sie zu Wort kam, riß Cam die Tür ganz auf, stürmte ins Zimmer und knallte sie wieder hinter sich zu.

»Wir müssen uns noch mal unterhalten.«

»Ich hab' Ihnen schon alles gesagt, was ich weiß.« Mona fuhr mit der Hand durch ihr verstrubbeltes Haar. »Sie haben kein Recht, einfach so hier einzudringen.«

»Scheiß auf meine Rechte.« Er stieß sie grob auf einen Stuhl.

»Freundchen, es kostet mich nur einen Anruf bei meinem Rechtsanwalt, und du bist dieses niedliche Abzeichen los.«

»Nur zu. Ruf ihn an, Süße. Aber vergiß nicht, Beihilfe zum Mord zu erwähnen.«

Ihn argwöhnisch beobachtend, zupfte sie ihren Morgenmantel zurecht. »Ich weiß gar nicht, wovon Sie reden.«

»Schon mal 'ne Zeitlang im Knast gesessen, Mona?« Cam stützte sich auf die Stuhllehne und beugte sich zu ihr. »Und ich rede nicht von ein, zwei Nächten in Untersuchungshaft. Ich denke da eher an zehn oder zwanzig Jahre im Zuchthaus.«

»Ich hab' mir nichts zuschulden kommen lassen.«

»Du bist in der letzten Zeit zu 'ner Menge Geld gekommen, Süße. Clever von dir, die Kohle festzulegen. Bist ja ein richtiges Finanzgenie.«

»Na und?« Nervös leckte sie sich über die Lippen. »Das Geschäft lief gut.«

»Die erste Einzahlung erfolgte am Tag vor unserem Gespräch, die zweite am Tag danach. Komischer Zufall, nicht?«

»Wie das Leben so spielt.« Sie griff nach dem Zigarettenpäckchen, das neben ihr auf dem Tisch lag. »Ist das vielleicht strafbar?«

»Wo hast du das Geld her?«

»Ich sagte doch schon, daß ...« Sie brach abrupt ab, als er ihr eine Hand um den Hals legte und zudrückte.

»Ich bin ein vielbeschäftigter Mann, Mona, also verschwende nicht meine Zeit. Ich werde dir sagen, wie alles ablief. Jemand hat dich bezahlt, damit du mich auf eine falsche Fährte lockst. Dieser ganze Quatsch von dem Haitianer, der Biff angeblich umgebracht hat, weil der ihm ein Drogengeschäft versaut hat.«

»Biff war ein Muli, genau wie ich gesagt habe.«

»Er hat als Kurier gearbeitet, das glaube ich gerne. Zu mehr reichte sein bißchen Verstand nämlich nicht aus. Der ganze Rest ist allerdings erstunken und erlogen. Jetzt raus mit der Sprache. Wer hat dich dafür bezahlt, daß du mir Märchen erzählst?«

»Ich bin aus freien Stücken gekommen, weil ich helfen wollte.«

»Du wolltest helfen.« Cam wich ein Stück zurück, dann trat er mit voller Wucht gegen den Tisch, der krachend umstürzte und eine Lampe mit zu Boden riß. »Du wolltest helfen«, wiederholte er und stieß sie unsanft auf den Stuhl zurück, als sie aufspringen wollte. »Sie haben dich wohl nicht über mich informiert, was? Haben sie dir von meinem speziellen Problem erzählt? Weißt du, ich war lange Jahre als Cop in D.C. tätig, doch ich mußte den Job aufgeben und mich in eine Kleinstadt zurückziehen. Kannst du dir vorstellen, warum?«

Mona schüttelte den Kopf. Jetzt sah er nicht mehr wie der typische Cop aus, fand sie. Er wirkte eher gemeingefährlich.

»Nun, ich verliere leider sehr schnell die Beherrschung, vor allen Dingen dann, wenn ich angelogen werde. Das macht mich rasend.« Zur Bekräftigung griff er nach einer fast leeren Flasche Jim Beam und warf sie an die Wand, wo sie zerschellte. Starker Schnapsgeruch breitete sich im Zimmer aus. »Dann fange ich an, alles kurz und klein zu schlagen. Und wenn ich dann weiterhin angelogen werde, setzt es bei mir ganz aus. Einmal habe ich sogar einen Verdächtigen aus dem Fenster geschmissen.« Er warf dem Fenster hinter ihrer Schlafcouch einen vielsagenden Blick zu. »Wir befinden uns hier im dritten Stock, nicht wahr?«

»Sie ticken ja wohl nicht richtig. Ich rufe jetzt meinen Anwalt an.« Mona rappelte sich hoch und langte nach dem

Telefon. »Sie sind verrückt. Diesen Scheiß muß ich mir nicht bieten lassen.«

»Ja und nein.« Seine Hand schloß sich um ihr Handgelenk. »Ich bin verrückt, das ist richtig. Aber du mußt dir noch viel mehr bieten lassen. Mal sehen, wie weit du fliegen kannst.« Er zerrte die kreischende, sich sträubende Frau zum Fenster. Sie klammerte sich verzweifelt am Fensterbrett fest und sank in die Knie. »Ich weiß nicht, wer es war. Ich weiß es nicht.«

»Das reicht nicht.« Cam schlang einen Arm um ihre Taille.

»Ich weiß es nicht, ich schwör's! Er hat angerufen, mir aufgetragen, was ich sagen soll, und mir das Geld geschickt. In bar.«

Cam kauerte sich neben sie. »Ich will Namen hören.«

»Ich kenne nur den von Biff. Er war einer meiner Kunden, wie ich schon sagte.« Sie krabbelte von ihm fort, bis ihr Rücken die Wand berührte. »Vor ein paar Jahren erzählte er mir von diesem Club oder was immer das war. Er sagte, sie würden mir zweihundert Mäuse für eine Nacht bezahlen, also hab' ich's gemacht.«

»Wo fand das Spielchen denn statt?«

»Keine Ahnung.« Mit weit aufgerissenen Augen starrte sie ihn an. »Ich schwöre, ich weiß es nicht. Man hat mir immer die Augen verbunden. Gehörte wohl dazu, verstehen Sie? Biff holte mich ab, und wir fuhren aus der Stadt hinaus, irgendwo in die Wälder. Dann hielt er an, verband mir die Augen, und wir fuhren weiter. Nach einer Weile mußten wir dann zu Fuß weiter, in den Wald hinein. Er hat mir die Augenbinde erst abgenommen, als wir da waren. Sie haben da so 'ne Art Ritual zelebriert, Satanismus, na, Sie wissen schon. Aber im Grunde genommen wollten die Typen nur Sex und Nervenkitzel.«

»Beschreib mir die Männer.«

»Die trugen alle Masken, die ganze Zeit über. Außer Biff hab' ich nie einen gesehen. Sicher, die hatten 'ne Schraube locker, aber sie haben gut bezahlt. Alle paar Monate bin ich wieder hin.«

»Okay, Mona.« Er half ihr hoch, obwohl sie zusammenzuckte. »Setz dich und erzähl mir alles, was du weißt.«

Drittes Kapitel

Damit sie wenigstens etwas zu tun hatte, räumte Alice die Küche auf. Hinter ihr tigerte Blair unruhig auf und ab. Sie hatten eine lange Woche hinter sich, jeder von ihnen. Niemand glaubte daran, daß Clare einfach sang- und klanglos fortgegangen war. Das paßte zu jemandem wie Sarah Hewitt, aber nicht zu Clare. Es ergab keinen Sinn.

Die riesige Skulptur, an der sie gearbeitet hatte, stand immer noch draußen in der Einfahrt, wie ein Mahnmal. Die Leute gingen daran vorbei, blieben auch manchmal stehen und ließen ihren Spekulationen freien Lauf. Min Atherton hatte sogar Polaroidfotos davon geschossen, die sie in Betty's Schönheitssalon herumzeigte.

Der Bürgermeister hatte eine außerordentliche Gemeindeversammlung einberufen und eine Belohnung ausgesetzt. Und eine zu Herzen gehende Rede gehalten, erinnerte sich Alice. Kaum ein Auge im Saal war trocken geblieben. Der Bürgermeister stand, was seine rhetorischen Fähigkeiten betraf, einem Wanderprediger in nichts nach.

Der einzige, der keine Gefühlsregung gezeigt hatte, war der Sheriff gewesen. Regelrecht verhärmt hatte er ausgesehen, fand Alice jetzt. Ihr war klar, daß er seit Clares Verschwinden vor sechs Tagen kaum geschlafen und noch weniger gegessen hatte. Am Ende der Versammlung hatte er den Einheimischen und den Reportern, die in Scharen gekommen waren, Rede und Antwort gestanden. Sogar Journalisten aus D.C., New York und Philadelphia waren erschienen.

Alice hielt den Putzlappen unter den Wasserkran, wrang ihn aus und wischte die Arbeitsflächen sauber. Die drückende Hitze paßte eher zu den Hundstagen im August statt zum Juni, doch niemand war auf den Gedanken gekommen, die Klimaanlage einzuschalten. Clares Mutter und deren zweiter Ehemann sowie die LeBeaus hielten sich im Haus auf. Keiner beklagte sich über die Hitze.

Sie warf Blair einen mitfühlenden Blick zu und stellte bei sich verwundert fest, daß die langjährige Schwärmerei inzwischen dem Gefühl bloßer Freundschaft gewichen war.

»Soll ich dir rasch eine Kleinigkeit zu essen machen?« bot sie ihm an. »Ein Sandwich oder einen Teller Suppe?«

»Danke, später vielleicht. Ich dachte, Angie und Jean-Paul wären inzwischen zurück.«

»Sie müssen jeden Augenblick wiederkommen.« Alice hängte den Lappen über den Halter neben der Spüle. Sie kam sich furchtbar hilflos vor, da sie außer Schinkenbroten und Campbell's Huhn-und-Reis-Gerichten nichts anzubieten hatte. »Du mußt etwas essen, sonst klappst du noch zusammen. Ich werde schnell was herrichten. Die anderen haben bestimmt Hunger, wenn sie zurückkommen.«

Blair wollte sie erst unwirsch anfahren, besann sich dann jedoch eines Besseren. Alice wirkte ebenso hohläugig und mitgenommen wie sie alle. »Okay. Gute Idee.« Als ein Motorrad heranknatterte, stürzten beide wie von Furien gehetzt in die Garage. Noch ehe Cam absteigen konnte, war Blair schon an seiner Seite.

»Hast du Neuigkeiten?«

»Nein.« Cam rieb sich die verklebten Augen, ehe er mit gummiweichen Beinen von dem Motorrad kletterte. Er war fast den ganzen Tag unterwegs gewesen, um Seitenstraßen und alte Fuhrwege abzuklappern und die Waldgebiete wieder und wieder zu überprüfen.

»Ich mache jetzt ein paar Sandwiches«, sagte Alice entschieden. »Ehe du wieder losfährst, kommst du rein und holst dir eins, Cam. Ich meine es ernst. Dein Körper braucht Treibstoff, genau wie dieses Motorrad da.«

Cam lehnte sich gegen seine Maschine, während Alice eilfertig in die Küche lief. »Wie geht es deiner Mutter?« fragte er Blair.

»Sie ist ganz krank vor Sorge. Jerry fährt mit ihr durch die Gegend und sucht Clare.« Er blickte hilflos zu der

Skulptur, die hinter ihm aufragte. »Wie alle anderen auch. Himmel, Cam, es ist jetzt beinahe eine Woche her.«

Cam hätte sogar die genaue Anzahl der Stunden nennen können. »Wir gehen von Haus zu Haus, durchsuchen alles und befragen die Bewohner. Jetzt, da Mick wieder auf den Beinen ist, geht es etwas schneller.«

»Du glaubst doch nicht im Ernst, daß sie irgendwo in der Stadt festgehalten wird?«

»Mittlerweile halte ich alles für möglich.« Cam blickte über die Straße zu dem Haus der Butts'. Das würde er höchstpersönlich durchsuchen.

»Sie könnte auch schon ...«

»Nein.« Cams Kopf fuhr herum, und seine Augen sprühten Funken. »Nein, das ist sie nicht! Wir fangen hier an und teilen uns in Gruppen auf, damit bis hin zu den Bergen kein Eckchen ausgelassen wird.« Er senkte den Blick. »Ich habe nicht auf sie achtgegeben.«

Als Blair nur betreten schwieg, wußte Cam, daß sein Freund genauso dachte.

Blair blieb wie angewurzelt stehen und rang um Beherrschung, während sich Cam eine Zigarette anzündete. Seine Nachforschungen waren von Erfolg gekrönt gewesen. Er hatte inzwischen eine ziemlich klare Vorstellung von dem, was seiner Schwester zugestoßen sein könnte. Oder was ihr noch bevorstand. Er konnte es sich nicht erlauben, jetzt zusammenzubrechen. »Ich würde mich gerne einem Suchtrupp anschließen. Du hast zwar genug erfahrene Männer, aber ich kenne den Wald hier wie meine Westentasche.«

»Wir können jeden zusätzlichen Mann gebrauchen. Sind sogar auf ihn angewiesen«, berichtigte Cam. »Ich weiß bloß nicht mehr, wem ich vertrauen kann.« Nachdenklich schaute er zum Himmel. Es ging auf Mittag zu. »Weißt du eigentlich, was für einen Tag wir heute haben?« Er heftete seinen Blick wieder auf Blair. »Sommersonnenwende. Daran habe ich überhaupt nicht gedacht, bis ich es zufällig im Radio hörte.«

»Ich weiß.«

»Sie werden sich heute nacht treffen«, murmelte Cam. »Irgendwo.«

»Meinst du, sie würden dieses Risiko eingehen, trotz der Suchaktion und dem Wind, den die Presse macht?«

»Ja, weil sie sich von ihren Gewohnheiten nicht abhalten lassen wollen. Oder sich nicht abhalten lassen können.« Er kletterte auf sein Motorrad. »Da ist noch jemand, den ich dringend sprechen muß.«

»Ich komme mit.«

»Da fahre ich besser alleine hin.« Cam trat den Kickstarter. »Ich sag' dir dann Bescheid.«

»Das ist eine Zumutung! Ich finde es absolut empörend!«

»Es tut mir leid, Miz Atherton.« Bud ließ den Schirm seiner Kappe nervös durch die Finger gleiten. »Reine Routine, weiter nichts.«

»Ich empfinde es als beleidigend. Allein der Gedanke, daß Sie in mein Heim eindringen und es durchsuchen wollen, als wäre ich ein gewöhnlicher Verbrecher.« Min pflanzte sich in der Diele auf, ihr buntgeblümter Busen wogte. »Glauben Sie, daß ich Clare Kimball im Keller angekettet habe?«

»Nein, Ma'am, natürlich nicht. Ich entschuldige mich auch vielmals für die Unannehmlichkeiten, aber wir müssen jedes Haus in der Stadt durchsuchen.« Er stieß einen erleichterten Seufzer aus, als er den Bürgermeister die Treppe herunterkommen sah.

»Was geht denn hier vor?«

»Es ist eine Schande, James. Du wirst nicht glauben, was dieser Grünschnabel hier von uns verlangt.«

»Wir führen bei jedem Bewohner von Emmitsboro eine Hausdurchsuchung durch, Mr. Atherton, Sir.« Bud errötete. »Ich habe selbstverständlich einen Durchsuchungsbefehl.«

»Er hat einen Durchsuchungsbefehl!« Min plusterte sich auf wie eine plumpe, gereizte Henne. »Hast du das gehört, James? Also wirklich, das geht zu weit!«

»Aber, aber, Min.« Atherton legte seiner Frau beruhigend die Hand auf die Schulter. »Es geht um das Verschwinden von Clare Kimball, nicht wahr, Deputy Hewitt?«

»Ja, Sir.« Bud wuchs stets um einige Zentimeter, wenn Atherton ihn Deputy Hewitt nannte. »Die Durchsuchung richtet sich nicht gegen Sie persönlich, und es dauert auch nur ein paar Minuten. Ich muß mich lediglich im Haus umsehen und Ihnen ein paar Fragen stellen.«

»Setzen Sie einen Fuß in mein Haus, Bud Hewitt, und ich versohle Ihnen das Hinterteil mit einem Besenstiel!«

»Min.« Atherton drückte sanft ihre Schulter. »Der junge Mann tut nur seine Pflicht. Gerade wir müssen uns kooperationsbereit zeigen. Kommen Sie herein, Deputy, und sehen Sie sich vom Keller bis zum Dach um. Niemand sorgt sich mehr um Clare Kimball als meine Frau und ich.«

Er bedeutete Bud einzutreten, und der Deputy trat geschickt einen Schritt zur Seite, so daß Atherton zwischen ihm und Min stand. »Vielen Dank, Mr. Atherton.«

»Wir tun nur unsere Bürgerpflicht«, erwiderte dieser salbungsvoll. »Können Sie mir sagen, wie Sie vorankommen?«

»Wir haben noch keine Spur von ihr gefunden. Glauben Sie mir, Mr. Atherton, der Sheriff ist vor Sorge ganz außer sich. Ich schätze, er hat seitdem keine zwei Stunden am Stück mehr geschlafen.«

»Für ihn muß es eine schwere Belastung sein.«

»Ich weiß nicht, was er tut, wenn wir sie nicht finden. Immerhin haben die beiden schon von Heirat gesprochen, und er hat sogar einen Architekten kommen lassen, der Clare ein Studio bauen soll.«

»Tatsächlich?« Min witterte sofort neuen Klatsch. »Vielleicht hat das Mädchen kalte Füße bekommen und hat sich davongemacht.«

»Min ...«

»Nun, James, immerhin hat sie schon eine gescheiterte Ehe hinter sich. Es wäre nicht das erstemal, daß sich eine Frau dem Druck nicht mehr gewachsen fühlt.«

»Nein ...« Atherton strich sich nachdenklich über die Unterlippe. »Nein, vielleicht hast du recht.« Er tat den Gedanken mit einer Handbewegung ab, wobei er insgeheim hoffte, die Bemerkung möge auf fruchtbaren Boden gefallen sein. »Wir halten Deputy Hewitt von der Arbeit ab. Fangen Sie an, wo Sie wollen. Wir haben nichts zu verbergen.«

Annie hielt sich weder in ihrem Wohnwagen auf, noch konnte Cam sie an einem ihrer Lieblingsplätze finden. So blieb ihm nichts anderes übrig, als einen Nachbarn zu bitten, dafür zu sorgen, daß Annie blieb, wo sie war, wenn sie zurückkam.

Er drehte sich im Kreis, dachte er, als er in die Stadt zurückfuhr. Wie ein Hund, der seinem eigenen Schwanz nachjagt. Genau das hatten seine Gegner erreichen wollen, doch er wußte mehr, als diese ahnten. Er wußte zum Beispiel, daß das auf Kimball und Biff ausgestellte Sparbuch eine falsche Fährte war. Nur ob Bob Meese es wirklich zufällig gefunden oder ob er nur Anweisungen befolgt hatte, das wußte er nicht.

Er wußte, daß die Rituale regelmäßig abgehalten wurden, wenigstens einmal im Monat. Das hatte er schließlich aus Mona herausgequetscht. Aber wo?

Er wußte auch, daß sich dreizehn Männer daran beteiligten, das hatte er Clares Zeichnungen und Monas Aussage entnommen. Aber wer waren diese Männer?

Wenn man alles zusammenzählte, dachte er, als er vor Ernies Haus hielt, landete man wieder bei Null.

Das Schlimmste an der ganzen Sache war, daß er sich niemandem anvertrauen konnte, noch nicht einmal Bud oder Mick. Sogar in einer so kleinen Stadt wie Emmitsboro konnten dreizehn Männer leicht unerkannt bleiben.

Hoffentlich kam Ernie selbst an die Tür. Er war genau in der richtigen Stimmung, um aus dem Jungen ein paar Antworten herauszuprügeln. Aber es war Joleen Butts, die ihm öffnete.

»Mrs. Butts.«

»Sheriff?« Sie musterte ihn fragend. »Stimmt etwas nicht?«

»Wir führen Hausdurchsuchungen durch.«

»O ja, ich habe davon gehört.« Sie zupfte an ihrer Perlenkette herum. »Fangen Sie nur an, aber Sie müssen die Unordnung schon entschuldigen. Ich bin noch nicht zum Aufräumen gekommen.«

»Machen Sie sich deswegen keine Gedanken. Ihr Mann war uns bei der Suchaktion eine große Hilfe.«

»Ja, Will hilft immer, wo er nur kann. Vermutlich wollen Sie oben beginnen.« Joleen wollte vorangehen, doch dann blieb sie unverhofft stehen. »Sheriff, ich weiß, daß Sie viel um die Ohren haben, und ich möchte auch nicht wie eine überängstliche Mutter klingen, aber Ernie ... er ist letzte Nacht nicht nach Hause gekommen. Unser Therapeut behauptet, das sei ein typisches Verhaltensmuster, wenn man bedenkt, in welcher Verfassung Ernie momentan ist und wie er über mich und seinen Vater denkt, aber ich habe trotzdem Angst. Ich habe Angst, daß ihm etwas zugestoßen sein könnte. So wie Clare.« Sie stützte sich auf das Geländer. »Was soll ich nur tun?«

Auf dem Weg zur Stadtgrenze kam Cam an Buds Streifenwagen vorbei, winkte, hielt an und stieg ab, als sich Bud aus dem Fenster lehnte.

»Wo ist denn Mick?«

»Der überwacht die Suche auf der anderen Seite vom Gossard Creak.« Bud wischte sich mit seinem Taschentuch über die schweißfeuchte Stirn. »Vor zwanzig Minuten hatten wir noch Funkkontakt.«

»Seid ihr mit den Hausdurchsuchungen fertig?«

»Ja. Ohne Erfolg, tut mir leid, Cam.«

Cam schaute über ein Maisfeld. Ein Hitzeschleier waberte wie Nebel darüber hinweg. »Kennst du diesen Jungen, Ernie Butts?«

»Klar.«

»Was für ein Auto fährt er?«

»Einen roten Toyota-Pickup. Warum?«

Cam blickte Bud fest an. Er brauchte eine Vertrauensperson. »Ich möchte, daß du nach ihm Ausschau hältst.«

»Hat er was angestellt?«

»Ich weiß es noch nicht. Wenn du ihn siehst, halt ihn

nicht an. Schau, was er macht, aber halte ihn nicht an, sondern verständige mich sofort. Und nur mich, Bud.«

»Geht klar, Sheriff.«

»Ich hab' noch was zu erledigen.« Cam schaute hoch zum Himmel. Es mochte ja der längste Tag des Jahres sein, aber auch der dauerte nicht ewig.

Als Cam erneut vor Annies Wohnwagen parkte, versuchte Clare gerade, sich durch den dichten Nebel durchzukämpfen, den die Droge über ihren Verstand gedeckt hatte. Im Geiste rezitierte sie Gedichte, sang alte Beatles-Songs oder versuchte, sich an Kinderreime zu erinnern. Es war so furchtbar heiß und stickig in dem Raum – wie in einem Sarg. Aber nein, in einem Sarg mußte es kalt sein, dachte sie benommen, und was sie anging, so hatte sie ihre Laken bereits durchgeschwitzt.

Sie war sich nicht sicher, wie lange sie es noch ertragen konnte, im ewigen Dunkel zu liegen. Wieviel Zeit war inzwischen verstrichen? Ein Tag, eine Woche, ein Monat?

Warum kam denn niemand?

Man wurde nach ihr suchen. Cam, ihre Freunde, ihre Familie. Sie würden sie nicht im Stich lassen. Seit der Nacht, in der man sie hierhergebracht hatte, hatte sie außer Dr. Crampton niemanden zu Gesicht bekommen, und sie hätte noch nicht einmal sagen können, wie oft er an ihrem Bett gesessen und ein Betäubungsmittel in ihre Adern gejagt hatte.

Sie fürchtete nicht nur um ihr Leben, sondern auch um ihren Verstand. Mittlerweile war sie sich darüber im klaren, daß ihre Kräfte nicht mehr ausreichten, um sich gegen ihre Gegner zur Wehr zu setzen, egal was sie ihr auch antun mochten. Aber sie hatte furchtbare Angst, vorher den Verstand zu verlieren.

Allein. Im Dunkeln.

In ihren lichteren Momenten malte sie sich aus, wie sie fliehen, die ganze Gruppe auffliegen lassen und den Namen ihres Vaters reinwaschen würde. Aber die Stunden rannen in dieser schrecklichen, dunklen Stille träge dahin, und ihre Pläne verwandelten sich in unzusammenhängende Gebete. Sie flehte, daß jemand, egal wer, kommen und sie befreien möge.

Zu guter Letzt war es Atherton, der zu ihr kam, und als sie aufblickte und ihn sah, da wußte sie, daß sie keine weitere Nacht mehr hier im Dunkeln verbringen würde. Dies war die kürzeste Nacht des Jahres. Für jedermann.

»Es ist Zeit«, sagte Atherton sanft. »Wir müssen noch gewisse Vorbereitungen treffen.«

Sie war seine letzte Hoffnung. Cam wartete vor dem leeren Wohnwagen. All seine Hoffnung konzentrierte sich auf die Möglichkeit, daß Crazy Annie etwas wußte. Und daß sie, sollte sie etwas wissen, sich auch daran erinnerte.

Es war ein pures Glücksspiel, und er würde keine zweite Chance bekommen.

Alles war letztendlich auf sie beide hinausgelaufen, auf ihn und auf eine sechzigjährige Frau mit dem Verstand eines achtjährigen Kindes. Sie hatten bei weitem nicht soviel Hilfe von außerhalb erhalten, wie Cam es sich erhofft hatte, da er seinen Verdacht, daß es sich bei den Todesfällen um Ritualmorde handelte, nicht beweisen konnte. Er hatte lediglich beweisen können, daß Carly Jamison in einem Schuppen festgehalten, ermordet, begraben und wieder exhumiert worden war, um schließlich in einer Heuwiese aufgefunden zu werden. Die Tatsache, daß der Tote, der sie angeblich auf dem Gewissen hatte, noch Komplizen gehabt haben mußte, bewies noch lange nicht, daß in der Gegend eine mordlüsterne Sekte ihr Unwesen trieb – jedenfalls nicht in den Augen der Staatspolizei. Sie hatten Männer und Hubschrauber zur Verfügung gestellt, um die Suche nach Clare voranzutreiben, aber auch sie hatten nichts erreichen können.

Die Zeit lief ihm davon, das wußte er. Je tiefer die Sonne am Himmel sank, desto stärker fror er innerlich, bis er sich fragte, ob seine Knochen bei Einbruch der Nacht wohl aus purem Eis bestehen würden.

Ene, mene, muh, und aus bist du, dachte er völlig zusammenhangslos.

Er hatte zwar das Beten nicht verlernt, doch seit seinem zehnten Lebensjahr, als die sonntägliche Messe sowie die monatliche Beichte, bei der ihm, um seine sündige junge Seele zu läutern, ständig Vaterunser und Rosenkränze auferlegt wurden, nicht mehr viel Zeit darauf verschwendet.

Doch jetzt betete er so inbrünstig wie nie zuvor, während sich der Himmel langsam rötlich verfärbte.

»*O what a beautiful morning, o what a beautiful day*«, sang Annie, die über die Hügel näherkam, aus vollem Halse. »*I got a beautiful feeling, everything's going my way.*«

Sie schleifte wie üblich ihren Sack hinter sich und blickte erstaunt auf, als Cam die letzten Meter auf sie zugerannt kam. »Annie, ich hab' auf dich gewartet.«

»Ich war spazieren. Herrjeh, ist das heiß. Der heißeste Tag meines Lebens.« Ihr kariertes Kleid war am Kragen schweißdurchtränkt. »Ich hab' zwei Zehner und einen Vierteldollar und eine kleine grüne Flasche gefunden. Wollen Sie mal sehen?«

»Jetzt nicht. Ich möchte dir etwas zeigen. Komm, setz dich.«

»Wir können reingehen. Ich hab' Plätzchen da.«

Cam verbarg seine Ungeduld hinter einem Lächeln. »Ich habe im Moment gar keinen Hunger. Willst du dich nicht mit auf die Stufen setzen, damit ich es dir zeigen kann?«

»Gute Idee. Ich bin ganz lange gelaufen, und meine Beine sind müde.« Annie kicherte vergnügt, dann hellte sich ihr Gesicht freudig auf. »Sie haben Ihr Motorrad dabei! Kann ich mitfahren?«

»Ich mach' dir einen Vorschlag: Wenn du mir helfen kannst, dann fahren wir beide bald einmal spazieren, den ganzen Tag lang, wenn du willst.«

»Ehrlich?« Annie tätschelte den Lenker. »Versprochen?«

»Großes Indianerehrenwort. Komm, Annie, setz dich.« Er nahm die Zeichnungen aus der Satteltasche. »Ich möchte dir ein paar Bilder zeigen.«

Annie machte es sich auf den gelben Stufen bequem. »Ich mag Bilder gerne.«

»Ich möchte, daß du sie dir ganz genau anschaust.« Cam setzte sich neben sie. »Machst du das?«

»Ja.«

»Und nachdem du sie dir angeschaut hast, möchte ich, daß du mir sagst, ob du diesen Ort kennst. Okay?«

»Okeydokey.« Über das ganze Gesicht grinsend, schaute Annie auf die Zeichnungen, und augenblicklich verfinsterte sich ihr Gesicht. »Diese Bilder gefallen mir nicht.«

»Sie sind wichtig.«

»Ich will sie mir nicht anschauen. Ich hab' viel schönere Bilder drinnen. Soll ich sie Ihnen zeigen?«

Cam ignorierte seinen rasenden Puls und den Drang, ihr die Hände um den Hals zu legen und sie zu schütteln. Sie wußte, wo der bewußte Platz war. Er las sowohl Wiedererkennen als auch Furcht in ihren Augen. »Annie, du mußt sie dir ansehen. Und du mußt mir die Wahrheit sagen. Du hast diesen Ort schon einmal gesehen.«

Annie preßte die Lippen fest zusammen und schüttelte den Kopf.

»Doch, das hast du. Du warst dort. Du weißt, wo das ist.«

»Das ist ein böser Ort. Ich gehe da nicht hin.«

Cam vermied es bewußt, sie zu berühren, da er fürchtete, sich dann nicht mehr beherrschen zu können und ihr seine Finger ins Fleisch zu bohren. »Warum ist das denn ein böser Ort?«

»Ist es einfach. Ich will nicht darüber reden. Ich gehe jetzt rein.«

»Annie. Annie, sieh mich an. Na komm schon, sieh mich an.« Er rang sich ein Lächeln ab, als sie zaghaft hochblickte. »Wir sind doch Freunde, oder nicht?«

»Doch, Sie sind mein Freund. Sie lassen mich immer mitfahren und kaufen mir Eis.« Sie lächelte ihn hoffnungsvoll an. »Es ist schrecklich heiß. Ein Eis wäre jetzt prima.«

»Freunde helfen sich gegenseitig, und sie vertrauen sich. Ich muß alles über diesen Ort wissen, und du mußt es mir sagen.«

Annie zögerte unschlüssig, von ihrer Furcht und dem

Wunsch zu helfen hin- und hergerissen. Die Entscheidungen, die sie traf, waren immer ganz einfach: aufstehen oder zu Bett gehen, nach Westen oder nach Osten laufen, jetzt essen oder später. Doch die Entscheidung, vor die sie nun gestellt wurde, verursachte ihr Höllenqualen. »Aber Sie verraten es niemand?« flüsterte sie schließlich.

»Nein. Du kannst mir vertrauen.«

»Da gibt es Monster«, murmelte sie ihm verschwörerisch zu, ein gealtertes Kind, das ein Geheimnis weitergibt. »Nachts kommen sie dahin und machen böse Sachen.«

»Wer?«

»Die Monster in den schwarzen Kleidern. Sie haben Tierköpfe, und sie machen schlimme Sachen mit Frauen, die nichts anhaben. Und sie machen Hunde und Ziegen tot.«

»Hast du da das Armband gefunden? Das Armband, das du Clare gegeben hast?«

Annie nickte. »Eigentlich darf ich gar nicht darüber sprechen, weil man nicht an Monster glauben soll. Die gibt es nur im Fernsehen. Wenn man über Monster spricht, glauben die Leute, man ist verrückt, und dann wird man eingesperrt.«

»Ich halte dich nicht für verrückt, und ich werde nie zulassen, daß man dich einsperrt.« Jetzt strich er ihr doch über das Haar. »Aber du mußt mir unbedingt sagen, wo dieser Ort ist.«

»Im Wald.«

»Wo genau?«

»Da drüben.« Sie deutete vage ins Leere. »Über die Felsen weg und dann durch die Bäume durch.«

Also in einem kilometerlangen Gebiet, das nur aus Felsen und Bäumen bestand. Cam holte tief Atem und bemühte sich, ruhig weiterzusprechen. »Annie, du mußt mir die Stelle zeigen. Kannst du mich hinführen?«

»O nein.« Entsetzt sprang Annie auf, so schnell es ihre Körperfülle zuließ. »Nein, ich geh' da jetzt nicht hin. Es wird bald dunkel, und wenn es dunkel ist, kommen die Monster.«

Cam ergriff ihre Hand und hielt sie fest, damit die Armbänder aufhörten zu klirren. »Annie, erinnerst du dich an Clare Kimball?«

»Sie ist weggegangen. Keiner weiß, wohin.«

»Ich glaube, daß jemand sie weggeschleppt hat, Annie. Sie wollte nämlich gar nicht gehen. Vielleicht bringen sie sie heute nacht an diesen Ort und tun ihr weh.«

»Sie ist hübsch.« Annies Lippen begannen zu zittern. »Sie hat mich besucht.«

»Ja. Sie hat dies hier für dich gemacht.« Er tippte auf das Armband an ihrem Handgelenk. »Hilf mir, Annie. Hilf Clare, und ich verspreche dir, daß ich die Monster verscheuche.«

Ernie war stundenlang ziellos durch die Gegend gefahren, weg von der Stadt, auf die Autobahn und dann über Landstraßen zurück. Er wußte, daß seine Eltern vor Sorge außer sich waren, und zum erstenmal seit langer Zeit dachte er wieder voller Sehnsucht und Bedauern an sie.

Er wußte, was die heutige Nacht für ihn bedeutete. Sie würde ein Test sein, der letzte für ihn. Sie wollten ihn rasch und mit Leib und Seele in ihre Gemeinschaft aufnehmen, so daß er durch Blut, Feuer und Tod auf ewig an sie gekettet war. Er hatte daran gedacht, einfach fortzulaufen, aber er hatte niemanden, zu dem er sich flüchten konnte. Für ihn gab es nur einen Weg, und dieser Weg führte zu einer kleinen Lichtung im Wald.

Es war seine Schuld, daß Clare heute nacht sterben mußte. Er wußte es, und dieses Wissen fraß ihn innerlich auf. Die Lehren, denen er sich verschrieben hatte, ließen keinen Raum für Reue oder Gewissensbisse. Aber sie würden ihn reinwaschen. An diesen Gedanken klammerte er sich, als er seinen Wagen wendete und seinem Schicksal entgegenfuhr.

Bud kam an dem Toyota vorbei und warf ihm einen geistesabwesenden Blick zu, ehe in seinem Hirn eine Glocke anschlug. Leise fluchend schaltete er sein Funkgerät ein.

»Wagen Eins, hier ist Wagen Drei, bitte kommen.« Da er außer statischem Rauschen nichts empfing, versuchte er es noch einmal. »Na mach schon, Cam, melde dich. Bud hier.«

Scheiße auf dem Scheunendach, schimpfte er erbittert in sich hinein. Der Sheriff war nicht zu erreichen, und er, Bud, mußte einen Halbwüchsigen verfolgen, der weiß Gott wohin wollte. Doch trotz seines Ärgers befolgte er pflichtgetreu seine Anweisungen und hielt sich in sicherem Abstand von Ernies Wagen.

Es dämmerte bereits, und die Rücklichter des Pick-ups schimmerten blaßrot vor ihm.

Als der Wagen in einen Waldweg einbog, fuhr Bud an den Straßenrand und hielt an. Wo zum Teufel wollte der Kerl hin? Dieser alte Holzfällerweg führte geradewegs in den Wald, und der Toyota verfügte nicht über Allradantrieb. Aber da der Sheriff ihm aufgetragen hatte, den Jungen im Auge zu behalten, würde er das auch tun.

Bud entschied sich dafür, zu Fuß weiterzugehen. Er griff nach seiner Taschenlampe, dann zögerte er einen Moment. Der Sheriff würde garantiert behaupten, er habe nur Cowboy spielen wollen, aber trotzdem schnallte sich Bud sein Pistolenhalfter um. So, wie die Dinge standen, würde er nicht unbewaffnet in den Wald gehen.

Als er den Weg erreichte, sah er Ernies Wagen dort stehen. Ernie selbst lehnte sich dagegen, als würde er auf etwas – jemanden – warten. Bud dachte noch, daß dies die erste Beschattung war, die er selbständig durchführte, dann schlich er ein Stück zurück und kauerte sich in einen ausgetrockneten Wassergraben.

Ernie und er hörten die sich nähernden Schritte zur gleichen Zeit. Der Junge stieß sich vom Wagen ab und ging auf die beiden Männer zu. Bei deren Anblick hätte sich Bud beinahe durch einen überraschten Aufschrei verraten, da er in ihnen Doc Crampton und Mick erkannte.

Zufrieden registrierte Ernie, daß die beiden diesmal keine Masken trugen. Kopfschüttelnd lehnte er den mit Drogen versetzten Wein ab.

»Das brauche ich nicht. Ich habe den Eid geleistet.«

Nach einem Augenblick nickte Crampton und nippte selbst an dem Wein. »Aber ich ziehe es vor, mein Bewußtsein zu erweitern.« Dann bot er Mick den Kelch an. »Das wird die Schmerzen ein wenig lindern. Die Brustwunde heilt gut, ist aber ziemlich tief.«

»Die verdammte Tetanusspritze war fast genauso schlimm.« Auch Mick trank einen Schluck. »Die anderen warten. Es ist bald Zeit.«

Bud harrte in seinem Versteck aus, bis die drei zwischen den Bäumen verschwunden waren. Die ganze Szene kam ihm unwirklich vor. Er konnte einfach nicht glauben, was er da gesehen hatte. Flüchtig blickte er zur Straße zurück und rechnete sich aus, wie lange es dauern würde, zum Auto zurückzukehren und zu versuchen, Funkkontakt zu Cam zu bekommen. Sogar wenn er Cam erreichen würde, hätte er inzwischen die drei aus den Augen verloren.

Also kroch er aus dem Graben und folgte ihnen.

Man hatte ihr die Kleider fortgenommen, doch war Clare ohnehin bereits jenseits allen Schamgefühls. Diesmal stand sie nicht unter Drogen, denn Atherton hatte sie wissen lassen, er wolle, daß sie die Vorgänge um sie herum bei vollem Bewußtsein miterlebe. Sie konnte schreien, betteln und um Gnade winseln, soviel sie wollte, es würde die anderen nur noch mehr erregen.

Als sie zum Altar geschleift wurde, hatte sie sich zur Wehr gesetzt; hatte, obwohl ihre Arme und Beine vom langen Liegen steif und gefühllos geworden waren, wild um sich geschlagen, da sie der Anblick der vertrauten Gesichter um sich herum fast noch mehr entsetzte als das, was mit ihr geschah.

Less Gladhill und Bob Meese banden sie an den Armen, Skunk Haggerty und George Howard an den Beinen fest. Sie erkannte einen der hiesigen Farmer, den Bankmanager und zwei Mitglieder des Gemeinderats. Alle standen sie schweigend da und warteten.

Clare gelang es, ihr Handgelenk ein wenig zu drehen, so daß sie Bob mit den Fingerspitzen berühren konnte.

»Das kannst du doch nicht machen, Bob! Er wird mich töten! Bob, das darfst du nicht zulassen! Wir kennen uns doch schon ein ganzes Leben!«

Doch Bob wandte sich nur wortlos ab.

Sie würden nicht mit ihr sprechen, noch nicht einmal an sie als an eine Frau aus Fleisch und Blut, einen Menschen, den sie kannten, denken. Sie war eine Opfergabe. Weiter nichts.

Einer nach dem anderen setzten sie ihre Masken auf. Und wurden zu Clares Alptraum.

Clare schrie nicht. Niemand konnte sie hören, niemand würde auf ihre Schreie achten. Sie weinte auch nicht. Sie hatte bereits so viele Tränen vergossen, daß ihr keine mehr blieben. Vielleicht würde, wenn sich das Messer in ihr Herz senkte, kein Blut hervorquellen, sondern nur noch Staub.

Um sie herum wurden Kerzen aufgestellt und angezündet. Das Feuer in der Grube war bereits entfacht und wurde nun geschürt. Funken stoben in die Luft. Gleichgültig, wie von ihrem Ich losgelöst, beobachtete Clare die Vorbereitungen.

Die Hoffnungsschimmer, an die sie sich in all den Tagen und Nächten im Dunkel geklammert hatte, waren endgültig erloschen.

Oder zumindest hatte sie das angenommen, bevor ihr Blick auf Ernie fiel.

Die Tränen, die sie versiegt geglaubt hatte, rannen heiß über ihre Wangen. Wieder wand sie sich in ihren Fesseln, die Stricke scheuerten leicht an ihren Verbänden.

»Ernie, um Gottes willen! Bitte!«

Ernie sah sie an. Er hatte gedacht, er würde bei diesem Anblick Lust empfinden, das sengendheiße Verlangen, auf das er so lange gewartet hatte. Nun war sie nackt, so wie er es sich einst erträumt hatte. Ihr Körper war schlank und weiß, wie die flüchtigen Blicke, die er durch das Schlafzimmerfenster von ihr hatte erhaschen können, schon ahnen ließen.

Doch er empfand keine Spur von Verlangen und wagte nicht, die widerstrebenden Gefühle, die in ihm aufkeimten, genauer zu analysieren. Er wandte sich ab und wählte eine Adlermaske. Heute nacht würde er fliegen.

So zurückgeblieben und kindhaft ihr Geist auch war, Annies Körper war alt. Sie kam nicht so schnell voran, wie Cam es wollte, so sehr er sie auch antrieb und drängelte. Die Furcht lähmte zudem ihre Beine so, daß sie mehr schlurfte als lief.

Das Licht nahm rasch ab.

»Wie weit noch, Annie?«

»Ein Stückchen noch. Ich hab' gar nicht zu Abend gegessen«, erinnerte sie ihn.

»Bald. Bald kannst du etwas essen.«

Seufzend drehte sie sich um und schlug, wie ein Hirsch oder Hase ihrem Instinkt folgend, einen unkrautüberwucherten Pfad ein.

»Vorsicht vor den Dornbüschen. Die greifen nach Ihnen und halten Sie fest.« Ihre Augen wanderten abwechselnd nach links und nach rechts, während sie die länger werdenden Schatten argwöhnisch beobachtete. »Wie die Monster.«

»Ich passe schon auf, daß sie dir nichts tun.« Cam legte ihr einen Arm um die Taille; einerseits, um sie zu stützen, andererseits, um sie voranzutreiben.

Beruhigt trottete Annie weiter. »Werden Sie Clare heiraten?«

»Ja.« So Gott es wollte. »Ja, das werde ich.«

»Sie ist hübsch. Wenn sie lächelt, hat sie so schöne weiße Zähne, genau wie ihr Daddy. Sie sieht aus wie ihr Daddy. Er hat mir Rosen geschenkt. Aber jetzt ist er tot.« Vor Anstrengung begann Annie zu keuchen, ihre Lungen pfiffen wie eine ausgediente Lokomotive. »Die Monster haben ihn aber nicht erwischt.«

»Nein.«

»Er ist aus dem Fenster gefallen, nachdem diese Männer hochgegangen sind und ihn angebrüllt haben.«

Cam senkte den Blick, hütete sich aber, das Tempo zu verlangsamen. »Welche Männer?«

»Oder war das etwas anderes? Ich weiß nicht mehr. Er hat das Licht im Dachgeschoß angelassen.«

»Welche Männer, Annie?«

»Ach, der Sheriff und der junge Deputy. Sie gingen hoch und kamen wieder runter. Und Clares Daddy war tot.«

Cam wischte sich den Schweiß von der Stirn. »Welcher junge Deputy? Bud?«

»Nein, der andere. Vielleicht wollten sie ein Haus kaufen. Mr. Kimball hat nämlich Häuser verkauft.«

»Ja.« Unter der Schweißschicht wurde Cams Haut eiskalt. »Annie, wir müssen uns beeilen.«

Aus dem Schutz der Bäume heraus beobachtete Bud mit weit aufgerissenen Augen das Geschehen. Er wußte, dies alles passierte wirklich, doch sein Verstand weigerte sich, es zu glauben. Alice' Vater? Wie war das möglich? Sein Freund und Partner Mick?

Aber er sah es ja mit seinen eigenen Augen. Sie hatten ihm den Rücken zugekehrt und bildeten einen Kreis. Bud konnte nicht erkennen, worauf sie blickten, und er hatte Angst davor, sich noch näher anzuschleichen. Besser, er wartete ab und verfolgte die Vorgänge. Das erwartete der Sheriff von ihm.

Als der Gesang einsetzte, fuhr er sich mit der Hand über den Mund.

War es ein Traum? Clare schloß die Augen. Sie schwebte irgendwo zwischen Vergangenheit und Gegenwart. Der Rauch, die Stimmen, die Männer. Alles wie damals.

Sie kauerte im Gebüsch und beobachtete sich selbst. Diesmal würde sie fortlaufen können.

Dann öffnete sie die Augen wieder und starrte zum tiefschwarzen Himmel empor, wo der Mond langsam aufging. Der längste Tag des Jahres war vorüber.

Als sie ein Schwert im Schein der Flammen glitzern sah, durchfuhr es sie siedendheiß. Aber ihre Zeit war noch nicht gekommen. Atherton beschwor die vier Höllenfürsten, und Clare wünschte inbrünstig, daß diese, sollten solche Kreaturen wirklich existieren, aus dem Schlund der Hölle aufsteigen und ihn ob seiner Arroganz zerschmettern mögen.

Unfähig, diesen Teufel in Menschengestalt noch länger

anzusehen, drehte sie den Kopf zur Seite. Sie dachte an Cam, an all die Jahre, die sie nun nicht mehr miteinander teilen, an die Kinder, die sie nicht miteinander haben würden. Er liebte sie, und nun würden sie keine Gelegenheit mehr haben, herauszufinden, ob diese Liebe für ein ganzes Leben ausreichte.

Cam würde Atherton und sein Gefolge aufspüren und ihnen das Handwerk legen, dessen war sie sicher. Diese Überzeugung hatte sie während ihrer Gefangenschaft bei Verstand gehalten. Doch für sie selbst würde es dann zu spät sein, zu spät, um noch einmal mit ihrer Mutter zu sprechen, um die Schranke aus abweisender Kälte und Distanz, die sie zwischen ihnen beiden errichtet hatte, einzureißen. Zu spät, um all den Menschen, die ihr etwas bedeuteten, zu sagen, daß ihr Vater zwar Fehler gemacht und falsche Wege beschritten hatte, jedoch weder ein Dieb noch ein Mörder gewesen war.

Ihr ganzes Leben lag noch vor ihr, es gab so viel, was sie noch tun, sehen und erleben wollte, und nun sollte sie auf grausame Weise sterben, nur um des übersteigerten Egos eines einzigen Mannes und der blinden Mordlust seiner Anhänger willen. Nein! Ihre Hände ballten sich zu Fäusten, und ihr Körper spannte sich wie ein Bogen, als sie aus vollem Halse zu schreien begann.

Buds zitternde Hand schloß sich um den Kolben seiner Pistole.

Atherton hob sein Messer gen Himmel. Er hatte danach verlangt, sie schreien zu hören, hatte sich danach gesehnt, so wie ein Mann die sexuelle Erfüllung herbeisehnt, und es hatte ihn bis aufs Blut gereizt, daß sie bisher nur regungslos dagelegen hatte, als sei sie bereits innerlich zerbrochen. Aber nun wand sie sich wild auf dem Altar, ihre Haut glänzte vor Schweiß, und in ihren Augen loderten Furcht und Wut zugleich.

Ein überströmendes Machtgefühl erfüllte ihn.

»Ich bin das Werkzeug der Zerstörung!« brüllte er. »Ich führe das Schwert der Vergeltung! Möge der Gebieter mich mit Seinem Zorn erfüllen, auf daß diese Frau zu Seinen Ehren durch meine Hand den Tod erleide und Er sich an ihren Qualen weide!«

Die Worte summten in Ernies Ohren. Er konnte sie kaum noch verstehen, geschweige denn ihre Bedeutung erfassen. Die Männer um ihn herum wiegten sich wie in Trance hin und her, gierten nach dem, was kommen sollte. Doch das Gefühl, welches von ihm Besitz ergriff, hatte mit Gier oder Vorfreude nichts zu tun. Es war Abscheu.

Dieses Tun sollte ihm Lust bereiten, mahnte er sich. Es sollte sein Zugehörigkeitsgefühl stärken.

Aber er konnte den Blick nicht von Clare abwenden, die sich verzweifelt in ihren Fesseln aufbäumte und um ihr Leben kämpfte. Sie schrie und schrie, so wie Sarah Hewitt geschrien hatte. Ernie wurde plötzlich von Mitleid überwältigt. Aber wie konnte er zu ihnen gehören, wenn er sich derartige Gefühle gestattete? Wie konnte er einer der Ihren sein, wenn das, was sie vorhatten, ihn abstieß? Ihm Angst einjagte?

Es war nicht recht, daß sie sterben mußte.

Seine Schuld. Nur seine Schuld.

Ihre flehenden Augen bohrten sich in die seinen. In ihnen las er seine letzte Hoffnung auf Rettung. Mit einem Schrei, der Schmerz und Triumph zugleich ausdrückte, warf er sich nach vorne, gerade als Atherton mit dem Messer zustieß.

Clare spürte, wie ein schwerer Körper über sie fiel, roch Blut, fühlte aber keinen Schmerz. Sie sah Atherton zurücktaumeln, und Ernie glitt langsam von ihr herunter und sank auf dem Boden zusammen.

Wutschnaubend riß Atherton das Messer erneut hoch. Zwei Schüsse erklangen. Einer traf ihn in den Arm, der andere mitten in die Brust.

»Keine Bewegung!« Cam hielt seine Waffe ganz ruhig, obwohl der Finger, der am Abzug lag, bedenklich zitterte. »Sonst fährt jeder einzelne von euch Dreckskerlen zur Hölle.«

»Sheriff – ich bin's, Bud.« Bud trat aus seinem Versteck heraus. Er zitterte am ganzen Leibe. »Ich bin dem Jungen gefolgt, und ich habe gesehen, wie – o Gott, Cam, ich habe einen Menschen getötet.«

»Beim zweiten Mal geht es viel leichter.« Cam feuerte in die Luft, als einer der Männer sich umdrehte und Anstalten machte davonzurennen. »Ein Schritt noch, und ich zeige meinem Deputy hier, wieviel leichter es ist. Runter mit euch, auf den Bauch! Alle Mann! Hände hinter den Kopf! Bud, den ersten, der sich bewegt, erschießt du!«

Bud glaubte nicht daran, daß es ihm beim zweitenmal leichter fallen würde, nicht eine Sekunde lang. Doch er nickte tapfer. »Ja, Sir, Sheriff.«

Mit drei Sätzen war Cam an Clares Seite, strich ihr über das Gesicht und über die Haare. »O Gott, Slim, ich dachte schon, ich hätte dich verloren.«

»Ich weiß. Was ist mit deinem Gesicht?« Automatisch versuchte sie, die Hand nach ihm auszustrecken, doch der Strick hinderte sie daran. »Du blutest ja.«

»Das kommt von den Dornen.« Er zog sein Taschenmesser hervor, um sie loszuschneiden. Gerade jetzt durfte er nicht zusammenbrechen, jetzt noch nicht. Alles, was er wollte, war, sie in die Arme zu nehmen, sie einfach festzuhalten und sein Gesicht in ihrem Haar zu vergraben.

»Mach langsam«, riet er ihr, während er sein Hemd auszog. »Und zieh das hier an.« Seine Hand zitterte, als er über Clares Haut strich. »Ich werde dich so schnell wie möglich von hier fortbringen.«

»Ich bin okay. Was ist mit Ernie? Er hat mir das Leben gerettet.« Und sein Blut klebte auf ihrer Haut. »Ist er tot?«

Cam bückte sich, fühlte den Puls des Jungen und schob dann die zerrissene Robe beiseite. »Nein, er lebt. Der Stich ist ihm durch die Schulter gegangen.«

»Cam, wenn er sich nicht über mich geworfen hätte ...«

»Er wird wieder gesund werden. Komm, Bud, laß uns diese miesen Schweine fesseln.«

»Einer von ihnen ist Mick«, murmelte Bud, der sich schämte, daß er den Tränen nahe war.

»Ja, das sehe ich.« Cam warf ihm den Strick zu, mit dem Clare auf den Altar gefesselt worden war. »Sieh zu, daß wir hier fertig werden, dann bringst du Clare weg und verständigst die Staatspolizei. Sie sollen so schnell wie möglich herkommen.«

»Ich möchte bei dir bleiben.« Clares Hand schloß sich um Cams Arm. »Bitte laß mich hierbleiben.«

»Okay. Aber setz dich bitte hin.«

»Nicht hier.« Sie wandte den Blick von dem Altar ab. »Da hinten liegen noch mehr Stricke.« Dort, wo man ihr die Kleider vom Leib gerissen hatte. »Ich werde dir helfen, sie zu fesseln.« Ihr Blick traf den seinen, ihre Augen glitzerten. »Es ist mir ein Bedürfnis.«

Unmaskiert und wehrlos wirkten sie nur noch bemitleidenswert. Das war alles, woran Clare denken konnte, während sie neben Ernie kniete, seine Hand hielt und darauf wartete, daß Bud mit der Staatspolizei und einem Notarztwagen zurückkehrte.

»Ich kann kaum glauben, daß Annie dich hierhergebracht hat.«

»Sie war großartig. Zur Belohnung durfte sie mit Bud im Streifenwagen fahren, mit Blaulicht und Sirene.« Er schaute auf Ernie hinunter. »Wie geht es ihm?«

»Ich denke, ich habe die Blutung zum Stillstand gebracht. Er wird ärztliche Hilfe brauchen, aber er kommt wieder in Ordnung. In jeder Hinsicht.«

»Hoffentlich hast du recht.« Cam fuhr ihr mit den Fingern durchs Haar, einfach nur, um sie zu berühren. »Clare, ich muß mich auch um den anderen kümmern.«

Sie nickte. »Es ist Atherton«, sagte sie tonlos. »Er hat mit allem angefangen.«

»Und heute nacht ist es endgültig beendet worden.« Cam ging um den Altar herum. Atherton lag mit dem Gesicht nach unten auf dem Boden. Ohne auch nur eine Spur von Mitleid zu empfinden, drehte Cam ihn um. Die Brustwunde war zweifellos tödlich. Doch aus dem Mundschlitz der Maske drang noch leise zischender Atem. Als er Clare hinter sich hörte, sprang Cam rasch auf und stellte sich zwischen sie und Athertons reglosen Körper.

»Du brauchst mich nicht zu beschützen, Cam.«

»Clare, du bist noch längst nicht so kräftig, wie du meinst.« Er hob eine ihrer Hände und streichelte das bandagierte Gelenk. »Sie haben dir Schmerzen zugefügt.«

»Ja.« Clare mußte daran denken, was sie über den Tod seines Vaters erfahren hatte. »Sie haben jedem von uns Schmerz zugefügt, aber das ist gottseidank vorbei.«

»Ihr glaubt wirklich, es ist vorbei?« Die gekrächzte Frage klang aus dem Munde Baphomets beinahe obszön. »Ihr habt nichts erreicht, gar nichts. Es wird weitergehen, wenn nicht mit euch, dann mit euren Kindern. Wenn nicht mit denen, dann mit deren Kindern. Ihr werdet uns nie Einhalt gebieten können.« Seine Finger krümmten sich zu Klauen, als er versuchte, ein letztesmal nach Clare zu greifen, dann fiel er mit einem rasselnden Lachen zurück und starb.

»Er war das personifizierte Böse«, flüsterte Clare. »Er war weder wahnsinnig noch krank, einfach nur durch und durch schlecht.«

»Er kann uns nichts mehr anhaben.« Cam zog sie von Athertons Leiche weg und schloß sie fest in die Arme.

»Nein, das kann er nicht.« In der Ferne jaulten Sirenen. »Bud hat rasche Arbeit geleistet.«

Cam hielt sie ein Stückchen von sich ab, um ihr ins Gesicht schauen zu können. »Ich muß dir so viel sagen, aber wenn ich erst einmal damit angefangen habe, weiß ich nicht, ob ich so schnell wieder aufhören kann. Also warten wir lieber damit, bis das hier vorüber ist.«

Clare legte eine Hand über die seine. Hinter ihnen glühte das Feuer noch einmal schwach auf, dann erlosch es. »Wir haben ein ganzes Leben lang Zeit.«

Zwei Wochen später bestieg Min Atherton, in tiefes Schwarz gekleidet, einen Zug Richtung Westen. Niemand kam, um sie zu verabschieden, und sie war froh darum. Alle nahmen an, daß sie sich heimlich davonstahl, weil sie sich für ihren Mann so sehr schämte, seine Greueltaten sie so sehr erschüttert hatten, daß sie niemandem mehr ins Gesicht zu sehen wagte.

Als ob sie sich jemals für ihren James schämen würde!

Als sie sich, beladen mit einer einzigen riesigen Reisetasche, zu ihrem Abteil begab, mußte sie die Tränen zurückhalten. Ihr lieber, lieber James! Irgendwann, irgendwie würde sie einen Weg finden, um ihn zu rächen.

Sie machte es sich auf ihrem Sitz bequem, verstaute ihre Tasche neben sich und faltete die Hände im Schoß, um einen letzten Blick auf Maryland zu werfen.

Sie würde nie hierher zurückkehren. Eines Tages würde sie vielleicht jemanden schicken, aber sie selbst würde nicht mehr zurückkommen.

Dennoch seufzte sie wehmütig. Es war ihr nicht leichtgefallen, sich von ihrem Haus zu trennen. Der größte Teil ihrer hübschen Sachen würde ihr nachgeschickt werden, aber es würde trotzdem nie wieder so sein wie früher. Nicht ohne James.

Er war ihr ein perfekter Gefährte gewesen. So begierig, so leicht zu formen, so sehr darauf bedacht, daß seine Macht nicht in Frage gestellt wurde. Min lächelte in sich hinein, als sie einen Fächer aus der Tasche nahm, um ihr erhitztes Fleisch zu kühlen. Ihr hatte es nichts ausgemacht, die Frau hinter dem Mann zu spielen. Wie außerordentlich befriedigend es doch gewesen war, sie alle insgeheim zu beherrschen, ohne daß einer von ihnen – noch nicht einmal James – erkannte, wer in Wahrheit das Sagen hatte.

Anfangs, ehe sie begonnen hatte, ihn einzuweisen und in die richtige Richtung zu lenken, war er nichts weiter gewesen als ein Dilettant. Ein unzufriedener, aber wißbegieriger Mann, der keine klare Vorstellung davon hatte, wie er diese Unzufriedenheit und diesen Wissensdurst nutzen konnte.

Sie hatte es gewußt. Eine Frau wußte Bescheid. Und Männer waren letztendlich nichts anderes als Marionetten, die mittels Sex, Blut und der Aussicht auf Macht dorthin gelenkt wurden, wo eine Frau sie haben wollte.

Ein Jammer, daß er am Ende so anmaßend und unvorsichtig geworden war. Seufzend fächelte sich Min etwas schneller Luft zu. Vermutlich trug sie selbst einen Großteil der Schuld daran, weil sie ihn nicht aufgehalten hatte. Aber es war so ungeheuer erregend gewesen, ihn zu beobachten, wie er mehr und mehr außer Kontrolle geriet, wie er alles riskierte, um noch mehr zu bekommen. Fast ebenso erregend wie jene unvergeßliche Nacht vor so vielen Jahren, als sie ihn in ihre dunklen Geheimnisse eingeweiht und mit Seinen Lehren vertraut gemacht hatte. Sie, die Stellvertreterin des Gebieters auf Erden, und James, ihr Diener.

Natürlich war sie es gewesen, die alles ins Rollen gebracht hatte. Sie war es gewesen, die sich über alle Grenzen hinweggesetzt und mit beiden Händen nach jenen dunklen Verheißungen gegriffen hatte. Sie war es auch gewesen, die das erste Menschenopfer gefordert hatte, um dann aus dem Schatten der Bäume heraus voll bebenden Entzückens zu beobachten, wie Blut vergossen wurde.

Und sie hatte als erste die ungeheure Macht dieser Opfer erkannt und mehr verlangt.

Der Gebieter hatte ihr ihren innigsten Wunsch – Wunsch nach Kindern – nie erfüllt, doch Er hatte sie dafür entschädigt, indem Er sie die Gier, die köstlichste aller Todsünden, gelehrt hatte.

Für sie würde es andere Städte geben, dachte sie, als das Signal zur Abfahrt ertönte. Andere Männer. Andere Opfer. Huren mit fruchtbaren Schößen. O ja, es würde weitergehen.

Und wer würde wohl sie, die arme Witwe Atherton, verdächtigen, wenn wieder Frauen verschwanden?

Diesmal würde sie vielleicht einen Jungen auswählen; einen zornigen, unglücklichen Jungen wie Ernie Butts – der sich als solche Enttäuschung erwiesen hatte. Nein, sie würde nicht nach einem zweiten James Ausschau halten, sondern nach einem Jungen, den sie bemuttern und lenken konnte, dachte sie voller Behagen. Sie würde ihn lehren, sowohl sie als auch den Herrn der Finsternis zu verehren.

Als der Zug ruckelnd den Bahnhof verließ, glitt ihre Hand unter ihr Mieder, und ihre Finger schlossen sich um das Pentagramm.

»O mein Gebieter«, murmelte sie. »Wir beginnen noch einmal von neuem.«

Im Bechtermünz Verlag ist außerdem erschienen:

**Nora Roberts
Gefährliche Verstrickung**

ISBN 3-8289-0234-0
Best.-Nr. 794 305
12,5 x 18,7 cm
496 Seiten
18,00 DM

Adrienne führt ein Doppelleben. Auf der einen Seite verkehrt sie als Tochter einer legendären Hollywood-Schönheit in den angesehensten Kreisen. Auf der anderen Seite ist sie eine sehr wählerische Juwelendiebin, die sich nicht nur die kostbarsten Stücke aussucht, sondern auch noch die Rache gegen ihren Vater – einen arabischen Scheich – vorbereitet.

Im Bechtermünz Verlag ist außerdem erschienen:

**Nora Roberts
Sehnsucht der Unschuldigen**

ISBN 3-8289-0134-4
Best.-Nr. 787 960
12,5 x 18,7 cm
480 Seiten
19,90 DM

Nach einer anstrengenden Tournee braucht die Musikerin Caroline Waverly dringend Erholung. Das kleine verschlafene Städtchen Innocence scheint genau der richtige Ort für ein ruhiges Leben zu sein. Aber die Überraschungen die auf Caroline warten, sind alles andere als ruhig. Denn in Innocence geht ein Mörder um und ihre neu gefundene Liebe zu Tucker wird auf eine harte Probe gestellt ...